"YO TAMBIÉN" NO ES Te quiero

VIOLETA REED

"YO TAMBIÉN" NO ES TE QUIERO

Grijalbo

Papel certificado por el Forest Stewardship Council®

MIXTO
Papel | Apoyando la
silvicultura responsable
FSC® C117695
www.fsc.org

Penguin
Random House
Grupo Editorial

Primera edición: septiembre de 2023

© 2023, Violeta Reed
© 2023, Penguin Random House Grupo Editorial, S. A. U.
Travessera de Gràcia, 47-49. 08021 Barcelona
© Ana Hard, por las ilustraciones del interior

Penguin Random House Grupo Editorial apoya la protección del *copyright*.
El *copyright* estimula la creatividad, defiende la diversidad en el ámbito de las ideas y el conocimiento,
promueve la libre expresión y favorece una cultura viva. Gracias por comprar una edición autorizada
de este libro y por respetar las leyes del *copyright* al no reproducir, escanear ni distribuir ninguna
parte de esta obra por ningún medio sin permiso. Al hacerlo está respaldando a los autores
y permitiendo que PRHGE continúe publicando libros para todos los lectores.
Diríjase a CEDRO (Centro Español de Derechos Reprográficos, http://www.cedro.org)
si necesita fotocopiar o escanear algún fragmento de esta obra.

Printed in Spain – Impreso en España

ISBN: 978-84-253-6573-7
Depósito legal: B-12.157-2023

Compuesto en Comptex&Ass., S. L.

Impreso en Liberdúplex
Sant Llorenç d'Hortons (Barcelona)

GR 6 5 7 3 7

*Para todas las personas que consideran casa los libros,
espero que aquí encontréis un refugio si lo necesitáis.
Y para todas las editoras del mundo
(y especialmente para María),
porque vosotras también sois parte de la magia*

La música es una constante en mi vida y ha sido una fuente de inspiración para esta historia, así que aquí os dejo la *playlist*.

«Yo también» no es «Te quiero»

Raquel
«You're on Your Own, Kid» — Taylor Swift
«Mastermind» — Taylor Swift
«Fallin' All in You» — Shawn Mendes
«Nothing New» — Taylor Swift ft. Phoebe Bridgers
«Miedo» — Amaia

Will
«Vienna» — Billy Joel
«The House of the Rising Sun» — The Animals
«Happy Accidents» — Saint Motel
«Hold My Girl» — George Ezra
«She's A Rainbow» — The Rolling Stones
«The Loneliest» — Måneskin
«Hasta perder el control» — La Casa Azul

Los dos
«About You» — The 1975
«Till Forever Falls Apart» — Ashe ft. FINNEAS
«Karma» — Taylor Swift
«House of the Rising Sun» — Jeremy Renner
«Leave Before you Love Me» — Marshmello ft. Jonas Brothers

Otras canciones que aparecen en el libro:
«Stand by Me» — Charming Horses Deep Mix
«Footloose» — Kenny Loggins

BOCAZAS:
(adj.)
1. Persona que habla de más.
2. Hombre que se va de la lengua con facilidad por culpa de su arrogancia.
3. William Anderson, el protagonista de esta novela.

Prólogo

La imagen del Empire State da paso a la del edificio Rockefeller mientras la voz en *off* anuncia la entrada de Jimmy Fallon, que irrumpe corriendo en el plató. El público se levanta para recibirlo con un aplauso estruendoso al que él corresponde con un saludo y una sonrisa.

—¡Bienvenidos a todos los que estáis aquí, y también a los que nos veis desde casa! —exclama el presentador—. Qué duro es volver al trabajo después de las fiestas, ¿eh? Estamos a mediados de enero, pero nunca es tarde para desear... ¡Feliz Año Nuevo! —Se mete la mano en el bolsillo y lanza un puñado de confeti al aire.

La audiencia aplaude de nuevo y él hace una reverencia antes de sentarse detrás de su mesa.

—Como anunciamos hace unas semanas, el primer invitado del año en *The Tonight Show* es uno de los autores top ventas de nuestro país. —Jimmy hace una pausa cuando se oyen las ovaciones de los asistentes. Seguidamente alza la voz emocionado y dice—: Hace dos meses salió su último libro. Estoy seguro de que *El legado de las estrellas* ha sido el regalo que muchos habréis encontrado bajo el árbol estas navidades. ¡Hoy en directo está con nosotros el autor que ha revolucionado el mundo de la fantasía con la saga La Furia de las Estrellas! —Se levanta y estira el brazo hacia su izquierda antes de gritar—: Por favor, demos un caluroso recibimiento a... ¡William Anderson!

No ha terminado de pronunciar el nombre y los aplausos y gritos del público ya son ensordecedores. El entusiasmo de los asistentes parece entremezclarse y crear un ambiente que solo puede describirse como alegre y animado.

La cámara se desplaza en esa misma dirección y un segundo hombre entra en el plató. William se detiene para saludar y sonreír a la multitud que allí se congrega para verlo. Lleva un traje negro y una camisa blanca con los primeros botones desabrochados. Su aspecto es impecable.

El presentador se acerca para estrecharle la mano y acaban dándose un abrazo amistoso. A continuación, Jimmy vuelve a ocupar su asiento al tiempo que su invitado procede a sentarse a su derecha.

—Gracias por venir.

—A ti por invitarme —contesta William. Su voz áspera suena tranquila.

—La última vez que viniste fue para presentar tu cuarto libro, *La llama morada*, que meses más tarde ganó unos cuantos galardones, entre ellos el Premio Mundial de Fantasía a la mejor novela. ¿Qué siente uno después de eso?

—Pues… no sé muy bien qué decirte. Eso pasó hace año y medio, y creo que sigo asimilándolo.

Jimmy coloca el último libro de Anderson sobre la mesa mientras dice:

—Hoy estás aquí para hablarnos del cierre de la saga. —La cámara saca un primer plano de *El legado de las estrellas*—. ¡Enhorabuena!

William le da las gracias. La enorme sonrisa que adorna su cara demuestra que está complacido con su creación.

—Este libro… —Jimmy acaricia el lomo con cuidado—. Lleva dos meses en el top de los más vendidos de *The New York Times*. Solo en Estados Unidos se vendieron más de setenta mil copias en la primera semana.

Las ovaciones son tan intensas que el presentador se ve forzado a detener su discurso unos instantes. Cuando vuelve a hablar, lo hace de carrerilla:

—Tus novelas se han traducido a más de treinta idiomas. A nivel mundial llevas vendidos veinte millones de ejemplares. ¡Felicidades, Will! Vas a despedir la saga por todo lo alto. —Le da una palmadita en el brazo—. ¿Cómo te sientes con todos estos datos?

—Extraño —reconoce el escritor después de sopesar su respuesta—. Estoy muy contento, el final es muy emocionante, pero me da pena decir adiós a los personajes. La primera vez que visualicé a Rhiannon dentro de mi cabeza —se da un golpecito en la sien derecha con el dedo índice— tenía diecisiete años. —Su tono de voz tranquilo cambia a uno en el que se aprecia la nostalgia—. Ahora tengo treinta y siento que he crecido y madurado con ella. Y, de alguna manera, es doloroso porque me toca despedirme de una buena amiga.

Los suspiros compasivos del público se adueñan del plató. El autor se lleva la mano al pecho y mira a las gradas agradecido.

—Como fan de la saga solo puedo confirmarte lo que ya sabes, y es que aquí dentro hay un trabajo increíble. —Jimmy levanta el libro otra vez y lo muestra a cámara—. La ambientación, la historia…, todo es alucinante. Mientras lo leía, no podía parar de pensar: ¿cómo es posible que un ser humano sea capaz de crear todo esto? —Su tono de voz demuestra una clara admiración. Vuelve a dejar el libro en la mesa y prosigue—: Esto me genera mucha curiosidad, Will. Las ideas… ¿te vienen solas?, ¿en sueños?, ¿vienes del futuro y ya sabes que esto es lo que le va a pasar a la humanidad dentro de cien años?

La audiencia le ríe la gracia y William también.

—Un poco de todo —contesta el autor divertido—. La mayoría de las veces, la inspiración me viene cuando salgo a correr… Confieso que las mejores ideas aparecen cuando no tengo el cuaderno a mano. —Mientras habla se saca el teléfono del bolsillo de la chaqueta—. Suelo coger el móvil como un loco y apuntar todo lo que me ha venido a la cabeza para que no se me olvide. —Termina al tiempo que simula que teclea con ansia en su teléfono y vuelven a oírse las risas.

—Me comentan que acabas de llegar a Manhattan…

William asiente y mira el reloj antes de contestar un:

—He aterrizado hace tres horas. Tengo un *jet lag* horrible. Es probable que me quede dormido en este sofá tan cómodo. —Se repantiga un poco más en lo que parece un asiento mullido de color azul marino.

—¿Quieres que te traigamos una almohada y una manta? —le pregunta Jimmy.

Ante eso, el autor suelta una carcajada y asiente.

Un primer plano de su cara muestra lo cansado que está. Pese a que es probable que haya pasado por maquillaje, en sus ojeras se aprecia un ligero hundimiento. En ese preciso instante, como si leyera la mente de los espectadores, William contiene un bostezo que provoca que sus ojos se empañen. Sacude la cabeza un par de veces y, entonces, Jimmy le pregunta:

—¿De dónde vienes?

—De Londres. De la FantasyCon, que es la convención de novela fantástica de Europa.

—Tengo entendido que allí has compartido una anécdota con tus fans que tiene que ver con Råshult. —A Jimmy se le escapa la risa—. ¿De dónde te vino la inspiración para el nombre de ese malvado personaje?

William se ríe antes de contestar.

—Råshult es como se llama uno de los carritos de almacenaje de IKEA. De hecho, Songesand, Fredde, Eket —conforme nombra a los villanos, levanta el dedo pulgar, el índice y el corazón—. Todos los malos que han aparecido en la saga llevan nombres de muebles suecos.

La audiencia se troncha de risa.

—No te creo —informa Fallon con su característico tono de voz humorístico—. ¿Por qué?

—Cuando me mudé aquí para ir a la universidad y tuve que amueblar la habitación, alquilé una furgoneta y me fui al IKEA de Brooklyn. —Señala con el dedo hacia su derecha—. Compré todo lo que necesitaba y me lo llevé al apartamento. —Hace una pausa para reírse él solo—. Montar esos muebles fue una auténtica pesadilla. —Su expresión de espanto hace reír al público—. Empecé a armar la cama como a las siete de la tarde y terminé a las dos de la mañana. Recuerdo que, en un momento de agonía física, me quedé embobado mirando la palabra que aparecía escrita en la caja: «Songesand». Y lo vi clarísimo: uno de los villanos de mi futura novela tenía que llevar ese nombre.

Los presentes estallan en carcajadas y a Jimmy le cuesta unos segundos dejar de reírse.

—Has estado de *tour* desde que salió la novela, ¿verdad?

—Sí, creo que solo he parado para pasar las fiestas con mi familia. —William se frota la cara antes de continuar—: Es la primera vez que hago una gira tan grande, pero el cierre de la saga no podía ser de otra manera. Es increíble cuando los fans te dicen que les ha gustado el libro o que los ha acompañado en un momento difícil. Ese sentimiento no se puede describir. Estoy cansado, pero he visitado por primera vez lugares maravillosos como Chile y Perú, y estoy muy agradecido por ello.

El presentador asiente y se estira para darle una palmada en el brazo.

—¿Tienes ganas de coger vacaciones?

William sacude la cabeza en un ademán negativo antes de responder un rotundo:

—No. De hecho, he venido trabajando durante el vuelo. Mi libro nuevo me tiene motivadísimo.

—¿«Libro nuevo»? —Jimmy alza la voz y da una palmada antes de echarse hacia atrás.

La exclusiva que acaba de soltar William es un bombazo e, instantes después, así se lo hace saber el presentador.

—¡Menudo notición! —La audiencia aplaude tanto que cuesta entender lo siguiente que dice Jimmy—. Esta novela… ¿guarda relación con la saga?

—No creo que a mi editor le haga gracia que os cuente antes que a él de qué va mi próxima historia.

—Espera, tu editor… ¿aún no sabe que este libro existe?

Las carcajadas del público resuenan en el plató como esas risas enlatadas que se metían en las *sitcoms* de antaño.

En lugar de responder, William se limita a encogerse de hombros dejando claro que no dirá nada más.

—Volviendo a tu última novela. —El presentador la sostiene con las dos manos—. Pesa más que el pavo de Acción de Gracias, ¿eh? —William se ríe y Jimmy lo abre para ojearlo—. Casi novecientas páginas... Parece que tenías mucho que contar.

Jimmy coloca de nuevo el libro en la mesa. Después, estira el brazo derecho y le da otra palmada a su invitado en el antebrazo. La camaradería que hay entre ellos traspasa la pantalla.

—Sí. —William tiene clara su respuesta—. Es el cierre de la saga y han transcurrido cinco años; había mucho que explicar sobre la vida de los protagonistas. En este libro vamos a verlos mucho más adultos. Rhiannon y compañía vivirán el final de una aventura y entenderán el sacrificio que supone cada decisión tomada. Hay intereses y personajes nuevos, pérdidas, batallas, sentimientos y... supongo que no debería contar nada más.

El autor contempla su última obra y sonríe con satisfacción. Se nota que está orgulloso de lo que ha conseguido. Igual de evidente es que a Jimmy le ha encantado el libro, porque comenta en clave cuál ha sido su momento favorito.

—La parte del oasis es buenísima... No podía parar de leer. Y no digo más porque luego me regañan si me paso con los *spoilers*. El libro ha sido un éxito y estoy seguro de que todos los que vengan después también lo serán. Y ahora, para terminar, vamos a hacerte un pequeño juego. —La sonrisa diabólica del presentador hace acto de presencia—. Hemos recopilado algunas críticas de tu novela y vamos a leerte las que nos han parecido más graciosas. Puedes contestar si quieres.

Anderson se queda pensativo unos instantes y no le queda más remedio que aceptar con un escueto «vale».

Jimmy extrae de un sobre un taquito de tarjetas y se ríe con anticipación al ver lo que pone en la primera. Se aclara la garganta y procede a leer:

—«Ojalá Rhiannon se me sentase en la cara, pero no... Se me ha caído el libro por leer de madrugada. ¡No he podido parar hasta terminarlo! ¿Qué hago ahora con mi vida?».

El público se ríe y William responde con una sonrisa sutil. Pasados unos segundos, Jimmy le lee la siguiente:

—«Deseando que Råshult me secuestre. Ese villano está para comérselo con cuchara. La química entre él y Rhiannon es tan caliente que leyendo se me empañaron hasta las gafas. Will, ¿para cuándo un final alternativo con ellos juntos?».

El escritor parpadea sorprendido.

—Bueno, me alegro de que os haya gustado tanto Råshult, es muy carismático, pero él y Rhiannon jamás acabarían juntos —dice frunciendo el ceño.

—Uy, aquí vienen un par interesantes —sigue Jimmy—. «¿Sabéis eso de "No eres tú, soy yo"? Pues con este libro es al revés. No soy yo, es el libro, que es horrible».

William pone los ojos en blanco y suelta un suspiro. Ante eso, el presentador continúa:

—«Este libro lo sufrí en silencio, como las hemorroides».

Los asistentes sueltan risotadas al tiempo que el autor alza las cejas.

—Guau... —Es todo lo que responde William—. ¡Es lo más bonito que me han dicho nunca! ¡Gracias!

Jimmy cambia de tarjeta.

—Vamos con otra. Esta está relacionada con la parte romántica —le avisa entre risas antes de seguir leyendo—: «Anderson tiene la misma capacidad emocional para escribir romance que un apio reseco».

—Al menos ha dicho apio y no cilantro... Eso sí que hubiese sido ofensivo. —La burla va implícita en el tono que usa al responder.

—La verdad es que sí. —El presentador le da la razón con una mueca de asco—. La siguiente es graciosísima. —Hace una pausa para mirar a William—. «Solo hay algo peor que leer las escenas sexuales de este libro, y es... oírlas en audiolibro. ¡Corriendo a comprarlo!».

—Pues gracias por pagarme por el libro dos veces. —William alza el pulgar y se lo enseña a cámara. Su tono se vuelve más ácido.

—«Si tienes un mínimo de sentido común, lo odiarás» —continúa leyendo Jimmy—. «Parece que el protagonista masculino se ha escapado de *Los Picapiedra*. El libro huele a rancio...».

No le da tiempo a terminar la frase porque William coge el libro de la mesa, se lo acerca a la nariz e inspira hondo antes de soltar:

—A mí me huele a éxito y a top ventas de *The New York Times*.

El autor pone cara de suficiencia. Sabe que su respuesta ha sido ingeniosa. La audiencia se ríe, pero él permanece impasible. Parece que cuanto más se carcajea el público, más serio se pone él.

—Esta es buenísima... —Jimmy contiene la risa, anticipando que el comentario que se avecina es una burrada—: «Me he excitado más leyendo el manual de instalación del horno que con las escenas picantes de este libro».

William resopla con desdén y se encoge de hombros.

—¿Qué quieres que conteste a eso? —El deje socarrón de su voz acompaña a su expresión de superioridad—. No todo el mundo sabe disfrutar de un buen libro, muchos se aburren si no tiene dibujos.

—¡Auch! —El presentador finge una mueca dolorosa antes de leer otra crítica—. Vamos con la última: «Se nota que esto lo ha escrito un hombre que no tiene ni idea de lo que es el amor. Seguro que tiene el corazón más helado que los caminantes blancos».

Según el presentador lee, la llama enfurecida de la mirada de William aumenta. Y conforme las risas del público van *in crescendo* su sonrisa mengua hasta desaparecer.

—¿Que yo qué? —El autor se da una palmada en las piernas con ambas manos—. Me asombra la cantidad de necios que creen saber lo que es el amor y con estos comentarios demuestran que los que no tienen ni idea son ellos. —Su sonrisa irónica borra cualquier rastro de simpatía de su rostro y comienza a hablar indignado—: No han escrito ni dos frases juntas en su vida y piensan que saben más que un autor consagrado. Estoy seguro de que con mi siguiente novela callaré muchas bocas. —Niega con la cabeza y chasquea la lengua—. Es más, quiero que sepa todo el mundo que mi próximo libro me llevará al top de la novela romántica. Quizá hasta... —Aprieta los labios antes de exclamar con decisión—: ¡Quizá no, os aseguro que mi siguiente libro superará a cualquiera que haya escrito Danielle Steel!

El plató se sumerge en un silencio sepulcral. Incluso Jimmy parece sorprendido por esas declaraciones.

—Venga, Will, no te lo tomes tan en serio —dice en tono conciliador mientras deja las tarjetas en la mesa—. Solo son opiniones. Muy graciosas, he de añadir, pero opiniones al fin y al cabo. Además, todos sabemos que nadie puede superar el triángulo dorado de la novela romántica que forman Danielle Steele, Nora Roberts y Nicholas Sparks.

Anderson resopla molesto.

De pronto, la atmósfera parece haberse enfriado. Ya no queda rastro del buen rollo. El presentador cambia enseguida de tema. No puede dejar que el ambiente decaiga y que la audiencia se aburra y cambie de canal. Le hace a Will un par de preguntas más sobre el libro y le desea mucha suerte antes de despedirse de él y dar paso a la publicidad.

1

BECARIA (n.): Persona que adquiere experiencia a base de comerse marrones.

—¡Ay, Dios mío! ¡Este tío es gilipollas! —exclamé señalando el televisor.

—La verdad es que sí —dijo Suzu.

—¡No me puedo creer que haya dicho que su libro superará a los de Danielle Steel! —Negué con la cabeza y solté un resoplido—. Pero ¿quién se ha creído que es?

—¡Shhh! —Grace subió el volumen de la televisión justo cuando Jimmy le deseaba suerte a William con su nueva novela y daba paso a publicidad.

Nos quedamos con la vista clavada en la pantalla hasta que el escritor salió del plató. Luego, Grace apagó el televisor.

Apoyé las palmas de las manos en la moqueta que recubría el suelo de nuestro salón y me volví hacia la izquierda para comprobar si mis compañeras de piso tenían la misma cara incrédula que yo.

Suzu y Grace estaban sentadas en el sofá, detrás de la mesita en la que se encontraba lo que quedaba de nuestra cena. Como ya era tradición, cada domingo pedíamos algo y, después, veíamos la tele juntas.

Por segunda vez esa noche, Grace le dio un golpecito a nuestro incomodísimo sofá para indicarme que me sentase a su lado, a lo que yo volví a responder con una leve negación de cabeza. Prefería quedarme en el suelo, desde donde tenía un acceso privilegiado a los *makis* de salmón con aguacate.

—Las redes sociales están ardiendo —comentó Suzu al tiempo que deslizaba el pulgar por la pantalla de su teléfono—. La gente ya está diciendo que no piensa comprar su nuevo libro.

—No me extraña —respondí yo—. Ha dejado a los lectores de idiotas al decir lo de «No todo el mundo sabe apreciar un buen libro». —Intenté imitar la voz de William, pero en lugar de salirme su acento pausado y tranquilo, me salió un tono estridente que no se parecía en nada al suyo. Estaba demasiado indignada como para no hablar de carrerilla.

Grace soltó una risita y dijo:

—La verdad es que ese comentario ha sido bastante clasista, pero ha sido divertido ver cómo se ha ido mosqueando él solito hasta que ha explotado.

—Con el numerito de oler el libro se le ha ido la cabeza, ¿no? —Suzu apartó los ojos del móvil aguantándose la risa. A mí se me escapó una carcajada. Estaba segura de que ese momento se convertiría en meme—. Es que madre mía, es más teatrero que Grace.

Nuestra amiga agarró el cojín rosa que descansaba a su lado y golpeó con él a Suzu.

—A ese tío lo que le pasa es que se cree un genio porque llevan años haciéndole la pelota… —aseguré.

—Bueno, un poco genio sí que es —me interrumpió Suzu mientras se inclinaba para atrapar una *gyoza* de pollo—. Lleva dos meses viajando por el mundo y ya tiene un libro nuevo bajo el brazo. ¿Cuánta gente puede hacer eso?

Se metió la *gyoza* en la boca y me apuntó con los palillos en busca de una respuesta.

—Uno que nadie va a querer comprar —le recordé.

—Rachel, una cosa no quita la otra —me dijo Grace—. Estoy de acuerdo contigo en que acaba de quedar como un niño de cinco años con una rabieta, pero tienes que reconocer que algunas de sus respuestas han sido ingeniosas. Y que, gracias a él, nos hemos reído muchísimo. —Asentí porque eso era verdad. Nos habíamos tronchado de risa—. Además, a este tipo de programas no invitan a cualquiera.

Ante eso último, solté un bufido.

Era cierto que los escritores rara vez iban a los *late shows*. Esos espacios estaban reservados para actores y cantantes, pero yo tenía una teoría y la compartí con mis amigas:

—Le han invitado porque es joven y guapo.

—Y porque tiene talento —añadió Grace.

—Y éxito —puntualizó Suzu—. Le gusta a todo el mundo. Por eso es uno de los escritores más vendidos.

—Hay autores que venden más que él y no salen en la televisión. —Negué con la cabeza—. Hacedme caso: si este hombre fuese menos normativo, no se habría sentado en ese sillón.

—A ti lo que te pasa es que todavía le guardas resquemor por lo de la firma esa de libros. —Debí suponer que Grace sacaría el tema. Le encantaba recordarme uno de los episodios más vergonzosos de mi vida—. Pero aquí todas sabemos que lo admiras en secreto y que guardas sus libros bajo la cama.

—Uno: no guardo sus libros bajo la cama, los tengo en la estantería —contesté—. Y dos: ¿cómo voy a admirar a un señor que ha desaprovechado la oportunidad de promocionar su trabajo delante de millones de espectadores por culpa de su ego?

—Seguro que tienes su foto de autor dentro del armario. —Suzu se sumó a la iniciativa de reírse a mi costa.

—Sí, la tengo impresa en tamaño póster —ironicé, y se me escapó la risa a la vez que a ellas—. Y ahora, ¿podemos volver a lo que de verdad nos interesa? —pregunté poniéndome seria—. Ese tío ha asegurado que su libro superará al de Danielle Steel.

Guardamos silencio unos segundos.

—Sabes qué significa eso, ¿verdad? —Grace me miró solo a mí.

—Sí. —Claro que lo sabía.

—Significa que estamos jodidas y que mañana será el peor lunes de toda nuestra vida —vaticinó Grace.

Yo me limité a tragarme otra pieza de *sushi* sin apenas masticar.

—El problema lo tiene David. Vosotras no —dijo Suzu.

—¡Qué fácil es decir eso cuando tu jefa es un ángel caído del cielo! —exclamó Grace.

Las tres trabajábamos en Evermore Publishers, una de las editoriales más grandes de Estados Unidos. Suzu era agente literaria en el Departamento de Derechos, y Mindy, su jefa, era todo lo que estaba bien en la vida.

Grace y yo estábamos en edición y no teníamos tanta suerte con nuestro superior.

—Yo solo me limito a recordaros que el problema de lo que ha dicho William es suyo y, en todo caso, de David, que para eso es su editor —agregó Suzu con determinación.

Sí.

Nuestro jefe era el editor de William Anderson, el autor que acababa de dejarse a sí mismo en evidencia en directo.

—Todos los problemas de David nos acaban salpicando —comenté con la boca pequeña.

—Tú no te preocupes por eso ahora. William es un autor muy grande —me dijo Grace—. Imagino que el marrón lo arreglará el propio David. Y, si te toca a ti, te puede venir hasta bien de cara a conseguir el ascenso.

Eso era verdad.

A diferencia de Grace, que era editora sénior desde hacía unos años, yo todavía era adjunta.

Era consciente de que para dar ese salto me quedaba, al menos, otro año de adjunta por delante. Pero eso no me había impedido mandarle a David el viernes anterior mi candidatura para el puesto que se quedaría vacante dentro de tres meses.

—No es por echar sal en la herida, pero mañana es el Blue Monday —informó Suzu—. Es lo único que es tendencia en las redes, junto a la cagada de William, que, por cierto, ya se ha hecho viral. Está en todos lados. —Volteó el móvil y nos enseñó un meme del autor que nos arrancó una carcajada.

La noche siguió con sobras de comida japonesa y las tres leyendo comentarios en Twitter hasta que nos dolió la tripa de tanto reírnos.

El revuelo y la tensión flotaban y se entremezclaban en el ambiente. Los jefazos estaban teniendo una «reunión de emergencia» para evaluar los daños que las declaraciones de William podían acarrear a la editorial. Grace, Suzu y yo nos habíamos enterado mientras esperábamos en la cola de Starbucks gracias al mensaje que Jared —un chico que trabajaba en marketing— le había mandado a Suzu.

Yo ya sabía que sería un lunes movidito, así que me alegré de haber hecho lo único que se podía hacer para salvar un día así: estrenar ropa para sentirme guapa, y añadir extra de sirope al café.

Grace y yo nos despedimos de nuestra amiga al salir del ascensor en la planta veintitrés con la promesa de reencontrarnos en la cocina. El Departamento de Derechos, donde trabajaba Suzu, estaba un piso más arriba. Según abrimos la puerta, nos recibió la sonrisa intranquila y el «Buenos días, chicas» de Alan, el recepcionista. Detrás de su mostrador se podía leer en gigante: EVERMORE PUBLISHERS. Rodeando el cartel en 3D estaban los libros más vendidos de la editorial, entre los que se encontraba la saga de William al completo y también algunas de las novelas románticas en las que yo había trabajado el año anterior.

Nos sorprendió ver que el equipo de marketing al completo ya estaba en su sitio. Grace y yo los saludamos y nos dirigimos a la mesa que compartíamos al fondo. La oficina era diáfana, de paredes y escritorios blancos y ventanales amplios.

Como siempre, fuimos las primeras de nuestro equipo en llegar. Los lunes solíamos entrar con un margen de treinta minutos para desayunar con tranquilidad antes de empezar la jornada. Una de las cosas buenas de la «cultura de empresa» estadounidense era que, todas las mañanas, la cocina estaba repleta de fruta, galletas, cereales, agua de sabores y zumo. Lo único mejorable del desayuno era el café. Nadie solía tomar el de la máquina expendedora porque lo que salía de ahí era agua sucia que olía tan mal que se bromeaba con que venía directamente del retrete.

Dejé el bolso en la silla, el café en la mesa y colgué el gorro y el abrigo mojados en el perchero. Por encima del sonido de la lluvia se oían los cuchicheos de los compañeros de marketing. Saqué el portátil, la agenda y el cuaderno del bolso, y lo coloqué todo en la mesa mientras esperaba a que Grace hiciera lo mismo con sus cosas.

Unos minutos después, nos encontramos con Suzu en la cocina. Atrapé una galleta con pepitas de chocolate de la cesta de la encimera y la dejé en la isla de mármol verde, al lado de mi móvil del trabajo.

—Me ha dicho Jared que los jefazos llevan dos horas reunidos. —Pese a que estábamos solas, Suzu nos lo contó en un susurro—. Los de marketing y comunicación recibieron un correo anoche y han tenido que entrar hoy a las siete. Al parecer, en cuanto acabe esa reunión, van a tener otra para ver cómo enfrentan este marrón y limpian la imagen de William.

Grace tenía razón.

El día se haría eterno y el mal rollo sería el rey del lunes.

Desvié la mirada y suspiré antes de darle un sorbo a mi *caramel macchiato*. Había hecho bien eligiendo un café cargado de nata y caramelo.

—¿Creéis que David estará sudando la gota gorda en la reunión? —preguntó Grace en voz baja.

—Sí —respondí en un murmullo.

—Nada que por otro lado no merezca. Aunque esta vez no haya sido culpa suya, eso no significa que... —Suzu se vio interrumpida por mi móvil, que se iluminó con una llamada entrante.

El estómago se me contrajo de manera desagradable.

¿Por qué me llamaba mi jefe si estaba reunido?

—Buenos días, David. —Según respondí, los dos pares de ojos de mis amigas se centraron en mí.

—Rachel. A mi despacho. Ya. —Fue todo lo que contestó con su característico tono demandante.

Ni siquiera me dio tiempo a decir «Enseguida voy» porque colgó.

Me guardé el móvil en el bolsillo de la americana rosa chicle y, cuando levanté la cabeza para mirar a mis amigas, solo les dije:

—Deseadme suerte.

Acto seguido, salí de la cocina.

Pasé por mi sitio para coger el portátil y me encaminé al despacho de David. No atravesé la oficina corriendo por el estruendo que armaban mis zapatos, pero anduve tan deprisa como pude.

Cuando llegué a su puerta, cogí aire.

Dos veces.

Quería que se me calmase la respiración antes de encararlo. Llamé con los nudillos y abrí la puerta en cuanto lo oí invitarme a pasar.

Mi jefe estaba sentado detrás de su escritorio. Parecía más serio que de costumbre.

—Buenos días, David.

Él me hizo un gesto con la mano para que ocupase uno de los asientos libres que estaban enfrente del suyo. Y eso fue lo que hice, después de dejar el café y el portátil sobre su mesa.

Si había una palabra que podía describir su despacho era «impersonal». En días nublados como aquel, las paredes blancas se sentían aún más frías y vacías. No había ni un solo objeto de decoración. Lo más llamativo era el ventanal que se encontraba tras él y que mostraba la hilera de rascacielos que componían Manhattan bajo un mar oscuro de nubes. El tiempo se había tomado a pecho eso del Blue Monday y nos había regalado una tormenta intensa.

—Acabo de salir del comité de emergencia. —Esos fueron los «buenos días» que me dio mi jefe con voz agria—. Asumo que, como el resto de la empresa, anoche viste el *show* de Jimmy Fallon. —Asentí sin verbalizar la respuesta y él fue directo al grano—. El resultado de la reunión es que pasas a ser mi adjunta en el nuevo libro de William.

«Por favor, que sea una broma».

—¿Qué? —pregunté con la esperanza de haber entendido mal.

Volver a ser su adjunta, ahora que llevaba algunos proyectos en solitario, suponía esforzarme muchísimo para que él se llevase todo el mérito.

—Buscabas tener una responsabilidad mayor, así que desde hoy te encargarás de editar la parte romántica de su novela. Después del patinazo de Will, ese libro tiene que ser perfecto. No sé si entiendes la gravedad del problema —añadió con acidez. Claro que lo entendía, prácticamente había llamado tontos a los lectores en la televisión nacional—. Los ánimos están enfurecidos y nadie va a querer pagar por su libro. Que se pierda confianza en él como autor supondría pérdidas millonarias para la editorial. Y creo que no hace falta que te explique que es uno de los escritores que más facturan.

—Lo sé.

Era más que obvio. Su cara aparecía en todas partes: en el *banner* de la página web de la editorial, en el escaparate de la librería de la esquina e incluso en el metro.

Durante los segundos que permanecimos en silencio recordé uno de los momentos más bochornosos de mi vida laboral, que había tenido lugar meses antes. Al terminar de leer el manuscrito de *El legado de las estrellas*, el último libro de William, le sugerí a David que revisáramos la parte romántica porque cojeaba bastante. La respuesta de mi jefe fue rotunda y fulminante: «Pero ¿tú sabes quién es William Anderson? Este autor no deja que le modifiquemos ni una coma. ¿Cómo puedes siquiera pensar que aceptará correcciones en la trama romántica? Y más viniendo de una persona con tan poca experiencia». Quise contestarle, pero él me cortó con un gesto de la mano antes de que pudiera explicarle las mejoras que creía necesarias.

Y eso era lo único en lo que podía pensar en aquel momento. Si aceptaba ser su adjunta, vendrían meses de quebraderos de cabeza. Trabajar con William sería como chocarse con una pared. Jamás aceptaría mis correcciones. Y si por casualidad se alineaban los astros y conseguía que me hiciese caso, existía la posibilidad de que mi jefe se llevase el mérito otra vez, aunque tampoco parecía que David me estuviese dando elección.

Él debió de darse cuenta del rumbo que estaban tomando mis pensamientos y me sacó de ellos cuando dijo:

—Sé que es una tarea difícil, pero he pensado en ti porque el trimestre pasado tus buenos resultados se vieron reflejados en romántica.

Me habría tomado el comentario como un halago si no lo hubiera estropeado al añadir:

—Yo no tengo ni idea, los sentimientos son cosa de mujeres, así que tienes que encargarte tú. —Hizo un gesto desdeñoso con la mano, como si quisiese huir de cualquier cosa relacionada con el tema.

Me quedé muda de la impresión. Era increíble que en pleno siglo veintiuno hubiese gente con esa mentalidad.

—Y, por favor, no te lo tomes como un retroceso, sino como una oportunidad de lucirte —prosiguió—. William es un autor muy importante, sacar su libro adelante te dará una mayor visibilidad de cara al ascenso.

«¿Cómo?».

—Todavía no he respondido al correo que me mandaste el viernes. Estás interesada en cubrir la vacante que va a dejar Elizabeth, ¿verdad? —Él endureció la mirada y yo asentí—. Los dos sabemos que tienes poca experiencia para ser editora sénior, pero, si me demuestras que este proyecto no te viene grande, te garantizo que el puesto será tuyo. Además, como confío en que harás un buen trabajo, me encargaré personalmente de sugerirle a Linda en la reunión de esta tarde que empecemos ya con los trámites de tu *Green Card*.

Levanté las cejas sorprendida. Y eso fue un error garrafal, porque David vio como mis ojos se convertían en estrellas doradas. La emoción se adueñó de mi expresión como si hubiese ganado un millón de dólares en el Bellagio de Las Vegas.

Mi jefe no solo me estaba ofreciendo el trabajo de mis sueños, también me estaba poniendo en bandeja... ¡la residencia permanente en Estados Unidos!

Desde que llegué cuatro años atrás con mi visa de estudiante y después, cuando pasé a una de trabajador especializado, mi estancia siempre había estado ligada a la visa, y esta a mi trabajo. Lo que significaba que, si me quedaba sin empleo, tendría que volver a España... A no ser que tuviese la *Green Card*.

El proceso para conseguir la residencia permanente podía alargarse dos años. Mi visa de trabajo tenía una duración de tres y ya había consumido uno. Así que, a la larga, o me renovaban el visado por tres años más y agotaba el límite permitido o la empresa me patrocinaba la *Green Card*.

La primera vez que escuché eso de «patrocinar visados» me acordé de los patrocinadores de *Los Juegos del Hambre.* Dada la circunstancia que me tocaría vivir, podría decirse que me sentía un poco como Katniss a las puertas de la arena, aunque mi pelea por la supervivencia sería contra un escritor con la cabeza del tamaño del iceberg contra el que se estrelló el Titanic.

Batallar contra William sería difícil, pero no pensaba rechazar una oportunidad así.

Había trabajado durísimo para llegar hasta ahí y no dejaría que un tío que vivía en las nubes me impidiese conseguir mi objetivo.

Haría un buen trabajo, salvaría el libro, David y Linda estarían orgullosos, conseguiría el puesto y la *Green Card*, y colorín colorado, este cuento se habría acabado.

—Ya sabes que el trato con William suele ser por correo —continuó diciendo mi jefe—. Siempre se va a escribir a Carmel-by-the-Sea, así que no tendrás que lidiar mucho con él en persona. —David hablaba mientras tecleaba en su portátil—. Le he mandado un correo hace un rato para explicarle la situación. Voy a enviarle otro y te voy a poner en copia para que, de ahora en adelante, trabajéis juntos. Cuento contigo, ¿verdad, Rachel?

Asentí con firmeza y me obligué a mantener las comisuras de la boca en su sitio. Ya había dado demasiadas muestras de lo mucho que me alegraba por la oferta de la residencia y el puesto de editora. Si daba más pistas, David me encasquetaría más marrones.

—Sabía que eras una niña inteligente —comentó con su condescendencia habitual. Seguidamente, descolgó el teléfono y llamó a su asistente personal—: Ava, llama a Recursos Humanos y pídeles que retiren la oferta de editora de la página web porque... —David hizo una pausa y me miró por encima de los cristales de sus gafas de ver—. De momento, no necesitamos cubrir esa vacante.

«¿De momento?».

Dos palabras y una advertencia implícita.

Antes de que me diese tiempo a decir nada más, la puerta del despacho se abrió de golpe y dio paso a un hombre con cara de pocos amigos.

Por supuesto.

William Anderson era de los que entraban sin llamar, como si de su propia casa se tratase.

—¡David! ¿Qué cojones de mail es ese que...? —Se calló al darse cuenta de que mi jefe no estaba solo.

William parecía sorprendido por mi presencia.

Yo también lo estaba por la suya. No esperaba verlo en persona. Los autores como él usaban las salas de reuniones de la última planta siempre que iban a la editorial y nunca se cruzaban con nadie. Ese era uno de los privilegios que te otorgaba el estatus de «celebridad».

—Buenos días, William. —David se levantó y yo lo imité. Era increíble la rapidez con la que mi jefe cambiaba su voz arisca por una cordial según quién estuviese delante—. Esta es Rachel García, tu nueva editora adjunta —apuntó señalándome.

«¡Esa eres tú! ¡Te acaban de pasar la patata caliente!».

—Buenos días, señor Anderson. —Me adelanté y le tendí la mano.

Él apartó la mirada del rostro de mi jefe y la centró en mí. Sus ojos vagaron desde la raíz de mi cabello hasta mis zapatos de Zara, deteniéndose en mi colgante en forma de corazón. Su escaneo fue tan rápido que no supe si me lo había imaginado.

William observó mi palma abierta un instante y respiró hondo.

«¿De verdad está sopesando si darme la mano?».

Los segundos que tardó en acercarse y estrechármela se me hicieron eternos. Tenía la piel suave y los dedos largos.

—Buenos días, señorita García —contestó William entre dientes. Parecía haberle costado un triunfo hablar calmado.

Cuando me soltó, se dirigió a mi jefe.

—David, no entiendo a qué viene el mail que me has enviado. Yo trabajo solo. Ya lo sabes.

Su voz sonaba más rasposa que en la televisión. Y su manera de hablar tranquila, típica de California, me puso la piel de gallina. Aunque debajo de esa calma se apreciaba un tono bastante borde.

—Will, ¿por qué no te sientas? —David señaló la silla libre—. Justo estaba terminando de contarle a Rachel cómo vamos a trabajar a partir de ahora.

William se pasó la mano por la cara y entonces me di cuenta de las gotas de lluvia que adornaban su pelo y su americana beis. Luego se pasó la misma mano por la tela para secársela sin éxito.

Mi jefe extendió un pañuelo en su dirección. William se adelantó con un suspiro y lo cogió sin miramientos. Se secó como pudo el rostro, hizo una bola con el papel y lo lanzó a la papelera.

En persona era más alto de lo que parecía en pantalla. Debía de rondar el uno noventa. Yo medía uno setenta y dos, y pese a que llevaba tacones, él me sacaba un trecho considerable.

—Sentaos, por favor —nos pidió David.

Yo obedecí al tiempo que William retrocedía para cerrar la puerta. Sentí una ráfaga de aire cuando se quitó la chaqueta y la colgó en el respaldo de su asiento. Seguidamente, arrastró por el suelo con un chirrido la silla contigua a la mía. Se sentó y lo primero que hizo fue soltar un resoplido. Lo miré y vi que tenía los ojos clavados en mi vaso de Starbucks.

—Típico —masculló por lo bajini. Negó con la cabeza y puso una sonrisita incrédula.

La sangre se me congeló en las venas.

«¿Me está juzgando por beber café de Starbucks?».

No me dio tiempo a sopesar la respuesta porque mi jefe empezó a explicarle lo que, instantes antes, me había contado a mí, omitiendo el detalle de que yo arreglaría el problema a cambio de un ascenso. Mientras hablaba, me forcé a no apartar los ojos de sus gafas de ver. Fue curiosa la elección de palabras que usó con él respecto a mí, porque consiguió que la manzana envenenada pareciera un puñado de fresas recubiertas de chocolate a las que era imposible decir que no.

Cuando David se calló, el silencio reinó en su despacho durante tres segundos exactos. Lo sé porque los estuve contando. Igual que había contado todos y cada uno de los resoplidos que había soltado William desde que había entrado, y ascendían a trece.

—La respuesta es no —soltó con aplomo el hombre que tenía a la izquierda—. No necesito la ayuda de nadie.

Hasta cierto punto, podía entenderlo. William había triunfado muy joven y estaba acostumbrado a los halagos y a trabajar a su aire. Sin duda, la fama se le había subido a la cabeza. Yo ya lo sospechaba, pero su actuación de la noche anterior en el programa y el tono intransigente que acababa de utilizar lo demostraban.

Estaba cansada de que la gente usase ese tonito conmigo, de que me llamasen «niña» y también de tener que morderme la lengua para mantener mi puesto. Era una mujer de veintiséis años que llevaba tres trabajando en el mundo editorial. Estaba perfectamente capacitada para el trabajo y merecía el mismo respeto que los demás. Pero todavía había personas —y por personas me refiero a compañeros de trabajo mayores que yo y a otros escritores— que me trataban como si fuese una cría. En aquel momento no tenía claro si ese trato despectivo tenía que ver con que era mujer, con que era joven o con ambas cosas.

«Mantén el pico cerrado, porque tu *Green Card* está en juego», me recordé.

—Will... —empezó David.

—No necesito la ayuda de una becaria, David.

Me envaré en la silla.

Quería hacerle caso a esa vocecita que me pedía que no contestase, pero me poseyó una fuerza invisible.

—No soy becaria. Soy editora —lo corregí con firmeza.

Y, aunque me moría por dedicarle una mueca de superioridad como la que él había puesto instantes antes, no lo hice.

Tampoco le llamé gilipollas. Merecía un premio por mi autocontrol.

William torció el cuello en mi dirección casi a cámara lenta. Sus labios formaban una línea fina y su expresión parecía decir «¿Cómo coño te atreves a contestarme?».

No sé si fue su cercanía o la adrenalina que todavía recorría mi cuerpo, pero cuando sus ojos se encontraron con los míos no pude apartar la vista.

Y, entonces, me di cuenta de dos cosas.

Sus ojeras eran más evidentes que la noche anterior, es probable que por la ausencia de maquillaje.

El color de sus ojos era otra cosa que no se apreciaba a través de la pantalla y, sin duda, las fotografías que había visto no le hacían justicia. Estaban a medio camino entre el verde y el azul, con la peculiaridad de que tenía heterocromía parcial y casi un tercio de su iris derecho era marrón. Descubrir eso me dejó un poco impactada.

Él entrecerró los ojos y me dedicó una mirada ácida antes de volverse hacia mi jefe ignorándome por completo.

—David, no sé qué clase de broma es esta, pero no cuentes conmigo. —William se levantó y se puso la americana—. Tengo un libro que escribir y no voy a perder el tiempo con una niñera que no necesito.

Apreté el puño derecho por debajo de la mesa.

La mirada de mi jefe me dejó claro que más me valía callarme si quería conseguir lo que me había prometido.

—Mira, Will, voy a ser sincero contigo —empezó David—. Has metido a la editorial en un buen lío al anunciar públicamente que vas a escribir una novela mejor que cualquiera de Danielle Steel. —El tono amenazante que se escondía detrás de su cara conciliadora me puso los pelos de punta—. Esta mañana he tenido que llamar a su agente y disculparme en tu nombre para que nadie echase más leña al fuego.

—¿Que has hecho qué? —Un atónito William volvió a sentarse.

«Pobrecito. Está acostumbrado a estar entre algodones y no sabe que en el mundo real existe una cosa que se llama "pedir perdón"».

—Lo que dijiste nos ha generado mucha presión y estamos en el punto de mira de los medios. Creo que no eres consciente del daño que hiciste con el comentario sobre los lectores... Es un fuego enorme que debemos apagar... La gente está enfurecida...

Así que haz el favor de colaborar. Rachel —me señaló con la mano— es una profesional excelente que entiende los intereses de la empresa y que sacará el mayor partido a tu siguiente novela.

Por el rabillo del ojo vi a William frotarse la cara.

—Estoy seguro de que os entenderéis muy bien y de que juntos sacaréis adelante un gran libro que se acabará convirtiendo en ese top ventas que prometías anoche —terminó David en un tono que dejaba claro que no podíamos elegir.

A mi lado, William soltó un resoplido eterno.

«Y, con ese, el número de soniditos de indignación asciende a catorce», me mofé internamente.

—Sabía que lo entenderías —le dijo David.

—Al parecer, no tengo elección.

—Mándale a Rachel todo lo que tengas cuando puedas —le pidió, y él asintió—. Rachel —David me miró—, puedes seguir con tus tareas de hoy.

Que me despachase así me sentó como una patada en el estómago.

Me levanté.

—David. —Le hice un gesto de cabeza a mi jefe antes de volverme hacia William para mirarlo desde arriba—. Señor Anderson.

—Señorita García —me respondió William con otro asentimiento—. Un placer conocerla.

—Lo mismo digo. —Le dediqué una sonrisa falsa, a la que él correspondió con una mirada escéptica, y recogí mis cosas.

Salí del despacho con las emociones a flor de piel. Me sentía ofendida por tantas cosas que no sabía ni por dónde empezar la lista. Y tampoco sabía con quién estaba más enfadada.

Dejé el portátil en mi sitio y regresé a la cocina mientras le daba vueltas a una palabra.

BECARIA.

William Anderson me había llamado «becaria» de manera despectiva. Con un tono que dejaba claro que los becarios eran indignos de respirar el mismo aire que él.

«Maldito tirano déspota».

Con lo que había luchado yo por llegar hasta donde estaba... Como para dejar que un autor con aires de diva viniese a tratarme así.

Hacía tres años que había entrado en la editorial como becaria y no me avergonzaba de ello. Los becarios trabajaban igual o más que el resto y, por lo general, no tenían ni voz ni voto. Tampoco reconocimiento y, por si eso fuera poco, se encargaban de tareas tediosas que nadie más quería hacer. Por no añadir que, en esa época, una de mis tareas era llevarle el café a David.

Con la subida a editora adjunta de hacía dos años, gané el derecho a la palabra en las reuniones del departamento. Y esperaba que el futuro ascenso a editora me trajese el reconocimiento al mérito por mi trabajo del que, en más de una ocasión, David se había apropiado. Los últimos libros los había editado sola y habían salido genial, y ahora, en un giro dramático de los acontecimientos, volvía a caer bajo su yugo.

La vida era injusta.

Por si tuviera poco trabajo, ¿iba y me encasquetaba a Anderson? Un tío que, en cuestión de minutos, había dejado claro que era un clasista que no quería trabajar conmigo y que me había juzgado por tomar café de Starbucks.

Entré en la cocina sin mirar y vacié el vaso en el fregadero sin darme cuenta de que mis amigas seguían en el mismo sitio en que las había dejado.

—¿Qué haces? —Oí la pregunta alarmada de Grace—. ¿Por qué estás tirando seis dólares de tu café favorito a la basura?

—¿Qué ha pasado? —preguntó Suzu preocupada.

—Necesito un Aperol, una cerveza..., lo que sea —puntualicé mientras abría la nevera que tenía detrás. Resoplé frustrada al ver que solo había botellas de zumos y *kombuchas*.

—Cariño, son las nueve y media de la mañana. Y estamos en la oficina —dijo Grace a mi espalda—. No hay alcohol.

Observé mi vaso vacío un segundo, lo tiré a la papelera y me acerqué con decisión a la máquina expendedora de café. Pulsé el botoncito del capuchino y arrugué la nariz al oler el líquido negruzco y humeante que salió.

—No irás a beberte ese veneno, ¿verdad? —Esa vez fue Suzu la que habló—. Ese café no lo quieren ni las ratas del metro.

Le di un trago y contuve una arcada.

Estaba asqueroso.

—Trae, anda. —Grace me quitó el vaso y lo tiró a la basura. Luego cogió una taza del armario y volcó la mitad de su *frapucchino* dentro.

Acepté la taza, le di un sorbito y suspiré.

Me encantaba el café de Starbucks.

Era un hecho.

Y no pensaba avergonzarme ni pedir perdón por ello.

—Podríamos ir luego a la *happy hour* del Viva Verde —propuse segundos después—. Necesito un margarita.

Me callé porque entraron varias compañeras. Después de saludarlas, conduje a mis amigas hasta el baño. Una vez que me hube asegurado de que no había nadie dentro, me sinceré con ellas.

—David me ha ofrecido el puesto de editora y la *Green Card* a cambio de ser su adjunta en el libro nuevo de Anderson. Y no os lo perdáis..., el gilipollas de William acaba de llamarme «becaria» delante de David. Así que necesito un margarita para criticarlo y quedarme a gusto.

—Espera. —Suzu parecía sorprendida—. Has dicho que... ¿te ha ofrecido la *Green Card*?

Asentí y Grace soltó un gritito.

—¡Claro que vamos a ir a *la happy hour*, pero para celebrar lo de tu residencia! —exclamó Grace emocionada.

—Rachel, la *Green Card*... —insistió Suzu.

—Lo sé. —Asentí, y una pequeña sonrisa empezó a asomar en mi rostro.

Conforme ellas se abalanzaron sobre mí para abrazarme, mi enfado pasó a un segundo plano. En aquel momento me fastidiaba un poco menos tratar con Anderson. Porque lo único que importaba era que estaba un paso más cerca de conseguir aquello con lo que llevaba años soñando.

2

ADJUNTA (adj.): Persona de la que necesito librarme a toda costa.

—¿Puedo ofrecerle algo de beber, señor Anderson? —La voz de la azafata me sacó de mis cavilaciones.

Podría pedirle un whisky doble con hielo y saborearlo mientras los pasajeros de turista terminaban de embarcar, pero quería mantener la mente despejada para trabajar sobre mi manuscrito. Por eso me limité a decir:

—Una botella de agua, por favor.

La mujer me dedicó una sonrisa amable antes de asentir y darse la vuelta. Tras quedarme solo volví la vista al móvil para leer el correo que acababa de recibir.

De: rgarcia@evermorepublishers.com
Para: william@anderson.com
Fecha: 16 enero 13.32
Asunto: Nuevo proyecto editorial

Buenas tardes, señor Anderson:

Como le ha comentado David esta mañana, desde hoy soy su nueva editora adjunta.
Estoy deseando empezar a trabajar con usted. Si le parece, podemos reunirnos esta semana, así me cuenta de qué trata su nueva novela y qué estimación tiene para la fecha de entrega.

Quedo a la espera de su respuesta.

Atentamente,
Rachel García
Editora adjunta de Evermore Publishers

Resoplé irritado. Solo hacía dos horas que me había marchado de la editorial. ¿De verdad la señorita García no podía esperarse ni un día para escribirme?

Y, por favor..., ¿quién coño se creía eso de que estaba deseando trabajar conmigo?

¿Se le había olvidado que había visto su cara de fastidio en el despacho de David?

Ella tenía tan pocas ganas de trabajar conmigo como yo de hacerlo con ella. De hecho, mientras David me vendía la idea de que, por el bien del libro y de la editorial, necesitaba la ayuda de la señorita García, ella no había parado de juguetear con su colgante. Parecía tan incómoda como yo.

Me repantigué aún más en el asiento de primera clase. Siempre me cogía el último individual del lado derecho. Antes de que me diese tiempo a sacar la bandeja, la azafata ya estaba de vuelta. Me dio una servilleta, un vaso con hielo y la botella de agua.

—¿Quiere que le traiga la prensa?

—No, gracias.

Ella esbozó otra sonrisa cortés y se retiró.

Aquella mañana había leído las noticias por encima y me había topado con unos cuantos titulares desagradables.

«El famoso escritor William Anderson enfurece a los lectores con sus duras declaraciones: "No todo el mundo sabe disfrutar de un buen libro"».

«William Anderson asegura que su nueva novela superará a cualquiera que haya escrito Danielle Steel».

«Anderson responde a las críticas: "Me asombra la cantidad de necios que creen saber lo que es el amor"».

Seguía sin entender las críticas que había recibido mi libro. Había escrito un best seller y eso no lo decía yo, lo demostraban los datos de ejemplares vendidos. No era mi problema que hubiese gente que no supiese apreciar el arte.

Pero no era gilipollas.

Era consciente de que me había dejado llevar al asegurar que mi siguiente libro me llevaría al top del romance y me faltaba lo básico para que eso pasase:

LA PUÑETERA TRAMA ROMÁNTICA.

En ese momento mi móvil pitó varios mensajes de mi hermano:

> Acabo de salir del hospital, he visto la que has liado

> Que no te engañe mamá, has quedado como un gilipollas en la tele!!

> Por cierto, hay un meme tuyo buenísimo, le han puesto tu cara a un caminante blanco

> Que te jodan, Zac!

Después de contestarle cometí el error de entrar en Instagram. Tenía cientos de mensajes pendientes. La mayoría rondaban en torno a la misma idea: «¿Crees que vamos a seguir comprando tus libros después de que nos hayas insultado?», acompañados de palabras malsonantes.

Como siempre, también había otro tipo de mensajes que incitaban a lo contrario: «Nadie entiende tu libro y es una maravilla. Will, siempre tendrás un hueco en mi estantería y en mi cama también».

Salí de Instagram y le di un trago a mi botella de agua.

Quizá no era tan mala idea eso de pedir un whisky.

El malestar de mi estómago por los mensajes de las redes se juntó con la indignación que me había provocado el correo de la señorita García.

Querían ponerme a trabajar con una editora adjunta.

A mí.

Yo escribía solo.

David nunca me hacía sugerencias. Mis historias apenas necesitaban correcciones ni edición. Llevaba siete años publicando libros y todo había ido de maravilla. ¿Por qué debería cambiar mi método de trabajo ahora?

Horas antes, al verla en el despacho de David, me había quedado con el final de la frase atascada en la garganta. La cara de la señorita García me había resultado vagamente familiar. Durante unos segundos buceé por mis recuerdos en su busca, pero no la encontré. Supuse que me la habría cruzado alguna vez por la editorial.

Le había hecho un escáner completo. La chica desprendía naturalidad. Tenía un rostro bonito. Sus ojos color café eran varios tonos más claros que su cabello marrón oscuro. No iba muy maquillada y su americana, de un rosa chillón, no parecía muy cara.

Me había fijado en cómo la lluvia le había ondulado las puntas de la melena encrespada a la altura del pecho, en el colgante en forma de corazón que llevaba y en su tono de voz cálido al darme los buenos días.

Cuando reparé en su vaso de Starbucks y en la pegatina de su portátil, en la que ponía «editora guay», me di cuenta de que era un cliché con piernas. Lo último que necesitaba era que me pusiesen a una repipi como ella al lado. Por eso decliné la oferta de mi editor y solté lo primero que me vino a la cabeza: «No necesito la ayuda de una becaria».

Mi comentario debió de ofenderla.

La determinación que vi en su mirada cuando me contestó me descolocó un poco, pero no me amedrentó.

Cuando se fue, David me contó las mil y una hazañas de la chica que había colocado no sé cuántos libros en el top de la romántica. Me alegraba saber que la señorita García había dado varios pelotazos seguidos. Seguro que era una gran profesional y que sería útil para aquellos que necesitasen su ayuda, pero ese no era mi caso.

Con un suspiro eterno, desbloqueé el móvil para contestarle antes del despegue.

De: william@anderson.com
Para: rgarcia@evermorepublishers.com
Fecha: 16 enero 13.41
Asunto: Re: Nuevo proyecto editorial

Buenas tardes, señorita García:

Lamento comunicarle que no podré ir a la editorial, acabo de coger un vuelo rumbo a California. No creo que vuelva a Manhattan hasta dentro de unos meses.
¡Que tenga un buen día!

Un saludo,
William Anderson

Tan pronto como contesté, puse el modo avión. Lo que más me apetecía era volver a mi lugar seguro, desconectar del mundo y centrarme en mi novela.

Al llegar, seis horas después, seguí las indicaciones de las conexiones. Tenía una hora para coger el vuelo que me llevaría de San Francisco a Monterrey. Conecté los datos del móvil y descubrí otro correo suyo.

De: rgarcia@evermorepublishers.com
Para: william@anderson.com
Fecha: 16 enero 14.02
Asunto: Re: Re: Nuevo proyecto editorial

Buenas tardes otra vez, señor Anderson:

No se preocupe por no estar en Manhattan. Podemos reunirnos por videollamada. Tenemos una diferencia horaria de tres horas, pero estoy segura de que encontraremos un hueco que nos

venga bien a ambos. El jueves no tengo ninguna reunión programada. Si le va bien, puedo enviarle una convocatoria de Teams.
Quedo a la espera de su respuesta.
Por favor, no dude en escribirme si necesita algo.
¡Que tenga un buen vuelo! :)

Atentamente,
Rachel García
Editora adjunta de Evermore Publishers

Entrecerré los ojos al leer su última frase.

¿Una carita sonriente? ¿Por qué intentaba ser maja conmigo? La señorita García y su táctica de caerme simpática no me convencerían de que era buena idea trabajar juntos.

No tenía intención de reunirme con ella, ni en persona ni online. Me dije a mí mismo que ya le respondería más tarde. Total, en Nueva York ya eran las ocho de la tarde y ella ya no estaría trabajando.

Dios, estaba muerto. Lo único en lo que podía pensar era en llegar a Carmel-by-the-Sea, a mi casa, con mi gato y pedir algo para cenar antes de desplomarme sobre la cama y dormir hasta que no quedase rastro de *jet lag*.

Me llevó unos días aclimatarme a estar en casa y volver a establecer los horarios de rutina que tenía antes. En cuestión de días había pasado por tres husos horarios distintos y todavía no estaba cien por cien inmerso en el horario californiano.

Tres días fueron los que tardé en volver a recibir noticias de mi editora adjunta.

De: rgarcia@evermorepublishers.com
Para: william@anderson.com
Fecha: 19 enero 06.12

Asunto: ¿Nos vemos?

Buenos días, señor Anderson:

Espero que llegase bien a California. Como le comenté, hoy tengo el día despejado y podría reunirme con usted. Si le va mal, podemos buscar otro momento.

Un cordial saludo,
Rachel García
Editora adjunta de Evermore Publishers

Rodé sobre el colchón hasta quedarme bocarriba y suspiré mientras mi mente se deshacía del sueño.

No era un hombre al que le costase salir de la cama. Como cada mañana, abrí la ventana y estiré el nórdico. Después de pasar por la ducha, me vestí con unos vaqueros y una camiseta negra. No era mi estilo eso de quedarme todo el día escribiendo en pijama.

Bajé las escaleras y fui a la cocina para prepararme el desayuno de siempre: café y una tostada con mantequilla de cacahuete y rodajas de plátano. Me senté en el taburete que estaba frente a la isla y desayuné mientras leía *Trenza del mar Esmeralda*, el último libro que había sacado Brandon Sanderson.

Cuando terminé, subí a mi despacho con la taza de café. Lo primero que hice cuando levanté la tapa del portátil fue comprobar que, cuatro días después, mi aparición en el programa seguía generando polémica. Por eso hice lo que me había indicado el equipo de marketing de la editorial: mantenerme al margen y no contestar ningún mensaje.

Seguidamente releí el correo de la señorita García. Había sido simpática y no quería hacerla esperar ni tampoco olvidarme de contestarle, como me ocurrió con su último correo. Llevaba días centrado en añadir una trama romántica a las cien páginas que tenía escritas de mi nueva novela. Quería dedicar el día entero a escribir y no pensaba perder el tiempo con videollamadas innecesarias.

De: william@anderson.com
Para: rgarcia@evermorepublishers.com
Fecha: 19 enero 07.01
Asunto: Re: ¿Nos vemos?

Buenos días, señorita García:

El vuelo fue bien. Gracias por preguntar.
Desafortunadamente, hoy no tengo disponibilidad para hablar con usted.

Un cordial saludo,
William Anderson

Luego abrí el programa de escritura y activé el modo concentración. Con ello, lo único que vería en la pantalla sería el texto sobre el que estaba trabajando y evitaría distracciones.

Mi segunda semana en Carmel comenzó con otro correo de la señorita García.

De: rgarcia@evermorepublishers.com
Para: william@anderson.com
Fecha: 23 enero 07.02
Asunto: Disponibilidad para reunión

Buenos días, señor Anderson:

¿Qué tal? Espero que haya pasado un buen fin de semana.
Me gustaría que nos sentásemos a charlar sobre el manuscrito.
¿Cómo lo tiene esta semana para reunirnos?

Un saludo,
Rachel García
Editora adjunta de Evermore Publishers

Resoplé molesto. Parecía que esa mujer no se daría por vencida con facilidad. Le contesté por la tarde, pasadas las tres. Así, con la diferencia horaria, la pillaría fuera de la editorial y, con suerte, no leería mi respuesta hasta el día siguiente.

De: william@anderson.com
Para: rgarcia@evermorepublishers.com
Fecha: 23 enero 18.14
Asunto: Re: Disponibilidad para reunión

Buenas tardes, señorita García:

Acabo de leer su email. Estoy inmerso en el proceso creativo y apenas miro el correo. Me encantaría hablar con usted, pero esta semana voy a estar bastante liado. Estoy inspirado y quiero dedicarle cada segundo del día al manuscrito.

Un saludo,
William Anderson

No me equivoqué.
Ella no me respondió esa tarde.
Pero antes de irme a dormir supe que al día siguiente me despertaría con otro correo suyo.

De: rgarcia@evermorepublishers.com
Para: william@anderson.com
Fecha: 24 enero 06.42
Asunto: Re: Re: Disponibilidad para reunión

Buenos días, señor Anderson:

¡Me alegra mucho saber que está tan inspirado!
Ya que no podemos reunirnos esta semana tampoco, ¿le importaría avanzarme la trama del libro? ¿Quién protagoniza la novela? ¿Quién es el interés amoroso?

Ayer ya estaba fuera de la oficina, por eso no le contesté. Le puedo dar mi número de móvil del trabajo; así, si tiene cualquier asunto urgente, puede escribirme un mensaje.

Muchas gracias.
Rachel García
Editora adjunta de Evermore Publishers

«¡Ja! Va lista si cree que voy a darle mi número de teléfono a cambio del suyo».

Dejé el móvil sobre la mesilla y, siguiendo mi táctica del día anterior, no le respondí hasta entrada la tarde.

De: william@anderson.com
Para: rgarcia@evermorepublishers.com
Fecha: 24 enero 18.24
Asunto: Re: Re: Re: Disponibilidad para reunión

Buenas tardes, señorita García:

El libro en el que estoy trabajando es la precuela de La Furia de las Estrellas. Es un libro ambientado cien años antes. Le recomiendo encarecidamente que lea la saga entera antes de sentarnos a charlar. De lo contrario, nuestra reunión sería contraproducente y perdería mucho tiempo explicándole el sistema de magia.

Reciba un cordial saludo,
William Anderson

P. D.: Si le surgen consultas leyendo, no dude en contactar conmigo, estaré encantado de resolvérselas por email.

Se me escapó una carcajada al pulsar «enviar». Mis libros eran largos y, si los compaginaba con su jornada laboral, tardaría dos o tres semanas en leerlos. Por lo que era lógico pensar que mi bandeja de entrada y yo recibiríamos el descanso de correos electrónicos que merecíamos.

Sin embargo, su siguiente correo de «buenos días» me hizo darme cuenta de que la había subestimado.

De: rgarcia@evermorepublishers.com
Para: william@anderson.com
Fecha: 25 enero 06.04
Asunto: Re: Re: Re: Re: Disponibilidad para reunión

Buenos días, señor Anderson:

¿Está escribiendo la historia de Nora? ¡Qué bien! Es un personaje con mucha fuerza, ya lo sospeché en el capítulo treinta de *La llama morada*, cuando Willow le cuenta a Rhiannon el origen de la magia.
Solo me surgen dos preguntas:
¿Quiénes son el resto de los personajes?
¿Y cuál será la trama romántica?
Por otro lado, tenemos que fijar una fecha de entrega. ¿Cuándo cree que podrá tener el manuscrito terminado?

Un saludo,
Rachel García
Editora adjunta de Evermore Publishers

P. D.: No se corte a la hora de darme detalles.

Parpadeé confuso y me incorporé en la cama.

No solo se había leído la saga, sino que me daba la información necesaria para que supiese que decía la verdad. Por primera vez en mi vida no se me hinchó el pecho de júbilo al saber que alguien había leído mis novelas. En su lugar, sentí una mezcla de incredulidad y enfado. Había querido darle en las narices y me había rebotado. Me quedé tan estupefacto que no supe qué contestar en un primer momento y, al final, me olvidé de hacerlo.

Mis días en California eran una sucesión de escribir, beber café y hacer deporte. Creía que volver a sumergirme en mi rutina me ayudaría a conectar con el manuscrito, pero las ideas no fluían como de costumbre. Cuando se me ocurría una buena, algo se removía dentro de mí. Esa chispa que se adueñaba de mis dedos hacía que no pudiese dejar de teclear hasta que plasmaba en el documento todo lo que quería. Y, por mucho que me doliese admitirlo, hacía tiempo que eso no ocurría.

En eso estaba pensando cuando reapareció otro de sus correos.

De: rgarcia@evermorepublishers.com
Para: william@anderson.com
CC: djonson@evermorepublishers.com
Fecha: 26 enero 15.24
Asunto: Re: Re: Re: Re: Re: Disponibilidad para reunión

Buenas tardes, señor Anderson:

Espero que esté bien.
¿Le importaría enviarme el manuscrito?
Me gustaría leer lo que lleva escrito, así podremos valorar juntos las correcciones que sean necesarias. Es importante comprobar que estamos alineados en cuanto a los objetivos que queremos conseguir con esta novela.
He hablado con David y necesitamos saber ya una fecha estimada de entrega. Así que, por favor, indíqueme qué día de la semana que viene puede reunirse conmigo.

Un saludo,
Rachel García
Editora adjunta de Evermore Publishers

Me di un par de golpecitos en la frente con el bolígrafo y me reí yo solo en mi despacho. Rachel había puesto a su jefe en copia.

Ya que parecía que no me libraría de ella ni con agua caliente, decidí enviarle lo que tenía escrito. De esa manera, David y ella se darían cuenta de que mi nueva novela era tan buena que podría prescindir de su ayuda.

De: william@anderson.com
Para: rgarcia@evermorepublishers.com
CC: djonson@evermorepublishers.com
Fecha: 26 enero 15.25
Asunto: Re: Re: Re: Re: Re: Disponibilidad para reunión

Buenas tardes, señorita García:

Le adjunto lo que llevo escrito. Por mi parte, podemos reunirnos cuando quiera.

Reciba un cordial saludo,
William Anderson

Le envié el correo y sonreí victorioso. Sin darse cuenta, acababa de ponerme en bandeja de plata la posibilidad de deshacerme de ella. Estaba tan confiado que no me la vi venir.

3

ROMÁNTICA (adj.): Género de la novela que tiene que escribir el bocazas.

Mis padres dicen que aprendí a leer con cinco años.

Una de las primeras novelas de fantasía que recuerdo haber leído es *El planeta de Mila*. La saqué de la biblioteca antes de las vacaciones y nunca la devolví. Aquel verano nos mudamos a Madrid y me la quedé sin querer. De pequeña la releí un millón de veces y le tengo tanto cariño que aún la conservo en casa de mis padres.

Con ella empezó mi amor por los libros en general y por la fantasía en particular. Desde entonces, no recuerdo un momento de mi vida en el que no haya estado leyendo.

Cuando cursaba quinto de primaria, nos llevaron de excursión a una editorial por el día del Libro. Fue divertido. Nada más llegar, una empleada se llevó a mi amiga Ana a otra sala. A los pocos minutos, la mujer regresó sola. Nos contó que había dejado a nuestra compañera en un mundo mágico, que para vivir aventuras teníamos que leer mucho y que cuando Ana volviese de su aventura ya no sería la misma.

Esa frase se me quedó grabada a fuego en el cerebro.

Años más tarde comprendí que, como lectora, eso era lo que me sucedía cada vez que me embarcaba en una historia nueva. Abría un libro siendo una persona y, cuando lo terminaba, ya no era exactamente la misma.

Esa excursión marcó un antes y un después para mí y el día del Libro pasó a ser mi favorito. Aquella tarde vacié la hucha en forma de cerdito que tenía y les pedí a mis padres que me llevasen a la librería y empezó así la tradición de comprarme un libro cada veintitrés de abril.

Pronto me convertí en una lectora voraz.

Llegó un punto en que tenía que hacer malabares con los tomos para que cupiesen en las estanterías de mi cuarto. Tenía que apilarlos en la mesa y en los cajones del armario. De ahí pasé a ocupar el resto de la casa.

Al ir saliendo de la adolescencia, comprendí que quería ser la encargada de llevar esas novelas a las estanterías de los lectores. Había nacido para sacar el mejor lado de las historias y, para lograr eso, necesitaba trabajar en una editorial.

Quería ser editora.

Ese era mi sueño.

Conforme fui sumergiéndome en la vida universitaria, a ese se sumó otro sueño: trabajar en Estados Unidos. Allí estaban algunas de las editoriales más grandes del mundo. Quería estar cerca de los autores a los que había admirado desde pequeña y leer las novedades antes que nadie.

Porque otra cosa que me dio ser una lectora incansable fue aprender inglés desde bien temprano. Mientras mi hermano mayor hacía judo como actividad extraescolar y mi hermana pequeña baile, yo me apunté a inglés. Si quería leer las continuaciones de las sagas a las que estaba enganchada sin tener que esperar a que se tradujesen, no me quedaba otra opción. Además, mi tía era inglesa y siempre me ayudaba con el idioma. De hecho, ella fue la primera persona que me regaló un libro en inglés y la que, con *Twilight,* me llevó a descubrir que me apasionaba la mezcla entre romance y fantasía.

Me pasé la mitad de la adolescencia queriendo ser inmortal, pero ningún vampiro vino a buscarme con su flamante Volvo plateado.

Una pena.

Lo bueno fue que esa primera lectura en inglés les abrió la puerta a muchas otras. El idioma me gustaba y se me daba bien. Por eso, después de acabar la carrera de Filología Inglesa, decidí matricularme en un máster en *Publishing* y cambiar Madrid por Nueva York. Elegí ese destino porque allí se concentraban gran parte de las editoriales del país y porque series como *Friends*, *Girls* o *Gossip Girl* habían hecho que amase Manhattan antes de pisarlo.

Mi primer año en la Gran Manzana fue una montaña rusa de emociones. Hubo muchos altibajos, con más «altos» que «bajos». No sabía que el frío de Manhattan podía ser tan asolador en invierno ni que en diciembre se hacía de noche a las cuatro y media de la tarde. Y tampoco creí que echaría tanto de menos a mi familia y amigas. Los comienzos fueron duros, pero los momentos dulces y el estar donde quería pesaron más que cualquier otra cosa.

Al año siguiente, cuando el primer semestre del segundo curso llegaba a su fin, mi sueño llamó a la puerta en forma de puesto de trabajo en una de mis editoriales favoritas.

Cuando leí la oferta de becaria para dar soporte al Departamento de Edición en Evermore Publishers, todo me encajó y me apunté sin dudar. Tenía claro que, para entrar en la industria, necesitaba un contacto —que no era mi caso— o empezar desde abajo.

Creía que al cumplir mi sueño me sentiría la mujer más feliz de la Tierra. Y así era la mayor parte del tiempo. Vivía en Manhattan y trabajaba en una editorial de renombre. ¿Qué más podía pedir?

«Un buen jefe», pensé un tiempo después.

Una persona a la que admirar, de la que aprender, un jefe de esos que te impulsan a crecer y a mejorar constantemente en vez de frenar tu subida.

Conocí a David el día que me contrató. Cuando su asistente me condujo a su despacho y leí el cartelito de la puerta con su nombre, DAVID JOHNSON, y debajo, EDITOR JEFE, ya lo admiré.

Lo que no sabía antes de traspasar su puerta por primera vez era que él sería el único punto negativo del trabajo.

Recuerdo que entré en su despacho con los nervios azotándome el estómago. La sonrisa se me quedó congelada cuando me presenté y David dijo:

—Tu nombre es Rachel, ¿no?

—Raquel —contesté un poco cohibida.

No le gustó que le corrigiera.

—Desde hoy te llamarás Rachel, que así lo entenderá todo el mundo —respondió tajante.

Me quedé paralizada y no supe reaccionar.

A veces usaba la traducción de Raquel por comodidad, pero porque lo elegía yo y no porque nadie lo tratase de manera despectiva. De ahí en adelante, la entrevista no fue tanto una entrevista, sino escuchar a David ensalzar la editorial y a los autores que él llevaba. Me vendió la posibilidad de trabajar con escritores famosos y pasar a formar parte de un ambiente de trabajo excepcional. Y yo estaba tan contenta por tener la oportunidad de acceder a ese universo que le creí.

El incidente con mi nombre se me olvidó en cuanto pronunció las palabras mágicas: «El puesto es tuyo». Y, de pronto, la chica que leía pasó a ser la que editaba los libros. O eso creí que sucedería tan pronto como empezase a trabajar.

Tampoco quise darle importancia a lo primero que me dijo Grace, quien por entonces era editora adjunta, después de que David me presentase al equipo.

—Encantada de conocerte, Rachel. Soy Grace Harris. —Me sonrió con dulzura durante un instante—. No quiero desanimarte, pero la chica que entró antes que tú se fue a las tres semanas, y la anterior, a los dos meses. Espero que tú aguantes más, porque estoy harta de encariñarme para que luego me abandonen —acabó con dramatismo.

Quise preguntarle qué había pasado, pero ella se percató de lo que había dicho y cambió de tema.

—Voy a ser la encargada de formarte. —Me hizo un gesto con la mano para que la siguiese—. Vamos, que te enseño la oficina.

Habían pasado más de tres años desde aquel primer día y me

sentía una mujer completamente distinta. La ingenuidad no tardó en caerse por el camino y me di de bruces con la realidad.

Por suerte, Grace se convirtió en mi referente. Ella fue la que me enseñó a aprender de mis errores y la que me felicitó por mis éxitos. Quien escuchó mis ideas, quien me dio la responsabilidad que me permitió ascender a editora adjunta y quien se encargó de ensalzar mis virtudes en las reuniones de equipo. Ella me había impulsado a crecer y yo me encargué de demostrarles a todos que podía hacer el trabajo.

Grace fue todo lo bueno.

Y David fue el jefe que no respetaba los horarios laborales y el que se adueñaba del mérito ajeno. Viendo el lado positivo, podía decir que de él había aprendido todo aquello en lo que no quería convertirme.

Mientras me dirigía a la sala que había reservado para la reunión con William, intenté mantener la calma.

Las dos semanas que habían pasado desde que lo vi en el despacho de David habían sido infernales. Por un lado, había tenido que lidiar con William, quien me había hecho perder un tiempo valioso de trabajo y no me había tomado en serio hasta que no había puesto a mi jefe en copia, cosa que decía mucho de él.

Por otro lado, había tenido que soportar a David. Mi jefe, que normalmente no me deseaba ni los buenos días, me había preguntado veinte veces cómo llevaba William el manuscrito. Con cada día que había pasado sin recibir actualizaciones, él solo se había puesto más y más nervioso. Mis «Lo siento, David, William no está siendo muy accesible» fueron respondidos con «Conseguir esas páginas es tu trabajo». Así que al final no me quedó más remedio que ponerme firme. Estaba decidida a sacar su libro adelante, a conseguir el ascenso y la *Green Card*.

Al entrar en la sala que había reservado, tomé aire e intenté tranquilizarme. Me había prometido que no iría al encuentro con William predispuesta a enfadarme ni a discutir. El problema era que él parecía bastante terco y era probable que yo tuviese que tirar de todo mi autocontrol para no desesperarme a la primera de cambio.

Su saga principal estaba compuesta por cinco libros de fantasía. En ellos, William había planteado un mundo distópico en el que la magia era la protagonista. Desde el primer momento, su historia había sido alabada por la crítica en cuanto a la ambientación del mundo y el sistema de magia. Lo que siempre se le había destacado era que daba muchísima información sin hacer la lectura pesada. William escribía de manera muy dinámica y su pluma ágil tenía a los lectores esperando su siguiente novela con ganas.

La gente le apreciaba por el cariño con el que hablaba de sus libros. «El entusiasmo mueve el mundo», eso solía decirles Grace a los autores noveles. En el caso de William, eso hizo que se ganase una base sólida de fans desde sus inicios.

Era muy buen escritor, pero la fama le había llegado cuando era muy joven y la industria le había convertido en un narcisista.

En *El legado de las estrellas*, la última entrega de la saga, la crítica había estado dividida por primera vez. Había personas que aclamaban que había sido un final apoteósico y otras que creían que dejaba mucho que desear por culpa de la trama romántica que vivía Rhiannon, la protagonista.

Mi opinión estaba a medio camino entre esas dos.

Como fan acérrima del género fantástico, no podía negar que William había hecho un trabajo impecable. Lo que me dejó una sensación agridulce fueron esos capítulos finales donde se metía el romance con calzador y con una carencia de sentimientos que rozaba lo absurdo. Tras leer el manuscrito avisé a David, pero él no quiso hacerme caso y después empezaron a llegar las quejas de las lectoras.

La crítica a la parte romántica procedía en su mayoría de mujeres. Y tenía todo el sentido del mundo.

El libro estaba escrito desde la perspectiva de una chica. Eso era genial porque no había muchas novelas fantásticas escritas por hombres con protagonistas femeninas tan bien construidas.

Pero ninguna de nosotras podría empatizar con la parte romántica: la falta de realismo era apabullante, la parte sentimental había quedado plana y las escenas eróticas no transmitían nada.

Tenía la esperanza de que William hubiese recapacitado después de haber ido al programa, pero la tarde anterior, cuando terminé de leer lo que me había pasado, me di cuenta de que no había sido así. Se notaba que había escrito la trama romántica corriendo, sin pensar. Estaba segura de que no me había mandado antes el documento porque ni a él le gustaba.

La parte fantástica estaba genial. La romántica era nefasta. El horror en mayúsculas era que el romance venía de sopetón y de una manera forzada que no tenía sentido.

—¿Os podéis creer que ha escrito que a la chica la salva su mejor amigo de ser asesinada por un monstruo y, como agradecimiento, ella le hace una mamada? —Eso fue lo que les dije a mis amigas indignada después de leer el primer encuentro sexual entre los protagonistas.

Parecía que William colapsaba cuando tenía que escribir sobre sentimientos o sexo. Todavía no me podía creer que un autor de renombre como él hubiese escrito eso y se hubiese quedado tan ancho. Se había esmerado más en que se entendiese el matiz del marrón que tenía la puerta de la cabaña de Nora que en lo que ella sentía al tener su primera relación sexual.

Traté de ser lo más suave posible, pero su manuscrito acabó lleno de comentarios tipo «¿Qué significa esto?», «No creo que Nora necesite un rescate así» y «Esta escena de sexo es muy apresurada».

Había hecho las sugerencias que veía necesarias, pero había algo que no me dejaba tranquila. Y ese algo era la necesidad imperiosa de sugerirle a William un cambio drástico.

Estaba bien que Nora se enamorase de Caleb, su amigo fiel de la infancia, pero lo que sería verdaderamente increíble y pondría a las lectoras a aplaudir sería que Nora se enamorase de Hunter, el chico malo de aura misteriosa que los conduce a una trampa. Un *friends to lovers* bien desarrollado siempre era una buena idea, pero un *enemies to lovers* de esta escala sería SUBLIME.

Cuando recibí la notificación de que William se quería unir a la reunión, me enderecé.

—Buenos días, señor Anderson —dije cuando su cara apareció en la pantalla—. ¿Me oye bien?

Cuando sus ojos analíticos se encontraron con los míos, me puse un pelín nerviosa.

William llevaba una camiseta negra y parecía bastante fresco para ser las siete de la mañana en California.

El día que nos cruzamos en el despacho de mi jefe, él llevaba el pelo aplastado por la lluvia y no me di cuenta de que lo tenía más largo de lo que imaginaba y que algunos rizos desordenados le enmarcaban el rostro. Tampoco aprecié que tenía el cabello castaño claro con algún matiz rubio en vez de rubio oscuro, como parecía en la televisión. William tenía la cara redonda. La barba corta le cubría la mandíbula ancha y le dejaba libres las mejillas. Si a eso le añadíamos la peculiaridad de la heterocromía parcial de su ojo derecho y unas cejas pobladas, el resultado era un hombre bastante atractivo. El problema era que su belleza quedaba eclipsada por un ego descomunal que hacía que se le calentase la boca con facilidad.

—Buenos días, señorita García. La oigo perfectamente —contestó con su tono tranquilo característico—. Asumo que su sonrisa se debe a que mis páginas le han encantado y habrá entendido que esta reunión es innecesaria —acabó con un aire de suficiencia.

«¿Encantado? Ay, menuda sorpresa te vas a llevar...».

—Siento decirle que creo que hay que darle una vuelta a todo —informé—. Voy a enviarle un correo con mis sugerencias y el manuscrito adjunto. —Cambié de ventana en el portátil y sonreí para mis adentros al ver el correo que había redactado un rato antes—. Ya lo tiene —dije cuando volví a su pantalla.

Como había sospechado, su expresión de superioridad había menguado hasta casi desaparecer.

—Verá que he marcado algunas cosas en rojo —añadí con una sonrisa falsa—. A grandes rasgos creo que la trama fantástica está genial, pero no puede tener más protagonismo que la historia de amor. Y falta saber el conflicto.

Él parpadeó confuso.

—El conflicto está clarísimo... En la batalla final, aparece el villano que quiere matar a Nora.

—No. —Negué con la cabeza—. El conflicto romántico —aclaré.

—No hay conflicto romántico —contestó él de manera obvia—. Caleb y Nora se besan, se declaran su amor y de ahí en adelante están juntos. Luchan batallas contra monstruos, los persiguen los errantes, intentan matarlos una decena de veces. ¿Qué más quiere que les pase? —preguntó incrédulo.

—En un libro romántico, cuya trama principal es el amor, el conflicto tiene que ser romántico. El resto de las cosas acompañarán a la trama. Dan igual las batallas y los monstruos. Lo que importa es la relación que están construyendo los personajes y los obstáculos a los que se enfrentarán para estar juntos.

—Es un libro de fantasía. Por supuesto que importa toda esa parte.

—Era un libro de fantasía —corregí sin perder la calma—, pero usted se encargó de asegurar que era un libro que lo llevaría al top de la novela romántica. Así que, ahora, por mucho que le pese, es un romance fantástico, que no es lo mismo.

William cogió aire y lo soltó con fuerza por la nariz.

—Deme un momento para leer su correo antes de comentarlo, por favor —me pidió.

—Claro, no se preocupe, me he reservado toda la mañana para usted.

Le di un sorbo a mi vaso y saboreé mi delicioso café de vainilla de Starbucks mientras lo veía mosquearse conforme revisaba.

No habló, pero emitió un total de cuatro resoplidos. Uno por cada punto que yo había redactado en el correo. Al final, se le escapó un «Esto es alucinante», que sonó bastante despectivo, y me taladró con la mirada.

Con su irritación se cayeron los formalismos.

—Quieres hacer demasiados cambios —dijo entre dientes.

—Como le he dicho, el libro es un romance, por lo que la trama tiene que girar en torno a los sentimientos y al desarrollo de los personajes. La trama fantástica está genial. No he tocado nada de eso...

—Solo faltaría —me interrumpió.

Apreté los labios.

Odiaba que me cortasen.

William y yo no habíamos empezado con buen pie, pero tenía la esperanza de solucionarlo para convencerle de que desterrase la idea de liar a Nora con Caleb y acogiese la de Nora con Hunter. Así que intenté un acercamiento menos formal.

—La trama fantástica está genial —repetí—. Muy bien detallada y construida. Me gusta mucho el pasado de Nora, el origen de la magia con la lluvia de estrellas y lo bien que has explicado lo que ha pasado en la Tierra durante esos años, pero todo eso es secundario. No puede tener más protagonismo que la historia de amor.

—Estoy dispuesto a que el romance ocupe la mitad del libro.

—No es suficiente. Por mucho que te duela, prometiste un romance. Sé que estás deseando «callar muchas bocas» —dije citando sus palabras en el programa—. Y para conseguir eso, la trama amorosa tiene que ser el eje principal.

William no parecía convencido.

—Y ya que estamos hablando del romance —proseguí—. Hay una sugerencia importante que no he marcado en esas páginas. He estado pensando y hay otra trama que puede gustar a un mayor público femenino. Creo que el libro funcionaría mejor si el interés amoroso de Nora fuese Hunter en vez de Caleb.

—¿Hunter y Nora? —William arrugó las cejas extrañado.

—Sí.

—No.

—Un *enemies to lovers* triunfaría entre las lectoras. Hunter es un personaje muy sexy.

—No lo es.

—Claro que sí.

—¡No vas a decirme cómo es mi personaje! —respondió tozudo.

—¡Pues sí te lo voy a decir! Es alto, tiene el pelo negro y los ojos azules. —Levanté un dedo por cada cosa que dije de Hunter—. Y encima es sarcástico. Por supuesto que es sexy. La gente se enamorará de él solo por eso.

Él puso los ojos en blanco y luego negó con la cabeza.

—¿Lo ves? —Me señaló—. Por esto me gusta trabajar solo. Porque nadie me dice lo que tengo que escribir.

—Yo no te estoy diciendo lo que tienes que escribir. Solo te he hecho una sugerencia que creo que gustará más.

—Yo quiero escribir lo que me dé la gana, no lo que vaya a gustar más a la gente.

Suspiré y lo intenté con otras palabras.

—Desde el punto de vista comercial, Nora con Hunter funcionaría mejor. La historia de amor con su amigo, el bueno que lleva toda la vida detrás de ella, no tiene el mismo gancho que el chico malo que la conduce a una trampa y que, en el camino, se enamora perdidamente de ella. —Sonreí porque confiaba ciegamente en mi idea—. Lo suyo no puede ser. ¿Tú sabes la cantidad de obstáculos, preocupaciones y quebraderos de cabeza que podemos sacar de ahí?

William guardó silencio y se frotó la cara con un gesto cansado. Esperé unos segundos, pero él mantuvo los labios pegados y la mandíbula apretada.

—Si quieres escribir la historia de Caleb, adelante —dije al final—, pero me da pena que desaprovechemos una novela con tanto potencial por un romance entre amigos que ya hemos leído cientos de veces.

—¿Estás diciendo que no soy original?

—Lo único que digo es que, si seguimos adelante con esa trama, hay que darle una vuelta. Pasa todo demasiado deprisa y el primer encuentro sexual es poco creíble.

—¿Poco creíble? ¿Por qué?

«¿De verdad necesitas que te explique que NADIE haría una mamada con el cadáver de un monstruo al lado?».

—A ver... —comencé—. En un buen *friends to lovers*, la transición del *friends* al *lovers* tiene que ser gradual para que sea creíble. Habría que enseñar las distintas etapas de su amistad y ver la evolución paulatina hacia el amor. Lo que arriesgan, lo que ganan y pierden. Bueno, todo eso... Queda un poco brusco que Nora no dé muestras de tener sentimientos hacia Caleb en noventa páginas y, de pronto, le bese de sopetón después de una pelea.

—Hermione y Ron se besaron en la Cámara de los Secretos después de sobrevivir.

—Y quedó forzado y repentino —contesté haciendo un gesto con la mano—. Pero bueno, a lo largo de los libros, en especial en *El cáliz de fuego*, ya se daban pistas, como en el baile de invierno.

Ante eso, William no pudo replicar.

—Por no mencionar que Nora es un personaje fuerte e independiente que se saca las castañas del fuego sola. Es un poco inverosímil que Caleb tenga que salvarla, y más que ella se lo… agradezca con relaciones sexuales. —Intenté ser todo lo políticamente correcta que pude porque estábamos en un ambiente laboral y no podía gritarle: «¡Vamos a ver, idiota! ¿Quién hace una felación como agradecimiento?».

—¿Estás insinuando que una mujer fuerte e independiente no hace mamadas?

El estómago se me contrajo al oírlo decir «mamada». Agradecí estar sola en una sala, con los cascos puestos y que nadie pudiese escucharnos.

—Lo que estoy diciendo es que es surrealista que se la haga en esa situación —contesté un poco indignada.

—¡Joder! ¡Le acaba de salvar la vida! —dijo de manera obvia.

—¿Y qué? —Elevé el tono sin pretenderlo—. ¿Te crees que eso es un premio? Ay, Dios mío… No. —Negué con la cabeza—. Si se la hace, que sea porque le apetece, no como una muestra de gratitud… Yo estoy en contra de que eso suceda en ese momento y circunstancia, pero, si decides dejarla, al menos construye la atmósfera antes. —Apreté el bolígrafo con fuerza—. Lo que no tiene sentido es que Caleb mate a un monstruo y Nora se arrodille del tirón.

Él abrió la boca para contestar, pero no le dejé.

—Y, permíteme que insista una vez más, pero Hunter sí da pie a este tipo de escenas. Es más atrevido y canalla. No sé, piénsatelo, no tienes por qué decidirlo ahora.

—Prefiero no escribir el libro antes que ceder a tus imposiciones —aseguró con rotundidad.

—¿Qué? —musité atónita.

La sonrisita desdeñosa que puso me hizo perder la paciencia. Y el cabreo que llevaba semanas acumulando salió a relucir.

—Perdona, ¿he dicho algo gracioso? Porque no estoy aquí para hacerte reír —le informé poniéndome seria—. Estoy aquí para cumplir con mi trabajo y, ahora, parece ser que también con el tuyo… Así que te pediría que me tuvieses un respeto. Y te recuerdo que, si no entregas el manuscrito, incumplirás el contrato. —Le dediqué una mirada severa—. Me encantará ver qué editorial quiere publicarte después de que le hagas semejante desplante a una de las más grandes.

«¿Qué estás diciendo? ¿Estás loca?».

William me observó impertérrito y yo lancé mi golpe final sin atender a razones.

—Mira, te lo voy a poner muy fácil. Tú me das la fantasía y yo te doy la relación de amor. Tú escribes el libro y yo lo edito. Se publicará, te alabará la crítica, se convertirá en un superventas, recuperarás la confianza como autor y todos contentos. —Terminé con un nudo en el estómago.

—Todos contentos menos yo.

«¡Pues haber cerrado la maldita boca!», me habría encantado contestarle, pero ya había dicho bastante. Podrían despedirme por menos que eso y me quedaría sin la *Green Card*. Sin embargo, ya no podía echarme atrás.

—El libro tiene que entrar al top de la romántica —recordé—. ¿No tienes ganas de demostrarles a todos de lo que eres capaz?

Él asintió con gesto pensativo.

«Nota mental: hacerle cosquillas a su ego funciona para hacerlo entrar en razón».

William se pasó la mano por la cara. Se me hicieron eternos los segundos que tardó en volver a mirarme.

—Creo que podría tener el libro terminado a finales de mayo —habló con los dientes apretados.

—¡Genial! —Sonreí emocionada. Por fin avanzábamos en la dirección correcta.

—Ahora ilumíname, por favor —pidió fastidiado—. ¿Qué es lo que se te ha ocurrido para Hunter y Nora?

4

BLOQUEO (n.): Obstrucción mental que lleva a un escritor a cometer disparates.

Pillado por los huevos.

Así demostró que me tenía «doña Correcciones» con su discurso sobre mis obligaciones con la editorial.

Tenía treinta años y pocas personas me habían irritado tanto como lo hizo ella en una sola reunión.

Que se emocionase tanto hablando de tramas y clichés románticos no era motivo para quejarme. Se notaba que su trabajo le apasionaba y eso no era un problema. Tampoco podía quejarme de su mal gusto en lo relativo al café. Lo que me crispó el humor fue descubrir que la determinación con la que me eclipsó en el despacho de David al contestarme, en realidad, era una terquedad casi tan extrema como la mía. Y eso sí podía ser un problema.

No estaba acostumbrado a que me llevasen la contraria. De hecho, David me dejaba siempre a mi aire, confiaba plenamente en mí y nunca cuestionaba mis tramas. Pero parecía que Rachel disfrutaba rebatiendo mis ideas y desafiándome.

A todas y cada una de sus sugerencias me habría encantado responder con un «Es mi libro y escribo lo que me sale de los cojones».

Pero no dejé que mi lengua fuese por libre otra vez. Pese a que parecía dispuesta a tirar mi trabajo por la borda, fui amable con ella. Estaba seguro de que le haría a David una crónica de nuestra videollamada y no quería que él tuviese nada que echarme en cara.

Que a ella le encantase su trabajo estaba genial.

A mí lo que me reventaba era que tuviese buenas ideas. Y que estas no se me hubiesen ocurrido a mí.

Odiaba que lo de Hunter y Nora fuese cosa suya. No me entusiasmaba trabajar esa trama porque no la sentía mía. No había nacido en mi interior y no llevaba mi sello. Si escribía esa historia, sentiría que estaba estafando a mis lectores. Pero cuanto más evitaba pensar en ella, más sólida se volvía.

Sacudí la cabeza, confundido. Necesitaba salir a correr y despejarme.

Así que quince minutos más tarde, tras aparcar el coche en Point Lobos, el parque estatal que se encontraba al lado de mi casa, me puse los AirPods y, tan pronto como las primeras notas de «House of the Rising Sun» llegaron a mis oídos, eché a correr.

Cuando entrenaba, desconectaba tanto del mundo que las ideas me venían solas. Sin embargo, en lo único que pensé mientras corría junto al borde del acantilado fue en nuestra reunión.

Esa mujer pretendía cambiar mi método de trabajo, uno que funcionaba y que implicaba mi retiro en Carmel y la única compañía de la pluma Lamy que tenía desde la universidad. No quería cambiar nada del proceso y que el siguiente libro se gafase.

Y, por si fuera poco, quería que escribiese un *enemies to lovers*. Le parecía estupendo hacer sufrir a Nora para su propia diversión, que enredase su vida hasta el punto de acabar enamorada del antagonista. No se daba cuenta de que Hunter no era un enemigo al estilo señor Darcy en *Orgullo y prejuicio*. Hunter era su enemigo mortal, un errante. Él y su clan creían en la supremacía de los humanos que podían usar la magia, y a las personas como Nora solo les daban dos opciones: unirse a ellos o morir. A lo largo de la historia, Hunter se haría pasar por amigo de la protagonista para conducirla hasta esa trampa. Las consecuencias de su enamoramiento serían fatales para ambos.

El proyecto que me proponía suponía embarcarme en la escritura de una relación tortuosa y cargada de conflictos, pero, después de escuchar el planteamiento que ella quería darle a la novela, surgió entre nosotros una conversación natural que acabó convirtiéndose en una lluvia de ideas. Algunas de sus ocurrencias eran horribles, pero se reía al contármelas emocionada.

—¡Ay, Dios mío! Imagínate lo que sufrirá Hunter cuando Nora se entere de sus verdaderas intenciones y lo deje —me había dicho—. Para entonces, él estará completamente enamorado de ella y dudará hasta de sus propios principios.

Cuanto más crecía mi mosqueo, más se reía ella. Imagino que por eso añadió:

—Si resoplas así, es que es una buena idea. Tengo la sensación de que, cuanto más me guste a mí y más te indigne a ti, mejor funcionará sobre el papel.

A lo que, en efecto, respondí con un resoplido y negando con la cabeza.

Una hora más tarde, mientras conducía de vuelta a casa, mi mente era un hervidero de pensamientos que circulaban a cien por hora. ¿Quería escribir el libro que ella sugería y desterrar mi idea inicial?

No. No quería hacer eso. Me convencí de seguir mi instinto y escribir el amor entre amigos en el que yo confiaba. Me dije que necesitaba seguir mi método, trabajar una nueva escaleta en la que el romance de Caleb y Nora fuese el eje principal. A mí no se me daba bien eso de dejarme guiar por una brújula y ver adónde me llevaba la historia. Yo necesitaba un mapa detallado, porque sabía a qué destino quería llegar, pero tenía que decidir qué camino seguir.

Después de ducharme abrí el manuscrito decorado con color rojo de Rachel. Releí sus notas un par de veces y no saqué nada en claro.

Cuando el reloj marcó las siete de la tarde, cerré el portátil enfadado conmigo mismo. Daba igual cuánto rato invirtiese delante del ordenador. No era mi día. Por eso saqué el móvil del bolsillo y escribí a mis amigos.

Había quedado con Matt y Lucy en el Sunset Lounge, el bar del hotel que estaba cerca de mi casa. Mis amigos llevaban siendo pareja siete años. Los mismos que hacía que se había publicado mi primer libro. Fui yo quien los presentó y fui testigo en su boda.

Al terminar de estudiar escritura creativa en la Universidad de Nueva York, volví a California. Empecé a trabajar en una de las mejores cafeterías de Carmel y conocí a Lucy, la hija de la dueña. Los dos congeniamos desde el principio. Era la persona más agradable del mundo, siempre tenía una sonrisa para todos y era extremadamente atenta.

Matt y ella se conocieron un día que mi compañero de piso vino a buscarme para ir a cenar. Yo no creía en el amor a primera vista, pero lo suyo fue una conexión automática.

—No sé por qué cojones finges que miras la carta si vas a pedir lo de siempre —me dijo Matt.

Era verdad.

Siempre pedía las costillas a la barbacoa con puré de patata y extra de champiñones.

—A lo mejor hoy pido pescado, imbécil.

Dejé la carta en la mesa y él me dedicó una sonrisa burlona.

—Dudo mucho que vayas a empezar a ser espontáneo a estas alturas.

Lucy volvió del baño y ocupó su asiento al lado de Matt.

—¿Qué me he perdido? —nos preguntó.

—A tu marido siendo un impertinente —contesté yo.

Ella soltó una risita.

—Bueno, ¿a qué debemos el honor de tu presencia? —me preguntó Matt.

Desde que había vuelto a Carmel no habíamos quedado. Ellos eran los mejores amigos que un escritor podía tener. Entendían cuándo necesitaba quedarme encerrado escribiendo y cuándo necesitaba airearme y los avisaba en el último momento, como acababa de hacer.

—Me apetecía veros un rato. Nada más —contesté.

—Will, ¡venga ya! —Lucy habló tras la carta—. Creo que voy a pedir la hamburguesa —añadió, y, seguidamente, llamó al camarero para que nos tomase nota.

—¿Qué tal va el libro nuevo? —me preguntó Matt cuando volvimos a quedarnos los tres solos.

—Bien. —Mentira.

No quería contarles que no sabía ni por dónde empezar con la escaleta. Eso no era propio de mí.

Como era de esperar, Lucy arqueó una ceja y me miró incrédula.

—Vale —concedí pasados unos segundos—. ¿Sinceramente? Estoy atascado con la escaleta. Mi editora cree que debo darle un giro a la novela y no sé qué coño hacer.

—¿Editora? —Lucy arrugó las cejas—. Pero ¿tu editor no se llama David?

—Sí, pero ahora tengo también a Rachel García para la parte romántica.

Matt se echó a reír con una de sus carcajadas escandalosas.

—Espera. ¿Todo esto es por el numerito que montaste en el *show* de Fallon?

Asentí, incómodo.

—El nuevo Brandon Sanderson ahora quiere ser el nuevo Nicholas Sparks —apuntó él con malicia.

—Eres gilipollas —contesté.

—Sí, Matt —reprendió Lucy—. No sé cómo te has confundido. Va a superar a Danielle Steel, no a Nicholas Sparks.

Él asintió con una sonrisa en la cara y le rio la broma antes de darle un beso. Estaban tan enamorados como el primer día.

—¿Podemos reírnos ya de otra cosa? —Me froté la cara cansado—. Este tema dejó de hacer gracia hace días.

Por fortuna, el camarero apareció con las bebidas. Tan pronto como se retiró, ambos se me quedaron mirando.

—¿Por qué no nos cuentas ya qué demonios te pasa? —añadió Matt antes de darle un sorbo a su cerveza.

Siempre que estaba preocupado se me notaba a millas de distancia. Me ponía tenso, apretaba la mandíbula y era un seco. No podía disimular.

Asentí con un suspiro y les conté todo lo que me había pasado desde que salí del plató.

—Espera, ¿compartes editora con Lily Jones? —Lucy abrió los ojos sorprendida—. ¿La de la saga Los Capullos?

—¿Supongo? —Me encogí de hombros.

David me había mencionado a las autoras con las que había trabajado Rachel, pero no me había dicho los títulos de sus libros.

—¡Ay! ¡Qué bien! —exclamó Lucy—. Su saga lo está petando. Estoy deseando que salga el siguiente, creo que se llama *Un capullo muy sensual*.

—¿Y de qué va? —pregunté con curiosidad.

—Tío, no me jodas —intervino Matt—. Son los libros de los empresarios folladores. Lo sé hasta yo.

—¿Qué? —pregunté estupefacto.

—No le hagas caso. Los empresarios también se enamoran —dijo Lucy—. Las escenas eróticas son geniales y muy realistas.

Ese comentario captó mi atención. Rachel me había acusado de lo contrario.

—Y al hilo de eso... Me he leído las páginas que me has pasado —continuó mi amiga.

No solía tener lectores beta, pero después de la reunión con Rachel estaba tan cabreado que les había mandado las páginas a ella y a mi hermano. Estaba deseando que Lucy me diese la razón que no me había dado Rachel.

—¿Qué te han parecido? —le pregunté.

—Pues, a ver, no es lo mejor que has escrito —confirmó con un suspiro—. Y tengo que darle la razón a tu editora. Caleb es un sosaina. En cambio, Hunter es un personaje muy sexy.

Me pasé la mano por la cara. Ya era la segunda persona que opinaba lo mismo.

—No sé. No estoy convencido con la idea del *enemies to lovers* —confesé.

—¿No crees que deberías darle una oportunidad a Rachel y aceptar su ayuda? —me preguntó Lucy risueña.

Me encogí de hombros con la vista clavada en mi vaso vacío.

—Lu, por Dios, qué cosas tienes. Anderson es un orgulloso de mierda —concluyó Matt como si fuese una obviedad—. Le jode en el alma reconocer que necesita ayuda.

—Cómo te gusta tocarme los cojones... —le dije a él. Luego miré a Lucy—. Rachel y yo tenemos formas de trabajar muy diferentes y no creo que logremos entendernos nunca.

—Si escuchar su punto de vista te ha servido para dudar de lo que estás escribiendo, será que no estás muy convencido de tu idea, ¿no? —apuntó Lucy.

La incomodidad que sentía dentro se hizo más grande.

Aceptar la ayuda de Rachel significaba admitir que no podía desarrollar la novela solo. ¿Me importaba más mi orgullo, como decía Matt, que sacar el libro adelante?

«No es orgullo. Tú solo crees que tu idea es mejor que la suya».

—Bueno, y vosotros, ¿qué tal? —les pregunté con el afán de distraerme—. Que no he cerrado la boca desde que habéis llegado. ¿Alguna novedad?

Mientras me contaban que estaban pensando en mudarse a una casa más grande, una parte de mi cerebro desconectó de la conversación y empezó a darle vueltas a lo que había dicho Lucy.

Pasé el fin de semana pegado al portátil y no conseguí sacar la escaleta adelante. Había perdido la cuenta de cuántas páginas había arrancado de mi cuaderno Moleskine, pero los alrededores de mi papelera estaban llenos de bolas arrugadas de papel. No sabía cómo desarrollar la relación de Nora y Caleb. De alguna manera, Rachel había conseguido hacerme lo mismo que hacía Leonardo DiCaprio en *Origen*: se había colado en mi mente, había implantado la idea que había querido y ahora no podía pensar en otra cosa. Repasé varias veces las anotaciones que ella había dejado en mi manuscrito y que podían servirme de guía para el inicio de la historia entre Nora y Caleb, pero el comentario que había escrito sobre Hunter me distrajo: «¡Me encanta que sea tan chulito!».

Conforme el sol del domingo se ocultaba, mi frustración comenzó a revelarse.

Pero ¿qué coño me pasaba? ¿Ahora era incapaz de acabar una puñetera escaleta?

Mi distracción llegó a un punto de no retorno y, sin darme cuenta, me encontré pensando por enésima vez en Rachel y en sus ideas alocadas. En la chispa de emoción de su mirada al hablar de los enredos de las tramas amorosas y los conflictos. En las sonrisas de suficiencia que me dedicaba y en la manera despistada con la que jugueteaba con su colgante en forma de corazón.

Llevaba semanas convencido de que no necesitaba tener una editora adjunta para la parte romántica, pero estaba empezando a dudar. Varios comentarios que ella había hecho se habían asentado en mi cabeza en forma de látigos con los que me estaba fustigando.

«El libro tiene que entrar al top de la romántica».

«Sé que estás deseando callar muchas bocas».

«Si no entregas el libro, estarías incumpliendo el contrato».

Esa mujer y sus ideas habían contaminado el río de mi imaginación con vertidos tóxicos sobre enemigos que acababan siendo amantes. Y yo no solo no veía más allá, sino que estaba bloqueado.

Yo.

Bloqueado.

Por primera vez en mi vida.

Increíble pero cierto.

Estaba tan decepcionado conmigo mismo que no sabía cómo gestionar el cúmulo de emociones que eso me provocaba.

Así fue como me encontró mi hermano el domingo por la tarde. De pie, en mitad de la cocina, con el portátil abierto sobre la isla y acompañado de una frustración enorme.

—Te preguntaría para qué coño quieres el móvil, pero es evidente que estás en modo «escritor ermitaño». —Su tono burlón me hizo resoplar—. Mándale un mensaje a mamá, anda, que la tienes preocupada.

Zac dejó las bolsas de la compra en la encimera y yo cerré el portátil.

—¿Qué haces aquí? —le pregunté.

Él respondió con una carcajada y una negación de cabeza.

—Madre mía, ¿vienes de Narnia? Es la final de Conferencia —agregó cuando me vio fruncir el ceño.

¿Ya era fin de mes?

La sudadera roja que llevaba Zac con el emblema de los San Francisco 49ers respondía a mi pregunta. Mi hermano pequeño y yo habíamos establecido la tradición de ver la semifinal de fútbol americano juntos. Esa tarde jugarían cuatro equipos, y los dos ganadores resultantes de esos partidos se enfrentarían en la Super Bowl.

—Por si no te has enterado, juegan los 49ers contra...

—Los Seahawks —lo interrumpí—. Sí, ya lo sé. No vivo en una cueva.

—Pues lo parece. —Zac observó la hilera que formaban las tres tazas vacías de café que había desparramadas por la isla.

Después de abrazarme, se dio la vuelta para guardar en la nevera las cervezas que había traído.

—¡Hey, Percy! —exclamó al agacharse poco después—. ¿Cómo estás, amigo? —Se colocó la mano en la oreja y fingió que escuchaba con atención a mi gato—. ¿Cómo dices? ¿Que no soportas a William y que prefieres vivir conmigo porque soy mucho más gracioso y guapo?

—Más quisieras.

Zac salió de la cocina. Lo seguí hasta el salón para verlo apoyar una mano en el respaldo del sofá y saltar por encima para sentarse.

—¿Puedes no tirarte así en el sofá? —le pregunté molesto—. Que es de diseño, joder.

—¿Puedes traerme una cerveza y dejar de quejarte? ¡Gracias! —Zac se ladeó en el asiento para encararme y mirarme con escepticismo—. Y ponte la sudadera de tu equipo, joder, qué vergüenza... —terminó mientras negaba con la cabeza.

Antes de que acabase el segundo cuarto, pedimos la cena. El repartidor llegó cuando faltaban unos minutos para el descanso. Los botellines de cerveza se acumulaban en la mesa. Mi hermano no tenía fondo ni comiendo ni bebiendo.

Aprovechamos los quince minutos de publicidad para cenar y ponernos al día. Me contó que venía de hacer una guardia de veinticuatro horas en el hospital. Vivía en Palo Alto y estaba haciendo la residencia de medicina en el hospital de Stanford. Tenía unos horarios de trabajo difíciles de seguir, a veces salía a la una de la mañana y otras entraba a las seis. Intenté que mantuviéramos la conversación centrada en su vida, pero enseguida se interesó por mi manuscrito.

—¿Cómo va el libro?

—Mejor no preguntes. —Ni siquiera me planteé mentirle.

—A lo mejor necesitas...

—No, Zac. —Le paré los pies porque ya sabía lo que iba a proponerme—. La solución a todos los problemas no pasa por acostarse con una mujer distinta cada semana, pero gracias por el consejo.

—William... —Mi hermano solo me llamaba así cuando quería vacilarme—. Yo creo que, para levantar la cabeza, primero hay que levantar la polla.

—No estoy interesado en conocer chicas, en una relación ni en polvos de una noche. La única mujer que me interesa es Nora. La protagonista de mi libro —aclaré al ver que él alzaba las cejas de manera sugerente—. Lo que me recuerda, ¿te has leído las páginas que te envié?

—Ah, sí, me han parecido lo más —me felicitó, y yo sonreí contento—. La escena de la mamada está genial. Triunfas seguro.

Un momento...

Se me congeló la sonrisa. Si esa escena pasaba el filtro romántico de Zac y no había pasado el de Lucy ni el de Rachel, significaba que eso no era una buena idea.

Y de pronto sucedió.

Una imagen de Nora y Hunter discutiendo en mitad del bosque me vino a la cabeza. Cerré los ojos y la escena se reprodujo en mi mente como una película. Nora parecía bastante disgustada. Y yo necesitaba tirar del hilo y saber qué le pasaba para tener los ojos anegados en lágrimas. Por eso me disculpé con mi hermano y subí al despacho.

Tan pronto como mis dedos entraron en contacto con el teclado del portátil, la escena fluyó sola.

Nora, Hunter y Caleb llevaban tres días recorriendo el bosque de las Tierras del Sol. Se estaban quedando sin agua. Nora quería retroceder y regresar al lago que habían dejado atrás, pero Hunter quería continuar avanzando. Eso derivó en una discusión terrible donde los reproches volaron como estrellas ninjas.

La inspiración se adueñó de mí y, por primera vez en un mes, fui capaz de escribir una escena sin frustrarme.

Al releer lo que había escrito, me sentí satisfecho. Lo había pasado tan bien escribiendo la discusión entre ellos que incluso me había reído en voz alta mientras tecleaba. Estaba seguro de que Rachel no podría modificar ni una coma de esa escena porque estaba impecable.

Y entonces lo decidí.

Escribiría el mejor *enemies to lovers* que se hubiese escrito jamás y con él cumpliría lo que había prometido en la televisión. Centraría mis esfuerzos en eso y les demostraría a todos los que me habían criticado de lo que era capaz.

Un rato más tarde, llegué a la conclusión más obvia y aterradora de todas.

Necesitaba a Rachel García.

Necesitaba escuchar sus ideas y debatir sobre ellas.

Necesitaba tenerla delante porque no quería perder el tiempo esperando sus respuestas.

En aquel momento, incumplir el compromiso que había adquirido con la editorial me hacía sentir tan mal como reconocer que necesitaba la ayuda de otra persona.

No quería que pasase nada de lo que ella había presagiado. No quería que se perdiese la confianza en mí como autor. Ni incumplir plazos. Tampoco que me lloviesen las críticas. No había nada en el mundo que desease más que seguir escalando la pirámide del éxito y, para eso, necesitaba que mi libro fuese el número uno.

Y solo había otra persona igual de interesada que yo en que eso pasase.

Me froté la cara y me levanté. Después de dar un par de vueltas por el despacho, cogí el móvil. Lo que estaba a punto de hacer era una locura nada propia de mí. Después de vacilar un segundo, pulsé el botón de llamada y esperé.

Mi editor descolgó al segundo tono.

—Buenas noches, William. ¿Qué tal estás?

—Hola, David. Lo siento, sé que allí es un poco tarde.

Eran las once de la noche en Nueva York. Ni siquiera lo había pensado antes de llamarlo. Después de asegurarle que no pasaba nada y de las típicas preguntas de cortesía, él se interesó por saber qué tal había ido la reunión que había tenido con Rachel.

—La señorita García quiere darle al libro un enfoque muy distinto del que yo tenía pensado —le informé en tono neutro.

Él aprovechó mi pausa para tomar el relevo de la palabra.

—Escúchame, Will, ya te dije que a Rachel se le dan genial las novelas de chicas.

«¿Novelas de chicas?».

Arrugué el ceño extrañado.

¿Estaba David diciendo que las novelas románticas eran solo para mujeres?

«Manda cojones, y luego dicen que mi libro es el que huele a rancio».

—Deberías confiar en su criterio —continuó él. Parecía un poco tenso—. Ha colocado varios libros románticos entre los más vendidos de la editorial. Junto a los tuyos.

Me había quedado claro que era buenísima en su trabajo. Prueba de ello era que me había puesto a escribir después de la charla que tuvimos. Eso nunca me había pasado con David. Claro que, normalmente, él no opinaba sobre lo que yo escribía y siempre me decía: «Muy buen trabajo, William. Estamos ante otro éxito».

—Al principio me chocó su planteamiento, pero creo que su enfoque es correcto —le contesté tranquilo—. Me he dado cuenta de que tengo que escribir un libro romántico y de que la fantasía debe pasar a un segundo plano.

Me costó un triunfo pronunciar la siguiente frase:

—Para conseguir el objetivo que nos hemos propuesto con el libro y cumplir los plazos de entrega, necesito a la señorita García aquí.

—¿Cómo que aquí? William, no te entiendo.

—Yo no puedo escribir en Manhattan. Ya lo sabes. Y no quiero perder el tiempo con una cadena de correos interminable y la diferencia horaria. —No le dejé protestar—. Creo que, con dos meses de trabajo sin parar, el libro puede estar listo. Y con eso te lo estaría entregando antes de lo previsto.

Lo oí suspirar.

—Will, sabes que te aprecio mucho y que confío plenamente en ti, pero no puedo mandarte dos meses a Rachel. Eso supondría unos costes extra que la editorial no puede asumir.

—Estoy dispuesto a cubrir sus gastos —contesté de manera atropellada.

—Te conozco, tú no trabajas así. —Mi editor hizo una pausa—. ¿Qué está pasando?

«Me encantaría contestarte a esa pregunta, pero no tengo ni puñetera idea de lo que estoy haciendo».

David siempre me daba todo lo que le pedía. En más de una ocasión había dejado claro que yo era su «autor predilecto». Cuando salió mi última novela, le pedí que me enviase cincuenta ejemplares más de los que me correspondían por contrato y me los dio. Cuando le dije que quería visitar la imprenta que estaba en mitad de la nada en Wisconsin, me llevó. Él siempre se encargaba de que yo estuviese contento, pero esta petición iba más allá. Mi cerebro trabajaba a toda velocidad buscando una respuesta a su pregunta. Necesitaba encontrar algo a lo que él no pudiese negarse. No me enorgullece lo que dije a continuación, pero lo hice para que claudicase a mi petición y no porque pensase de la misma manera que él.

—Verás, David. —Rebajé el tono a uno menos exigente—. No estoy acostumbrado a escribir este tipo de libros donde se les da tanta importancia a los sentimientos. Esto del amor... no es lo mío, pero parece que a la señorita García se le da bien editar este tipo de novelas. —Me sentí un auténtico capullo diciendo eso, pero confiaba en que David se viese reflejado en ese comentario—. Creo que sus ideas pueden gustar a un mayor público femenino —me encontré repitiendo las palabras de Rachel—. Estoy seguro de que sus sugerencias me servirán para escribir el best seller romántico del año.

Sabía que lo único que sacaría David de mi discurso sería: Dinero. Dinero. Dinero.

Si eso no funcionaba, no sabía qué más lo haría. Por si acaso, añadí:

—Necesito que colabores conmigo. Yo mismo me encargaré de costearle el billete de avión y las dietas, y le daré alojamiento. En mi casa hay espacio de sobra.

—Rachel trabaja con más autores, Will. —David parecía indeciso—. No puede dedicarte el cien por cien de su tiempo.

—Si es tan buena profesional como dices, estoy seguro de que no descuidará su trabajo con el resto de los autores. Teniéndola aquí avanzaremos más rápido y tendremos los objetivos alineados para sacarle el máximo partido a la novela. —Odiaba hablar de mi libro como si fuese un producto destinado a sacar beneficio, pero ese era el vocabulario que usaba David y con el que se sentiría representado. Esa era la diferencia entre nosotros; para él esto era un negocio, por eso me obligué a añadir—: Además, si te entrego el manuscrito en abril en vez de a finales de mayo, tendrás la novela impresa en junio en vez de en agosto. Si no me equivoco, en verano se venden más libros, ¿verdad?

Después de una pausa eterna, él cedió.

—Déjame pensar cómo se lo planteo a Rachel, ¿vale? —me contestó—. Mañana te digo algo.

5

MARRONAZO (n.): Situación de mierda que te cae cuando menos te lo esperas.

El lunes a última hora David me llamó a su despacho. Era la segunda reunión de emergencia que tenía con él en un mes. En la primera me había encasquetado el libro de William. Esperaba que esa segunda fuese para que le contase qué tal me había ido la videollamada con su autor favorito y no porque fuese a endosarme otro marronazo.

David me saludó sin levantarse y me pidió que tomase asiento.

—He visto que han contactado contigo para empezar el proceso de la *Green Card* —me dijo instantes después—. ¿Estás contenta?

—Sí. Mucho.

Aquella mañana había recibido el primer correo electrónico de la abogada que me habían asignado con documentación que tenía que rellenar. David lo sabía porque iba en copia.

—Genial. —Me sonrió.

Normalmente no me preguntaba si estaba contenta, solía limitarse a mirar por sus intereses.

—Anoche estuve hablando con William —continuó—. Me contó que quieres cambiar el enfoque del libro.

—Sí —confirmé—. Creo que un *enemies to lovers* funcionaría genial.

David asintió y su expresión cambió a una que parecía decir: «Lo que tú digas».

Se subió las gafas de ver por el puente de la nariz y añadió:

—Parece ser que lo que le dijiste le ha dado que pensar.

Asentí contenta.

Hacía tiempo que no esperaba que mi jefe dijese «Buen trabajo, Rachel». Eso era lo más parecido que obtendría a una felicitación por su parte.

—William se ha comprometido a entregar el libro en dos meses. —Abrí los ojos sorprendida—. Ya sabes que poner a la venta su libro antes de verano nos beneficiaría. Por un lado, él demostraría ser un gran autor al sacarse un libro de la manga en tiempo récord. Y, por otro, eso significaría que facturaríamos más este año. Sería ideal que la gente se llevase su libro de vacaciones, ¿no crees?

A esas alturas, ya sabía que la pregunta era retórica.

—Para que William pueda cumplir con los plazos de entrega a tiempo y con calidad, necesita tenerte allí.

—¿Qué? —pregunté estupefacta.

—Que para que el libro esté listo en verano tienes que irte dos meses al pueblucho ese de California. —Hizo un gesto despectivo con la mano.

Si hubiese estado de pie, me habría caído al suelo de la impresión.

Dos meses. A Carmel. Con William.

¿Había entendido bien?

—No puedo irme dos meses —repuse cuando me hube recobrado del impacto—, tengo la presentación de Mia Summers en marzo.

—Grace puede ir por ti.

—Pero su libro lo he editado yo...

—Rachel —me interrumpió—, sé que les tienes cariño a tus autoras, pero William factura muchísimo más que todas ellas juntas. Y para que eso siga pasando, su libro necesita salir adelante.

—Tengo más autores con los que trabajar. No puedo descuidarlos.

—Claro que no vas a descuidar al resto de los autores —me contestó, como si fuese evidente—. Para el puesto de editora necesitas demostrar que tienes la solvencia necesaria para trabajar todos los títulos sin perder la calidad. Eres una gran profesional y estoy tranquilo porque sé que este cambio no impactará en tu productividad, pero necesito que tengas en cuenta que William es prioritario.

Abrí la boca con la intención de protestar, pero David me robó nuevamente el turno de palabra.

—Es la primera vez que escribe novela rosa y el pobre está un poco perdido.

«¿Novela rosa?».

Apreté el puño por debajo de la mesa.

Me ponía de los nervios que la gente desprestigiase de esa manera las novelas románticas, como si fueran menos respetables que las de otros géneros. Las novelas rosas, como le gustaba decir a mi jefe, se vendían muchísimo. Pero para personas como él, que asociaban los sentimientos a las mujeres, esos libros no merecían pasar a la posteridad. Si le contestaba, estaría despedida en cuestión de minutos. En momentos como aquel, solo me quedaba fantasear con darle a David, intolerante a la lactosa declarado, un café con leche entera. Si hacía falta, ordeñaría la vaca yo misma.

Por fortuna, no era una persona fácil de amedrentar y comentarios como el suyo, lejos de hacerme sentir pequeña, provocaban en mí el efecto contrario. Me hacían querer editar muchísimos más títulos románticos que rodeasen a los de William en la sección de los más vendidos.

Además, la empresa había apostado por mí y estaba tramitando mi residencia con la aprobación de Linda, la directora de edición y jefa de David, y me sentía en deuda con ellos.

No quería defraudar a nadie, pero tener que irme dos meses a California me suponía un trastorno enorme y un dolor de cabeza importante. No me apetecía dedicarme a un autor que había dejado claro que no quería mi ayuda ni dejar asuntos abiertos en Manhattan con autoras que sí apreciaban mi trabajo. Por no mencionar que, si tanto me necesitaba William, podía venir él.

—No quiero irme dos meses y perderme la presentación de Mia —insistí.

David suspiró.

—Háblalo con William y, si llegáis a un acuerdo, por mi parte no hay problema.

«¿Hablarlo con William? ¿Qué era él ahora, mi amo y señor?».

Yo no quería estar a disposición de sus deseos como el genio de la lámpara con Aladino.

El móvil de David sonó, lo que me dio tiempo para pensar una respuesta.

—¡Hombre, Will! ¿Cómo estás? —David volvió a usar el tono simpático que reservaba para sus autores superventas y para Linda—. Estoy con Rachel, acabo de decírselo. Está encantada con la idea.

«¿Encantada?».

—Y yo también, va a salir un libro espectacular. Estoy seguro. —Mi jefe hizo una pausa mientras su interlocutor contestaba—. Sí, claro, podéis coordinaros vosotros mejor por correo. Cualquier cosa que necesitéis, aquí estoy.

Cuando colgó, me hizo la pregunta de siempre:

—Cuento contigo, ¿verdad?

Me habría encantado levantarme al más puro estilo Bridget Jones, decirle que no y mandarle a paseo. Sin embargo, decidí tomarme la situación como una oportunidad para mi carrera. Era la primera vez que trabajaría con un autor tan famoso. Seguro que algo aprendería de él. Además, no podía olvidarme del premio que me esperaba al final. Por eso respondí:

—Claro, David.

Me levanté para irme, pero sus palabras me retuvieron cuando llegué a la puerta.

—Una cosa más, Rachel. —Quité la mano del pomo y me volví para encararlo—. William se ha ofrecido a correr con los gastos, tendrás que ponerte de acuerdo con él para ver qué día viajas, y te hospedarás en su casa.

La sangre me huyó del rostro.

¿Cómo?

¿No solo tenía que cruzar el país entero para trabajar con un gilipollas, sino que además tenía que quedarme en su casa?

«Son solo dos meses. Piensa en el ascenso y en la *Green Card*».

—Vale —asentí pasado un instante—. Ahora le escribo.

Salí del despacho hecha una maraña de sensaciones. Estaba enfadada, confusa y nerviosa. Una cosa era trabajar con el autor endiosado y otra muy distinta vivir con él dos meses.

La oficina estaba casi vacía. Eran las seis y media y ya no llegaba a mi clase de yoga. Otro día me habría dolido, pero sabía que aquella tarde me sería imposible vaciar la mente y relajarme.

Me encontré un pósit rosa en mi sitio decorado con la caligrafía de Grace:

> Me voy corriendo a baile, cuéntame qué tal cuando salgas!! Nos vemos en casa! Gracey ♡

Mis labios se estiraron hacia arriba formando una sonrisa escueta. Me hacía gracia que Grace siempre dibujase un corazoncito al lado de su nombre.

Recogí mis cosas y me guardé su nota en el bolsillo.

Mientras me abotonaba el abrigo, miré por la cristalera. Era completamente de noche y las luces de los rascacielos estaban encendidas. Odiaba el horario de invierno con todas mis fuerzas. Si al menos tuviese el camino de vuelta para ir desahogándome con mis amigas sería otra cosa, pero las dos se habían ido ya.

No quería llegar a una casa vacía y autocompadecerme, así que me desvié y pasé por el supermercado. Compré regalices de todos los sabores y *sushi*, y me lamenté por vivir en un país en el que no tenían ni idea de lo que eran las croquetas ni de su poder para arreglar un mal día.

Cuando regresé al apartamento, oí el ruido del secador, que indicaba que Grace había vuelto del gimnasio. Llevaba poco más de un año viviendo con ella y con Suzu. Ellas se habían conocido en la facultad, donde fueron compañeras de cuarto. Se mudaron juntas tan pronto como encontraron trabajo, Grace como becaria en Evermore Publishers y Suzu en la primera de las tres editoriales en las que había estado hasta que Grace la metió en Evermore.

Las conocí hace tres años, el día que entré a la editorial, pero no me mudé con ellas hasta el año pasado, después de que se fuera la otra compañera con la que convivían. Por entonces, yo acababa de ascender a adjunta y mi salario había mejorado lo suficiente como para cambiar la caja de cerillas que compartía con tres chicas en Brooklyn por una caja de zapatos en Manhattan.

El apartamento era bastante viejo, el suelo crujía a nuestro paso y las paredes de papel nos permitían saber cuándo tenían sexo los vecinos. A cambio, vivíamos a tres manzanas de la editorial y las vistas no estaban mal. Las polaroids de Grace decoraban el salón junto a mis velas aromáticas. Suzu se había encargado de poner plantas y tiras de luces en sitios estratégicos para crear un ambiente más cálido. Las tres habíamos aportado algo y habíamos creado un hogar común.

Ese último año que había vivido con ellas había sido el mejor de los cuatro que llevaba en Nueva York.

—¡No me has escrito! —me acusó Grace asomándose desde la cocina.

Nosotras nos mandábamos un audio para todo, pero aquella tarde, cuando salí del trabajo, solo me apetecía arroparme con la manta y esconderme hasta que el libro de William estuviese en la imprenta.

—Lo sé —respondí desde el sofá—. Prefería esperarme a veros ahora.

—¿Suzu no ha llegado aún?

—No.

La oí abrir la nevera y luego el agua correr.

Ladeé el cuello hacia la derecha para verla entrar al salón comiéndose una manzana. Llevaba puesto su pijama de tartán rojo de la colección de *Outlander* que había sacado Hot Topic. Se lo compró cuando Jamie Fraser era su *crush*, ahora ese puesto era de… ¿Rhysand de *Una corte de rosas y espinas*? ¿O era del general Kirigan de *Sombra y hueso*?

No estaba segura.

Grace iba a *crush* por libro, película y serie. Era difícil seguirles la pista a todos sus amoríos ficticios, aunque era muy bonito escucharla hablar de los personajes como si los quisiese de verdad. Ella era uno de los recordatorios de por qué amaba mi trabajo.

—¿Qué tal en zumba?

—¡Genial! ¡Nos ha puesto un remix de Bad Bunny! —Me sonrió y mordió su manzana—. Pero estoy famélica y me comería un elefante bañado en salsa barbacoa —confesó con la boca llena.

Me reí y ella se colocó un mechón rubio detrás de la oreja. Hacía dos meses el pelo le llegaba por debajo del pecho. Según ella, todo cambio de vida radical exigía un cambio de look acorde. Por eso, el día que rompió con el chico que había sido su novio durante los últimos años, se cortó la melena por la barbilla. Todavía no podía recogerse el pelo sin usar infinidad de horquillas y siempre estaba resoplando para quitárselo de la cara.

—¿Por qué sigues vestida? ¿Vas a algún sitio? —me preguntó extrañada.

Negué con la cabeza.

Era normal que le sorprendiese, yo era la típica que, según entraba en casa, se recogía la melena en un moño, se quitaba el sujetador y se ponía ropa cómoda.

—Tengo que enviar un mail y no sé por dónde empezar —confesé antes de soltar un suspiro.

Grace detectó que algo no iba bien. Sin decir nada más, sacó los regalices del armario de los caprichos, se dejó caer a mi derecha en el sofá y me ofreció la bolsa. Cogí uno y lo mastiqué con la mirada perdida.

—¿Qué tal la reunión con David? —me preguntó.

Bajé la tapa del portátil, que descansaba sobre mis piernas, y procedí a contarle todo lo que me había dicho nuestro jefe. Cuando me callé, ella puso la misma cara de sorpresa que debía de haber tenido yo en el despacho.

—¡¿Cómo que te pierdes la presentación de Mia?! ¡Has trabajado durísimo con ella y su trilogía! —comentó indignada.

—Lo sé... No me puedo creer que David haya accedido. Le dice a todo que sí para tenerlo contento...

El trimestre pasado David no había parado de recordarme que gracias al dinero que generaban autores como William, la editorial podía asumir el riesgo de apostar por mis autoras noveles.

—¿Qué vas a hacer?

—Pues ir a su casa, Grace. —Me encogí de hombros y robé otro regaliz de la bolsa—. Ya me he comprometido con David.

El sonido de la cerradura al girar nos distrajo, Suzu apareció segundos después con su ropa elegante y sofisticada y las mejillas sonrosadas por el frío.

—¿A qué vienen esas caras? —preguntó.

Ella se había ido un evento literario y no estaba en la oficina cuando David me convocó a última hora, así que la puse al día de todo mientras Grace me abrazaba y refunfuñaba.

Por supuesto, yo ya sabía que Suzu se opondría de manera más rotunda que Grace. Ella no ocultaba nunca la animadversión que sentía por nuestro jefe. Grace y yo preferíamos no criticarlo en exceso porque teníamos que aguantarlo todos los días. No queríamos retroalimentarnos la una a la otra y acabar cogiéndole más manía aún. Suzu, en cambio, no se cortaba un pelo.

Cuando terminé de narrarle la conversación con David, palabra por palabra, ella solo suspiró y dijo:

—Es mucha casualidad que justo esta mañana te escriban los abogados de inmigración y luego David te proponga esto, ¿no? Yo creo que ha contactado con el bufete hoy mismo para que no le dijeras que no.

—No hay manera de demostrar eso —convino Grace—. Y ya sabemos por experiencia con los visados de Rachel, que estas cosas llevan su tiempo.

—No sé... —Suzu no parecía convencida—. Esto no es más que tu jefe aprovechándose de tu situación vulnerable con el visado una vez más.

—Lo sé. —Asentí. Eso también lo pensaba yo.

—¿Tú qué quieres hacer? —Se interesó Suzu.

—A ver, trabajar con el tío que me ha chuleado durante semanas no es lo que más me apetece en el mundo, pero para conseguir el ascenso «necesito demostrar que esto no me viene grande» —dije citando las palabras de David.

—Dios, es volver a escuchar ese comentario y me cabreo de una manera... —Suzu apretó los labios y negó con la cabeza.

—Yo también, pero este proyecto me importa —reconocí—. Significa mucho para mí tener la *Green Card* y el ascenso. No va a dármelo gratis.

Grace apoyó la cabeza en mi hombro derecho y soltó un suspiro.

Ante los dramas, primero me desahogaba, me echaba una lloradita si lo necesitaba y luego sacaba pecho y afrontaba la situación que viniese. Yo era la que, con lágrimas en los ojos, te prometía que podía con cualquier cosa. Porque poder podía, pero no era de hierro y también tenía mis momentos de bajón.

—Alucino con esta nueva trama que se ha abierto en mi vida, en la que tengo que convivir dos meses con un niño rico que se cree que es el ombligo del universo.

Suzu puso una mueca de horror. Casi podía escuchar chirriar los engranajes de su cerebro mientras comprendía lo que acababa de decir.

—¿Convivir? Es una broma, ¿no? —me preguntó, y yo negué levemente con la cabeza—. ¿Me estás diciendo que te vas dos meses a su casa?

—No voy a irme dos meses —contesté—. Pienso pelear con él y reducirlo a uno. No me perdería la presentación de Mia por nada del mundo.

—Así me gusta. ¡Determinación! —exclamó Grace.

—Pero, Ray... —empezó Suzu. Ray, que se pronunciaba «rey», era uno de los apodos que ellas me habían puesto hacía tiempo—. Esto se salta la política de Recursos Humanos seguro. Podemos quejarnos si quieres.

—No. —Negué con la cabeza—. No quiero quejarme y perder la oportunidad de conseguir la *Green Card* ahora.

—Sí, lo sé. —Suzu rebajó el tono—. Pero no se trata de conseguirla a costa de tu salud mental ni metiéndote en casa de un desconocido.

Se hizo el silencio durante unos segundos.

—Yo puedo casarme contigo —se ofreció Grace.

—Nos investigarían seguro y me echarían del país. —Sonreí por su ocurrencia—. Conseguir la *Green Card* es muy importante para mí. No quiero volver a España y tener que empezar de cero. Mi vida está aquí, con vosotras. Quiero tener la tranquilidad de saber que puedo quedarme todo el tiempo que quiera. Además, no he tenido todavía la oportunidad de trabajar con Nicole Watson.

Me había enamorado de la editora jefa de Wonderland Books cuando fui a una de sus conferencias y, desde entonces, me moría por trabajar con ella. Nicole era famosa en el mundillo por fomentar el crecimiento profesional de sus editores y por crear un ambiente de trabajo excepcional. Todo el mundo sabía quién era y cualquiera querría trabajar para ella. Y en cuanto me hiciese con la residencia, yo también lo intentaría.

—¿Estás segura? —Suzu me miró indecisa—. Te vas a meter en casa de un extraño.

—Espero que no sea un asesino en serie —confesé en un intento pésimo de hacer una broma.

—Creo que tienes más papeletas de convertirte tú en asesina —añadió Grace.

—Ya..., con lo esnob que parece... Pero bueno, iré y conseguiré que escriba el romance del año cueste lo que cueste.

—¡Eso! ¡Tú piensa que te estás sacrificando por el bien del equipo! —exclamó Grace, y me puso otro regaliz de fresa en la mano—. Irás a Carmel, harás un buen trabajo y, cuando asciendas, podremos comprarnos un sofá nuevo.

Suzu y yo nos reímos al recordar que la primera que consiguiese un ascenso debía comprar uno, de terciopelo, en el que entrásemos las tres sin apretujarnos.

—Y espero que nos cuentes todos los trapos sucios y nos hagas un *house tour* de su mansión de millonario —continuó Grace.

—No puedo grabar su casa —confirmé riéndome.

—Te apasiona demasiado el mundo del famoseo —le dijo Suzu a Grace.

—Es lógico. Me he criado en el mismo pueblecito que Chris Evans y ni siquiera me lo he encontrado —suspiró—. Si es que estamos hechos el uno para el otro, aunque él aún no lo sabe. Ambos somos de Boston, fans de los Patriots, guapos... ¡Vendería mi reino por un encuentro tórrido con él!

—Estás fatal —se burló Suzu.

—Podría pedirle una cita por Instagram —fantaseó Grace.

—Por favor, no hagas eso —le supliqué—. Y hablando de citas... —Torcí el cuello a la izquierda para mirar a Suzu—. ¿Qué tal con Jared?

—No era una cita. —Ella hizo con la mano un gesto que le restaba importancia—. Le he acompañado a un cóctel. Era puro *networking*, ya sabéis que necesito hacer contactos.

Los padres de Suzu habían emigrado desde Japón antes de que ella naciese porque a su madre le ofrecieron un trabajo como directora de *castings* en Hollywood.

Le apasionaba tanto el trabajo que hacía en el Departamento de Derechos que quería tener su propia agencia literaria, pero para eso necesitaba contactos. Por eso, cada vez que surgía la posibilidad de ir a un evento, se apuntaba como más uno de Jared, el chico de marketing.

—Oye, y esta vez ¿era *networking* de verdad? —le pregunté intentando contener la sonrisa pícara.

—¡Cierto! El último *networking* hizo que te subieras la falda y te bajases las bragas, ¿no? —azuzó Grace—. Ay, si se enterase Recursos Humanos de vuestros escarceos... —bromeó mientras negaba con la cabeza.

Suzu nos dedicó una sonrisa enigmática. Cada vez pasaba más

tiempo con Jared, pero según ella no tenían nada firme y por eso seguía activa en Tinder.

—No trabajamos en el mismo departamento, así que no tengo que informar a Recursos Humanos —nos contestó con suficiencia—. Mañana podría comerle la boca en mitad de la oficina y nadie podría decir nada. —Se inclinó sobre el sofá y le arrebató la bolsa de los regalices a Grace—. Pero no voy a hacerlo porque solo nos hemos enrollado una vez. Fue esporádico y no se repetirá. —Sin decir nada más, salió del salón dando el tema por zanjado.

Poco más tarde, antes de que hubiese enviado el maldito mail, Will se me adelantó:

De: william@anderson.com
Para: rgarcia@evermorepublishers.com
Fecha: 30 enero 21.34
Asunto: Estancia en California

Buenas noches, señorita García:

¿Qué le parece si nos reunimos por videollamada y gestionamos su estancia en Carmel?
Si le va bien mañana, por mí perfecto.

Un saludo,
William Anderson

—¡Serás capullo! —exclamé llamando la atención de mis amigas—. ¡Ahora sí tienes tiempo! ¿Verdad?

Tecleé una respuesta a toda velocidad, devolviéndole su propia medicina, y cerré el ordenador con los labios apretados. Iría a su casa y le ayudaría con el libro, pero no dejaría que me pasase por encima. Lo único que esperaba era que él se dignase a colaborar, porque sospechaba que chocaríamos día sí y día también.

6

NEGOCIACIÓN (n.): Acuerdo diplomático para salvar mis intereses.

Media hora.
Ese era el tiempo que tendría para hablar con ella. Siendo sincero, no sabía lo que me encontraría en nuestra reunión. Un par de días atrás, David me había asegurado que ella estaba encantada con la idea de venir dos meses a mi casa y opté por creerle porque ¿quién no querría trabajar con el autor más vendido de la editorial?

Y horas más tarde, la propia Rachel me informó de que eso no sería posible y que podíamos discutirlo en unos días porque «le era imposible sacar un hueco antes». Me quedé perplejo. ¿No debería estar agradecida por la oportunidad?

Pero en aquel momento lo único que me importaba era tenerla conmigo cuanto antes para empezar a trabajar. Quería cerrar los detalles de su llegada y que se comprase el billete.

Mientras observaba el mail que me había enviado esa mañana con el enlace de la convocatoria, no pude evitar pensar en lo irónico de la situación.

Era curioso cómo habían cambiado las tornas. La semana anterior doña Correcciones y yo estábamos en dos puntos muy distintos. Y ahora era yo quien reclamaba su presencia.

Pero la realidad era que no podía permitirme escribir al ritmo de un oso perezoso. La necesitaba conmigo para agilizar el trabajo y estaba decidido a conseguir que viniese dos meses a mi casa, y cuanto antes, mejor.

Cuando faltaba un minuto para nuestra reunión, me puse la americana beis encima de la camiseta blanca. Me había pasado los últimos cincuenta y nueve minutos desconcentrado y mirando el reloj a cada poco.

A las dos y media de la tarde —las cinco y media para ella—, cliqué en el link de Teams. Mientras la esperaba, aproveché para observar mi imagen en la cámara. Estaba un poco despeinado y tenía ojeras. Me acaricié la barba con gesto pensativo; necesitaba afeitarme.

En cuanto la cara de mi editora adjunta ocupó mi pantalla, me enderecé en la silla.

—Buenas tardes, señor Anderson. —Su tono, bastante serio, acompañaba su expresión—. ¿Me escucha bien?

Llevaba un jersey azul de cuello vuelto y los labios pintados de un tono intermedio entre el marrón y el rosa. Su cabello recogido en una coleta me permitió ver unos aros dorados colgando de sus orejas. Estaba… guapa.

Detrás de ella se veían las mismas estanterías repletas de libros que había visto en nuestra anterior videollamada.

—¿Me escucha? —La oí repetir, y me percaté de que todavía no había contestado.

—Sí. Sí. Buenas tardes —respondí con rapidez—. ¿Qué tal está?

—Bien. ¿Y usted?

Parecía cansada y un poco tensa. Su cara no era la de una persona que estaba encantada con la idea de venir a California.

—Bien también. Voy a escribir el romance que quiere —le comuniqué con el fin de empezar con buen pie.

—Ya me lo ha dicho David —asintió—. Me alegra saber que no es siempre tan obtuso.

«¿Un minuto de conversación y ya me ha llamado obtuso? Increíble».

Me mordí la lengua para no contestar. No quería darle ni un motivo para bajar la tapa del portátil y dejarme colgado.

—¿Cómo lleva el manuscrito? —me preguntó.

«¿Tú qué crees? Lo llevo fatal. Lo único decente que he escrito ha sido la escena de la pelea entre Nora y Hunter. El resto del tiempo he intentado desarrollar la escaleta sin éxito. Por eso te necesito. Aquí. Conmigo».

—¿Qué día puede estar aquí? —solté de golpe.

Cogió aire y me temí lo peor.

Mis neuronas ya estaban barajando cómo convencerla si se negaba a venir.

—Antes de comprar el billete me gustaría aclarar lo que le comenté en mi correo. No puedo irme dos meses. En marzo tengo que volver aquí para la presentación de un libro.

El ambiente entre nosotros se percibía tirante.

Hablaba tan rápido como las neoyorquinas, pero la poca sutileza de su acento delataba que no era de allí. La gente de Nueva York solía olvidarse de pronunciar la letra «erre» cuando iba al final de la palabra. Y otra cosa no, pero la señorita García pronunciaba las «erres» a la perfección.

—Marzo es dentro de tres semanas —contesté.

—La presentación es el día dieciséis. Puedo ir a su casa un mes.

Su tono rotundo no me intimidó.

—En un mes no se escribe un libro tan largo y detallado como el mío. —Negué con la cabeza y gesticulé con las manos.

Ella apretó los labios y se encogió de hombros. En sus ojos vi una chispa de determinación que pronto podría convertirse en llamas.

—Estoy segura de que en cuatro semanas podemos crear el romance perfecto. Para el resto de la novela no me necesita.

Eso era verdad.

La parte fantástica ya estaba pensada y era pan comido. Solo tenía que añadir lo que ya tenía escrito como telón de fondo del romance.

—¿Y si viene seis semanas? —sugerí—. En menos tiempo no veo factible acabar la trama romántica, mucho menos el libro. Su jefe parecía bastante contento con la idea de que entregase el manuscrito en abril.

Ella se puso más seria aún.

Mi comentario era jugar sucio.

Yo lo sabía.

Y ella también.

—No voy a quedarme allí seis semanas seguidas.

—¿No decía que quería editar el libro para que fuese un éxito y no tener que verme nunca más? —le pregunté con retintín—. Pues esta es su oportunidad.

Ella lo sopesó unos segundos.

—Iré cinco semanas si usted me paga un billete de vuelta a Manhattan en marzo. Vendré a la presentación y... volveré a Carmel solo si es necesario.

De pronto, la conversación se había transformado en una negociación. Tenía la sensación de que, si no accedía a su petición, me jodería y solo vendría cuatro semanas.

Me tomé un instante para considerarlo. No me entusiasmaba ceder, pero si algo había aprendido escribiendo las batallas de mis novelas era que, a veces, una retirada a tiempo era una victoria.

Decidí dar esa lucha por perdida, pero le demostraría que podía ponerme igual de firme que ella.

—Hecho. —Que me dedicase esa sonrisa de superioridad me repateó en lo más hondo, así que decidí devolvérsela—. Le pagaré el billete para ir a la presentación, pero la vuelta definitiva a Manhattan será flexible por si tiene que quedarse unos días más al final y recuperar el tiempo.

Ella abrió la boca para protestar, pero no la dejé.

—Ya he cedido a que venga tres semanas menos de las que habíamos hablado David y yo... —Cerró la boca y yo me relajé un poco—. Si se marcha con el trabajo sin terminar, tendrá que volver para acabarlo.

—Vale. —Parecía molesta.

Yo también lo estaba.

—Pues genial —apunté con sequedad—. ¿Cuándo podría llegar aquí?

Alguien pasó por su lado y ella desvió la atención. Le hizo un gesto con la mano a quienquiera que estuviera ahí.

—Disculpe un momento, señor Anderson.

Sin esperar a que le respondiera, se quitó un casco y silenció el micrófono.

—Me queda un rato. —Me pareció leer en sus labios—. Te veo en casa.

Le dedicó a esa persona una sonrisa sincera que me dejó impresionado. Era la primera vez que veía en directo una sonrisa tan radiante como las de los anuncios de pasta de dientes.

Lanzó un beso al aire y se despidió con la mano.

¿Vivía con su novio? Evidentemente no podía preguntárselo y tampoco era como si me interesase.

Volvió a colocarse el casco. Cuando centró la mirada en mí, su sonrisa se desvaneció.

—Perdón. ¿Qué le parece si voy el día catorce?

—Me parece perfecto.

—Quería preguntarle una cosa. —Se revolvió en la silla y yo me quedé a la espera. Parecía un poco incómoda—. ¿Tendré baño propio?

¿Le preocupaba tener que compartir baño conmigo?

Pero ¿dónde se creía que iba?

—Sí, claro —contesté como si fuera una obviedad—. No va a vivir en la alacena de los Dursley de Privet Drive. La casa es enorme. Hay baños de sobra. De no ser porque tenemos que trabajar juntos, podríamos pasar días sin vernos.

Ella asintió.

La incomodidad de su cara desapareció y la sustituyó por lo que parecía una mueca burlona.

Joder.

Sin darme cuenta, acababa de quedar como un idiota que presumía de vivir en la mansión de los Malfoy. No sabía qué coño me pasaba, pero hablar con ella me ponía nervioso. El libro me importaba casi más que cualquier otra cosa en el mundo y no me quedaría tranquilo hasta que ella estuviese montada en el avión.

—Tendrá el espacio y la privacidad que necesite —aseguré.

—Vale. —Asintió, y se quedó pensativa un instante—. Necesitaré su dirección para coger un Uber.

—No se preocupe por eso. Si le parece, cuando tenga el vuelo comprado, me pasa los detalles y ya está.

—¿Va a mandar a su mayordomo a buscarme con un iPad en el que ponga «señorita García»? —Se le escapó una risita sarcástica.

Que intentase ser graciosa era una buena señal.

—No. —Negué con la cabeza—. Iré yo mismo a buscarla.

Con mi respuesta volvió a ponerse seria.

—Pues… por mi parte ya estaría todo. Hablaré con Ava para que me compre el billete. Si no necesita nada más, le dejo ya —me dijo mientras se tocaba el colgante.

—Si necesita cualquier cosa, no dude en escribirme.

—Vale. —Ella solo suspiró y asintió—. Que tenga buena semana. Lo veré el martes.

Tan pronto como colgamos, me froté los ojos y me levanté. Estaba demasiado agitado como para concentrarme en la escritura.

Un rato después, mientras corría, me sorprendí abandonando la carrera a la mitad y regresando al coche por el camino corto. Me acababa de venir una idea a la cabeza y no quería que se perdiera en un hilo de pensamientos inconexos sobre la reunión con Rachel.

Era curioso cómo esa mujer desenterraba lo peor y lo mejor de mí. Me había sacado de mis casillas en treinta minutos y, pensando en nuestro tira y afloja, se me había ocurrido el final perfecto para una discusión entre Nora y Hunter.

Cuando llegué a casa, subí las escaleras de dos en dos y la inspiración me acompañó toda la noche mientras mis dedos se deslizaban sin parar sobre el teclado.

El compromiso con el trabajo de Rachel quedó demostrado al día siguiente, cuando me dijo que ya tenía el billete comprado. Por desgracia, su insolencia salió a relucir en el mismo correo. Se lo había comprado con la vuelta cerrada y fechada tres semanas después para ir al evento. Hasta ahí no había problema. Lo que me repateó la moral fue la última frase que había escrito: «No he comprado el billete de regreso a Carmel. Estoy segura de que en estas tres semanas todo irá sobre ruedas y no hará falta que vuelva después de la presentación».

Increíble.

Las teclas de mi portátil resonaron en mi despacho cuando las pulsé con más fuerza de la necesaria para responder. Le recordé que no me había enviado el número de vuelo y también que en tres semanas no se escribía un libro. Tuve que morderme la lengua en nuestra videollamada y, a ese paso, tendría que pedir que me esposasen para no escribirle una barbaridad en un correo.

Dos domingos después mi hermano me encontró escribiendo tranquilamente en el porche. Bueno, más bien intentándolo, porque no me concentraba. Había madrugado más de la cuenta porque me agobiaba un poco saber que ese día no podría escribir al tener invitados.

Aparcó su Mustang rojo delante de mi casa a las once de la mañana. Llegaba una hora tarde. Entendía que desde Palo Alto a Carmel tenía que conducir una hora y media, pero Zac era el típico que cuando te decía que estaba saliendo de casa, en realidad estaba entrando en la ducha. Al único sitio que llegaba puntual era al trabajo, por vocación, decía.

Exponiendo que le encantaba llamar la atención, tocó el claxon dos veces.

—¿Qué coño haces? —alcé la voz cuando bajó la ventanilla.

—¿Vamos o qué? —Sacó el brazo y me hizo un gesto con la cabeza para que me diese prisa—. ¡Eh! ¿Dónde está tu camiseta de Purdy?

—En el armario. Luego me la pongo.

Las navidades anteriores Zac me había regalado la nueva camiseta del *quarterback* de los San Francisco 49ers.

Él ya se había puesto la suya y seguro que hasta tenía los calcetines y los calzoncillos a juego. Mi hermano y yo llevábamos lo del fútbol americano en la sangre. Nuestro padre entrenaba a un equipo de un instituto en Salinas, el pueblo donde crecimos. Fue él quien nos enseñó a jugar casi antes que a caminar.

Año tras año, Zac y yo veíamos juntos la Super Bowl. Era una tradición familiar.

Lo último que me apetecía era ir a comprar con su coche. Zac conducía demasiado rápido para mi gusto, pero debatir con él sobre ir en el mío nos quitaría un tiempo que ya no podíamos perder. Matt y Lucy llegarían dentro de una hora, por lo que teníamos que darnos prisa.

A diferencia de él, yo odiaba con todas mis fuerzas dejar las cosas para el último momento. Si fuera por mí, la comida de la barbacoa llevaría días en mi nevera, pero él se había empeñado en que fuéramos juntos.

Zac me saludó con una sonrisa y un abrazo tan pronto como me subí en el asiento del copiloto, y con ello me contagió su buen humor.

—Pero ¿quién se ha sentado aquí? —pregunté riéndome al tiempo que echaba el asiento hacia atrás—. ¿Un hobbit?

Zac soltó una risotada.

—Will, no todo el mundo es una maldita secuoya como tú.

Dio marcha atrás y nos incorporamos a la carretera.

—Dijo el que es un centímetro más alto que yo —respondí.

Yo medía uno noventa y mi hermano se había pasado toda la vida recordándome que me sacaba un centímetro.

—Y, contestando a tu pregunta, creo que la última que se sentó ahí fue Mandy.

—Por favor, dime que anoche no te acostaste con alguien en este asiento.

—No fue anoche. —Él apartó los ojos de la carretera para mirarme y se rio con anticipación—. Y tranquilo, que fue en el asiento trasero. Aunque en el tuyo...

—¡Shhh! ¡Calla! —lo corté—. No quiero saberlo.

Al aparcar en Whole Foods me atravesó un pensamiento: tenía que preguntarle a Rachel qué le gustaba desayunar. Así que, aprovechando que el viernes habíamos intercambiado teléfonos, le mandé un mensaje.

Cuando volvimos a casa, Matt y Lucy ya estaban allí. No tardamos en preparar la barbacoa en el jardín. Desde que tenía memoria, Zac había estado al mando de la parrilla. Le encantaba estar frente al fuego con una cerveza. Nosotros tres nos quedamos a su alrededor y le observamos cocinar mientras nos poníamos al día y disfrutábamos de la emoción del partido que se avecinaba.

La conversación fue cambiando de protagonista de tanto en tanto. Zac nos contó que estaba durmiendo poquísimo al compaginar el trabajo con la investigación en la que participaba en el hospital y el fútbol.

De nosotros dos, mi hermano era el único que había seguido jugando al fútbol americano. No lo dejó al entrar en la universidad ni tampoco al salir. En aquel momento, entrenaba con un equipo de Palo Alto por puro hobby.

Después de comer, Lucy y él se pusieron a parlotear sin parar y aproveché que Matt se había ido al baño para consultar el teléfono. Rachel me había contestado al mensaje.

> No suelo desayunar. Con un café soy feliz, pero, si no tiene, puedo ir a Starbucks 😏

Me reí para mis adentros. ¿De verdad me seguía guardando rencor por el comentario que hice en el despacho de David sobre su café? Tecleé una respuesta a toda velocidad.

> No se preocupe. En casa hay un café mucho mejor que ese...

—¿Con quién te estás mensajeando? —me preguntó mi hermano.
—Con Rachel García.

Él, que estaba a punto de darle un sorbo a su cerveza, se detuvo y me miró con una sonrisa malévola.

—¿Y quién es Rachel García?

—Su nueva editora —respondió Lucy por mí.

—¿Una editora follable? —me preguntó Zac sin un ápice de vergüenza.

Me envaré por la pregunta.

Que usase ese adjetivo para referirse a ella generó una oleada de incomodidad en mi interior.

—Joder, Zac. No. —Negué con la cabeza—. Es mi editora y punto. No me interesa en ese aspecto.

—Lo que tú digas.

Mi hermano le dedicó una mirada inquisitiva a Lucy y esta se encogió de hombros.

Volví la vista al teléfono y le di otra oportunidad a eso de ser simpático con Rachel preguntándole si quería que le comprase algo para cenar. Llegaría tarde y todos los sitios estarían cerrados.

—¿Y de qué tienes que hablar con ella un domingo? —preguntó mi amiga dándome un manotazo en el antebrazo.

—Le estoy preguntando qué quiere cenar el martes —contesté sin mirarla.

Levanté la cabeza al oír las risitas de Zac.

—¿Estás preguntándole a una mujer con la que no te quieres acostar qué quiere cenar? —Zac estaba al borde de la risa otra vez—. William, ¿a quién quieres engañar?

—Entonces ¿vas a trabajar con ella? —cuestionó Lucy—. La última vez que te vi no parecías convencido.

Asentí e ignoré el brillo de suspicacia en la mirada de mi hermano.

—¿Qué me he perdido? —preguntó Matt al volver.

—Will se está mensajeando con su editora —le contestó Zac con una sonrisa.

—Al parecer, ha aceptado trabajar con ella —apuntó Lucy.

—Vaya, Anderson, tengo que reconocer que estoy sorprendido. —Matt se inclinó sobre la mesa y me puso la mano en la frente—. Tú, aceptando la ayuda de otra persona. ¿Tienes fiebre?

Eché la cabeza hacia atrás.

—Joder, estoy rodeado de gilipollas —repliqué molesto, y luego me levanté—. Me voy a ver el partido.

Zac se rio tan alto que las carcajadas se oyeron desde la playa.

7

ANFITRIÓN (n.): Arrogante que te recibe en su casa aparentando amabilidad.

Tú puedes!!
Te queremos!
Su y Gracey ♡

Esas fueron las palabras que encontré escritas en el espejo del baño cuando salí de la ducha la mañana de mi partida. Grace, Suzu y yo solíamos dejarnos mensajes motivacionales las unas a las otras cuando sabíamos que tendríamos un día duro.

«¡Tú puedes! Son solo tres semanas. Seguro que aprenderás un montón al trabajar con él», eso era lo que me repetía internamente mientras arrastraba la maleta por el aeropuerto de Monterrey. En cuestión de minutos me encontraría cara a cara con William y estaba un poco nerviosa.

Había demostrado tener un humor cambiante y no sabía con qué versión suya me encontraría. ¿Me estaría esperando el William intransigente que creía que siempre tenía razón? ¿O el que estaba dispuesto, de cuando en cuando, a escuchar y ser flexible? ¿Descubriría que era un rico excéntrico que tenía la casa llena de fotografías suyas?

Estaba supercansada.

Me había levantado a las cinco de la mañana y había entrado

a la editorial a las seis para compensar el tiempo que no trabajaría por la tarde al estar de viaje. El medio litro de café de vainilla de Starbucks que había comprado de camino a la oficina me ayudó a entrar en calor, pero no terminó de despertarme.

A las nueve, según David entró por la puerta, me llamó a su despacho con un ladrido. Me recordó por centésima vez que esperaba actualizaciones periódicas del avance de William sobre el manuscrito y que, por favor, no olvidase que tenía entre manos el que debía ser el libro del año. Si su objetivo era añadir tres kilos de presión a mi maleta, lo había conseguido. De esa reunión saqué en claro dos cosas:

Una, más me valía que la novela fuese una obra maestra.

Y dos, estaba abandonada a mi suerte.

Lo que significaba que, si el libro salía bien, en el mejor de los casos el mérito se repartiría entre David y yo. Y, si salía mal, el único nombre que se pronunciaría en las reuniones sería el mío. Por no mencionar que podría despedirme del ascenso y posiblemente de la *Green Card*.

Después de la reunión con mi jefe, no me levanté de la silla hasta que mis amigas me arrastraron al baño para darme un abrazo de despedida.

—¡Recuérdale a ese tío quién manda! —me había dicho Suzu.

—¡Y cómetelo vivo! —añadió Grace.

De eso hacía diez horas y, después de dos vuelos y una escala, sentía que me había pasado un camión por encima. Solo soñaba con meterme en la cama, pero todavía me quedaba encontrarme con Anderson y llegar a su casa.

Las puertas de la zona de llegadas se abrieron y me encontré con la gente que esperaba a sus seres queridos. El alma se me cayó a los pies cuando vi que varias personas cargaban ramos de flores, cajas de bombones y globos en forma de corazón.

«¡Mierda!».

Era San Valentín.

¿Cómo había podido olvidarme?

Lo de Estados Unidos con las festividades era otro nivel. Llevaban semanas bombardeándome con anuncios de joyas, escapadas románticas, botellas de champán y rosas rojas en cada esquina de Nueva York. Además, los últimos meses había tenido varias reuniones con el equipo de marketing para la campaña del día de los Enamorados. Propuse que la orientásemos a encontrar el «*match* literario perfecto». La idea gustó y me había pasado días organizándolo.

Con todo el trajín del viaje, había pasado por alto que llegaba a Carmel por San Valentín.

Escaneé a la multitud en su busca.

Detrás de todas esas caras ansiosas que esperaban a sus parejas, al fondo y como si la cosa no fuese con él, estaba William con las manos metidas en los bolsillos.

Los nervios se atrincheraron en mi estómago, preparados para la contienda, en cuanto posó sus ojos en mí.

Nos separaban un par de metros de distancia. Él iba vestido enteramente de negro, con un vaquero y una camiseta de manga larga. Nunca lo había visto tan informal. Muy a mi pesar, tenía que reconocer que ese color le quedaba de muerte.

No me dio tiempo a gestionar ese pensamiento inquietante porque una chica pasó corriendo por mi lado y me dio un bolsazo. Se disculpó por encima del hombro justo cuando un chico salió de detrás de William gritando:

—¡Sophia! ¡Mi amor!

Ella dejó la maleta tirada, cortándome el paso, y se lanzó a sus brazos. Se fundieron en un abrazo cariñoso y se interpusieron entre William y yo.

—¡Feliz San Valentín! —le dijo él antes de entregarle un ramo de rosas rojas y una caja de bombones en forma de corazón.

Contuve la risa por su efusividad.

«Ay, Sophia, te has llevado al último hombre decente que quedaba».

Los observé encandilada hasta que sus lenguas se encontraron en el aire, a la vista de todos. Con la sonrisa todavía en la cara, giré el cuello en la dirección en la que estaba William. Cuando nuestras miradas se encontraron, él puso los ojos en blanco y negó con la cabeza.

Por supuesto.

El señor Anderson tenía pinta de ser uno de esos que odiaban San Valentín, Cupido y cualquier cosa relacionada con el amor y la felicidad del resto.

Un instante después, carraspeó con fuerza y la pareja se separó con un sobresalto.

—¿La dejáis pasar, por favor? —William estiró el brazo para señalarme y ellos se percataron de mi existencia—. Tenemos prisa —agregó en un tono bastante borde.

—Perdón —me dijo ella.

Yo negué con la cabeza para indicarle que no pasaba nada.

—Vamos, Soph. —El chico tiró de ella para apartarse—. Este hombre tiene ganas de besar a su novia y estamos en medio.

—¿Qué? —pregunté medio sorprendida, medio violentada—. No soy su... novia —añadí, pero ellos no me oyeron porque estaban besándose otra vez.

Desvié la vista hacia William para ver qué cara tenía después de escuchar ese comentario y lo descubrí fulminándolos con la mirada.

«Pues menudo recibimiento».

Cogí aire y me forcé a romper el hielo.

—Buenas noches, señor Anderson. —Solté el asa de la maleta y alargué la mano en su dirección.

William tenía la palma caliente en comparación con la mía, que estaba helada. Igual que el resto de mi cuerpo, por culpa del aire acondicionado del avión.

—Yo creo que ya podemos dejar los formalismos a un lado —dijo al soltarme—. ¿No te parece, Rachel?

Me quedé pasmada un instante.

Era la primera vez que pronunciaba mi nombre de pila.

—Vale —contesté. No sé cómo salí del trance en el que me había quedado—. ¿Llevas mucho tiempo esperando?

—Media hora o así —consultó su reloj de pulsera—. ¿Qué tal el vuelo?

—Bien. Un poco largo, pero bien.

—Genial. ¿Nos vamos? —Señaló la salida con la barbilla y yo asentí—. El coche está por allí.

Se ofreció a llevarme la maleta y yo decliné su oferta.

Lo seguí e intenté no pensar en que dentro de un rato estaría en su casa.

Las luces de un sedán se encendieron y él se detuvo al lado. Se me escapó la risa al percatarme de que ese vehículo blanco y reluciente era el suyo.

—Típico —susurré.

Él entrecerró los ojos al mirarme.

—¿Has dicho algo? —me preguntó.

Y entonces me encontré devolviéndole la que le tenía guardada.

—Que estaba claro que tendrías un Tesla —añadí aguantándome la risa.

Él dio un paso en mi dirección y aprovechó que yo había soltado la maleta para cogerla.

—Eso no es necesario —le dije.

Como era de esperar, me ignoró y se dirigió a la parte trasera del coche.

—Pesa mucho —le advertí cuando abrió el maletero.

Él alzó la maleta como si no le supusiera ningún esfuerzo y la guardó dentro.

—¿Decías? —Me regaló una sonrisa fanfarrona.

«Menudo flipado».

—Nada.

El interior del coche olía a una mezcla de madera y eucalipto. No tenía ni idea de cuánto le habría costado, pero, a juzgar por el cuero de los asientos, el revestimiento de madera y la pantalla enorme que había en el salpicadero, asumí que una fortuna.

William esperó hasta que me abroché el cinturón para arrancar. Cuando lo hizo, una melodía familiar llegó a mis oídos. Tardé unos segundos en reconocerla.

—¿Es la canción de *Footloose*? —Me reí sin pretenderlo.
—Sí.
Él torció el cuello en mi dirección. Solté una carcajada al toparme con su ceja enarcada.
—¿He dicho algo gracioso?
—No. —Hice un gesto negativo con la cabeza.
Él volvió a mirar al frente y aceleró para salir del aparcamiento. La situación era surrealista.
Estaba en el Tesla de uno de los escritores más famosos de Estados Unidos, en mitad de California, escuchando la canción de *Footloose*. Parecía una broma.
—¿Se puede saber qué te hace tanta gracia? —Apretó las manos alrededor del volante. Su tono de voz sonaba forzado. Se notaba que intentaba ser majo, pero no le salía muy allá.
—Nada. Es que no te pega escuchar esta canción. No pareces de esos… —No terminé la frase.
—¿No parezco una persona que sabe disfrutar de la buena música?
No quería que pensase que me reía de él por la música que escuchaba.
William puso el intermitente y aceleró para incorporarse a la autopista.
—No pareces de los que escuchan música de bailar… —Hice una pausa para reírme de nuevo—. Es que te imagino bailando como Kevin Bacon y me hace muchísima gracia.
—Tienes una imaginación demasiado salvaje. —Fue todo lo que dijo.
Nos sumergimos en un silencio incomodísimo el resto de la canción.
Por el rabillo del ojo vi que tenía el antebrazo derecho apoyado en el reposabrazos que separaba su sitio del mío.
«Así que es uno de esos chulitos que conduce con una mano…».
Cuando la melodía cambió a una de piano y la voz de un chico llenó el ambiente, él apagó la música. Como si no quisiese que descubriese lo que escuchaba.
Pasados unos segundos, me vi en la necesidad de llenar el si-

lencio. Necesitaba distraerme del vértigo que me producía dirigirme a su casa.

—Gracias por recogerme.
—No es nada. —Negó con la cabeza—. ¿Has cenado?
—Algo así. Me han dado un sándwich en el avión. ¿Y tú?
—No. Te estaba esperando. Por si acaso.

Se me encogió el estómago de manera involuntaria.

—Ah... —No supe qué más decir.

Al ver que dejábamos la entrada principal del pueblo a la derecha, le pregunté:

—¿No vives en Carmel?
—No exactamente —me contestó él—. Vivo en Carmel Highlands.
—¿Carmel Highlands? —Arrugué el ceño, extrañada. Sonaba a nombre de zona residencial de ricos.
—Sí. Es la zona que está pasado el parque estatal de Point Lobos.

Asentí y miré por la ventanilla.

—¿Cómo llevas el manuscrito? —Estaba nerviosa y era incapaz de callarme.

No me importaba estar en silencio con gente que conocía, pero con él no tenía confianza.

—Estoy trabajando en la escaleta —me dijo—, mañana por la mañana podríamos darle una vuelta juntos.
—Vale.

En ese momento, William redujo la velocidad. Se desvió de la carretera principal y se metió por una secundaria que estaba señalizada con un cartel que rezaba: CARRETERA PRIVADA. SOLO RESIDENTES.

—¿Ahora es cuando descubro que eres un asesino en serie y que tienes la mansión llena de cadáveres?

Él desvió la vista del camino un segundo y arqueó una ceja al mirarme.

—No tengo otra cosa que hacer...

La senda estaba sumida en la más absoluta oscuridad. Solo veía el asfalto que iluminaban los faros y parte de los árboles que nos rodeaban.

—¿De verdad vives en mitad de la nada teniendo un pueblo tan bonito como Carmel a cinco minutos?

Había visto fotos de la localidad en Google.

—Sí —afirmó—. Esto de día también es precioso, se ve el océano Pacífico y aquí nadie me molesta.

Pues sí. Era el típico escritor ermitaño que había imaginado.

Detrás de unos árboles apareció la fachada de una mansión. Ahí la zona estaba más iluminada. Bordeamos la propiedad y él detuvo el vehículo en la parte delantera.

Cuando me bajé del coche, William ya subía mi maleta por las escaleras del porche.

—No hacía falta que llevases mi maleta. Te iba a dar propina igual. —Me reí cuando lo oí resoplar.

William abrió la puerta y me la sostuvo desde dentro para que pasase.

«Ay, Dios mío».

Los nervios volvieron a hacer acto de presencia.

Según entré en su casa me invadió el olor a café.

El suelo de la entrada era de madera, a juego con el mueble que había a mano derecha, donde él soltó las llaves. A la izquierda había un banco, también de madera y debajo estaba su calzado. Se quitó las deportivas y las dejó al lado. Yo procedí a hacer lo mismo con las mías y las pegué contra la pared.

—No te descalces si no quieres. No hay moqueta en toda la casa —me informó.

«Otro signo de riqueza».

—Es la costumbre —dije mientras intentaba contener un bostezo.

En California eran cerca de las once de la noche, pero para mí eran las dos de la mañana.

—Pensaba enseñarte la casa. —Con la mano apuntó el pasillo que se extendía delante de él—. Pero, si estás cansada, lo dejamos para mañana.

—La verdad es que estoy muerta. Prefiero acostarme.

—Vale. Vamos, que te enseño tu habitación.

«Mi habitación».

William volvió a coger mi maleta a pulso, como si no pesase veintitrés kilos. Lo seguí por el pasillo hasta la escalera; dejamos la cocina a la derecha.

En el primer piso, abrió la puerta que estaba a la izquierda, encendió la luz y me hizo un gesto de cabeza para que pasase delante. Me encontré con una habitación preciosa de paredes blancas. En medio estaba la cama, enorme, con el canapé y el cabecero de una madera robusta. A cada lado había una mesita de noche con una lámpara dorada encima. El nórdico era blanco y los cojines verde botella.

—Este es el armario. —Se adelantó y abrió la puerta que estaba a la izquierda.

Me asomé y me quedé alucinada. Lo que él entendía por armario era un vestidor.

Dejó la maleta dentro y luego bordeó la cama hasta el otro lado de la estancia, pasando por delante del ventanal. Las cortinas estaban cerradas, así que no pude ver adónde daba mi habitación.

—Este es el baño. —Señaló la puerta que tenía detrás. Cuando vi el tamaño de la bañera, tuve que parpadear varias veces—. Hay de todo, pero, si te hace falta algo, me avisas.

—Vale.

—Bueno..., pues voy a cenar. ¿Tú quieres algo? —me preguntó antes de meterse las manos en los bolsillos.

Se me hacía raro que fuese tan amable.

—No. Yo me voy a dormir ya. Si te parece, mañana a las nueve podemos empezar con la escaleta.

—Por mí perfecto. —Él asintió conforme—. Podemos vernos en la cocina. Está según bajas las escaleras.

—Lo sé. La he visto al pasar.

—Si te entra hambre, baja y coge lo que quieras. Siéntete como en tu casa.

—Vale. Gracias.

Acto seguido, se encaminó hacia la puerta.

—Por cierto. —Se detuvo en el umbral y me miró—. Mi habitación es la de al lado, por si necesitas algo durante la noche.

Me quedé un poco cortada y solo me salió emitir un sonido afirmativo para que supiese que lo había oído. De pronto, él parecía igual de incómodo que yo.

—Vale —contesté pasados unos segundos. «Tranquilo, no pienso entrar ahí ni en sueños», me abstuve de añadir.

—Bueno, pues te dejo descansar.

—Hasta mañana.

—Buenas noches, Rachel.

Tan pronto como se cerró la puerta, solté el aire que estaba reteniendo.

Tenía varias cosas que procesar, pero, después de veinte horas despierta, notaba el cerebro frito.

Esa noche, conforme mi cabeza tocó la almohada y mi cuerpo estuvo bajo el nórdico, les envié un mensaje a las chicas para que supiesen que ya estaba en Carmel. Puse la alarma y me quedé profundamente dormida. Sin pensar en que estaba en una mansión, rodeada de árboles, en mitad de la nada. Y sin pensar en que mi futuro laboral dependía de lo que escribiese la persona que estaba cenando en la planta de abajo.

El reloj de la mesilla marcaba las siete de la mañana cuando me desperté. Los primeros rayos de sol se colaban a través de las cortinas. Ya me había acostumbrado a dormir con luz en el país en el que las persianas brillaban por su ausencia. Me habría gustado descansar un poco más, pero para mi cuerpo eran las diez. Supuse que tardaría unos días en acostumbrarme al cambio horario.

Rodé sobre mí misma, atrapé el móvil de la mesilla y volví al centro del colchón.

«Si esta es la cama de invitados, ¿cómo de grande será la suya?».

Tenía un par de mensajes de mis amigas, me preguntaban qué tal me había ido el viaje y me pedían fotos de la casa. Les respondí con un audio en el que les contaba cómo había sido mi llegada a Carmel, incluyendo lo borde que había sido William con la pareja del aeropuerto. Por alguna razón, omití que le gustaba escuchar música de los ochenta, me parecía algo demasiado personal. Antes de despedirme, me interesé por saber qué tal les estaba yendo la mañana de trabajo. Había acordado con David que, a no ser que tuviese reuniones, trabajaría en el horario de California, lo que significaba que aún tenía dos horas libres por delante.

Después de remolonear en Instagram un rato, me encerré en el baño, que era casi tan grande como la habitación. La noche anterior no había podido apreciar lo bonito que era, con los detalles en mármol y dorado.

Esperé a que el agua estuviese caliente para entrar en la bañera y me topé con una balda repleta de botes de Bath & Body Works. Amaba esa tienda. Todos sus productos olían de maravilla, pero solo me permitía comprar las velas porque mi sueldo no era para tirar cohetes.

Inspeccioné los botes. Todos parecían nuevos y las fragancias no se parecían entre sí. Me pregunté qué necesidad había de tener tantos y me di cuenta de que William tenía una fijación especial por las cosas que olían a eucalipto.

Como tenía tiempo, aproveché para darme un baño. En casa nunca podía hacerlo porque teníamos un plato de ducha minúsculo. Al salir me sentía una persona renovada y me regodeé en el tacto suave de las toallas. El espejo estaba empañado y no veía mi reflejo, así que no pude evitar escribir un mensaje sobre el cristal.

Tú puedes, Raquel

Observé las tres palabras unos segundos y, finalmente, me apreté la toalla contra el pecho y salí del baño.

Descorrí las cortinas y me quedé sin aliento. Las vistas del mar eran increíbles. La casa estaba en lo que parecía ser un acantilado. Abrí la ventana que daba a una terraza gigante y sonreí al oír el rumor de las olas.

Me puse lo primero que encontré en la maleta: un pantalón de vestir negro y una blusa de satén marrón. Después, me maquillé delante del espejo de la habitación, porque por mucho que fuese a trabajar desde casa, no pensaba salir a cara lavada.

La mansión estaba en absoluto silencio, pero cuando bajé las escaleras me llegó el olor a café recién hecho y a pan tostado.

William estaba sentado en un taburete alto en mitad de la isla central de la cocina. En aquel momento le daba un sorbo a su café con la vista clavada en el portátil que tenía a la izquierda.

Cogí aire y di un paso adelante para hacerme notar.

—Buenos días —saludé.

William me miró. Por su aspecto fresco, asumí que llevaba un buen rato despierto.

—Buenos días, Rachel. ¿Quieres un café? ¿Agua?

—Las dos cosas.

—Siéntate si quieres. —Dejó su taza sobre el mármol y se levantó. Luego, bajó la tapa del portátil.

Me dio la espalda y me fijé en su indumentaria. Llevaba puestos unos pantalones de vestir negros y una camisa gris oscura.

La cocina era tan grande como había imaginado. Predominaban tres colores: el plateado de los electrodomésticos, el tostado de la encimera y la isla central y el blanco de los armarios. Parecía la típica cocina que saldría en el anuncio de una inmobiliaria. Cuatro taburetes altos de madera rodeaban la isla, dos a cada lado. La encimera se extendía en forma de ele por dos de las cuatro paredes; una tenía el horno en medio, y la otra, ventanas encima por las que entraba la luz del día. En un rincón divisé varios libros y un atril pequeño de madera.

Un chisporroteo llamó mi atención. William estaba calentando la leche en una jarrita metálica, como en las cafeterías.

Me coloqué a su derecha y lo observé mientras la servía. Inclinó la taza azul y movió ligeramente la mano con la que sujetaba la jarra, formando un dibujo con la leche.

—Así que eres de esos… —Asentí para mí misma—. El típico sibarita que se vuelve insoportable si no se bebe su café recién molido, de tostado oscuro y olor a cardamomo.

—Para tu información, el tostado no puede ser oscuro. Lo que sí puede serlo es el grano —me explicó con suficiencia—. Hay muchos tipos, pero, por si te lo estás preguntando, el que me gusta es el americano Full City, que es un tostado medio de granos claros. A poder ser, con notas aromáticas de chocolate. El olor a cardamomo en el café debe de ser cosa de las máquinas esas que tenéis en la editorial y que huelen a cloaca.

Me reí para mis adentros.

«¿Se puede ser más pedante? Seguro que es el típico idiota que se queja cuando la espuma de su capuchino no tiene las suficientes burbujas».

William me tendió la taza y yo la acepté.

—Que disfrutes del *latte* —me dijo con retintín—. Te va a encantar.

Abrí la boca para contestar y volví a cerrarla cuando sus brillantes ojos aguamarina se toparon con los míos. ¿Dejaría de llamarme la atención alguna vez el trocito marrón de su iris derecho?

—¿Quieres una tostada?

—No. Gracias —contesté saliendo de mi ensimismamiento.

Él asintió y señaló con un gesto de cabeza la isla para que tomase asiento. Al darme la vuelta, descubrí que, detrás de mí, había una zona destinada al comedor, con una mesa de madera clara rodeada de seis sillas tapizadas en terciopelo verde. Lo que me sorprendió de la estancia fue el enorme ventanal desde el que se veían el jardín trasero y el mar.

Ocupé el asiento que estaba enfrente del suyo y observé lo que parecía una flor en mi café.

«Tan predecible para algunas cosas y tan sorprendente para otras».

Dejó un vaso de agua delante de mí, se sentó y mordió su tostada.

Yo aparté la mirada y le di un sorbito al café.

Estaba buenísimo.

«¿Así sabe el café de treinta dólares?».

—¿Qué? —William reclamó mi atención—. Mejor que el de Starbucks, ¿eh?

Debajo de su falsa amabilidad detecté un tonito de arrogancia que me hizo mirarle con suspicacia.

Los dos sabíamos que estaba siendo amable porque me necesitaba. Y también sabíamos que el hombre que creía llevar siempre la razón estaba ahí. Oculto bajo sus buenos modales y esperando su turno para salir.

—No está mal —concedí.

Las comisuras de su boca se extendieron ligeramente hacia arriba.

Ahí estaba.

La sonrisita de superioridad.

A William le daba igual si me gustaba el café o no. Lo único que le importaba era que alimentase su ego y que le dijera que me había preparado el mejor café del mundo.

«Lo llevas claro».

Se me ocurrió la mejor manera de borrar la expresión altiva de su rostro.

—Está un poco amargo, mejoraría muchísimo con el sirope de vainilla de Starbucks. Por casualidad no tendrás, ¿verdad? —pregunté, y él negó con la cabeza—. Una lástima —suspiré, y puse cara de pena—. Quizá luego podríamos comprar uno.

Su sonrisita de superioridad dio paso a una mandíbula apretada y un brillo burlón se adueñó de su mirada.

«Tres. Dos. Uno. Que empiece el espectáculo».

8

ESCALETA (n.): Esquema detallado de la novela que querrá destruir tu editora.

«Es normal que no sepas apreciar un buen café cuando tienes el paladar acostumbrado a tomar basura». Si lo nuestro no hubiese sido una relación estrictamente laboral, eso es lo que le habría dicho a doña Correcciones.

Se notaba que me estaba provocando en busca de que le diese la excusa perfecta para volver corriendo a Manhattan, pero no pensaba darle el gusto. Me había prometido a mí mismo que sería un anfitrión excepcional.

Por eso, respiré hondo y me forcé a sonreír y a acceder a su petición.

Ella parpadeó sorprendida por mi respuesta.

Y, por fortuna para todos, decidió cambiar de tema.

—¿Estabas trabajando en la escaleta? —Señaló mi portátil.

Torcí el cuello hacia la derecha y después a la izquierda en un ademán negativo.

—Estaba leyendo *La rueda celeste* —contesté después de masticar.

—¿El libro de Ursula K. Le Guin?

Emití un sonido afirmativo para responder y ella desvió la atención hacia su móvil, que acababa de pitar.

Rachel se concentró en teclear y yo le di otro mordisco a la tostada. Durante un instante, me permití saborear la combinación perfecta del plátano y la mantequilla de cacahuete. Después de tanto tiempo, se me hacía raro desayunar con otra persona en lugar de beberme el café con tranquilidad mientras leía.

—¿Estás segura de que no quieres comer nada? —le pregunté cuando dejó el móvil al lado de la taza.

—Sí. No suelo desayunar. Soy más de picotear a media mañana. A no ser que tengas una *cookie* de chocolate, en cuyo caso la aceptaría.

—No tengo. —Negué con la cabeza—. Pero podemos comprar luego. Conozco un sitio que tiene las mejores galletas de la zona.

—Vale.

Me dedicó una sonrisa escueta y me pregunté si vería alguna vez, en persona, una sonrisa tan radiante como la que le había regalado a su novio durante nuestra videollamada.

Quizá si le comprase unas galletas en la cafetería de Lucy...

«¿Qué gilipollez es esa, William? Que le compre las galletas su novio».

Ella se terminó de un trago lo que le quedaba del café. Podía decir lo que quisiera, pero le había encantado.

—Cuando quieras, empezamos —me dijo interrumpiendo mis pensamientos.

—Puedo enseñarte la casa primero si quieres.

No tenía muy claro por qué me había ofrecido justo en ese instante, quizá porque quería retrasar el momento de sentarme frente a la escaleta con ella.

La última persona a la que le había enseñado la casa había sido a la señora Benson, la mujer que se encargaba de cuidar a Percy cuando me ausentaba por periodos largos y no podía llevármelo.

Rachel me siguió por la planta principal mientras yo le mostraba el comedor, el salón, el jardín trasero, el garaje y el cuarto de baño.

—¿Tienes gato? —me preguntó cuando vio la bandeja de arena del baño.

—Sí.

—Genial. —Parecía un poco incómoda.

—¿No te gustan?

—No es eso. —Hizo un gesto con la mano como restándole importancia, y no dijo nada más.

De ahí, bajamos las escaleras y le enseñé el sótano —que había transformado en un gimnasio con la ayuda de Zac— y el cuarto de la lavadora. Por último, subimos a la primera planta. La guie a la habitación contigua a la suya. Rachel se asomó a mi cuarto y lo único que dijo desde el umbral fue: «¡Qué bonito!».

Posteriormente, me encaminé hacia la puerta de enfrente.

—Este es mi despacho. —Coloqué la palma en la madera. Esa era la única puerta que estaba siempre cerrada—. Aquí no entra nadie. Nunca.

—¿Así que esto es el «ala oeste» del castillo? —me lo preguntó conteniendo la risa—. ¿Tienes dentro una rosa encantada que no quieres que vea?

—¿*La Bella y la Bestia*? Qué ingeniosa.

—Entonces ¿ahí dentro es donde escondes los cadáveres y por eso no me lo enseñas?

—Nunca lo sabrás.

Me dirigí a la puerta entreabierta que estaba enfrente de su habitación y la empujé con el pie.

—Aquí tengo los libros —le informé.

—¿Tienes una biblioteca en casa? —preguntó sorprendida—. ¿En serio?

Al pasar por mi lado, me rozó sin querer y su olor me hizo cosquillas en la nariz. Rachel olía a una mezcla de lavanda y eucalipto. Lo reconocía porque era el aroma del gel que usaba yo. Me pareció detectar también unas notas cítricas, que asumí que procedían de su colonia.

—¡Ay, Dios mío! —exclamó emocionada.

La seguí al interior. Ella miraba maravillada a todas partes.

—¿Lees frente al fuego? —me preguntó al tiempo que señalaba el sillón que había junto a la chimenea.

—A veces. —Me metí las manos en los bolsillos. No entendía por qué, pero me inquietaba un poco su presencia en esa sala.

Deambuló por las estanterías y se detuvo delante de la más cercana a la ventana. Apoyó la mano en una de las baldas y murmuró:

—Esto sí que es típico.

—¿El qué?

—Que seas fan de Brandon Sanderson.

Entrecerré los ojos por su tono burlón y me acerqué a ella. Me crucé de brazos y me apoyé contra la estantería de al lado para observarla con recelo.

—¿Qué quiere decir eso? —le pregunté.

Ella rozó con el dedo índice mi ejemplar de cuero de *El Pozo de la Ascensión*. Luego, se volvió en mi dirección y echó la cabeza hacia atrás para mirarme a la cara.

Tuve que bajar la barbilla para centrar la vista en sus ojos enigmáticos. Solo nos separaban veinte centímetros de distancia.

—Nada.

—¿No te gusta Brandon Sanderson? —cuestioné asombrado.

Una cosa era que no apreciase el buen café, pero que no le gustase Brandon Sanderson era inconcebible. Porque...

«¿A quién coño no le gusta el autor más prolífico del mundo?».

—Yo no he dicho eso —me contestó.

Me pareció detectar un matiz altivo en su voz.

Ella se apartó y la seguí con la mirada mientras se alejaba, hasta que llegó al umbral. Entonces, se dio la vuelta y solo me dijo:

—¿Empezamos?

Bajé las escaleras y la esperé sentado en la mesa del comedor mientras cogía sus cosas. Le di un sorbo a mi café, que ya estaba frío, y me preparé mentalmente para despedirme de la paz que me trasmitía oír solo el susurro del viento al mover las hojas de los árboles.

Rachel apareció unos minutos después. Se había puesto una americana negra encima de la blusa, que contrastaba con unas zapatillas ridículas de estar por casa que parecían peluches. Dejó en la mesa sus cuadernos, un estuche y el portátil, y se sentó en la silla frente a la mía.

—Necesito la clave del wifi —me dijo cuando levantó la tapa de su ordenador.

—CaputDraconis. Todo junto con la «C» y la «D» mayúsculas.

—¿Has puesto la contraseña de la sala común de Gryffindor? —me preguntó, y yo asentí—. ¡Qué friki! —exclamó mientras tecleaba—. En el buen sentido —aclaró.

«¿Harry Potter sí y Brandon Sanderson no?».

Rachel me pidió un minuto para responder unos correos. Mecanografiaba a la velocidad de la luz. Cuando acabó, pasó rápido las hojas de su agenda y dibujó un tic al lado de algo que tenía escrito y que parecía una lista de tareas.

Miró el móvil y volvió a dejarlo en la mesa ante la ausencia de notificaciones.

A continuación, se pasó la mano derecha por el pelo húmedo y se colocó un mechón detrás de la oreja. Su aro dorado destelló por el reflejo del sol.

—Vale, la escaleta, cuéntame —me pidió.

Cogí aire antes de empezar.

—He pensado dejar los primeros capítulos más o menos como estaban para presentar a los personajes y el sistema de magia al lector, por si alguien que no haya leído la saga anterior decide empezar por este —le dije mientras revisaba la escaleta original.

Ella solo asintió y emitió un sonido afirmativo que me dio pie a continuar.

—Voy a mantener el mismo disparador y que la llamada a la aventura sea la misma. Cuando Nora regresa con Caleb a casa y tienen que huir porque los errantes van a atacar su aldea. ¿Te acuerdas de eso?

—Sí. Es cuando vuelven del mercado y la madre de Nora les dice que tienen que alertar a la Gran Ciudad, ¿no?

—Sí. —Asentí—. También he decidido adelantar la aparición de Hunter y que se lo encuentren al poco de huir.

Ante la mención de este personaje, un brillo de interés iluminó sus ojos.

—Creo que es mejor que salga en los primeros capítulos y se

una a ellos con el pretexto de guiarlos hasta su destino —informé—. Y a partir de ahí desarrollaré la historia romántica entre él y Nora, con el viaje de la heroína como telón de fondo.

—Me parece buenísima idea adelantar su aparición. Entonces, durante el viaje, Nora y Hunter acabarán enamorándose. —Habló por encima del sonido de las teclas—. Y cuando ella se entere de las verdaderas intenciones de Hunter, se separarán y ella seguirá hacia su destino, ¿no?

—Sí. Se separarán y no volverán a reencontrarse hasta la batalla final, cuando se declararán.

—Vale, me encanta que se declaren en mitad de una pelea. —Parecía emocionada—. Volviendo al principio… ¿Cómo será su *meet cute*?

—Por confirmar, te refieres a cómo se conocen, ¿no?

—Sí. —Apoyó el codo en la mesa y la barbilla en la mano.

—Vale. A ver, cuando Nora y Caleb huyen, se enfrentan a varios lusus. —Gesticulé mientras hablaba—. De repente, se topan con Hunter, que está luchando contra uno bastante grande. Ellos se lanzan a ayudarlo y el monstruo deja inconsciente a Caleb. Solo quedan Nora y Hunter y, para derrotarlo, deben unir fuerzas.

Ella iba tomando notas en el ordenador de lo que le decía.

—¿Es Nora la que rescata a Hunter?

—El otro día decías que no tenía sentido poner a Nora de «damisela en apuros», ¿no? —le pregunté—. Pues ya está.

Ella asintió, fascinada.

—Entonces —repasó sus notas mientras hablaba—, el *meet cute* será Nora salvando a Hunter el sexy. Me gusta.

Me dio un escalofrío al oírla hablar así de mi personaje.

—No lo llames así.

—¿Por? —Centró en mí su mirada interrogante—. Es un señor sexy, claro que voy a llamarlo así.

—¿Puedes no reducirlo solo a eso? —pregunté—. No es como el resto de los protagonistas masculinos a los que estás acostumbrada —añadí con aire despectivo.

—No, claro que no. —Rachel apartó su portátil y entrelazó

los dedos de las manos sobre la mesa—. Hunter es el chico de pasado tortuoso que acaba en el bando de los malos por ser un incomprendido y que, para su desgracia, se enamora de la chica buena con la que no puede estar. Tienes razón. Nunca he editado un libro con un personaje así —añadió con una mueca irónica.

Cuando terminó de hablar, me miraba con ojos insolentes. Los míos, una vez más, estaban entrecerrados.

«William, por lo que más quieras, no le contestes. Está buscando una excusa para largarse», me recordé.

Cogí aire de manera profunda antes de responder:

—Volviendo al tema. He pensado que Hunter y Nora podrían liarse en este momento.

Ella me observó durante unos segundos con expresión calculadora.

—¿Cuando se encuentran? —me preguntó, y yo asentí—. Eso es demasiado pronto. Yo creo que es mejor escribir un *slow burn* y que se besen por primera vez casi al final de la segunda parte. Un *instalove* no pega con este *enemies to lovers* tan marcado.

«Ni hablar».

Eso tiraba por la borda la mayor parte de las ideas que tenía para la escaleta. Con lo que me había costado pensarlas.

—Pero ¿cómo voy a escribir un romance y que no se líen hasta el final? —Me incliné sobre la mesa.

—Se llama *slow burn* por algo, ¿sabes? —Ella se inclinó también en mi dirección—. Y funciona genial. Así tendrás tiempo para construir la tensión entre ellos y para hacer sufrir a las lectoras, que estarán deseando que se besen.

Sacudí la cabeza varias veces con vehemencia.

—Los flechazos están bien en otro tipo de historias, pero en esta no —siguió ella—. Además, es dificilísimo representarlo y hacer sentir al lector algo tan pronto. Si ni siquiera les ha dado tiempo a cogerles cariño a los protagonistas ni a saber cuál es su favorito...

No estaba para nada de acuerdo con eso. Y, para más inri, me jodía su tono solemne. Como si ella tuviese la razón y mi idea valiese poco menos que nada.

—Vaya. —Me dejé caer sobre el respaldo de la silla, me crucé de brazos y la miré con escepticismo—. La editora de novela romántica que no cree en el amor a primera vista —me jacté—. ¡Qué curioso!

Asentí un par de veces con una mueca en la cara.

—Para tu información, no edito solo novelas románticas. Y segundo, yo no he dicho que no crea en los flechazos —se defendió con un siseo—. Solo he dicho que a este libro en concreto le pega más un romance a fuego lento. Así podrás crear un millón de escenas de tensión entre ellos. No pasa nada por esperar un poco. Tendrás más tiempo para desarrollar el romance y podrás darles una dimensión mayor a los protagonistas antes de que se líen. Podrán darse cuenta de las cosas que tienen en común y…

—No tienen nada en común —la corté de raíz—. Ella se ha criado en un ambiente feliz y su única misión es proteger la aldea. Siempre ha tenido a alguien a su lado. En cambio, él ha pasado los peores momentos de su vida solo y pertenece al bando opuesto. ¿Ves algún paralelismo entre ellos, Rachel? —No la dejé contestar—. Claro que no, porque son de mundos diferentes —sentencié tajante.

—Estoy segura de que, con el paso del tiempo, encontrarán un nexo y la manera de entenderse.

Puse los ojos en blanco al tiempo que negaba con la cabeza y resoplaba. Ella continuó:

—Y verán en el otro ese apoyo único que no han encontrado antes en otra persona.

Irritado, cerré la tapa del portátil.

—Pues yo estoy seguro de que un *instalove*, como tú dices, funcionaría mejor. Es más práctico. —Gesticulé—. Chico conoce chica. Se gustan. Se besan. Follan como locos. Están juntos. Llega el conflicto que los separa. Se juntan al final y vuelven a follar como locos. —Me encogí de hombros—. Fácil —levanté el dedo pulgar de la mano derecha— y sencillo. —Alcé el dedo índice.

—Para empezar. —Rachel cogió su bolígrafo rojo y apoyó el codo sobre la mesa—. Eso no sería *instalove*. —Negó con él en el aire—. Solo has hablado de lujuria, ¿es que no hay nada de sentimientos? Se supone que vas a escribir un romance, no porno. —Me apuntó con el bolígrafo de forma acusadora—. Vas a desaprovechar un montón de situaciones y de conversaciones entre ellos que servirían para asentar los sentimientos y ver cómo avanza la trama romántica. A mí me gustaría leer cómo evoluciona lo que sienten los personajes y conocer su diálogo interno.

«Bueno, menuda sorpresa. Es una romántica empedernida de manual». Hasta la voz de mis pensamientos sonaba irritada.

—Por no mencionar que también perderías la oportunidad de jugar con la idea de lo sexy que es sucumbir a la tentación con el «malo».

—Puedo hacer que se líen al principio y que sea tan sexy como quieras —aseguré—. Si sigo tu sugerencia, no se acostarán hasta el final y entonces tendremos una novela de fantasía, no un romance desde la primera página.

—¡Ay, Dios mío! Es que yo no he dicho que tengan que besarse al final. —Dejó el bolígrafo en la mesa y se echó hacia atrás—. Pueden sentir cosas antes.

Solté un resoplido y ella desvió la mirada. Se quedó pensativa, con los dedos sobre su colgante.

Esa mujer quería que escribiese un romance azucarado y yo tenía en mente otro tipo de historia. No escribiría una novela erótica, pero sí quería escribir un libro que empezase con la atracción física de los personajes. Por supuesto que Hunter y Nora se enamorarían. Podía escribir su trama sin necesidad de que me saliese algodón de azúcar por las orejas y sin caer en situaciones empalagosas e irreales.

—¿Y si escribes un término medio? —me preguntó al cabo de un rato—. No hace falta esperar al segundo acto para que se besen, pero que tampoco se enamoren a primera vista.

—Vamos a ver, no van a enamorarse al inicio, Rachel —contesté cansado—. Solo van a follar y para eso no hace falta tener sentimientos.

—Si escribes eso, la química entre ellos tendrá que ser brutal desde la primera página para que transmita algo a las lectoras.

—No te preocupes, que así será —prometí entre dientes—. Van a saltar chispas.

Ella suspiró.

No parecía convencida, pero yo le demostraría lo equivocada que estaba. Escribiría un comienzo tan bueno que tendría que tragarse sus palabras y reconocer que mi libro era el mejor que había editado.

—Vale. Y de ahí en adelante, ¿qué pasa?

—De ahí en adelante...

«No lo tengo claro».

—Están juntos hasta el final —agregué—. Para los siguientes capítulos había pensado centrarme un poco más en la parte fantástica, sin perder el foco del romance.

Ella jugueteó con el corazón de su colgante a la altura de los labios.

—Me preocupa la ausencia de conflicto entre ellos —confesó.

«¿Ausencia de conflicto? ¿Esta mujer y yo estamos hablando del mismo libro?».

—¿Te parece poco que al final él sea de los malos y la esté engañando? —pregunté con ironía.

—No, esa parte me parece estupenda. —Rachel soltó el colgante—. Pero ¿en qué capítulo tienes pensado que ocurra eso?

—En el treinta y cinco.

—Y del uno al treinta y cinco ¿qué va a pasar entre ellos?

—Pues infinidad de cosas —contesté a la defensiva—. Tengo pensadas muchas escenas, pero no las tengo todavía encajadas en la escaleta. —La señalé con la palma de la mano—. Para eso estás tú aquí.

Ella soltó un suspiro eterno.

El día anterior había aprovechado para hacer un borrador rápido de la escaleta con lo primero que se me ocurrió. El principio y el final los tenía clarísimos. Me faltaba completar toda la trama intermedia.

—Vale, cuéntamelas, a ver si podemos encajarlo juntos.

Así fue como procedí a contarle lo que tenía en mente mientras ella asentía y tomaba notas. A veces, tecleaba mirándome directamente a mí y me hacía preguntas. A Rachel le encantó que Caleb fuese a desconfiar de Hunter hasta el final. Según ella, si hacía lo bastante interesante esa lucha de testosterona entre ellos, las lectoras no podrían parar de leer. Le hablé de todo menos de cómo se enamorarían Nora y Hunter, porque no tenía ni idea de cómo pasaría.

Cuando terminé, Rachel parecía un poco abrumada por tanta información.

Nos mantuvimos en silencio unos segundos en los que aproveché para darle un sorbo a mi taza. El café ya estaba a la misma temperatura que la Antártida.

—¿No te parecen buenas ideas? —me aventuré a preguntar.

Dejé que mi cuerpo resbalase poco a poco sobre la silla y estiré las piernas.

—Sí que me lo parecen, pero... —Rachel se detuvo en mitad de la frase.

Sin pretenderlo, nuestros pies se habían encontrado debajo de la mesa.

—Perdón. —Me erguí de inmediato.

—No pasa nada. —Rachel se enderezó en la silla y continuó—: Como te decía, me parecen buenas ideas, pero creo que hay que darle una vuelta al conflicto —reconoció con un suspiro—. Hay que encontrar algo que sustente el interés durante treinta capítulos. Si van a estar juntos desde el principio, hay que crear otros puntos de tensión para que el libro no se haga monótono.

Me froté la frente.

Entendía lo que quería decir.

El problema era que acababa de descentrarme y tampoco podía pensar con el estómago vacío. Le eché un vistazo a la hora que marcaba mi portátil.

—Son las doce. ¿A qué hora sueles comer?

—No tengo una hora fija —reconoció.

—¿Te parece si comemos ya? —le pregunté—. Así ves lo que tengo en la nevera y, si no te gusta lo que hay, podemos pedir algo y que no llegue a las tantas.

Rachel accedió y apiló sus cosas sin mirarme.

Mientras yo me ponía de pie, ella revisó su móvil. Se levantó con él en la mano y me siguió a la cocina.

Lo primero que hice fue abrir los armarios para enseñarle dónde estaba todo. Seguidamente, abrí la nevera.

—Pero ¿qué es todo esto? —Abrió los ojos sorprendida al ver todos los recipientes de comida preparada y se situó a mi lado.

—La comida, Rachel —contesté como si fuese una obviedad—. Coges un táper, lo calientas en el microondas y te lo comes. Fácil y sencillo —añadí para picarla.

—Eso ya lo sé. —Hizo una mueca al mirarme—. Me refería a por qué tienes todo el supermercado aquí dentro. ¿Es que no sabes cocinar?

—Claro que sé cocinar, pero no tengo tiempo. La comida de Whole Foods está buenísima y esto es mucho más cómodo —reconocí—. ¿Te gusta algo o pedimos?

Por alguna razón, me sentía un poco tenso teniéndola tan cerca.

Rachel alargó el brazo y cogió un envase de espaguetis con gambas. Cuando se apartó para dirigirse al microondas, yo dejé caer los hombros con un suspiro.

Cogí el mismo plato que ella y cerré la nevera.

Mientras Rachel rellenaba la jarra de agua, yo puse la mesa para los dos en la isla central.

Le cogí el relevo en el microondas y se hizo un silencio entre nosotros.

—Empieza si quieres.

—Te espero —la oí decir.

Rachel estaba de espaldas a mí, sentada en el taburete y con los pies apoyados en la barra de madera.

Estaba a punto de apartar la mirada justo cuando levantó los brazos y se atusó la melena con delicadeza. Y yo me quedé como un pasmarote contemplando cómo se recogía el pelo en un moño. Su coletero morado era bastante grande y llamativo.

Se me hacía extraño verla tan cómoda. No comía con una mujer en esa cocina desde que Naomi me había dejado meses atrás.

«¿Qué cojones haces pensando eso ahora?», me reprendí.

Sacudí la cabeza, aprovechando que no me veía, y me forcé a mirar por la ventana hasta que el pitido agudo del microondas indicó que la comida estaba lista.

—Así que vives aquí... —me dijo cuando me senté frente a ella—. En tu mansión de novela de regencia.

—No es una mansión de época.

—Es verdad... Esta casa se parece más a la de los Cullen que a la del señor Darcy.

Fui a contestarle, pero sonó su teléfono y ella desvió la atención. Al observarla, me percaté de que tenía un lunar en la parte izquierda del cuello, un par de centímetros por debajo de la oreja.

—Ya estoy contigo. Perdón —añadió dejando el móvil en la mesa—. Como decía, vives aquí apartado con tu gato imaginario... ¿No te aburres?

—No. Aquí encuentro la paz que necesito para trabajar. Y Percy no es imaginario, pero no le gusta socializar.

—Típico —murmuró. Yo la miré con las cejas levantadas para animarla a seguir y mastiqué los espaguetis con calma—. Estaba claro que tendrías un gato con tu misma personalidad. Si no fuese porque he visto el comedero, diría que es producto de tu imaginación.

Rachel soltó otra risita y yo me concentré en girar la muñeca para enrollar la pasta. Su móvil volvió a sonar y ella soltó el tenedor para responder.

—Para ser tan fan de las novelas de regencia, se te olvida lo del protocolo, ¿no? —ironicé.

—¿Qué?

—¿Ni comiendo puedes dejar el móvil? ¿Qué pasa, que tu novio no puede vivir sin ti? —me mofé.

—Era David —puntualizó con una mueca de desdén.

—¿Estás saliendo con tu jefe? —Abrí los ojos sorprendido.

—¿Qué? —Ella negó con la cabeza horrorizada—. Claro que no, pero estamos en horario laboral, obviamente tengo que contestar.

—No creo que se vaya a morir porque le respondas dentro de

cinco minutos. Dile que estás trabajando con su autor favorito y que te deje comer tranquila.

—Sí, claro... —Puso los ojos en blanco. Luego se concentró en pinchar una gamba y se la comió. Parecía que mi comentario la había incomodado.

—¿Qué has querido decir antes con lo de Brandon Sanderson? —le pregunté en un intento por cambiar de tema.

—Nada. —Visualicé un atisbo de sonrisa burlona en su rostro—. Que sabía que *El Pozo de la Ascensión* sería tu libro favorito.

—Ese no es mi favorito.

—¿En serio? ¿Y cuál es? Espera, no me lo digas. —Alzó la mano pidiéndome que no contestase—. ¿*El Imperio Final*?

Volví a negar a su pregunta.

Ella ladeó la cabeza levemente y se quedó pensativa. Un instante después, se llevó la mano al colgante y mi vista volvió a aterrizar en el lunar de su cuello.

—¿Es *El camino de los reyes*? —Su pregunta me devolvió a la mesa.

—No. Mi favorito es *Juramentada*.

Ella me miró incrédula.

—Claramente tu favorito no iba a ser el que le gusta a todo el mundo. Seguro que eres de esos que reniegan de algo cuando se vuelve popular.

Me sentí juzgado por su mirada burlona y por la acidez de su tono.

—Te equivocas, pero bueno, déjame adivinar el tuyo... A ver... Tenemos a una romántica empedernida —alcé la mano y la bajé señalándola—, con una fascinación por los amores imposibles... No será *Orgullo y prejuicio* tu libro favorito, ¿verdad?

—Pues no —contestó contenta porque no hubiese acertado.

—Ah, ya veo. Es... ¿*Persuasión*? ¿*Sentido y sensibilidad*?

—No. Y no.

—Mmm... ¿*Emma*? —Volvió a negar—. ¿*La abadía de Northanger*? ¿Jane Austen no es tu autora favorita? —Entrecerré los ojos cuando ella sacudió la cabeza—. Por favor, eso no se lo cree nadie. Está claro que eres de esas... No había más que verte ayer en el aeropuerto. Te faltó aplaudir de emoción cuando el idiota ese le dio los bombones y las flores a su novia.

—Sabía que no te había parecido bonito.

—¿Bonito? —pregunté incrédulo—. Si tuve que contener las arcadas.

Era evidente que mi editora apoyaba las muestras de amor cursis. Ese era el contenido que le gustaría leer en mi libro. Seguro que su novio era el típico repipi que la llenaba de ese tipo de atenciones.

«Uf. ¡Qué horror!».

—No te mataría ser un poco más romántico, así tendrías más ideas para tu libro...

—Soy romántico de otras maneras —me defendí—, no necesito demostrar lo que siento con flores y bombones. Yo no soy de esos.

Ella dejó el cubierto en su recipiente vacío. A mí todavía me quedaba más de la mitad de la pasta.

—Menuda ironía —fue todo lo que dijo.

—¿El qué?

—Que no te gusten las historias de amor y tengas que escribir una. Es que... ¿A quién no le gusta una buena historia de amor? El amor está en todas partes, en las historias de superhéroes, en las biografías, incluso en las historias de terror...

Terminé de masticar despacio.

—Sé que quieres que escriba una cursilada, pero eso no va a pasar.

—No. Yo lo que quiero es que no te acusen otra vez de haber escrito una trama romántica plana.

No me gustó que endureciese el tono de esa manera.

—¿Por qué no te esperas a leer el borrador antes de juzgar mi historia? —le pregunté intentando mantener un tono calmado—. Estoy seguro de que te gustará.

Rachel abrió la boca para protestar.

—Si quieres, te puedo pasar un par de escenas que ya tengo terminadas —añadí—. Son discusiones en las que se ve perfectamente la química que tienen los protagonistas. Que sé que eso te preocupa.

Ella se limpió la boca con la servilleta de tela y le dio un sorbo al vaso de agua. Se quedó observando con gesto pensativo la marca del pintalabios en el cristal.

—Vale —concedió cuando volvió a mirarme—. Pásamelas y las leo mañana. Ahora tengo que revisar el manuscrito de otra autora.

Asentí y decidí que era un buen momento para preguntarle:

—¿Necesitas comprar algo? Ya has visto todo lo que hay en casa.

—Necesito chocolate y regalices —contestó automáticamente—. Y también me gustaría ir a por fresas.

—Te puedo llevar cuando termines de trabajar —me ofrecí—. O puedes pedir y que lo traigan.

—Prefiero ir yo. Me gusta elegir las verduras, y así salgo un rato.

Y con eso dimos por finalizada la comida.

Después de que lo recogiéramos todo, Rachel se dirigió a la biblioteca para enfrascarse en su trabajo y yo a mi despacho.

Me dejé caer en la silla cansado. Había intentado ser paciente, pero era un poco desesperante que la persona que tenía que ayudarme no parase de rebatir mis ideas. Y así, mientras rememoraba la mañana que acabábamos de compartir, fue como mis dedos consiguieron escribir tres mil cincuenta palabras de una nueva discusión entre Nora y Hunter.

9

CONVIVENCIA (n.): Experimento social para poner a prueba mi paciencia.

A lo largo de mi vida había leído muchas novelas románticas, tantas que no podría nombrar todos los títulos. Conocía todos los clichés del género al dedillo y tenía mis favoritos.

Mi debilidad siempre había sido la proximidad forzada, adoraba que los protagonistas se viesen obligados a pasar tiempo juntos; el *fake dating*, en el que disfrutaba especialmente del momento en el que, para uno de los dos, la palabra «falsa» desaparecía de la ecuación de la relación; y el *enemies to lovers*, con esas situaciones surrealistas en las que los personajes se confesaban un odio acérrimo.

Todas ellas necesitaban una progresión hasta llegar al punto álgido en el que los protagonistas se rendían a sus sentimientos. Pero para llegar a mi parte favorita de la novela, primero tenía que leer todas esas escenas confusas, graciosas y retorcidas que propiciaban la atracción entre los protagonistas. Era algo básico y sin embargo..., ¡¿por qué no entraba la información en esa cabeza tan dura?!

A falta de ver el despacho, la biblioteca era mi parte favorita de la casa de Will, por eso subí allí con mi portátil. La estancia era acogedora, la ventana daba a la montaña, tenía una chimenea y un sillón tapizado en verde botella. Curioseé las estanterías con total libertad —no encontré ni un ejemplar de sus libros— y descubrí que los clasificaba por saga y autor. Siempre he creído que se puede saber mucho de una persona por cómo organiza sus libros.

Por ejemplo, Suzu los catalogaba por colores porque decía que eso le transmitía armonía. Grace los separaba por género y dentro de cada uno, los colocaba por orden alfabético de autores; decía que eso era culpa de que su madre era bibliotecaria. Y yo los ordenaba por saga y autor, como William, y dejaba más a mano los que solía releer.

Me senté en el suelo, con las piernas cruzadas y la espalda apoyada en el sillón. Durante unos segundos me quedé ensimismada frente al portátil, procesando todo lo que había ocurrido. Trabajar con él esa mañana me había reafirmado lo que ya sospechaba. Me había topado con el hombre servicial que se ofrecía a prepararme el desayuno y llevarme a la compra. Y también con el autor al que le costaba ver más allá de sus ideas.

En un par de ocasiones tuve la sensación de que apretaba la mandíbula en un esfuerzo por que su verdadero «yo» no saliese a la luz. Los dos sabíamos que su ego podía arrasar con todo. Era un poco como *El doctor Jekyll y el señor Hyde*. Quizá, después de pasar tres semanas con él, tendría suficiente contenido surrealista como para escribir mi primer libro: *El extraño caso de William y el señor Anderson*. De momento, no sabía con cuál de sus dos caras me quedaba. Ambas tenían ventajas y desventajas.

William parecía el típico californiano considerado y amable. Su punto negativo era que me desconcertaba cada vez que me miraba fijamente con sus ojos multicolor.

Por el contrario, el señor Anderson era un egocéntrico que creía llevar siempre la razón y me ponía nerviosa cada vez que decía con crudeza palabras como «mamada». Se suponía que en nuestras reuniones de trabajo teníamos que usar un lenguaje más apropiado. Algo se me había revuelto dentro cada vez que él había dicho «follar». La parte positiva era que podía ejercitar mi paciencia y también esperaba aprender algo de su manera de trabajar.

Y lo mismo hasta podría hacerle ver que un poquito de autocrítica no le vendría mal.

Si hacía un cómputo general, ganaba todo lo bueno que acarreaba vivir esa situación. Estaba trabajando desde un sitio precioso, el café estaba mucho mejor que el de la oficina (aunque jamás se lo diría) y tenía una bañera enorme de la que pensaba disfrutar con una bomba de baño de LUSH. Además, perdería de vista a David durante unas semanas.

Estaba segura de que entre los dos sacaríamos algo bueno. A fin de cuentas, con algunas cosas ya me había hecho caso y no todas sus ideas eran horribles. Podía considerar un éxito nuestra mañana de trabajo. Habíamos sido capaces de dialogar sin tirarnos los portátiles a la cabeza y casi podría decirse que habíamos encontrado un punto común.

En mi vida había conocido a una persona que gesticulase tanto con las manos como él. Se frotaba la cara, se cruzaba de brazos, señalaba, daba golpecitos en la mesa... Era como si no pudiese dejar las manos quietas.

Aunque no todo había sido sencillo, me había molestado que menospreciase a los protagonistas masculinos de otras novelas. Entendía que los autores les tenían mucho cariño a sus personajes, pero Hunter no era mejor que Peeta Mellark o Tobias Eaton.

Me abstraje tanto leyendo el manuscrito que estaba editando que cuando quise darme cuenta era prácticamente de noche. Volví a la realidad por la burbuja de chat que apareció en mi pantalla con el nombre de Grace.

> **Grace Harris**
> Por qué no contestas a los mensajes?
> Va todo bien? Te ha comido William?

> **Rachel García**
> Estoy bien, pero no he parado!

> **Grace Harris**
> Cómo sé que eres mi amiga y que no está escribiendo el autor sexy y despiadado haciéndose pasar por ella después de haberla secuestrado?

> Dime algo que solo diría Rachel!!

Rachel García
Quiero que Sam Claflin protagonice todas las adaptaciones literarias del mundo. Y creo que está tremendo con neopreno en *Los Juegos del Hambre*

Grace Harris
Uf. Ya ves!

> Aunque me gusta más en *Yo antes de ti*, pero no soy objetiva

> Bueno, me alegra ver que no tenemos que rescatarte de las garras de William

> Deberíamos buscar un nombre en clave para hablar de él en el chat del trabajo

Rachel García
Nada que tenga que ver con su atractivo, que nos conocemos

Grace Harris
Te odio!! Estaba pensando justo en «escritor cachondo»

Rachel García
Ni en broma

> Qué haces todavía en la oficina? Allí no son las ocho?

Grace Harris
Revisar el manuscrito de Jessica. Quiero enviárselo ya, me quedan solo veinte páginas

Rachel García
El de la viuda y el conde?

Grace Harris
Sí!! No te puedo explicar lo chulo que es!

> Oye, no nos has mandado ni una foto de la casa! Te parecerá bonito…

> **Rachel García**
> No es una casa, es una mansión!
> Te juro que nuestro apartamento cabe en mi habitación.
> La cafetera creo que vale un millón de dólares.
> Tiene biblioteca y gimnasio!!

> Lo único que no he visto es el despacho,
> dice que es zona prohibida

> **Grace Harris**
> Te imaginas que su despacho, en realidad, es una mazmorra sexual?

> **Rachel García**
> Grace, por favor! Como Recursos Humanos mire el chat, acabamos en la calle

> Bueno, te dejo con el manuscrito, anda.
> Luego os escribo!

> Te quiero!

> **Grace Harris**
> Qué manera de cortarme el rollo...

> Yo te quiero más!!

—¿Rachel? —La voz de Will me sobresaltó. Levanté la cabeza y lo vi asomado a la puerta—. ¿Cómo vas?

—Bien.

—¿Por qué estás en el suelo?

—Porque puedo cruzarme de piernas.

Él asintió sorprendido.

—¿Quieres que vayamos a comprar o sigues trabajando?

—Podemos ir ya si quieres. —Bajé la tapa del portátil y me levanté.

Lo seguí escaleras abajo hasta el coche.

—¿Qué tal tu tarde? —le pregunté cuando dejamos su casa atrás—. ¿Has avanzado con la escaleta?

—No —me contestó—. He escrito otra discusión entre Nora y Hunter que creo que encajaría bien en la mitad de la historia.

—¡Genial! Mañana podemos ver dónde colocarla.

Lo vi asentir por el rabillo del ojo.

Poco después, detuvo el coche en el stop previo a la carretera que nos llevaría hasta Monterrey.

—¿Podemos pasar por alguna copistería? —le pregunté cuando se incorporó al tráfico.

—Puedes usar la impresora de casa si quieres.

—¡Ah! Vale. ¿Dónde está?

—La tengo en el despacho, pero puedo llevarla a la biblioteca —contestó con su característica manera de hablar pausada.

Iba a gastarle una broma sobre la privacidad de su despacho, pero las palabras de Grace me vinieron a la cabeza: «¿Te imaginas que su despacho, en realidad, es una mazmorra sexual?». Decidí que era mejor mantener la boca cerrada antes de que se me escapase algún comentario que me dejase en evidencia.

Seguimos en silencio unos minutos más hasta llegar a Target.

—¿Cojo cesta o carro? —me preguntó William tan pronto como nos bajamos del coche.

—Mmm, a ver, déjame consultar la lista...

—¿Ya te has hecho una lista de la compra? —Oí que decía—. Pero si acabas de llegar.

—Si no me apunto lo que necesito, se me olvidan la mitad de las cosas —respondí con los ojos clavados en la pantalla del móvil—. Cogemos el carro, mejor.

Según entramos, nos dividimos. Él fue a comprarse un cabezal para su cepillo de dientes y yo me dirigí a la sección de los secadores de pelo.

Estaba leyendo las características de uno de los modelos cuando una voz exclamó cerca de mi oreja:

—¡*Jane Eyre*!

Me sobresalté y giré sobre los talones para encontrarme con William sujetando el libro de Charlotte Brontë.

—¿Qué? —pregunté extrañada.

—Tu libro favorito. —Arrojó sus cabezales en el carro—. Es este, ¿a que sí?

«¿De verdad ha ido a buscar el libro?».

Se me escapó la risa cuando negué con la cabeza y él arqueó una ceja.

—No me lo creo —aseguró solemne mientras se subía con gesto despreocupado las mangas de la camisa hasta los antebrazos—. Es una novela romántica con muchísimo conflicto y una pareja que sufre hasta que consigue estar junta. Parece el típico libro por el que te obsesionarías.

—Me encantó, pero no es mi favorito.

Volví a centrar la vista en el secador y terminé metiéndolo en el carro un instante después.

Salí del pasillo con él pisándome los talones.

—¿*Cumbres borrascosas*?

—¿Vas a citar las novelas de todas las hermanas Brontë? —le pregunté divertida.

—¿He acertado? —La chispa de la esperanza era evidente en su voz.

Me detuve y lo miré con el ceño arrugado.

—Por supuesto que no. ¿Cómo va a ser ese mi libro favorito? Si los personajes son unos egoístas... y ni siquiera acaba bien. —Él se encogió de hombros con indiferencia—. Y no, no menciones a Anne Brontë porque la respuesta será la misma.

Reanudé la marcha y giré a la izquierda en el pasillo de los caramelos. Cogí tres bolsas de mis regalices de fresa favoritos y los eché en la cesta.

—Halloween fue hace unos meses, ¿sabes? —ironizó—. No van a venir los niños a que les des chucherías.

—Espera, ¿eso era una broma? —Lo miré fingiendo decepción—. Creo que puedes hacerlo mejor.

Así fue como él empezó a hacer comentarios cada vez que yo cogía algo. Algunos tenían bastante gracia, pero yo permanecía impasible, como cuando metí un par de ensaladas preparadas en la cesta.

—¿Es que no sabes cocinar? —dijo repitiendo mis palabras de esa mañana.

—Por supuesto que sé cocinar, pero esto, a veces —maticé el «a veces»—, es más cómodo.

O como cuando, al meter chocolate para fundir en el carro, él murmuró un:

—Típico. Estaba claro que, si solo pudieses comer una cosa en el mundo, sería chocolate.

—Te equivocas.

Él alzó una ceja y desvió la vista a la cesta donde previamente había metido unas barritas de chocolate con nueces y una tableta de chocolate negro con caramelo.

—No puedo vivir sin regalices —puntualicé—. El chocolate es un mero complemento, pero sí, me gusta comerme una onza todos los días.

Esa fue la explicación que le di. No iba a contarle que en unos días me vendría la regla y que necesitaría chocolate, pañuelos y ver un montón de películas románticas, porque sí, era de esas, y sospechaba que él se burlaría de ello.

—Entonces ¿el dulce es tu comida favorita? —me preguntó mientras abandonábamos ese pasillo.

—No. —Me detuve delante del aceite en busca de uno de oliva—. Mi comida favorita es el *sushi* —contesté distraída mientras inspeccionaba las etiquetas.

—Predecible.

—¿Predecible? —lo observé sorprendida—. Predecible es lo tuyo. —Le señalé—. Seguro que tu comida favorita es una hamburguesa con salsa barbacoa y patatas fritas. Y de postre un batido de fresa con un montón de nata y una guinda asquerosa encima, ¿verdad?

William torció la boca hacia abajo, pero parecía divertido cuando asintió.

—No estás ni cerca de adivinarlo. —Una sonrisa se asomó a su rostro.

—Un perrito caliente con cebolla frita, pepinillos, kétchup y bien de mostaza.

Él negó con la cabeza y la sonrisa se ensanchó aún más.

—Supongo que solo tengo que revisar qué plato de Whole Foods es el que más se repite en tu nevera. —Hice un gesto para restarle importancia con la mano. Acto seguido, metí en el carro el aceite de oliva que me pareció más fiable.

—No lo vas a acertar en la vida —me pinchó.

—Pues dímelo. Yo te he dicho la mía.

—Te lo diré si me dices cuál es tu libro favorito.

—Buena suerte con eso.

Revisé la lista de la compra. Solo me quedaba una cosa por coger. Me entró la risa anticipada. Ignoré la mirada interrogante de William, lo abandoné con el carro y regresé al pasillo central.

—Cómo no... —William puso los ojos en blanco cuando, un par de minutos después, le sonreí antes de meter en el carro el bote de sirope de vainilla más grande que tenían—. Menuda manera más tonta de estropear un café.

Se me escapó una carcajada ante su tono de indignación y, sin dejar de reírme, puse rumbo a las cajas.

Después de pagar, cargamos las bolsas hasta el coche. William hizo amago de agarrarlas todas, pero yo me adelanté y cargué con un par.

Mientras atravesábamos Monterrey, me distraje mirando por la ventana. En cuanto tuviese un ratito libre quería acercarme a conocer el pueblo que había sido el escenario de *Big Little Lies*. Era cierto que el libro estaba ambientado en Australia y no en California, pero lo poco que había visto de él a través de la serie me había encantado.

—De verdad que no me creo que no haya acertado con *Jane Eyre* —lo oí decir.

«Ay, por Dios. Es increíble que sea tan cabezón».

Al volverme en su dirección, coloqué la mano en el reposabrazos central. Solo que en vez de encontrarme con una superficie rígida de cuero, mis dedos se toparon con algo cálido. La sonrisa se me desvaneció al darme cuenta de que mi mano descansaba sobre la piel de su antebrazo y la retiré a toda velocidad.

—Perdón.

William no respondió.

Desvié la vista hasta la ventanilla. No me gustaba haber descubierto que tenía la piel de los brazos suave. Y tampoco quería estar sola con mis pensamientos, por eso me apresuré a añadir:

—Y no. No has acertado. —Busqué otra cosa que decirle con

el afán de que no se generase un silencio incómodo entre nosotros—. ¡Ah! ¡Ya sé cuál es tu comida favorita! —exclamé al mirarlo.

La mano derecha de William volvía a estar cerrada alrededor del volante y la seriedad ocupaba su cara.

—¿Cómo no se me ha ocurrido antes? —Hablé para mí misma—. Si es el culmen de lo típico… ¡Son los macarrones con queso!

—¡Por favor! —William protestó airadamente y negó con la cabeza—. ¿Eso es lo mejor que se te ocurre? —preguntó decepcionado.

—¡Tengo una idea! El que descubra antes cuál es la respuesta del otro, gana.

—¿Me estás retando? —Se envalentonó.

—Si aciertas mi libro favorito, ganas tú —ignoré su pregunta—. Y si acierto tu comida favorita, gano yo.

—Perfecto. —William no despegó los ojos de la carretera.

Estábamos completamente a oscuras debido a la ausencia de farolas, pero la luz que despedía la pantalla del salpicadero me permitió vislumbrar una vez más la sonrisa de arrogancia en su rostro.

—¿Hay un premio para el ganador? —preguntó cuando puso el intermitente.

—Sí, claro. ¿Qué quieres?

—Si gano yo… —Redujo la marcha al meterse por el camino secundario que nos llevaría a su casa—. Cocinarás mi plato favorito.

—¡Ja! ¡Lo sabía! ¡No sabes cocinar!

Soltó un resoplido muy sonoro.

—Sí que sé cocinar —contestó cansado—. Pero disfrutaría muchísimo más de la victoria si tuvieses que cocinar para mí. ¿Qué quieres si ganas tú?

Lo sopesé unos segundos.

—¿Yo? Nada. El placer de ganar y quedar por encima de ti es suficiente —contesté con toda la sinceridad del mundo cuando aparcó frente a su casa.

—Rachel, eso no va a pasar —contestó seguro de sí mismo—. Y no vale, tienes que pedir algo.

Intenté pensar algo que de verdad desease. Disfrutaría mucho pidiéndole que reconociese que había sido un bocazas en el programa de Jimmy Fallon. Y también me llenaría de gozo vetar algunas de sus ideas para la novela.

Pero había algo que me generaba aún más curiosidad...

—Si gano yo, quiero ver tu despacho.

—No. —Apagó el coche y se volvió en mi dirección—. Eso está fuera de la apuesta.

Apoyé la sien izquierda en el asiento para poder observarlo mejor.

—Si de verdad creyeses que vas a ganar, no te importaría. A lo mejor es que no estás tan segu...

—Hecho. —Me cortó, y se bajó del coche.

«Reafirmamos la nota mental: es capaz de cualquier cosa por proteger su ego».

Cerró la puerta y se dirigió al maletero.

—Si ganas tú —me señaló con el dedo índice cuando me bajé del vehículo—, te enseñaré el despacho. Una sola vez.

Caminé hasta situarme a su lado.

—Vale. —Extendí la palma abierta en su dirección—. ¡Que gane el mejor, señor Anderson!

Él entrecerró los ojos al mirarme.

—Los dos sabemos que no tiene nada que hacer, señorita García —concluyó.

Esa vez, cuando me estrechó la mano, fue diferente. No sé si era la emoción que me embargaba por el desafío o si fue la manera tranquila y clara con la que pronunció el «señorita García». O quizá fue que me mirase fijamente con las pupilas dilatadas por la oscuridad lo que me embarulló los pensamientos.

En aquel momento no lo supe con claridad.

Un par de minutos después, mientras lo colocábamos todo, me di cuenta de que, con nuestra repentina convivencia, las fases de conocernos fluían a un ritmo vertiginoso. Aunque era cierto que desde que me había cambiado de país había sentido lo mismo con varias personas. Estar lejos de tus seres queridos podía tener ese efecto. Y aquella tarde, en la cocina de William, estaba muy alejada de la única familia que tenía en Estados Unidos, que eran Suzu y Grace.

Cuando le pasé la salsa de soja, noté que faltaba algo de lo que tenía antojo.

—¿Y las fresas? —le pregunté.

—Las he sacado del carro según las has metido.

—¿Qué? —Elevé la voz—. ¿Por qué?

—Porque eso no eran fresas de verdad —contestó tranquilamente—. Si las quieres, mañana te llevo a comprarlas o vamos el domingo al mercado de agricultores.

—¿Estás de broma? —pregunté indignada al toparme con la bolsa vacía—. He comprado un chocolate específico solo para bañarlas en él y comérmelas de postre.

De pronto, estaba mosqueada. No me importaba comprar fruta donde él creyese que era mejor. Lo que me había molestado era que las hubiese sacado sin decírmelo.

—Típico —musité irritada.

—¿El qué es típico, Rachel? —Dio un paso en mi dirección. Por su mirada venenosa, parecía que estaba conteniéndose para no soltarme una salvajada.

—Ya sabes. —Lo señalé de arriba abajo, como hacía él—. Que seas un esnob que compra la fruta recién recolectada de la granja de no sé dónde y el vino recién pisado de la bodega de moda de Napa para fanfarronear.

—Te equivocas. —Ladeó la cabeza y endureció aún más la mirada—. Yo lo que hago es apoyar el producto local, que, para tu información, es más barato. Además, está buenísimo porque somos los mejores produciendo fruta.

«Eso es justo lo que respondería un estadounidense orgulloso como tú».

Me limité a resoplar como hacía él y a negar con la cabeza.

—¿Sabes qué? —Reclamó mi atención poniendo su tonito de suficiencia—. Si quieres comer fruta de fuera de temporada, al menos, cómprala en Whole Foods. ¿Quieres fresas de postre? —Señaló la puerta de la cocina extendiendo el brazo izquierdo—. Perfecto, yo te llevo ahora mismo a por ellas, pero no te pongas borde cuando solo estaba evitando que te comieses unas que te iban a saber a cartón.

Apreté el puño izquierdo y maldije haberme dejado en la oficina el antiestrés que tenía en forma de corazón. Me habría venido de perlas.

«Elige tus batallas», me recordé.

Esperé unos segundos hasta estar segura de que no me fallaría el tono de voz otra vez y le dije:

—Te agradecería que en el futuro no sacases nada de mi carro.

William se pasó la mano por la cara y volvió a dejarla en el borde de la encimera.

—No te preocupes, que así será. Me voy a escribir —soltó antes de salir de la cocina como un vendaval.

La noche anterior había dormido profundamente. Había llegado reventada del viaje y no me costó nada conciliar el sueño.

Esa segunda no tuve tanta suerte. Después de cenar sola y echar de menos la cháchara de mis amigas, subí a mi habitación para leer un rato. Me entró sueño temprano, pero al acostarme se me pasó por arte de magia. Tardé un poco en darme cuenta de que lo que me perturbaba era el silencio sepulcral que reinaba en la casa. En aquel lugar no se oía el tráfico, el bullicio de la gente a todas horas ni las sirenas de la policía de Nueva York. Me había habituado a dormir con toda clase de ruidos y en especial con el de la televisión, porque Grace solía quedarse hasta las tantas en el salón.

Me arrepentí de haber dejado los cascos en la cocina porque podría haberme puesto algún vídeo de ruido blanco que me ayudase a dormir, pero lo último que me apetecía era bajar a por ellos. No sé cuántas vueltas di hasta que conseguí conciliar el sueño. Recuerdo que el último pensamiento coherente que me pasó por la cabeza fue que William todavía no había salido de su despacho.

Me desperté un par de horas después cuando noté que algo se movía sobre mi estómago. Medio dormida, me pasé la mano por la tripa y me topé con una bola de pelo que emitió un ruido horripilante. De manera instintiva chillé con todas mis fuerzas. No sé cómo conseguí quitarme la sábana de encima y salir de la cama, pero la criatura volvió a bufar amenazante. Grité aterrorizada una segunda vez. El corazón se me subió a la garganta y se me pusieron los pelos de punta. Un sudor frío me bajó por la nuca. Había oído ese sonido antes, pero no sabía dónde. Estaba tan asustada que ni se me ocurrió encender la luz. Cogí el móvil de la mesilla. Prendí la linterna y, al alumbrar la cama, dos ojos brillaron en la oscuridad.

La puerta de mi cuarto se abrió de par en par y pegué otro chillido.

—¡Rachel! —Oí la voz William antes de verlo.

Mi nombre en sus labios sonó con urgencia.

La luz se encendió abruptamente y tuve que cerrar los ojos.

Estaba desorientada y asustada, y antes de que comprendiese lo que estaba pasando ya tenía a William encima agarrándome de los hombros.

—Rachel, ¿qué ocurre? Estás pálida.

Respiraba con dificultad.

Fui incapaz de contestar. Lo único que me salió fue abrazar a la persona que tenía delante y a la que veía un poco borrosa. Relajé los puños, que había apretado por el susto, le rodeé la cintura con los brazos y escondí la cabeza en su pecho en busca de confort.

La primera vez que abrazas a alguien puede ser un poco raro, ya que no estás familiarizada con el cuerpo de la otra persona ni con su manera de abrazar. No sabes con antelación si esa persona es de las que abrazan rodeando los hombros o la cintura. Y tampoco sabes si es de las que hunden la cara en tu cuello o no. Eso hace que, a veces, un primer abrazo pueda sentirse torpe y con movimientos mecánicos.

Pero ese no fue nuestro caso.

William y yo nos abrazamos con naturalidad, como si lo hubiésemos hecho un millón de veces.

Pasada la sorpresa inicial, él me quitó las manos de los hombros. Plantó el brazo izquierdo en la mitad de mi espalda, a la altura de la cintura, y con la mano derecha me frotó entre los omóplatos con suavidad.

Parpadeé un par de veces confusa y, al relajarme, se me saltaron las lágrimas.

—Rachel. —Reclamó mi atención con un susurro—. ¿Has tenido una pesadilla?

Me llevó unos segundos encontrar las palabras. Lo único en lo que podía concentrarme era en cómo me ardía la mejilla.

Su voz no sonó pastosa como la mía cuando por fin hablé:

—No... —Negué levemente con la cabeza contra su torso—. No lo sé...

Me limpié las lágrimas con el dorso de la mano derecha y rocé su pecho con los dedos sin querer.

Fue entonces cuando entendí que me ardía la mejilla porque estaba en contacto directo con su piel.

«Ay, Dios mío. ¿Estoy abrazando su pecho desnudo?».

Di un paso atrás para salir de su agarre y él dejó caer los brazos.

No sabía a dónde mirar ni dónde meterme.

Desvié la vista por encima de su hombro y mi cerebro registró la escena que me rodeaba. Un gato bicolor me observaba desafiante desde la cama, como si fuese el dueño de ese colchón. No parecía dispuesto a saltar en mi dirección para arañarme las piernas.

El cerebro me seguía funcionando con lentitud. Repasé los hechos uno a uno: el gato me había asustado, yo había chillado como si tuviese delante al mismísimo fantasma de la ópera y William había acudido al rescate sin camiseta.

Por si eso no fuera suficiente para cubrir el cupo de «hacer el ridículo delante de William Anderson», me había echado a llorar del susto y me había arrojado a sus brazos como si fuese la balsa de madera que salvó a Rose cuando el Titanic se hundió.

«¡Dile algo ya! ¡Que va a pensar que eres boba!».

Su gato decidió que era un buen momento para adquirir un rol más activo en la escena surrealista que estaba presenciando y maulló en busca de la atención de su dueño.

William ladeó el cuello y su pecho se agitó a causa de la risa.

—¿Te ha asustado Percy? —Volvió a mirarme, y yo asentí un poco avergonzada. Él retrocedió hasta la cama y se sentó en el sitio donde instantes antes había estado tumbada yo—. Pero si es un santo, no hace nada.

El gato se le subió a las piernas y él le acarició el lomo con cariño. Aproveché que estaba centrado en su mascota para observarlo sin ningún tipo de pudor. William solo llevaba puestos unos pantalones de pijama negros. Su pecho definido acaparó toda mi atención. Tenía la letra «K» tatuada a la altura del corazón.

Se le escapó una risita cuando Percy ronroneó de gusto y yo caí en la cuenta de que…

«¡Ay, Dios mío! ¡Hay un hombre semidesnudo en mi cama!».

Me sentía mortificada.

William Anderson estaba buenísimo.

Pero buenísimo en plan buenorro que te mueres.

Cosa que ya sospechaba por cómo se le marcaba la ropa.

La sospecha era una confirmación en toda regla.

Estaba agitada.

Quería que William se fuese, abrir la ventana y arrojarme desde la terraza.

—¿Te he despertado? —la pregunta se me escapó de los labios.

William levantó la vista y la centró en mí.

Como ya era habitual, me repasó de arriba abajo. Me pareció ver un atisbo de sonrisa en su mirada. Cuando sus ojos subieron por mis piernas desnudas hasta mi cara, los nervios juguetearon en mi estómago.

—No. —Negó con la cabeza—. Estaba en la cama, leyendo.

«¿Estabas leyendo en la cama sin camiseta?». Por fortuna no se lo pregunté y se quedó como un pensamiento anecdótico en mi cabeza.

Grace tenía razón, los torsos desnudos de hombres atractivos provocaban que cometieses estupideces.

—Pero me has dado un susto de cojones —añadió—. Has gritado como si estuvieses a punto de morir y pensaba que te había pasado algo grave.

—Perdón.

Él volvió a bajar los ojos hasta mis piernas.

Seguí el curso de su mirada y terminé de avergonzarme.

Por supuesto.

Lo único que llevaba puesto, aparte de las bragas, era una camiseta de propaganda de una de mis librerías favoritas, que me quedaba enorme y me llegaba a mitad del muslo.

Creía que mi momento de tierra trágame ya había pasado, pero no. Lo peor vino cuando mi cerebro llegó a la conclusión más horrible de todas:

«¡¡Lo he abrazado sin llevar sujetador!!».

Aparté la mirada de inmediato.

No era una persona que enrojeciese con facilidad, pero, al comprender que había aplastado los pechos contra el torso de William, sentí que el calor me subía hasta las cejas.

«Por favor, que no se haya dado cuenta. Por favor, que no me mire las tetas ahora. Pezones, por favor, no me dejéis en evidencia».

Cuando volví a mirarlo, él me contemplaba fijamente. En su mirada ya no había ni pizca del enfado que habíamos tenido en la cocina.

En aquel momento, no tenía ni idea de lo que estaba pasando por su cabeza y antes de que me diese tiempo a averiguarlo, él se levantó. Se echó a Percy al hombro y me dijo:

—Me lo llevo para que no te moleste.

Yo asentí.

—Siento que te haya asustado tanto —añadió segundos después.

Se encaminó hacia la puerta y yo clavé la vista en su espalda ancha. Se volvió al llegar al umbral y solo me dijo con voz profunda y tranquila:

—Buenas noches, Rachel.

—Buenas noches.

Me quedé ahí de pie durante un rato.

La adrenalina del susto me había acelerado el pulso y mi corazón todavía no había vuelto a latir a su ritmo normal.

No entendía qué acababa de pasar.

Ni por qué los hombros me hormiguearon hasta que conseguí conciliar el sueño de nuevo.

10

CORRECCIONES (n.): Cambios que propone Rachel para tocarme los cojones.

Para ser sincero, siempre me había resultado útil levantarme al amanecer. Gracias a eso, aprovechaba las mañanas para hacer las cosas con calma. No era de los que retrasaban la alarma ni tampoco de los que les costaba salir de la cama.

Sin embargo, aquella mañana me sentó como una patada en el estómago que sonase el despertador a las siete. Estaba reventado. Iba a necesitar más que un buen café para sobrellevar el día. La noche anterior había sido movida. Después del susto con Rachel, volví a mi habitación y retomé el libro por donde lo había dejado. Intenté meterme de nuevo en aquella nave espacial junto a los protagonistas, pero no pude. Leí la misma línea una decena de veces y no me enteraba de nada. De alguna manera, sentía que mi cabeza seguía apoyada sobre la de Rachel, en medio de su habitación. Mi cuerpo le había correspondido el abrazo automáticamente, sin esperar a que mi cerebro decidiese si me apetecía o si era una buena idea hacerlo.

Había sentido que su burbuja colisionaba con la mía y que juntos habíamos creado una nueva donde compartíamos el mismo aire, cargado de su olor cítrico, y que nos dio la libertad de actuar sin pensar en lo que hacíamos.

Supongo que por eso se echó a llorar y se apretó aún más contra mí, y por esa misma razón yo traté de consolarla. Cuando me soltó, sentí perfectamente que nuestras burbujas se separaban otra vez.

A medianoche me rendí. Cerré el libro de golpe, lo dejé en la mesita y apagué la luz.

Pero fue peor el remedio que la enfermedad.

Cuando cerré los ojos, visualicé a Rachel. Después de abrazarla, me hacía una idea de cómo eran las curvas que había debajo de esa prenda holgada que llevaba para dormir. Mientras pensaba en eso, sin querer, recordé cómo se le marcaban los pezones. En el instante en que lo vi, me eché a Percy al hombro y hui despavorido. Como si en esa habitación se ocultase el peor de los demonios y no una chica preciosa.

«Joder, Will. De verdad. ¡Así, no!», la voz de mis pensamientos sonaba decepcionada.

Volví a encender la lamparilla. Sabía que en ese momento sería incapaz de dormir. Pero dio igual que la luz iluminase mi habitación de nuevo. La misma imagen me vino a la cabeza.

«No pienses en sus tetas. ¡Concéntrate en Percy! ¡Mira qué bonito es tu puñetero gato!».

La mente no me funcionaba. No quería pensar en ella. Por eso, hice lo único que podía hacer para alejarme del mundo real: me encerré en el despacho a escribir. Conseguí abstraerme, aunque en un par de ocasiones me descubrí perdido en un laberinto de pensamientos sobre Rachel.

Cuando volví a meterme en la cama, eran las dos y media de la madrugada. Pese a que los párpados me pesaban me costó un rato relajarme, pero, cuando lo conseguí, dormí de un tirón hasta que sonó la alarma.

Eran las ocho y veintitrés de la mañana cuando la oí bajar las escaleras. Me enderecé en la silla y dejé de enterarme de lo que estaba leyendo.

—Buenos días —me saludó Rachel.

Despegué la vista del libro y la centré en su rostro. Llevaba el cabello semirrecogido y los mismos aros dorados que el día anterior.

Parecía cansada.

Su americana malva contrastaba con la camiseta blanca y ajustada que llevaba debajo. Se acercó y dejó sus cosas en la isla.

—Buenos días —contesté, y volví a mirarla a la cara—. ¿Quieres un café?

—Uno doble. Estoy muerta de sueño. —Contuvo un bostezo—. No te preocupes, puedo hacérmelo yo —dijo cuando hice amago de levantarme.

Asentí y me dejé caer en el taburete de nuevo.

Le di un sorbo al mío, que ya estaba helado, y seguí leyendo.

Un instante después, noté un golpecito en el hombro derecho. Torcí el cuello y me encontré con la cara resignada de Rachel.

—¿Me enseñas a usar la cafetera? —Arrugó la nariz al preguntármelo, como si le diese vergüenza no saber cómo funcionaba—. Es demasiado profesional.

—Claro.

Rachel ya había dejado al lado de la máquina la leche, el café y la taza azul con el borde dorado.

Al tenerla al lado, me fijé en que el escote de su camiseta acababa un centímetro por encima de donde empezaba su canalillo.

«No le mires el escote, por favor».

—Vale, a ver. —Me remangué la camisa hasta los codos y levanté la tapa del molinillo—. Primero hay que moler el grano —le dije mientras abría el envase y lo volcaba dentro—. Es importante usar café recién molido porque así no pierde las propiedades aromáticas ni el sabor. Cuando esté listo, pulsamos el botón y esperamos.

Y eso fue exactamente lo que hice.

No seguí hablando porque el ruido del molinillo era un poco fuerte.

El aroma a café se intensificó en la cocina. Era mi olor favorito.

Cuando el molinillo se detuvo, le enseñé a coger el portafiltro y a rellenarlo.

Ella asentía a todo lo que le contaba.

—Ahora, apretamos el prensador para repartir el grano molido. Colocamos el portafiltro en la cafetera, giramos el mango a la derecha y listo. —Le narré lo que iba haciendo—. Por último, dejas aquí la taza y enciendes la máquina.

Acto seguido, le mostré cómo se calentaba la leche en la jarra de acero inoxidable.

—Es importantísimo que cuando termines tires los posos a la basura y lo limpies todo para que no se estropeen las cosas. —Me puse serio al mirarla, necesitaba estar seguro de que entendía que ese último paso era crucial, por eso añadí—: Aparte de que me da muchísimo asco la leche reseca.

—Vale.

Sujeté su taza y vertí la leche formando una hoja en su bebida. Cuando se la tendí, nuestros dedos se rozaron. Automáticamente se apartó para abrir el armario donde estaban la mayoría de sus compras y yo me encargué de enjuagar con cuidado lo que había utilizado.

—¿Por qué está el sirope ahí arriba? —Señaló la última balda. La acusación era más que evidente en su mirada—. Ayer lo dejé aquí abajo. —Tocó la más baja.

—Porque hay que dejar los productos tóxicos fuera del alcance de los niños. —Apoyé la mano en la encimera y me incliné un poco en su dirección—. Es peligroso.

Ella negó con la cabeza.

—Pues ahora me lo bajas, gracias.

Sin decir nada, me situé a su lado y estiré el brazo.

Sostuve el bote de sirope delante de su cara y ella me lo arrebató.

Cuando se sentó, me percaté de que se había dejado el armario y el cajón entreabiertos. La noche anterior, cuando bajé a cenar, me los encontré de la misma manera. Opté por no decirle nada y cerrarlos yo mismo.

Me senté delante de ella justo cuando abría el sirope. Al añadirlo al café, se cargó la hoja que le había dibujado. Lejos de importarle, parecía encantada mientras removía el líquido con la cuchara.

—Me niego a ser testigo de cómo estropeas el café con esa porquería. —Aparté la mirada y volví a centrarme en la novela.

—Hoy sí que te puedo poner cinco estrellas en el café —bromeó—. No hay nada que un buen sirope no arregle.

Se me escapó un bufido y ella soltó una risita antes de soplar sobre la taza.

—¿Quieres una tostada? —Yo me había comido la mía hacía rato.

—No, gracias. No entiendo a la gente que es capaz de comer por las mañanas, yo me levanto con el estómago cerrado. —Le dio un sorbo a su café y me preguntó—: ¿Tú no estabas leyendo *La rueda celeste*?

—Me lo acabé ayer. Ahora estoy con *Proyecto Hail Mary*.

—¿El de Andy Weir?

—Sí. —Sonreí, y alcé el libro para que lo viera bien. Tenía muchas ganas de comentarlo con alguien—. ¿Te lo has leído? —pregunté esperanzado.

—No.

Tuve que desinflarme de manera evidente, porque ella añadió:

—Pero fui a una conferencia suya y me cayó genial. Me pareció majísimo cuando contó que no se atrevió a dejar su trabajo hasta que le compraron los derechos para hacer la película porque no sabía si podría vivir de ser escritor toda la vida... Me sorprendió muchísimo que un autor que ha vendido millones dijese eso.

Asentí con entendimiento y me acaricié la barba incipiente con gesto pensativo.

—¿Prefieres leer en Kindle o en papel?

Arqueé una ceja al mirarla.

—No me mires así —continuó—. Ayer estabas leyendo en el Kindle, ¿no?

—Sí. El Kindle me parece útil para cuando viajo o cuando quiero un libro de inmediato, pero nada se puede comparar con la sensación de sujetar un libro nuevo, de pasar las páginas, el olor, el tacto... Todo eso el Kindle no te lo da.

Por primera vez desde que la conocía, me dedicó una sonrisa escueta y sincera.

—Yo pienso lo mismo.

Después de unos segundos en silencio, cambió de tema:

—¿Anoche asusté a tu gato?

—¡Qué va! —Negué con la cabeza—. Percy estaba tan tranquilo.

Ella asintió un par de veces. Luego desvió la vista a la taza que sujetaba entre las manos y le dio otro sorbo al café.

—Me dan miedo los gatos —me informó un instante después—. Cuando era pequeña, fui a tirar la basura y un gato negro salió de detrás del contenedor y me arañó la pierna. Nunca se me olvidará. Era verano y yo llevaba un vestido rosa. Volví a casa llorando y desde entonces... me dan un poco de mal rollo.

Tragué saliva y asentí.

Imaginarme a una versión minúscula de Rachel llorando me producía una sensación incómoda en el pecho.

—Entiendo. Bueno, Percy es muy pacífico —aseguré para tranquilizarla—. Como te dije, va a su aire. A veces paso días sin verlo, pero, si te molesta o te asusta, me llamas y me lo llevo.

—Vale. Gracias. —Se terminó de un sorbo lo que le quedaba del café—. Y gracias por venir anoche a mi habitación.

—Para de dar las gracias. No fue nada.

En realidad, ese abrazo fue el inicio de todo, pero no caí en la cuenta hasta mucho tiempo después.

—Por cierto, he llevado la impresora a la biblioteca —la informé.

—Vale. Genial. —Segunda sonrisa escueta.

Apartó la taza vacía y consultó su agenda.

—¿Quieres nos pongamos con la escaleta ahora? —me preguntó—. Si no, por la tarde también puedo.

—Ahora está bien.

—Vale.

Se levantó con la taza en la mano.

—¿Meto la tuya en el lavaplatos? —preguntó.

—Todavía me queda la mitad —contesté y negué con la cabeza.

Arrugó la nariz con un asco evidente y cambió de tema mientras nos desplazábamos al comedor.

—Ya me he leído las escenas que me pasaste de Nora y Hunter.

Antes de que me diese cuenta, ya tenía todas sus cosas desparramadas a su alrededor.

—¿Y? —Levanté las cejas.

—Me han gustado mucho —confesó—. Creo que podemos encajarlas en la mitad del libro.

—Perfecto. Es justo lo que había pensado.

Nos enfrascamos en una conversación sobre la escaleta y mientras yo apuntaba las cosas a mano en el cuaderno, ella tomaba notas en su ordenador. Estuvimos una hora y media colocando las escenas que yo le había contado el día anterior, intentando atar los cabos sueltos.

—Estaba pensando… —Rachel sé levantó para estirar las piernas—. Que no me has contado el pasado amoroso de Nora y Hunter.

Caminó hasta colocarse al lado de la ventana y apoyó la espalda en el cristal. El sol le dio de lleno, reflejando algunos matices de color caramelo en su cabello.

—Quizá podamos rascar algo por ahí para el conflicto… —Se tocó el colgante, reflexiva—. Algún exnovio o algo así… ¿Qué te parece?

Rachel se quitó la americana y se acercó a la mesa.

Era la primera vez que la veía con una camiseta ajustada. Mis ojos se detuvieron un instante en la curva de su cintura.

Después de dejar la prenda en la silla, apoyó las palmas de las manos sobre la mesa y se inclinó en mi dirección. Cuando nuestros ojos se encontraron, ella agitó ligeramente la cabeza en busca de una respuesta a su pregunta.

«Joder. ¡Te has quedado empanado mirándola! ¿Estás gilipollas o qué?».

—Pues… Hunter ha tenido varias relaciones, nada serio —me apresuré a responder—. Y Nora, ninguna.

Su móvil sonó con una llamada entrante antes de que pudiese responderme.

—Hola, David —contestó de manera jovial, y se perdió en la cocina.

La oí comentar algo sobre unos textos que debía redactar. Después, le aseguró a su jefe que lo tenía todo listo para la reunión de equipo. Por último, dijo:

—Sí, con William va todo bien.

Era la primera vez que Rachel pronunciaba mi nombre en voz alta.

—Estamos acabando la escaleta… Sí, te iré informando de los avances, sí… Vale, yo se lo digo… Nos vemos luego.

Unos segundos después, Rachel se dejó caer en la silla.

—Saludos de parte de David —comentó al tiempo que sacaba un regaliz rojo de la bolsa—. Volviendo al tema, creo que lo que propones está un poco trillado ya, ¿no? —Le dio un mordisco a la golosina. Yo levanté las cejas para animarla a seguir. Cuando terminó de masticar, me dijo—: Es cierto que los clichés funcionan, pero esta novela está ambientada dentro de cien años. ¿No prefieres darle la vuelta a ese en concreto?

—No. No tenía en mente que fuese él quien tiene poca experiencia sexual.

Me miró espantada.

—Por favor, no me digas que él se ha acostado con cientos y que ella es pura e inocente.

Negué con la cabeza ante su suposición. Ella sacó otro regaliz de la bolsa a la vez que masticaba lo que le quedaba del anterior.

—Nora también ha tenido relaciones, pero no han sido del todo satisfactorias.

—Entonces… ¿ahora va a llegar Hunter y Nora va a descubrir que el sexo con él sí que le gusta? —Se mofó y movió el regaliz de un lado a otro con la mano derecha.

—Exacto.

—No. —Mordió el regaliz y masticó mientras negaba de manera rotunda con la cabeza—. Yo pondría que sí ha disfrutado antes del sexo.

«Y yo pondré lo que me salga de las narices».

Opté por transmitirle el mismo mensaje en una versión más edulcorada.

—Ya está decidido, Rachel.

Ella se llevó la mano al colgante y suspiró; yo me crucé de brazos.

—O sea, que ella nunca ha disfrutado del sexo mientras que Hunter se ha acostado con setecientas mujeres, ¿no?

Me sentí juzgado por el acero de su mirada y por la acidez repentina de su tono.

—Bueno, con setecientas tampoco —me defendí—. De todos modos, ¿cuál es el problema de que ella tenga su primer orgasmo cuando se acuesta con él?

Rachel puso los ojos en blanco.

—Tienes a la protagonista perfecta para cambiar ese estereotipo... —comenzó—. Nadie se cree que una tía de veintitantos años nunca haya sentido deseo sexual por nadie y que de pronto se lance a los pies del chulito de turno. Y tampoco es creíble que no haya tenido un orgasmo nunca y luego sea tan activa sexualmente. ¿Ni siquiera con ella misma? —No contesté, y ella añadió—: Si no me equivoco, querías hacer a una mujer lo más realista posible, ¿verdad?

Asentí.

—Pues las mujeres nos... —Por fortuna, se detuvo antes de terminar la frase—. Las mujeres también se tocan —aclaró.

—Ya lo sé.

—No tiene sentido que, teniendo la edad que tiene, nunca haya disfrutado del sexo, ni siquiera con ella misma. Yo lo reconsideraría. Sobre todo si vas a hacer que según conoce a Hunter se acueste con él y se convierta en una diosa del sexo.

Apreté los labios y guardé silencio.

—A todo esto... —continuó—, ¿cuándo va a enterarse Hunter de que Caleb y Nora son solo amigos?

Su tono cambió a uno más emocionado que me hizo presagiar hacia dónde se dirigía la conversación.

—No lo sé —respondí con sinceridad.

No me lo había planteado.

—Creo que daría mucho juego que Hunter crea que Caleb y Nora están juntos. Ya sé que quieres que se acueste con Hunter al principio, pero puedes alargar un poco el momento y hacerlo más interesante.

—¿Vale? —respondí indeciso.

—¡Genial! ¿Cómo podría enterarse de que Nora no tiene novio?

—Se lo puede preguntar a Caleb.

—¿Qué? —Ella arrugó las cejas.

—Es muy típico entre tíos.

—¿Es típico de un tío preguntarle a otro si una chica tiene novio? —Rachel arqueó una ceja, incrédula.

—Sí, claro. —La miré como si eso fuese más que evidente—. Por ejemplo, en *Jurassic Park*, Ian Malcom le pregunta directamente a Alan Grant si Ellie Sattler está libre. Coges y preguntas, fácil y sencillo. —Di dos golpecitos en la mesa.

Rachel me observó horrorizada.

Sentía que la amabilidad que se había extendido entre nosotros pendía de un hilo que podría romperse en cualquier momento.

—¿Le pregunta eso un hombre a otro, como si la mujer fuese mercancía o de su propiedad? —preguntó escéptica.

—Joder, dicho así…, suena fatal… —balbuceé mientras buscaba una solución—. Tampoco es eso… Pero bueno, Hunter se lo puede preguntar a Nora directamente si lo ves mejor.

—Lo veo infinitamente mejor, sí. —Asintió con energía un par de veces. Tenía los labios apretados en una línea tan fina que ocultaba el color de su pintalabios.

Me apunté lo que acabábamos de hablar para que no se me olvidase y ella hizo lo mismo.

Como ya eran las doce, le propuse hacer una pausa para comer.

Solo nos quedaba pulir el nudo, y yo podría dedicarme cien por cien a escribir. Además, la atmósfera entre nosotros estaba cambiando a una menos amigable y prefería no volver a discutir con ella.

Rachel se situó a mi lado delante de la nevera.

La vi mirarme de reojo y yo volví el rostro en su dirección cuando dijo con suficiencia:

—Así que el pollo *tikka masala*..., ¿eh?

Le sacaba una cabeza de altura prácticamente, si bajaba la mirada más allá de sus ojos...

«¡No le mires las tetas, Will!».

—¿He acertado? ¿Es tu comida favorita? —insistió.

—No. —Aparentando normalidad, cogí el primer táper que pillé y me alejé.

Metí los macarrones con queso en el microondas y esperé con los ojos clavados en el recipiente, que giraba sobre sí mismo. No tenía ganas de verla trastear por la cocina mientras ponía la mesa.

Cuando el eterno minuto del electrodoméstico llegó a su fin, Rachel ya había colocado los tapetes azules sobre la isla, los cubiertos, los vasos y la jarra de agua.

De camino a mi sitio, me desvié para coger un plato del armario. Rachel había dejado el cajón de los cubiertos sin cerrar del todo y la puerta del mueble de los platos entreabierta. Otra vez.

—¿Hay algo que te impida cerrar las puertas de los armarios? —le pregunté mientras la cerraba yo mismo.

—Perdón. En casa me pasa igual.

Me senté enfrente de ella.

Rachel vertió la salsa César sobre su ensalada. Como siempre, fue la primera en rellenar el silencio.

—Entonces ¿tu plato favorito no lleva pollo?

Ignoré su pregunta y respondí con otra:

—Tu libro favorito no será uno que empieza con cuatro hermanas lamentando que no tendrán regalos esas navidades, ¿verdad? —La ironía era palpable en mi voz.

—No.

—Cada hermana solo tiene un dólar para gastar...

—Sé de qué libro hablas y la respuesta es no. —Pinchó un tomate cherry con el tenedor.

—No me creo que *Mujercitas* no sea tu favorito. —Removí mi comida—. Tiene amor, tiene drama...

—Y un beso bajo la lluvia —suspiró.

Ante ese comentario yo resoplé.

—¿A que adivino quién es tu favorita? —le pregunté.

Ella hizo un gesto con la mano mientras masticaba para alentarme a intentarlo.

—Marmee. —Le dije, y ella asintió—. ¡Lo sabía! —exclamé triunfal—. Sabía que te encantaría la madre que les dice a sus hijas que se casen por amor y no por dinero... —Negué con la cabeza y pinché unos cuantos macarrones—. Bastante estúpido para la época.

—Pues a Meg le salió bien y fue superfeliz.

No me pasó desapercibida la sonrisa risueña que asomó a su cara. Esa mujer estaba enamorada del amor y de la literatura. No cabía duda.

—Aunque mi capítulo favorito es el del beso bajo la lluvia —prosiguió.

—Dios, qué típico... —Dejé el tenedor y desestimé su comentario con un gesto desdeñoso—. Es la parte más surrealista de todo el libro.

—No es surrealista, es precioso. ¿A quién no le gusta un buen beso bajo la lluvia? —Imaginé que la pregunta era retórica, por lo que no contesté—. ¡Ay! Podías hacer que el primer beso de Nora y Hunter fuera en mitad de una tormenta.

«Antes me corto las pelotas».

—Ni en broma. Es cutrísimo y nadie hace eso.

—¿Cómo que no? —Hincó el cubierto y pescó unas cuantas hojas de lechuga—. Mira, hay miles de escenas donde se besan bajo la lluvia. En *El diario de Noa*, en *Crónicas vampíricas*... Hasta en *Orgullo y prejuicio*. Bueno, ahí no se besan como tal, pero cuando el señor Darcy se declara... Es tan bonito...

Soltó un suspirito y se metió el tenedor en la boca.

—Por Dios —resoplé—. Me va a subir el azúcar.

Ella puso los ojos en blanco una vez más y se tragó la comida.

—Volviendo a *Mujercitas* —dijo Rachel—. Seguro que tu favorita es la escritora, ¿verdad?

Su teléfono nos interrumpió una vez más. Era la duodécima

vez que ella desviaba la atención a ese aparato en lo que llevábamos de mañana.

Me fijé entonces en que apenas le quedaba ensalada. En cambio, mi plato estaba a rebosar de pasta.

—Es la más coherente de las cuatro. —Me encogí de hombros cuando ella volvió a mirarme.

—Y odiarás a Amy seguro.

—Por supuesto. Si Zac me quemase un manuscrito..., no sé lo que le haría.

—¿Tienes un hermano? —me preguntó sorprendida—. ¿Es mayor o más pequeño que tú?

—Más pequeño. Tiene veintisiete.

—Anda, casi somos de la misma edad. Yo tengo veintiséis.

—¿Pero recién cumplidos o vas a cumplir veintisiete este año?

—Cumpliré veintisiete en septiembre, el día diecinueve.

Asentí y rumié esa nueva información. Tenía claro que ella era más joven que yo, pero no sabía cuánto.

—Mi hermano cumplirá veintiocho en mayo —dije poco después.

—Tú vas a cumplir treinta y uno, ¿no?

Seguramente Rachel lo sabía porque lo dije en el programa de Jimmy Fallon.

—Sí. El cinco de junio —contesté con la boca pequeña.

Ella asintió y desvió por enésima vez los ojos al móvil.

De pronto, me sentía un poco violento. No me hacía especial ilusión pensar que ella había visto mi salida de tono en la televisión. A saber qué imagen se habría formado sobre mí.

«Eso te da igual. Está aquí para ayudarte con el libro. Nada más».

—La próxima vez le ponemos un plato a él también —dije un poco irritado.

—¿A quién?

—A David. —Señalé con la mano el sitio vacío de su derecha—. Parece que está presente entre nosotros.

—Tengo una reunión con él en quince minutos —me explicó—. Simplemente está confirmando conmigo un punto que vamos a tratar. De hecho, debería irme a repasar las notas. ¿Te importa?

Negué con la cabeza. Ella se levantó, recogió sus cosas a toda velocidad y salió de la cocina dejándome con mi plato de macarrones a medio terminar.

Tenía las piernas entumecidas de estar tanto tiempo sentado. Llevaba un rato desconcentrado, así que me dije que era un buen momento para despejarme.

Eran las tres y media de la tarde cuando salí de mi habitación con la ropa de deporte. Cerré la puerta después de haberme asegurado de que Percy estaba dentro y troté escaleras abajo. Tenía que darme prisa si quería correr antes de que se hiciese de noche.

No había dado ni tres zancadas por el pasillo cuando Rachel salió del baño y se estampó contra mi pecho. De manera instintiva, mis manos fueron a parar a sus hombros para sujetarla.

—¡Ay! —soltó un gritito.

Bajé la cabeza y nuestros ojos también tropezaron. Arqueé las cejas en una pregunta muda.

—¡Qué susto! —exclamó demasiado alto. Se llevó la mano al pecho para calmar la respiración.

—Te asustas con demasiada facilidad.

Ella arrugó las cejas.

La comprensión llegó a su rostro unos segundos después.

—Perdón. —Se quitó los cascos y volvió a mirarme—. ¿Qué has dicho? —Bajó la voz hasta llegar a un volumen normal—. No te he oído.

Me llegó una melodía romántica. Desvié un segundo la atención de su cara a los cascos inalámbricos que sujetaba entre las manos.

No reconocía la canción ni entendía la letra, pero la música se oía lo suficientemente alta como para saber que estaba escuchando una canción de amor.

—Cómo no... —Contuve la sonrisilla sarcástica.

En sus ojos encontré escrita la palabra «incomprensión».
No pude continuar la frase.
Nuestras burbujas habían colisionado otra vez.
El ambiente parecía haberse espesado.
Mi pasillo amplio pasó a ser el más estrecho del mundo.
Estábamos tan cerca que olía su colonia.
¿Se había dado cuenta ella del cambio en la atmósfera?
¿Por qué parecía que toda la tensión de la casa se concentraba en ese punto, saltando entre nosotros?
La oí carraspear y salí del trance.

—¿El qué es típico? —me preguntó.

Me di cuenta entonces de que seguía sujetándola por los hombros.

La solté y di un paso atrás. Sentí que las burbujas se separaban. Cerré los ojos y cogí aire. Cuando volví a abrirlos, me fui de la lengua.

—Que escuches canciones empalagosas a todo volumen. ¿Estabas cantando frente al espejo, fingiendo que el peine era el micrófono? —me mofé.

—¿Qué dices? —Ella arrugó las cejas—. Claro que no.

El pasillo volvió a su tamaño normal, lo que me dio algo de tregua.

—¿Qué habías dicho?

—Que la próxima vez no te pongas la música tan alta y no te llevarás sustos —contesté mordaz—. Y apaga eso, por Dios —señalé sus cascos con la mano—, que me estás destrozando los tímpanos con el lamento de ese tío.

—No es un lamento. Es una balada preciosa. A lo mejor no sabes apreciar la buena música tanto como te crees —me dijo—. Deberías tenerle más respeto a Shawn Mendes. «Fallin' All in You» es una de sus mejores canciones y es mi favorita.

—Así que tu canción favorita es una romanticona. Eres una caja de sorpresas, Rachel.

Era curioso cómo acababa de descubrir cuál era su canción favorita pero todavía no sabía cosas tan básicas como de dónde era, cuál era su libro favorito o cuánto tiempo llevaba con su novio.

En mi cerebro se encendió una bombilla.

«No, Will. No. Es una pésima idea. ¡Ni se te ocurra!».

Decidí ignorar la advertencia.

—Pobrecito tu novio, seguro que lo taladras con esa bazofia constantemente.

«Pero ¿a ti qué cojones te importa lo del novio, Will?».

—No es un taladro. Y, para tu información, no tengo novio. —Hizo una mueca antes de dar media vuelta.

«Vaya, eso sí que es un *plot twist*».

—No me digas que...

«Will, cállate ya, por favor. Cierra la bocaza. Vete a correr». Pero lo dije.

—Ningún hombre real está a la altura del señor Darcy, ¿verdad?

Ella se volvió y me regaló una mirada venenosa.

—Justo. Has dado en el clavo. —Asintió—. Los hombres perfectos solo existen en los libros. El mundo real está lleno de tíos arrogantes como tú.

Y, sin decir nada más, se dio la vuelta y se fue.

«Eso te pasa por gilipollas».

Las palabras que había soltado Rachel fueron mis compañeras de entrenamiento aquella tarde. Intenté correr más deprisa con la esperanza de dejarlas atrás, pero consiguieron alcanzarme todas las veces.

«Los hombres perfectos solo existen en los libros».

«En el mundo real solo hay arrogantes como tú».

«Para tu información, no tengo novio».

Subí la música al máximo y, durante unos minutos, me concentré en llevar mi cuerpo al límite. Por fortuna, Rachel dio paso en mi cabeza a Nora y Hunter. Un pensamiento llevó a otro y, de pronto, se me ocurrió.

Me paré en seco.

Tenía la respiración acelerada y el pecho me subía y bajaba a toda velocidad.

Sin perder el tiempo, me saqué el teléfono del bolsillo y apunté la frase que me serviría para desarrollar la idea cuando llegase a casa: «Hunter se entera de que Nora está soltera en mitad de una discusión. Él le gritará: "Corre, vete a consolar a tu novio", refiriéndose a Caleb. Y ella le dirá que no es su novio».

Había encontrado la solución al problema al que había estado dando vueltas toda la tarde. Y lo había hecho mientras escuchaba esa canción que tanto le gustaba a Rachel.

11

ESCRITOR (n.): Persona que lloriquea en cuanto le cambias una coma.

—*¡Capullo!* —exclamé en español cuando cerró la puerta de la entrada.

Sentía que William me juzgaba por muchas cosas, desde el café que tomaba hasta la música que escuchaba. Parecía el típico que creía que si tenías gustos distintos a los suyos era porque no tenías ni idea.

Era respetable que no le gustase Shawn Mendes, pero estaba segura de que lo había criticado sin haberlo escuchado ni una vez. Me hacía gracia que hubiese dicho que yo taladraba a mi pobre novio con música cuando la única pobrecita que había en esta historia era su novia. La pobre Kimberly, Kitty, Keira o como se llamase tenía que estar frita de escuchar las afirmaciones de William sobre sí mismo.

«¡Kimberly, mira qué idea tan increíble he tenido! La protagonista de mi novela va a chupársela al prota masculino cuando la salve de un monstruo».

«Kitty, no pienso pedirte perdón porque los dos sabemos que siempre tengo razón».

«Keira, ¿cómo se te ocurre estropear el café con sirope? Por favor, no tienes ni idea».

Era tan egocéntrico que seguro que pensaba en sí mismo cuando se masturbaba.

Me había escocido que insinuase que estaba soltera porque tenía un estándar altísimo en los hombres. Como si fuese culpa mía que todos los chicos con los que había quedado hubiesen acabado siendo una decepción. Era cierto que acumulaba tantas experiencias desastrosas en Tinder que podría escribir una novela de terror, pero no era yo la que tenía una foto de perfil falsa ni la que hacía *ghosting* al día siguiente, y así un largo etcétera.

Una cosa era que no nos pusiésemos de acuerdo sobre su libro, que era trabajo y era por lo que yo estaba allí. Pero ¿soportar que me juzgase de esa manera?

No tenía por qué aguantarlo.

Y tampoco quería terminar de amargarme sola. Por eso decidí distraerme estrenando el gimnasio. Hacer yoga me serviría para olvidarme del encuentro con William.

Unos minutos después empujé la puerta entreabierta de la sala y me asomé para verificar que el gato no merodeaba por ahí. Cuando me aseguré de que estaba despejado, entré y cerré. Para carecer de ventanas, la estancia era muy luminosa. Un espejo ocupaba la pared que tenía enfrente y la de la derecha estaba repleta de mancuernas y discos de pesas de varios tamaños.

No había esterilla, así que la idea del yoga quedó descartada de inmediato.

Lo que sí había era una cinta de correr, un banco para hacer pesas y un par de máquinas para ejercitar músculos que yo ni sabía que existían.

Aunque correr me parecía el deporte más aburrido del mundo, le di una oportunidad. Busqué en Spotify una *playlist* marchosa y me dejé contagiar por el ritmo de la música.

Al principio solo anduve y luego fui subiendo paulatinamente la velocidad. Los treinta minutos se me hicieron eternos. Cuando llegaron a su fin y me bajé, sentía que había corrido la maratón de Nueva York como hacía Suzu cada noviembre. El corazón me latía en el pecho con golpes fuertes y me faltaba el aire.

Estiré frente al espejo mientras relajaba la respiración. Tenía las mejillas rojas y el sudor se veía a la perfección en mi conjunto rosa. Según terminé, me guardé los cascos en el bolsillo y abandoné el gimnasio con la intención de ducharme y leer un rato antes de cenar.

Cuando puse un pie en el tercer escalón, la puerta se abrió y dio paso a William. Llevaba la camiseta en una mano, y en la otra, una botella de agua. Estaba completamente despeinado.

Al verme, frenó en seco en lo alto de la escalera. Yo también me detuve con la mano apoyada sobre la barandilla. El tatuaje de su torso parecía estar rodeado por un montón de flechas de neón, como si quisiera llamar mi atención.

Tuve la sensación de que sus ojos se detuvieron un segundo en la piel de mi estómago y en mi colgante. Nos separaban cinco escalones.

Tragó saliva antes de hablar:

—¿Qué hacías?

—Correr —contesté con sequedad.

—¿Tú corres? —Su cara de sorpresa me molestó—. Pensaba que serías de las que...

—Me encanta correr. Es superdivertido —mentí, azuzada de nuevo por sus suposiciones—. Aunque me gusta más correr por el campo, hacerlo en la máquina no es lo mismo.

—¿En serio? —Percibí un brillo de interés en su mirada—. ¿Te gusta correr por el campo?

Por su tono de sospecha, parecía que no me creía.

—Sí —aseguré—. Todos los fines de semana me hago una ruta por Central Park con mi amiga Suzu.

«Pero ¿qué dices? Si tú solo corres detrás del camión de los helados».

—Nunca lo habría adivinado.

—Ya..., es que soy una caja de sorpresas —repetí sus palabras con acidez y el mosqueo que había dejado en la cinta de correr resurgió en mi interior—. Bueno, me voy, que tengo mucho trabajo.

«Además, me pone nerviosa que estés sin camiseta porque solo digo tonterías».

Subí las escaleras a toda prisa, cuidando de no rozarle al pasar, y no me detuve hasta llegar a la primera planta.

Después de aprovechar al máximo la bañera gigantesca que tenía para mí sola y de debatirme entre qué ropa sería la adecuada para sentarme en el sofá a revisar las galeradas de un libro (porque en casa me habría puesto el pijama o un chándal), acabé saliendo de mi habitación en vaqueros y camiseta.

El salón de William era descomunal. A mano derecha tenía un ventanal por el que se podía salir al jardín y la pared izquierda estaba amueblada con más estanterías.

Grace decía que podías saber si una persona era rica o no por el sofá que tenía. El de Will era de color beis y podía acoger a un equipo entero de fútbol americano. Delante había una mesa de madera cuadrada, con tres libros apilados encima.

La luz de las lámparas era amarilla y cálida, y las vigas de madera que quedaban expuestas le daban un aspecto rústico a la estancia. En esa casa no había ni un mueble del IKEA.

La comodidad del sofá y sus cojines mullidos me acogieron cuando crucé las piernas sobre el asiento. Desde esa posición era evidente que la televisión era gigantesca.

Estiré el brazo y atrapé el primer libro de los que reposaban sobre la mesa. Era *Yo, robot*, de Isaac Asimov. William escribía fantasía, pero parecía que le encantaba la ciencia ficción. Sujeté el libro por el lomo y dejé que las páginas pasasen por mi pulgar, tal como hacían los crupieres en Las Vegas con las cartas en las mesas de blackjack.

El libro estaba impoluto. No había ni una sola marca o anotación.

Volví a dejarlo en su sitio y me centré en el trabajo.

Paré para cenar, de nuevo sola, y eché de menos el silbido de la tetera de Suzu y el sonido de nuestras carcajadas entremezclándose por culpa de alguna exageración de Grace. Con el fin de enterrar ese silencio sepulcral que me resultaba ensordecedor, les mandé un audio y les conté que estaba cenando unos huevos revueltos.

Esa noche, cuando volví a mi habitación, miré debajo de la cama y dentro del armario para asegurarme de que no hubiera ni rastro del gato, y luego me quedé leyendo hasta dormirme.

Al día siguiente amanecí más enérgica. Era viernes y empezaba el puente del *President's Day*. Quería ir a la playa aprovechando que la tenía al lado.

Por primera vez desde que estaba en Carmel, me desperté con la alarma y no antes de que sonase. Leer hasta las tantas me había servido para dejar el *jet lag* atrás. En casa siempre me despertaba la última y solía retrasar la alarma cinco minutos varias veces.

William ya estaba en la cocina, sentado en la silla de siempre, con los ojos enterrados en un libro y una taza al lado.

—Buenos días —saludé desde el umbral.

Él levantó la cabeza despacio para mirarme. Se había afeitado y parecía más joven.

—Hola —respondió—. ¿Quieres un café?

—Sí. Ahora me lo hago.

Pasé de largo y me acerqué a la encimera. Lo preparé siguiendo sus instrucciones del día anterior. Todo fue bien hasta que tuve que calentar la leche en la jarrita metálica.

—¡Ay! —Me quejé cuando la leche ardiendo me salpicó la americana rosa de Zara.

Oí un suspiro profundo por encima del ruido que hacía el tubito de la cafetera.

—¿Se puede saber qué haces? —William ya estaba a mi lado con cara de pocos amigos.

«¡Sorpresa! Alguien se ha levantado con el pie izquierdo».

—Calentar la leche.

—Trae. —Extendió la mano para que le diese la jarra.

—No. —Me negué rotunda—. Quiero hacerlo yo.

William se pasó la mano por la cara.

—Si te has manchado, es que lo estabas haciendo mal —explicó cansado—. Tienes que sumergir el vaporizador por lo menos un centímetro en la leche.

Se situó detrás de mí cuando volví a intentarlo.

—Introdúcelo un poco más —me indicó—. Casi hasta el fondo. —No lo veía, pero de pronto fui consciente de que estaba muy cerca. Tan cerca que sentía su aliento acariciarme la coronilla.

«¿Soy yo o todas las indicaciones parecen un poco sexuales?».

Su tono de voz áspero y tranquilo se coló por debajo de mi ropa y se agarró a mi piel. Por eso cuando dijo:

—Así. Muy bien. Ahora mueve la mano de arriba abajo para hacer la espuma.

Yo me puse nerviosísima, bajé la jarra sin querer y nos salpiqué enteros de leche.

—¡Joder! —William alzó la voz rompiendo la ensoñación erótica en la que me había metido por culpa de su cercanía y de sus susurros.

—Perdón.

—Desde luego, como barista no tienes futuro —se burló al apartarse.

—¿Y tú sí? —Me volví para mirarlo, confundida por el nudo que me apretaba el estómago.

William se estaba limpiando la cara con un paño de cocina.

—Pues teniendo en cuenta que he servido cafés durante años, yo diría que sí —puntualizó antes de dejar el trapo en la encimera—. Voy a cambiarme.

Y, sin más, salió de la cocina y me dejó sola con mis pensamientos.

«¿Ha sido camarero?».

Jamás había imaginado una narrativa en la que él hubiese trabajado al servicio de los demás con un delantal como uniforme.

Me serví el café y limpié la encimera y la máquina frotando a conciencia. No quería escuchar más berridos suyos desde primera hora.

«No creo que le dejasen muchas propinas. Seguro que se pasaba la vida diciéndoles a sus clientes: "No pienso ponerte sirope en el café, arréglate el paladar para disfrutar de esta delicia"».

Dejé el paño y cogí la taza.

—Ayer te olvidaste el portátil en el sofá.

Me volví para ver que William había reemplazado su camisa negra por una de cuadros azules que le favorecía bastante.

—Ahora lo recojo —fue todo lo que le respondí mientras salía de la cocina.

Cuando dejé la taza en la mesa del comedor y me di la vuelta, me lo encontré apoyado contra la pared y con los ojos centrados en mí.

El ambiente se percibía un poco tirante. Y eso me preocupaba, porque era vital que solucionásemos cuanto antes la falta de ritmo en el segundo acto. No quería arrastrar la escaleta al martes y nos faltaba esa parte para tenerla perfecta. Tampoco quería que acabásemos mosqueados otra vez. Así que, después de hacerle una broma sobre su pasado de camarero, nos pusimos a trabajar y el incidente de la tarde anterior pasó a ser un mal recuerdo.

—Ayer tuve una idea buenísima —me dijo.

«Miedo me da».

—Sobre cómo puede enterarse Hunter de que Nora no está con nadie. Ya lo tengo escrito —añadió.

—Genial, pues cuando me lo pases lo leo.

Estaba tranquila con esa parte.

Después de nuestra conversación sabía que no escribiría una situación de neandertales donde Hunter le diría a Caleb algo tipo: «Yo querer esa mujer. ¿Tuya?».

—¿Se te ha ocurrido algo más para el conflicto amoroso? —le pregunté.

—No —respondió con sinceridad.

—Vale, yo he estado pensando... Decías que Hunter había tenido varias relaciones, ¿no? —Él asintió—. ¿Y si en su camino se encontrase con alguna exnovia?

—Yo no dije que hubiese tenido pareja. Solo que había tenido relaciones sexuales —matizó—. Así que no me cuadra lo del fantasma de la exnovia.

—¿Y si pasan por una posada o algo así y una chica intenta ligar con él delante de Nora?

—Tampoco me convence. Es el culmen de lo típico.

—¿Y si fuese un chico el que intenta ligar con Nora? —le pregunté después de arrancar con los dientes un trozo de regaliz.

—Uf —resopló—. No me siento cómodo metiendo el tema de los celos. Me parece un poco tóxico.

—No tienes por qué meter celos tóxicos. El problema no son los celos en sí, sino cómo actúan los personajes ante ellos.

William cogió aire y lo soltó mientras negaba con la cabeza. Acto seguido, se concentró en subirse las mangas de la camisa hasta los codos. Tenía la piel de los brazos recubierta por una capa fina de vello rubio.

«Raquel, deja de mirarle los antebrazos y concéntrate».

—Vale, a ver qué te parece esto —reclamé su atención emocionada por mi nueva idea—. ¿Y si Caleb tuviese un hermano mayor y Nora se hubiese acostado con él? Creo que eso funcionaría genial. Este chico podría reaparecer y...

—No —me cortó tajante—. Es la peor idea que has tenido desde que nos conocemos.

—Vale, no tiene por qué ser el hermano, pero alguien por su parte. Nora se había acostado con más chicos, ¿no?

—Sinceramente, había pensado que su primera experiencia sexual fuese con Hunter. —Le dio un golpecito con el dedo a su cuaderno—. Te dije eso porque vi que ponías caritas.

«¿Qué?».

Ignoré el final de la frase. Mi cerebro se había quedado anclado en lo primero que había soltado.

—¿Me estás diciendo que pensabas liar a la chica virgen con el *playboy*? —Lo miré sorprendida.

En ese momento, mi móvil del trabajo emitió un pitido. Alargué la mano derecha y leí la notificación de David sin desbloquear la pantalla.

> Solo quiero recordarte que has ido allí para que en la novela haya amor y todavía no he visto nada...

—Lo que me faltaba —dije en voz alta.

Respiré hondo antes de seguir. Mis piernas se pusieron en modo vibración por debajo de la mesa. Abandoné lo que me quedaba del regaliz encima de la bolsita. Se me había cerrado el estómago y ya no me apetecía.

Necesitaba hacerlo entrar en razón. Quizá si lo intentaba con otro enfoque...

—Vale, si no quieres meter a nadie del pasado de ninguno... —empecé—. ¿Te has pensado lo de hacerla dudar entre ambos?

—Ya te dije que no voy a escribir un triángulo amoroso —respondió cansado—. Me parece el peor cliché del mundo. Es una basura y nunca funciona.

«¿Vivimos en el mismo universo?».

—Pues yo creo que hay ejemplos suficientes que demuestran que ese cliché es un éxito en las novelas fantásticas y distópicas.

—¿Como cuál? ¿*Crepúsculo*? —Ante mi silencio, hizo una pausa para pasarse la mano por la cara—. Prefiero cortarme los huevos antes que escribir una porquería como esa.

«No si antes te los corto yo».

Cerré los dedos alrededor del bolígrafo rojo y me tensé.

Necesitaba comprarme una pelota antiestrés con urgencia. Podría apretarla cuando quisiese mandar al cuerno a William y tirársela a la cabeza sin miedo a herirlo.

—Creo que deberías reconsiderar...

—¿Qué parte de «No quiero escribir un puto triángulo amoroso» no entiendes, Rachel? —me cortó elevando el tono.

Mi móvil volvió a sonar con otro mensaje de mi jefe.

> Espero los primeros capítulos cuando vuelva de vacaciones

—¿Puedes silenciar ya ese puñetero cacharro? —preguntó cabreado—. Así no se puede hablar contigo.

—No. No puedo. Es el teléfono del trabajo —le recordé molesta. A la porra mi objetivo de no enfadarme—. Y tiene gracia que digas «hablar» cuando esta conversación fluye solo en una dirección.

—¿A qué te refieres? —William entrecerró los ojos y se inclinó sobre la mesa.

—A que no paras de tirar mis sugerencias por la borda sin pararte a sopesarlas un segundo. Así no vamos a avanzar nunca. Tú no entiendes lo que funciona en el mercado...

—Y tú —me cortó y me señaló con el dedo índice— no entiendes que quiero escribir una idea en la que crea, siguiendo mi instinto y no los gustos impuestos por la sociedad.

—Las lectoras...

—Rachel, se te olvida que lo que quieran las lectoras me da igual. —Se encogió de hombros—. Yo quiero escribir un libro del que me sienta orgulloso, no una bazofia de la que avergonzarme eternamente. —Terminó levantándose y se colocó en el lateral de la mesa.

«¿De verdad te avergüenzan las ideas que te propongo?».

—¿Sabes qué se te olvida a ti? —Me puse de pie yo también y nos señalé a ambos—. ¡Que los dos tenemos el mismo objetivo, que es ver tu libro en el top ventas! —Di un paso a la derecha y me coloqué delante de él.

—¡Te aseguro que eso no se me ha olvidado ni por un segundo! —Recortó un paso y me apuntó con el dedo—. ¡A ti lo que te pasa es que te enfadas porque no me convencen tus propuestas!

—¡A lo mejor no te convencen porque tu ego no te deja ver más allá! —Yo también perdí la paciencia.

Él no contestó.

Estaba ocupado apretando la mandíbula.

Me tomé unos segundos para controlar el tono. La manera en la que nos estábamos hablando estaba totalmente fuera de lugar.

—Mira, William, si vas a escribir el libro que te dé la gana y sin tener en cuenta mi opinión, no sé qué hago aquí —le dije lo más calmada posible.

Para sorpresa de nadie, recogió su portátil y se perdió escaleras arriba.

Enseguida bajó con el chándal puesto y se fue sin decir adiós.

«Genial. Así que eres de esos que prefieren largarse antes que hablar. Eso sí que es típico, William».

Me puse los cascos e intenté concentrarme en el trabajo, pero estaba demasiado cabreada.

Diez minutos más tarde, y después de asegurarme de que la mayoría de mis compañeros ya se habían ido de la oficina, cerré el portátil. No pensaba desperdiciar el viernes quedándome sola en casa.

Tenía muchas ganas de comer *sushi*, así que hice una búsqueda rápida en Yelp y pedí un Uber.

Fue un acierto ir a Toro. La comida deliciosa hizo que mi enfado se diluyese un poco. Después de comer di un paseo.

Carmel-by-the-Sea parecía el típico pueblecito costero sacado de una novela de Nicholas Sparks. Acostumbrada a la grandeza de los rascacielos de Manhattan, Carmel y la estética europea de sus casas de piedra me hicieron sentir que estaba en un lugar encantado, dentro de un cuento de hadas.

Las calles eran estrechas, y las manzanas, pequeñas. La vegetación estaba por todas partes: en forma de árboles en la calle, de enredaderas interminables pegadas a las fachadas de los edificios y de musgo recubriendo los tejados antiguos.

Cambiar los rascacielos por palmeras se me había hecho raro, pero tenía que reconocer que entendía por qué aquel lugar tenía la fama que tenía.

La gente caminaba con tranquilidad. No parecían tener la prisa por llegar de un sitio a otro que tenían los neoyorquinos.

En cada tienda que entré me saludaron con una sonrisa y se despidieron deseándome una buena tarde. Me compré una vela aromática en una tiendecita muy cuca, pasé a por una bomba de baño y, en un pequeño acto vengativo, compré un paquete del café más barato que tenían en el supermercado.

Mis pasos y Google Maps me llevaron a The Pilgrims Way Books. La librería era pequeñita y acogedora. Nada más entrar, a mano izquierda, estaban expuestos los libros de William. Imaginé que allí él tendría el estatus de celebridad. Si ya lo tenía en muchos sitios del país, ¿cómo no iba a tenerlo en el pueblo en el que vivía?

Cogí un ejemplar de su primer libro y lo abrí. En la foto de la solapa salía un William más joven y sonriente. Me pregunté qué le habría pasado para cambiar la sonrisa sincera por una sarcástica.

Pasé un par de páginas hasta la dedicatoria.

Para K.
Este y todos mis libros
serán siempre para ti

Cerré el libro y suspiré.

La dedicatoria era escueta y bonita. Y la había escrito la persona que era mitad amable, mitad insoportable.

Estaba aprendiendo a pasos agigantados que con William tenía que ir más despacio. Con otras autoras había conseguido entenderme más rápido, pero él era demasiado cabezón y le costaba bajarse del burro. Yo no era tan terca, pero defendía firmemente las ideas en las que creía. Aunque llegar a ese destino con él me costaría, acabaríamos entendiéndonos.

Claro que nunca lo había visto tan alterado como hacía unas horas, y yo jamás me había puesto así en el trabajo. Había contestado alguna vez a David, pero nunca había perdido las formas de esa manera.

Fue en aquel momento, con su primer libro entre las manos, cuando decidí tomarme aquel proyecto como el mayor reto de mi carrera profesional. Un reto que superaría con éxito y por el que obtendría una recompensa que valdría más que todo el dinero que invertiría en Advil para el dolor de cabeza.

Salí de la librería con un libro nuevo bajo el brazo. Regresé a la calle principal y entré en Carmel Valley Coffee Roasters, la primera cafetería que encontré.

Mientras esperaba a que me atendiesen, escribí a mis amigas por Drama Club, nuestro chat de grupo.

> Chicas, qué tal?

> **Grace**
> Estoy tan aburrida en el bus que me he abierto un perfil de Tinder

> Todavía me quedan tres horas para llegar a Boston

> **Suzu**
> Por fin vas a hacernos caso?

> Muy bien, Grace!

> **Grace**
> Síií. Intentaré quedar con alguien este finde

> Ya os contaré!

Eso me dio una idea:

> Igual sigo tu ejemplo. Quizá los californianos no sean tan idiotas como los neoyorquinos

Y lo dije pensándolo de verdad. Hacía mucho que no tenía una cita y me apetecía salir a tomar algo con alguien, disfrutar del tonteo y ver dónde acababa la cosa. Si me salía bien, eso que me llevaba por delante.

> **Suzu**
> Deberías liarte con un surfista

> **Grace**
> Rubio, que esté bueno y que tenga una buena 🍆

—Buenas tardes, ¿qué te gustaría tomar?

Con la risa todavía resonando en la garganta, despegué la vista del móvil para encontrarme con una chica rubia de rostro amigable.

—¿Cuál es el café del día? —pregunté al verlo anunciado en la pizarra.

—El de avellana.

—Pues ese mismo —sonreí—. Y también quería pedir una *cookie* de chocolate.

Ella sonrió y solo me dijo:

—¿Para tomar aquí o para llevar?

—Para tomar aquí.

—¿Qué nombre le pongo al pedido?

—Rachel —contesté mientras pagaba.

—Puedes coger mesa si quieres. Enseguida te lo llevo.

—Genial. Gracias.

Cogí el tíquet y me dirigí a la mesa que estaba frente a la ventana.

Después de un mes y medio de inactividad, abrí Tinder.

El primer chico que me salió no me entusiasmó y el segundo tenía puesto en su biografía: «No sigas deslizando, soy lo que estás buscando». Esa red social estaba llena de poetas que ponían los pelos como escarpias. Me entretuve unos minutos pasando el dedo hacia la izquierda hasta que me topé con un surfista muy guapo que se llamaba Liam. Hicimos *match* casi al instante.

Le mandé un mensaje para saludar y él no tardó en responder con un:

> No eres de aquí, verdad?

> No. Estoy de visita

Tenía el móvil en la mano cuando recibí otro mensaje por Drama Club.

> **Suzu**
> Tú que tal, Ray?

> Bueno..., he discutido con el bocazas. Os mando audio

Me acerqué el móvil y pulsé el botón de grabar.

—Os resumo. Le he propuesto un montón de opciones y las ha desterrado todas sin sopesarlas. Encima dice que me cabreo porque no le gustan mis ideas... Me he quedado con las ganas de decirle que lo que me cabrea es que sea un cabezón insoportable. ¿Os podéis creer que ha dicho que no le importa lo que digan las lectoras? Es que tócate los ovarios...

Oí una risita y corté el audio cuando el café se materializó delante de mí. Alcé la vista cuando la camarera dejaba en la mesa un plato con la galleta y entonces me preguntó:

—Por casualidad no serás editora, ¿verdad?

—Sí. —Arrugué las cejas—. ¿Cómo lo sabes?

—Soy Lucy. —Estiró la mano en mi dirección y yo se la estreché—. La mejor amiga de Will. Encantada de conocerte, Rachel.

Tardé unos segundos en comprender que me había escuchado criticarlo. Me quedé congelada y la solté.

—Ay, Dios mío... Yo...

—Tranquila, yo también digo que es un terco de mierda. —Hizo un gesto con la mano que le restaba importancia—. ¿Te importa si me siento?

—Claro. Por favor.

Le invité a hacerlo y ella apartó la silla.

—¿Cómo te puedo sobornar para que me dejes leer el último libro de la saga Los Capullos?

Solté una risita.

—¿Te los has leído?

—Estoy enganchadísima —aseguró—. Necesito saber qué pasa en el siguiente.

Su amabilidad fue lo que terminó de evaporar lo poco que quedaba de mi enfado.

—¿Te parece si me hago un café y me siento un rato contigo? —me dijo—. Así me cuentas qué tal te está yendo la convivencia con Will, que es un poco especialito.

—Claro. —Le correspondí la sonrisa.

Cuando me quedé sola, el nombre de William iluminó mi pantalla.

> Voy a Whole Foods.
> Quieres algo?

En su universo eso debía significar: «Lo siento, soy gilipollas, ¿quieres hacer las paces?».

Iba a contestarle justo cuando recibí otro mensaje de Liam.

> Si necesitas un guía turístico, mañana estoy libre

12

ACERCAMIENTO (n.): Primer paso para ver a una persona con otros ojos.

Matarme corriendo aquella tarde me ayudó a ver las cosas con perspectiva.

En cuestión de dos días, Rachel me había llamado arrogante y había dicho que mi ego entorpecía nuestro ritmo de trabajo. Ninguna mujer me había cabreado tanto como ella. No obstante, tenía que reconocer que, desde que había llegado a Carmel, yo había escrito más que en el último mes entero. Incluso cuando me aventuré a escuchar su canción favorita se me había ocurrido una escena para la novela.

Por eso, una hora más tarde, mientras giraba la llave en la cerradura de casa, me prometí que escucharía el resto de sus ideas.

Esperaba encontrarme con una mujer enfadada tan pronto como traspasase la puerta. El fuego que había visto encenderse en su mirada antes de irme sería capaz de arrasar California en un santiamén.

No fue así.

Encontrar la casa vacía fue una puñalada en mi orgullo. Había ido a buscarla dispuesto a hacer las paces para descubrir que se había largado.

«No seas injusto. Tú te has ido antes».

Al bajar al sótano recordé la tarde anterior. La imagen de

Rachel con las mejillas sonrosadas y el pelo sudado me persiguió hasta la lavandería.

Una vez allí, me quité la ropa y, en cuanto puse la lavadora, subí desnudo a mi habitación para ducharme.

Y un rato más tarde, en un intento por suavizar las cosas, le escribí un mensaje para ver si necesitaba algo de Whole Foods.

Tardó unos minutos en responderme con un escueto «No, gracias» que me hizo darme cuenta de cómo de cabreada debía de estar para haberse ido. Tenerla de mi parte era vital para que el libro saliese adelante, y no parecía estar yendo por el buen camino.

Recordé entonces que Lucy, hacía años, solía quejarse de que Matt nunca se ponía en su lugar cuando se enfadaban. Y fue entonces, pensando en cómo se sentiría Rachel, cuando comprendí que me había portado como un gilipollas. Estaba lejos de casa, trabajando conmigo y comiéndose mis borderías. Si la situación fuese al revés, yo ya la habría mandado a tomar por culo. En cuanto regresase, tenía que disculparme.

Estaba releyendo la escena que acababa de escribir cuando oí el motor de un coche y el ruido que hacían las ruedas al encontrarse con la gravilla. Sabía que no era Zac porque no oí ningún derrape. No estaba esperando a nadie, así que tenía que ser Rachel.

Me levanté y me asomé por la ventana del despacho para ver el Toyota Prius de Lucy.

«¿Se me ha vuelto a olvidar que hemos quedado?», pensé extrañado.

Las puertas del coche se abrieron respondiendo a esa pregunta. Lucy se bajó por la puerta del conductor y Rachel por la del copiloto.

Un momento...

«¿Qué hacen juntas? ¿Cómo se han conocido?».

Retrocedí sobre mis pasos sin entender nada. Bajé las escaleras corriendo y, cuando llegué al porche, las encontré sacando cosas del maletero.

—¡Will! —exclamó mi amiga—. ¡Mira a quién me he encontrado!

Dejó la bolsa en el suelo y abrió los brazos para recibirme. Mis ojos se toparon con los de Rachel cuando rodeé con el brazo derecho la parte superior de la espalda de Lucy.

—¿Qué hacéis vosotras juntas? —le pregunté.

—Rachel ha venido a tomar café y nos hemos conocido —me explicó al apartarse—. Le he contado tus trapos sucios —se burló en un susurro.

—Estoy tranquilo porque no tengo ninguno.

Lucy me dio un golpecito en el hombro y me hizo una mueca. A continuación, me aproximé a Rachel, que se había quedado al lado del maletero.

—Hola. —La saludé y me detuve a su lado.

—Hola.

No parecía tan cabreada como antes, pero la tirantez era evidente en su rostro.

—¿Te cojo algo? —le pregunté.

Rachel iba cargada de bolsas y sujetaba una esterilla entre el brazo izquierdo y el costado.

—Puedo sola —me respondió negando con la cabeza—. Ayuda mejor a Lucy, que su bolsa pesa más.

«Joder, Rachel. ¿Por qué eres tan orgullosa?».

Sin dirigirme una mirada más, me sobrepasó y yo me quedé unos segundos observando el hueco vacío que acababa de dejar.

Después de cerrar el maletero, me acerqué a ellas, ignorando la mirada suspicaz que me lanzó mi amiga, y cogí la bolsa que estaba a sus pies.

—¿Quieres pasar a tomar algo?

Lucy sacudió la cabeza en un ademán negativo.

—He quedado con Matt para cenar, pero, si quieres, nos vemos el domingo —me dijo.

—No sé si podré... Quería aprovechar el fin de semana para escribir.

—Hay noche de Trivial en el O'Callaghan's —Lucy levantó las cejas—. ¿No tienes ganas de que te dé una paliza?

Iba a contestarle que eso jamás ocurriría cuando Rachel se unió a la conversación.

—¡Ay, me encanta el Trivial! —exclamó emocionada.

Preferiría mil veces a esa Rachel, incluso a la que me miraba escéptica, antes que a la que se enfadaba conmigo.

—¿Quieres venirte con nosotros? —le preguntó Lucy contenta—. Matt y yo podemos recogerte y Will puede unirse cuando acabe de escribir.

—¡Vale! —La sonrisa radiante que Rachel le regaló a Lucy me dejó baldado.

Era la misma que le había visto a través de nuestra videollamada aquel día que ahora parecía tan lejano.

Todavía estaba confuso por que se hubiesen conocido, como para pensar en ellas quedando para una noche de Trivial.

Lucy abrió la puerta de su coche y miró a mi editora.

—Rachel, me ha encantado conocerte.

—Igualmente —le contestó ella—. Te escribo este finde —agregó con otra sonrisa antes de encaminarse hacia mi casa.

La observé durante unos segundos. Se notaba que le costaba cargar las bolsas.

—¿Qué le has contado? —le pregunté a Lucy cuando volví a mirarla.

—Jo, es una pena que no estén Matt y Zac —se lamentó ella—, te estarían vacilando de lo lindo. —Alcé las cejas esperando una respuesta—. Aunque te sorprenda, apenas hemos hablado de ti. Solo le he dicho que eres un cabezón de mierda y que te conocí porque te contrató mi madre en la cafetería. Me ha caído genial. La he acompañado a comprar y me he ofrecido a enseñarle Monterrey, ya que, al parecer, su anfitrión solo la ha llevado a Target.

—Su anfitrión tiene que escribir un libro de seiscientas páginas, ¿recuerdas? —respondí con retintín.

Lucy hizo un gesto con la mano que desestimaba mis palabras y se metió en el coche.

—Gracias por traerla.

—No es nada. Nos vemos el domingo —dijo antes de cerrar la puerta del coche.

En cuanto Lucy arrancó, eché a andar. Me descalcé al entrar en casa y fui directo a la cocina. Rachel estaba sacando las cosas de las bolsas y colocándolas en la isla.

—¿Qué tal tu tarde? —me aventuré a preguntar.
—Bien. De compras. —Se volvió para mirarme—. ¿Y la tuya?
—Bien. He ido a correr y luego al Whole Foods.

Rachel asintió y me situé frente a ella, en el lado opuesto de la isla.

—Te he comprado fresas —solté de pronto.

Ella dejó el paquete de regalices en la isla y me observó perpleja.

—Para tu postre de chocolate. Están muy buenas. —Señalé la encimera con la cabeza.

Se giró en la dirección en la que se encontraba la cesta de fresas. Cuando volvió a mirarme, sus ojos brillaban con recelo.

—¿Es esta tu manera de disculparte? —me preguntó.

Asentí.

Ella se mantuvo inexpresiva unos segundos y luego se agachó y sacó una pizarra blanca de una de las bolsas. La colocó en la encimera y a su lado dejó unos cuantos paquetes de notas adhesivas.

—Yo te he comprado esto —me informó—. Creo que con los pósits y la pizarra veremos más clara la escaleta. Si quieres, después de cenar podemos recuperar la tarde.

—¿Es esta tu manera de disculparte? —repetí sus palabras.

—No. —Ella negó con la cabeza y los labios apretados—. Yo no tengo nada por lo que pedir perdón. Solo estaba haciendo mi trabajo y tú... —Dejó la frase a medias.

Los dos sabíamos que, si la terminaba, diría algo tipo «Y tú has sido un gilipollas».

«¡Venga, Will! ¡Díselo!».

—Bueno, pues... yo sí quiero disculparme —dije tensándome un poco—. Siento haberme puesto así. Esta situación se me hace difícil.

Ella asintió y torció la boca.

—Entiendo que no estás acostumbrado a trabajar así —empezó—. Yo tampoco lo estoy, pero lo hago lo mejor que puedo. Y que me trates como si fuera idiota no ayuda.

—Yo jamás he dicho eso… —Me puse a la defensiva.

—Has dicho que mis ideas eran una mierda —me cortó—. Es lo mismo.

—No. Yo solo he dicho que me lo parecía la idea del triángulo. No quiero escribir eso, pero me gustaría reconsiderar el resto de tus ideas. Así que, si te parece bien, podemos discutirlas otra vez —terminé más tranquilo.

—Me parece bien —me dijo—. Yo también siento haber perdido los papeles. —Asentí, y ella añadió con sorna—: La próxima vez me quedaré callada y no me rebajaré a tu nivel.

Tuve que aguantarme la risa: su testarudez llegaba a un punto que me hacía gracia.

Sin decir nada más, me dispuse a ayudarla a colocarlo todo. Lo primero que saqué de la bolsa fue un sirope de caramelo de Starbucks. Cerré los ojos un segundo y suspiré.

La siguiente botella de cristal era otro sirope de galleta, y el último, de avellana.

—Hay que joderse —murmuré por lo bajini.

Sentí su mirada encima como un dardo.

—¿Has dicho algo? —Al ver lo que tenía delante, Rachel me sonrió burlona.

—Que es increíble tu habilidad para destrozar un café.

—Eso es justo lo que Lucy ha dicho que dirías. —A Rachel se le escapó la risa—. Bueno, en realidad dijo: «¡Ugh! Por Dios, Rachel, tienes las papilas gustativas muertas». —Por la manera exageradamente lenta en la que habló, asumí que me estaba imitando.

—Ah, ¿sí? —Me aparté para meter el caramelo en el armario—. ¿Y qué más te ha dicho Lucy?

—Puede ser que me haya dado una pista sobre cuál es tu plato favorito.

—Vas de farol.

Ella me dedicó una mirada enigmática. Después, se dio la vuelta y se alzó sobre las puntas de los pies para guardar los regalices en el armario.

Y yo aproveché que no me veía para dejar caer los hombros. La tirantez se estaba evaporando y sentí que podía relajarme.

Cuando lo colocamos todo, ella dobló con cuidado las bolsas de tela que había comprado y las guardó en el tercer cajón del mueble que estaba al lado de la nevera. Se había hecho con la casa muy rápido.

—Entonces ¿cenamos y nos ponemos? —me preguntó.

—Por mí perfecto.

—Genial, pues voy a dejar las cosas arriba. Ahora vengo —me informó antes de salir de la cocina.

Regresó unos minutos después con las zapatillas horribles de estar por casa puestas.

—¿Te puedo robar un plato de pasta?

—Rachel, no tienes que pedir permiso, puedes coger todo lo que hay en la nevera.

Ella asintió.

—Voy a hacer fresas con chocolate de postre —me dijo a la par que se recogía el pelo en un moño—. ¿Vas a querer?

—No. Gracias. —Negué con la cabeza—. No soy muy de dulce.

Ella me miró con el mismo horror que si acabase de confesarle que había enterrado un cadáver en el jardín.

—¿Te ayudo? —le pregunté.

—Puedes lavar las fresas si quieres.

Obedecí en silencio.

Rachel echó trocitos de chocolate en un bol y lo metió al microondas para que se fundiese. Yo volví a sentarme en cuanto lavé y sequé las fresas.

Desde ahí la observé mientras removía el chocolate con una cuchara. Luego, extendió un trozo de papel de horno sobre la encimera y fue colocando encima las fresas que bañaba en chocolate. Por último, levantó el papel y caminó hacia la nevera.

—¡Ay, joder! —me pareció que maldijo en español cuando estaba a mitad de camino—. ¡Will! ¡Necesito que abras la puerta del congelador ya!

Me la quedé mirando anonadado.

Era la primera vez que me llamaba Will.

—¡Corre, que se me caen! —exclamó desesperada.

Eso fue suficiente para que me moviese con rapidez. Abrí el congelador y amontoné lo que había en un lado para hacerle hueco. Sujeté la puerta mientras ella dejaba las fresas dentro con cuidado.

Poco después, cuando nuestros platos de pasta ya estaban vacíos, las sacó y las puso en un bol.

—¿Vas a trabajar todo el fin de semana? —me preguntó.

—Sí. —Asentí—. Necesito avanzar la novela.

—Vale. Yo quiero aprovechar el puente para conocer la zona. Seguramente mañana madrugue y me vaya por ahí.

Las palabras de Lucy resonaron en mi cabeza. No la había llevado a ningún sitio y quería tenerla contenta.

—Si quieres que te lleve a algún lado… —me ofrecí.

—No te preocupes, tienes que escribir y a mí no me importa hacer turismo sola.

Rachel cogió una fresa por la hoja y se la acercó a los labios. El chocolate crujió cuando la mordió.

—Están buenísimas —me confirmó con una sonrisa escueta—. ¿Quieres una?

Me acercó el bol y yo negué con la cabeza.

—No creo que me entusiasme la combinación —reconocí.

—A mí me encantan. Todos los meses, cuando cobro, me doy el capricho de comprarme una caja en la chocolatería de mi barrio.

Rachel me dejó en bandeja la pregunta del millón.

—¿Y dónde está esa famosa chocolatería? —le pregunté.

—En Hell's Kitchen. —Se comió otra fresa.

—¿Vives en mitad de Manhattan? —Esa vez el que la miró horrorizado fui yo—. ¿Por qué?

—Porque se quedó una habitación libre en el piso de mis amigas y me apetecía mucho mudarme con ellas —me contestó—. ¿Por qué me miras así?

—Jamás entenderé por qué alguien elige vivir en mitad de una ciudad cuya banda sonora son las sirenas de la policía y en la que hay casi más ratas que personas.

—No exageres. No hay tantas...

La miré incrédulo.

—La última vez que fui a la editorial, casi pisé una al bajarme del taxi —comenté espantado.

Me dio un escalofrío al recordarlo y a ella se le escapó una risita.

—¿Dónde vives tú? —me preguntó.

—En Brooklyn.

—Típico —dijo divertida después de masticar otra fresa—. Como buen escritor huraño, te pega vivir apartado del centro.

Entrecerré los ojos y no contesté.

«Esa es la imagen que tiene de mí...», la voz de mis pensamientos sonaba un poco herida.

—¿Seguro que no quieres una fresa? —insistió—. Están superbuenas.

«Solo faltaría que no te gustasen cuando me he desviado veinte millas para comprártelas...».

Rachel se comió un par más y, después de recoger, nos trasladamos al comedor.

—¿Dónde ponemos la pizarra? —me preguntó.

Yo respondí encogiéndome de hombros.

Rachel se acercó a la pared del fondo con la pizarra entre las manos.

—¿Aquí? —Me miró por encima del hombro. Tenía la pizarra apoyada sobre la pared—. Si la pegamos con cinta de doble cara, luego se puede quitar con el secador sin dejar marca.

—¿Estás segura de eso?

—Sí, ya lo probé cuando me mudé y tuve que quitar los cuadros.

Rachel dejó la pizarra del revés en la mesa. Cortó un trozo de cinta y la pegó en el marco superior.

—¿Puedes colgarla tú? —me pidió al tiempo que me la entregaba—. Siempre pego las cosas torcidas.

Estaba a punto de pegarla en la pared cuando una quemazón se adueñó de mi bíceps izquierdo.

—Ahí no —indicó.

Torcí el cuello para mirar la parte de piel que me ardía y me encontré con la mano de Rachel cerrada alrededor de mi brazo. Era la primera vez que me tocaba por voluntad propia, sin contar las veces que me había estrechado la mano por puro formalismo.

Sentí que su burbuja tiraba de la mía.

Bajé la vista hasta su cara y la miré sin comprender.

—Si la pegas ahí, no llego a poner las notas —me dijo—. Pégala un poco más abajo, por favor.

«Tío, ¿quieres reaccionar?».

Volví a centrar la vista en la pared y bajé la pizarra hasta su altura. Cuando ella quitó la mano de mi piel, recuperé el habla.

—¿Aquí está bien? —le pregunté sin mirarla.

Rachel emitió un sonido afirmativo y yo presioné la pizarra contra la pared. Pude volver a respirar cuando se alejó para comprobar que la había pegado recta.

Según me senté, Rachel me pasó un taco verde de notas deslizándolo sobre la mesa.

—¿Por qué no escribes ahí las ideas que tienes para el conflicto del segundo acto? —me sugirió—. Mientras, yo escribiré en los pósits rosas lo que ya tenemos claro. La idea es colocarlos en la pizarra y ordenarlos.

Rachel y yo nos pusimos manos a la obra. Después de escribir todas las escenas, nos acercamos con las notas a la pizarra.

—Tu letra es bonita —observó sorprendida cuando pegué la primera.

—¿Por qué te sorprende tanto?

—No sé. —Se encogió de hombros—. Me imaginaba que sería ilegible porque escribes rapidísimo.

—Hice un curso de caligrafía en la universidad —le expliqué—. Y me encantaría decirte lo mismo, pero tu letra es peor que la de mi hermano, y eso que él es médico.

—¿Tú hermano es médico? —me miró boquiabierta—. No me lo esperaba. Es muy diferente a lo tuyo.

—No nos parecemos en nada —aseguré.

—Entonces él es el simpático, ¿no? —se burló antes de volver a centrarse en pegar los pósits en la pizarra.

Por primera vez desde que habíamos empezado a trabajar juntos, lo hicimos en armonía. En cuestión de media hora teníamos toda la escaleta organizada por colores. Fue un alivio hablar con ella sin las interrupciones de su maldito teléfono.

Entre los dos les dimos a las escenas un orden que nos cuadró. Cuando acabamos, ella se sentó y yo me quedé de pie delante de la pizarra unos segundos. Quité una nota y observé lo que había escrito:

«Caleb se entera de que Nora y Hunter tienen algo, no soporta los celos y sigue el camino por su cuenta».

Me volví en su dirección con el marcador pegado al dedo índice. Rachel tenía los codos apoyados en la mesa y se sujetaba la cara entre las manos.

—Estoy pensando mover la escena de los celos de Caleb —le dije— y colocarla justo después de que Hunter los lleve a la zona de concentración mágica.

—Me gusta. —Ella me sonrió al asentir y mis ojos siguieron el movimiento suave de sus dedos sobre el lunar de su cuello—. Así podemos tener la típica escena del amigo alertándola de que sospecha que Hunter los ha llevado hasta los monstruos.

—Y Hunter podría excusarse diciendo que es mentira, que son los celos de Caleb.

Rachel se levantó y me miró emocionada.

—Y Caleb se sentirá atacado y...

—Se enzarzarán en otra pelea y Nora se largará cabreada.

—¡Ay, Dios mío! ¡Me encanta, Will!

Le sonreí y juntos movimos todas las notas. Luego añadí un par con las ideas que acababan de surgir.

El bostezo que le empañó la mirada fue la señal inequívoca de que había llegado la hora de dormir. El portátil marcaba que eran las doce de la noche. Nos habíamos abstraído del mundo durante horas.

—Yo creo que podemos dejarlo por hoy —sugerí—. Desde mañana puedo dedicarme cien por cien a escribir.

—Vale.

Ella apiló sus pertenencias y, tras darme las buenas noches, se marchó.

A la mañana siguiente el despertador me sacó de manera abrupta del sueño en el que estaba inmerso. Apagué la alarma desconcertado. Estaba sudando y tenía el corazón acelerado. Intenté recordar el sueño, pero solo conseguí acordarme de que sucedía en mitad de una playa que me resultaba familiar y de que estaba acompañado de Nora y Hunter.

No fue hasta un rato más tarde, en la ducha, cuando recordé de qué me sonaba aquel lugar.

Era China Cove, una de las playas más bonitas de Point Lobos. Un pensamiento me llevó a otro y de pronto se me ocurrió una cosa que cambiaba toda la escaleta. Esa idea había viajado desde mi cerebro hasta mi corazón para asentarse ahí. Así nacían siempre las ideas en las que creía de verdad y las que tenía que compartir con el mundo.

Necesitaba ir a Point Lobos cuanto antes, a poder ser con Rachel.

Sin darme cuenta, me encontré llamando a su puerta.

Esperé unos segundos y no escuché nada.

—¿Rachel? —Volví a llamar un poco más fuerte.

Levanté el puño por tercera vez justo cuando la puerta se abrió revelando a una Rachel adormilada, con la marca de la sábana en la cara.

En el instante en que la luz del pasillo alcanzó su rostro, ella cerró los párpados y emitió un quejido bajito.

—Will, ¿qué pasa? —preguntó con la voz pastosa al tiempo que se frotaba los ojos.

—¡He tenido una idea! —exclamé emocionado—. He soñado que estaba en la playa con Hunter y Nora. Era un sueño muy intenso y no lo recuerdo bien, y se me ha ocurrido adelantar que Nora se entere de que Hunter es malo al final del primer acto. Así tendrá un motivo para odiarlo hasta el desenlace.

Rachel parpadeó un par de veces para acostumbrarse a la luz y me miró confusa.

—Después de la pelea con Caleb, Hunter y Nora podrían acostarse —proseguí—. Pasarán una noche idílica, de esas románticas que te gustan a ti, y cuando se despierten aparecerán los errantes, que querrán llevarse a Nora. Y, en ese momento, Hunter se dará cuenta de que no puede entregársela porque está enamorado de ella. ¿Qué te parece?

—Will... No me estoy enterando de nada. —Rachel se apoyó en el marco de la puerta—. ¿Qué hora es?

Consulté mi reloj de pulsera.

—Las siete y media.

Fui testigo de cómo el mosqueo se apoderó de su mirada.

—¿Me has despertado un sábado a las siete y media de la mañana para hablar de tu novela? —Su tono fue brusco.

—No —negué—. Te he despertado para llevarte a Point Lobos. Vamos a hacer una ruta por la playa que salía en mi sueño.

—¿Quieres ir a la playa por un sueño? —Se cruzó de brazos y me miró enfadada—. Estás loco... Yo me voy a la cama y, cuando me levante, tendremos una conversación sobre cómo no debes despertarme nunca más.

—Venga, Rachel —insistí—. Querías aprovechar el día para conocer los alrededores, ¿no?

Ella cogió aire antes de asentir.

—Perfecto. Pues vístete, que nos vamos ya, que el aparcamiento se llena enseguida.

Rachel abrió la boca para protestar, pero no la dejé.

—¿Cuántas oportunidades más vas a tener de ver algo tan bonito como esto? —le pregunté—. En Manhattan ya te digo yo que no encontrarás nada parecido —añadí convencido—. Además, ¿no decías que te gustaba hacer rutas por el campo? Pues esto te va a encantar. Y ya de paso, mientras andamos y respiras aire puro, vamos a hacer una lluvia de ideas. Es un dos por uno, ganamos los dos.

Cuando las llamas titilaron en sus ojos, decidí jugar la carta de la sinceridad.

—La verdad es que necesito ir para intentar recordar lo que he soñado. Las mejores ideas se me ocurren siempre allí y creo que hablar contigo agilizará el proceso. —Me pasé la mano por la cara y la miré intranquilo—. Siento haberte despertado, pero necesito que me acompañes, por favor —agregué en voz baja—. Te preparé el café y te llevaré luego a conocer el puente de Bixby si quieres. Sale en multitud de películas y series —añadí para convencerla.

Su pecho se alzó cuando cogió aire y se deshinchó cuando lo soltó despacio.

—Sé cuál es… —contestó molesta—. Si acepto, me deberás una muy grande. Es sábado y yo tendría que estar durmiendo, no trabajando.

—Lo que quieras —prometí.

Ella me sostuvo la mirada unos segundos. Creo que aceptó por la preocupación que encontró en mi rostro.

—Dame un momento para ducharme y vestirme.

—Tómate el tiempo que necesites. Te espero en el coche.

Me fui antes de tentar más a la suerte y de que cambiase de opinión.

Rachel salió por la puerta principal veinte minutos después. Llevaba unas mallas negras y una camiseta de tirantes a juego. Se había hecho una coleta alta y se la veía más espabilada.

—Te odio —me informó al montar en el coche—. Odio madrugar.

Contuve la risa. Estaba guapa cuando ponía cara de mosqueo y apretaba los labios.

—¿Me estás oyendo? —preguntó haciéndose la indignada.

—Alto y claro. —Cogí el termo que había dejado en el portavasos—. Su café, señorita García.

Ella aceptó el termo y le dio un sorbo.

Di marcha atrás y me metí por el camino de tierra para salir.

—¿Me haces madrugar y ni siquiera le pones sirope?

Me reí y no le contesté.

La dejé refunfuñar y beberse el café tranquila durante los siete minutos que duró el trayecto. Cuando llegamos al aparcamiento de la ruta de Bird Island, solo quedaban un par de plazas libres.

—¿No te has traído sudadera? —le pregunté cuando nos bajamos del coche y me percaté de que estaba tiritando.

—No. Me he traído el bikini, pero sudadera no.

—¿Bikini? —Se me escapó la risa—. Pero ¿tú no miras el tiempo?

—Estamos en California. Se supone que tiene que hacer calor todo el año.

—Rachel, no estamos en San Diego. Aquí a primera y a última hora del día refresca.

Sin esperar su respuesta, me quité la sudadera de un tirón. En el proceso se me subió la camiseta. Cuando mi cara volvió a quedar a la vista, descubrí que ella había apartado la mirada.

—Toma. —Extendí la mano en su dirección para pasarle la prenda.

Ella volvió a mirarme.

—No hace falta. —Negó con la cabeza y retrocedió un paso, como si necesitase poner distancia entre nosotros—. Estoy bien. Paso más frío en Manhattan.

Sin decir nada más, echó a andar con decisión hacia el inicio del camino.

¿De verdad prefería congelarse antes que aceptar mi sudadera?

«Y luego dirá que el cabezón soy yo».

Al quedarme rezagado, sin querer, mis ojos fueron a parar a su culo.

La licra se amoldaba a su cuerpo y, como un par de días atrás, casi parecía que estuviera desnuda delante de mí. Con esa ropa, sus curvas dejaban de ser parte de mi imaginación y se convertían en una realidad.

Habría seguido ahí embobado de no ser porque se detuvo al lado de la señal que marcaba el inicio del recorrido y me contempló con impaciencia.

«Tío, aterriza, estás aquí para hablar de la novela, no para mirarle el culo a tu editora».

En ese instante, supe que esas mallas serían mi perdición.

Corrí para alcanzarla y reanudó la marcha cuando llegué a su lado.

—Ahora que ya estás despierta —empecé—. Te repito lo que te he contado antes.

—Sí, por favor, porque no me he enterado de nada.

—Voy a adelantar que Nora se entere de que Hunter es malo al final del primer acto. Así los separaré y, cada vez que se encuentren antes del final, discutirán y mi querida editora tendrá escenas de conflicto que la harán muy feliz. ¿Qué te parece?

Ella se detuvo y, por primera vez en toda nuestra historia, me sonrió con sinceridad.

—Lo que ha costado que entres en razón —me dijo aliviada.

Puse los ojos en blanco.

Rachel volvió a estremecerse y echó a andar de nuevo. En una zancada me situé a su lado y estiré el brazo en su dirección con la sudadera en alto.

—No seas terca, anda —le pedí—. Póntela y así dejarás de temblar y podremos conversar sin oír cómo te castañean los dientes.

Ella chasqueó la lengua y me arrebató la prenda.

—Que conste que lo hago para que me dejes tranquila.

Se paró en seco y se puso la sudadera a regañadientes. Le llegaba por la mitad del muslo y tuvo que darles dos vueltas a las mangas.

«Al menos con la sudadera puesta no me distraerá su culo».

Bordeamos la costa por el camino de tierra mientras hablábamos de posibles encontronazos entre mis personajes. De cuando en cuando, ella ahogaba una exclamación y se paraba para sacar fotos con el móvil del mar, de los leones marinos y de los pájaros. En todas esas ocasiones le recordé que sabía que el sitio le encantaría, y ella se limitaba a murmurar un «¡Qué pesado eres!».

Al llegar a casa, comimos juntos y luego ella se fue a descansar y yo me concentré en escribir aprovechando que estaba inspirado.

Eran las siete de la tarde cuando el cerebro me pidió un descanso. Se me ocurrió que podría llevar a Rachel a cenar a alguno de mis restaurantes favoritos. Estaba a punto de llamar a su puerta justo cuando ella abrió. Llevaba un vestido oscuro que le favorecía mucho. Me costó unos segundos apartar los ojos de la curva de su cintura. Estaba tan embelesado por su belleza que ni siquiera me di cuenta de lo raro que se me hacía verla descalza.

—¿Will? ¿Querías algo? —me preguntó al salir de su habitación.

Tragué saliva y tuve que aclararme la garganta antes de hablar:

—¿Te vas?

—Sí. He quedado.

—¿Con Lucy? —me aventuré a preguntar.

—No. —Negó mientras se ponía la americana—. Tengo una cita.

«¿Tiene una cita? ¿Con quién?».

—¿Y dónde vais a cenar? —le pregunté con curiosidad mientras la seguía escaleras abajo.

«Will, pero ¿a ti qué cojones te importa?».

—En el Little Napoli —respondió por encima del hombro.

Se sentó en el banco de la entrada y se calzó. Cuando se levantó, me di cuenta de que, gracias a esos tacones, sus piernas parecían más largas que nunca.

Cuando su móvil sonó, se oyó también el motor de un vehículo aproximarse.

—Mi Uber ya está aquí. —Se encaminó a la puerta y la abrió—. Escribe mucho, ¿vale? —Me dedicó una mirada de soslayo antes de salir.

El sonido de la puerta cerrándose hizo eco en mi interior.

Inspiré hondo y cambié de parecer. Necesitaba escribir, no despejarme. Pasé por alto mi comportamiento errático y me encerré en el despacho. Solo que esa vez entré como un huracán y di un sonoro portazo.

13

ATRACCIÓN (n.): Emoción que te despierta la persona que menos esperas.

«Nora. Eres Nora. Piensa como ella. Siente como ella. Métete en su piel y escribe».

Llevaba un rato intentándolo, pero no me concentraba.

El buen día había dado paso al mal humor.

Imaginar a Rachel coqueteando con un desconocido en el Little Napoli me incomodaba un poco.

«¿Qué coño haces pensando eso? Si a ti te da igual lo que haga».

Sabía que Rachel encontraría el restaurante romántico, aunque ese no era ni de lejos el mejor italiano de Carmel. Ya había que ser pringado para llevar a una chica ahí en una cita. Yo jamás la habría llevado a ese sitio estando tan cerca el Casanova, que era mil veces mejor.

«Pero es que tú no ibas a llevarla a una cita. Tú solo ibas a cenar con ella para que no se quedase en su cuarto un sábado por la noche, porque a ti lo único que te importa es que esté contenta por el bien de tu libro, ¿verdad, Will?».

Sacudí la cabeza y volví a centrarme en el manuscrito. Releí lo que había escrito esa tarde con el objetivo de meterme en la historia.

Abandoné la lectura después de repasar la misma línea siete

veces. No conseguía regresar al bosque con Nora. Parecía que en lo único que era capaz de pensar era en Rachel y su vestido vaporoso.

Resoplé frustrado conmigo mismo. Un dolor de cabeza estaba empezando a hacer acto de presencia.

¿Qué coño me pasaba?

No estaba como para permitirme perder el tiempo cuando pronto este correría en mi contra.

Para rematar la situación, una serie de preguntas para las que no tenía respuesta se manifestaron delante de mí.

«¿Se quedará el tío ese pasmado al verla?».

«¿Se dará cuenta de cómo Rachel se acaricia el lunar cuando está distraída?».

«¿Se fijará en lo largas que son sus piernas?».

«¿Pensará en soltar los dos botones de su escote?».

Todas esas preguntas encontraron respuesta en cuanto oí el sonido inconfundible de unos nudillos llamando a la puerta del despacho.

—¿Will?

Prácticamente salté de la silla al oír la voz de Rachel.

—Will, ¿puedo pasar?

Para entonces, yo ya estaba al otro lado de la puerta con la frente descansando sobre la madera.

¿Debía dejarla entrar?

En mi santuario no había entrado nadie. Nunca.

—Will, por favor, necesito hablar contigo —dijo casi con urgencia.

Antes de que me diese tiempo a razonar, me sorprendí a mí mismo girando el pomo.

El corazón se me aceleró al verla ahí plantada, esperándome. Rachel tenía las mejillas sonrosadas y el pecho le subía y bajaba a toda velocidad. ¿Había subido las escaleras corriendo?

Le recorrí el resto del cuerpo de un vistazo rápido. Ya no había ni rastro de la americana ni del bolso, y estaba descalza.

Cuando mis ojos volvieron a encontrarse con los suyos, me pareció ver un destello de preocupación en ellos.

—Rachel, ¿estás bien? —pregunté extrañado—. ¿Qué haces aquí?

Ella negó con la cabeza y entonces empezó a divagar:

—No he podido... No tenía que haberme ido con ese tío... Si ni siquiera me gusta... —Se mordió el labio y me miró arrepentida—. He tenido que volver porque... ¡No puedo ir a esa cita cuando no dejo de pensar en ti! —exclamó decidida.

Sus palabras no habían terminado de llegarme a los oídos cuando mi cuerpo actuó por voluntad propia. De alguna manera, mis manos acabaron en sus brazos y tiraron de ella al interior del despacho.

Cerré la puerta y apoyé a Rachel en ella. Acto seguido, coloqué las manos sobre la madera, a ambos lados de su cabeza.

Tragué saliva y la contemplé un segundo.

Sus labios entreabiertos acapararon mi atención.

¿Por qué me afectaba tanto tenerla a escasos centímetros?

Me incliné un poco más en su dirección y sus pupilas se dilataron.

Algo se estaba acumulando entre nosotros y enrarecía la atmósfera. Sabía que, en cuanto la tocase, todo se descontrolaría.

Sin previo aviso, Rachel tiró de mi camisa en su dirección al tiempo que se despegaba de la puerta. En cuanto nuestros labios se rozaron, una oleada de alivio me pasó por encima. Y cuando nuestras lenguas se encontraron, todo se aceleró y pasamos de cero a cien en un instante.

Rachel me besó con pasión y se llevó la frustración con ella. Nuestros besos caldearon el ambiente, nuestras respiraciones se tornaron irregulares. El estómago se me tensó de anticipación cuando sus manos descendieron por mi torso hasta llegar al botón del pantalón.

¿De verdad íbamos a hacerlo contra la puerta?

¿Tan desesperados estábamos el uno por el otro?

Ni siquiera se me pasó por la cabeza que eso fuese una mala idea. Al contrario, aparté las manos de la puerta y las trasladé a su cuello para profundizar aún más el beso.

Rachel me desabrochó el vaquero sin dejar de besarme y me lo bajó con la misma ansia con la que yo arrastraba las palmas por la piel de sus brazos.

—Rachel...

—No quiero ir despacio —me interrumpió—. No puedo esperar más. —Habló sin apenas despegarse de mis labios.

Respondí hundiéndole una mano en la melena y apretando su cintura con la otra.

La besé con las mismas ganas que ella a mí. Estaba impaciente por que volviese a tocarme. Me restregué contra ella y se le escapó un gemido. Jamás la había tenido tan dura como en ese momento. Me pegué aún más a ella. Casi la aplasté contra la puerta. Rachel colocó las manos en mis caderas y me bajó la ropa interior lo justo como para sacármela. No sé cómo se las ingenió para colar la mano derecha entre nosotros. No había espacio. Cada centímetro de mi cuerpo estaba pegado al suyo.

Cuando cerró la mano alrededor de mi erección, solté un gemido ahogado contra su boca. Volví a apoyar las manos en la puerta porque tenía la sensación de que iba a caerme. Esa mujer iba a hacer lo que quisiera conmigo y yo iba a dejarla manejarme como si fuese su marioneta. Rachel paró de besarme para mirarme con la boca abierta.

—¡Ay, Dios mío, Will! —exclamó asombrada—. Es enorme.

Sonreí, pagado de satisfacción.

—Nunca he deseado a nadie como te deseo a ti —aseguró mientras movía la mano con energía de arriba abajo—. No sé qué me pasa, pero no puedo dejar de pensar en ti.

—Joder, Rachel —gemí.

—Esta mañana, mientras hacíamos la ruta..., no paraba de pensar en que me moría por besarte.

Me agaché y me adueñé de sus labios, hambriento.

Si ella se moría por besarme, no sería yo quien le negase ese placer.

Deslicé los labios primero sobre su barbilla y después por su mandíbula. Le aparté el pelo con suavidad y besé cada centímetro de su piel hasta llegar al cuello.

—Ha sido una tortura... —oí que decía, casi más para sí misma.

Le besé el lunar y ella soltó un gemido que me instó a repetirlo.

—No paraba de pensar en tocarte y... en lo mucho que me gustaría follarte, Will.

Esas palabras me provocaron un escalofrío.

Mi ego se corrió en el acto.

Por fortuna, yo no me dejé en ridículo de esa manera.

Hice acopio de toda mi fuerza de voluntad y me separé de ella lo suficiente para mirarla. Tenía el pelo revuelto y la boca enrojecida. Bajé los ojos por la piel de su cuello hasta llegar al escote. Era un gustazo no tener que cortarme al mirarle las tetas.

Dios, quería follármela de tantas maneras que no sabía por dónde empezar. Así que, en realidad, era una buena idea cederle el testigo de mando.

Volví a agacharme para robarle un beso. Luego, arrastré la nariz por la piel de su rostro hasta llegar a su oreja.

—Hazlo, Rachel —le susurré en el oído—. Fóllame tú a mí.

Después de soltar esas palabras, todo terminó de descontrolarse.

Me empujó levemente apoyando las manos en mi pecho para que diese un paso atrás. Solo se apartó de mi boca para escanear el espacio que nos rodeaba. Sus ojos se detuvieron en el sofá que estaba pegado a la pared de la izquierda. Me arrastró hasta allí, entre besos y respiraciones entrecortadas, y me empujó hasta que acabé sentado. Cuando se sentó a horcajadas sobre mí y sentí su piel, estuve a punto de correrme.

Joder.

Rachel no llevaba bragas.

La humedad que sentí entre sus piernas se llevó lo poco que me quedaba de cordura.

Eché la cabeza hacia atrás, y ella se inclinó hacia delante y me regaló el morreo más obsceno que me habían dado en la vida. Luego se aferró a mis hombros para balancearse sobre mí. La fricción entre nosotros era demasiado. Le toqué los muslos con posesividad, la empujé de las caderas y ella comprendió mis intenciones.

Se apoyó sobre las rodillas y se separó de mí lo suficiente como para que yo pudiese despegar el culo del asiento y bajarme un poco más los pantalones. Cuando volvió a agarrármela y me pegó contra ella, casi me morí. Me condujo a su entrada y me miró fijamente a la par que descendía para encontrarse conmigo. Gemí tan alto que fue hasta vergonzoso.

El deseo que descubrí en su mirada era tan grande que podría haberme corrido sin necesidad de que se moviese. En cuanto sus dedos se aferraron a mis hombros y me mordió el labio inferior supe que nuestra primera vez sería muy salvaje. Empezó a moverse sobre mí con decisión. El corazón se me aceleró tanto que sentía que me explotaría en cualquier momento.

—Will… —pronunció mi nombre en un susurro bajo cargado de anhelo que me hizo temblar—. Will, te necesito. —Jadeó contra mis labios antes de lamerlos con lascivia.

Te necesito.

Dos palabras.

Dos palabras que sonaron casi como una súplica y que tomaron la completa posesión de mi cuerpo. Sabía lo que me estaba pidiendo y yo estaba más que dispuesto a dárselo.

La agarré con firmeza por las caderas y moví las mías hacia arriba, hundiéndome en ella hasta el fondo. Rachel se mordió el labio y gimió. Ese sonido me alentó a moverme con determinación debajo de ella. Quería oírla gritar mi nombre. Eso era lo único que me importaba.

—Nunca… —jadeó—. Nadie… Me ha follado tan bien como tú.

Le sonreí de manera engreída y la desesperación de llevarla al orgasmo se apoderó de mí. Mis movimientos se hicieron más profundos y ella hundió la lengua en mi boca con vehemencia. No pasó mucho tiempo hasta que me clavó las uñas en los hombros, por encima de la ropa.

—Will, no puedo más…

—Yo tampoco… —murmuré.

Rachel y yo nos movimos más rápido y en perfecta sincronía. Cuando la sentí apretarse contra mí, le clavé los dedos en la piel de las caderas y me corrí con fuerza en el preciso instante en que ella gritaba mi nombre.

Dejé caer la cabeza hacia atrás hasta apoyarla en el respaldo. Esperé a que se me calmase la respiración para abrir los ojos.

Lo único que encontré al despegar los párpados fue el portátil. Me quedé unos segundos con la vista clavada en la mesa mientras asumía la realidad de lo que había pasado.

«Me he masturbado pensando en Rachel».

Había mancillado mi espacio sagrado y acababa de correrme de la manera más intensa de mi vida.

Respiré hondo y reparé en los fallos fundamentales de lo que había imaginado al tocarme. Para empezar, Rachel jamás me regalaría los oídos así, era demasiado orgullosa para ello. Y algo me decía que, si alguna vez pasaba algo entre nosotros, el que suplicaría sería yo. Para continuar, cada vez que la tocaba, la piel me ardía, y esa vez no lo había sentido así. Por no mencionar que, si alguna vez me acostaba con ella, pensaba desnudarla por completo y…

«¡Will! ¿Qué cojones? ¡Para!».

En ese momento me di cuenta de que, si acababa esa frase en mi cabeza, estaría perdido. Sería como asumir que de verdad quería acostarme con ella y que tenía la absoluta intención de hacerlo.

«Ridículo».

Yo solo me había masturbado porque me había dejado llevar por un momento de debilidad. Porque había descubierto que estaba buenísima con el vestido que había escogido para su cita.

Su cita con otro tío que no era yo.

De pronto, me sentí más cerca de Hunter y la idea de incluir la aparición de un tío misterioso que intentaría ganarse el corazón de Nora cobró más sentido que nunca.

14

HÉROE ROMÁNTICO (n.): Lo que William Anderson jamás será.

Eran las diez de la noche y ya estaba de vuelta en casa de Will. Giré el picaporte de la puerta principal con cuidado. No sabía si él se había ido, si estaba escribiendo o durmiendo, puesto que parecía empeñado en levantarse antes de que saliese el sol.

En cualquier caso, no quería cruzármelo. Una vez más, estaba cabreada con los hombres y, dado que Will pertenecía a esa categoría, no me apetecía hablar con él. Además, todavía le guardaba un poco de rencor por haberme insinuado que el problema con el género masculino era mío. Seguro que me soltaría algún comentario burlón y eso me cabrearía aún más.

La luz de la luna entró con sigilo detrás de mí iluminando la entrada lo justo para que pudiera encontrar el interruptor.

Sus llaves estaban en el mueble.

«Primera incógnita resuelta, señorita Holmes. El afamado escritor está en casa». Se me escapó una risita baja, y eso que el contentillo de la copa de vino se me había pasado hacía un buen rato.

Me senté en el banco de madera para descalzarme y dejé los tacones al lado de mis deportivas. Los pies me dolían como si hubiese caminado sobre chinchetas.

Casi los oí suspirar de alivio cuando apoyé las plantas en el suelo de madera. Al entrar descalza en la cocina me estremecí.

Las medias no eran protección suficiente y yo siempre tenía los pies helados.

Abrí el congelador y rescaté el recipiente de fresas con chocolate. Me había quedado con ganas de pedir postre. Quedaban cinco y pensaba comérmelas todas.

Subí las escaleras intentando hacer el menor ruido posible y alumbré el camino con la linterna del móvil. Al llegar al rellano la apagué. La puerta de la habitación de Will estaba abierta y la luz cálida que salía de dentro iluminaba el vestíbulo de la primera planta.

Estaba a punto de entrar en mi habitación cuando oí su voz.

—¿Rachel?

Se me contrajo el estómago de forma automática.

Cuadré los hombros y torcí el cuello a la derecha justo cuando él salía de su cuarto lavándose los dientes, sin camiseta, con un pantalón de chándal que le quedaba holgado y que llevaba un poco más abajo de lo que era apropiado si no vives solo.

La imagen era la más rutinaria del universo y, aun así, mi cerebro encontró la manera de que me pareciera sugerente.

«Genial. Lo que faltaba».

—Hola —saludé.

Nos observamos unos segundos en silencio.

Will tenía las pupilas dilatadas por la penumbra y el color aguamarina de sus ojos estaba prácticamente oculto por el negro.

Su mirada voló a toda velocidad de mi expresión de desconcierto a mis pies descalzos, deteniéndose un instante en mi cintura y otro en mi pecho.

Abrí la boca para preguntarle qué quería justo cuando él levantó el dedo índice en el aire para pedirme un minuto. Luego, giró sobre los talones y se internó en su cuarto. Por desgracia para mí, me fijé en los músculos de su espalda.

Suspiré cansada.

«¿Por qué, Señor? —me lamenté—. ¿Por qué tiene que tener esa espalda?».

Oí el agua de su lavabo correr y recé para que volviese con una camiseta puesta.

Unos segundos después, Will reapareció sin cepillo de dientes y sin camiseta.

«Por supuesto».

Con toda la tranquilidad del mundo, se recostó contra su puerta apoyando el hombro derecho sobre el marco.

Durante un instante, me dio la sensación de que me observaba de manera penetrante. Hacía tiempo que nadie me contemplaba así y una parte de mí se sentía halagada. ¿Pensaba que estaba guapa?

Me echó otro vistazo rápido y cruzó los brazos por debajo del pecho.

La ensoñación terminó en cuanto abrió la boca.

—Has vuelto pronto, ¿no? —me preguntó.

Por el retintín de su voz sospeché que, en realidad, le hacía gracia que ya estuviese en casa.

Mis ojos se desviaron de manera involuntaria a su tatuaje una vez más.

«Si le miras el torso, acabarás diciendo una tontería…».

Aparté la vista de su cuerpo apenas me di cuenta de que lo estaba mirando.

No quería darle el gusto.

Y tampoco quería pensar luego en su pecho amplio, en lo definido que estaba ni en lo bonita que quedaba la letra «K» sobre su piel clara.

—¿Mala noche? —Su mueca burlona salió a saludarme—. ¿El señor Darcy ha resultado ser imperfecto?

«Lo sabía…, es que es básico hasta para eso».

—¿Qué dices? —pregunté irritada.

—¿Otro hombre que no está a la altura de tus personajes literarios? —siguió pinchando.

Ahí estaba otra vez.

La burla implícita de que el problema de que estuviese soltera era yo.

—A lo mejor el único que no está a la altura eres tú.

Él puso una mueca irónica.

—¿Por qué le has descartado esta vez? —insistió ignorando mi comentario—: ¿Porque no te ha traído flores o porque no te ha gustado el Little Napoli?

«¡Serás gilipollas!».

—Pues claro que me ha gustado el restaurante —contesté con un asentimiento—. Es precioso y muy romántico.

Will entrecerró los ojos. Parecía valorar si le había dicho la verdad o no.

Odiaba sentirme juzgada por cada cosa que hacía.

Y odiaba querer observar el trocito marrón de su iris derecho más de cerca.

—Además, estaba todo buenísimo —agregué al darme cuenta de que el camino oscuro que se había abierto en mi mente el día anterior seguía ahí—. Los mejores espaguetis carbonara que me he comido en la vida. De hecho, he repetido y estoy llenísima.

—¿Ah, sí? —preguntó incrédulo.

Su sonrisa sarcástica se unió a nosotros en aquel rellano.

Will se separó de la puerta y dio un paso en mi dirección.

Los ojos le brillaban con astucia.

—Dime una cosa, Rachel. —La manera tranquila que tenía de pronunciar mi nombre me ponía de los nervios—. Si tan llena estás, ¿por qué llevas las fresas en la mano?

«¿Lo ves? ¡Le miras el torso y te conviertes en una bocazas!».

—Siempre tengo hueco para las fresas con chocolate —contesté contenta por haber encontrado una respuesta rápida—. Y, para tu información, te diré que mi cita ha ido genial y vamos a volver a quedar.

Mentira.

Will me miró sorprendido y yo sonreí por haber quedado por encima.

—He venido pronto porque Liam madruga mañana para hacer surf —añadí con acidez.

Eso era verdad.

Di un paso en dirección a mi cuarto y su voz me detuvo.

—Así que surfista, ¿eh? ¿Y de qué habéis hablado? ¿De sus musculitos? —Me dedicó una sonrisa maliciosa—. ¿Te ha enseñado vídeos de lo bien que surfea?

Eso era justo lo que había hecho Liam.

A Will le importaba un cuerno de qué habíamos hablado. Él solo quería sonsacarme que la cita me había ido mal para reírse a mi costa, y yo no pensaba darle el gusto.

La diversión era más que evidente en su mirada.

—Dios, qué típico. —Will resopló interpretando mi silencio como un «sí».

—Pobre Kimberly —susurré cansada. «Merece un premio por aguantarte».

—¿Quién es Kimberly? —preguntó desconcertado.

«Primer nombre descartado».

—Nadie —contesté—. Buenas noches, William —terminé con una sonrisa fingida.

Sin darle tiempo a decir nada más, entré en mi habitación. Su risita odiosa me llegó a los oídos antes de que me diese tiempo a cerrarle la puerta en la cara.

—*Maldito imbécil* —susurré en español al apoyarme en la madera después de cerrar la puerta.

Respiré hondo. El corazón se me había acelerado por el enfado.

«Y por verlo sin camiseta. Está buenísimo».

Me dejé caer sobre el colchón con un suspiro eterno y abrí el recipiente de fresas.

Por desgracia, mientras masticaba, me descubrí pensando en la «K» de su pectoral izquierdo.

Will había dicho que era romántico de otras maneras, que lo de las flores y los bombones no era lo suyo. Había asumido que lo había dicho en un intento de quedar por encima de mí, pero tatuarse la inicial de su novia a la altura del corazón significaba que esa chica debía de importarle mucho. De hecho, como ya había comprobado en la librería, todas las dedicatorias de sus libros eran para la misteriosa «K».

Supongo que era lo mínimo que la pobre Keira merecía por soportarlo. Y se llevaba por delante el plus de que estaba bueno. Suspiré y me comí otra fresa.

Los hombres arrogantes solo deberían ser atractivos en las

novelas románticas. En la vida real, ser feos debería ser su castigo. Eso lo complicaría todo menos.

El domingo salí de la cama en cuanto sonó la alarma. Si quería llevar mi pequeña venganza a cabo, debía ser más rápida que Will. Todavía en pijama, bajé sigilosamente a la cocina y saqué el paquete de café del armario. Al fijarme en el envase, me di cuenta de que era de la cafetería de Lucy. Probablemente costaría treinta dólares. Solo por eso vacié el café dentro de un recipiente de cristal y lo escondí detrás de mis siropes. Sin perder ni un segundo, rellené el paquete de café vacío con el que había comprado la tarde anterior.

«Te voy a dar yo a ti tostado».

Guardé el paquete en su sitio y regresé a mi habitación con la adrenalina haciéndome cosquillas en el estómago.

Veinte minutos después, lo oí salir de su cuarto. Esperé unos segundos antes de volver abajo.

—Buenos días —saludé haciéndome la dormida.

—¿No es un poco pronto para ti?

—Sí, pero quiero hacer turismo —contesté con inocencia.

Tomé asiento y observé tan absorta su ritual de preparación del café que casi olvidé el objetivo del plan.

—¿Te hago uno?

—Ahora me lo hago yo, no te preocupes.

Intenté no delatarme cuando tomó asiento enfrente de mí.

Su cara de asco cuando lo probó fue ÉPICA.

—Pero ¿qué mierda es esto? —soltó irritado. Se levantó y sacó el café del armario. Para entonces, yo ya me reía sin disimulo.

Mis carcajadas resonaron en la cocina cuando abrió el paquete y lo olió. Will entornó los ojos con suspicacia cuando me acerqué.

—¿Le has dado el cambiazo? —me preguntó incrédulo.

—Sí. —Me sujeté la tripa, que me dolía de reírme. Su indignación me superaba.

—Pero ¿tú cuántos años tienes? ¿Cuatro?

—Sí. —Sonreí.

Will sacudió la cabeza y soltó el aire por la nariz con fuerza. Volví a reírme cuando arrojó el paquete de café a la basura.

—No vuelvas a hacer eso.

—No vuelvas a ponerte como un idiota y no tendré que hacerlo —contesté seria mientras le entregaba el café bueno.

—¿Cuándo me he puesto yo como un idi...? —Se calló al ver cómo arqueaba una ceja.

—Anoche —respondí tajante—. Y, ya que estás, podrías hacerme un café a mí también. Madrugar tanto debería ser delito.

Will se retiró unos minutos después para escribir, llevándose la taza y dejándome a mí con otra a la que, por supuesto, le eché sirope. Sentada en la isla de la cocina, cogí el móvil y me puse los cascos. Había quedado con mis amigas para hacer una videollamada. La felicidad de hablar con ellas me embargó.

Suzu y Grace descolgaron casi a la vez.

Estuvimos un rato poniéndonos al día. Suzu hablaba en susurros porque se había llevado a Jared a casa la noche anterior.

—¡¿Has aprovechado que no estoy para hacer guarradas en el salón?! —preguntó Grace.

Ella estaba en su habitación de la infancia, con un póster gigante de Chris Evans de fondo y, al parecer, se había reencontrado con Dylan, su *crush* del instituto, en una reunión de antiguos alumnos. En su cabeza no paraba de revivir el romance que nunca llegaron a tener en la adolescencia.

—Chicas, no me digáis que no es el destino... El karma me está compensando por todos los sapos que he besado. —Nosotras nos reímos cuando suspiró enamorada—. Ya os contaré cómo evoluciona esto —nos dijo—. Ray, ¿tú qué tal?

—Eso, ¿cómo va la convivencia con Anderson? —Se interesó Suzu.

—¿Has descubierto ya si tiene una mazmorra secreta del placer? —Grace levantó las cejas de manera sugerente.

—Menos mal que llevo los cascos... —las reprendí.

Lo único que me faltaba sería que Will nos oyese y se armase ideas equivocadas.

—¿Qué me he perdido? —Suzu arrugó las cejas.

—Nada. A Grace y sus locuras.

—Oye, ¿y la cita qué tal? ¡No nos mandaste ni un mísero audio! —me regañó Grace—. ¡Te parecerá bonito!

Resoplé al recordarlo y procedí a contarles cómo había ido.

—Todo fue genial hasta que le dije que editaba novelas románticas. Si hubierais visto la cara que puso... Como si por eso yo ya quisiese casarme con él... —Sacudí la cabeza indignada—. Cuando solo me apetecía pasarlo bien un rato y ya está, sin compromiso. Es que parece que las mujeres no tenemos derecho a tener deseo sexual. Luego bien que se les llena la boca a los tíos diciendo eso de que «una chica, si quiere, folla» —alcé la voz sin darme cuenta y me levanté—. Pues es la mentira más grande del mundo... ¡Jolín, que yo solo quería echar un polvo, no un anillo de compromi...!

El ruido de algo estrellándose contra el suelo seguido de un «¡Joder! ¡Me cago en todo!» me dio un susto de muerte.

«Por favor, que no me haya escuchado».

Temiéndome lo peor, y todavía con la mano libre en el pecho, despegué la vista del móvil y giré el cuello a la derecha.

Will estaba ahí, mirándome fijamente.

Se me encendieron las mejillas al comprender que me había oído y una oleada de vergüenza me rebasó el cuerpo entero.

—¿Rachel? —Suzu reclamó mi atención.

Sin pensar, colgué a mis amigas y dejé el móvil en la mesa. Me quité los cascos y cogí aire.

«Por favor, Will, no digas nada».

Él seguía ahí plantado, con las mangas de la camisa recogidas hasta los codos.

Esperaba encontrármelo con una mueca burlona y no mirándome con la misma intensidad que la tarde anterior.

Reparé en que no se había afeitado y la barba de dos días volvía a decorar su rostro. Con la luz que entraba por los ventanales del salón, su cabello castaño claro parecía más rubio.

«Al menos lleva la camisa puesta», pensé aliviada.

Dicen que, cuando estás a punto de morir, un resumen de tu

vida se proyecta en tu cabeza como una película. Yo no estaba a punto de morir en el sentido literal de la palabra, pero sí estaba al borde de desmayarme de la vergüenza y a mi cerebro le pareció buena idea hacerme un resumen rápido de todo lo que Will había podido oír.

Cómo conseguí mantener la calma era algo que ni yo misma comprendía.

Me di cuenta de que Will estaba descalzo y que a sus pies descansaban los restos de su taza azul hecha añicos. Los trozos de cerámica se habían desperdigado en todas las direcciones. Me llevó unos segundos atreverme a hablar porque no estaba segura de poder hacerlo sin que me temblase la voz. Tragué saliva con dificultad y volví a mirarlo a la cara.

—¿Estás bien? —le pregunté.

—¿Qué? —Will arrugó el ceño y se pasó la mano por la cara—. Eh, sí. Solo me he tropezado con el último escalón.

El ambiente entre nosotros era tirante. Supongo que por eso se me ocurrió hacer una broma sin gracia.

—Has matado a Chip. La señora Potts se va a poner muy triste.

Will me miró impasible.

De pronto tenía muchas ganas de salir de ahí. Que no se hubiese reído de mi broma me daba casi más vergüenza que el hecho de que supiese que mi cita había sido un fracaso.

—Voy a por la escoba.

—Ten cuidado con los cristales —lo oí decir a mi espalda.

Entre los dos recogimos los trozos y él, para cerciorarse de que no quedaban restos con los que su gato pudiese cortarse, mandó su aspiradora a recorrer la zona.

Yo me senté en un taburete y subí los pies al reposapiés.

Will pasó de largo y evitó mirarme.

Parecía impaciente por largarse.

«La reacción lógica que deberías tener tú».

—Me voy a escribir —me dijo por encima del hombro.

—¡Que se dé bien la escritura! —me forcé a decir.

Él salió de la cocina sin decir nada y yo solté un suspiro eterno con el que dejé caer los hombros.

«Así que vamos a hacer como que esto no ha pasado».
Casi lo agradecía.
Apoyé los codos sobre la encimera y me froté la cara, como hacía él.
«¡Qué bochorno!».
Decidida a no autocompadecerme, recuperé el móvil. Me disculpé con las chicas por haberles colgado y me distraje buscando en internet qué cosas podía ver en los alrededores mientras apuntaba en mi lista las que me interesaba conocer.

Un poco después, oí a Will bajar las escaleras casi de dos en dos.

Levanté la vista de la pantalla cuando apartó la silla de enfrente de la mía.

—Ibas a hacer turismo hoy, ¿no? —me preguntó, y yo asentí—. Necesitarás un coche y he pensado que puedo llevarte yo. Así no vas sola.

—No me importa hacer turismo por mi cuenta. Además, ¿tú no ibas a escribir?

—Hoy no es mi día. Estoy desconcentrado —contestó cansado—. Me vendría bien airearme un poco… Podemos ir a Monterrey, al acuario o podemos ir de *brunch*, hay un sitio en el que preparan un café buenísimo. O puedo llevarte al puente de Bixby. Lo que tú quieras —acabó señalándome con la mano.

«¿Qué hago?».

La veleta había cambiado y tenía delante al Will simpático y servicial, que estaba dando golpecitos en el mármol con los dedos. Al final acepté su oferta.

—Vale, podemos ir a algún sitio juntos, pero a las seis he quedado con Lucy y su marido para ir a la noche de Trivial.

—Lo sé —asintió—. Ya he hablado con ella. He pensado que podemos pasarnos luego por la cafetería, así la recogemos.

—¿Vas a venir? —Abrí los ojos asombrada.

—Claro. —Se levantó—. Si no, ¿cómo voy a ganarte?

Su sonrisa de suficiencia indicaba que el momento de incomodidad había pasado.

—Ni en tus mejores sueños, Anderson.

15

LIBRERÍA (n.): Lugar perfecto para enamorarse.

El Red House Cafe me gustó desde que vi la fachada roja. El restaurante era una antigua casa victoriana con ventanas rectangulares blancas, tejas negras y una chimenea exterior de ladrillo. El porche delantero lo habían convertido en una terraza, pero habían mantenido la estructura original.

El espacio interior estaba dividido en dos salas. A nosotros nos colocaron en lo que vendría a ser el salón, donde habían hecho malabares para que cupiesen todas esas mesas.

Will me dio la oportunidad de elegir asiento. Me desplomé sobre el banco mullido dejándole a él la silla de madera.

La mesa que nos dieron era blanca y diminuta. Tan enana que nuestras rodillas se tocaron por debajo cuando se sentó.

—Es como estar dentro de una novela victoriana. —Sonreí maravillada.

—Sabía que te gustaría.

Le eché un vistazo a la estancia. Los revestimientos de madera de las paredes eran una ventana al pasado.

—Me encantaría tener chimenea —dije admirando la que tenían allí.

—¿Por qué no enciendes la de la biblioteca?

—Buena idea, así puedo leer frente al fuego como si fuese un auténtico escritor ermitaño.

Will suspiró y no dijo nada.

Cotilleé el menú. Había varias cosas que me gustaría probar.

—¿Ya lo sabes? —me preguntó poco después.

—Sí. —Dejé la carta en la mesa.

—Perfecto. —Se asomó por el lateral y llamó a la camarera con la mano.

—¿Tú no vas a mirar la carta?

—Yo voy a pedir lo de siempre.

La camarera nos saludó con una sonrisa.

—¿Qué os gustaría tomar?

—Yo te voy a pedir las tortitas y me gustaría añadir el sirope de la casa y fresas —le contesté—. Y de beber un café con sirope de caramelo.

Ella lo anotó en su libretita y después se volvió hacia Will.

—Yo quiero los huevos benedictinos con salmón y un café con leche, sin sirope y sin azúcar.

—Pues enseguida os lo traigo. —Recogió los menús y se marchó.

—Yo nunca he tenido lo de siempre en ningún sitio —le dije—. Como cada día pido una cosa...

—¿Por qué haces eso?

—¿Y por qué no? —Me encogí de hombros.

—Porque, si ya sabes lo que te gusta..., ¿por qué arriesgarse a pedir algo y que no te guste?

—¡Qué aburrido, Dios mío! ¿Y si lo nuevo te gusta más? —repuse—. Por ejemplo, si volviésemos a este sitio, me pediría la *baguette* con mermelada. Tiene una pinta buenísima. —Observé el plato de la mujer que tenía al lado y babeé internamente.

—Yo volvería a pedir lo mismo.

La chica regresó con dos tazas enormes cargadas hasta arriba de café.

Cogí la mía entre las manos. Estaba demasiado caliente, así que soplé antes de darle un sorbito.

—Está riquísimo —le informé.

Will sonrió orgulloso. Su cara parecía decir: «Te dije que el café era increíble, Rachel. Tengo un gusto exquisito».

Dejé la taza sobre la madera y me desabroché los botones del cárdigan. Hacía un poco de calor en el local.

Will levantó las cejas al ver el mensaje de mi camiseta, que no era otro que «Reading is sexy».

—¿En serio, Rachel?

—¿Qué pasa? —Me encogí de hombros—. Leer me parece muy sexy. ¿Cuál es el problema?

Puso los ojos en blanco y se le escapó un: «Típico de Rachel».

—Creo que hay una cosa en la que me has mentido... —agregó pasados unos segundos, con su característico tono de voz áspero y tranquilo.

Me revolví incómoda en la silla.

«¿De verdad vas a sacar el tema de la cita?».

—Estoy seguro de que *Emma* es tu libro favorito.

Intenté que no se reflejase el alivio en mi cara.

—No lo es. —Negué con la cabeza—. Ya te lo dije.

—Ya. Y yo creo que eres una mentirosa —aseguró—. Es un libro con muchísimo conflicto, que termina con una boda. Seguro que acabaste tan enamorada del señor Knightley como del señor Darcy.

Me reí y le di un sorbo más largo al café.

No adivinaría mi libro favorito en la vida y eso me hacía muchísima gracia.

—Al final voy a pensar que te has leído todos estos libros románticos —le dije dejando la taza en la mesa.

—Pues claro que me los he leído. —Frunció el ceño como si eso fuese evidente—. Son clásicos, Rachel.

«Así que lee libros románticos. Un punto para Will».

—Bueno, ahora que sabes que *Emma* no es mi libro favorito, tengo que confesar que me sorprende que no hayas mencionado *Romeo y Julieta* todavía...

—No. —Cerró los ojos cuando sacudió la cabeza en un ademán negativo—. Ese no es tu libro favorito. Tú eres de finales felices. Además, prefieres un romance lento antes que un flechazo, eso me ha quedado clarísimo.

Contuve la sonrisa y asentí.

—Aunque no tenga un final feliz, me parece un libro muy romántico —aseguré.

—¿Romántico? —preguntó escéptico—. Es el libro más surrealista que se ha escrito. Dos protagonistas que acaban muertos por idiotas —dijo horrorizado.

Recuperé la taza y volví a beber.

—¿No te gusta Shakespeare?

—Yo no he dicho eso —aclaró mientras se remangaba la camisa de cuadros—. Pero no entiendo tanta fama cuando *Hamlet* es mil veces mejor.

Fui a contestarle justo cuando apareció la camarera.

—Tortitas para ti. —Me colocó el plato delante—. Y huevos benedictinos por aquí. —Dejó el otro delante de Will—. Si necesitáis cualquier cosa, me decís. ¡Que aproveche, parejita!

Will resopló indignado y yo sonreí incómoda a la chica mientras se iba.

—Ridículo... —le oí murmurar.

—Superridículo. —No lo miré mientras lo dije. Estaba ocupada vaciando el vasito de sirope encima de las tortitas—. Además, yo jamás vendría aquí en una primera cita.

—¿Qué tiene de malo este sitio para una primera cita? —Me miró sorprendido.

—Nada. Simplemente no vendría aquí. Es demasiado íntimo, ¿no?

Will se concentró en romper con el cuchillo la yema de sus huevos antes de cortar un trozo.

Yo hice lo propio con mis tortitas.

Estaban buenísimas.

—¿A que adivino cómo sería tu cita ideal? —me dijo de pronto.

Su mueca irónica me hizo contestar con un:

—Ya verás como no...

Will entrecerró los ojos al mirarme y torció el gesto mientras sopesaba qué decir.

—Seguro que es pedir un café en Starbucks para llevar y pasear por Central Park un sábado por la mañana —dijo con un tono malicioso.

—Y la tuya será ir a Napa a beber vino y aburrir a la chica hablándole de ti mismo y tus novelas, ¿a que sí?

Will soltó una carcajada y yo me quedé congelada.

Era la primera vez que lo veía reírse de verdad. Hasta la fecha solo le había oído soltar risitas sarcásticas. Y entonces me di cuenta de lo guapo que estaba cuando esbozaba una sonrisa sincera.

Me contagió la risa como si fuese un bostezo.

—Te ríes porque he acertado —dije antes de llevarme el tenedor a la boca.

—Estás muy equivocada.

Mastiqué mientras meditaba su respuesta.

—No me lo creo —refunfuñé—. Entonces será ir a un cine independiente a ver una peli de señores con gafas de pasta.

Will volvió a reírse y yo aproveché para ensartar un trozo de fresa con el cubierto.

—Te picas porque yo sí he acertado. Es muy poco original, Rachel.

—No veo qué tiene de malo pasear por Central Park.

—Esa es la única parte buena de tu cita —aseguró—. Al menos, ese es el único sitio de la ciudad que no huele a pretzel refrito.

No iba a discutirle eso. Era verdad que Manhattan olía a una mezcla de contaminación y comida basura. Allí no se podía respirar el aire puro de Carmel ni el olor del mar.

Le di otro sorbo al café y me lo terminé porque empezaba a enfriarse.

—Bueno, si tan poco original te parece un café por Central Park, dime, ¿a qué sitio llevarías tú a tu cita?

—Depende, a ella... ¿le gustan los libros? Bueno, qué gilipollez, yo no saldría con alguien que no lee.

—Buen punto. Yo tampoco.

—La llevaría a una librería —confirmó un instante más tarde.

Lo miré atónita. Quería preguntarle a cuál, pero tenía la boca llena.

—De hecho, la llevaría a The Strand, es mi librería favorita.

—La mía también. —Me tapé la boca para hablar mientras masticaba.

La sorpresa se adueñó de su mirada.

—¿Ah, sí? —Alzó las cejas y asintió—. Dentro tienen uno de los mejores cafés de Nueva York, ¿lo has probado?

—No.

—Pues deberías. Sí... —suspiró—. Yo creo que esa sería mi cita ideal, tomar un café y charlar de libros.

Aparté la mirada, todavía un poco impresionada.

Su idea de cita me parecía tan romántica que me desconcertaba. Por no mencionar que nosotros nos habíamos conocido allí. Claro que él no lo recordaría.

—La verdad es que viniendo de ti me sorprende.

Él apoyó el codo en la mesa, la barbilla en el dedo corazón y el índice en el lateral de la cara, formando una ele con él y el resto de los dedos. Y, como ya era habitual, me dedicó una mirada escéptica.

—¿Por qué?

—No sé. —Me encogí de hombros—. Porque estás todo el día resoplando por las cosas románticas.

—No es cierto. Resoplo solo por las cosas cursis, pastelosas e innecesarias.

Dejé los cubiertos sobre el plato vacío. A él todavía le quedaba la mitad.

—Will, todo te parece cursi, pasteloso e innecesario —afirmé—. Pero bueno, tu idea de cita me parece bonita. Yo creo que sería tan romántico estar en The Strand, ir a coger un libro que tienes muchas ganas de leer, ese que llevas meses esperando, que otra persona lo coja a la vez que tú y ocurra la magia del amor. Quedarse mirando embobados y pelearse por ver quién se queda el libro. Pero en plan bien, tipo: «No, quédatelo tú». «No, por favor, tú lo has cogido primero». «Ah, tengo una idea, ¿por qué no te lo regalo y, cuando lo termines, me lo devuelves con tu teléfono?». Y *voilà*.

—Dios, voy a vomitar —resopló Will—. ¿De verdad eso te parece romántico? —Negó con la cabeza—. Yo jamás soltaría un libro que quisiese. Me da igual quien lo haya cogido. No renunciaría.

Esa vez la que negó con la cabeza fui yo.
«William Anderson: romántico pero no mucho».

Al salir paseamos por Monterrey hasta llegar a Lovers Point, que era una pequeña playa rodeada de árboles. Allí las palmeras convivían en perfecta armonía con los cipreses. Me pareció curioso que entre las rocas hubiese tantas ardillas. Doblaban en tamaño a las de Central Park, probablemente porque los turistas las cebaban.

Continuamos por la costa rumbo al muelle de los pescadores, ubicado en una plataforma de madera sobre el agua. Perdí la cuenta de cuántas focas y leones marinos avistamos. En el muelle parecían concentrarse la mayoría de las tiendas de *souvenirs*, de dulces y algunos restaurantes.

De camino al puente Bixby unas horas más tarde, me entretuve mirando el océano desde la ventanilla del coche. La carretera era de montaña y me regalaba una vista impresionante de la costa californiana. Por primera vez desde que nos conocíamos, estuvimos unos minutos en silencio. Le habría sacado tema de conversación de no ser porque tenía todos los sentidos concentrados en disfrutar del paisaje. Una de las veces que lo miré capté una imagen familiar en la pantalla del salpicadero.

—¡Ay! ¡Me encanta esta canción! —exclamé—. ¿Puedes subir el volumen?

Desde que le dije que me hacía gracia que escuchase la canción de *Footloose*, no había oído música dentro de ese coche.

—¿Te gusta Imagine Dragons? —me preguntó sorprendido.

—¡Claro!

Will subió el volumen justo cuando sonaba el estribillo de «On Top of the World», una de mis canciones favoritas.

«No cantes delante de él. Por favor, desafinas muchísimo y se reirá en tu cara».

Él torció el cuello para mirarme un segundo.

—¿Por qué me miras así? —No pude evitar bailar en el asiento—. Soy yo la que está sorprendida de que escuches algo que no sea del siglo pasado.

Por alguna razón, antes de venir a Carmel había imaginado que él escuchaba música épica ambiental mientras escribía.

—Y a mí me asombra saber que no solo escuchas a tíos al piano lamentándose... —me confirmó—. Esta es mi canción favorita.

—¿En serio? La mía también.

—Pero ¿la tuya no era la del Shawn Mendes ese? —Fingió un escalofrío.

—Sí, pero de Imagine Dragons esta es mi favorita.

Me fijé en que estaba tamborileando el ritmo de la canción con el dedo índice sobre el volante.

—Voy a ir con mis amigas a verlos al Madison Square Garden en abril —le informé.

—Yo voy con mi hermano.

—¡Qué dices!

Will asintió con los ojos fijos en la carretera.

Volví la vista por la ventana y, sin poder evitarlo, canté el estribillo muy bajito. Fui subiendo la voz sin darme cuenta hasta que, de pronto, me encontré cantando sola porque Will había bajado la música al cero.

—¿Qué haces? —pregunté fastidiada.

—Comprobar que cantas fatal —observó con malicia—. Por mí no te cortes, ¿eh? Puedes seguir. Ya me has destrozado los tímpanos. El daño es irreparable. Además, apenas ha llovido este año y hay riesgo de sequía.

—*Idiota* —susurré tan bajito que solo lo oí yo.

Justo giramos en una curva y el puente que había visto tantas veces en los créditos de apertura de *Big Little Lies* apareció para dejarme impactada. Ahogué una exclamación. No sabía si me llamaba más la atención el arco de hormigón del puente, el entorno o la combinación perfecta de ambos.

Tuvimos suerte de encontrar hueco para aparcar. Las vistas desde el mirador eran increíbles. Los colores verdes de la vegetación de montaña se juntaban con los tonos azules del Pacífico. El dorado de la luz del atardecer dominaba en una estampa digna de postal.

Me adentré por la tierra hasta la zona donde se arremolinaba la gente con las cámaras. Will me siguió de cerca. Estábamos en el borde del acantilado y no había mucho espacio. Saqué unas cuantas fotos con el móvil y luego le pedí que me sacase una a mí con el puente.

—Así no —me quejé—. Hazla en vertical, que quiero subirla a Instagram.

Él puso los ojos en blanco antes de sacarme una.

—Haz otra por si he salido mal, porfa.

—No soy fotógrafo.

Yo le hice con la mano un gesto que desestimaba sus palabras y volví a sonreír enseñando todos los dientes.

Después de posar varias veces, me acerqué para recuperar el móvil. No había dado ni un paso cuando una chica me pidió por favor que le sacase una foto con su pareja. Les hice varias en horizontal y en vertical, y dejé que las comprobasen por si las querían repetir. Me acerqué a Will contenta porque las fotos les hubiesen gustado, pero la misma chica volvió a alcanzarme.

—¡Oye! ¿Quieres que os saque yo una a vosotros? —me preguntó refiriéndose a Will y a mí.

—No es necesario —contestó Will solemne.

En su mirada encontré una oposición evidente. Como si la idea de hacernos una fotografía juntos fuese la más disparatada del universo.

—¿Sabes qué? —le dije a la chica—. Me encantaría.

Con los labios apretados, le arranqué a Will mi teléfono de las manos y él resopló.

Iba a dárselo a la chica cuando él se me adelantó.

—Toma, usa el mío. —Le extendió el iPhone—. Tendrá más calidad.

«Será payaso...».

La chica nos apuntó con la cámara y los dos nos movimos a la vez y sin pensar. Él me rodeó la cintura con el brazo derecho y yo coloqué la palma izquierda en mitad de su espalda. La sonrisa me quedó un poco forzada. En cuanto ella bajó el teléfono, Will se apartó y fue a recuperarlo.

—Deberíamos ir a por Lucy —me recordó enseguida.

—¿Ya? ¿Sin terminar de ver el atardecer?

—Vamos justos de tiempo.

Yo torcí el gesto y giré sobre los talones para memorizar aquel lugar.

—Joder. Vale —cedió, y se situó a mi lado—. Cinco minutos más y nos vamos.

—Sí, señor. —Me reí.

El O'Callaghan's era todo lo que se esperaba de un bar irlandés. La barra era amplia y los grifos de cerveza estaban perfectamente iluminados. Todo era de madera: las mesas, las sillas, el techo y los revestimientos de las paredes.

Lucy nos condujo al fondo del local, donde la luz era más tenue y la música irlandesa se oía algo más alta. Su marido ya estaba allí. Tenía los ojos clavados en el partido de hockey que se retransmitía en la televisión. Matt se levantó al ver a Lucy y acudió a sus brazos.

Me detuve en mitad de una zancada cuando una corriente en la muñeca me obligó a detenerme con un tirón. Bajé la vista para ver los dedos de Will cerrados alrededor de mi piel. Confusa, levanté la mirada hacia su cara.

Él me soltó automáticamente.

—Espera un momento —me pidió—. Matt y Lucy son como lapas y van a morrearse de una manera que te hará sentir incómoda.

Volví el cuello para ver a sus amigos enlazados en un beso pasional. Ella estaba de puntillas y él le había pasado las manos por la parte baja de la cintura.

—¡Qué monos! —exclamé enternecida.

—No te haces una idea —resopló él.

Pasados unos segundos, Lucy nos hizo un gesto con la mano para que nos acercásemos.

—Tú debes de ser Rachel. Soy Matt —dijo mientras alargaba la mano y estrechaba la mía.

—Encantada. —Sonreí.

Era un poco más bajo que Will. Tenía el pelo y los ojos castaños oscuros.

—Vais juntos otra vez, ¿no? —les preguntó Will.

—¿No es obvio? —Matt le echó el brazo a Lucy por encima del hombro—. Os vamos a dar una paliza. No te lo tomes como algo personal, Rachel. Es todo contra Anderson.

Su tono bromista me hizo reír.

—Eso no va a pasar —aseguró Will.

Nos acercamos a la mesa y Lucy ocupó la silla contigua a la de Matt dejándonos el banco de enfrente a Will y a mí. Nos acomodamos en el asiento forrado de cuero granate.

—Tenéis veinte minutos para pensar vuestro nombre de equipo —nos dijo Matt—. Y tenéis que decírselo a ese camarero. —Señaló a un chico que estaba detrás de la barra.

Matt apuró su pinta y se levantó.

—Voy a por las bebidas —nos informó—. Rachel, ¿qué quieres?

—Pues... —No había mirado la carta—. La cerveza de la casa mismo.

—A ti te pido la de siempre, ¿verdad? —le dijo a su amigo.

Will asintió.

—Podemos pedir algo de picotear para todos —sugirió Lucy.

Me dedicó una sonrisa sincera y contagiosa.

—Claro. Lo que quieras —le dije.

Lucy y Matt se acercaron a la barra.

—¿Cómo quieres que nos llamemos? —oí a Will decirme.

Arrugué el ceño y lo miré. Él estaba concentrado en recogerse las mangas.

—¿Cómo se llaman tus amigos? —le pregunté.

—Bonnie y Clyde.

—¿En serio? ¡Qué romántico!

—Si tú lo dices. —Will puso los ojos en blanco—. ¿Qué nombre nos ponemos, entonces?

Torcí el gesto y me quedé pensativa un instante.

—Mmm... ¿Y si nos llamamos Han Dúo?

—Dios, eres malísima eligiendo nombre. —Negó con la cabeza.

—Pero ¿lo has pillado? Como somos dos —nos señalé—. En vez de Han Solo, somos Han Dúo.

—Rachel, lo he pillado.

—Vale, listillo. ¿Por qué no propones tú uno?

—¿Qué tal *Mastermind*? —preguntó—. O quizá Mentes Maravillosas.

Arrugué la nariz.

—¿Y si buscas algo que nos guste a ambos? —sugerí—. Aunque... lo único que nos gusta a los dos es Imagine Dragons, Harry Potter, leer...

—¡Prisioneros de Azkaban! —me interrumpió.

—Me gusta —convine.

—Perfecto. Pues cuando vuelvan Matt y Lucy, voy a decírselo al camarero.

Desvié la vista a la barra justo para ver que estaban atendiendo a sus amigos.

—¿Cuál es el premio? —le pregunté a Will.

—Cerveza y nachos.

—¡Genial! ¡Me muero por unos nachos!

—Sabes que podemos comprarlos igual, ¿verdad?

—No. —Apreté los labios y negué con la cabeza—. Si los compramos, no saben igual. Yo quiero los nachos de la victoria.

—Me parece que eres un poquito competitiva. —Bajó la voz, pero lo oí perfectamente.

Me encogí de hombros y apoyé la espalda en el respaldo de madera justo cuando llegaron sus amigos con las bebidas.

Lucy me dejó delante una pinta.

—¿Cuánto os debo?

—Por favor. —Matt le quitó importancia—. Invito yo. Es lo mínimo que puedo hacer para agradecerte que aguantes a Anderson.

—Eres gilipollas... —le dijo Will—. Lucy, ¿de verdad tenías que casarte con el tío más impertinente de la zona?

—Me lo presentaste tú —le recordó ella.

—¿Fuiste su celestina? —le pregunté.

—Por desgracia. —Él le dio un sorbo a su cerveza antes de levantarse para informar de nuestro nombre de equipo.

Poco después, un camarero se acercó a la mesa para recordarnos que las normas eran muy sencillas: si sabíamos una respuesta, teníamos que levantar la mano; el primero que la alzase sería el que podría contestar. Los fallos restaban puntos y no se podía consultar nada en el móvil. Cuando terminó de hacer ronda por las mesas, se situó en mitad de la sala, detrás de una mesa alta. Se aclaró la garganta en el micrófono y avisó de que quedaban un par de minutos para que la partida comenzase.

Automáticamente, me inquieté.

—¿Qué coño haces? —me preguntó Will en un susurro—. Estás moviendo todo el banco.

Detuve el movimiento compulsivo de las piernas.

—Estoy nerviosa.

—Rachel, si perdemos, cosa que no va a pasar...

—Bueno, menudo flipado —intervino Matt.

Will le enseñó el dedo corazón sin mirarlo y terminó en un susurro:

—Si perdemos, yo te compro los nachos.

—No. No lo entiendes. —Negué con la cabeza—. No quiero tu caridad. Quiero los nachos de la victoria.

—Parece que Rachel es peor que Will —se rio Lucy.

En ese instante la voz del moderador de la partida sustituyó a la música irlandesa y nos dio la bienvenida. Éramos cinco equipos compitiendo.

—Vamos con la primera pregunta —anunció el chico—. ¿Qué actor famoso fue alcalde de Carmel-by-the-Sea?

Will alzó la mano el primero, y Lucy, la segunda.

—Clint Eastwood —contestó Will cuando le señaló el chico.

—¿En serio? —pregunté sorprendida.

Él asintió y Lucy me dijo:

—Creo que la mitad del pueblo es suyo.

A esa le siguieron preguntas como: ¿Quién fue el inventor de la penicilina? ¿Cuáles son los nombres de las Tortugas Ninja? ¿Qué colores forman la bandera de Alemania?

Algunas de las respuestas que dio Will me sorprendieron, como cuando el moderador preguntó:

—¿Qué es Próxima Centauri?

Will alzó la mano como un rayo.

—Es la estrella más cercana al Sol. Es una de las que forman el sistema estelar Alfa Centauri —respondió tranquilamente.

—¡Correcto!

—Las otras dos estrellas son Rigil Kentaurus y Toliman —nos informó con una sonrisilla de suficiencia—. Están a cuatro años luz de la Tierra.

—Ya viene el astrónomo a hacerse el chulito. —Matt puso los ojos en blanco.

Cuando, un rato después, Will respondió que la nebulosa Boomerang era el lugar más frío del universo y le dieron la respuesta por válida, volvió a sorprenderme que supiera tanto de astronomía. Asumí que sabía todo eso por la investigación que habría hecho para su saga literaria.

—¿Cómo se llama el rascacielos de *Jungla de Cristal*?

Levanté la mano igual de rápido que Hermione en clase de pociones.

—Nakatomi Plaza —contesté cuando el moderador me señaló.

—¡Correcto! ¡Otro punto para los Prisioneros de Azkaban!

Me recosté contra el asiento contenta y Will me miró sorprendido.

—¿Has visto *Jungla de Cristal*?

Después de vivir en Estados Unidos, ya sabía que era la película que la mayoría de ellos veía cada Navidad.

—Sí, claro —respondí como si fuese una obviedad—. A mi hermano le encanta.

—¿Tienes un hermano?

—Tengo dos. Un hermano y una hermana.

Will abrió la boca, pero tuvo que cerrarla cuando el camarero preguntó qué presidente era el que aparecía en los billetes de un dólar, punto que se llevó Lucy.

Cuando no estábamos seguros de la respuesta, debatíamos entre nosotros en forma de susurros para que no nos oyesen nuestros contrincantes.

Llegó un momento en que el equipo de Matt y Lucy y el nuestro iban empatados.

—¿Quién ganó la Super Bowl de dos mil veinte? —preguntó el camarero.

Miré a Will en busca de ayuda. No tenía ni idea de la respuesta. Lo vi hacer memoria, pero Matt se le adelantó y respondió:

—Los Kansas City Chiefs.

Con esa pregunta, ellos se pusieron por delante, pero empatamos a la siguiente gracias a mí.

—¿Quién fue la primera mujer en ganar el Nobel de Literatura?

—Selma Lagerlöf —respondí cuando me dieron el turno de palabra.

—¡Correcto!

—¡Toma! —Cerré el puño y lo alcé en un gesto de victoria—. ¡Chupaos esa!

Matt y Lucy se rieron.

Will se inclinó en mi dirección y me dijo:

—Muy buena, Rachel.

La mezcla de la cerveza con la adrenalina del juego hizo que sintiese el ambiente cada vez más caluroso. Me deshice del cárdigan sacando los brazos y dejando que se cayese entre mi espalda y el asiento. Luego, me quité el coletero de la muñeca y me recogí el pelo en un moño.

Justo dieron paso a un descanso de diez minutos para que los asistentes siguiesen consumiendo.

—Ahora os invito yo —les dije a sus amigos antes de levantarme.

Apoyé los brazos en la barra de madera y me incliné hacia delante para llamar la atención del camarero.

—Deberías dejar el azúcar, te alteras más que los niños —oí la voz de Will muy cerca.

Me volteé para verlo.

—Vamos ganando —le dije contenta—. No podemos fallar ni una, tus amigos son buenísimos.

Will se situó a mi izquierda y palmeó la barra con las manos.

—Eres muy competitiva. De pequeña tus hermanos debían de odiar jugar contigo, ¿verdad?

Eché el cuello hacia atrás para verlo mejor.

—A ver..., digamos que me transformo en otra persona cuando juego.

—Es como ver a un gato que cree que es del tamaño de un tigre.

Bajo la luz de la barra, sus pupilas se hicieron un poco más pequeñas y revelaron su iris. La necesidad de acercarme un poco más para ver mejor el trocito marrón que destacaba por encima del azul verdoso en su ojo derecho hizo acto de presencia otra vez.

¿Era yo o esa luz sutil le favorecía? De repente, Will... ¿estaba más guapo?

El hilo de mis pensamientos se cortó en cuanto nos atendió el camarero.

La segunda ronda empezó con otros equipos acertando las preguntas antes que nosotros. Aunque seguíamos en cabeza, seguidos de Lucy y Matt, yo me puse más y más nerviosa.

—¡Vamos con las últimas preguntas! —dijo el moderador—. ¿Qué instrumento musical ayuda a que descubran el juego de *Jumanji*?

Will alzó la mano con decisión.

—¡Will! —lo llamé alarmada.

—Shhh, confía en mí —me dijo por encima del hombro.

Aparté la mirada cuando el camarero le cedió el turno de la palabra. Era imposible que supiese eso.

—Los tambores —respondió él tranquilamente.

—¡Correcto!

Will me dedicó una mirada triunfal.

—¿Cuántas veces has visto *Jumanji* como para saber eso? —le pregunté.

—Cientos. Es mi película favorita. ¿Sabías que está basada en un libro?

No me dio tiempo a contestar porque el camarero hizo la siguiente pregunta:

—¿Qué actor interpretó a Casper en la película de acción real?

—¡Ay, mierda! ¿Cómo se llamaba este chico? —dije en voz alta—. Este chico que era superguapo. —Chasqueé los dedos impaciente y miré a Will.

No sabíamos la respuesta.

—¡Dewon Sawa! —dijo Lucy.

—¡Es verdad! —exclamé a la vez que el camarero les daba un punto.

—¡Genial, Lu! —Matt chocó los cinco con su mujer.

Nos habían recortado una pregunta. Matt acertó la siguiente y yo me inquieté.

—*El código Da Vinci* empieza con un asesinato ¿en qué museo? —preguntó el camarero.

Esa vez, cuando Will se acercó para susurrarme al oído, sus labios rozaron mi oreja por accidente y me quedé sin habla.

—El Louvre, ¿no?

Yo asentí y él alzó la mano.

Cuando le dieron la respuesta por buena, se me olvidó que había sentido su aliento caliente contra mi oreja.

Íbamos empatados con Matt y Lucy.

—¿En qué estado está el Área 51?

Me levanté directamente con la mano en alto.

—¡En Nuevo México! —contesté victoriosa.

—Incorrecto. —El chico negó con la cabeza—. Está en Nevada. Perdéis un punto.

—¿Cómo has fallado esa? —Will me miraba sin comprender—. ¿Y por qué respondes a tu aire?

—Porque me he puesto nerviosa —confesé, y volví a sentarme.

Will suspiró.

—¡Vamos con la antepenúltima pregunta de la noche! —exclamó el chico—. ¡La cosa está muy reñida entre los dos equipos del fondo! —Nos señaló con la mano con la que no sujetaba el micrófono.

Necesitábamos acertar esa pregunta.

—¿Cómo se llama el hermano de Hagrid?

—¡Ah! Esa me la sé. —Tiré del hombro de Will y le susurré en el oído—: Grumpy.

—¿Qué? —Él echó el cuello hacia atrás y se acercó a mi oreja—. Es Grawp.

—No. No. —Negué con la cabeza.

—Rachel, hazme caso.

—No. Yo tengo razón. —Me levanté y alcé la mano.

—¿Qué haces? —me preguntó Will alarmado.

Todo pasó a cámara lenta.

El moderador se volvió en mi dirección justo cuando una fuerza tiró de mí hacia abajo y acabé sentada en el regazo de Will. Antes de que me diese cuenta, su mano derecha apareció delante de mi cara y me tapó la boca.

—Es el que digo yo —me susurró en el oído.

Su voz tranquila y su tono pausado me provocaron un escalofrío.

Will alzó el brazo izquierdo. Cuando el moderador le cedió el turno de palabra, él volvió a colocar la mano sobre mi cadera.

No oí su respuesta. Lo único de lo que fui consciente fue de que mi culo estaba encima de él y de que mi espalda estaba pegada a su pecho.

—¡Correcto!

Will me quitó la mano de la boca y la colocó en mi cadera derecha.

—¿Cómo cojones sabes eso? —le preguntó Matt.

—Porque es un friki de Harry Potter —contestó Lucy.

—¿Lo ves, listilla? —Will reclamó mi atención y yo giré el cuello para mirarlo—. Yo tenía razón.

Me dio un apretón en la cadera y yo sentí que mi estómago daba una voltereta lateral.

Ese contacto era demasiado personal.

La siguiente pregunta me pilló teniendo una conversación conmigo misma.

«Respira, Raquel. No te pone este hombre. Es el síndrome premenstrual, que te revoluciona las hormonas».

Tragué saliva y lo miré mortificada, y, entonces, él pareció darse cuenta de dónde estaban sus manos. Liberó mis caderas de su agarre y yo volví a mi asiento sin decir nada.

Eché la vista al frente.

Por fortuna, Matt y Lucy estaban inmersos en su mundo.

—¡Vamos con la última pregunta de la noche!

Esas palabras reactivaron mi concentración.

—Si acertamos esta, ganamos —me dijo Will.

—Lo sé —respondí, nerviosa.

—¿Con qué película ganaron el premio MTV a mejor beso Ryan Gosling y Rachel McAdams?

—¡Yo lo sé! —Me levanté—. ¡*El diario de Noah*! —chillé antes de que me diese paso.

Se generó un silencio que me mantuvo en vilo los segundos que el chico tardó en leer su tarjeta y decir:

—La respuesta es... ¡correcta!

—¡Toma! —exclamé antes de volverme hacia Will con la palma abierta.

Él se levantó y chocamos los cinco.

Y, por primera vez, compartimos una mirada cómplice que significaba: «Mira qué bien nos va cuando trabajamos juntos».

—Enhorabuena —nos felicitó Lucy.

—Gracias. —Le estreché la mano—. Bien jugado.

—Compartiréis el premio, ¿no? —Matt me miró.

—Ni de coña —le contestó Will antes de dirigirse a mí—: Anda, vamos a por tus nachos de la victoria. —Me empujó levemente de la parte baja de la espalda.

Gracias a ese juego, algo hizo clic dentro de mí. Esa noche me fui a la cama con nuevos descubrimientos, como que Will escuchaba música actual, que le interesaba la astronomía y el más importante de todos: que si nos poníamos de acuerdo y hacíamos equipo, podríamos ganar en casi cualquier cosa.

16

BOLÍGRAFO (n.): Objeto inanimado que me encantaría usar como arma.

«Pero... ¡¿qué acabo de leer?!».

El texto de Will era tan surrealista que ni siquiera fui capaz de pasar de la primera escena. Me daban ganas de tirarle esas páginas a la cara y decirle: «¿Cómo es posible que hayas escrito esto?». Tenía tantas sugerencias que hacerle que no sabía por dónde empezar.

La mezcla de sorpresa e incredulidad que se arremolinaba en mi interior estaba a punto de convertirse en irritación de un momento a otro.

No entendía nada. ¿De verdad él creía que eso representaba cómo era el sexo para una mujer? ¿Así pensaba que funcionaba la mente femenina? No podía creerme que hubiese escrito cosas como: «¡Dios mío, es enorme!», «Hunter, te necesito», «Nadie me ha follado tan bien como tú».

Cogí aire y respiré hondo.

Me llevé las manos a la tripa y cerré los ojos un segundo.

El día anterior me había bajado la regla cuando estaba de compras con Lucy en los *outlets* de Gilroy. Después de comer con ella, empecé a encontrarme fatal y tuvo que traerme a casa.

Pasé el resto del festivo metida en la cama, leyendo mientras disfrutaba del olor a lavanda de mi vela de Bath and Body Works y me lamentaba por no tener una bolsa de agua caliente que ponerme en el vientre para paliar el dolor.

Will estuvo toda la tarde en su despacho y no lo vi hasta que vino a buscarme para cenar. Se presentó en mi puerta con una camiseta blanca, vaqueros oscuros y los pies descalzos. No había nada que destacar en su ropa. Era muy sencilla. Aun así, mis hormonas se las apañaron para verlo monísimo cuando me preguntó si me encontraba bien después de que le dijese que no tenía hambre.

Pasar tiempo juntos fuera del ambiente laboral había propiciado un acercamiento. Por eso confiaba en que esa vez, cuando le devolviese el manuscrito corregido, fuese diferente y estuviese abierto a escuchar mis sugerencias sin hacer uso de su cabezonería extrema.

Estábamos a martes.

Quedaban dos días para que mi jefe volviese de vacaciones y le había prometido que para entonces tendría los primeros capítulos de Will sobre la mesa. Y lo que yo acababa de leer distaba bastante de ser perfecto.

Repasé de nuevo el texto y me concentré en hacer las anotaciones pertinentes. Fui bastante respetuosa y comedida en mis comentarios. Cuando terminé, cogí las páginas y fui a buscarlo.

—¿Will? —Llamé a la puerta de su despacho.

Él apareció unos segundos después. Abrió lo justo para que no viese el interior y asomó la cabeza.

—¿Necesitas algo? —me preguntó.

Los casi veinte centímetros que me sacaba de altura me obligaron a levantar la vista para poder mirarlo a la cara.

—Ya me he leído tus capítulos —le informé serena—. ¿Quieres que te comente los cambios antes de mi reunión de las once o prefieres que nos juntemos por la tarde?

—Ahora está bien. Enseguida bajo.

—Vale. —Asentí, y giré sobre los talones.

Regresé a la biblioteca arrastrando las zapatillas de estar por casa para recoger mis cosas y bajé al comedor.

Esa regla me había traído cansancio físico y mental, un dolor de ovarios importante y malestar general. Me habría encantado llevar puesto mi chándal holgado y viejo en lugar de un pantalón de vestir negro y una camisa blanca de satén.

Lo oí bajar las escaleras y me puse recta en la silla.

Will me saludó con un gesto de cabeza al entrar en el comedor. Cuando se sentó enfrente de mí, el sol le dio de lleno en la cara haciendo el aguamarina de su mirada más llamativo.

Con toda la tranquilidad del mundo, levantó la tapa del portátil y me miró con curiosidad.

—Bueno, cuéntame —me pidió haciéndome un gesto con la mano.

«¿Por dónde empiezo?».

—Vale, a ver... —Le entregué el taquito de hojas—. El comienzo está genial, pero hay cosas que pueden mejorarse. Yo le daría un poco más de importancia al momento en que se conocen Nora y Hunter... Quizá esa parte podría contarla él. Creo que a las lectoras les encantaría saber qué ha sentido al conocerla.

Will concentró la vista en el documento impreso.

—Entiendo. —Se acarició la barba incipiente con la mano derecha, sin apartar los ojos del manuscrito—. ¿Qué más?

«¡Bien! ¡Vamos por el buen camino, Raquel! Parece dispuesto a escuchar».

—La escena de sexo ha quedado un poco... inverosímil —le dije cuando encontré la palabra menos hiriente posible.

Él levantó la cabeza y me miró extrañado.

—Verás que te he puesto unas cuantas sugerencias. —Estiré el brazo y señalé los folios.

Will apartó el portátil y pasó las páginas hasta llegar a la escena en cuestión. Yo me mantuve a la espera mientras sus ojos se desplazaban por la hoja a toda velocidad. Cuando volvió a mirarme, no había ni rastro del hombre amable que me había preparado el café horas antes.

—No entiendo todas estas correcciones. —Le dio tres golpecitos al taco de folios con el dedo índice—. Sabías perfectamente lo que iba a escribir. Te dije que se acostarían nada más conocerse.

—Y yo te dije que, si escribías eso, la química entre ellos tenía que ser brutal.

—¿Crees que no tienen química? —me preguntó asombrado—. Pero ¡si se han puesto a follar según se han conocido!

«¿Eso es química para ti?». Me tragué mi escepticismo y no se lo pregunté.

—Creo que a la escena le falta sentimiento para ser creíble —le dije lo más calmada posible—. Una mujer no narraría esto así sin darle ninguna importancia a lo que siente. No puede ser que Nora describa más el bosque en el que se encuentra que lo que está experimentando con Hunter. Por no mencionar que es una mujer fuerte e independiente que no está actuando conforme a esos valores.

Will resopló.

—Vamos a ver, Rachel, esto es la vida misma, ¿eh? —Gesticuló—. Dos personas se conocen, se atraen, follan y luego, si eso, desarrollan sentimientos. He mezclado lo mejor de los dos clichés: atracción sexual a primera vista con el desarrollo del romance lento que querías.

«La confianza que tiene en sí mismo es admirable».

—Entiendo lo que quieres decir, pero creo que no has plasmado bien la idea. —Negué con la cabeza—. Tienes que darles más trasfondo a los protagonistas para que actúen acorde a su manera de ser. No puede ser que Nora vaya primero detrás de Caleb, que se supone que es la persona que más le importa en el mundo, y un segundo después se vaya detrás de un tío que acaba de conocer y le dé igual su amigo. No puede decir primero una cosa y luego hacer otra…

—¿Estás insinuando que mis protagonistas son una mierda? —preguntó con acidez.

—¡Ay, Dios mío! ¡No estoy insinuando eso, Will!

Él hinchó el pecho al coger aire y soltó un suspiro sonoro, como si estuviese pensando: «Madre mía, qué paciencia hay que tener».

—Solo digo que tienen que actuar según sus personalidades y creencias —proseguí sin dejar que su mirada impasible me minase la moral—. Esto de que Nora vaya desesperada a por un tío que acaba de conocer queda forzado. Y, por favor, deja de tomártelo todo como un ataque.

—Deja de tachar todo lo que escribo y no me sentiré atacado —se justificó—. Este texto está perfecto como está. Sinceramente, me sorprende que digas que es inverosímil. Son dos personas que se atraen y se acuestan. Es fácil y sencillo de entender, no tiene más.

—¿De verdad te parece realista?

—Sí. —Dio otro golpecito al manuscrito impreso con el dedo índice—. De hecho, creo que la mayoría de tus correcciones son innecesarias y no vienen a cuento. Parece que eres incapaz de decir algo bueno del libro.

«¿Está insinuando que no sé hacer mi trabajo?».

Sentí un calentador encenderse en la base de mi estómago.

Estaba harta de que la gente me tratase así. Si tan innecesario veía mi trabajo, ¿por qué me había reclamado en su casa?

En lugar de contestar, me puse de pie.

—¿Te largas? —me preguntó atónito.

—No. Yo no soy como tú.

Me incliné sobre la mesa y le cogí los folios marcados con mis notas.

—¿Qué haces?

—Repasar mis correcciones para ver si alguna sobra —contesté con retintín.

Él resopló otra vez.

—Veamos… —empecé, y volví a sentarme—. La parte en la que Hunter demuestra sus celos y se entera de que Nora está soltera me gusta. —Cogí el bolígrafo rojo de la mesa y jugué con él entre los dedos—. Ahora es cuando viene todo el surrealismo —aseguré—. Si tan emperrado estás en que Nora no haya sentido deseo hasta que aparece Hunter y, además, su única experiencia sexual no fue memorable, la estás pintando como una mujer inexperta en el sexo.

—¿Tienes algún problema con eso? —Se inclinó sobre la mesa—. ¿Es que no puede haber protagonistas vírgenes o con poca experiencia?

—Por supuesto que sí, pero choca muchísimo partir de esa base y que un segundo después se la saque a Hunter de los pantalones sin dudar o que piense cosas como, y cito textualmente: «Estaba ansiosa por que me hiciese suya contra el tronco de ese árbol». —Yo también me incliné sobre la mesa—. Por no mencionar lo innecesario que es el comentario del tamaño del pene.

—Ah, ¿es un problema que tenga la polla grande?

Cerré los ojos un segundo.

Yo me empeñaba en ser educada en las reuniones de trabajo, pero si él seguía usando palabras malsonantes y quedándose tan ancho, perdería los nervios.

—No sé... —Negué con la cabeza otra vez—. Que lo piense, vale, pero ¿hace falta que se lo diga? —le pregunté incrédula—. ¿De verdad aporta algo a la trama? Porque a mí me parece una manera innecesaria de inflarle el ego a un personaje que, ya de por sí, lo tiene bastante subido.

—Hay que joderse... —resopló indignado, y se recostó sobre la silla—. Ahora resulta que tenerla grande es sinónimo de ser egocéntrico.

Su tono irónico y que arquease las cejas hizo que mi cabreo estuviese un poco más cerca de hervir. Si el calor de mi estómago subía unas décimas más, mi paciencia se desbordaría y lo quemaría todo.

Me eché hacia atrás. Me obligué a respirar hondo y avanzar al siguiente comentario.

—Voy a leerte algo que no entiendo para que me lo expliques, por favor —comencé con la mayor suavidad posible—. «Tener la oportunidad de tocar algo tan increíble hizo que me activase por completo».

—¿Cuál es el problema de eso? —Me miró sin comprender.

«¿De verdad me lo estás preguntando?».

—¿Que me activase por completo? —pregunté incrédula—. ¿Qué es Nora ahora? ¿Una Power Ranger?

—Con esa frase quiero transmitir que se ha puesto cachonda —señaló.

—Pues no queda claro. Estás escribiendo desde el punto de vista de una mujer, y ya te digo yo que ninguna lo expresaríamos así.

—Esa es tu opinión.

«Esto es increíble».

—Mi opinión y la de cualquier mujer a la que le enseñes esto.

Apreté el bolígrafo. Había sido una ingenua al pensar que Will colaboraría conmigo. No obstante, como estaba decidida a conseguir mi propósito, continué:

—Bueno, sigo. —Releí mis anotaciones mientras pasaba el bolígrafo por encima del papel—. Me parece surrealista que acaben de salvarse de un monstruo y ella solo piense en acostarse con él. Y no solo eso. Lo peor es que está entregada por completo a darle placer a él. —Dejé los folios sobre la mesa y lo miré—. ¿Y qué pasa con Nora?

—Nora se ha quedado plenamente satisfecha, te lo aseguro —sentenció tajante—. De hecho, le da las gracias a Hunter por lo mucho que le ha hecho disfrutar.

«¿Me estás vacilando?».

Hasta ahí había llegado mi paciencia.

Sentí el enfado abandonar mi estómago y derramarse por mi cuerpo como si fuese lava.

—Es que yo ahí he tenido que dejar de leer —dije irritada—. ¿De verdad tiene que darle las gracias? Ya solo falta que le diga que merece un premio… A un tío que no la ha tocado ni una sola vez. En cambio, ella le masturba, le acaricia el pecho, se agarra a sus hombros… Si tanto le está gustando a Nora, ¿no crees que debería hablar de lo que siente cuando Hunter la acaricia, si es que lo hace? ¿O es que Hunter no quiere tocarla?

—¡Pues claro que quiere tocarla! —exclamó enfadado.

—¡Esta escena parece escrita única y exclusivamente para el placer de Hunter! ¡Se demuestra en las acciones de ambos y en los pensamientos de ella, que es a lo que tenemos acceso! —Le apunté con el bolígrafo de manera acusadora—. Y, por favor, ¿me puedes explicar por qué la heroína de una novela de fantasía va por la vida en vestido y sin bragas? —le pregunté alzando la voz—.

¡Dos páginas atrás ha estado pegando patadas! ¿Y resulta que no lleva ropa interior? En fin... —Negué con la cabeza.

Esa parte me había parecido el colmo.

Will se cruzó de brazos.

«Se acabó. Se ha cruzado de brazos. No va a escuchar nada de lo que digas de ahora en adelante».

Respiré hondo antes de proseguir. No pensaba guardarme nada.

—Luego, esa es otra... Nora lleva años sin acostarse con nadie y Hunter la penetra del tirón, por arte de magia. Sin preliminares y sin preservativo, como si solo le importase su propio placer... ¿Te das cuenta de que no tiene sentido? —Will no contestó—. Y menos cuando especificas que su miembro es gigante... Y lo peor de todo, ¿a Nora le da igual quedarse embarazada o contraer enfermedades de transmisión sexual? Es que, de verdad, solo un tío podría escribir esto así... —No le di tiempo a responder y hablé de carrerilla—: Y, bueno, hay un par de expresiones con las que me sangran los ojos. ¿De verdad no se te ocurre otra manera para decir que está húmeda que escribir «Mi bajo vientre parecía una cascada»? Y espérate, que tengo otra mejor... —Levanté el bolígrafo para pedirle silencio—. Te la leo: «No fue de extrañar que, segundos después, yo estuviese a punto de caramelo».

—¿Qué tiene eso de malo? —volvió a alzar la voz.

«Es increíble que me paguen por explicarle esto a un hombre de treinta años».

—¿A punto de caramelo? ¿En serio? —Dejé el bolígrafo sobre la mesa con más fuerza de la necesaria—. ¿Va a tener un orgasmo o van a hacer dulce de leche? —Negué con la cabeza indignada—. Will, te guste o no, todo esto es surrealista. Estas expresiones dan lugar a risa, pero en plan mal. De esto que te ríes desesperada por no llorar.

Cuando me callé, tenía el pecho acelerado por el enfado. Will se limitó a mirarme con dureza y soltó otro resoplido eterno.

—Yo creo que está bien así. —La irritación era evidente en su voz—. Te prometí que saltarían chispas entre ellos y han saltado.

—Esto no es sexy y está más cerca de ser un chiste que de algo serio. Ninguna mujer se sentirá reflejada leyendo esto. A la escena le falta sensualidad y sentimiento.

—Pues no voy a cambiarlo. Lo de ampliar la parte de cómo se conocen todavía podría planteármelo, pero esto no —sentenció levantándose—. La gente se acuesta sin tener sentimientos. Si quieres entenderlo, perfecto, y, si no, no es mi problema.

—Vale. Pues me encantará cuando te vuelvan a decir que esto es una mierda. —Dejé caer el taco de papeles sobre la mesa—. ¿Recuerdas eso que decían las críticas de que la escena sexual quedaba precipitada y que tenía cero sentimiento? Pues enhorabuena, has replicado el problema de Rhiannon en Nora. Cuando recapacites, me avisas y hablamos... —le dije intentando calmarme—. Y ahora te dejo, que tengo una reunión con Mia Summers.

Bajo su atónita mirada, me puse los cascos y entré en la sala virtual de espera de Teams.

—Esto es increíble —oí que decía Will.

Levanté la cabeza para verlo recoger sus cosas. Me dedicó una mirada cargada de reproche antes de desaparecer por el hueco de las escaleras. Lo siguiente que oí fue un portazo.

—¡Muy maduro por tu parte! —le grité.

Mia y su entusiasmo me dieron los buenos días unos segundos después.

—¡Hola, Rachel! ¡Qué alegría verte!

—Hola, Mia, ¿qué tal estás? —contesté forzando la sonrisa.

Adoraba a todas mis autoras, pero la discusión con Will y el malestar de la regla me tenían cansadísima.

—Genial —me contestó—. Nerviosa, en realidad.

Sus ojos azules estaban cargados de ilusión y también de inquietud.

—Todo irá bien.

El segundo libro de Mia estaba a punto de salir a la venta. El motivo de la reunión era comentarle lo que me había propuesto el Departamento de Marketing que haríamos de cara a la promoción.

Treinta minutos más tarde, cuando estábamos a punto de colgar, me preguntó insegura:

—¿No crees que he hecho a Benjamin demasiado capullo?

—No —aseguré—. Da igual lo que haga Ben. Lo amarán al final —dije convencida—. Hazme caso. Es imposible no hacerlo.

—No sé...

—Mia, no dejes que te ataque ahora el síndrome de la impostora. La novela está genial, has hecho un gran trabajo y creo que el libro va a ser un...

De pronto, se empezó a escuchar una música lo suficientemente alta como para que tuviese que detener mi discurso. Después de la sorpresa inicial le pregunté:

—¿Me disculpas un momento?

—Sí, claro.

Le sonreí antes de apagar la cámara y silenciar el micrófono.

Al quitarme los cascos, el ruido se hizo más evidente.

Me levanté y seguí el sonido.

Pero ¿qué narices estaba haciendo Will? ¿Había montado una fiesta?

Cuando llegué a las escaleras, me di cuenta de que el ruido provenía de la planta de abajo. Al abrir la puerta que daba al sótano, se oyó más alto. Reconocí esa canción, era una versión de «The House of the Rising Sun» que había escuchado en su coche el domingo.

Bajé pisando el suelo con fuerza. Will sabía que tenía una reunión ¿y ponía la música a todo volumen?

«Se va a enterar este idiota».

Resurgió la peor parte de mi enfado, esa que había conseguido contener y que se había quedado dormitando en mi interior, esperando a ser liberada.

Al llegar al último escalón, vi que la puerta del gimnasio estaba abierta. De ahí dentro venía toda la escandalera. Caminé con decisión, completamente tensa y dispuesta a lanzarme a su yugular en cuanto abriese la boca. Pero me quedé de piedra bajo el dintel de la puerta y todos los insultos que tenía pensados se atascaron en mi garganta.

Lo vi en el reflejo del espejo. Will estaba tumbado bocarriba con las piernas flexionadas y la parte superior de la espalda apoyada en el banco de cuero negro. Encima de la pelvis tenía la barra de una pesa y, en cada extremo, un disco enorme. Lo único que llevaba puesto eran las deportivas y unos pantalones de chándal negros.

Al verlo bajar la cadera hasta casi tocar el suelo para después subirla hasta que quedase alineada con su torso, el estómago se me contrajo de manera involuntaria. Esa contracción me recorrió el cuerpo entero evaporando la rabia de mi enfado a toda velocidad y dejando solo un calor abrasador.

Una gota de sudor me bajó por la nuca.

La pierna derecha fue la primera parte del cuerpo en traicionarme cuando di un paso hacia delante para adentrarme en el gimnasio. Me volví para observarlo directamente y el calor se reagrupó en ciertas zonas de mi cuerpo.

«Pero ¿qué haces? ¡Has venido a cantarle las cuarenta, no a babear!».

Will estaba tan concentrado levantando y bajando las caderas, con la pesa encima, que ni siquiera se enteró de que yo estaba ahí, observándolo.

Se le escapó un jadeo por el esfuerzo y yo sentí que algo me impulsaba a dar otro paso en su dirección. Fue entonces cuando debió de verme por el rabillo del ojo.

—Rachel —apenas lo oí porque tenía la música altísima.

Mi nombre sonó como un resuello en sus labios y eso fue suficiente para que mis pensamientos se dispersasen, saltando de uno a otro, sin ningún tipo de orden ni control.

Si ese tío era gilipollas. ¿Qué me pasaba? ¿Ahora me ponía que hubiese leído a Jane Austen? ¿Que fuese bueno en el Trivial y tuviese buen gusto musical? Todo eso daba igual porque era un cabezón que no veía más allá de su ombligo. Yo jamás podría sentirme atraída por un hombre así, ¿verdad?

Verlo sudado, sin camiseta y moviendo la pelvis de arriba abajo no ayudó nada a autoconvencerme de esos pensamientos.

Will se quitó la barra de encima y entonces me di cuenta de que estaba levantando por lo menos cien kilos con la cadera. Ese descubrimiento terminó de turbarme el cerebro.

Cuando se levantó y me miró, el corazón se me detuvo un

instante. Se agachó para recoger su camiseta, también negra, y visualicé a cámara lenta cómo se limpiaba el pecho sudado con ella. Acto seguido, arrojó la prenda a cualquier lugar y, sin dejar de mirarme, dio un paso en mi dirección.

«Levanta treinta y seis kilos más de los que pesas tú. Eso significa que podría cogerte y hacer contigo lo que quisiera».

Cuando tenía la regla, era muy fácil que las hormonas les abriesen la puerta a las emociones negativas y también a los pensamientos subidos de tono.

Me quedé paralizada mientras él avanzaba hacia mí.

Estaba cachonda.

Por Will.

Me había encendido como una cerilla en una centésima de segundo.

«No te pone, Raquel. Es la regla. Nada más. De hecho, quieres salir corriendo cada vez que abre la boca».

Un pensamiento bastante gráfico de su boca sobre mi cuerpo me cruzó la mente como un relámpago.

«¡No! ¡No! ¡Y cien veces no!».

Will se detuvo a una zancada de distancia y me observó fijamente. Parecía sorprendido de verme ahí. Estaba despeinado y tenía las mejillas un pelín ruborizadas.

Por su semblante serio, parecía que seguía enfadado.

«No te pone. No te pone. No te pone», me repetí como un mantra.

—¿Qué quieres, Rachel? —Me pareció que decía. Era imposible oírlo con la música.

«Yo... ¿qué quiero?».

Tragué saliva incapaz de contestar. Estaba atrapada por la atmósfera cálida del gimnasio y luchaba por no moverme ni un centímetro en su dirección.

Solo había algo peor que me atrajese Will, y era que lo descubriese.

La imagen de él limpiándose el torso volvió a reproducirse en mi cabeza y los pensamientos de Nora se hicieron eco dentro de los míos.

«Estaba ansiosa por que me hiciese suya contra el tronco de ese árbol».

Quería irme, pero también quería alargar la mano y pasarla por su pecho.

La canción, que desde ese momento asociaría a él, se terminó y dio paso a otra más estridente. Las guitarras eléctricas vibraron dentro de mi pecho despertándome del letargo como un oso en primavera.

Su mueca irónica me recordó qué hacía ahí.

—Baja la música —le pedí en un tono duro.

—¿Qué?

Ni siquiera él me oía por culpa del ruido.

—¡Que bajes la música! —estallé sin previo aviso—. ¿Estás sordo o qué?

La frustración se arremolinaba en mi interior junto al calentón que me había provocado el hombre que me miraba con la mandíbula apretada.

—¡No pienso bajarla! —Retrocedió hasta coger su móvil y la subió.

—*¡Eres gilipollas y me tienes harta!* —le dije en español.

—¿Cómo dices? —Entrecerró los ojos.

El cabreo, visible en sus ojos, avivó aún más el fuego que yo sentía.

Él dio un paso en mi dirección y yo di otro en la suya.

Pero ¿qué hacía? Mia y el trabajo me esperaban arriba. Ahí abajo solo encontraría problemas.

—Estoy reunida y así es imposible concentrarse. —Hice una pausa e intenté rebajar el tono—. Baja la música... Por favor —me obligué a añadir para suavizar el ambiente.

Will me sostuvo la mirada unos segundos. No tuve claro si me había oído o no.

—Joder —masculló para sí mismo antes de darse la vuelta y acercarse al banco. Recuperó su móvil, que debía de estar conectado a los altavoces, y por fin bajó el volumen—. ¿Ya estás contenta?

Yo me quedé ahí plantada y él tensó aún más la mandíbula.

Después, se dirigió a la máquina que estaba a mi izquierda, agarró con las manos la barra que quedaba por encima de su cabeza y se impulsó hacia arriba para hacer una dominada.

«Uf, vete».

Mis pies parecían pegados al suelo con cemento y mi corazón latía tan rápido como el de un colibrí.

Will hizo dos dominadas más sin apartar los ojos de los míos.

Nos estábamos desafiando con la mirada.

Cuando volvió a apoyarse sobre los pies, endureció aún más el tono para decirme:

—Ya he bajado la música... ¿Quieres algo más? —Su mirada parecía decir: «Sobras».

Y me sentí una estúpida.

—¿Quieres echarme del gimnasio para usarlo tú? —me preguntó escéptico—. ¿Quieres que cambie todo mi manuscrito para que seas feliz? ¿O quieres seguir discutiendo? ¿Qué es lo que quieres, Rachel?

Apreté los labios y me volví para salir del gimnasio.

Subí las escaleras de vuelta, rezando para que esa fuese la última vez que lo viese sin camiseta. Estaba más que demostrado que la liaba cada vez que eso sucedía.

Iba a necesitar una buena dosis de fresas con chocolate para bajar el calentón que me había subido por todo el cuerpo. No sabía si estaba más cabreada con él o conmigo misma. Al llegar al rellano, me detuve y decidí pagar mi frustración con él. Alcé la voz para que me oyese gritar un:

—¡*Mamón*!

Hasta ese momento nunca había sentido tanto placer al insultar a alguien con la certeza de que no me entendería.

Cuando volví a sentarme en mi silla, tenía las pulsaciones y la adrenalina a tope. Respiré hondo, me puse los cascos y volví a encender la cámara.

—Mia, perdona. Me encuentro fatal. ¿Por dónde íbamos? —me tembló un poco la voz.

Cuando colgué la llamada con Mia, seguía hecha una maraña de sensaciones. Eran cerca de las doce de la mañana. La regla me tenía muerta, tenía una alteración hormonal importante y los cascos se me habían quedado sin batería.

No me concentraba, así que decidí comer aprovechando que no tenía más reuniones.

Un par de minutos después, me senté en la isla con la comida. El silencio me atrapó y, antes de meterme en una espiral de negatividad por culpa de mis hormonas, decidí llamar a mi hermana. No había hecho videollamada con ella desde que había llegado a Carmel y sabía que sus ocurrencias me harían reír.

—¡Raquelita! ¿Qué tal? —Azucena y sus ojos vivaces me saludaron al tercer tono—. *Me pillas cenando.*

—¡Pues mira qué bien! Yo justo voy a comer, así lo hacemos juntas. ¿Y mamá y papá?

—Han ido al teatro —me comentó—. *¿Qué tal llevas el cambio a California? ¿Ya te has puesto morena?*

—¡Qué va! —Sacudí la cabeza—. *Solo he ido un día a la playa. El pueblo es precioso y la gente es superagradable.* Y ¿tú qué tal?

—*Pues estudiando todo el día* —se quejó.

Mi hermana se estaba preparando para ser técnico de laboratorio. Mientras comíamos, me habló de cómo llevaba el cuatrimestre y de la última serie a la que se había enganchado.

—*¿Y qué tal con el escritor?* —me preguntó poco después.

—Fatal. Es un bocazas y a veces no lo soporto. ¿Te puedes creer que el sábado me despertó a las siete de la mañana para caminar por el bosque? —le pregunté incrédula.

Por encima de la carcajada estruendosa de mi hermana, oí los pasos de Will.

—*Tú paseando por el campo a las siete de la mañana, ver para creer* —me dijo riéndose.

—Lo sé —respondí.

Will pasó por delante sin mirarme y rescató una botella de agua de la nevera. Mi hermana lo vio.

—*Ese que ha pasado por detrás es el bocazas guaperas, ¿no?*

—*Sí* —aseguré.

—*¿Y no te habrá oído?*

—*Sí, pero no nos entiende* —la informé—. *Así que puedo decir libremente que es un capullo y un cabeza buque egocéntrico que se cree que siempre tiene razón.*

William se sentó enfrente de mí y yo rehusé mirarlo.

—*¿Cabeza buque?* —Mi hermana se rio más alto todavía—. *Creo que no escuchaba ese insulto desde que teníamos diez años.*

Sentía los ojos de Will fijos en mí y eso me ponía nerviosa. Por eso corté la conversación con mi hermana.

—*Bueno, Azu, te dejo, que tengo que trabajar.*

Estaba a punto de colgar cuando ella me llamó:

—*¡Oye, Raquel! No te rayes tanto, anda, y llámame si necesitas algo.*

—*Vale. Dales un beso a mamá y a papá de mi parte.*

—Y de la mía también —dijo Will en español.

La sangre se me congeló en las venas.

«¿Sabe español?».

Mi hermana, que no se enteró de nada, me lanzó un beso al aire y colgó.

«¿Sabe español y acabo de llamarle de todo?».

Alcé la mirada para ver a Will observarme con dureza.

—¿Sabes español? —le pregunté mortificada.

«Por favor, di que no. Di que he oído mal o que sabes lo básico y no has entendido todo lo que te he llamado».

Will se pasó la mano por la boca para limpiarse los restos del agua. Puso morritos y asintió.

—*Perfectamente* —me contestó en español.

—¿Por qué no me lo has dicho? —pregunté sorprendida.

—*Por la misma razón por la que tú no me has contado que te llamas Raquel, supongo.*

«Raquel».

Mi nombre en sus labios sonó diferente. Era la primera persona en ese país que pronunciaba mi nombre correctamente.

Esa frase tan larga confirmaba que hablaba mi idioma. No tenía pronunciación nativa, pero estaba muy cerca.

—Yo...

—*Tú ¿qué?* —Me señaló con un gesto de cabeza—. *Ah, sí, piensas que soy un bocazas, un capullo, un mamón y un egocéntrico. Ahora puedes decírmelo a la cara y no esperar a que me vaya para susurrarlo por lo bajini.*

—Will...

—*No te molestes...* —me cortó poniéndose de pie. Se acercó a la salida y se detuvo en el umbral de la puerta—. *Ah, y solo para que quede claro, Raquel. No es que crea que tengo siempre razón, es que la tengo.*

Y, sin decir nada más, se fue dejándome con la palabra en la boca.

17

CURSILADA (n.): Gesto surrealista que solo tienen los tíos en las novelas.

Me detuve delante de la puerta entreabierta de la biblioteca. Se me había formado un nudo en el estómago. Hacía horas que había discutido con Raquel y quería hablar con ella. Era increíble lo rápido que se había torcido el día. Me había despertado de buen humor e inspirado para escribir. Esa mañana, cuando fui a vestirme, recordé la confesión que me había hecho la noche del Trivial: «La camisa esta de cuadros te queda bien. Pareces un granjero de Arkansas gruñón y servicial». Y, Dios, era tan patético que llevaba dos días poniéndome puñeteras camisas de cuadros por ella.

La tenía metida en la cabeza constantemente, hasta el punto de que poco después, mientras escribía, me la había imaginado sentada en mis rodillas en ropa interior y deslizando el dedo índice por mi pecho mientras me susurraba cosas como:

—Está perfecto, Will. La escena sexual me ha puesto supercachonda. Y me preguntaba si tú y yo podríamos fo...

Volví al mundo real de golpe cuando la Raquel real llamó con decisión a la puerta del despacho. No podía abrirle empalmado. Por eso me limité a asomar la cabeza y preguntarle qué quería cuando en realidad me habría encantado decirle: «¿Te apetece que te desnude y te siente sobre mi escritorio?».

Su tono serio y su propuesta para hablar sobre los últimos

capítulos que le había pasado contrastaron con la Raquel desinhibida de mi imaginación. Por eso, en lugar de hacerle la propuesta indecente que quería, le contesté un:

—Ahora está bien. Enseguida bajo.

«En cuanto deje de tenerla como una piedra», pensé.

De haber sabido lo que me esperaba, no habría bajado. La escena que había alabado la Raquel de mi imaginación estaba llena de tachones y comentarios ilegibles. Doña Correcciones había vuelto por la puerta grande del palacio y había atacado mi orgullo sin compasión. Me había pillado con la guardia baja y los dos habíamos acabado perdiendo los papeles, pero, joder, ¡yo tenía motivos! Me había engañado, insultado y se había reído de mí en mi cara.

Después de discutir con ella, recurrí a la única persona que me daría un buen consejo con independencia de lo que quisiese escuchar.

—A mí también me parece fatal que haya hecho eso, pero tú también te has puesto un pelín intransigente, ¿no? —había dicho Lucy después de oírme despotricar—. Además, creo que deberías escuchar sus aportaciones sobre el libro. No quiero señalar lo evidente, pero estás escribiendo desde una perspectiva femenina y tu editora es una mujer. Si te ha hecho todas esas correcciones, por algo será. Piénsalo, Will, es una ventaja con la que no contabas antes. No dejes que tu orgullo sea más grande que tú.

Obviamente había acabado resoplando y dándole la razón.

Quería que mi libro fuese perfecto y sabía que, para conseguirlo, tenía que escucharla. Me gustase o no, Raquel formaba parte del público objetivo de mi novela y, si ella creía que el romance y las escenas sexuales dejaban que desear, tendría que darles una vuelta. De lo que no me había dado cuenta en ese momento fue de que sus palabras me habían irritado tanto porque me había esforzado en escribir algo que creía que le gustaría. ¿O lo había hecho pensando en lo que yo quería hacer con ella?

Sea cual fuese la respuesta a esa pregunta, lo que tenía claro era que tenía que volver a estrechar posiciones con ella. Así que ahí estaba, a punto de enfrentarla de nuevo y dispuesto a izar una bandera blanca.

Las cosas no tenían por qué enredarse aún más entre nosotros. La conversación sería fácil y sencilla, ¿verdad?

La realidad era que estaba aprendiendo a marchas forzadas que mis planes caducaban antes de lo previsto al lado de su naturalidad.

Empujé la puerta de la biblioteca con la mano y me asomé.

Raquel estaba tumbada bocarriba, sobre la alfombra, en mitad de la estancia. Tenía la cabeza apoyada sobre uno de los cojines de lino amarillo que me regaló Lucy cuando me mudé. Al verme, cerró el libro que estaba leyendo.

—Hola —saludé desde el umbral.

—Hola. —Dejó el libro al lado de la bolsa de regalices mientras se incorporaba.

Cuando se sentó, la manta gris que se había echado encima resbaló hasta sus caderas y el cabello le cayó en cascada hasta el pecho.

—Te has dejado esto en la cocina. —Le mostré el coletero e hice amago de lanzárselo.

Se lo tiré cuando levantó las manos para recibirlo y lo atrapó al vuelo.

—Gracias. Lo estaba buscando —dijo mientras se recogía el pelo en un moño—. ¿Podemos hablar? —me preguntó.

Asentí dos veces. De un paso me adentré en la biblioteca y el olor floral de una vela me llegó a la nariz. Ella se levantó y vi que había sustituido la ropa formal por una camiseta blanca y unos pantalones de chándal negros que parecían tener más años que Gandalf.

Cuando nuestros ojos se encontraron, me dio la impresión de que estaba tan incómoda como yo. Podía empezar la conversación, pero había sido ella la que había preguntado si podíamos hablar. Era su turno.

—Will, yo... —Hizo una pausa mientras buscaba las palabras adecuadas.

La preocupación que asomó a su mirada me hizo sentir mal.

Y, entonces, los dos hablamos a la vez:

—Siento mucho haberte insultado.

—Siento haberme puesto así —dije yo.

Su disculpa me pareció tan sincera como la mía.

—Entiendo que te duela escuchar las críticas a tu trabajo —empezó con seguridad—. Pero intento hacer el mío con el mayor tacto posible, y no ayuda que te cierres en banda y no estés dispuesto a escucharme de forma activa.

—Te he escuchado —discrepé.

Ella puso cara de incredulidad.

—Reconozco que he sido un poco intransigente... —Me sorprendí repitiendo las palabras de Lucy.

—¿Un poco? —Ella suspiró.

—Pero te he dejado hablar y no te he cortado ni una vez —continué—. Otra cosa es que no estuviese de acuerdo con lo que proponías..., pero escucharte, te he escuchado —aseguré convencido—. Y, joder, lo siento si la música te ha molestado mientras estabas reunida. La verdad es que no me he dado cuenta. Siempre la pongo muy alta y, a veces, se me olvida que ya no estoy solo en esta casa. Aun así, eso no te da derecho a ponerte como te has puesto. —Ella abrió la boca, pero yo levanté la mano automáticamente y le pedí silencio—. Sé que te jode que te lleve la contraria. A mí también me escuece cuando tú me la llevas a mí, pero no me parece bien que me hayas gritado, y menos cuando he hecho lo que tú querías. —La señalé con el dedo índice—. He bajado la música, ¿no?

—Sí. —Asintió—. Y también te has puesto como un idiota. ¿A cuento de qué venía preguntarme si quería echarte del gimnasio?

—A nada. Estaba mosqueado y me he dejado llevar... Y, pese a eso, he subido dispuesto a hablar contigo y me he encontrado con todos tus insultos.

—No pensaba que fueras a entenderlos —se justificó.

Torcí los labios hacia abajo e hice una mueca.

—Es que eso es lo peor de todo. Lo has hecho en otro idioma con la esperanza de que no me enterase. Te has reído en mi cara en lugar de decirme las cosas —la acusé sin elevar el tono—. Si tienes un problema conmigo, coges y me lo dices. Eres muy clara y directa cuando quieres. Deberías actuar en base a ello. ¿No es eso lo que dices tú de mis personajes?

Ella asintió con un suspiro. La chica que estaba empeñada en no respetar nunca los silencios parecía no saber qué decir.

—Tienes razón —concedió pasados unos segundos.

«¿Puedes repetirlo y lo grabo con el móvil?».

Raquel había pronunciado las palabras mágicas. Dos palabras que mejoraron considerablemente mi humor y que podrían haberme provocado una erección de no haber estado sumidos en una atmósfera en la que la tensión seguía presente.

—Ha estado feísimo por mi parte —añadió.

El arrepentimiento era visible en su rostro.

Asentí y me esforcé por mantener la expresión seria unos segundos más.

—Ya me he disculpado —me recordó con una mano en el colgante.

—Y yo también.

Se adelantó y extendió la palma abierta en mi dirección.

—¿Hacemos las paces, entonces? —me preguntó en un tono más conciliador.

Asentí y se la estreché. Casi noté una sensación de alivio enorme entrelazarse alrededor de nuestras manos unidas.

—No volveré a insultarte por la espalda —prometió cuando me soltó—. Y… si tanta ilusión te hace que te llame «gilipollas» a la cara, la próxima vez lo haré.

Asentí y contuve la sonrisa por su insolencia.

No pude evitar analizar sus gestos para asegurarme de que todo estaba bien entre nosotros y me fijé en que parecía un poco desganada.

—¿Te encuentras bien?

—Sí. Solo estoy destemplada. Es la regla —me explicó—. Los primeros días me deja hecha polvo, pero mañana estaré mejor.

—¿Y por qué no te pones una chaqueta?

—Porque no tengo ninguna que pegue con el chándal.

Abrí la boca para ofrecerle una mía, pero ella se me adelantó:

—Con la manta estoy genial. —Me dedicó una sonrisa escueta—. Es supercalentita.

Su cara de malestar removió algo en mi interior.

De pronto, estaba... ¿preocupado?

Esa sensación que escapaba a mi control no me gustó.

Aparté la vista y centré la mirada en la pared que estaba detrás de ella y, entonces, mis ojos repararon en la llama de su vela.

«¡Will, no! ¡Ni se te ocurra!».

Pero ya era tarde porque yo ya estaba andando hacia la puerta.

—Dame un segundo —le pedí por encima del hombro.

Bajé las escaleras al trote y abrí la puerta corredera que daba al jardín. Me puse las chanclas que dejaba siempre en el umbral y lo atravesé hasta llegar al cobertizo. Para entonces, la temperatura había bajado y la brisa hizo que echase de menos mi chaqueta.

«Pero ¿tú estás tonto o qué?». Ignoré la voz alarmada de mi cabeza y alargué la mano para coger unos cuantos trozos de madera. «¡Suelta eso ahora mismo!». «¿Te insulta y vas a encenderle la chimenea?».

Volví a subir apresurado, huyendo de mis propios pensamientos. Cuando regresé a la biblioteca, Raquel estaba sentada en el sillón con las piernas subidas al asiento y, sobre ellas, tenía el libro abierto.

Abrió los ojos sorprendida al verme y me preguntó:

—¿Has cortado tú la madera?

«¿Qué?».

Fruncí el ceño y ella se rio, lo que trajo un poco de calidez a la estancia.

—¿Por eso llevas hoy la camisa roja de leñador? —insistió. Parecía maravillada por la idea.

—¿Qué coño la voy a cortar yo? —Negué con la cabeza—. La he comprado en Home Depot.

Ella no se molestó en ocultar la decepción.

—Pues vaya... Y yo que creía que cortabas los troncos en tu jardín con un hacha...

—Pero ¿qué dices? —La miré como si estuviese alucinando—. Ves demasiadas películas... La gente real compra la leña, no la corta.

Me agaché frente a la chimenea y dejé los troncos en el suelo mientras abría la ventilación y preparaba las pastillas para encender el fuego. Ella se sentó en el suelo, a mi derecha.

—Y yo que pensaba que esto era solo tirar la leña dentro y prender una cerilla... —oí que me decía.

Cuando me vio coger el mechero, me puso la mano en el hombro y me dijo:

—Jo, ¿entonces no te vas a poner a gruñir mientras frotas dos piedras?

Resoplé y ella se rio.

Traté de ignorar la quemazón de mi piel. Las veces anteriores, el calor se había quedado localizado en la zona que ella tocaba, pero en esa ocasión lo sentí propagarse por todo mi brazo y de ahí viajar hasta el pecho.

—¿Tampoco vas a llamar a Lumière para que encienda la chimenea?

—Tú con las bromas eres como un taladro, ¿eh?

Esa vez fui yo el que se rio.

Acto seguido, me aparté discretamente de su contacto y me concentré en encender el fuego.

«Pero ¿qué puñetera cursilada es esta, Will? ¿Qué va a ser lo siguiente? —Mi voz interior estaba sumamente indignada—. ¿Enseñarle el despacho?».

—Bueno, ahora hay que esperar un poco a que prenda —informé.

—Gracias. —Me dedicó una escueta sonrisa y yo me sentí un poco menos gilipollas y un poco mejor conmigo mismo.

—¿Quieres sentarte en el sillón? —Señalé con la cabeza el fondo de la estancia.

—Aquí estoy genial.

Me separé un poco de la chimenea y me senté yo también con las piernas cruzadas. Era la primera vez que me sentaba en el suelo de esa casa.

—¿Qué tal tu tarde? —me preguntó.

—Bien. He ido a la cafetería de Lucy y he estado trabajando un rato. Por cierto, me ha dado unas galletas para ti. Están abajo.

—¡Qué maja! —sonrió.

Asentí.

—¿Y tu tarde qué tal?

—Bueno, no ha sido mi mejor día —reconoció con un suspiro—. He tenido muchas reuniones y no me ha cundido mucho.

Ella desvió la vista a la chimenea. Las llamas empezaban a rodear los troncos.

—¿Por qué sabes español? —me preguntó con curiosidad.

—Porque mi madre es profesora de español en un instituto.

—¿En serio? —Volvió a mirarme.

—Sí. —Asentí—. Nos enseñó el idioma cuando éramos pequeños.

—Vaya, y yo que creí que serías el típico…

—¿*Americano que cree que el inglés es el único idioma que existe*?

Ella soltó una risita.

La chica divertida del Trivial había vuelto y empujó fuera de mi pecho la poca incomodidad que quedaba.

—¿*Sorprendida, Raquel*?

—*Sí*… Puedes seguir llamándome Rachel si quieres. Para la mayoría de la gente de aquí es más fácil de pronunciar.

«La gente de aquí».

—¿No eres estadounidense? —le pregunté.

—No. —Negó con la cabeza—. Soy de España. Me mudé a Nueva York hace unos años para hacer el máster en Edición y luego me quedé trabajando en la editorial.

Asentí.

Había asumido que era americana.

Ella apartó la vista y la centró en la chimenea. Para entonces las llamas prácticamente habían engullido los troncos. Durante unos segundos lo único que se oyó fue el crepitar del fuego.

—Estuve una vez en España —dije para llamar su atención.

Por alguna razón estaba deseando que volviese a mirarme con sus ojos marrones.

—¿Tuviste el típico verano de mochilero por Europa antes de empezar la universidad? —me preguntó con una sonrisa.

—No. Solo fui a hacer turismo a Barcelona con mi hermano hace unos años.

—¿Y visitaste algo más?

Negué con la cabeza.

—Típico —contestó burlona—. Todos los estadounidenses que conozco que han ido a España solo han visitado Barcelona.

—¿Es que hay algo más que visitar, Raquel? —la pinché.

—*Eres gilipollas.* —Me hizo una mueca—. Y te he dicho que puedes seguir llamándome Rachel si quieres. Todo el mundo lo hace.

—*Yo no quiero ser como todo el mundo.*

Notaba mi pronunciación en español algo oxidada, pero quería intentarlo.

Ella me observó sorprendida y yo me di cuenta de cómo se podían malinterpretar mis palabras.

—Prefiero llamarte Raquel —aseguré—. De hecho, me siento fatal por haberte llamado Rachel si no es tu preferencia. No es nada inclusivo —me apresuré a añadir.

Ella se encogió de hombros y sacó un regaliz de la bolsa que tenía sobre el regazo.

—*Yo puedo llamarte Guillermo si quieres.* —Lo mordió y me miró divertida.

—*Eh, no, gracias. Me gusta que me llames Will.*

La revelación se quedó flotando entre nosotros unos segundos.

Ella tragó saliva y mordió otro trozo de regaliz. Mientras masticaba, me ofreció la bolsa.

—¿De dónde viene tu obsesión por los regalices? —le pregunté al tiempo que cogí uno.

—Mis padres son dentistas.

«Ahí tenemos la explicación a su sonrisa de anuncio».

—De pequeña no me dejaban comer chucherías, así que lo hacía a escondidas. —Se rio con nostalgia al recordarlo—. Me guardaba la paga que me daba mi abuela y, cuando quedaba con mis amigas, me atiborraba a regalices. Siempre han sido mi golosina favorita. En España tenemos unos de sandía que están buenísimos.

—Vaya, jamás habría dicho que eras de las que se saltaban las normas.

—Pues ya ves... —Se encogió de hombros y dejó que la manta se cayese a su espalda. El calor alrededor de la chimenea había aumentado un poco—. Soy una caja de sorpresas.

—¿Quién era la chica con la que hablabas antes? —pregunté antes de morder el regaliz.

—Era Azucena, mi hermana pequeña.

—¿Eres la mayor?

Negó con la cabeza.

—Soy la mediana. Álvaro es el mayor.

—¿A qué se dedican tus hermanos?

—Mi hermano ha seguido la estela de mis padres y es dentista —me informó—. Y mi hermana está estudiando para ser técnico de laboratorio. ¿A qué se dedica tu padre?

—Entrena un equipo de fútbol americano en el mismo instituto en el que trabaja mi madre. Así es como se conocieron. —No sé por qué añadí esa última parte. Como si a ella fuese a interesarle eso.

—¿En serio? —Me miró emocionada—. ¡Qué romántico!

—A ti te habría parecido romántico que te hubiese dicho que se conocieron en un velatorio.

—Es que no importa el lugar. —Alzó el regaliz como hacía con su bolígrafo—. Importa lo que sientes dentro, estés donde estés. —Acto seguido, arrancó otro trozo—. Lo que me recuerda... —dijo cuando masticó—, que mantengo lo que te dije esta mañana de Nora y Hunter.

Yo me recosté hacia atrás, apoyé las palmas en el suelo y le hice un gesto con la cabeza para que continuase hablando.

—Tienes que darle más importancia al *meet cute*. A lo mejor puedes escribir dos capítulos. Uno desde la perspectiva de Nora y otro desde la de Hunter. —Se llevó la mano al colgante y se quedó pensativa.

Estaba guapísima con el moño deshecho y la mirada perdida. Las llamas que se reflejaban en sus pupilas parecían llamarme. De pronto, sentí la necesidad de acercarme un poco más a ella.

—A la gente le encanta leer cómo se conocen los protagonistas. —Volvió a mirarme y yo asentí un poco desconcertado—. Les gustará saber qué es lo primero que pensaron el uno del otro, qué sintieron y todo eso, ¿sabes? —Gesticuló con la mano izquierda—. Es decir, ¿se gustaron en el acto? ¿Se juzgaron mal? La primera impresión cuenta mucho.

—Yo creo que no. —Volví a sentarme erguido—. Creo que puedes conocer a una persona, equivocarte al juzgarla y luego descubrir que no está tan mal.

«A mí me ha pasado contigo», me corté de añadir.

Y entonces se me ocurrió ignorar a mi cerebro una vez más y decirle:

—Por ejemplo, seguro que pensaste que era un gilipollas porque entré dando voces en el despacho de David.

Hacía poco más de un mes de ese momento y, sin embargo, me parecía muy lejano.

—¿A que sí? —le insistí—. Te dejaste guiar por una primera impresión

Estaba convencido.

—Will, ese no fue el día que nos conocimos —me dijo serena.

—¿Qué?

18

ADMIRACIÓN (n.): Sentimiento que me despertaba mi autor favorito.

Cuatro años antes

La cola de fans daba la vuelta a la manzana de la librería The Strand, una de las más icónicas de Nueva York. Me había levantado a las cinco y cuarto de la mañana para llegar pronto. Estaba tan emocionada que la noche anterior había dejado la ropa que me pondría en la silla para no perder el tiempo eligiendo. Al final, me había decantado por unos vaqueros que me había comprado en Zara justo antes de mudarme y mi camiseta favorita, que era blanca y tenía el mensaje «Solo un capítulo más» escrito con caligrafía de *lettering*.

Como salí pronto, paré en Starbucks de camino al metro. Después de repetirle al camarero dos veces que me llamaba Raquel, me sorprendió para mal ver que ponía «Rackle» en el vaso cuando me lo entregó.

Eran las seis de la mañana cuando llegué a mi parada. Caminé apresurada a la librería y el alma se me cayó a los pies al ver que la fila de personas se perdía en el infinito. Solo se repartirían trescientos tíquets para la firma por riguroso orden de llegada y, si me quedaba a las puertas, me daría algo. Después de unos segundos de parálisis, mis pies se pusieron en marcha y ocupé el último lugar de la fila en la Cuarta Avenida.

Suspiré aliviada cuando otra persona se colocó detrás de mí. Y después otra, y otra y otra más. Cuando llevaba una hora de pie, decidí sentarme en el suelo. Estábamos a primeros de septiembre y el fresquito de primera hora hizo que echase de menos mi chaqueta vaquera.

Saqué del bolso mi ejemplar de *El misterio de los errantes*, el tercer libro de la saga fantástica de William Anderson, y lo abrí por el capítulo veintitrés. Mi favorito.

Cada libro suyo era un pasaporte directo al futuro distópico. Esa tercera parte me había encantado porque el autor había presentado el conflicto en mayúsculas de toda la saga. Los personajes eran increíbles, todos tenían una voz propia que hacía que fuese fácil empatizar con ellos, incluidos los villanos —estaba secretamente enamorada de Råshult, lo confieso.

El libro contaba las aventuras de tres hermanos, pero mi favorita indiscutible era Rhiannon, la mediana y protagonista de la saga. El clímax de la novela, cuando ella casi pierde la vida, lo leí con los nervios destrozándome el estómago. No había muchos escritores que pusiesen personajes femeninos tan bien desarrollados como protagonistas de sus novelas, y por eso Anderson se había colado entre mis autores favoritos.

Por eso, y por ser uno de los escritores más jóvenes en ser nominados al Premio Mundial de Fantasía a la mejor novela, yo lo admiraba. Se hablaba de él y de sus libros en todas partes. Y no era de extrañar, porque el anterior llevaba cincuenta y ocho semanas en la lista de los más vendidos de *The New York Times*. ¿Cómo de increíble era eso?

Cerré el libro y lo abrí por la solapa trasera. Observé su fotografía de autor unos segundos y se me escapó un suspirito. Además de talentoso, William Anderson era guapísimo. A sus veintiséis años, con esos ojos llamativos y esa expresión de suficiencia, podría haber pasado por modelo o actor famoso. Que hubiese creado una de mis sagas literarias favoritas hacía que lo viese más guapo aún. Tanto que me daba hasta vergüenza conocerlo en persona.

Volví al capítulo veintitrés.

Como siempre, el primer párrafo bastó para que me olvidase

de la realidad. Era increíble cómo un puñado de palabras hacían que el frío del amanecer se retirase para dar paso a un calor desértico. Rhiannon vagaba por mitad de las dunas de los errantes y yo lo hacía con ella. Dejé de oler la contaminación de Manhattan y visualicé un horizonte interminable de arena, rocas rojizas, cactus y un cielo anaranjado.

—Adoro ese capítulo.

Salí del desierto al oír una voz cantarina. Giré el cuello hacia la izquierda y me encontré con que la chica pelirroja que tenía detrás estaba inclinada en mi dirección y leía las páginas de mi libro.

—Yo también —contesté con una sonrisa—. Es la tercera vez que lo releo.

—Esa parte es alucinante.

La espera a su lado se me hizo más amena. Comentamos nuestros momentos favoritos de la novela, babeamos juntas por el villano de pelo rubio platino y compartimos algunos detalles de nuestra vida. Ella me contó que estudiaba periodismo. Yo le dije que me había mudado a Manhattan hacía una semana.

A las nueve Abby se ofreció a ir a por cafés a cambio de que le guardase el sitio en la cola. Cuando regresó unos minutos después, me dijo que creía que, por lo menos, ya había quinientas personas allí esperando. En ese instante nos pusimos un poquito nerviosas porque no sabíamos cuánta gente teníamos delante.

A las diez en punto abrió la librería y el revuelo por el reparto de tíquets no tardó en llegar a mi zona, así que me puse de pie. Sentada no podía contener tan bien los nervios.

Salté de alegría cuando me dieron el número doscientos sesenta y ocho. Aunque no podría asistir a la presentación del libro porque solo era para las primeras cincuenta personas, sí accedería a la firma.

«Ya queda menos».

Fue poner un pie dentro de The Strand y la emoción y los nervios les comieron el terreno al hambre y al cansancio. Al lado de la puerta había un caballete con un cartel naranja en el que aparecía su fotografía de autor y el texto: «Hoy está con nosotros el escritor William Anderson, quien firmará y presentará su último libro: *El misterio de los errantes*».

«¡Voy a conocer a William Anderson!», pensé completamente emocionada.

Dentro el calor era insoportable y los últimos minutos de espera se me hicieron eternos.

No olvidaré jamás el momento en que lo divisé por primera vez. Todavía tenía trece personas por delante, las había contado. Me asomé por el lado derecho de la cola y lo vi al final de sala, sentado detrás de un escritorio de madera.

«¡Ay, Dios mío! ¡Que está ahí de verdad!».

Me faltó chillar de la ilusión.

—¡Está ahí mismo! —le dije a Abby por encima del hombro.

—¡Ya! —Parecía igual de emocionada que yo—. ¿Qué le vas a decir?

—No lo sé —reconocí—. Lo que me salga, supongo.

Cuando fue mi turno y William me miró directamente a los ojos, me quedé pasmada. Llevaba una camiseta verde militar que le favorecía mucho.

«Ay, Dios, ¡es guapísimo!».

Abby tuvo que darme un ligero empujón y la oí decirme:

—¡Vamos! ¡Te toca a ti!

Me acerqué a él hecha un manojo de nervios.

—Hola —me saludó y tendió el brazo por encima de la mesa para que le entregase el libro.

—Hola —respondí cortada.

Tener delante a una persona tan importante me imponía. Alargué el brazo y le di mi copia de su novela.

—¿Cómo te llamas? —Su voz tranquila y penetrante me provocó un escalofrío.

—Me llamo...

«¿Qué le digo? ¡No quiero tener el libro mal firmado!».

Llevaba una semana allí y nadie había dicho bien mi nombre, por eso le dije:

—Rachel. —Le dediqué una sonrisa escueta—. Me llamo Rachel —repetí.

Él asintió.

Al verlo dedicarme el libro me quedé en trance. El problema fue que, en ese segundo, mi lengua se movió con la libertad suficiente como para decir de manera atropellada:

—¡Me encantan tus libros! ¡El *worldbuilding* es alucinante! Y, jo, las descripciones que haces de los lugares son tan específicas que consigues que me olvide del mundo real.

—Sí. Sí —dijo sin despegar la cabeza del ejemplar que me estaba firmando como un autómata.

Y yo, como no me di cuenta de que me estaba ignorando, seguí vomitando todo lo que pensaba, cegada por la emoción.

—Cuando te leo siento que pintas un cuadro dentro de mi cabeza, ¿sabes? A veces me transportas a la playa, otras a un lago y otras a un desierto. Y, hablando de eso, cuando leí la parte del desierto de los errantes, es que casi grité.

William levantó la mirada, me devolvió el libro y solo me dijo:

—Gracias por venir.

Asentí y me apreté contra el pecho el libro firmado.

—Gracias a ti.

Le dediqué una amplia sonrisa y me quedé ahí parada hasta que él sacudió la cabeza y arqueó una ceja.

—¿Quieres algo más? —me preguntó.

—¡Ah, sí! Casi me olvidaba hablarte de Råshult. ¡Ay, Dios mío! —exclamé—. Estoy completamente enamorada de él, me parece tan guapo y chulito… —Solté un suspirito amoroso y me apreté aún más el libro contra el pecho—. Me encantaría que en el futuro se enamorase de Rhiannon. Ya sé que son enemigos mortales, pero, uf, no sé, creo que están destinados. Él es tan intrigante, tan sexy y tan…

Me callé cuando él soltó una risita desdeñosa por lo bajo y negó con la cabeza incrédulo. Parecía que mis palabras le habían ofendido de alguna manera y me dio la impresión de que había quedado como una estúpida. Sus ojos se detuvieron en mi cabello despeinado por el viento y en el mensaje de mi camiseta. Cuando volvió a mirarme a la cara encontré una burla más que evidente en sus ojos.

—Gracias por venir. —Su expresión parecía decir: «¡Espabila, niña! ¿No ves que hay más gente esperando?».

Al darme cuenta de que estaba bloqueando la cola, me sentí una completa idiota. El calor que salió de mi estómago llegó hasta mis mejillas y me hizo salir de ahí sin mirar atrás.

Acababa de hacer el ridículo delante de mi escritor favorito. Me había imaginado el momento en mi cabeza un millón de veces: yo me acercaba, le decía que adoraba su libro, él me sonreía, me preguntaba si quería sacarme una foto con él y yo me iba a casa más feliz que una perdiz. En cambio, me había encontrado con un chico que no me había hecho ni caso y que me había mirado con escepticismo. Tenía la sensación de que le habría encantado decirme: «Esto es fantasía de verdad, aquí no hay amoríos».

No sabía cuántas firmas haría William en el futuro, pero yo no volvería a ninguna.

19

EPIFANÍA (n.): Revelación que hace que quieras volver a ser pintor.

—¿Estás de coña? —le pregunté sorprendido a Raquel.
—No.
Giré el cuello hacia la izquierda y observé durante unos segundos las llamas que bailaban dentro de la chimenea.
No sabía qué parte de su relato me asombraba más.
Las preguntas rebotaban en mi cabeza como una pelota de baloncesto. ¿Nos habíamos conocido en nuestra librería favorita? ¿En la misma a la que le había dicho que llevaría a una cita potencial? ¿De eso me sonaba su cara el día que la conocí en el despacho de David? Había dicho que le parecía guapo con veintiséis años. Y ahora… ¿lo seguía pensando? ¿De verdad se había enamorado de uno de mis personajes?

—¿Qué te pasa? —me preguntó sacándome de mis pensamientos.
Volví a mirarla y me encontré con sus ojos curiosos. De todas las preguntas que tenía para ella, empecé por la que más estupefacto me tenía.

—¿De verdad nos conocimos en The Strand?
—Sí. —Se echó hacia atrás y se sacó el móvil del bolsillo—. Dame un segundo, que busco la foto.

—¿Nos hicimos una foto juntos? —pregunté más sorprendido todavía.

—No. —Se rio y negó con la cabeza—. Jamás te la habría pedido. ¡Qué vergüenza!

Mientras buscaba, yo me dejé atrapar por el crepitar del fuego. Vagué por mis recuerdos de ese día en su busca, pero no la recordé.

—¡Mira! —Ella reclamó mi atención.

Extendió su móvil en mi dirección y yo lo atrapé. En la fotografía salía una Raquel más joven posando con mi libro en alto y el cartel de la firma detrás. Al fijarme en su expresión radiante, sentí que algo me estrujaba el estómago y la sorpresa dio paso a una sensación un poco incómoda. A mí nunca me había mirado así y, sin embargo, tenía esa sonrisa en la fotografía por mí. Le devolví el móvil con la certeza de que me costaría olvidar esa imagen.

—Entonces he acertado, me juzgaste mal y pensaste que era un gilipollas —le dije solo por corroborarlo.

—Si lo sigo pensando no es juzgarte mal, ¿no?

Entrecerré los ojos y ella se rio.

—¿Qué pensaste tú de mí? —me preguntó sin rodeos.

—Cuando entré al despacho de David, pensé que eras un cliché andante —reconocí con sinceridad—. Lo primero en lo que me fijé fue en tu americana rosa porque era muy llamativa. Asumí que eras la típica que va a Starbucks y que se dedica a buscar historias de amor, mire donde mire, mientras estropea los cafés con siropes. Y, bueno, cuando vi la pegatina de «Editora guay» de tu portátil, casi me dio un derrame cerebral.

«Y también pensé que eres guapísima y que tus ojos son preciosos». Esa parte me la guardé para mí.

—Se te olvida añadir que creíste que era una simple becaria que no merecía trabajar contigo. —El rencor era palpable en su voz.

—Estoy bastante seguro de que esas no fueron mis palabras.

—Tu lenguaje corporal y tus resoplidos indignados significaban eso.

—Bueno, tú no te quedabas atrás, ¿eh? —La señalé con la mano—. Apretabas el puño como si quisieses darme un puñetazo.

—No quería pegarte —negó—. Pero sí me quedé con las ganas de llamarte *gilipollas*.

—¡Qué bonito! —Negué con la cabeza haciéndome el indignado.

—Me llamaste niñera —acusó.

Suspiré y me pasé la mano por la barba incipiente.

¿De verdad seguía mosqueada por eso?

—Cuando me enfado, digo cosas que no pienso. —Me vi en la necesidad de justificarme.

—Sí —asintió—, ahora sé que es muy fácil que se te caliente la boca.

—Y yo que tienes respuesta para todo y que te encanta quedar por encima.

—Pues, mira..., sí —contestó con un asentimiento de cabeza tan marcado que me hizo reír.

«Ha llegado la hora de dejar atrás las primeras impresiones».

—Siento haberte llamado niñera y becaria —me disculpé—. Creo que me equivoqué contigo y no tengo ningún problema en reconocerlo.

Me quedé a la espera de que ella confirmase que también se había equivocado conmigo, pero debí suponer que no lo haría. En lugar de eso, Raquel se levantó y me miró desde arriba.

—¿Cenamos? —me preguntó tendiéndome la mano—. Me muero de hambre.

Estaba centrado en el teléfono, con la espalda apoyada en la encimera de la cocina, apuntando una idea, cuando ella dijo:

—No me apetece cocinar, cojo la berenjena parmesana, ¿vale?

Emití un sonido afirmativo, lo suficientemente alto como para que me oyese, mientras tecleaba a toda velocidad.

—¿Me has comprado fresas?

Despegué la vista de la pantalla.

Raquel me miraba sorprendida con una mano en el asa de la nevera.

—Sí —afirmé—. No tenías, ¿no?

Ella negó con la cabeza.

—Gracias. —Me sonrió.

«El día que se entere de que te vas a tomar por el culo a por ellas va a pensar que eres un panoli».

Sacudí la cabeza y despegué la espalda del mármol. Luego me guardé el móvil en el bolsillo y le tomé el relevo frente a la nevera.

Durante la cena, un poco después, me dijo:

—A ver, Will, tu plato favorito no serán los malvaviscos con chocolate, ¿verdad? Porque sería tan típico de adolescente americano...

—Lleva chocolate. —Me acerqué el vaso de agua a los labios y, antes de beber, le dije—: ¿No será el tuyo?

—No los he probado.

La miré sorprendido por encima del vaso.

—Nunca he hecho lo típico de quemarlos en la hoguera de noche mientras mis amigos cuentan historias de terror en la playa y beben cerveza.

—Pero ¿tú cuántas películas has visto? —le pregunté, y dejé el vaso en la mesa.

—Muchas. —Se rio, y se metió el tenedor en la boca.

—Bueno, pues el próximo día que vaya a la tienda los compro y los hacemos si quieres.

«¿No crees que ya has hecho el tonto lo suficiente?».

—Vale. —Sonrió—. Y, hablando de películas, creo que voy a ponerme ahora una en el salón. ¿Te apuntas?

—¿Cuál vas a ver? —le pregunté mientras cortaba un trozo de pollo empanado.

—No sé, alguna romántica de Netflix que no haya visto.

—Uf. Paso.

—¿Por qué?

Mastiqué el pollo en silencio.

«Ver una película romántica contigo en el sofá, a oscuras, después de haberme hecho una paja pensando en ti puede generar situaciones incómodas». Esa era la respuesta más sincera que podía darle. En lugar de eso, le contesté un:

—Porque quiero escribir un rato antes de dormir.
A lo que ella asintió y no volvió a insistir.

Lo primero que hice al entrar en mi habitación fue quitarme la camiseta y arrojarla al cesto de la ropa sucia. Lo segundo fue cambiarme los vaqueros por los pantalones del pijama. Por último, me tumbé en la cama y retomé *Proyecto Hail Mary* por donde lo había dejado. Había llegado a un punto muy interesante de la novela, a uno de esos momentos en los que no puedes parar de leer porque necesitas saber qué va a ocurrir a continuación. Estaba visualizando el interior de la nave en la que iban los protagonistas. El problema era que, por encima de todo eso, escuchaba la voz aterciopelada de Raquel decirme:

«Y, entonces, te dije: "Consigues que me olvide del mundo. Cuando te leo, siento que pintas un cuadro dentro de mi cabeza, ¿sabes?"».

¿De verdad pintaba cuadros en su cabeza?

En el momento en que ella hizo esa comparación tan peculiar, sentí que una de las chispas que saltaban inquietas dentro de la chimenea aterrizaba en mi pecho.

Al compartir conmigo su recuerdo, Raquel había abierto varias grietas en mi mundo, tal y como pasaba después de un terremoto de gran escala. Gracias a ella había rememorado la satisfacción y la felicidad que experimentaba al recibir palabras así. La emoción que vi en su mirada mientras me contaba que había ido a verme me hizo acordarme del verdadero sentido que tenía mi profesión. Siempre había tenido la necesidad de contar historias, pero la parte más especial de escribir un libro era compartirlo con los demás. Me gustaba hacer viajar, soñar y sentir a los lectores y que, al final, la historia de mis personajes pasase a formar parte de sus vidas. Claramente mi actitud de aquel día había decepcionado a Raquel. Ese pensamiento propició que naciesen otras preguntas.

¿Había dejado de pintar cuadros en su cabeza?

¿Habría más gente que se sentiría así?

Cerré el libro porque no lo estaba siguiendo y lo abandoné en la mesita de noche.

En aquel instante, tumbado en la cama y con los ojos clavados en el techo, me sentí lejísimos de aquel chico que estaba constantemente inspirado y que era cercano con los lectores. Aquel camarero de veintitrés años que perseguía un sueño había dado paso a un hombre de treinta que ya lo había conseguido. Debería sentirme la persona más feliz de la Tierra, ¿verdad? No todo el mundo cumplía sus sueños ni se animaba a perseguirlos. Y si yo ya había logrado mis objetivos, ¿a qué más podía aspirar?

Recordé cómo había llorado el día que acabé el primer manuscrito. Y cómo unos cuantos meses más tarde volví a emocionarme cuando me dijeron que me lo publicarían. Desde entonces, el sueño se había hecho más y más grande. Tanto que, sin que me diese cuenta, había expulsado la ilusión de un corazón en el que últimamente solo había hueco para el ego.

Había pasado de pensar cosas como «Me encantaría compartir esta nueva historia con el mundo» a «Escribiré un libro romántico mejor que los de Danielle Steel». ¿Eso era lo que más me importaba ahora? ¿Demostrarle al resto, y especialmente a ella, que yo tenía razón? ¿No debería importarme más seguir pintando cuadros dentro de su cabeza? ¿Qué me había pasado por el camino? ¿En qué momento me había desviado de mis propósitos?

Esas preguntas zumbaban dentro mi cabeza como un enjambre de abejas enfurecidas. De alguna manera, esa chispa consiguió meterse en lo más profundo de mi corazón, donde no había llegado nadie. Supe que nada podría controlar el incendio que amenazaba con propagarse. Y, entonces, ocurrió. Mi pecho se quemó. Ardió hasta que solo quedaron cenizas y dio paso a una revelación que lo cambiaría todo para mí.

Quería seguir pintando cuadros en la cabeza de Raquel.

Quería que se sintiese identificada con Nora y que viviese la historia como había vivido la de Rhiannon.

Quería volver a emocionarla y poner en su cara una sonrisa radiante.

También quería traer de vuelta la ilusión de compartir mis historias con la gente y recuperar esa versión de mí mismo que estaba enterrada en algún lugar.

Salí de la habitación y bajé las escaleras de dos en dos. Necesitaba hablar con ella y contarle todo eso que se arremolinaba dentro de mí.

La encontré frente al televisor, dormida. Estaba tumbada de cara a la pantalla, encogida y con una mano debajo del cojín marrón. En el hueco que quedaba al lado de su estómago, se había acurrucado Percy.

El recuerdo de cómo lloraba la noche que el gato la asustó hizo que mi estómago se contrajese de manera desagradable. No quería que se despertase y volviese a asustarse. Además, ¿qué hacía ahí Percy? Él nunca se tumbaba con nadie. Ni siquiera conmigo.

—¡Vamos, Percy! —susurré—. ¡Sal de ahí! —Le hice un gesto con la mano.

Como era de esperar, no me hizo ni puñetero caso. Con un suspiro me acerqué a cogerlo. El corazón se me aceleró tanto como cuando de pequeño jugaba a Operación, el juego favorito de Zac. Intenté hacer el menor ruido posible y su respiración pausada hizo que yo contuviese la mía.

Si en aquel momento no hubiese estado preocupado por despertarla, me habría dado cuenta de que el corazón se me detuvo un instante y que, cuando volvió a latir, lo hizo de otra manera.

Me agaché para coger a mi mascota, rezando porque no intentase escabullirse.

Lo atrapé con éxito y me lo pegué al pecho a toda velocidad.

Salí del salón con el mayor sigilo posible y subí a mi cuarto.

—Percy, te tiene miedo —le susurré.

Lo encerré dentro y, dejándome llevar por algo que todavía no comprendía, fui a la biblioteca, recogí la manta del suelo y bajé las escaleras más despacio que antes.

En el salón, la película había terminado.

Todo estaba en silencio.

Apagué la televisión y dejé el mando sobre la mesa de nuevo.

Mientras la arropaba, la observé unos segundos.

«A tomar por culo. Bienvenidos a Cursilandia».

La sensación cálida de mi pecho se hizo un poco más latente.

¿Qué me pasaba? Si a mí no me gustaba esa mujer. Es más, había veces que ni siquiera la soportaba.

Apagué la luz y la miré por última vez antes de salir del salón. Y, entonces, el pensamiento se convirtió en una certeza devastadora.

Costase lo que costase, volvería a ser ese chico que pintaba cuadros dentro de su cabeza.

Al día siguiente amanecí motivado.

Estaba leyendo en la cocina cuando apareció Raquel. Llevaba el cabello suelto y tenía mejor cara.

—¿Te encuentras mejor?

—Sí, pero estoy muerta de hambre —me informó desde el umbral.

La miré sorprendido.

—Lo sé. —Se anticipó a mi pregunta—. Yo desayunando. Increíble. —Atravesó la cocina y se acercó a la cafetera—. Creo que voy a tener uno de esos días que da igual cuánto comas, que parece que tu estómago es un pozo sin fondo, ¿sabes?

—¿Quieres una tostada de mantequilla de cacahuete y plátano?

—Buena idea. —Se dio la vuelta y me apuntó con una cucharilla—. Nunca he probado esa combinación.

Volvió a darme la espalda y se concentró en la cafetera. Llevaba puestos unos pantalones rosas y una camisa blanca que le quedaba holgada.

Me levanté y saqué la mantequilla de cacahuete del armario mientras ella metía una rebanada de pan en la tostadora.

—¿Te preparo el café? —me ofrecí.

—Gracias.

Unos minutos más tarde, ya estábamos sentados el uno frente al otro.

—Intenta no emocionarte demasiado... —empecé—. Pero he estado pensando y me gustaría que repasásemos toda la perspectiva femenina de la novela. Quiero que me ayudes a entender cómo funciona la mente de una mujer para escribir el libro lo mejor posible. Así que necesito que me expliques cómo vería una chica todas esas frases que me has marcado en rojo.

—¿Me lo estás diciendo en serio? —Me miraba atónita.

Asentí.

—¡Ay, Dios mío! —exclamó abanicándose con la mano—. ¡No sé si tengo más ganas de llorar o de saltar de la emoción!

—¡Alto ahí, señorita García! —le pedí—. Sé que te encantaría que viniese un tío a decirte que se va contigo al fin del mundo, que eres su vida y todo eso, pero yo no pienso escribir una moñada que me haga vomitar —la avisé.

Ella solo asentía mientras masticaba.

—¿Por qué no paras de sonreír? —pregunté—. Da miedo.

Raquel parecía tan contenta como cuando vio a la pareja besarse en el aeropuerto.

—Estoy saboreando el momento —me dijo mientras se metía el último trozo de tostada a la boca—. Has venido a pedirme ayuda. Bueno, a que te enseñe cómo funciona la mente femenina. —Se llevó una mano al pecho y soltó un suspiro risueño—. Estoy tan orgullosa de tu evolución, William... —confirmó con un asentimiento—. Hace un mes estabas gritando en un programa como un cavernícola y mírate ahora...

—Joder —resoplé—. Sabía que te pondrías insoportable.

—Ven. —Me hizo un gesto con las manos para que me acercase a ella—. ¡Vamos! —me apremió—. Falta una cosa para que este momento sea perfecto.

Ella se reclinó sobre la mesa y yo la imité.

Arrugué el ceño cuando extendió las manos en mi dirección. Se me encogió el estómago cuando apoyó los dedos índices cerca de las comisuras de mi boca. Se quedó mirándome a los ojos unos segundos y luego estiró mis labios hacia arriba obligándome a forzar una sonrisa.

—¡Mira qué mono! —me dijo en el mismo tono odioso que

usaba la gente para hablarles a los bebés y a las mascotas—. ¡Sonríe, William! ¡Estás a punto de escribir un éxito!

Me eché hacia atrás contrariado, para separarme de su contacto.

—Joder, ya me estoy arrepintiendo.

Ella me enseñó el dedo corazón y se levantó con su agenda apretada contra el pecho.

—¡Vamos, William, no tenemos todo el día!

La seguí hasta el comedor. Ella se sentó a mi lado y colocó entre nosotros las últimas páginas que le había enviado.

—En general, Nora debería narrar mejor qué experimenta con él, qué siente, qué le atrae de él, qué le parecen sus ojos, su físico y todo eso... —me dijo—. Podrías contar también cómo cree que la mira Hunter y qué le transmite. Ella debería darle importancia a la química que siente con él y al desarrollo de los sentimientos. Y con esto no me refiero al topicazo de hacer que ella sea una enamoradiza y él un tío frío y pasota, porque no... —Negó con el bolígrafo en alto—. Nora puede guiarse por la atracción física y buscar solo satisfacción, igual que él. Y ya sé que vas a plantear que para Hunter al principio todo es muy físico, pero bueno, algo sentirá con ella, ¿no? No sé. —Se encogió de hombros—. Es decir, lo que hemos dicho ya, es un tío muy sexy, pero le falta un poco de madurez como personaje. Nos falta saber qué quiere, qué anhela desde lo más profundo de su corazón, qué siente cuando Nora lo toca... —Asentí a todo lo que me decía—. Y en las escenas de sexo, intenta ser lo más natural posible. Para que no quede forzado, inclúyelo cuando sea necesario para avanzar la trama. No lo metas porque sí y genera primero la tensión. ¡Ah! Y recuerda que el diálogo es crucial en esas escenas.

Después de escucharla, subí a escribir. Algo había hecho clic y estuve tan inspirado que se me olvidó bajar a comer.

No salí del despacho hasta las cinco menos cuarto. Le acababa de mandar todo lo que tenía a Raquel y quería contarle que había eliminado el primer encuentro sexual entre los protagonistas, algo que sabía que la haría muy feliz.

Primero probé suerte en la biblioteca, donde encontré sus cosas tiradas en el suelo. Me resistí a cotillear, más por vergüenza a que me pillara que por otra cosa. Tampoco la encontré en la cocina ni en el salón. Ya solo me quedaba revisar el sótano.

Al llegar abajo me quedé plantado como una lechuga en la puerta del gimnasio.

Raquel estaba a cuatro patas sobre la esterilla y de cara al espejo. Estaba concentrada en arquear la espalda como un gato. Lo siguiente que hizo fue curvar la parte baja de la espalda y levantar la cabeza. Su postura me ofrecía una panorámica perfecta y preciosa de su culo. Llevaba unas mallas rosas que no dejaban absolutamente nada a la imaginación. Mis ojos recorrieron la piel sudada y descubierta de su espalda hasta su cuello. Se había recogido el pelo en una coleta que le caía sobre el hombro derecho. Desvié la mirada hacia el espejo para verle la cara. Tenía los ojos cerrados y por eso no me había visto.

Estaba a punto de dar media vuelta para marcharme cuando ella despegó los párpados y nuestras miradas se encontraron a través del espejo.

—¿Will?

Raquel se sentó sobre los talones, se quitó un casco y me observó interrogante. Estaba guapísima con los pelos que se le habían escapado de la coleta y los pómulos enrojecidos. Sin querer, me imaginé otra escena en la que podría tener las mejillas igual de sonrosadas y el pelo sudado y pegado a la frente, y algo se despertó dentro de mis pantalones.

—¿Quieres algo? —me preguntó ladeando el cuello en mi dirección.

«No me preguntes eso justo ahora. Por favor».

—¿Will?

«¡Espabila, coño! ¡Que pareces un pervertido!».

Carraspeé y sacudí la cabeza.

—No quería nada importante —retrocedí un paso—. Solo venía a comentarte una idea, pero podemos verlo luego, cuando acabes.

—Vale. —Ella accedió con un asentimiento y yo salí dando un traspiés.

Mi cuerpo subió las escaleras y se encerró en el despacho. El problema fue que mi cabeza se quedó ahí abajo. Con ella.

Mi imaginación fue por libre un segundo. Solo un segundo en el que visualicé una imagen muy gráfica de lo que me habría encantado hacerle. Quería ponerme de rodillas detrás de ella. Quería pasar las manos por la piel sudorosa de su espalda hasta sus caderas y también quería bajarle las mallas.

La respiración y el corazón se me habían acelerado y los vaqueros me apretaban en la entrepierna.

«¡Traidora!». Intenté mandarle ese pensamiento a mi polla, que obviamente me ignoró y me mandó otra imagen explícita de Raquel gimiendo y de mí empujando detrás.

No quería dejarme llevar otra vez. Si seguía masturbándome pensando en ella, jamás me la sacaría de la cabeza. Además, tampoco quería sentirme un cerdo por hacerlo estando ella en casa.

Resuelto y de un humor de perros, salí del despacho y fui a mi habitación para ponerme la ropa de deporte. Bajé las escaleras corriendo y abandoné mi casa unos minutos después.

Necesitaba despejarme más que nunca, respirar aire fresco y sacar de mi mente todas esas imágenes sensuales de Raquel, aunque estaba seguro de que me perseguirían hasta en sueños.

20

LATIDOS (n.): Nueva unidad de medida de tiempo.

En las novelas románticas los protagonistas pueden llevarse mal por infinidad de motivos, algunos muy disparatados y divertidos.

A veces no se soportan porque tienen opiniones contrarias, por la reputación que los precede porque todo sea culpa de un malentendido.

Otras, una primera mala impresión es la clave de que empiecen con mal pie. Esta última es la que más disfruto leyendo. Me gusta cuando la trama avanza y llega un punto de la historia donde toda esa tensión se desvanece y se descubre la verdadera naturaleza del otro personaje. Esas escenas suelen marcar un antes y un después, y se convierten en el desencadenante principal del enamoramiento.

Es entonces cuando los protagonistas tienen que decidir si cruzar el umbral o no. Si se atreven a hacerlo, saben que ya no hay marcha atrás y se lanzarán al vacío confiando en que la otra persona no va a destrozarles el corazón. Porque así es el amor de valiente e imprevisible.

Lo mío con Will no había sido solo una mala impresión. La primera vez que lo vi me hizo sentir una idiota. La segunda me llamó becaria. La tercera me dijo que prefería no escribir el libro antes que ceder a mis imposiciones. A eso había que añadirle la reputación de egocéntrico y narcisista que le precedía. Tenía motivos suficientes como para decir que no solo era un cúmulo de malas impresiones, ¿no?

Si todo eso era verdad…, ¿por qué sentía que había un lado de él que no conocía?

Levantarse a las seis de la mañana con la alarma del iPhone debería considerarse deporte de riesgo. Casi me dio un infarto, pero, a diferencia de otros días, salí de la cama a toda prisa. Tenía media hora para espabilarme antes de la reunión con David. Después de lavarme la cara con agua fría, pasé al armario, donde escogí una blusa blanca de manga larga que tenía una lazada en el cuello y el escote en forma de pico.

La cocina de Will estaba desierta. Me preparé un café y, aunque esa mañana también estaba hambrienta, me fui derecha al comedor y encendí el portátil.

—Rachel —me saludó mi jefe según apareció.

Estaba más moreno. Se notaba que le había dado el sol en los campos de golf de Miami.

—Buenos días, David. ¿Qué tal?

—Actualízame cómo va el manuscrito de William. —Su característico tono demandante era casi peor que la alarma del móvil.

Una hora más tarde tendríamos el comité editorial. Esa reunión era muy importante porque los editores contábamos por primera vez los proyectos en los que estábamos trabajando. Era el momento perfecto para motivar al resto de los departamentos con los títulos que saldrían a la venta en los meses siguientes. Mi jefe necesitaba que lo pusiese al día para presentar el libro de Will.

—El manuscrito va bien —aseguré confiada—. Los ocho primeros capítulos ya están listos, ocupan unas cien páginas. Son las que te mandé anoche.

—Sí. Sí. —Me apremió con la mano—. Me las he mirado por encima. Resúmeme lo más importante.

«¿De verdad no se las ha leído?».

—Como te comenté, está escribiendo un *enemies to lovers* entre la protagonista y su enemigo. Ahora mismo estamos repasando el punto de vista femenino para dejarlo lo más pulido posible.

David asintió mientras me escuchaba.

—Envíame antes de la reunión un dosier con la escaleta, los nombres de los personajes, el título y la fecha de entrega.

—Vale. Ahora te lo mando.

Por suerte, lo tenía todo traspasado al ordenador, copiar y pegar la información solo me llevaría un minuto.

—Recuerda que Linda estará en la reunión y que todos los ojos están puestos en este libro. —Se subió las gafas de ver por el puente de la nariz y me observó con dureza—. Nos vemos ahora.

Cuando colgó, taché la reunión de mi lista de tareas y me centré en redactarle el correo con la información que me había pedido.

El comité editorial solía emocionarme mucho. Sin embargo, ese día estaba un poquito nerviosa. Daba igual lo que contase. Lo que estaba deseando saber todo el mundo era cómo iba la novela que «callaría muchas bocas» y que llevaría a William al «top de la romántica».

Me uní a la reunión y poco a poco fueron apareciendo las caras de mis compañeros en la pantalla.

Linda, como jefa del departamento, dio la bienvenida a todos los equipos y luego le dio paso a David y este, a su vez, a Grace. Mi amiga hablaba con tanta pasión de las novelas que editaba que conseguía que te enamorases de los personajes sin saber sus nombres siquiera. Yo, por ejemplo, llevaba dos meses enamorada de un *highlander* solo por las virtudes que ella resaltaba de él y por los suspiros amorosos que soltaba en la oficina antes de decir:

—Me quiero casar con este personaje. Ray, ¿serías mi dama de honor?

A lo que yo siempre me reía y le respondía que estaría encantada de oficiar la boda.

Cuando Grace estaba presentando su último título, Will entró en la cocina. Dejó su libro en la isla y puso cara de sorpresa al verme en el comedor.

—Buenos días —me saludó alzando la voz—. ¿Qué haces aquí tan temprano?

Comprobé que tenía el micrófono silenciado antes de hablar.

—Estoy reunida —dije señalándome discretamente los cascos.

Él asintió y yo volví a centrarme en la pantalla.

—Os dejo con Rachel —dijo Grace poco después.

Activé el micrófono y me puse aún más recta en la silla si cabe.

La voz me tembló durante los primeros veinte segundos y luego hablé de carrerilla. Les conté a mis compañeros lo mucho que confiaba en la última parte de la saga que publicaría Lily Jones, un romance de oficina bastante adictivo. Después puse por las nubes la trilogía de Amelia Thomas, que era un *friends to lovers* con *fake dating* que daría mucho de qué hablar. Y aproveché para recordarles que ese mismo día había salido a la venta la primera parte de la trilogía de Mia Summers (esa autora a la que David no había querido dar una oportunidad y cuya primera novela había terminado entre las más vendidas de *The New York Times* el año anterior).

Cuando le cedí el testigo de la palabra a mi jefe, suspiré aliviada.

Normalmente no me ponía tan nerviosa, pero había notado los ojos de Will fijos en mí en todo momento. El asiento que él ocupaba en la cocina estaba de cara al comedor y me veía a la perfección.

Despegué la vista de la pantalla para mirarlo.

Él asintió con una mueca conforme en la cara, parecía que quería felicitarme de alguna manera. Le dediqué una sonrisa escueta y volví a atender a lo que decía mi jefe.

David empezó hablando de la saga policiaca de Carter Moore, pasando por el misterio con toques de terror de Aiden Rose y terminó con *Los pilares de la creación*, el libro romántico de Will.

—Y, como sabéis, también estamos trabajando en la nueva novela de William Anderson, que ha acaparado mucha atención mediática incluso antes de estar terminada —comentó mi jefe, y entonces repitió como un loro todo lo que le había contado en nuestra reunión. El brillo de la pantalla se reflejaba en los cristales de sus gafas y casi podía asegurar que estaba leyendo tal cual mi correo electrónico.

—Se trata de la precuela de la saga estrella del autor —continuó él. Era increíble cómo de cara a la galería y, en especial, cuando estaba Linda presente, no perdía la sonrisa—. Es un romance fantástico en el que los protagonistas empiezan odiándose y terminan enamorados. Está narrado a tres voces y las cien primeras páginas están muy bien, Will ha logrado transmitir las emociones de una mujer de una manera excelente.

«¿Cuándo he dicho yo eso?».

Linda fue la primera en hablar cuando este se calló.

—*Los pilares de la creación* no es un buen título para una novela romántica.

«Lo sabía».

Will había insistido en que ese título era perfecto. Y lo habría sido si se hubiera tratado de un libro fantástico que contara los orígenes de todo, pero ahora que era una historia romántica no pegaba ni con cola.

—Estamos barajando otros títulos —dijo David—. Tan pronto como nos decantemos por uno, lo comunicaremos a nivel interno.

«¿Desde cuándo estamos barajando otros títulos?».

Mindy, la jefa de Suzu, también se interesó por la novela.

—¿Por qué hay tres narradores?

—Porque son tres protagonistas —contestó David.

—Ya, pero ¿por qué nos interesa conocer el punto de vista del amigo?

Mi jefe salió con lo primero que le vino a la mente.

—Porque es la misma historia de amor contada desde tres puntos de vista distintos.

«No es por eso…».

—Es porque el amigo está enamorado de la protagonista en secreto —dije, *desmuteándome*—. Desde el punto de vista de Caleb, se explorarán los celos y el amor no correspondido. Y, como bien ha indicado David antes, los otros puntos de vista son el de Nora y Hunter, que nos contarán cómo pasan del amor al odio y, luego, al amor otra vez.

Cuando la reunión finalizó, me quité los cascos y me levanté para abrir la ventana. Justo cuando la brisa fresca me acarició la cara, oí las pisadas de Will aproximarse.

—¿Qué tal ha ido? —me preguntó.

Me di la vuelta para mirarlo. Ese día se había puesto una camiseta beis que hacía que su piel pareciese más tostada.

—Ha ido genial —le dije—. David ha presentado tu novela y a todo el mundo le ha entusiasmado. —Sonreí—. Es muy importante contagiar la ilusión al resto del equipo para que crean en el proyecto.

—¿Por qué lo ha presentado David?

Como si hubiese sido invocado por el mismísimo diablo, mi móvil del trabajo sonó. Lo rescaté de la mesa y me topé con un mensaje de mi jefe:

> En cuanto vengas la semana que viene, te quiero en mi despacho

«Estupendo».

Suspiré.

Se confirmaba que le había molestado que le corrigiese.

> Vale. Enseguida programo la reunión y te mando la convocatoria

Al levantar la vista, me encontré con que Will estaba más cerca de lo que pensaba y tuve que inclinar la cabeza hacia atrás para mirarlo a los ojos.

—Lo ha presentado él porque es tu editor.

—¡Qué curioso! Yo no lo veo por aquí. —Alzó su taza y le dio un sorbo al café—. De hecho, la única editora que está trabajando conmigo eres tú.

Detrás del tono calmado de esas palabras me dio la sensación de que había un matiz de enfado.

—Yo solo soy una editora adjunta, ¿recuerdas?

—Para mí no —puntualizó solemne.

«¿Qué ha querido decir con eso?».

Esas tres palabras unidas a su mirada firme provocaron que mi estómago hiciese una pirueta en el aire, como los patinadores en la pista de hielo.

La atmósfera en la que, de pronto, estábamos metidos se rompió cuando mi móvil volvió a sonar.

> Espero que para entonces tengas un título pensado

> Y encárgate tú de comunicárselo a William

—Genial —masculle irritada.

—¿Qué pasa?

—Nada. —Negué con la cabeza mientras tecleaba una respuesta rápida para David.

Decidí omitirle el detalle del título a Will hasta que tuviese uno pensado. Sabía que de primeras se negaría en rotundo a cambiarlo y no quería gastar energía hasta tener pensada una alternativa más atractiva y comercial.

—David volvió ayer de sus vacaciones, solo necesitaba ponerse al día con tu manuscrito. Ha presentado tu trabajo muy bien.

Cuando volví a mirarlo, Will me observaba con los ojos entrecerrados.

—¿Sabes qué? —le dije con el fin de cambiar de conversación—. Me muero de hambre. Creo que voy a hacerme otra de tus tostadas. ¿Quieres una? —Me encaminé a la cocina—. A lo mejor mientras la preparo tú podrías hacerme otro café. He dormido poquísimo y lo necesito.

Lucy me recogió a las cuatro y media de la tarde, y fuimos a la playa de Carmel para ver el atardecer.

Después de pasear por la arena blanca y finita, ella extendió una manta de picnic azul gigante y nos sentamos frente al mar con las piernas cruzadas. Colocó entre nosotras unas galletas hechas por ella y sacó una botella de limonada casera. Durante unos segundos me permití disfrutar del sonido que hacían las olas al romper contra la orilla. El olor del mar me recordaba a las vacaciones de verano con mi familia, a los castillos de arena que hacía con mis hermanos y a los tápers en los que mi abuela llevaba la merienda.

—¿Qué tal con Will? —me preguntó Lucy—. El otro día me dijo que habíais discutido por el libro.

—Ah, no te preocupes. Lo arreglamos enseguida. —Jugueteé con mi colgante antes de continuar—: A veces le cuesta un poquito ver las cosas con perspectiva, pero cuando recapacita...

—Rachel, puedes decir que es un cabezón de mierda —me interrumpió con una sonrisa—. Todos se lo decimos.

Se me escapó la risa.

—Sí que es un cabezón, sí. —Asentí—. Con el libro va bien, solo le falta entender cómo funciona la mente de una chica de veinticinco años y darles otro enfoque a las escenas sensuales.

Una cometa en forma de mariposa que surcaba el cielo cerca de nosotras atrajo mi atención durante unos segundos. Para ser entre semana, había bastante gente congregada para admirar el atardecer.

—Entre tú y yo. —La voz de Lucy me hizo volver a mirarla—. Bueno, aunque a él se lo dije el otro día, el romance del libro anterior era muy surrealista.

—Sí. No sé cómo se le ocurrió representar los sentimientos así. —Me encogí de hombros—. La declaración del final quedó fatal. Si yo le digo a un chico que le quiero y él me responde eso..., no sé lo que le haría.

Lucy soltó una carcajada. La diversión era evidente en sus ojos azules.

—Yo a Matt le habría dejado *ipso facto*. Te lo juro.

Esa vez me tocó reír a mí.

—A ver, no es por justificarlo ni porque sea mi mejor amigo ni nada de eso, pero el pobre no estaba en su mejor momento cuando escribió ese libro —me dijo—. Creo que la ruptura con Naomi hizo que escribiese con el corazón un poquito amargado y el resultado, pues… fue el que fue.

Parpadeé un par de veces confusa.

—¿Will no tiene novia? —la pregunta se me escapó antes de que pudiese contenerla.

—No. —Ella frunció el ceño al mirarme—. Naomi lo dejó hace meses. Quizá no debería contártelo yo. —Puso cara de circunstancias—. Pero sé que no vas a decir nada…

Asentí, todavía un poco conmocionada. Llevaba días convenciéndome de que no podía fantasear con un hombre que tenía novia y… ¿resultaba que estaba soltero?

«Si la exnovia se llama Naomi…, ¿la «K» de su tatuaje es por otra ex?».

—Will y Naomi estuvieron juntos tres años. Se conocieron en la universidad, pero en aquel momento de su vida no cuajaron —me explicó—. Se reencontraron años después en una fiesta o en la presentación de su tercer libro o algo así… No recuerdo bien esa parte. Casi al día siguiente ella pasó a ser su agente y, poco después, también su novia.

Abrí los ojos sorprendida por esa nueva revelación.

—¿Naomi era su agente? —pregunté.

—¿La conoces?

—Personalmente no, pero creo que alguna vez he oído a mi jefe hablar de ella.

—Tiene sentido. —Lucy se colocó un mechón rubio detrás de la oreja—. Creo que representa a más autores que trabajan para tu editorial. Total que, resumiendo mucho, cuando Will escribió el libro, estaba un poco herido y desde entonces no tiene agente.

—Vaya, pues… qué pena.

No sabía qué más decir y tampoco podía preguntarle lo que me moría por saber.

«¿Sigue Will despechado? ¿Sigue enamorado de ella?».

—Pero yo confío en él —continuó—. Es un gran escritor y, ahora que está mejor y que cuenta contigo para la visión femenina, el libro será un éxito.

—Sí, yo también lo creo. —Con un suspiro eterno desvié la mirada al frente.

El cielo naranja me regaló uno de los atardeceres más bonitos de mi vida. Cogí una galleta y le di un mordisco. Estaba lejos de casa y de la vida que conocía, pero me encontraba cómoda en aquel pueblecito costero, acompañada por la dulzura de Lucy.

—Por cierto, mañana hay noche de Trivial en Monterrey —dijo reclamando mi atención—. He escrito a Will antes para que te lo dijese.

El recuerdo de su mano izquierda en mi cadera y la derecha tapándome la boca la noche del Trivial se manifestó en mi cabeza y me estremecí como si él estuviese tocándome de verdad.

—Rachel, tienes la piel de gallina, ¿quieres una sudadera?

—¿Tienes otra? —le pregunté esperanzada.

Ella asintió y rebuscó en su bolsa. Me entregó una de los San Francisco 49ers y yo arrugué la nariz al cogerla.

—Es de Matt —me explicó.

Conforme se ocultaba el sol y el naranja del cielo se iba transformando en rosa y morado, más se sentía el fresquito. La sudadera me quedaba casi tan grande como la de Will, pero no olía a eucalipto ni a café. En ese momento no quise darme cuenta de lo alarmante que era echar de menos el olor de una persona.

—Entonces ¿te animas a la revancha? —insistió Lucy.

—Me encantaría, pero tengo una cita.

Lucy abrió la boca y me observó sorprendida.

—¡¿Con quién?! —Me dio un codazo en el costado.

—Se llama Parker. Es agente inmobiliario.

Ella ahogó una exclamación.

—¿Tienes una foto?

—Espera. —Entré en Tinder y le enseñé una. Lucy soltó una risita—. ¿Lo conoces?

—Rachel, vivimos en un pueblo de tres mil y pico habitantes. Seguro que conozco a la mayoría de los chicos que te han salido ahí. Pero es que, además, este en concreto es el socio de Matt.

—¡Qué coincidencia! —exclamé—. Y... ¿qué tal es?

—Pues es muy simpático y detallista. Encajaréis bien.

Tener referencias me dejó un poco más tranquila y aumentó la curiosidad que tenía respecto a él. Y, lo más importante de todo, me dio esperanzas de pasarlo bien en su compañía.

Al llegar a casa, decidí que ya era hora de poner la lavadora. Después de pasar por mi habitación, bajé al sótano cargando el cesto de la ropa sucia. El cuartito que cumplía la función de lavandería estaba al lado del gimnasio. Cuando llegué al último escalón, vi que la puerta estaba entreabierta. Como tenía las manos ocupadas, me volví para empujar la madera con el hombro. En cuanto di un paso adelante me quedé petrificada.

«AY. DIOS. MÍO».

Will no estaba escribiendo en su despacho, como había asumido. Lo tenía delante, sin camiseta y bajándose los pantalones del chándal.

«No puede ser verdad».

La coherencia abandonó mi cerebro de manera repentina. Eso explicaba por qué me lo había quedado mirando fijamente en lugar de cerrar la puerta y salir corriendo. El cuerpo entero se me había contraído y sabía que no respondería a ninguna de mis órdenes.

El tiempo dejó de correr en segundos para hacerlo en latidos.

Parecía que Will acababa de entrenar. Tenía el cabello ligeramente despeinado y el pecho sudado. Se había quedado congelado en el sitio, igual que yo, con las manos en la goma del pantalón. Al fijarme en cierta parte de su anatomía que, por suerte, estaba cubierta por ropa interior negra, los latidos de mi corazón se hicieron más ensordecedores que nunca.

Uno... dos...

Tres latidos después, cerré la boca y tragué saliva.

«No me extraña que esté tan bueno. Si se pasa la vida haciendo deporte».

—Joder —maldijo él antes de subirse los pantalones a toda velocidad.

Los segundos que estuve atrapada en el universo de Will se me hicieron eternos.

Me obligué a apartar la mirada y el tiempo volvió a transcurrir a una velocidad normal.

—Ay, yo... Lo siento... Vengo en un rato. —Di un paso atrás para salir.

Necesitaba perderlo de vista para que mi corazón obtuviese el descanso que necesitaba.

—Espera —me pidió.

Al posar los ojos en él, mis latidos volvieron a acelerarse.

«Mantén la calma. No digas ninguna tontería, por favor».

Él se agachó para sacar su camiseta de la lavadora y me dijo:

—Úsala tú. Yo solo iba a lavar la ropa de deporte. Puedo esperar.

Will se pasó la camiseta por la frente para limpiarse el sudor y me miró extrañado.

—¿Y esa sudadera? —me preguntó.

Mis ojos se quedaron anclados en su pecho y no contesté.

«Deja de mirarle el tatuaje, por favor, ¿no te da vergüenza?».

Resoplé, enfadada conmigo misma por haberle dado otro repaso a su torso.

—Es de Matt —respondí.

—Te podía haber prestado yo una si la necesitabas.

«¿Qué te contesto a eso, Will? ¿Que quiero que me la prestes y dormir con ella puesta? Porque ahora mismo creo que eso es lo que quiero», resonó una vocecita derrotada en mi mente.

«Estás siendo muy poco profesional», me recordó otra con firmeza.

—¿Tienes algún problema que te impida llevar ropa? —le pregunté un poco cabreada—. Pareces Jacob Black.

—¿Quién coño es ese?

—El lobo de *Crepúsculo* —contesté—. Va todo el día sin camiseta, igual que tú.

—Se suponía que estaba solo.

Lo miré incrédula.

—Pero si te molesta... —No acabó la frase.

En su lugar, se dio la vuelta y atrapó una sudadera limpia que tenía doblada en una cesta encima de la secadora.

«Serás bocazas», me reprendí cuando se la metió por la cabeza.

Me quedé ahí plantada mientras él se vestía, más rígida que el palo de una escoba por fuera y bailando como una gelatina nerviosa por dentro.

Will me observó cuando sus ojos quedaron a la vista y se adelantó. El trocito marrón de su iris parecía decirme: «Ven, acércate un poco más».

Sin poder evitarlo, tragué saliva.

—¿Qué tal con Lucy? —me preguntó en voz baja.

«¿Por qué susurras ahora, Will? ¿Es que quieres que me acerque un poco más y...?».

—Genial —contesté un poco agitada.

—Me ha dicho que mañana hay noche de Trivial, ¿te apetece que les demos otra paliza?

Cogí aire y cerré los ojos un segundo.

—No puedo —respondí cuando volví a mirarlo—. Tengo una cita con el socio de Matt.

Will me devolvió la mirada, sorprendido, y se quedó callado unos segundos.

—Bueno, voy a poner la lavadora —dije antes de sobrepasarlo.

21

CELOSO (adj.): Dícese de la persona que siente celos. Es decir: cualquiera menos yo.

—¿Tienes una cita con Parker? —le lancé la pregunta y me di la vuelta para encararla.

—Sí —contestó ella rehusando mirarme.

Esa palabra me provocó una sensación incómoda en el estómago.

El giro de la trama de Parker era algo que no me esperaba y que me había dejado atónito. De hecho, ella y yo habíamos avanzado tanto esa semana que había dado por sentado que le apetecería pasar su tiempo libre del fin de semana conmigo.

—¿Por qué? —La pregunta me salió sola—. Quiero decir, ¿te lo ha presentado Lucy?

Raquel dejó el cubo de la ropa en el suelo y me miró como si yo fuese de otro planeta.

—No. Lo he conocido en Tinder —aclaró antes de agacharse y arrojar una prenda al tambor de cualquier manera.

—Ah... —No sabía qué decir.

—Tú... ¿lo conoces? —me preguntó.

Detecté cierto interés en su voz.

—Sí. Hemos coincidido alguna vez.

Intenté recordar cuándo había sido la última vez que lo había visto. Juraría que fue en el cumpleaños de Matt.

—Es un poco estirado. —Se me escapó el comentario desde lo más profundo del alma.

«Y te aburrirás como una ostra con él».

—¿En serio? —Vi de refilón su cara de sorpresa mientras seguía metiendo ropa en la lavadora—. Pues Lucy me ha dicho que es majísimo.

«Así que Lucy..., ¿eh?».

—¿Y qué más te ha dicho?

—Poca cosa.

La observé mientras echaba el jabón en el compartimento correspondiente. Luego se puso de puntillas para coger el suavizante de la estantería que tenía a su derecha.

Siempre había creído que Parker era un poco simple. Pero, por cosas que me había contado Lucy, sabía que él haría las típicas moñadas espeluznantes por las que Raquel saltaría de la emoción, como llevarla a un concierto de música clásica a la luz de las velas o pedirle matrimonio en un viñedo en Napa.

—Cree que lo pasaré bien con él.

«Te aseguro que te lo pasarías mejor en el Trivial. Conmigo».

Raquel encendió la lavadora y dejó el suavizante en su sitio.

Cuando volvió a observarme, parecía un poco tensa.

Ella nunca me apartaba la mirada.

Ni yo a ella.

Entre nosotros siempre había mucho contacto visual.

Y eso me gustaba.

Tal cual ocurrió en el pasillo el día que nos chocamos, la estancia pareció reducirse y el ambiente se espesó de alguna manera. No sé cómo conseguí resistirme a la fuerza que tiraba de mi ombligo en su dirección.

—Voy a cambiarme —me informó de manera atropellada.

Al pasar por mi lado cargando el cubo vacío, me rozó el brazo y una corriente eléctrica me subió por la piel hasta el pecho. Me quedé paralizado porque sentí algo reptar por mi estómago.

«¿De dónde viene eso, Will?».

Quería...

Daba igual lo que yo quisiese. El sonido de la puerta cerrándose indicaba que ella no quería nada conmigo.

Raquel y yo no volvimos a coincidir hasta el día siguiente. Cuando salí de mi cuarto, ella ya estaba en la biblioteca, según me dijo, adelantando trabajo para irse antes a la cita. Se me hizo raro desayunar sin escuchar su parloteo incesante. Después de eso me encerré en el despacho y estuve toda la mañana escribiendo.

Nos reencontramos en la cocina a mediodía. Se había puesto la americana rosa que llevaba el día que nos vimos por primera vez en la editorial. Estaba guapísima con el pelo recogido. Fui consciente de que me quedé mirándola igual de boquiabierto que cuando se puso el vestido.

—Estarás deseando que llegue el miércoles, ¿no? —me dijo desde la nevera.

Alcé las cejas en una pregunta muda.

—Como me vuelvo a Manhattan... —agregó mientras metía un plato al microondas.

«Se marcha en cinco días».

—Pero con todo lo que hemos hablado del manuscrito no creo que vayas a echarme de menos.

Su intento de broma no me hizo gracia.

Debí de suponer que ella malinterpretaría mi seriedad porque se apresuró a añadir:

—No obstante, como te dije, si me necesitas mientras no esté, podemos hacer videollamada, ¿vale?

Asentí en silencio.

Cogí aire de manera profunda y le hice la pregunta más obvia:

—¿Vas a volver después de la presentación?

Ni siquiera me dio tiempo a estar en vilo, porque respondió de manera automática.

—Sí, claro. Era lo que habíamos hablado, ¿no? —me preguntó, y yo asentí.

Una fuerte sensación de alivio se llevó la tensión por delante.

El microondas pitó. Ella sacó su plato y se sentó enfrente de mí. El salmón con verduras que se había cocinado la noche anterior tenía mejor pinta que mi pollo precocinado de Whole Foods.

—Tranquilo, que no voy a dejarte tirado con nuestro bebé. —Le hincó el tenedor a un espárrago triguero.

—¿Nuestro bebé? —Arrugué el ceño.

—Me refiero al libro.

—No es nuestro bebé. —Negué con la cabeza—. Yo soy padre soltero. Tú, en todo caso, me ayudas a cuidarlo de vez en cuando.

Ella contuvo la sonrisa.

—Lo que usted diga, señor Anderson —murmuró por lo bajini.

Corté un trozo de pollo *tikka masala* y me lo llevé a la boca. Me dio la impresión de que picaba más que de costumbre.

—¿A qué hora te vas? —le pregunté.

Consultó la hora en su móvil.

—Enseguida —contestó antes de dejarlo de nuevo sobre la mesa—. Te vas a reír, pero hemos quedado en Starbucks.

«Me parto de risa, sí».

—Típico de Raquel.

Ella me hizo una mueca y continuó:

—Vamos a tomar un café y a dar un paseo.

«No sé por dónde si no hay nada al lado».

—Y luego he reservado en un restaurante japonés que tiene muy buenas reseñas. —Soltó una risita—. Como habrás supuesto, he planificado yo la cita.

«No me interesa. De verdad. No quiero saberlo».

—Al final sí que voy a ser un cliché con piernas.

—Un poco —concedí.

El silencio se sentó con nosotros a la mesa y durante un rato cada uno se centró en su comida.

—Me da pena perderme el Trivial —dijo poco después.

—Puedes venir después de cenar.

«O cuando te aburras de Parker».

Ella se quedó pensativa y jugueteó con su colgante.

—Tienes razón. Puedo decirle a Parker que vayamos después de la cena.

«Lo que me faltaba…».

No contesté.

—Claro que seríamos impares —dijo para sí misma—. Aunque podemos hacer un equipo de tres, ¿no? —me preguntó.

«Uf. Ni hablar».

—Podríamos, pero sería injusto para Lucy y Matt —contesté—. ¿De verdad vas a disfrutar de tus nachos de la victoria sabiendo que no has jugado en igualdad de condiciones?

—Bueno, a mí no me importa ser parte del equipo de dos personas y jugar con desventaja. Total, voy a ganar igualmente. —Me sonrió.

«¿Y con quién harías equipo, Raquel? ¿Con Parker o conmigo?».

Me quedé con la duda. Jamás le preguntaría eso.

De pronto, sentí la necesidad de que la conversación recayese sobre mí. Quería que se olvidase de su cita durante unos segundos.

—Quién te iba a decir a ti que acabarías jugando al Trivial con tu escritor favorito, ¿eh? —pregunté con una sonrisa de suficiencia.

«¿De verdad eso es todo lo que se te ocurre, Will?».

—Nunca dije que fueses mi escritor favorito —aseguró con la boca llena—. Dije que eras uno de ellos.

Le dediqué una amplia sonrisa.

—Eras, en pasado —aclaró mientras se levantaba y cogía su plato vacío—. ¿Quieres una fresa con chocolate?

—No, gracias.

La seguí con la mirada mientras recogía su plato y lo metía en el lavavajillas. Luego la vi sacar una fresa del recipiente y cerrar el congelador de nuevo.

Le dio un mordisco y se acercó a la puerta de la cocina.

—Bueno, te dejo comer tranquilo, que no llego.

Asentí y no contesté.

Le di vueltas a la comida un rato más, pero se me había cerrado el estómago.

Querer escribir y estar desconcentrado genera una de las peores frustraciones del mundo. Últimamente había veces que daba igual cuánto lo intentara y cómo de clara tuviese la historia que quería contar, que las palabras no fluían. La culpa de estar tan disperso la tenían algunas de las frases que Raquel había soltado en mi presencia.

«¡Joder, que yo solo quería echar un polvo!», su voz resonó como un eco dentro de mi cabeza.

Resoplé e intenté centrarme otra vez en la escena que estaba escribiendo.

El monstruo me atacó por la espalda, lanzándome por los aires. Aterricé de rodillas un par de metros más allá.

«La camisa esta de cuadros te queda bien. Pareces un granjero de Arkansas gruñón y servicial».

Me quedé unos segundos en el suelo, no conseguía ver nada. El humo era demasiado denso y me amargaba la garganta.

«Es que no importa el lugar, importa lo que sientes dentro, estés donde estés».

No conocía ese bosque y perderme entre las tinieblas sería muy fácil.

«Cuando te leo, siento que pintas un cuadro dentro de mi cabeza».

Un nudo me oprimió el estómago cuando grité el nombre de Caleb y nadie contestó. Si le había pasado algo, yo... Yo solo quería salir a cenar con Hunter y echar un polvo con él.

«Pero ¿qué cojones, Will? —me reprendí—. ¡Borra eso ya mismo!».

Bajé la tapa del portátil y resoplé. Era inútil.

Sin querer, visualicé toda su cita con Parker. Seguro que sería el típico que al llegar le diría que estaba guapísima y, seguidamente, le abriría la puerta de Starbucks y le diría algo tipo: «Oh, vaya, ¿te gusta el café de vainilla? ¡Qué casualidad, a mí también!». Probablemente se caerían bien y después él la llevaría en su coche hasta la playa para ver el atardecer. Un plan infalible para conquistar a una chica romántica. Acabarían cenando *sushi* y la complicidad entre ellos sería más que evidente. Por eso él le propondría ir a tomar una copa, ella aceptaría y se besarían bajo las estrellas que no se apreciaban en Manhattan, pero que sí se veían en Carmel.

Y luego...

Cabía la posibilidad de que se acostasen.

Vale que ese tío no era el más espabilado del pueblo, pero había que ser gilipollas para no querer acostarse con una chica tan inteligente y sexy como ella. Al pensar en Raquel con otra persona sentí que algo me estrujaba el pecho a la altura del corazón. De pronto, estaba... ¿preocupado?, ¿incómodo? ¿Un poco cabreado también?

Confuso.

Estaba confuso de cojones.

Cerré los puños y se me tensó el cuerpo entero.

Estaba confundido y un poco cabreado. Para colmo, notaba que el dolor de cabeza comenzaba a fraguarse.

«Joder, Raquel, ¿qué me estás haciendo?».

Yo era un hombre tranquilo.

Y en ese momento, pensando en ella y en la sonrisa radiante que todavía no me había dedicado, me sentía de todo menos tranquilo.

La paz que encontraba siempre en ese despacho había sido reemplazada por una mezcla de nervios, tensión y frustración.

Con un resoplido eterno, me dejé caer en la silla otra vez. Apoyé los codos en la mesa y me froté las sienes con los dedos en busca de un alivio que sabía que no encontraría en esa habitación.

Estaba en un momento «elefante rosa» y el único que me entendería sería Zac.

La mayoría de las veces en las que le pides a una persona que no piense en algo, lo más probable es que piense en ello más aún. La primera vez que mi hermano me pidió que no pensase en un elefante rosa, ¿qué hizo mi cerebro? Sublevarse y pensar en el maldito elefante rosa. Zac y yo habíamos establecido ese código entre nosotros. Si uno le decía al otro: «Estoy con el elefante rosa», significaba que necesitábamos distraernos para salir del laberinto en el que nos había metido nuestra cabeza.

Pero no podía decirle a mi hermano que el mío, eso en lo que no podía dejar de pensar, era el lunar que tenía mi editora en el cuello.

Hablar con él no funcionaría. Y tampoco salir a correr.

¿Qué demonios me estaba pasando?

¿Por qué me molestaba que Raquel se hubiese ido con Parker?

«Porque existe la posibilidad de que ella se acueste con otra persona, y el afortunado quieres ser tú».

Joder.

¿Eso era?

¿Quería acostarme con ella y ya está?

Me pasé las manos por la cara y suspiré.

No, lo que verdaderamente me preocupaba era que Parker era el típico tío con el que ella tendría una segunda cita.

Por mucho que me escociese admitirlo, estaba irritado.

Siendo sincero, lo que le había dicho Lucy era verdad. Parker era simpático. No estaba mal. Excepto porque era malísimo en los juegos de mesa y la chica competitiva que vivía enamorada de Starbucks querría a un buen compañero de juegos al lado, ¿no?

Por esa razón, Parker no pintaba nada en la noche de Trivial.

Además, si ganaba nuestro equipo, yo...

«No quiero ver cómo celebras con él la victoria, y tampoco quiero que acabes sentada en sus rodillas por accidente».

Ese pensamiento sería revelador hasta para la persona más obtusa.

En ese instante no pude evitar preguntarme qué habría pasado entre nosotros si ella hubiese cenado conmigo en lugar de irse con Parker.

«Yo no seguiría por ahí... Más que nada porque, si tuviese algún interés en ti, serías tú el que estaría cenando con ella».

Y, entonces, identifiqué la emoción que se expandía desde mi pecho al resto del cuerpo. Pero ponerle nombre a lo que sentía no me dejó más tranquilo.

«Los celos no son tóxicos en sí, sino lo que haces con ellos», había dicho ella.

¿Eso era lo que me pasaba? ¿Estaba celoso?

No tenía ningún sentido. Yo jamás había sentido celos. Y, sin embargo, quería ser yo el que la llevase a cenar por ahí y el que le prestase las sudaderas.

22

CITA (n.): Encuentro con una persona mientras piensas en otra.

En California no eres nadie sin coche. Tardé siete minutos en ir a Starbucks en Uber. Necesitaba un café con urgencia y como llegué antes que Parker entré a pedir. Mientras esperaba al final de la barra a que el camarero me entregase mi *caramel macchiato*, me acordé de Will y su animadversión por esa cadena.

—¿Rachel? —me llamó el barista para darme el café—. ¡Que tengas un buen día!

—Igualmente.

Ya me había acostumbrado a que en aquel pueblecito todo el mundo me desease un buen día.

Me senté a esperar en una mesa cercana a la barra. Contemplé el «Rachel» que había escrito el camarero en mi vaso con un rotulador morado. Hacía tiempo que había normalizado que en ese país nadie dijese mi nombre bien, y ahora llegaba Will y lo pronunciaba a la perfección.

Que hablase tan bien español era algo que me había sorprendido gratamente. A veces le patinaba un poco el acento, pero me parecía monísimo cuando empleaba mi lengua materna.

«Monísimo» y «Will» eran dos palabras que jamás pensé que pondría juntas en una misma frase.

Parecía que cuando pronunciaba mi nombre utilizaba un tono

un poco más grave de lo normal. O quizá todo eran imaginaciones mías, porque solo él me llamaba Raquel.

—¿Rachel? —Una voz masculina cortó el hilo de mis pensamientos.

Levanté la cabeza y me encontré con un chico de ojos marrones, cabello castaño y facciones marcadas.

—¿Parker?

Él sonrió al asentir enseñándome todos los dientes.

Por culpa de mi familia, me fijaba en la sonrisa de una persona según la conocía. La de Parker era bonita y parecía sincera.

—Encantado.

Alargó la mano en mi dirección y yo se la estreché. Después de preguntarme si llevaba mucho tiempo esperándolo y si quería algo más, se acercó a la barra a pedir.

—Bueno, cuéntame, ¿qué hace una editora de novela romántica en su día a día? —me preguntó al regresar.

«Genial. ¡Un chico que me pregunta por mi trabajo y que no huye al escuchar la palabra "romance"!».

—¿Te sientas delante del fuego con los escritores y los escuchas hablar de sus ideas durante horas? —siguió.

—Algo así. —Me reí—. En realidad, no es tan romántico como parece. Las reuniones suelen ser por videollamada y sin chimenea.

«Aunque con Will me he sentado delante del fuego y compartimos un momento de acercamiento».

Él asintió con otra sonrisa encantadora. Parecía interesado en lo que tuviese que contarle, así que le resumí lo que hacía en el trabajo. Obvié que en ese momento mi día a día consistía en aguantar a un escritor millonario que vivía apartado de la sociedad.

Estaba dispuesta a pasar un buen rato con Parker y eso fue lo que hice. La conversación fue agradable, tan entretenida que las tres horas siguientes se me pasaron volando y, cuando quise darme cuenta, estábamos en el restaurante. Will se coló en la conversación de la manera más tonta y lo hizo por el lado de Parker.

—Matt me ha dicho que estás trabajando en el nuevo libro de Anderson.

Que el estómago se me contrajese ante la mención de su apellido no era una buena señal.

—Así es. —Asentí.

Dejé los palillos en la mesa y le di un sorbo al vaso de agua.

—¿Y qué tal te va con él?

—Bien.

—Es un poco excéntrico, ¿no? —La burla iba implícita en su tono de voz.

—¿Por qué dices eso?

—Solo lo conozco de un par de veces... Es majo —reconoció—, pero me da la sensación de que se lo tiene un poco subidito, ¿no te parece?

Apreté los palillos con más fuerza de la necesaria y pesqué un *maki* de salmón con aguacate. De pronto, tenía la imperiosa necesidad de defenderlo.

—Yo creo que no. —Endurecí el tono sin querer—. Tiene mucho éxito. ¿Te has leído sus libros?

—No.

—Pues son buenísimos. Son de esos que no puedes soltar porque tienes muchas ganas de saber qué va a pasar a continuación. Y a la vez no quieres terminarlo porque te dejará un enorme vacío. —Me fui emocionando conforme hablaba—. Will consigue que te olvides de la vida durante un rato. Yo con sus novelas he llorado, he reído y he pasado miedo. Es genial cuando un autor te hace sentir cosas.

Me llevé los palillos a la boca y me comí la pieza de *sushi* que había mareado gesticulando.

—Vaya, sí que te gusta...

«Pues sí. Me gusta mucho».

—... cómo escribe. Has hablado tan emocionada que...

«Creo que es uno de los mejores autores de su generación».

—... voy a tener que darle una oportunidad —concluyó.

—Deberías. Seguro que te gusta. —Sonreí cuando terminé de masticar.

—Seguro que sí.

—Discúlpame un momento. —Me levanté para ir al baño.

Todo había ido bien con Parker, pero de improviso tenía la cabeza hecha un lío.

Al entrar en el servicio me encaminé directamente al espejo y me retoqué el pintalabios, que se había difuminado hasta casi desaparecer.

Parker era mono, alto y vestía bien. Además, se había interesado por mí, no había acaparado toda la conversación y parecía cómodo conmigo.

Pero...

Sus ojos no eran enigmáticos, ni multicolor, ni me ponían nerviosa.

Por primera vez en toda la tarde, saqué el móvil del bolsillo de la chaqueta. Abrí la conversación con Will y mis pulgares bailaron inquietos un par de centímetros por encima de la pantalla. ¿Quería mandarle un mensaje? ¿Debía hacerlo? ¿Era buena idea escribirle, escondida en el baño como una criminal?

«Solo quieres saber si ya está en el Trivial. ¿Qué tiene eso de malo?».

Presioné los pulgares contra el móvil para escribirle.

«¿Seguro que solo quieres eso?».

Me detuve en cuanto detecté la inseguridad de mis pensamientos.

«¿Has pensado lo que se reirá de ti si te presentas allí sola? Probablemente te dirá: "Raquel, ¿ya estás por aquí? Qué pronto, ¿no? ¿Mala cita?"».

—Pues no —contesté en voz alta.

Borré lo que había escrito y respiré hondo.

La idea de darle otra oportunidad a Tinder era para demostrarme que los pensamientos subidos de tono por Will eran culpa de un puñado de hormonas revolucionadas y no porque me gustase.

La imagen de él limpiándose el pecho sudado con la camiseta volvió a hacer acto de presencia en mi cabeza. Era lo más erótico que había visto en mucho tiempo. Al recordarlo, un calor familiar me recorrió el cuerpo.

«Para, Raquel. Solo es trabajo».

Respiré hondo otra vez y negué con la cabeza a la imagen desconcertada de mí misma que me devolvía el espejo. Ya solo me faltaría encenderme por él sin tenerlo delante siquiera.

No.

A mí no me ponía Will.

Lo que me pasaba era sencillo. Estaba compartiendo casa con un hombre atractivo al que había visto sin camiseta varias veces. Will no me calentaba por ser Will. Cualquier tío medio guapo con el que estuviese viviendo esa situación me provocaría lo mismo, ¿verdad?

«Verdad».

Reafirmándome en mi propósito, me guardé el móvil en el bolsillo y regresé a la mesa, dispuesta a tener la mejor cita del mundo.

Pasado el bache de Will, la conversación con Parker volvió a ser una carretera plana, sin sobresaltos.

Antes de que pidiésemos la cuenta, él se ausentó para ir al baño. Dudaba si proponerle ir a la noche de Trivial o ir a tomar algo a otro sitio. Aproveché que me había quedado sola para consultar la hora en el móvil y me topé con un mensaje de Lucy.

> Sin vosotros no hay rivales a la altura 😕
> Así no tiene gracia ganar!

> Qué tal la cita con Parker?

> Y Will? No está con vosotros?

> Al final no ha venido, no se encuentra bien

> Te dejo, que empieza la segunda ronda!

> Cuéntame qué te parece Parker y te leo luego!!

Jugueteé un instante con el corazón de mi colgante y me lo llevé a la boca mientras reflexionaba. ¿Will estaba malo? ¿O simplemente se había quedado escribiendo y había puesto una excusa? Solté el corazón y se estrelló contra mi esternón. Acto seguido, mis pulgares fueron por libre. Salí de la conversación de Lucy y entré en la de Will.

> Lucy me ha dicho que no te encuentras bien

> Qué te pasa? Necesitas algo?

Contemplé la pantalla unos segundos.

Will no me contestó.

Esa vez, en lugar de guardarme el móvil, lo dejé encima de la mesa. Si la pantalla se iluminaba, quería verlo.

—¿Te apetece ir a tomar algo? —me preguntó Parker cuando salimos del restaurante.

—Me encantaría, pero se ha hecho un poco tarde y mañana tengo que madrugar.

Will todavía no me había respondido y, aunque era probable que estuviese en su despacho escribiendo, algo me reclamaba que fuese a comprobarlo. Por eso, en lugar de montarme en el coche de Parker, pedí un Uber.

—Lo he pasado muy bien —me confirmó él.

—Sí, yo también. —Sonreí con la mano en la manilla de la puerta—. Hablamos, ¿vale? —le dije antes de subirme al coche para marcharme.

Necesitaba pensar una excusa por si Will estaba escribiendo y me vacilaba por llegar a las nueve y media.

Me quité las deportivas y subí las escaleras. Estaba un poquito inquieta.

La puerta de su habitación estaba abierta y la luz, encendida.

—¿Will? —lo llamé desde el umbral.

Nadie contestó.

Me aventuré a asomar la cabeza. La cama estaba vacía y deshecha.

—¿Will? —volví a llamarlo y entré en su cuarto.

Oí la cisterna y luego el agua del grifo correr.

La puerta del baño estaba entreabierta. Unos segundos después, apareció un Will que tenía muy mal aspecto. Estaba pálido y tenía el pelo revuelto, como si se hubiese pasado la mano por la cabeza ochenta veces.

—¿Qué haces aquí? —me preguntó con un hilo de voz.

Caminó hasta la cama, con la mano derecha en la tripa, y se dejó caer en el colchón bocabajo. El gemido lastimero que se le escapó me apretó el estómago e hizo que aumentase otro poquito más la inquietud.

Di un paso adelante y después otro.

—¿Te encuentras bien?

—Me duele el estómago —contestó con la cara pegada a la almohada y sin abrir los ojos.

—Pero ¿has vomitado o algo?

Will emitió un sonido afirmativo.

El segundo quejido doloroso que soltó hizo que yo me aventurase a sentarme en el borde de la cama. Will y su uno noventa, que parecían indestructibles, estaban hechos polvo. Verlo así me chocó y preocupó a partes iguales.

En ese momento, tiritó de frío y me fijé en su atuendo. Llevaba un pantalón de chándal gris y una camiseta blanca de manga corta.

—Will —susurré.

—Mmm..., ¿qué?

Estiré la mano y la apoyé en su frente. Él, al sentir mi contacto, suspiró. La piel le ardía.

—Creo que tienes fiebre. ¿Dónde está el termómetro?

—Baño —fue todo lo que respondió.

Crucé la habitación hasta el servicio. Abrí el espejo y cogí el termómetro de la última balda.

Volví a la cama y me quedé de pie a su lado.

—Will —lo llamé con suavidad—. Necesito que te des la vuelta, por favor.

Me hizo caso a la primera, signo indudable de que se encontraba fatal. Rodó sobre la cama y se quedó bocarriba. Se llevó la mano derecha al estómago y contrajo el rostro de dolor.

Solté un suspiro. Verlo tan vulnerable me dio pena.

Volví a sentarme en el colchón, que era gigante, y me recosté sobre la cama.

—Toma. —Atrapé su mano derecha y le coloqué el termómetro sobre la palma.

Él despegó los párpados con dificultad y se metió el termómetro en la boca. Cuando pitó, se lo quitó y lo miró.

—Ciento uno con tres.

Me saqué el móvil del bolsillo para hacer la conversión de Fahrenheit a Celsius. Estaba a treinta y ocho grados y medio.

—Vale, tienes fiebre.

—¿Me pasas la manta, por favor? —Su tono suplicante me hizo soltar otro suspiro profundo.

—No deberías taparte. —Me levanté—. ¿Dónde está tu móvil?

—Lo tengo en el bolsillo. —Él desplazó la mano despacio por su tripa hacia la derecha.

Con un movimiento rápido me adelanté. Se estremeció cuando notó que le metía la mano en el bolsillo. Saqué el móvil y se lo puse delante de la cara para desbloquearlo.

—Voy a llamar a tu hermano.

—¿Para qué?

—Es médico, ¿no?

Una vez que llegué a su agenda de contactos, busqué el nombre de Zac. Pulsé el botón de llamada y esperé.

Respondió al cuarto tono.

—William, me sorprende gratamente que sepas devolver una llamada. —Su voz sonaba bromista y alegre.

—Soy Rachel. La editora de Will —lo corté—. Tu hermano tiene ciento uno con tres de fiebre, le duele el estómago y ha vomitado. ¿Qué debería hacer?

—¿Cuántas veces ha vomitado?

—Espera, que pongo el manos libres. —Me separé el teléfono de la oreja y se lo acerqué a Will.

—¿Cuántas veces has vomitado? —le pregunté.

—Tres —contestó él con los ojos clavados en el móvil.

—¿Qué has comido hoy? —cuestionó Zac.

—Un pollo *tikka masala* que picaba un poco más de lo normal.

—¿Cuándo vomitaste por última vez?

—Hace unos minutos. —Will suspiró.

Me adelanté a la contestación de Zac.

—¿Le doy Pepto-Bismol? —le pregunté—. Esa era la medicina que le daba Edward a Bella cuando ella no paraba de vomitar en *Amanecer*.

—¿Qué? —Will me miró. Sus cejas arrugadas, unidas a su expresión desmejorada, me hacían querer estirar la mano y acariciarle la cabeza.

—Sí. El Pepto está bien —me contestó Zac—. Parece que tiene una intoxicación alimentaria. Nada de lo que preocuparse. Intenta que no se tape mucho. Y si empeora o le sube la fiebre, me llamas. Estoy de guardia, si tardo en contestar es por eso.

—Vale. —Asentí.

—Gracias por cuidarlo, Rachel. Te mando mucho ánimo, mi hermanito es el paciente más quejica del universo.

Will no contestó. Yo me despedí de Zac y regresé al botiquín del baño. Cogí el bote rosa y consulté la fecha de caducidad.

—El Pepto está caducado —alcé la voz para que Will me oyese.

Acto seguido, lo arrojé a la papelera y regresé a su lado.

—Voy a pedir un Uber y voy a comprarte otro, ¿vale? —le dije mientras tecleaba en la pantalla de mi móvil.

—Llévate mi coche —me dijo a duras penas—. La llave está abajo.

—Nunca he cogido un Tesla…

—Raquel…, se conduce igual que otros coches.

—Ahora vengo —dije saliendo de su cuarto.

No. No se conducía igual que otros coches. Al final tuve que ponerme un tutorial de YouTube para configurar los espejos y el volante, y me pasé todo el trayecto pensando en que acabaría rayándolo o, peor, estrellándolo.

Cuando volví, encontré a Will dormido en la misma posición en que lo había dejado.

—Will —lo llamé en un susurro—. Ya estoy aquí. —Me senté a su lado en la cama.

Él despegó los párpados despacio y me miró.

Se incorporó para tomarse el jarabe y volvió a recostarse. Según su cabeza tocó la almohada, emitió otro quejido.

Sin poder evitarlo, alargué la mano y le quité el pelo de la frente. Su gemido de dolor se transformó en un suspiro de alivio. De manera inconsciente, él ladeó la cabeza hacia la derecha en busca de más caricias. Le pasé la mano por el pelo con suavidad varias veces y, cuando me percaté de lo que estaba haciendo, paré.

—Avísame si necesitas algo —susurré al levantarme.

Cuando fui a dejar el jarabe sobre su mesilla, la portada colorida de una novela que conocía a la perfección llamó mi atención. Observé el título, *Querido corazón, ¿por qué él?* unos segundos y el estómago me dio un vuelco.

¿Por qué tenía Will el último libro de Mia Summers?

23

ROM-COM (n.): Género en el que dos personas se enamoran en medio de clichés alucinantes.

Salí de mi cuarto con el pelo mojado después de ducharme y arreglarme, y me asomé al de al lado. Las cortinas estaban abiertas y la luz del sol iluminaba la habitación de Will por completo. Eran las nueve de la mañana y por fin hacía calor.

Me acerqué a él con el mayor sigilo posible. Tenía el brazo izquierdo debajo de la almohada y dormía tranquilo.

«Con la boca cerrada está guapísimo», pensé después de contemplarlo unos segundos.

Le puse la mano en la frente para comprobar si tenía fiebre. Cuando lo toqué, pasaron dos cosas a la vez. Él soltó una respiración profunda y a mí el corazón se me detuvo un instante.

Me quedé congelada por el calor que me subió desde la palma y me costó reaccionar.

Retiré la mano despacio. Will tenía la piel menos caliente.

Antes de marcharme, volví a mirar la mesilla de noche. No lo había soñado, el libro de Mia seguía ahí.

Veinte minutos más tarde le cogí el coche sin decírselo. Conduje despacio por la carretera que bordeaba el acantilado, deleitándome con el paisaje verde de montaña que se fusionaba con el océano azul en una combinación que me dejaba sin palabras. El sol me llenaba de energía y sonaba una versión de «Stand by Me» que no conocía y que me estaba encantando. Todo eso me hizo sonreír contenta.

Di un paseo por la playa y luego me dirigí a Whole Foods. Allí compré patatas y un paquete de arroz para la dieta blanda de Will. Él había tenido detalles conmigo y me apetecía prepararle la comida. Una parte pequeñita de mí estaba siendo testigo de cómo la delgada línea que separaba la profesionalidad de una relación personal empezaba a desdibujarse entre nosotros.

«Solo vas a prepararle un poco de arroz blanco. No vais a morrearos por eso. Es algo que harías por Suzu y Grace».

Eso era verdad. Mis amigas y yo nos cuidábamos las unas a las otras cuando estábamos enfermas.

«Sí, pero tus amigas no son un escritor buenorro y bocazas que te excita».

Sacudí la cabeza en cuanto ese pensamiento me vino a la mente, y me centré en hacer la compra. No había nada de malo en tener un detalle con un hombre enfermo.

Deambulé por la sección de fruta y verdura, pero no encontré las fresas que él solía comprar. Lo que sí vi fue un ramo precioso de rosas rojas que se vino a casa conmigo.

En cuanto salí a la calle me puse las gafas de sol blancas. Los veinte grados en pleno febrero era algo que echaría de menos cuando me fuese. Después de guardar la compra en el maletero, conduje de vuelta.

Todo iba bien hasta que empezó a reproducirse una melodía que me sabía al dedillo. Canté mientras meneaba la cabeza al ritmo de la música y hasta que la canción no llegó al estribillo no me percaté de que lo que estaba sonando en el coche de Will era «Fallin' All in You», de Shawn Mendes. Se había metido conmigo por esa canción y me había dicho: «Me estás destrozando los tímpanos con el lamento de ese tío». Me había juzgado por escucharla y resultaba que… ¿la tenía en su *playlist*? ¿Por qué?

Que me hubiese arropado mientras dormía y que hubiese encendido el fuego eran muestras de que debajo de todas esas capas de arrogancia había un hombre que se preocupaba por los demás. Pero escuchar mi canción favorita y tener el libro de Mia Summers en la mesilla de noche era algo para lo que no encontraba explicación. Eran cosas que me pedían a gritos que cogiese el bolígrafo rojo y remarcase la línea que nos separaba.

Después de colocar la compra, busqué un jarrón para colocar las flores, sin éxito. Cuando me di la vuelta para salir de la cocina, me topé con Will.

—¡Will, qué susto! —Me llevé la mano derecha al pecho para calmar mis latidos.

Estaba parado en el umbral, mirándome fijamente. Iba descalzo y llevaba la misma ropa con la que había dormido. Se lo veía desganado, pero tenía algo más de color en el rostro.

Sus ojos se desviaron de mi cara a las flores y, antes de regresar a mi rostro, se detuvieron en la piel que el top y los pantalones cortos dejaban al descubierto.

«Recién levantado está monísimo, ¿no?».

Carraspeé empujando ese pensamiento al fondo de mi cabeza y le pregunté:

—¿Te encuentras mejor?

Él asintió sin despegar los labios.

—Me alegro. ¿Te sigue doliendo el estómago?

Recibí otro asentimiento de cabeza por su parte.

—¿Te has tomado la temperatura?

—No.

«¿Solo vas a contestar con monosílabos y movimientos de cabeza?».

—Pues deberías —le dije—. Hace un rato tenías la frente caliente.

Él parpadeó confuso.

—¿Has entrado en mi cuarto? —preguntó sorprendido—. Pensaba que lo había soñado.

Will se adelantó un paso y a mi estómago le pareció que era un buen momento para dar otra voltereta. Su cercanía me puso un poco nerviosa y cambié de tema.

—¿Tienes un jarrón? —le pregunté, y me apreté las flores contra el pecho.

Él endureció la mirada y apretó la mandíbula.

—¿Te las ha regalado Parker? —Señaló el ramo con la cabeza. Su tono áspero me descolocó.

«¿Qué mosca te ha picado ahora?».

—No. Me las he comprado yo.

—Ah...

«¿Es cosa mía o acaba de relajar la expresión?».

—¿Te pasa algo? —le pregunté—. ¿Es porque te he cogido el coche sin preguntar?

Él solo negó con la cabeza y suspiró.

Sin decir nada cruzó la cocina, abrió el armario del fondo y sacó un tarro de cristal de la última balda. Luego se acercó al grifo, le quitó la tapa metálica y lo llenó de agua.

—Toma. —Extendió el tarro en mi dirección—. Para tus flores.

Arqueé una ceja y contuve la sonrisa.

—¿Quieres que meta las flores en un bote de tomate? —pregunté divertida.

Me reí y su mirada recuperó un ápice de brillo.

—No tengo otra cosa —contestó—. Y no es un bote de tomate, creo que dentro venían pepinillos.

Will dejó el tarro sobre la encimera y se apartó de mi lado. Yo me concentré en quitarle el papel al ramo.

—Te he comprado arroz blanco, te sentará bien —informé—. Cuando quieras comer, me avisas y lo preparo.

Parecía asombrado. Tampoco era como si le estuviese ofreciendo bailar desnuda delante de él. Aunque no me import...

«Raquel, los pensamientos, que está enfermo, por favor», me reprendí.

—No tenían las fresas que sueles comprar en Whole Foods. He cogido otras.

Saqué las tijeras del cajón para cortar los tallos de las flores, que eran demasiado largos para que cupieran en el bote.

—Es que no las compro ahí. —Lo oí decir—. Voy a una granja de agricultores.

Me di la vuelta. No sabía cómo me hacía sentir su comentario. Arreglé los tallos y le dije:

—Pues ya me dirás cuál es... Así puedo ir yo a comprarlas.

Él asintió.

Coloqué las flores en el tarro y lo alcé para enseñárselo.

—¡Mira qué bonitas han quedado! —Le sonreí ampliamente—. ¿Dónde podemos ponerlas?

—Donde quieras. —Hizo un gesto con la mano para restarle importancia—. Creo que voy a acostarme otra vez.

Y, sin decir nada más, salió de la cocina.

Will reapareció horas más tarde. Se había cambiado de ropa, llevaba unos pantalones de chándal negros y una camiseta verde botella. Tenía el cabello húmedo y mejor aspecto.

Sus ojos se posaron en la televisión, luego en las flores que decoraban la mesa y, por último, en mis piernas estiradas sobre el sofá.

—¿Estás mejor? —Recogí las piernas.

—Sí. —Asintió—. ¿Has comido?

—Hace un rato. Te he hecho puré de patata y arroz.

—Gracias, tengo un poco de hambre —reconoció antes de desaparecer rumbo a la cocina.

Volví a concentrarme en la lista de Netflix. Will regresó unos minutos después y se sentó en el sofá, en el extremo opuesto al que estaba yo. Dejó un vaso de agua sobre la mesa y se colocó el plato sobre el regazo.

—¿Qué vas a ver?

—No lo sé —contesté mientras pasaba de una película a otra.

—¿De verdad solo tienes romances en tu lista de Netflix? —Su tono era mitad irónico mitad incrédulo.

—En realidad es tu perfil.

Me miró horrorizado y se me escapó la risa.

—Joder, Raquel... Luego el algoritmo solo va a sugerirme bodrios —se quejó.

—Mira, dudo entre esta. —Me detuve encima de la que se titulaba *Amor de calendario*.

—¡Qué horror! No veo eso ni aunque me paguen.

Puse los ojos en blanco y pasé a la siguiente.

—¿*Mi primer beso*? —Will resopló—. ¿De verdad has puesto eso en mi lista?

Solté una carcajada estruendosa. Su cara de indignación era demasiado graciosa.

—Sí. —Lo miré—. ¿Quieres verla?

Él entrecerró los ojos.

—¿Quieres que vuelva a vomitar?

—¡Qué exagerado eres! —Volví la vista a la televisión y pasé a la siguiente—. Pero me hace mucha gracia —reconocí.

Solo se me ocurría un plan más divertido que ver una película romántica en solitario y era verla con él. Seguro que se tiraría los noventa minutos gruñendo y quejándose.

—Will, ¿te quedas a ver la película conmigo?

—¿Eso? —Arqueó las cejas y señaló la pantalla—. Ni hablar.

Me incorporé hasta sentarme.

—¿Por qué no?

—Porque tengo que escribir.

—Es sábado y estás malo... Anda, porfa.

Dejó el plato en la mesa y se volvió en mi dirección.

—¿Por qué quieres torturarme así?

—Porque sé que voy a reírme mucho contigo. Además, ver estas películas te puede servir para coger inspiración.

—Si acepto es con dos condiciones —dijo a regañadientes—. No pienso ver nada que lleve la palabra «amor» en el título y nada que esté protagonizado por adolescentes.

—Vale. Sin problema. —Sonreí por mi pequeña victoria.

—Me apuesto lo que quieras a que no puedes ver la peli sin dar saltitos en el sofá —se burló.

Giré el cuello para mirarlo y me encontré con una sonrisa perezosa en su cara.

—Y yo que tú no podrás verla sin resoplar. ¡Ya sé! —exclamé—. ¡Podemos hacer una apuesta! Si resoplas o sueltas algo sarcástico antes de que yo dé un saltito, pierdes y yo elijo la siguiente película.

—Entonces, si tú suspiras o haces cualquier comentario empalagoso, ganaré yo y te pondré una peli con la que me vengaré por el sufrimiento que vas a hacerme pasar.

—Vale. —Sellamos nuestra apuesta con un apretón de manos—. ¿Y si vemos *El diario de Noa*? —Retrocedí a la primera que había metido en la lista—. Por esa película ganamos en el Trivial.

Me tomé su suspiro eterno como un sí.

—Dios, ya me estoy arrepintiendo —aseguró cuando aparecieron los créditos iniciales.

Durante unos minutos solo se oyó la televisión y el sonido de los cubiertos de Will. Aguantó callado unos... ¿cinco minutos?

—Pero bueno, ¿qué cojones es esto?

Parecía indignadísimo con la escena de la noria.

Solté otra carcajada y lo miré expectante.

—Vamos a ver... —Gesticuló—. ¿De verdad te parece romántico que un tío consiga que salgas con él porque amenaza con atentar contra su propia vida?

—¡Toma! ¡He ganado! —Me levanté y señalé la pantalla—. ¡Me toca elegir la siguiente película porque no puedes tener la bocaza cerrada!

Él arqueó una ceja y dejó el plato vacío sobre la mesa.

Un poco más tarde, vi de reojo que echaba la cabeza hacia atrás y se llevaba una mano a la tripa.

—¿Todo bien? —le pregunté.

Él asintió.

A partir de ahí sus comentarios no cesaron: «Pero ¿por qué bailan en mitad de la calle? ¡Se merecen que los atropellen!», «¿Esto es amor? Si solo saben pelearse». Alcanzó su punto álgido cuando llegó la escena del beso bajo la lluvia.

—¿Y por qué se ríen ahora? —Me miró desconcertado—. ¡Si se están empapando! Es que esto es surrealista. Por favor, dime que no van a besarse...

—¡Shhh!

Cuando Noa y Allie se besaron, miré la pantalla encandilada.

—¡Es precioso! —suspiré enamorada.

—Sí, el culmen del romanticismo —ironizó.

—Calla ya, que ahora viene lo mejor.

Pero Will no me hizo ni caso y siguió criticando la película a su antojo hasta el final, cuando me preguntó:

—¿Estás llorando?

En lugar de contestar, me abracé aún más las rodillas. Si abría la boca, soltaría un sollozo.

—Venga, tonta. —Will se acercó y me frotó el brazo izquierdo con suavidad—. En el fondo es un final feliz. —Señaló la pantalla con la mano libre.

—Ya...

Estaba conmovida. Y la piel del brazo se me estaba calentando bajo su contacto. Quería que Will me abrazase tal y como hizo cuando entró en mi habitación.

—Bueno, ¿con cuál vas a martirizarme ahora? —Quitó la película—. Podrías elegir una comedia, ¿no?

Me limpié las lágrimas y lo miré unos segundos.

—Vale. —Acepté el mando que él me entregaba—. ¿Prefieres ver *Cómo perder a un chico en diez días* o *Crepúsculo*?

—Prefiero pegarme un tiro en los huevos.

La risa se mezcló con las lágrimas.

Al final acabé eligiendo *Cartas a Julieta*. En esa película una chica viajaba a Verona y todo cambiaba para ella cuando se encontraba una antigua carta de amor. Esa vez perdí yo. Según salió Amanda Seyfried exclamé:

—¡Ay, Dios! ¡Mírala, está preciosa! —Acompañado de otro suspirito amoroso.

—Sabía que ganaría. —Will se frotó las manos y me miró burlón—. Bueno, pues después de este rollazo tocará ver una obra maestra como, por ejemplo, *Dune*.

—¡No, por favor! —supliqué.

—*Has perdido, Raquel. Asúmelo.*

Cuatro palabras y mi estómago dio otra voltereta.

«Te gusta demasiado que hable en español».

A mitad de la película me ausenté para ir a mi habitación. Tenía un poco de frío, así que me puse una blusa amarilla y holgada encima del top. Cuando volví, Will estaba más repantigado en el sofá. Al ver que tenía al gato encima, me detuve a una distancia prudencial.

—No hace nada —me prometió.

—¿Seguro?

Él asintió.

—Si te da miedo, me lo llevo.

—No. Está bien. Voy a intentarlo. —Me senté lo más alejada de ellos posible.

Su gato era bicolor. Tenía la mayoría del pelaje blanco con algunas franjas naranjas. Al verlo junto a su dueño me pregunté si Will lo había escogido porque sus ojos también eran multicolor.

De alguna manera, hacer esa asociación en mi mente y ver lo manso que era el felino en sus brazos hizo que me aproximase a ellos un poco más.

«Es hora de enfrentar tus miedos».

Me acerqué y Will me miró.

—Tampoco es que me den pánico —contesté a su pregunta muda—. Lo de la otra noche fue más el susto que otra cosa.

Estiré la mano y la dejé suspendida a centímetros de su mascota. Me atreví a rozarle la cabeza de manera fugaz y quité la mano rapidísimo.

Will me infundió ánimo con la mirada y me dio el valor suficiente para hacerle otra caricia al gato.

Mi orgullo Gryffindor rugió victorioso.

—Vale —concedí con el corazón latiéndome a todo trapo—. No ha sido tan horrible como pensé —dije volviendo a mi sitio.

—¿Qué tal fue tu cita? —me preguntó con la vista concentrada en su mascota.

—Bien. Parker fue majo y atento. No me pareció un estirado como dijiste.

Will echó la cabeza hacia atrás y la apoyó en el respaldo del sofá. Torció el cuello en mi dirección y entonces me dijo:

—¿Vas a volver a quedar con él?

—No lo sé. —Me encogí de hombros—. Ya veré.

—Si ha pasado a la siguiente ronda, el señor Darcy ya puede echarse a temblar.

—Para tu información, el señor Darcy no es mi héroe romántico favorito.

—¿Ah, no? —Percy saltó al suelo cuando Will se volvió para mirarme de frente y subió la pierna derecha al sofá—. ¿Y quién es el afortunado? —Su mirada de interés captó mi atención.

—El protagonista de mi libro favorito y, como todavía no has adivinado cuál es…, no te puedo decir de quién se trata.

Will guardó silencio y me observó con suspicacia.

Se humedeció los labios y yo volví a ponerme nerviosa.

—Y, hablando de libros… Anoche vi en tu mesilla el de Mia Summers, al final voy a pensar que eres un romántico y todo.

—No desvaríes. Es investigación de campo, nada más. Quiero entender cómo piensan las mujeres y qué les gusta.

Sonreí para mis adentros.

—¿Y por qué escuchas a Shawn Mendes en tu coche?

—Por el mismo motivo. Investigación de campo —agregó sin darle importancia.

—Bueno, pues ya me dirás qué te parece el libro.

Él emitió un sonido afirmativo, cogió el mando de la televisión y reanudó la película.

Cuando *Cartas a Julieta* terminó, me sorprendió que Will dijese:

—Pues no está tan mal.

—¿Verdad? —pregunté.

—Exceptuando que el tío es un impertinente…

—No lo es. Charlie es genial.

Él me dedicó una mueca incrédula y se levantó.

Lo seguí hasta la cocina. Comentamos la película mientras él se calentaba un poco de arroz y yo sacaba los trozos de pizza preparada que me había comprado esa mañana en Whole Foods.

—¿De verdad vas a obligarme a ver *Dune*? —le pregunté cuando volvimos al salón cargando los platos.

—Por supuesto. —Se sentó en el sofá—. Es una maravilla audiovisual. Me darás las gracias cuando termine.

—Lo dudo. —Me senté en el extremo opuesto—. Me dormiré y tendrás que llevarme a la cama —avisé.

—No te preocupes —contestó con los ojos clavados en la televisión—, te llevaré a la cama encantado.

Aunque sabía que sus palabras no iban con doble sentido, se

me calentó la sangre porque usó ese tono grave y bajo que hacía que mi estómago se contrajese.

Al principio no me enteré de mucho. No había leído el libro y se me escapaban bastantes cosas. Cuando dejé las sobras en la mesa, me acomodé aún más en el sofá. Will se lo llevó todo a la cocina. Al regresar, apagó la luz principal y solo nos quedamos con la que desprendía la lámpara de pie que tenía a mi derecha. Se sentó en el sofá y entonces me percaté de que estaba muy cerca de un hombre atractivo.

«No fantasees. Céntrate en la película...».

Eso fue lo que hice. El sueño no tardó en hacer que me pesasen los párpados, intenté no cerrarlos y durante un rato... lo conseguí.

Abrí los ojos despacio, tenía el lado izquierdo de la cara apoyado sobre algo duro y caliente. Estaba muy a gusto, así que volví a cerrar los párpados. Estaba a punto de dormirme otra vez cuando fui consciente del sonido rítmico que llenaba mi oído izquierdo. Me llevó unos segundos comprender que parecían latidos. ¿Era mi corazón el que palpitaba así? No podía ser.

Parpadeé un par de veces tratando de enfocar la vista.

Conforme recuperé la conciencia fui percibiendo el entorno que me rodeaba. Lo primero de lo que me di cuenta fue de que estaba escuchando los latidos del corazón de Will. Ese descubrimiento me llevó al siguiente: mi cara descansaba sobre su pecho y le estaba rodeando la cintura con el brazo derecho.

Se me aceleró el pulso de golpe y me quedé rígida.

¿Me había dormido sobre su pecho?

Y él... ¿estaba despierto o dormido?

No me moví ni un centímetro mientras intentaba adivinarlo.

Su pecho subía y bajaba al ritmo de su respiración suave y acompasada.

Estaba segura, a un noventa por ciento, de que estaba dormido. Una parte de mí se relajó y, al hacerlo, me di cuenta de que la piel del estómago me quemaba más que la de la cara.

«Por favor, que no sea lo que creo que es».

Pero sí que lo era... La tela de la camisa se me había subido y la mano de Will estaba apostada en mitad de mi estómago, con su brazo rodeando mi cintura.

«Me va a dar un infarto».

El corazón me latió muy fuerte contra la caja torácica.

Le cogí la mano y la aparté de mi cuerpo con cuidado de no despertarlo. No me apetecía vivir una situación de esas incómodas de comedia romántica. No me atreví a mirarlo hasta que me levanté. Will se había recostado sobre el reposabrazos y tenía los pies en la mesa. Observé el hueco donde había estado tumbada yo y vi que le había babeado la camiseta a la altura del pecho.

«Ay, Dios, ¡qué vergüenza!», pensé antes de alejarme de él. Abandoné el salón con el mismo sigilo que si estuviese robando las Joyas de la Corona. Quince minutos después de haberme acostado, lo oí subir las escaleras despacio, por lo que no estaba segura de si él había estado realmente dormido o no.

Cuando volví a despertarme, era de día y estaba en mi habitación. La imagen de Will abrazado a mi cuerpo me asaltó de golpe y, con el fin de rehuir esos pensamientos, me levanté y me puse el conjunto deportivo. Acababa de decidir que aprovecharía el buen tiempo para practicar yoga en el jardín con las vistas del océano Pacífico. Pero no llevaba ni cinco minutos de rodillas en la esterilla cuando me sobresaltó una voz.

—Vaya, vaya, vaya, tú debes de ser Rachel.

Giré el cuello hacia la derecha. Según mis ojos aterrizaron en el intruso supe quién era. El hombre era un poco más joven que Will y de su misma estatura. Su cabello estaba oculto tras una gorra de los San Francisco 49ers que llevaba del revés y que dejaba a la vista unas facciones marcadas. Ese chico no se parecía en nada a Will y, aun así, era obvio que se trataba de su hermano.

24

GILIPOLLAS (adj.): Mi hermano.

«¿Las once de la mañana?».
Me froté la cara con las manos y volví a mirar el reloj.
Eran las once de la mañana de un… ¿Qué día era? Al haber estado malo y solo haber cambiado la cama por el sofá, había perdido la noción del tiempo.
El móvil me indicó que era domingo. A esas horas ya debería llevar un buen rato escribiendo. Con ese pensamiento en la cabeza, salí de la cama y entré en la ducha.
Veinte minutos después bajé las escaleras con el pelo mojado y cargando el cesto de la ropa sucia hasta el sótano. No tenía ni idea de cómo se comportaría Raquel conmigo después de haberse quedado dormida sobre mi pecho. La película llevaba puesta media hora cuando su cabeza se encontró con mi hombro. Recuerdo haberle pasado la mano izquierda por delante de la cara para ver si estaba dormida y no recibir respuesta por su parte. Al oír su respiración calmada, debí de quedarme dormido. Me desperté por el estruendo de una de las escenas. Fue entonces cuando me percaté de que nos las habíamos ingeniado para acabar tumbados y abrazados. No quería despertarla, así que volví a cerrar los ojos. Estaba muy a gusto y no iba a largarme. Abrazarla era tan natural que, una vez más, sentí que pertenecía a ese lugar. El calor que desprendía y su contacto me hacían sentir aliviado. Y, sin darme

cuenta, volví a dormirme. La siguiente vez que abrí los ojos, ella estaba subiendo las escaleras.

Después de haber estado acurrucados algo había cambiado para mí. Siendo sincero, llevaba un par de días con la sensación de estar caminando sobre una capa de hielo cada vez más fina. Tenía claro que esta se rompería en cualquier momento. Lo que no sabía era si me ahogaría en las profundidades o si conseguiría salir del agua helada a tiempo. Algo me decía que pasar el día con ella en el sofá había sido una pésima idea.

«¿Quieres poner la maldita lavadora y subir a escribir, por Dios?».

Arrojé la ropa al tambor de malas maneras. Me volví hacia la puerta para salir cuando me encontré con un trozo de encaje rojo en el suelo. Arrugué las cejas. Eso no era mío. Me agaché para recogerlo.

Joder.

Eran unas bragas.

En mis fantasías, su lencería de encaje era negra. Ahora podía afirmar que era roja.

«Mi editora. Es mi editora —me repetí—. No debería fantasear con acostarme con ella».

Tenía dos opciones: o dejaba las bragas en el suelo y ya las encontraría ella o me comportaba como un adulto y se las devolvía. Después de sopesarlo unos instantes, me convencí de que podía ser un adulto.

Subí las escaleras con las bragas en la mano. Quería entregárselas cuanto antes. La cocina estaba vacía. Sabía que Raquel había pasado por ahí porque cerré el cajón de los cubiertos, que se había dejado entreabierto, y porque su coletero morado estaba abandonado en la encimera.

Escaneé toda la planta de abajo en su busca y la encontré en mitad del jardín, sentada sobre su esterilla. Para mi sorpresa, no estaba sola. A su lado estaba mi hermano haciéndola reír. En cuanto Zac giró el cuello en mi dirección, un solo pensamiento me cruzó la cabeza:

«¡TIENES UNAS BRAGAS EN LA MANO!».

Por fortuna, el cerebro me funcionó con agilidad y me las guardé en el bolsillo a toda velocidad. Ya se las daría en otro momento, cuando estuviésemos a solas. Quizá no fuese tan mala idea dejarlas donde las había encontrado. El corazón se me había acelerado por los nervios y las bragas parecían pesar tres kilos en mi bolsillo.

—Pero bueno, William, ¿qué horas son estas?

Cuando mi hermano habló, Raquel centró sus ojos en mí. Intenté leer en ellos cómo se sentía y me dio la sensación de que ella estaba haciendo lo mismo conmigo.

—Hola —saludé.

Zac se levantó y se interpuso entre nosotros.

—Las once y media de la mañana. —Mi hermano se acercó y me obligó a apartar la mirada de Raquel—. Sí que debes de estar malo, sí.

—Pues sí —le contesté.

Desvié la mirada hacia ella otra vez.

—Buenos días —le dije.

—Hola. —Me sonrió—. ¿Te encuentras mejor?

«Esa sonrisa tiene que ser una buena señal».

Asentí en respuesta justo cuando Zac llegó a mi altura con los brazos abiertos.

—¿Qué haces aquí? —le pregunté.

Me dio dos palmadas en la espalda al abrazarme y se apartó.

—Estás enfermo y soy médico. La respuesta es obvia. ¿Has vuelto a tener fiebre?

Negué con la cabeza.

—¿Te duele la tripa?

—No.

—Genial. —Zac me puso la mano en el hombro y me regaló otra palmadita amistosa—. Lo que te dije, intoxicación alimentaria. A ver si esto te sirve para comer mejor.

Puse los ojos en blanco y él se rio antes de volverse hacia Raquel.

—¿Se ha quejado mucho? —le preguntó, y se sentó a su lado de nuevo.

—No. —Ella negó con la cabeza y centró su atención en él—. Solo lo hizo mientras veíamos *El diario de Noa*.

Mi hermano ladeó el cuello y me dedicó una mueca de superioridad. Gracias a su visión de rayos X supe que estaba viendo dentro de mí. La incredulidad que detecté en sus ojos azules significaba: «¿De verdad has visto *El diario de Noa* por una tía?».

Abrió la boca, seguramente para decir algo inapropiado, pero yo me adelanté:

—Voy a prepararme un café, ¿queréis uno?

—Yo sí, por favor —me dijo Raquel.

Asentí y me la quedé mirando embobado unos segundos. Llevaba el conjunto rosa deportivo y el colgante dorado resaltaba sobre su piel.

—Yo quiero otro, hermanito —me pidió Zac sacándome de esa burbuja en la que solo parecía existir ella.

Unos minutos más tarde estaba a punto de calentar la leche cuando Zac entró en la cocina. Según me giré para mirarlo, supe el tipo de comentario que se avecinaba.

—¿Qué? —Mi hermano alzó las cejas dos veces de manera sugerente—. ¿Ya habéis follado?

—Pero ¿qué coño dices? —le pregunté alarmado—. ¡Baja la voz, que puede oírte, gilipollas!

—William, no te hagas el tonto. —Zac entornó la puerta y se acercó a mí con una sonrisa maliciosa—. Le has dejado el Tesla, ¿crees que me chupo el dedo?

Me pasé la mano por la cara y le di la espalda.

—Estás desvariando... —Negué con la cabeza y cogí la jarrita metálica—. Lo del Tesla era cuestión de vida o muerte.

—Will, tú no le dejas el coche a nadie. —Zac se situó a mi lado y me miró incrédulo—. Ni siquiera me lo has dejado a mí. Y ver *El diario de Noa* con una chica... —Se rio anticipadamente—. Es el pasaporte directo a sus bragas.

«Si supiese que las llevas en el bolsillo...».

Ese pensamiento me puso tenso. Necesitaba deshacerme de su ropa interior antes de que mi bolsillo prendiese en llamas.

—Joder, Zac. Eres un cerdo. De verdad... —Hice una pausa

para encender el vaporizador y calentar la leche—. Vimos la película porque necesitaba inspiración para el libro. Nada más.

Él soltó una carcajada.

—¿Ahora lo llamas inspiración? —Me dio una palmada en la espalda mientras yo servía la leche en una taza, lo que provocó que se derramase sobre la encimera—. A mí no me engañas. He visto la miradita intensa que os habéis dedicado el uno al otro.

—¿Qué miradita intensa? —pregunté extrañado.

—¿De verdad no te gusta esa chica?

—No —respondí sin mirarlo, y pasé un trapo por el mármol.

—Perfecto... —Se acercó a la puerta.

—¿Zac...? —pregunté inseguro—. ¿Adónde vas?

Mi hermano me miró desde el umbral con una mano en el pomo de la puerta.

—Si Rachel no te gusta, tengo vía libre para pedirle una cita.

—¿Qué? No. Ni hablar. —Negué con la cabeza y arrojé el trapo sobre la isla—. No puedes pedirle una cita.

—¿Porque te gusta?

Ignoré su sonrisa sarcástica y me forcé a ignorar el nudo de incomodidad que se estaba formando en mi estómago.

—No puedes pedirle una cita porque es mi editora —puntualicé—. No puedes distraerla. La necesito para acabar el libro.

Zac me escudriñó con la mirada y desestimó mis palabras con un gesto desdeñoso de la mano.

—Bah, que yo le pida una cita no tiene por qué afectar a vuestra relación laboral. —Hizo énfasis en la palabra «laboral»—. A no ser que te guste, claro, en cuyo caso me retiraría como el caballero galán que soy.

—Pero ¿cómo me va a gustar esa mujer?

Mi hermano se encogió de hombros, su expresión parecía decir: «No sé, dímelo tú».

Ahí fue cuando empecé a divagar:

—Es demasiado entusiasta. —Gesticulé mientras caminaba de un lado a otro—. Tiene una opinión para todo y cuando cree que tiene razón se pone insoportable. Es muy cabezota.

—Vaya, pues sí que os parecéis.

—No. —Me detuve y lo miré.

—Es verdad, tú eres peor seguro.

Me froté la cara con las manos y resoplé.

—¿Qué llevas en el bolsillo? —Zac elevó la voz.

Antes de que me diese tiempo a adivinar sus intenciones, él tiró del encaje que sobresalía y sacó las bragas.

—¿Son de Rachel? —me preguntó sorprendido—. ¿Por qué llevas sus bragas en el bolsillo? Entonces ¿te la has tirado?

«Aún no».

Aún.

Una palabra que claramente significaba que tenía toda la intención de hacerlo. Dios, ¿cómo una palabra podía cambiarme el humor?

—No —contesté.

—No serás un pervertido, ¿verdad?

—Joder, claro que no. Me las he encontrado en el sótano, pensaba devolvérselas ahora.

Hice amago de arrebatárselas, pero él salió de la cocina.

—¿Qué coño haces? —Lo seguí al salón intentando no levantar mucho la voz para no alertar a Raquel.

Me adelanté y le corté el paso.

—Zac, dámelas ya. —Extendí la mano derecha entre nosotros.

No quería imaginar lo que pasaría si Raquel nos encontraba peleándonos por sus bragas.

—Hostia, que viene... —susurró él.

Me di la vuelta horrorizado y comprobé que ella se acercaba a la puerta del jardín con los ojos clavados en la pantalla de su móvil.

Retrocedí un paso dispuesto a distraerla. A mi brillante hermano no se le ocurrió otra cosa que lanzarme las bragas. Las atrapé al vuelo y, sin pensar, las arrojé al sofá.

—¿Me habéis puesto sirope en el café? —nos preguntó al entrar.

—No —contesté intentando aplacar los nervios.

Me comenzaron a sudar las palmas de las manos.

—Venía a por los cascos, que van a llamarme mis amigas —nos informó.

Giré el cuello como una flecha hacia la izquierda.

Los cascos estaban al lado de su ordenador, sobre el sofá. Era imposible que no viese la prenda de encaje que había aterrizado al lado.

Tardó dos segundos en darse cuenta.

—¿Qué hacen aquí mis bragas?

Joder.

En ese momento solo quería que cayese sobre la Tierra la lluvia de meteoritos que arrasaba el planeta en mi novela.

—Eso, Will —me pinchó Zac—. ¿Qué hacen las bragas de Rachel en el sofá?

«Yo te mato». Ese fue el pensamiento que traté de transmitirle con la mirada.

—¿Y yo qué coño sé? —Me encogí de hombros y dije lo primero que se me ocurrió—: Las habrá cogido Percy.

Por suerte, el móvil de Raquel sonó y ella descolgó la videollamada.

—¡Hola, chicas! ¿Qué tal? —Se guardó las bragas en el bolsillo lateral de las mallas—. Un segundo, que me pongo los cascos.

Cuando se perdió en el jardín, fulminé a mi hermano con la mirada.

—¿Tú eres tonto o qué te pasa?

Negué con la cabeza y me fui a la cocina sin darle tiempo a responder.

—Will, confiesa. —Zac me siguió.

Podría pedirle que me dejase en paz, pero no lo haría. Se colocó a mi lado en la encimera y me observó en silencio.

—Es mi editora. Los dos somos profesionales.

—¿Y qué?

—¿Qué más quieres que te diga, Zac? —le pregunté cansado—. ¿Que me gusta?

—Es un buen comienzo, sí... —Él asintió.

—¿Qué más da eso? —Me encogí de hombros—. No tengo nada que hacer con ella.

—¿Quién lo dice?

—Está teniendo citas con otros tíos. —Me pasé la mano por la cara otra vez—. El viernes cenó con Parker y es posible que vuelvan a quedar.

—¿Y?

—¿Cómo que «Y»? —Me crucé de brazos.

—¿Tú crees que si le gustase Parker se habría quedado todo el fin de semana cuidando de un tío de treinta años? —Zac señaló la puerta con la mano—. Dios, Will, a veces se me olvida lo obtuso que eres para estas cosas... A esa chica le gustas, hazme caso. Tengo un sexto sentido.

Lo miré indeciso.

—Mira, si no me crees, vamos a comprobarlo —propuso.

—¿Cómo?

—Fácil. Vamos a ponerla celosa.

—¿Qué? —Sacudí la cabeza y descrucé los brazos—. No. Ni hablar.

Él sonrió con malicia.

—No tenemos quince años, Zac. Ni se te ocurra meter la pata, por favor.

—Ya me lo agradecerás. —Fue todo lo que dijo antes de salir de la cocina llevándose dos tazas con él.

Raquel estaba sentada en la esterilla hablando con sus amigas. Se había puesto unas gafas de sol blancas enormes y estaba muy guapa. Cuando nos vio aparecer, nos hizo un gesto para que nos pusiéramos a su lado. Iba a decirle que no me sentaría en el césped habiendo sillas libres, pero mi hermano se agachó para darle su taza y se acomodó a su lado. Aprovechó que Raquel no le veía para alzar las cejas.

Resoplé y le dediqué una mirada de advertencia antes de sentarme en el césped yo también. Un rato después de que ella colgase, mi hermano dijo:

—Will, ¿me dejas tu móvil? Hace mejores fotos que el mío.

Lo miré con suspicacia antes de entregarle el teléfono.

Me acerqué la taza a la boca para darle un sorbo al café y él me sacó una foto.

—¿Qué haces? —le pregunté.

—Hace siglos que no cuelgas nada en Instagram. ¿Por qué no subes esta foto? —Me enseñó el móvil para que viese la que me había sacado—. Sales muy bien, ¿verdad, Rachel?

Él giró el móvil en su dirección y ella se acercó para ver la pantalla.

—Súbela. —Raquel levantó la cabeza—. Es verdad que hace mucho que no compartes nada, ¿no?

«¿Me sigues en Instagram?».

—Se te olvida que la editorial me pidió que me mantuviera alejado de las redes —le recordé dejando la taza a mi lado sobre el césped.

—No... —Ella negó—. La editorial te pidió que no contestases a los *haters* y que te mantuvieses al margen de la polémica, pero puedes subir cosas. A la gente le interesa tu vida. Sube una foto de tu café, o del mío, que te ha quedado precioso —dijo enseñándome su taza.

—Yo la subo por ti —se ofreció Zac—. No te preocupes. Voy a poner: «Aquí, contemplando el horizonte mientras pienso nuevas ideas para mi novela».

—Como pongas eso te corto los huevos —advertí.

Raquel se rio.

—Joder, Will, tienes un millón de mensajes sin leer. —Zac trasteó con mi móvil y poco después dijo—: Vaya, ¿esto te dicen las tías? —Abrió los ojos, sorprendido, y leyó un mensaje en voz alta—: «Will, solo quería decirte que, si me lo pidieras, dejaría a mi novio por ti».

—¿De verdad te escriben estos mensajes? —Raquel se quitó las gafas de sol y me miró—. ¿Como si fueses uno de esos actores famosos de Hollywood?

Asentí, un poco incómodo.

—Vamos a ver otro mensaje... Uf. Este es un poco maleducado, me lo ahorro —dijo Zac para sí mismo—. A ver..., este simplemente dice que le encanta tu libro... ¡Uy, aquí tengo otro! —Soltó una carcajada al leerlo—. Es un poco antiguo, pero allá voy. «Will, quiero que sepas que estoy libre en San Valentín, podríamos cenar y luego ver algo en mi casa. ¿Qué película verías conmigo?».

—Dile que *Un San Valentín de muerte* —contestó Raquel por lo bajini.

No me pasó desapercibido el matiz mordaz en su tono.

—Esa peli es de terror, Rachel. No pueden verla en la primera cita. —Zac arrugó las cejas—. Tienen que ver algo más romántico para generar el ambiente propicio, ¿sabes?

Ella asintió en silencio.

—¿Qué le contestamos a esta persona? —me preguntó Zac.

—Nada.

—¡Qué soso eres! —Mi hermano siguió cotilleando mensajes un rato—. ¡Joder! —Soltó una carcajada y luego agitó la mano izquierda en un gesto que significaba: «Madre mía con la gente»—. Esta chica es muy traviesa. Os leo literal: «Will, me encantaría comprobar si tienes la polla tan grande como la bocaza».

«Dios...».

—Vaya... —Raquel asintió con una mueca.

—Increíble, ¿verdad? —Zac la miró.

—Sí. —Ella parecía sorprendida—. Sin duda, esta chica es la reencarnación de Shakespeare.

—Te aseguro que está bastante más buena que Shakespeare. Will, ¿quieres contestar?

Antes de que me diese tiempo a responder, Raquel se adelantó:

—Estás invadiendo la privacidad de esas chicas leyendo esos mensajes —le dijo a Zac—. Son privados por algo —recalcó.

«¿Está celosa?».

Su tono ácido así lo demostraba. Durante unos segundos me hizo gracia verla mosqueadilla, pero cuando centró sus ojos marrones en mí, la incomodidad de mi estómago se hizo más evidente.

—Zac, dame el móvil. —Tendí la mano en su dirección y le hice un gesto.

—¿No quieres leer uno más? Aquí hay una tal Amy que no se anda con rodeos.

Me eché hacia delante y le arranqué el teléfono de las manos.

En ese instante, Raquel se disculpó para ir al baño. Esperé hasta que desapareció dentro de la casa para encarar a Zac.

—No tenías que haber leído los mensajes.

—¿Qué pasa? ¿Te preocupa que haya herido los sentimientos de tu editora? —me preguntó, y yo no contesté—. Porque, si eso es lo que más te preocupa, igual deberías aceptar que esa chica te gusta de verdad y hacer algo antes de que otro se te adelante y la lleve al baile.

—¿Qué parte de «Quiere otra cita con Parker» no pillas?

—¿Y tú que parte de «Si tanto quiere esa cita, qué coño hace un domingo aquí encerrada contigo» no pillas?

«Bien visto».

Me quedé pensativo unos segundos.

—Cómo estoy disfrutando de ser, por una vez, el que tiene razón —dijo él victorioso.

Raquel volvió del baño minutos después.

—¿Cómo va el libro? —nos preguntó Zac—. ¿Cuándo se imprimirá y todo eso?

—Pues debería ir a imprenta en mayo —le contestó ella.

—Hablando de eso —me metí yo—. Mañana mandaré un correo pidiendo cien ejemplares para mí, ¿te lo mando a ti o a David?

—Puedes mandármelo a mí y yo lo reboto a los compañeros de almacén. De todos modos, ¿para qué quieres tantos? —me preguntó—. Si aquí no tienes ninguno, ¿no?

La pregunta me pilló desprevenido, pero a mi hermano no.

—¿No te lo ha contado? —intervino Zac—. Los quiere porque los dona.

—¿De verdad? —Rachel me miró sorprendida y yo asentí incómodo.

No era algo que fuese gritando a los cuatro vientos.

—Debajo de todo ese aire de superioridad hay un corazoncito de oro, ¿no te parece, Rachel?

Le hice a mi hermano una mueca que significaba «Cállate ya».

—Se llama Raquel —le corregí—. Es española —agregué con la esperanza de cambiar de tema.

—¿Eres española? —Zac la miró sorprendido—. *Me encanta España.*

A Raquel se le escapó la risa.

—*Will me contó que fuisteis juntos a hacer turismo. ¿Te gustó?* —le preguntó.

—*Sí. Me gustó mucho. Aunque William hizo más turismo de museos y paisajes, y yo, de camas. Las mujeres españolas son increíbles.*

Solté un suspiro profundo. Si ese comentario no espantaba a Raquel, ya no sabía qué podría hacerlo.

—Pues seguro que te perdiste un montón de cosas bonitas —contestó ella.

—¿Qué tenéis en España aparte de la fiesta? —le preguntó Zac en broma.

—Pues una gastronomía increíble.

—A ver…, increíble tampoco —me burlé.

Ella hizo una mueca al mirarme.

—¿Y qué tenéis vosotros aparte de las hamburguesas y el Cuatro de Julio? —se mofó.

—Los perritos calientes —respondí aguantando la sonrisa.

—¿Eso es todo lo que puedes resaltar de vuestra gastronomía? —preguntó incrédula—. Cualquiera puede hacer uno, y con los ojos cerrados.

—¡Tengo una idea! —exclamó Zac de pronto—. ¿Por qué no me preparáis cada uno un perrito caliente y yo hago de juez?

—Paso —contesté.

—¿Tienes miedo de que la española te gane a tu propio juego? —me pinchó Zac.

—No voy a picar. Además, no quiero humillarla.

Cogí la taza y le di un sorbo al café.

—Si de verdad creyeses que vas a ganarme, no tendrías problema en aceptar —dijo Raquel.

Entrecerré los ojos un segundo, estaba a punto de ceder.

—Te propongo algo. —La emoción de la competición se había adueñado de ella—. El ganador tendrá derecho a vetar algo que proponga el otro sobre la novela.

—¿Una sola cosa? —pregunté indeciso.

Ella asintió y yo, sin decir nada más, estiré la mano en su dirección con la palma abierta, aceptando así su apuesta.

—¡Estupendo! —Zac se levantó—. Pues habrá que ir a comprar los ingredientes, ¿no?

Sabía que Raquel era competitiva, pero no imaginaba hasta qué punto era capaz de llegar con tal de ganar a lo que fuera.

Llevaba todo el cocinado haciendo trampas y complicándome la vida con pequeños golpes y roces que me desconcentraban cada dos por tres. Me estaba volviendo loco.

—Dios, ¿quieres estarte quieta?

—No. Quiero que te distraigas y se te queme la salchicha.

Abandoné el fuego para coger un plato y regresé con el pan. Extrañado, observé que la suya se iba dorando más que la mía. ¿Cómo era posible?

—¿Me has bajado el fuego? —pregunté anonadado.

Había puesto el fuego al seis desde un principio y ahora lo tenía al uno.

—De ninguna manera voy a darte un veto sobre esa novela, William —dijo.

«Te vas a enterar».

Me coloqué detrás de ella. La risa se le cortó de golpe cuando cerré los brazos alrededor de su cintura y la alcé en el aire.

—¿Qué haces? —Forcejeó con ganas—. ¡Bájame ahora mismo!

—No gastes energías, no puedes conmigo —le susurré al oído.

Mis labios rozaron su oreja por accidente y ella se quedó muy quieta.

Caminé de espaldas hasta la entrada de la casa. Allí la dejé de pie y le cerré la puerta en la cara. Intentó girar el pomo, pero yo tenía más fuerza que ella.

—¡*Capullo!* —gritó antes de que pudiera oír sus pasos apresurados alejarse.

Regresé al lado de la vitrocerámica riéndome por todo lo alto. Raquel era competitiva, pero había ido a dar con la horma de su zapato.

—*No puedo creer que me hayas encerrado fuera* —dijo cuando volvió a entrar, después de dar la vuelta a la casa por el jardín.

—Tú me has bajado el fuego. Estamos en paz.

Apretó los labios unos segundos y le sonreí. No pude evitarlo. Era muy divertida y estaba preciosa cuando ponía cara de enfado.

—¿Puedes ser más insoportable? —le pregunté riéndome cuando volvió a golpearme para coger antes que yo el bote de kétchup.

Ella se llevó un dedo a la barbilla y fingió que se lo pensaba durante un segundo, y entonces dijo con una enorme sonrisa:

—Sí. Es más, cuando te gane, seré superinsoportable y te repetiré cien veces que te he ganado.

«Y yo tendré muchas ganas de besarte para no escucharte».

Joder.

La cosa con ella iba de mal en peor.

Sacudí la cabeza con el fin de olvidar esa imagen. En los segundos que estuve despistado, ella sacó su salchicha del fuego.

—Raquel, dame el kétchup.

Era el ingrediente que me faltaba echar en mi plato.

—No. Lo siento. Tengo que usarlo —dijo mientras lo echaba sobre su salchicha formando un zigzag.

Cuando terminó, no soltó el bote.

—Raquel, último aviso: o me das el kétchup o te lo quito.

—Buena suerte.

—Tú lo has querido —musité.

Alargué el brazo para arrebatárselo. Forcejeamos unos segundos y, cuando estaba a punto de hacerme con él, apretó el bote. A cámara lenta, vi el chorro de salsa sobrevolar el aire para aterrizar en mi camiseta blanca. Soltó el bote y empezó a reírse a carcajada limpia, doblándose hacia delante.

Me limpié la mejilla con su camiseta y me acerqué a ella con el bote en alto.

—Will, ni se te ocurra. —Retrocedió un paso. Le tengo mucho cariño a esta ropa.

Emití un sonido afirmativo y di otra zancada hacia delante acorralándola contra la isla.

—Ya no te hace tanta gracia, ¿verdad? —Sostuve el bote por encima de su cabeza.

—Will...

Nos separaban un par de centímetros. Si me agachaba, podría besarla.

«No, tío. No puedes besarla. Es tu editora...».

Raquel aprovechó los segundos que permanecí en *shock* para escabullirse.

—No deberías bajar la guardia —me dijo antes de llevarse mi perrito a la boca y darle un bocado.

Abrí los ojos, sorprendido por su desvergüenza.

Sin perder el tiempo, cogió su plato y salió corriendo de la cocina.

—¡Raquel! ¡Ven aquí!

Le eché un chorro de salsa a mi plato y salí disparado.

—¡Zac! —exclamó con la boca llena mientras corría—. ¡Zac, tu perrito!

—¡Zac! ¡Ni se te ocurra cogerlo! —grité—. ¡Ha hecho trampas!

Raquel dejó el plato en la mesa, delante de Zac.

Cuando llegué a su altura, abandoné mi plato al lado del suyo.

—Will, al tuyo le falta un trozo —señaló mi hermano.

—Sí. El que se está comiendo Raquel. —Le agarré las mejillas con la mano—. Dile a mi hermano que eres una tramposa.

En lugar de contestar, ella tragó lo que estaba masticando. Luego me regaló una sonrisa insolente que hizo que me olvidase de que Zac nos observaba con atención y que mi estómago se retorciese impaciente.

Joder.

Quería besarla.

Esto de estar a la distancia adecuada de ella se me hacía complicado. La fuerza que tiraba de mi ombligo en su dirección regresó y me costó un triunfo no acercarme más.

—Basándome en que el perrito de Raquel está entero, la proclamo ganadora.

Dio un paso atrás para salir de mi agarre y se acercó a Zac.

—¡Toma! —Ella y mi hermano chocaron los cinco.

Yo entrecerré los ojos cuando ella me sonrió con suficiencia y entonces se me ocurrió.

—*Bien jugado, Raquel.* —Extendí el brazo con la palma abierta.

Cuando me estrechó la mano, le di un tirón en mi dirección. Raquel se estrelló contra mi pecho, manchándose así de kétchup. Intentó apartarse y yo la abracé para impedírselo.

—Quién se ríe ahora, ¿eh? —susurré solo para ella.

Raquel habló muy deprisa en español y solo capté insultos.

El pecho me vibró a causa de la risa cuando me dio un puñetazo cariñoso. Mis ojos se encontraron con los de Zac. Él, aprovechando que ella no lo veía, se quitó la gorra y me hizo una reverencia. Sus ojos me mandaban un mensaje claro: «Qué orgulloso estoy de ti, Will».

—¡Suéltame, capullo! —exclamó Raquel.

Esa vez la obedecí.

Ella se apartó y me miró ofendida. Tenía la cara y parte del top manchados de salsa. Me reí de su aspecto y ella refunfuñó algo sobre ir a cambiarse. Cuando se internó en el salón, me volví para mirar a mi hermano con la sonrisa todavía en la cara.

—Tío, ¿te ha dado un ictus? —me preguntó.

—¿Qué?

—Un infarto cerebral —explicó—. Parece que te da uno cada vez que la miras.

«¿Eso es... bonito?».

Me encogí de hombros y no contesté.

—Tío, bésala. Pídele una cita. Lo que quieras, pero haz algo ya —me dijo—. Es tan evidente que hasta Percy tiene que haberse dado cuenta.

Zac se marchó unas horas después. Él y Raquel habían hecho

buenas migas y habían estado un buen rato charlando en el jardín. Yo intervenía de vez en cuando, pero la mayoría del tiempo lo pasé en trance, observándolos.

Según cerré la puerta después de despedirme de él, me giré para encarar a la chica que estaba trastocando mi mundo entero. Raquel sonreía de oreja a oreja, lo que me hizo sospechar.

—¿Qué pasa?

—Ya sé cuál es tu comida favorita —aseguró.

«Es imposible que sepas que mi plato favorito es el pastel de carne de mi madre».

—Me lo ha dicho Zac —agregó—. Estoy contenta porque vas a tener que enseñarme tu despacho y porque va a ser mi segunda victoria del día —suspiró encantada.

—A ver..., sorpréndeme. —La señalé con la mano.

Ella se acercó a mí sonriendo y se detuvo muy cerca. Echó el cuello hacia atrás para mirarme a la cara y me dijo:

—Son los pimientos verdes fritos.

Se me escapó una carcajada.

Odiaba los pimientos con todas mis fuerzas.

—Raquel...

—No intentes negarlo —me cortó.

Observé durante unos segundos la felicidad que brillaba en sus ojos marrones. Nunca había dejado entrar a nadie en el despacho porque era mi lugar sagrado. Por eso, me sorprendí a mí mismo respondiendo:

—Qué bocazas es Zac... Supongo que no me queda más remedio que aceptar la derrota. —Me encogí de hombros—. Vamos, que te lo enseño.

25

PROFESIONAL (adj.): Dicho de una persona que se limita a su trabajo.

El despacho de Will era como lo había imaginado. El amarillo claro de las paredes y el suelo de madera generaban la misma sensación de calidez que la biblioteca. Lo primero que detecté al internarme en la estancia fue el olor a libro. Giré sobre mí misma para echarle un vistazo rápido a todo.

Will se había quedado recostado y cruzado de brazos contra el marco de la puerta.

Lo miré por encima del hombro y me acerqué a la pared, que estaba repleta de estanterías. En ellas encontré sus libros, los premios que había ganado por ellos y una máquina de escribir Olivetti que parecía muy antigua.

Después de inspeccionarlas me dirigí al centro de la estancia. Su escritorio de madera oscura era bastante grande y sobre él tenía el portátil plateado, unos cuantos cuadernos apilados, un bote de bolígrafos y unos cascos de diadema. En una esquina reposaba una lamparilla y, al lado, un globo terráqueo con el pie dorado. Todo estaba perfectamente colocado. Cogí la libreta marrón que tenía al lado del portátil. Era preciosa y se veía carísima. Acaricié el cuero con los dedos. Me habría encantado cotillearla, pero volví a dejarla en su sitio.

Le di la espalda al escritorio y, durante unos segundos, observé el paisaje de montaña que se veía desde la ventana.

«No me extraña que pase horas aquí encerrado. Esto es precioso».

Al lado de la ventana había un telescopio. ¿Will era de esos...? ¿De los que miraban las estrellas?

Me di la vuelta de nuevo y me fijé en el mapa antiguo que decoraba la pared de enfrente; debajo había un segundo escritorio. Crucé la estancia y me acerqué a esa zona, que me atraía como un imán.

En ese pequeño rincón encontré el pasadizo secreto a la mente de Will. En todas las historias de amor hay un antes y un después, y el mío fue ese —aunque tardé un tiempo en darme cuenta—. Al examinar el mapa me percaté de que era de su novela de fantasía. A su lado había varias fotografías de paisajes pegadas con celo, que imaginé que le servían de inspiración. La mesa que tenía delante también era de madera y sobre ella descansaban un iPad y un puñado de cuadernos, bolígrafos y folios. En esa mesa reinaba el caos.

—¿Puedo? —le pregunté con la mano suspendida encima de la montaña de papeles.

—Adelante. —Me hizo un gesto para acompañar sus palabras.

Cogí un taco de papeles y lo sostuve en alto. Fui pasando con cuidado los folios; en ellos encontré fichas de personajes, bocetos de los monstruos y escaletas. Me detuve al llegar a uno en el que había dibujado un fragmento de mapa. Me pareció increíble el nivel de detalle: tenía dibujadas las cordilleras, los cañones y los ríos.

—Todo esto... ¿lo has dibujado tú? —le pregunté asombrada.

Volví a centrar los ojos en el papel y me puse un poquito nerviosa al oír sus pisadas aproximarse.

—Sí.

Cuando me giré, lo tenía prácticamente encima. Alcé la vista para mirarlo a los ojos.

—Guau. Pues es increíble —apunté con admiración.

Le sonreí y él solo tragó saliva. Me di la vuelta para dejar los folios en el escritorio y observé el mapa de la pared. Estaba dibujado sobre un papel amarillento. Las manchas marrones, que parecían de café, le daban el aspecto de ser antiguo.

—Este es el mapa de *Los pilares de la creación* —dijo señalándolo.

«Ay, Dios mío, que todavía no he pensado un título nuevo para su novela».

—Tu caligrafía es preciosa —dije desviando la atención—. ¿Me ayudarías con el *lettering*?

—Claro —accedió—. Cuando quieras.

Su sonrisa sincera me provocó un vuelco inesperado en el estómago. En ese instante, mientras lo miraba a los ojos, me sentí como cuando Bella ve al príncipe por primera vez después de la transformación de Bestia. Delante tenía al verdadero Will, al que había estado siempre ahí. Resistí el impulso de acariciarle el pelo, igual que hacía Bella en la película, y me conformé con dedicarle una escueta sonrisa.

—¿Por qué no hemos incluido nunca estos mapas en los libros? —Volví a centrar los ojos en el boceto—. Son muy interesantes.

Él esperó unos segundos para contestar y entonces dijo:

—Porque nadie los ha visto.

Levanté la vista para mirarlo extrañada. Eso era imposible. ¿Ni siquiera su hermano? ¿Ni ninguna de sus exnovias?

—Eres la primera persona que entra aquí —agregó, como si fuese capaz de leer las preguntas que pasaban tras mis ojos.

Noté un tirón tan fuerte en el estómago que se me aceleró el corazón.

«Ay, Dios mío, Will, ¿qué te respondo a eso?».

De pronto, estaba abrumada.

El corazón me atronaba en los oídos más que cuando me había quedado dormida en su pecho y más que cuando me senté en su cama para acariciarle la cabeza.

Estábamos en su zona de trabajo. La palabra «profesional» debería estar más subrayada que nunca. Sin embargo, haberme adentrado en ese espacio tan íntimo y personal comenzaba a difuminar los límites de nuestra relación, y eso me asustaba. Lo que veía en esa habitación era un reflejo de su personalidad. Estaba rodeada de su creatividad, de su dedicación y de su orden. Ahí era imposible no percibir el cariño que sentía él por sus libros. La esencia de Will era todo eso. Esa habitación era una ventana al mundo que él llevaba dentro.

Acababa de ganar una apuesta que llevaba días deseando batir. Por eso estaba ahí. Pero, si había ganado, ¿por qué no me sentía victoriosa como otras veces? Y lo más importante de todo: ¿por qué sentía que estaba apostando el corazón?

En el pasado sus palabras escritas habían conseguido transportarme a otros mundos. Y tenía la sensación de que, si lo miraba el tiempo suficiente, descubriría el millón de palabras que parecían estar encerradas bajo su expresión indescifrable. En ese momento sentía que sus ojos querían hablarme.

El día había sido muy intenso y necesitaba poner mis ideas en orden y un poco de distancia.

Su confesión había enrarecido el ambiente y me había puesto nerviosa. Tampoco ayudaba que Will me contemplase con esa intensidad.

No quería tomar una decisión estando hecha un lío. No estaba segura de que no fuese a temblarme la voz porque mi corazón parecía empeñado en que el temblor se trasladase al resto de mi cuerpo. Intenté sonar lo más calmada posible cuando dije:

—Bueno... voy a ducharme —Di un paso atrás sin dejar de mirarlo—. Nos vemos luego.

Will asintió en silencio y me dejó marchar.

Tal y como yo quería.

Pero, si eso era lo que quería, ¿por qué mi corazón deseaba que me retuviese del brazo y que me besase?

Cuando cerré la puerta de mi habitación, me apoyé contra la madera y las emociones que llevaban todo el día remoloneando en mi interior cogieron el timón de mando. Acurrucarnos en el sofá, hacer apuestas y tontear como adolescentes eran cosas que por mi bienestar mental no deberían repetirse.

«Solo eres su editora. Esto es trabajo. No tendría que incomodarte que le escriban otras chicas».

Pese a que lo tenía claro, esos mensajes me habían molestado lo suficiente como para darme cuenta de que Will empezaba a afectarme.

Y, entonces, hice lo peor que podía hacer en ese momento: recordar lo feliz que me había sentido entre sus brazos, con la cara llena de kétchup.

Podría llamar a mis amigas para distraerme, pero, si les contaba cómo me sentía, ya no habría marcha atrás. Porque cuando decías algo en voz alta ya no podías borrarlo con una goma. No habría típex suficiente para ocultarlo. La realidad era que, cuando Will acabase el libro, yo regresaría a mi mundo de citas desastrosas y él se quedaría en el suyo, recibiendo ofertas románticas por mensaje privado.

Nuestra relación volvería a ser estrictamente laboral, sin confusiones ni malentendidos. No podía olvidarlo. Por eso, un rato más tarde, cuando salí de la ducha y me quité de encima el olor a perritos calientes, escribí las tres palabras que necesitaba recordar en el vaho del espejo.

Solo es trabajo

Solo era trabajo, y yo solo tenía que aguantar unos días más sin meterme en situaciones ridículas. Lo que no sabía entonces era que daba igual lo que yo quisiese, porque el universo tenía otros planes.

26

TAMBIÉN (adv.): Término para indicar la peor declaración de amor de la historia.

Los días siguientes transcurrieron entre trabajo, momentos confusos, soledad y yoga. Will y yo apenas coincidimos. Él estaba bastante inspirado escribiendo y yo pasé la mayor parte del tiempo en la biblioteca leyendo manuscritos.

No volví a verlo sin camiseta, pero eso no evitó que recrease ciertas escenas en mi mente una y otra vez. Aunque lo que de verdad me ponía la piel de gallina era recordar sus susurros en mi oído.

Y así, sin darme cuenta, llegó el día de mi partida.

Aquella mañana, cuando llamé a la puerta de su despacho, noté una sensación incómoda en el estómago. Había leído los últimos capítulos que me había mandado y teníamos que comentarlos, pero no me apetecía discutir con él antes de irme.

—Pasa —lo oí decir.

Cogí aire y entré.

Will estaba sentado tras su escritorio con el portátil abierto. Me acerqué a su mesa y dejé el taco de folios impreso a su lado.

No quería que la atmósfera de ese sitio volviese a atraparme. Quería darle el mensaje y marcharme antes de hacer una tontería, como sentarme en el borde de su escritorio y pedirle que se quitase la camiseta.

—Ya me lo he leído. Hay que revisar muchas cosas —le dije en tono neutro—. No sé qué te ha pasado, pero es de los peores capítulos que has escrito. ¿Nora no era pelirroja? ¿Por qué ahora es castaña?

Él desvió la vista y suspiró.

—Se me ha colado —contestó sin mirarme.

—Te he marcado alguna frase rarísima que has escrito —continué, y él volvió a mirarme—. Y hay que darle una vuelta a la declaración de amor, ¿vale?

Él asintió sin más.

«¿En serio? ¿Sin discutir? Muy bien, Will».

—Pues léetelo si quieres y lo comentamos antes de que me vaya, ¿te parece?

—Por mí perfecto... Estaba pensando, ¿quieres que pidamos comida japonesa? —me preguntó—. Como te vas hoy... en plan despedida.

—Ay, sí. —Sonreí ampliamente—. Tengo antojo de *sushi* de salmón.

—Vale. Pues ahora pido.

Salí del despacho con un halo optimista siguiéndome. La escena que había escrito era bastante mejorable, que estuviese dispuesto a leer mis cambios era un indicador del gran avance que se había dado entre nosotros. Y eso dificultaba que alejase de mi mente el pensamiento que llevaba acechándome toda la mañana: «Vamos a estar separados ocho días y no estoy segura de querer irme».

Esa tarde Will apareció en la biblioteca un rato antes de que tuviera que marcharme.

—Me lo he terminado —anunció.

Despegué los ojos del manuscrito que estaba leyendo y me encontré con que él estaba apoyado contra el marco de la puerta. En la mano sostenía el libro de Mia Summers.

«¡¿Se lo ha leído de verdad?!».

—¿Qué te ha parecido?

—No es mi estilo, pero reconozco que está bien.

Sonreí emocionada.

—¿Te ha gustado entonces?

—A ver, tanto como gustado...

—¿Por qué no te sientas y lo comentamos? —Le di un golpecito al suelo con la mano.

—¿Por qué estás en el suelo teniendo un sillón?

—Porque aquí estoy más cómoda, puedo cruzarme de piernas y desparramar mis cosas.

Will suspiró y se acomodó enfrente de mí.

El sol de media tarde le iluminó la mitad izquierda del rostro haciendo que su ojo pareciese más claro todavía. La camisa verde le sentaba genial y haber leído un libro editado por mí también. De hecho, estaba más guapo que nunca.

—Bueno, cuéntame...

—La historia no está mal. Creo que Mia tiene una manera de narrar muy detallada y envolvente, y sus símiles son deslumbrantes; me ha gustado la comparación de la relación con un maremoto. —Dejó el libro a su lado—. Por lo demás, entiendo perfectamente por qué lo veneras. Tiene todo lo que te gusta: *enemies to lovers*, relación prohibida, tensión constante y un protagonista masculino que claramente está escrito por una mujer.

Fruncí el ceño.

—¿Qué te pasa con Ben? —pregunté.

—Que al principio es un chulo y acaba siendo un moñas de manual. Siempre tiene las palabras correctas, abre la boca y te sube el azúcar.

Se me escapó una risita.

—¿Y cuál es el problema?

Will se acarició la barba incipiente y se quedó pensativo unos instantes.

—A ver, mi mayor crítica es para el punto de vista masculino. Hay frases que un tío no expresaría así —informó—. Por ejemplo, cuando dice que siente mariposas en el estómago.

—¿Y cómo lo expresaría un hombre?

—Un tío empezaría dándole más importancia a la atracción física. Y cuando llegasen los sentimientos, los expresaría con menos florituras. Te diría que se le acelera el corazón y lo dejaría ahí. No haría una metáfora comparando los latidos del corazón con el aleteo de un colibrí, ¿sabes?

—Simpleza masculina en todo su esplendor. Entendido.

—Y, bueno, el Ben este va cliché tras cliché, es increíble... A veces no hay quien lo entienda. No sé cómo Jane no se da cuenta de que es idiota.

—Yo creo que Ben es perfecto —suspiré enamorada—. Me encanta que sea sexy, tierno y su lengua afilada.

—Uf. —Will fingió un escalofrío—. Yo creo que con los gestos románticos se le ha ido la mano. Los tíos no hacemos esas cursiladas de correr por aeropuertos ni aparecer con carteles en la puerta de tu casa... Entiendo que Ben te guste por eso, pero creo que Hunter es mil veces más interesante.

Sonreí encandilada. Estaba empezando a cogerle cariño a su vena egocéntrica.

—Me gustan los dos, aunque, si tuviese que elegir uno... De momento, me quedo con Ben.

—Ya veremos con quién te quedas al final —musitó para sí mismo, y yo me reí con ganas. Sabía que diría algo así.

Cuando terminé de reírme, me di cuenta de que se había quedado muy serio y entonces fui consciente de que nuestras piernas se tocaban. No tenía intención de retirarse y yo no iba a pedírselo.

Nos miramos fijamente unos segundos. El sonido que hizo al inspirar con fuerza consiguió calentarme la sangre. El corazón se me aceleró tanto que creí que se me saldría del pecho. Sus ojos se deslizaron hasta mis labios y se humedeció los suyos. Me eché un poco hacia delante y él se inclinó para quedarse a mi altura. Su cara estaba a centímetros de la mía. El silencio era tal que lo oí tragar saliva a la perfección.

—No me había dado cuenta de que tus ojos tienen pequeñas motitas marrón avellana —susurró.

Su voz calmada me erizó la piel y encontró la manera de meterse debajo. La lava que se derramaba tras su mirada derritió la poca cordura que me quedaba. En ese instante, me moría por cerrar la distancia que nos separaba y besarlo. Por eso le dije:

—Will, me gustaría mucho...

—Hazlo —me interrumpió.

Me salió una risita nerviosa y me tomé un segundo para responder. Estaba agitadísima.

—Pero si no sabes lo que te voy a pedir.

—Me da igual. —Su voz sonó un poco desesperada—. Tengo la impresión de que voy a decirte que sí a todo lo que me pidas.

El tiempo se ralentizó.

En el primer segundo, mis labios se entreabrieron al observar los suyos.

En el segundo, nos acercamos el uno al otro.

Y en el tercero, el sonido estridente de mi móvil del trabajo nos devolvió de golpe a la realidad. Confundida, eché el cuello un poco hacia atrás.

Era una llamada de David. Si no respondía, volvería a llamarme y sería aún peor por hacerle esperar.

—Tengo que contestar —musité.

—¿Ahora? —Su cara parecía decir: «Venga ya...».

—Solo será un segundo.

Con todo el dolor de mi corazón, me levanté con el teléfono en la mano, rezando por no matarme por culpa de mis piernas de gelatina.

—Buenas tardes, David. —Lo saludé con el tono más amable que pude al descolgar, aunque la voz me temblaba un poco.

Will se pasó la mano por la cara. Juraría que lo oí murmurar un «puñetero David».

—¡Rachel, por fin contestas! ¿Le has dicho ya a Will lo del cambio del título?

—Aún no... —Me encaminé hacia la puerta para poner distancia.

En ese momento me sentí como cuando a Nora la rodean los dos monstruos cerca del lago. En esa escena ella calcula las posibilidades que tiene de enfrentarse a ambos y salir victoriosa. Al teléfono tenía a David, un monstruo enorme que podía destrozar mi vida laboral de un plumazo. Y delante tenía a Will, un monstruo que podía llevarse mi corazón por delante. No sabía a cuál enfrentarme primero.

—Asegúrate de decírselo antes de montarte en el avión de vuelta —me exigió David.

—Vale.

Tras empujarme al abismo, mi jefe colgó.

La preocupación debía ser evidente en mi rostro porque Will se levantó.

—¿Va todo bien? —me preguntó.

Aparté la mirada un segundo.

Había estado a punto de besarlo. El cuerpo todavía me palpitaba y la piel me quemaba por el recuerdo de su contacto. La llamada de David había sido el recordatorio de que lo nuestro era una relación profesional.

Will dio un paso en mi dirección y mi corazón se aceleró aún más. Si volvía a acercarse a mí, yo... no sería capaz de apartarme. No quería besarlo antes de decirle lo del título porque sospechaba que se sentiría traicionado. Por eso me armé de valor y se lo solté:

—Hay que cambiar el título del libro.

—¿Qué? —Se detuvo a medio camino—. ¿Por qué?

—*Los pilares de la creación* es un título buenísimo, pero el público objetivo no lo identificará con una novela romántica. Entiendo que es difícil porque ya estás acostumbrado, pero necesitamos uno que encaje más con la historia. Como los títulos de Mia, ¿sabes?

La lava caliente de su mirada había ido enfriándose conforme me escuchaba.

—No voy a ponerle una moñada de título al libro.

—Piénsalo un momento, por favor —le pedí—. Este libro es un romance. Para maximizar el beneficio...

—Uf. Ya estás hablando como él... —Will negó con la cabeza—. ¿David te ha llamado para que me lo digas?

—Sí.

—Perfecto. Mensaje recibido. Ahora dile que no.

—La decisión viene de más arriba. ¿Por qué no escuchas primero las sugerencias que tengo pensadas? Quería comentarlas contigo antes de pasarlas a marketing.

—¿Cómo? ¿Ya tienes títulos pensados? —Me miró ofendido—. ¿Desde cuándo sabes esto?

—Desde el jueves pasado.

Ese fue el preciso instante en el que la lava se convirtió en piedra. En su mirada ya no había deseo ni calidez, solo incredulidad.

—Sabes esto desde hace una semana —me apuntó con el dedo y luego se señaló a sí mismo—. Y yo, que soy el autor, ¿me entero el último? Creía que estábamos ganando confianza. —Nos señaló a ambos—. Y que nos estábamos acercando el uno al otro.

«¿Lo ves? Si no hubieses traspasado la línea profesional, no podría echártelo en cara».

Pronuncié las palabras lo más calmada posible:

—No hables de esto como si fuese un complot contra ti. Esto es trabajo, Will, no tiene nada que ver con ganar confianza o no. No eres el primer autor al que se le cambia un título y no serás el último.

—Esto es trabajo... —musitó para sí mismo mientras asentía—. Pues perfecto, centrémonos en el trabajo. Dime los títulos. Voy a escucharte, así no podrás acusarme de no hacerlo.

Respiré hondo. Tenía la sensación de que el volcán estaba a punto de erupcionar.

—¿Qué te parece... *La magia de enamorarse*?

—Ni de coña. Si no quiero ver una película que lleve la palabra «amor» en el título, ¿qué te hace pensar que aceptaría ese? No voy a poner nada de corazones, ni deseo, ni amor.

Tragué saliva.

—¿Y *Conectados por las estrellas*?

—Mira, déjalo. —Negó con la cabeza—. Ya te he escuchado. No me gustan y no quiero cambiarlo. Es fácil y sencillo de entender.

¿Solo había escuchado dos sugerencias y ya se ponía así de terco? La frustración que se arremolinaba en mi interior por nuestro casi beso estaba a punto de convertirse en un cabreo horrible.

—¿Quieres que te diga lo que pasa cuando no me haces caso? —Elevé un poco la voz.

—Me da igual lo que digas. —Se acercó un paso a mí y endureció la mirada—. Tengo un séquito de fans que comprará el libro tenga el título que tenga. Así que, te pongas como te pongas, se queda como está.

—Vale. —Asentí, y cogí la única salida posible—. No quería llegar a esto, pero, si no vas a colaborar, no me queda más remedio que usar el veto. No puedes titular el libro así. Lo siento.

Sentí una punzada en el pecho cuando me miró decepcionado. Will soltó una risa amarga y, entonces, nuestros volcanes erupcionaron y arrasaron con todo.

—¡Estoy harto de esto!

—¿Tú estás harto? —Le señalé con el dedo—. ¿Tú? ¿En serio?

—¡Sí! ¡Estoy harto de que lo pongas todo patas arriba! ¡Se suponía que venías a ayudarme, no a hacerme perder el tiempo! —me acusó enfadado—. ¿Tratas así a todos tus autores? ¿Les rebates todas las ideas?

—¡Solo a los que son tan bocazas en la tele! ¡Y te agradará saber que el resto no cuestiona todo lo que digo! —exclamé mosqueada.

—Entonces tengo que aceptar todos tus cambios sin rechistar, aunque no esté de acuerdo, ¿no?

—¡Si eso lo dices por la última escena que me has pasado, te diré que ni en broma representa a las mujeres!

—Claro que las representa… pero ¡no te gusta porque no hay unicornios vomitando purpurina por todas partes!

—¿Sabes qué? —Me crucé de brazos—. Prefiero que vuelva el Will de la competición de perritos, con él me lo paso bien y es más razonable.

—Y yo prefiero que vuelva Raquel y se largue doña Correcciones.

Abrí los ojos sorprendida.

—¿Qué me has llamado? —Apreté los puños en un intento por controlarme—. ¿Me has puesto un mote despectivo?

—Me corriges nueve de cada diez palabras. —Me apuntó con

el dedo—. Me ha costado mucho escribir esa escena romántica como para que vengas a tirarla por la borda con saña. ¿Tienes que ser tan sincera en tus comentarios?

—Perdona, ¿me estás diciendo que tu ego se siente ofendido? —Descrucé los brazos y sacudí la cabeza—. Porque no me pagan para cuidar de tu ego. Te dije que a la escena anterior le faltaba sensualidad y tú...

—Y yo he escrito una mamada, ¿cuál es el problema?

—Deja de decir «mamada»... —Me froté las sienes.

—¿Por qué? —Se acercó un poco más a mí—. ¿Te molesta llamar a las cosas por su nombre?

—¡Porque esto es trabajo!

—Sí, claro, porque ha sido muy profesional lo que hemos estado a punto de hacer ahí —ironizó señalando el suelo de la biblioteca.

Sentí el calor subirme por todo el cuerpo. Estaba segura de que estaba roja como un tomate.

—Y ahora resulta que te da vergüenza decir palabrotas, normal que no te haya gustado la escena entonces.

—Mira, la escena no me ha gustado porque no es recíproco. ¿Por qué Nora le tiene que hacer una mamada? —pregunté enfadada—. ¡Qué egoísta por parte de Hunter! ¿Es que él no quiere complacerla?

—¡Por supuesto que quiere hacerlo, el problema es que Nora nunca está contenta con nada y Hunter está harto!

—¡Si Hunter colaborase un poco más, Nora no tendría que estar todo el rato quejándose! —Me acerqué otro paso a él—. ¡El problema lo tiene él, que no la escucha!

—¡Claro que la escucha, pero no tiene por qué hacerle caso en todo! —Él recortó otro paso de distancia—. ¡Y parece que eso a Nora no le entra en la cabeza!

—¿Sabes qué no le entra a Hunter en la cabeza? —Gesticulé—. ¡Que tiene que ser un poquito más sentimental!

Estábamos tan cerca que podíamos tocarnos.

—¿Más sentimental? —Soltó otra carcajada amarga—. Pero ¡si su declaración de sentimientos es épica!

—¿Épica? ¿Qué hay de épico en que Nora le diga a Hunter «Te quiero» y él responda «Yo también»?

—Hunter no es un empalagoso de mierda —contestó entre dientes.

—¿«Yo también»? ¿En serio? —Lo miré incrédula y él guardó silencio—. ¿Hunter también qué? ¿También se quiere a sí mismo? ¡Por Dios, Will, es ridículo! ¡Han estado a punto de morir en una batalla! ¡Es que es egocéntrico hasta para él!

—¡Hunter no es como el Ben ese! —exclamó más cabreado que nunca—. ¡Estás enamorada de un tío que vive entre las páginas de un libro! —Hizo una pausa y respiró hondo—. Aterriza, Correcciones, en el mundo real los tíos no somos así.

—No me llames «Correcciones».

Él me ignoró.

—Entiendo que tu mayor deseo es casarte, tener tres hijos y dos perros, pero no voy a meter eso en mi libro porque te dé la gana.

—¿Casarme, el sueño de mi vida? —pregunté indignada—. ¡El sueño de mi vida es no tener que explicarles a los tíos como tú que hay vida más allá del matrimonio, que los sueños y aspiraciones de las mujeres no solo involucran un anillo! ¡A mí me importa un pimiento estar soltera! ¡No soy la tía desesperada por amor que te imaginas!

—Venga ya, ¿a quién quieres engañar? Tú solo quieres un tío que te llame «mi amor», que te lleve a desayunar a Starbucks y que te bese bajo la lluvia. Seguro que en Tinder tienes puesto: «Buscando al señor Darcy, soy editora de romance y me encantan los *cupcakes*».

—¡No me gustan los *cupcakes*, imbécil! No obstante, ¿qué me dices de ti? —Lo señalé—. ¡William Anderson, el hombre que solo busca que le digan lo maravillosos que son sus libros, está encantado de conocerse y no se podrá enamorar de ti porque está enamorado de sí mismo!

Aparté la vista un segundo. El acero de su mirada me aplastaba el corazón.

Todo lo que habíamos construido se estaba derrumbando delante de nosotros.

—Y, volviendo a tu libro —dije obligándome a rebajar el tono—, que es por lo único que estoy aquí: si para ti lo que has escrito es una declaración romántica, es que no entiendes nada del amor.

—Pero vamos a ver. —Will se pasó las manos por la cara—. Hay cientos de declaraciones así, mira Leia y Han Solo. Ella le dice que le quiere y él le responde que ya lo sabe. No todo tienen que ser las cursiladas surrealistas que te gustan.

Volví a perder los nervios. Era imposible hablar con él.

—¡A ver si te enteras de una vez de que decir «Yo también» no es «Te quiero»! —exclamé desesperada—. ¡Qué frío todo, de verdad! ¡Una mujer nunca escribiría eso! Jamás le daré el visto bueno a algo así.

El silencio se adueñó de la estancia durante unos segundos.

—Ahora lo entiendo... —Asintió para sí mismo. Cuando me miró y vi la decepción tan patente en sus ojos, supe que no había nada que hacer—. Solo eres una escritora frustrada que quiere vivir el sueño a través de mí.

No lo dijo gritando ni de malas maneras. Lo dijo con pena y eso me dolió aún más.

«Ay», el golpe de esas palabras resonó en mi corazón.

Retrocedí un paso.

—Todas esas críticas tenían razón —susurré herida—. Tienes el corazón de hielo y por eso eres incapaz de hablar de sentimientos.

Él abrió los ojos estupefacto. Y así fue como terminamos de enterrar nuestros sentimientos bajo la lava solidificada. Will y yo habíamos cruzado a lo personal de la peor de las maneras. Esa discusión era la prueba de que, si nos liábamos, lo único que haríamos sería enredar más las cosas. De hecho, mi corazón ya estaba pasándolo mal.

Le dediqué una última mirada apenada y me encaminé a la puerta.

—¿Te vas? —me preguntó—. Te parece mal que yo me vaya en mitad de una discusión ¿y ahora coges y te largas?

—Tengo que terminar de hacer la maleta y, además, aquí parece que ya está todo dicho.

Y, sin decir nada más, salí de la biblioteca sujetándome el pecho para que no se me cayese el corazón al suelo.

Una hora más tarde, estaba un poco más calmada y bastante más dolida. Después de revisar el cuarto para ver que no me dejaba nada, salí con la maleta a rastras. Al llegar al borde de la escalera, oí un ruido detrás de mí. Me volví para ver a Will salir de su habitación. Ni siquiera tuvo el valor de mirarme a la cara. Cuando llegó a mi altura, cogió el asa de la maleta y bajó las escaleras.

—No hace falta que me ayudes ni tampoco que me lleves al aeropuerto.

—Te espero en el coche. —Fue todo lo que contestó con frialdad por encima del hombro.

Los dieciséis minutos que tardamos en llegar al aeropuerto se me hicieron eternos. La tensión cargaba el ambiente y un silencio incómodo se había asentado entre nosotros. Era increíble cómo en el mismo día me había sentido más cerca de Will que nunca y cómo, en ese momento, sentada a centímetros de distancia, sentía que nos separaban kilómetros.

Estacionó en doble fila, enfrente de la entrada a la terminal, y se bajó del coche.

Nos encontramos en el maletero. Él sacó mi maleta, la dejó en el suelo y, por fin, me miró. Sus ojos parecían enfadados, arrepentidos y tristes. Todo a la vez. Me forcé a romper el silencio:

—Cualquier cosa me mandas un email y…, si no quieres que vuelva, me avisas.

Él apartó la mirada y asintió.

Y a mí no me quedó más remedio que darme la vuelta. No había dado ni dos pasos y ya oí el sonido de la puerta del coche al cerrarse. No quería irme y dejar las cosas así. Estaba a punto de aparcar mi orgullo a un lado y darme la vuelta cuando, a través del reflejo del cristal, lo vi marcharse.

Sacudí la cabeza sorprendida y afectada. Me estaba planteando disculparme y él se había ido sin dudar. ¿Qué esperaba? ¿Que retrocediese y viniese a por mí como en las comedias románticas?

«Eso no va a pasar».

No. Por supuesto que no. Will no era el típico que cruzaría un aeropuerto corriendo, y yo no era la típica que estaba deseando que lo hiciese.

27

MÉDICO (n.): Persona que prescribe un tratamiento para aliviar los síntomas del paciente.

—Espera un momento. ¿Acabas de decir que has corrido por el aeropuerto detrás de una chica? —me preguntó Zac incrédulo—. ¿Como en una película romántica?

Guardé silencio.

Bastante gilipollas me sentía ya como para aguantar las burlas de mi hermano. Ignoré su sonrisa socarrona y resoplé incómodo.

El ruido inundaba la cafetería del hospital, era la hora de la cena y a nuestro alrededor se oía a la gente hablar y el tintineo de los cubiertos. Por encima de todo resonó la risita maliciosa de Zac.

—A mí no me hace ni puta gracia —respondí entre dientes.

—A mí sí. Jamás creí que viviría el tiempo suficiente como para presenciar esto. Bueno, continúa, por favor, que la historia está muy interesante.

—No hay nada más que contar. He ido a buscarla y ya no estaba.

—¿Y qué has hecho? —Mi hermano le dio un sorbo a su Coca-Cola—. ¿La has llamado?

—No voy a llamarla. —Negué con la cabeza—. He entrado para hablar con ella, pero, si le da igual largarse y dejar las cosas así..., yo no voy a hacer más el ridículo.

—O sea que después del numerito de tirar el coche en doble fila y de correr como un idiota por el aeropuerto, ¿ha sido cuando me has escrito?

Asentí.

Cuando salí al aparcamiento arrastrando los pies, después de no haber dado con Raquel, avisé a mi hermano de que iba a buscarlo al hospital. Necesitaba hablar con él y no me importaba esperar a que pudiera cogerse el descanso.

—¿Por qué coño sonríes tanto? —le pregunté.

—Porque estás rayado por una chica y necesitas la ayuda del doctor Amor. —Zac tiró de las solapas de su bata blanca y me dedicó una sonrisa de suficiencia.

—Uf. —Fingí un escalofrío—. Que te llames a ti mismo «doctor Amor» es terrorífico y da vergüenza ajena.

Era gracioso ver a un médico con el pijama azul petróleo soltando esas chorradas por la boca y quedarse tan tranquilo.

—Es la primera vez que recurres a mí para temas del corazón y estás tan desesperado que ni siquiera has esperado a que acabe mi turno. Déjame disfrutar de mi minuto de fama —me pidió.

Resoplé.

—De momento no estás ayudando nada. Solo me estás vacilando.

—Es que no entiendo por qué tienes esa cara, William. Casi os besáis. Deberías estar contento.

—Se te olvida la parte en la que ella le ha pegado una hostia tremenda a mi ego y me ha rechazado.

Él negó con el dedo índice.

—No te ha rechazado —aseguró—. Solo le ha cogido el teléfono a su jefe. Si a mí me llamasen ahora porque hay una emergencia, tendría que irme corriendo y no pensarías que te he dejado colgado.

—No es lo mismo.

—Es trabajo igual, Will, pero no lo ves porque estás pensando con la polla y no con la cabeza —se mofó—. Si no hubieses mezclado lo profesional con lo personal, lo verías más claro y posiblemente no hubieseis discutido tanto.

—Es que esa es otra —me quejé—. Me ha ocultado lo del cambio de título durante una semana y yo, mientras tanto, como un idiota creyendo que había algún avance entre nosotros. —Negué con la cabeza, indignado—. Hemos estado a punto de besarnos, hemos dormido juntos en el sofá, le he enseñado mi despacho...

—¿Le has enseñado el despacho cuando ni siquiera yo lo he visto? —Zac abrió los ojos como platos—. Joder, Will, eres el peor hermano de la historia.

Lo ignoré y seguí a lo mío.

—Y para ella... ¿todo eso no ha significado nada?

—Ahora entiendo tu mensaje —me dijo—. Cuando he leído lo del elefante rosa he asumido que era por el libro, pero tu elefante rosa es Raquel.

«Y que lo digas...», pensé descorazonado.

Zac le hincó el diente a su sándwich de pollo y alzó las cejas esperando una respuesta.

—Joder, no sé qué me pasa. Yo no soy así, no actúo por impulso. —Cerré los ojos y me froté la frente—. Yo no quería fijarme en ella, pero está en todas partes. Si quiero ver la tele, está en el salón viendo una comedia romántica. Si quiero despejarme en el gimnasio, está haciendo yoga. Si quiero leer en la biblioteca, me la encuentro sentada en el suelo trabajando. Hay pelos suyos en el suelo por toda la casa y sus cosas están desparramadas por todas partes. Se deja todos los cajones abiertos. Esa mujer...

«Se ha colado en mi cerebro y es la dueña de mis pensamientos», pero eso no se lo dije. Me parecía demasiado ñoño y no quería oír sus carcajadas estruendosas ni sus burlas.

—Esa mujer... —insistió mi hermano animándome a continuar.

—Esa mujer ha quebrantado mi rutina. Desde que llegó a mi vida no ha habido ni un instante de silencio, y ahora...

«Tengo que volver a una casa silenciosa y no me apetece».

—Ya me he acostumbrado al ruido —agregué fastidiado.

—Tío, estás peor de lo que pensaba.

Asentí con los labios apretados.

—Estoy perdiendo la puta cabeza, sí. —Apoyé los codos sobre la mesa y me masajeé las sienes—. Me está afectando a la manera de escribir... Me está afectando a todo.

—¿Por qué no la llamas?

—Porque está en un avión.

«Además, cree que tengo el corazón de hielo».

El nudo de incomodidad se apretó un poco más en torno a mi estómago.

Zac me miró con cara de «¿Ese es el único impedimento?».

—Pues la llamas dentro de unas horas o le envías un mensaje para que lo lea cuando aterrice. Habéis discutido, pero se puede arreglar. Hazme caso, llámala y háblalo con ella.

Mordió su sándwich y masticó en silencio.

—¿No eres tú el que siempre habla las cosas con todo el mundo? —Me señaló poco después—. Pues ya está. Lo arreglas, ella vuelve, la besas y fin.

—¿Por qué tengo que ir yo detrás? —Mi orgullo magullado habló por mí—. Es ella la que se ha ido y es ella la que me ha dicho: «Si no quieres que vuelva, avísame».

—Joder, William, ¿no sabes leer entre líneas?

Arrugué las cejas y lo miré sin comprender.

—Menos mal que el escritor eres tú. —Zac negó con la cabeza—. Eso te lo ha dicho a propósito. Te aseguro que le habría encantado que le dijeses que por supuesto que quieres que vuelva.

—¿Tú crees?

—Pues claro. Anda que no me lo han dicho veces a mí, pero conmigo no les funciona porque yo nunca cometería el error de pillarme por nadie, como has hecho tú.

—Estoy deseando que llegue el día en que quieras sentar la cabeza para ser yo el que se ría.

Zac echó el cuello hacia atrás y me miró espantado.

—Eso jamás sucederá. Yo solo aspiro a ser el tío divertido de tus hijos. Y si alguna vez te digo que siento mariposas de esas que sientes tú, cómprame un insecticida.

Me reí.

—Volviendo al tema que nos interesa —prosiguió—. Yo ya te

he dicho lo que haría, pero no quieres hacerme caso. Así que ahora piensa qué quieres hacer tú. Como lo veo yo, tienes dos opciones: o coges el insecticida, matas a los parásitos y te centras en tu libro o vas a por todas con ella.

—No quiero un insecticida —respondí automáticamente—. Quiero seguir conociéndola, ni siquiera sé todavía cuál es su libro favorito.

—Yo a veces no sé ni el nombre de las chicas con las que me acuesto. Si eso te importa tanto, es porque...

—Estoy pillado —lo corté—. Sí, Zac. Me gusta mucho Raquel. Creo que es apasionada y divertida, y quiero intentarlo con ella. —Mi hermano sonrió satisfecho—. Quiero decírselo, pero no quiero hacerlo por teléfono, que se asuste y no vuelva. Quiero hacer algo que vaya a gustarle y quiero hacerlo bien. Aunque me gustaría estar seguro de que siente lo mismo antes de meter la pata.

—Will, esa chica ha estado a punto de besarte. ¿Qué más quieres que haga? ¿Que aparezca en tu casa desnuda con un cartel de neón en el que ponga: «Tú también me gustas»? —Zac puso una cara que parecía decir: «Espabila, tío, que tienes treinta años»—. ¿A que no ha vuelto a quedar con Parker? —adivinó.

—No.

—¿Lo ves? Si es que era evidente, por Dios. El otro día te miraba con ojos de corderito degollado. Fue toda una experiencia lo del domingo.

—¿El qué? —pregunté extrañado.

—Ser el sujetavelas por primera vez.

Ese comentario me hizo pensar en Lumière, el candelabro libertino al que Bestia acudía en busca de consejo para enamorar a Bella. Horrorizado, caí en la cuenta de que yo estaba haciendo lo mismo con mi hermano.

«Estoy jodido».

Escondí la cara detrás de las palmas y resoplé.

—Invítala a cenar cuando vuelva —oí que decía Zac—. Llévala a un restaurante italiano y se lo sueltas. Los italianos no fallan con las chicas.

Volví a mirarlo.

—No quiero llevarla a una cita que ya ha tenido mil veces —contesté molesto—. No quiero ser como los idiotas simples que se encuentra en Tinder.

—Tiene gracia porque, para no querer serlo, le estás pidiendo ayuda al rey de Tinder —se jactó—. A ver, ¿qué le gusta hacer?

—Le gusta leer, ver cursiladas, hacer senderismo...

—¿Por qué no la llevas a Point Lobos o a Big Sur?

No era mala idea. Ya la había llevado a Point Lobos, necesitaba un sitio más impresionante que ese.

—¡Ya sé! —exclamé poco después—. Puedo llevarla a Yosemite. Podría pasar el fin de semana allí con ella y hacer la ruta que sube a la cascada Vernal.

—Bien pensado.

—Y puedo decirle en el lago que me gustaría seguir conociéndola y eso —dije más esperanzado.

«Atención, neuronas, Cursilandia tiene un nuevo presidente».

Zac arrugó la nariz.

—Joder, debería grabar esto en vídeo, estoy siendo testigo de la metamorfosis de William Anderson —se burló—. Lo del lago es una moñada de cuidado, pero, si crees que va a funcionar..., pues a por todas, campeón.

Puse los ojos en blanco.

Zac se acabó el refresco de un trago y se levantó.

—Bueno, hermanito, me encantaría quedarme toda la noche oyéndote lloriquear, pero tengo que volver ya.

Me levanté yo también.

—Gracias. —Lo abracé.

—A ti. —Me dio una palmada en la espalda—. Me has pagado la cena y me has traído el espectáculo. No te olvides de contarme los avances —dijo antes de voltearse y marcharse de vuelta al trabajo.

Salí del hospital de Stanford un poco más tranquilo de lo que había entrado. Al montarme en el coche, rememoré el trayecto al aeropuerto que habíamos hecho Raquel y yo esa tarde. Ella, que siempre rellenaba el silencio, había ido callada como una tumba.

Sentí una punzada desagradable en el estómago al recordar su cara de pena al despedirse.

«Tienes el corazón de hielo y por eso eres incapaz de hablar de sentimientos». Esas palabras me habían dolido.

¿Era eso lo que me pasaba? ¿Tenía el corazón helado? Era cierto que a veces sentía que lo rodeaba una capa de escarcha. No estaba seguro de cuándo se había formado y probablemente había crecido con los años. Pero, si tuviese el corazón completamente congelado, no sentiría calidez en el pecho cuando ella se reía o me tocaba. Y, si de verdad estuviese muerto por dentro, tampoco me habrían dolido sus palabras.

No.

Mi corazón no estaba muerto ni congelado.

Mi corazón solo llevaba un tiempo dormido y ahora que había llegado ella, estaba saliendo de su letargo. Todavía tenía un poco de somnolencia, pero acabaría espabilándose y recuperando el ritmo de actividad. Solo debía tener un poco de paciencia mientras se fundía la escarcha.

Cuando puse un pie en casa una hora y media después, me metí en el despacho y di rienda suelta a lo que sentía. Volqué en mis personajes todo lo que no sabía explicar en voz alta. Las palabras fluyeron solas, como un torrente, desde mi pecho hasta mis dedos. Y decidí que aprovecharía su ausencia para avanzar el manuscrito todo lo posible.

Lo que no sabía en ese momento era que pasaría los días siguientes planeando una escapada, viendo a Raquel en Instagram a través de la pantalla del móvil, igual que hacía Bestia con el espejo mágico, y observando los pétalos de las rosas del salón caerse uno a uno.

28

AMIGAS (n.): Hermanas que no son de sangre.

—¿Que estuviste a punto de besarlo? —preguntó Suzu sorprendida.

—Ay, ¡que nos vamos de boda! —Grace dio un saltito en el taburete.

Estaba a punto de contestarles cuando la camarera del Viva Verde, nuestro bar mexicano de referencia, nos hizo un gesto desde la barra. Fui a levantarme, pero Suzu se adelantó. Cuando se marchó, me quedé sola con la sonrisa traviesa de Grace.

—No nos vamos de boda —aseguré solemne por encima de la música.

Ella soltó una risita y le dio un sorbito a su margarita de melocotón.

—¿Por qué nos has ocultado esto todo el día? —Grace hizo un puchero.

—Porque he ido directa del aeropuerto a la oficina y no he tenido ni un segundo para respirar.

Me había pasado la mañana encerrada en el despacho de David, quien me pidió que no volviese a contestar por él (confirmando así que le había molestado lo del comité editorial). Luego, me dio un toque de atención por no haber pensado un título definitivo para el libro. Después de eso, estuvimos valorando juntos distintas opciones para la portada de este. David estaba empeñado en seguir el estilo que tenían los libros anteriores de Will porque eran reconocibles y se asociaban a él, y le costó aceptar que el cambio de imagen que proponía yo ayudaría a posicionarlo entre las lectoras de romance. De regalo me mandó hacer un análisis de ventas de las novelas más vendidas de romántica en los últimos cinco años que me tuvo pegada a la pantalla hasta las seis y media de la tarde.

—Jo, Ray. —La voz dulce de Grace me devolvió a la mesa—. Cuando te dije que te lo comieras vivo, no me refería en el sentido literal de la palabra. —Soltó otra risita tonta.

—¿Se la has chupado a Anderson? —preguntó Suzu al dejar los nachos en la mesa.

—¿Qué? —Sentí el calor subirme por el cuerpo. Por fortuna, la luz tenue del local disimulaba mi rubor—. ¡Por supuesto que no!

—¡Todavía! —exclamó Grace—. ¡Pero lo está deseando!

—Pero si ni siquiera lo he besado —contesté.

—¿No os besasteis después de colgar con David? —Grace arrugó las cejas—. ¿Por qué?

—Porque discutimos cuando le dije que tenía que cambiar el título de la novela.

—¿Y sigues queriendo besarlo? —Suzu ocupó su sitio al lado de Grace.

Cogí un nacho y lo bañé en guacamole. Me lo llevé a la boca bajo la atenta mirada de mis amigas y suspiré después de masticar.

—Pues a ver..., sí y no —contesté con sinceridad—. Sí porque creo que es atractivo. Cuando lo veo sin camiseta, me aturullo y solo digo tonterías. —Atrapé un segundo nacho—. Chicas, que le dije que me encanta correr por el campo y hacer senderismo. —Me comí el nacho—. ¡Hacer senderismo! —exclamé con la boca llena—. Si me parece aburridísimo, pero es que... ¡no soporto que me rete con la mirada y le digo lo primero que se me ocurre!

No se me escapó la mirada cómplice que compartieron mis amigas. Le di un trago a mi bebida. El borde del vaso tenía azúcar pegada, me encantaba morderla.

—Y no porque es trabajo —continué—. La discusión me hizo darme cuenta de hasta qué punto puedo meter la pata si me lío con él. Quiero decir, les he cambiado el título del libro a otras autoras y no se lo han tomado como una traición, pero Will me miraba como si le hubiese herido en lo más hondo. De hecho, me echó en cara que no se lo hubiese contado antes porque nos estábamos acercando y eso.

—Vamos, que se lo ha llevado a lo personal —apuntó Suzu.

—Exacto. Y yo no quiero eso. Esto es trabajo —comenté—. No puedo arriesgarlo todo por una persona que está todo el día resoplando. Si el libro sale mal, aquí la que tiene todas las de perder soy yo.

—Eso es justo lo que te iba a decir —dijo Suzu—. Todo esto que te estás planteando de arriesgar tu trabajo es algo de lo que él no tiene que preocuparse. Si su libro no sale como se espera, él seguirá publicando novelas porque las editoriales se lo rifarán igual. En cambio, tú...

—Yo me despediré del ascenso y de la residencia —terminé por ella—. Y no he aguantado tanto tiempo a David para tirarlo todo por la borda ahora. Además, es que ya lo sabéis, quiero la residencia para intentar entrar en Wonderland Books. Me muero por trabajar con...

—Nicole Watson —respondieron ellas a la vez.

Se me escapó la risa.

—Pues yo tengo sentimientos encontrados —dijo Grace—. Entiendo tus prioridades, pero ya os *shippeo*. —Juntó las dos manos y formó un corazón—. Todo ese rollito que os traéis de los piques y el tonteo es muy sexy.

—Lo de ayer no fue un pique tonto —la contradije—, fue una discusión en toda regla. Él desechó mis títulos sin dudar y luego me llamó despectivamente «doña Correcciones».

Grace soltó una risita y Suzu la siguió.

—No os riais. Eso me dolió.

—Pues yo me lo tomaría como un halago —apuntó Suzu.

—Qué sexy es que te ponga un mote, ¿no? —Grace alzó las cejas.

—Por su cara parecía de todo menos sexy —las informé con rencor.

La discusión estaba todavía reciente y el «doña Correcciones» seguía dejándome una sensación amarga en el pecho. Necesitaba que mis amigas entendiesen la magnitud de lo que había pasado. Por eso, después de comerme otro nacho, procedí a contarles cómo había seguido la cosa.

—¿Te llamó escritora frustrada? —Suzu me miró horrorizada poco después.

—¡Será idiota! —Grace agitó la cabeza provocando que el pendiente largo que llevaba en la oreja derecha se balancease—. Pero ¿cómo se atreve?

Durante unos segundos me centré en revolver con la pajita los hielos de mi margarita de coco y arándanos.

—¿Qué le contestaste a eso? —quiso saber Suzu.

Cogí aire y las miré entristecida antes de confesarme:

—Le dije que las críticas tenían razón, que tiene el corazón helado y que por eso no sabe expresar los sentimientos... Me siento fatal, pero sigo bastante dolida. Supongo que... le escribiré dentro de unos días para disculparme —concedí con la boca pequeña—. No sé, ya pensaré qué le digo... Bueno, ¿vosotras qué tal? ¿Alguna novedad?

Había poco que pudiéramos contarnos porque hablábamos todos los días.

Suzu negó con la cabeza y yo centré los ojos en Grace; ese día estaba especialmente alegre. Alcé las cejas al mirarla y ella solo dijo:

—He quedado con Dylan el sábado. Me ha escrito hace un ratito para decirme que viene a Manhattan.

—¿Con el piloto? —pregunté.

Grace llevaba dos semanas hablando con el que fue su *crush* en el instituto.

—Sí, ese Dylan. El sábado hace noche aquí, se va a hospedar en el Marriott del Distrito Financiero.

—Vaya, ¿ya te sabes su hotel y todo? —Suzu abrió los ojos sorprendida.

Grace ocultó su sonrojo tras la copa y nos dedicó una mirada enigmática antes de añadir:

—Bueno, Su, cuéntale a Ray por qué jamás podrá volver a sentarse en nuestro sofá.

—¡Qué exagerada eres, por favor! —resopló ella.

—Ayer cuando llegué de baile —empezó Grace—, oí unos ruiditos amorosos al abrir la puerta.

Su tono divertido me hizo reír y su cara de situación me dio una pista del tipo de anécdota que se avecinaba.

—Menos mal que me quedé al lado de la puerta en cuanto oí a Suzu decir: «¡Joder, corre, es Grace!». Si no, ahora estaría ciega. —Hizo una pausa para reírse y continuó—: Al parecer, Jared estaba haciendo una degustación de *sashimi* en el sofá.

Con esa carcajada empujé a Will un poco más al fondo en mi cabeza. Conseguí no pensar en él hasta que mis amigas volvieron al tema un rato más tarde.

—Oye, Rachel. —Grace, que bailoteaba en la silla al ritmo de las canciones de salsa, reclamó mi atención—. Si Will quisiese darte unos azotes en su mazmorra sexual..., ¿te dejarías?

—No es una mazmorra. —Me reí—. Es un despacho y es precioso.

—¿Que ya lo has visto?

En ese momento, les expliqué lo que me había parecido el despacho de Will y que lo vi porque adiviné su plato favorito.

—Te ha mentido —aseguró Grace—. Su comida favorita es el pastel de carne. Lo contó en una entrevista. Estoy segura. —Cogió su móvil—. Voy a buscarlo.

No me hacía falta preguntarle por qué conocía esa información. Ella era una enciclopedia andante de la vida de los famosos.

—¿Y por qué me mentiría? —pregunté extrañada.

Grace se encogió de hombros.

—¡Lo tengo! —exclamó poco después.

Me entregó su móvil con el artículo de una revista abierto. Lo primero en lo que reparé fue en la foto de Will: llevaba un traje azul marino que le favorecía bastante. Salía muy guapo con el pelo ligeramente despeinado, barba de dos días y expresión de «soy más inteligente que tú y lo que digas me importa una mierda».

Escaneé la página y mis ojos se detuvieron en las palabras clave: «Mi comida favorita es el pastel de carne».

Le devolví el móvil a Grace, atónita.

¿Por qué me había mentido?

Repasé mentalmente los hechos de aquel día y el estómago me dio un vuelco al recordar una de las cosas que dijo.

—Me contó que yo era la primera persona que entraba en el despacho.

Al ver cómo cambiaron las caras de mis amigas, se me aceleró el corazón.

—¡Madre mía, está loquito por ti! —exclamó Grace emocionada.

—Yo también lo creo —apuntó Suzu.

Guardé silencio y acaricié la manga de mi jersey blanco de lana. El frío era una cosa que no había echado de menos.

No sabía si eso era verdad o no, pero yo había tomado una decisión respecto a él y no debería...

—Soy su editora. Voy a volver allí, voy a mantener las distancias y voy a editar la novela. Será un éxito, ascenderé y no volveremos a cruzarnos. Además, no voy a liarme con alguien que me llama «doña Correcciones».

Suzu asintió, pero Grace se montó su propia película, como siempre.

—No sé si te das cuenta de que así empezaría una novela de *enemies to lovers* muy caliente —dijo Grace.

—No somos enemigos.

—Bueno, pues un libro de proximidad forzada en el que los protagonistas no se caen bien.

Suzu le rio la gracia, dándole así el combustible que necesitaba para seguir con su teatro.

—La sinopsis me viene sola a la cabeza. —Grace se tapó la boca mientras se reía—. La obediente y trabajadora Rachel García está decidida a cumplir sus sueños a toda costa. El problema es que, para conseguir su objetivo, se verá obligada a trabajar con

William Anderson. El autor más famoso de su generación está acostumbrado a que le bailen el agua. Es exigente, egocéntrico y... tremendamente atractivo. —No pude evitar reírme cuando llegó a esa parte—. No se soportan y están condenados a convivir. Ella está harta de las citas. Él nunca se ha enamorado y tiene el corazón helado. Ella lo admira en secreto y él no aguanta que ella tenga razón. ¿Podrá William Anderson encontrar su corazón y enamorarse de la... señorita García? Adéntrate en esta historia repleta de discusiones, salseo y sexo irresistible.

Me tapé la cara y me reí.

—Grace, has nacido para esto —se rio Suzu.

—Deberías dejar la kombucha —le dije yo—. Te está afectando al cerebro y estás más imaginativa de lo normal...

—Yo creo que deberíamos brindar por el escritor cachondo —añadió Suzu.

—¡Ay, Dios! No lo llaméis así, por favor —supliqué.

Ellas se rieron.

—Bueno, venga, voy a pedir algo de cena. —Me levanté al darme cuenta de que mis propósitos se tambaleaban—. ¿Tacos y más nachos?

Ellas aceptaron la oferta y yo me acerqué a la barra. Cuando saqué el móvil para pagar, unos minutos después, me encontré con un mensaje de Will. Al leer su nombre en la pantalla, mi corazón pegó un bote.

> Hola, qué tal fue tu vuelo?

> Te acabo de mandar unos capítulos. Cuando te los leas, podríamos hacer videollamada

Quería hablar con él y ver cómo estaba el panorama, por eso le contesté un:

> El vuelo bien, gracias por preguntar

> Te parece si programo la reunión para mañana a tus ocho?

Me respondió enseguida.

> Por mí, perfecto

Que mi estómago diese una voltereta era un síntoma de que debía poner distancia. El problema era que lo echaba de menos y que me había descolocado enterarme de que me había mentido para enseñarme el despacho. Tenía unas horas para prepararme mentalmente para nuestro encuentro, limitarme a sacar el bolígrafo rojo y ser «doña Correcciones».

29

FANTASÍA (n.): Género literario que hizo famoso a Will.

Antes de encontrarme con Nora, mi futuro estaba escrito. Mi plan era sencillo: tenía que robarle las piedras y conducirla hasta los errantes. El problema era que mis sentimientos empezaban a interferir en la misión. Desde que puse los ojos en ella, algo me atrajo. Me había esforzado por construir una relación en la que se sintiese segura para confiarme sus secretos y así poder usarlos en mi beneficio. Yo era un hombre frío. La única manera de sobrevivir en un mundo postapocalíptico era construir una coraza y mantener a los demás fuera. Pero era difícil intentar ganarme su confianza y a la par mantenerme alejado de ella. Una discusión entre nosotros había bastado para que me diese cuenta de que me importaba lo que pensase de mí. Nora me había acusado de no tener corazón. Sus palabras me habían herido y también ver cómo saltaba por los aires lo que habíamos construido.

Mientras la veía marcharse, tuve el presentimiento de que se abriría una brecha entre nosotros que sería imposible de cerrar.

—¡Nora, espera! —Corrí detrás de ella.

Al llegar a su altura, le corté el paso.

Ignoré su resoplido irritado y extendí el brazo en su dirección.

Observó mi palma abierta. La indecisión brillaba en su mirada. Después de unos segundos, alzó la mano temblorosa y estrechó la mía. Sin pensarlo, di un tirón en mi dirección y la envolví entre mis brazos. Ella apoyó la cabeza contra mi pecho. Me dedicó un millón de insultos que llegaron a mis oídos como un eco lejano, porque lo único que parecía oírse en aquella casa abandonada eran los latidos de mi corazón desbocado.

Me separé lo suficiente como para poder verle la cara. Parecía tan enfadada y dolida como lo estaba yo. Aflojé mi agarre a su alrededor y le sujeté las mejillas con las manos.

—Lo siento mucho. No tenía que haberte dicho todas esas cosas horribles —le dije dejando que mi corazón hablase por mí.

—Yo también lo siento. —Ella colocó sus manos sobre las mías.

—No te vayas, por favor —le pedí.

Nos observamos durante unos segundos y yo sentí algo derrumbarse en mi interior. Me aterraba mostrarme vulnerable.

Nora alzó la mano y me acarició el pelo.

—Me gustaría besarte —susurró.

Esas palabras hicieron que mi ego echase a bailar. Le sonreí con suficiencia y me agaché para quedar a su altura.

—Pues bésame —le respondí en otro susurro.

Una sensación enorme de alivio se apoderó de mí en cuanto sentí su contacto suave y cálido. Le devolví el beso con ganas. Quería acariciar cada centímetro de su cuerpo hasta hacerla enloquecer. Ella introdujo la lengua en mi boca con pasión y sus palmas encontraron mi pecho. Fue increíble la rapidez con la que pasamos de un beso cariñoso a uno ardiente.

En cuanto presioné los labios contra la marca en forma de estrella de su cuello, ella soltó un gemido ahogado y mi erección se hizo más evidente. Su olor cítrico era lo único que se respiraba en el ambiente. Me permití el placer de mirarla un instante. Estaba preciosa con la boca enrojecida y la melena revuelta.

—Hunter, quiero hacerlo contigo.

Ese fue el preciso instante en el que atravesó mi coraza.

Cuando volvimos a besarnos, la racionalidad se evaporó. La alcé en el aire y ella enroscó las piernas alrededor de mi cintura. Caminé de espaldas, sin separarme de sus labios, hasta que me choqué contra la mesa de madera.

—¿Quieres hacerlo aquí o...?
—Aquí está bien —me interrumpió con impaciencia.

Me di la vuelta con ella en brazos y la deposité sobre la mesa. Nora dejó caer las piernas y yo me incliné hacia delante para besarle la marca del cuello otra vez.

—Llevo mucho tiempo queriendo hacer esto —susurré contra su piel.

Me atrajo hacia ella y me devoró los labios con codicia. Sin dejar de besarnos, nos deshicimos de la ropa. Nos besamos, nos mordimos y nos tentamos hasta que ella dijo:

—No puedo esperar más.

Me hundí en ella despacio, con los dientes apretados. Quería ser suave, pero Nora no me dejó. Perdí la cuenta de las veces que nos unimos y nos separamos. Cuando contrajo sus músculos a mi alrededor y nos dejamos ir, me di cuenta de dos cosas: quería hacerla feliz y le daría cualquier cosa que me pidiera.

La escena que acababa de leer se reproducía en mi mente una y otra vez. La extraña sensación de familiaridad que había encontrado en ese texto había traspasado las páginas y se había pegado a mi piel. Había acabado confusa y caliente porque, mientras leía, había imaginado que los protagonistas éramos Will y yo en vez de Hunter y Nora.

Me sentía frustrada, pero sabía que tenía que controlar mis emociones y seguir adelante.

Tenía unos minutos para coger el portátil y meterme en la sala que había reservado para la videollamada con Will. Salí del baño a toda prisa y me choqué con alguien. Al levantar la cabeza, me topé con la última persona que esperaba ver en la editorial.

—¿Will? —pregunté sorprendida—. ¿Qué haces aquí?

Él me observó impasible durante unos segundos. Me sujetaba por los brazos y estábamos muy cerca.

—Aquí no deberías llamarme Will —susurró despacio—. En la editorial soy el señor Anderson, ¿recuerdas? ¿Qué va a pensar la gente si te oye tutearme?

—Yo... Es verdad —concedí.

Will me soltó y retrocedió un paso.

—¿Está lista para nuestra reunión, señorita García?

—Sí.

Llevaba puesto el traje azul marino que le había visto en la fotografía de la revista. Estaba imponente y guapísimo.

—Tenía una sala reservada —le dije con la voz temblorosa.

Me siguió por el pasillo hasta la planta superior. Al llegar allí, colocó la mano en la parte baja de mi espalda y me condujo dentro.

Los formalismos se cayeron en cuanto cerró la puerta. Will dejó su maletín en una silla y se acercó a mí.

—Lo siento mucho —me dijo—. No tenía que haberte dicho todas esas cosas horribles.

Asentí y mantuve la boca cerrada.

—Yo... tengo que ser sincero contigo... —Estiró la mano y cogió la mía—. *No dejo de pensar en ti. He sido un gilipollas y tú...*

Abrí los ojos sorprendida y el estómago se me subió al pecho. De pronto, la atmósfera estaba cargada. Si seguía hablando en español, me daría algo.

Su mirada rehuyó la mía durante un instante y se aclaró la garganta, incómodo. Justo cuando estaba a punto de decirle que yo también lo sentía, volvió a posar sus ojos bicolor en los míos y soltó:

—*El otro día... ¿ibas a besarme? Necesito saberlo.*

—*Sí* —contesté con un hilo de voz. Me acerqué un paso a él. Tuve que reclinar el cuello hacia atrás para mirarlo.

—*Ojalá lo hubieses hecho.* —Su tono pausado y tranquilo terminó de excitarme—. *Estás preciosa con ese vestido.*

Will me sujetó la cara con las manos, me miró emocionado unos segundos y después se agachó para besarme. Según sus labios rozaron los míos, se me aceleró el corazón. Desplazó una mano a mi nuca para profundizar el beso y se me escapó un suspirito. Jamás había besado a nadie de esa manera tan indecente. Me entregué al placer sin dudar. Una sensación cálida cosquilleó entre mis piernas cuando él dejó un reguero de besos desde mi cuello hasta llegar al esternón.

—Will... —susurré.

—Señor Anderson —me corrigió antes de desabrocharme los dos botones del vestido.

—Ay, Dios mío... —murmuré—. ¿De verdad vamos a hacerlo aquí?

Él asintió y se aflojó el nudo de la corbata.

—*Llevo mucho tiempo queriendo hacer esto contigo.*

Tuve que tragar saliva. Estaba excitada y nerviosa.

—Esto es una locura... Podría entrar alguien.

—Nadie va a entrar aquí. —Dio un paso adelante, obligándome a retroceder, y me cogió la cara otra vez—. Tenemos una hora, ¿no? —susurró contra mis labios.

La piel se me erizó y mi corazón terminó de desatarse. Nunca había hecho algo así. Volví a besarlo y me pegué contra él en busca del alivio que necesitaba. Will me empujó con suavidad hasta que mi culo se encontró con la mesa.

Se separó y me miró con lascivia mientras bajaba la mano por la piel de mi escote. El vestido me quedaba un poco holgado y, gracias a eso, pudo bajarme la tela por los hombros. Saqué los brazos y la parte superior de la prenda se me cayó hasta la cintura. Will me observó embelesado; sus ojos hacían que me ardiese la sangre. Me soltó el cierre del sujetador con una sola mano y me lo quitó. Cuando me acarició los pechos, se me escapó un gemido.

—¡Shhh! —Will me besó—. Silencio, señorita García.

Apretó los labios contra mi barbilla, luego siguió por el cuello. Conforme fue bajando, me fui agitando más y más. Sabía lo que iba a hacer y, aun así, no estaba mentalmente preparada. Cuando me lamió el pezón, se me escapó un segundo gemido. Se incorporó para hablarme al oído.

—Si sigues siendo tan ruidosa, tendré que taparte la boca, como en el Trivial.

En lugar de contestar, pasé la mano por encima de su erección y él solo murmuró entre dientes un:

—Señorita García...

—Me pone mucho que me llames «señorita García».

—Ah, ¿sí? —Me robó un beso—. Qué casualidad, a mí se me pone durísima cuando me llamas «señor Anderson».

«Uf».

Volvimos a besarnos como si no estuviésemos en mitad de la oficina y pudiese entrar cualquiera.

—Recuéstate sobre la mesa —me pidió poco después.

Hice lo que me pedía. Estaba desatada. Will me pasó las manos por los muslos hacia arriba, me apretó las caderas y se arrodilló delante de mí. Gemí mientras me apartaba las bragas.

En el momento en que hundió la cara entre mis piernas, casi me dio un infarto. Se me aceleró la respiración y él aumentó la intensidad con la que lamía mi piel. Mi estómago no tardó mucho en contraerse y tuve que morderme el labio al llegar al orgasmo.

Cuando terminé, me llevé la mano al corazón y respiré hondo. Poco después abrí los ojos y me topé con la oscuridad de mi habitación.

«Ay, Dios mío, Raquel… —La voz de mis pensamientos sonaba avergonzada—. Si te tocas pensando en él, ¿cómo vas a distanciarte? ¿Cómo vas a mirarlo a los ojos mañana y decirle que sigues enfadada?».

Lo peor no era haberme tocado pensando en él. Lo peor era que había dado rienda suelta a mi imaginación y había fantaseado con una versión de Will más parecida a un empresario de novela erótica que a un escritor.

Verlo en traje y corbata en la fotografía de la revista me había afectado. Y beberme dos margaritas también. O quizá la culpa de eso la tenía *Un capullo muy sensual*, el libro erótico que estaba editando por aquel entonces.

La imagen de Will acariciándose la barba, pensativo, cuando hablamos del libro de Mia Summers me vino a la cabeza y junté las piernas con deseo.

Pero ¿qué me pasaba? ¿Ahora me ponía que un hombre leyese novelas románticas?

«Te excitó que hubiese leído a Jane Austen».

¿Me ponía a tono hablar de literatura con él? ¿Así de básica era?

«Pues sí, Correcciones, así de básica eres».

Parte de culpa también la tenía la frustración sexual que llevaba semanas arrastrando. Desde que había puesto un pie en su casa, no me había autocomplacido ni una vez.

«La realidad es que te has encendido leyendo la escena que ha escrito».

No quería ni imaginar lo que diría si se enterase de que me había puesto cachonda leyendo su libro...

Después de dar muchas vueltas en la cama, me levanté y saqué de la estantería mi ejemplar de *Querido corazón, ¿por qué él?* Esperaba que reencontrarme con mi novio literario me sirviese para dejar de pensar en Will.

Al día siguiente, según llegué a la oficina, retomé el manuscrito que estaba editando por donde lo había dejado la tarde anterior. El problema era que cada vez que aparecía Tom, el protagonista borde y trajeado, no veía a un hombre de pelo oscuro y ojos grises, sino a Will. Conforme avanzó la mañana me fui inquietando. Cuando faltaban diez minutos para la reunión, fui al baño.

Me atusé la melena frente al espejo y me retoqué el pintalabios. En un intento por alejarme todo lo posible de mi fantasía, me había puesto unos pantalones de vestir negros y la americana rosa.

«Tú puedes. Siempre», le recordé a mi reflejo.

Sin perder un segundo, volví a mi sitio, recogí mis cosas y me encaminé a la sala que había reservado con los nervios agitándome el cuerpo.

Entré en la reunión y esperé. Will no tardó en aparecer. Cuando lo vi en la pantalla, mi estómago saltó impaciente.

«Calma, por favor».

—Buenos días, Raquel.

Respiré hondo y lo saludé:

—Buenos días, ¿me oyes bien?

—Sí —contestó él—. ¿Y tú a mí?

—También.

Will llevaba una camiseta verde y barba de varios días. Parecía tan cansado como yo.

Quería manejar la situación bien. Yo tenía claro lo que tenía que hacer: fingir y centrarme en el trabajo. Tenía que fingir que verlo no me había puesto feliz y que me daba igual si había dormido bien o si había pasado mala noche. En mi lista de tareas solo había tres cosas: disculparme, comentar las escenas y preguntarle si quería que volviese a Carmel.

—¿Qué tal estás? —Will se me adelantó.

—Bien —contesté lo más neutral posible—. Ayer estuve con David barajando distintas opciones para el diseño de la portada de tu libro. Tiene sentido cambiar el enfoque a uno más romántico. —Él parecía preocupado—. Sin perder tu esencia, por supuesto. Ya le he pedido a la ilustradora un primer boceto, en cuanto me pase su propuesta te lo enseño. Y nos faltaría decidir el título.

—Raquel, te he preguntado qué tal estás tú, no el libro.

—Estoy bien. ¿Y tú? ¿Has escrito mucho? —agregué la última pregunta para dejar claro que solo estábamos ahí para hablar de trabajo.

—He estado mejor... —informó—. Mira, yo quería disculparme. No tenía que haberte llamado doña Correcciones ni escritora frustrada. Lo siento muchísimo.

Aparté la mirada un segundo y suspiré. No podía dejar que sus disculpas y sus caras de pena me ablandasen. Yo solo quería disculparme también y recuperar el buen rollo que teníamos para hacer el trabajo lo más fácil posible.

—Y lo del cambio de título, podemos verlo cuando vuelvas —oí que me decía.

Mi estómago dio otra voltereta y volví a mirarlo. Me erguí en la silla, molesta y confundida conmigo misma.

—Vale —contesté—. La semana que viene lo vemos. Llegaré el jueves por la tarde.

—Perfecto. Cuando puedas, me pasas los detalles del vuelo para saber cuándo ir a buscarte.

«Raquel, esto no puede parecerte romántico... Aguanta o estamos perdidas».

—Yo también quería disculparme —solté de pronto—. Siento lo que dije de tu corazón, fue un golpe bajo. Y también siento haberte llamado imbécil.

—No pasa nada. —Se encogió de hombros; parecía más tranquilo.

«Venga, a por el punto que falta de la lista».

—La escena que me has pasado está genial. Me ha gustado mucho la parte romántica.

—Gracias —me dijo—. Quería transmitir el arrepentimiento de Hunter y el resto me salió solo.

—Sí, eso se ha entendido. Me ha gustado porque no ha quedado soez y es sexy. Quizá podrías alargarla un poco más, pero lo vemos al final.

Will asintió.

—Voy a ver si tengo algún comentario más. —Cogí el bolígrafo rojo y pasé las hojas impresas de su capítulo. Una a una.

—Raquel, te propongo un trato...

El corazón se me detuvo un instante. Solté el folio y lo miré extrañada.

—Yo no te molesto mientras estés en Nueva York —siguió él—. Y a cambio te reservas todo el viernes próximo para trabajar conmigo.

—Vale. —Aparté la mirada y dibujé una línea roja que cruzó la hoja de lado a lado.

—Me vendría bien ir a la montaña el fin de semana y hacer lluvia de ideas contigo.

—Sí, claro. Lo que necesites.

—Perfecto. —Me sonrió, y yo forcé una sonrisa a modo de respuesta. El corazón se me había agitado un poco más.

Estuvimos un rato comentando los capítulos y, cuando colgamos, me quedé unos minutos en la sala remarcando con el bolígrafo la línea que había dibujado. Tenía unos días para convencerme de que podía trasladar esa línea del papel a mi corazón. Y tenía que confiar en que Will no vendría dispuesto a tacharla.

30

TENSIÓN (n.): Estado anímico de impaciencia, nervios y emoción.

Tenía el fin de semana perfecto planeado desde hacía días. Recogería a Raquel en el aeropuerto y me la llevaría de escapada a Yosemite. Había reservado dos habitaciones en el valle, estaba seguro de que le encantaría dormir dentro del parque.

Al día siguiente quería llevarla a ver la cascada Nevada. La ruta para llegar hasta allí arriba nos llevaría todo el día. Al atardecer quería que fuéramos a ver el lago Mirror; esperaba que le pareciese romántico porque ahí era donde pensaba declararme.

Mi plan no llegaba al nivel de las moñadas vomitivas que hacía Ben en el libro de Mia Summers. Raquel estaba enamorada de ese personaje, pero a mí eso de coger un megáfono y declararme delante de todo el mundo me ponía los pelos de punta. Me parecía un espectáculo bochornoso e innecesario. Por eso prefería sincerarme con ella en un sitio tranquilo, donde solo estuviésemos nosotros.

Los días sin ella me habían servido para avanzar la novela y para darme cuenta de que la echaba de menos. De una manera u otra, la había tenido presente en todo momento. Poco a poco se había colado en mi cabeza y en mi manuscrito. Nora ya no era pelirroja de ojos esmeralda, era morena de ojos marrones. Había ganado diez centímetros de altura y estaba llena de curvas. De un capítulo a otro, le había salido una marca con forma de estrella en el cuello y tenía un nuevo amuleto en forma de colgante que tocaba cada vez que se ponía nerviosa. Su personalidad también había sufrido cambios. Quizá el más notable era que había empezado la historia siendo más callada y, sin que me diese cuenta, había mutado en una mujer extrovertida y parlanchina que no dejaba a Hunter tranquilo ni un segundo.

Mientras la esperaba en el aeropuerto, me recogí las mangas hasta los codos. Me había puesto la camisa de cuadros roja que le gustaba. Quería estar guapo para ella y estaba deseando que me hiciese un cumplido.

Estaba impaciente, nervioso y también emocionado por verla.

Cuando las puertas se abrieron y nuestras miradas tropezaron, algo se movió dentro de mi pecho. Sorteé a la gente en su dirección y acudí a su encuentro. Nos detuvimos a un metro de distancia el uno del otro. Me moría por abrazarla y besarla, pero reprimí mis impulsos.

Le eché un vistazo rápido a su ropa. Llevaba una camiseta en la que ponía: «Preferiría estar leyendo».

—Qué típico… —Meneé la cabeza y no pude evitar sonreír.

—¿El qué?

—¿Preferirías estar leyendo en vez de disfrutar de mi compañía?

Entrecerré los ojos cuando fingió pensárselo.

—Siempre —me respondió.

Me adelanté y compartimos un abrazo fugaz. Me dio la impresión de que me lo devolvió por compromiso más que otra cosa. Al apartarnos, nos observamos unos segundos a los ojos. Ella parecía cansada. Yo estaba encantado de verla. En el instante en el que me percaté de que no me devolvía la sonrisa, la mía menguó hasta desaparecer.

—¿Llevabas mucho esperando? —me preguntó.

—Unos minutos.

«En realidad llevo aquí una hora, como un ansioso».

—¿Qué tal el vuelo?

—Bueno… Me ha tocado pasillo y el señor de la ventanilla me ha hecho levantarme cien veces —me dijo—. Y no he podido reclinar el asiento porque iba en última fila, así que estoy muerta de sueño.

Consulté mi reloj.

Eran las diez y media de la noche, pero para ella era la una y media de la madrugada.

—Vamos, anda. —Le cogí la maleta y eché a andar hacia la salida.

Mientras caminábamos fui dándole vueltas a lo mismo. Me encantaría sorprenderla con el viaje a Yosemite, pero montarla en el coche en mitad de la noche y no decirle adónde íbamos me hacía sentir como un secuestrador. Por eso decidí que se lo diría en cuanto llegásemos al coche. Si no quería ir, mi plan se iría al garete. Pero lo más importante era saber qué quería ella. Lo último que deseaba era ponerla en un compromiso.

—¿Al final has podido reservarte el día de mañana?

—Sí —afirmó.

—Perfecto. Me gustaría que fuésemos a Yosemite.

Ella parpadeó sorprendida.

—¿Eso no está lejísimos?

—Un poco —concedí.

—¿Y quieres ir hasta allí para comentar tus ideas? —Me miró como si estuviese loco.

—La verdad es que he reservado dos habitaciones de hotel para pasar el fin de semana. —Me pareció necesario compartir el detalle de las dos habitaciones—. Necesito estar en la naturaleza para contarte mis ideas nuevas y creo que el sitio te gustará. Si te parece bien, podemos salir ahora, así mañana aprovechamos todo el día allí.

Raquel se había quedado seria.

—¿Quieres pasar el fin de semana conmigo en Yosemite? —me preguntó para asegurarse.

—Si no te parece mal, sí.

Lo sopesó un momento.

—Si acepto..., ¿vas a despertarme a las siete de la mañana todos los días para hacer senderismo?

—No. —Me reí.

—Mmm... Bueno, entonces vale.

Por fuera permanecí impasible y por dentro suspiré aliviado. Abrí el maletero y esperé a que se diese la vuelta para dejar caer los hombros.

«Plan Conquistar al Elefante Rosa en marcha».

Me pasé la mano por la cara y guardé su maleta. En cuanto abrí la puerta delantera, la oí preguntar:

—¿Qué es esto?

Al sentarme, vi que se refería a la bolsa de papel marrón que había dejado en su asiento.

—Comida —contesté, y cerré la puerta.

Me llevó unos segundos poner la dirección del parque en el navegador.

—Sé que te daban la cena en el avión, pero son cuatro horas de viaje y cuando lleguemos estará todo cerrado.

—¿Me has traído comida asumiendo que aceptaría pasar el fin de semana fuera? —preguntó sorprendida.

—Pues claro. ¿Por qué te negarías a ir a un sitio espectacular en compañía de tu autor favorito? —bromeé.

Ella apartó la mirada y murmuró un:

—No eres mi autor favorito...

Después, soltó un suspiro sonoro y yo me reí.

Arranqué mientras ella hurgaba en la bolsa.

—Mis regalices favoritos y... ¿qué es esto?

La luz de su espejo iluminó el interior del vehículo cuando lo bajó.

—¡Ay, gracias! —No pudo ocultar la emoción—. En mi casa nunca hay frutos secos porque Grace es alérgica a las nueces.

Asentí sin mirarla.

Me detuve al llegar a la barrera para pagar. Por el rabillo del ojo la vi apoyar la cabeza en la ventanilla y bostezar.

—Si quieres dormir, bajo la música.

—Vale. Gracias.

Se durmió enseguida y no se despertó hasta que bajé la ventanilla para pagar la entrada al parque.

—¿Cuánto falta?

Su voz somnolienta me hizo sonreír.

Recogí el tíquet que me entregó el guardia y le di las buenas noches. Cuando subí el cristal, me volví para mirarla. Me pareció que estaba muy guapa frotándose los ojos. Empezaba a sospechar que la encontraría preciosa en cualquier situación.

—Ya hemos llegado —dije mientras aceleraba.

El parque estaba sumido en la oscuridad. La carretera estaba vacía y lo único que nos acompañaba era la luz de la luna.

—¿Por qué vas tan despacio? —me preguntó pasado un rato.

—Por si se cruza algún animal.

—¿Qué animales hay aquí?

—Pues de todo: ciervos, osos, leones de montaña...

—¡Ay, Dios mío! —Elevó un poco el tono—. ¡Eso son todos los animales que se comen los Cullen!

—¿Qué dices? —pregunté sin comprender.

—Los vampiros de *Crepúsculo*, Will —dijo cansada, como si eso fuese algo que yo debía saber y me lo hubiese repetido mil veces.

—A ver, no va a pasar nada —aseguré—. Nos vamos a quedar en una cabaña, no en...

—¿Una cabaña en mitad del bosque? —me interrumpió asustada.

—Una cabaña en mitad de un camping, donde hay guardabosques patrullando y donde no va a pasar nada. Llevo años viniendo y solo he visto ciervos —agregué para tranquilizarla.

—Pero ¿no es ahora cuando se despiertan los osos?

—Sí. De hecho, si te cruzas con alguno, tienes que quedarte muy quieta. Y si te cruzas con un león de montaña...

—¡Will, me dan miedo los gatos! ¡No quiero cruzarme con un león de montaña!

—Mañana te enseño lo que tienes que hacer con ellos, pero estate tranquila. En la zona donde vamos a quedarnos hay bastante gente y no va a pasar nada —repetí.

Ella suspiró y guardó silencio hasta que llegamos al valle. Aparqué el coche lo más cerca que pude de la cabaña de recepción.

—Ahora vengo —le dije antes de bajarme del coche.

La manta de estrellas que arropaba el firmamento me dejó sin palabras. Encendí la linterna que me había traído y alumbré el camino. No había dado ni dos pasos cuando oí la puerta del coche cerrarse.

—No voy a quedarme sola habiendo tantos animales salvajes sueltos. —Raquel tiritó de frío al llegar a mi lado.

—Te vas a congelar.

—Me da igual.

—Sujétame esto, anda. —Le di la linterna y me quité la camisa quedándome solo con la camiseta de manga corta—. Toma, te lo cambio.

Le entregué la prenda y recuperé la linterna. Contra todo pronóstico, se puso la camisa sin rechistar.

Al poco de reanudar la marcha, una rama crujió bajo nuestros pies. Raquel soltó un gritito y se agarró a mi brazo derecho haciendo que el haz de luz de la linterna bailase en la oscuridad.

—Will...

—Solo ha sido una rama. —Coloqué la mano izquierda sobre la suya—. Tranquila.

Apenas le veía la cara en la penumbra. La sensación cálida que se expandía por mi brazo hacía que no sintiese el frío.

—¿Podemos andar más rápido? —me preguntó.

—Sí.

Me solté de su agarre para poder cambiarme la linterna de mano y coger la suya. Su palma suave contra la mía me provocó un escalofrío.

—¿Quieres que te devuelva la camisa?

—No. Vamos. —Tiré de ella hacia la recepción.

Caminar con ella de la mano se me hizo tan natural que no quería que llegase el momento de soltarla. Para mi sorpresa, ella no me soltó al llegar a la zona iluminada. Y tampoco cuando entramos en la recepción. Nuestras manos estuvieron unidas hasta que tuve que enseñarle el carnet de identidad a la chica que comprobó los datos de la reserva.

Según abandonamos la calidez de la recepción, Raquel volvió a cogerme la mano. Movimos el coche al aparcamiento que nos habían indicado y sacamos nuestras pertenencias del maletero. Me eché la mochila al hombro, cogí con una mano la nevera portátil y con la otra cargué su maleta en el aire. Eran las tres de la mañana y no podíamos arrastrar las ruedas por el suelo y despertar a todo el mundo.

—Vas a tener que alumbrar tú el camino.

—Recuérdame otra vez por qué nos quedamos aquí —me pidió en un susurro.

—Porque estamos en mitad del valle y la ruta que vamos a hacer mañana empieza aquí —le contesté con otro susurro.

Lo único que se oía mientras atravesábamos el campamento eran nuestras pisadas sobre la gravilla y el ulular de los búhos.

Cada una de las cabañas tenía dos habitaciones separadas e independientes.

—Uf —resopló aliviada—. Menos mal que nos ha tocado en habitaciones contiguas, porque, si no, me moriría de miedo.

Se me escapó la risa.

Dejé la maleta delante de su puerta y le di su llave.

—¿Quedamos a las nueve para ir a desayunar?

—Vale —aceptó—. Te advierto que, como oiga un gruñido, gritaré y tendrás que dormir conmigo —me avisó.

Asentí en silencio, luchando por no exteriorizar la sacudida que noté en el estómago. Me habría encantado decirle que no había nada que me apeteciese más que dormir con ella, pero me guardé el pensamiento para mí.

—Buenas noches, Raquel.

—Buenas noches.

Esperé a que cerrase su puerta para abrir yo la mía. Busqué el interruptor a tientas y encendí la luz. Dejé las cosas en el suelo de moqueta y cerré la puerta. La estancia no era muy grande. Pegada a la pared derecha había una cama de matrimonio que tenía una colcha feísima de cuadros rojos y verdes. Al lado descansaba una mesita minúscula con una lámpara encima que parecía más vieja que la muerte. Al recorrer las paredes con la mirada, me di cuenta de que a mi izquierda había una puerta que conectaba con el cuarto de Raquel.

Durante unos segundos mantuve la vista fija en el pomo dorado que separaba nuestros mundos y me acosté pensando en lo mucho que me gustaría que ella lo girase desde el suyo para perderse bajo las sábanas del mío.

A las nueve en punto salí de mi habitación. Hacía frío, pero cuando el sol calentase podría prescindir de la sudadera. Llamé a su puerta con los nudillos y esperé. Cuando Raquel abrió, me quedé atontado unos segundos. Llevaba un chándal beis y el pelo recogido en una coleta. Parecía descansada y estaba guapísima.

Después de darme los buenos días, me dijo:

—Ayer me quedé esto sin querer.

Alargué la mano y cogí mi camisa. Luego, me descolgué la mochila del hombro y la guardé.

—¿Vamos a por café? —Señalé el sendero que se extendía delante de nosotros.

Raquel cerró su puerta y nos pusimos en marcha. Atravesamos las cabañas y las casetas de lona hasta el centro del valle. Había bastante ajetreo en el camping.

Como había supuesto, la cafetería estaba plagada de gente. Ella se fue a buscar una mesa y yo esperé en la cola para pedir. Se pasó gran parte del desayuno con los ojos pegados a la pantalla de su móvil del trabajo. Intenté darle conversación dos veces. A la tercera, desistí. Vale que era viernes y que tenía que trabajar, pero supuestamente se había reservado el día para trabajar conmigo.

—Perdón —se disculpó—. Tenía que contestar unos correos aprovechando que tenemos wifi.

—No pasa nada. —Fingí una sonrisa.

Ella le dio el último sorbo a su café y dejó el vaso vacío en la mesa.

—Yo ya estoy —me dijo.

A mí todavía me quedaba la mitad, pero me bebí lo que me quedaba y me levanté. Quería empezar la ruta cuanto antes.

Nos detuvimos delante del cartel que había enfrente de la cafetería.

—Subir hasta la cascada Nevada nos va a llevar unas tres horas. —Señalé la ruta con el dedo en el mapa—. Antes de llegar ahí, pasaremos por la cascada Vernal.

Me callé al percatarme de que no me estaba haciendo ni caso. Raquel tenía la vista clavada en la parte izquierda del cartel, la que mostraba los animales que habitaban la zona.

—Will, ¿qué tengo que hacer si aparece un león de montaña? —preguntó inquieta.

—A ver... —empecé mirándola—. Si vemos uno, lo más importante es que no corras —le dije muy serio—. Tienes que intentar hacerte lo más grande posible. —Alcé los brazos por encima de la cabeza—. Tienes que levantar los brazos y moverlos, hablar alto y hacer ruido para parecer amenazante. —Bajé los brazos y me señalé los ojos—. También es importante que mantengas el contacto visual para no parecer tú la presa.

—Yo no voy a poder hacer eso —me dijo alarmada—. Si nos encontramos con uno, voy a salir corriendo.

—Si haces eso y le das la espalda, activarás sus instintos de caza.

—Pues... me subo a tu espalda, así pareceremos gigantes y tú ya haces lo que quieras.

Me reí y me acerqué a ella.

—Eso es buena idea —confirmé—. Aunque no creo que veamos ninguno. Es raro que se crucen con los excursionistas.

Señalé la carretera que se extendía detrás de ella y echamos a andar. Era temprano, pero ya había unas cuantas personas empezando la ruta. Nos desviamos a la derecha y cogimos un camino asfaltado. El primer tramo atravesaba un bosque de coníferas en el que destacaba alguna que otra secuoya. Raquel iba callada, admirando el paisaje de montaña. Yo había perdido la cuenta de las veces que había hecho esa ruta desde que era pequeño y, aun así, la paz y tranquilidad que desprendía ese lugar nunca dejarían de sorprenderme. Cuando el camino pavimentado se transformó en uno de tierra, ella dijo:

—Parece que estamos en el bosque de Endor.

—Sí, se parece. —Me reí—. Pero el que salía en La Guerra de las Galaxias está al norte de San Francisco.

Un par de ardillas cruzaron el camino persiguiéndose. Ella se detuvo y las observó maravillada, y yo me quedé contemplándola a ella. Aproveché que habíamos parado para ofrecerle una botella de agua y una bolsa de cacahuetes.

—¿Qué tal fue la presentación del libro?

—Estuvo bien —me dijo mientras masticaba—. El aforo se llenó enseguida y Mia se lo pasó como una enana.

Esa era la frase más larga que había dicho desde que empezamos la ruta.

—Le hicieron un montón de preguntas, ¿no?

Ella, que iba un poco por delante, se volvió para mirarme.

—¿Viste la presentación? —me preguntó reduciendo la marcha.

—Vi el directo de Instagram —confirmé al llegar a su lado.

Raquel se quedó perpleja. Durante unos segundos caímos en un silencio incómodo que yo me esforcé por disipar.

—Tu favoritismo se ve a la legua. Deberías disimular un poco, ¿no?

—No tengo favoritismo por Mia —se defendió—. Quiero a todas mis autoras por igual.

—Yo solo digo que espero ese buen trato en mi presentación —bromeé.

—Eso tendrás que decírselo a David.

—No quiero que me presente él, quiero que lo hagas tú.

Ella volvió a mirarme por encima del hombro.

—Tu editor es David —me recordó—. Yo bastante tengo ya con pelear las presentaciones del resto de mis autoras como para pedirle estar en la tuya...

—¿No todas tienen presentaciones? —Eso me sorprendió.

—No, Will. —Negó con la cabeza—. No todos empiezan pisando tan fuerte como tú. Y, aunque lo hagan, la mayoría necesita hacerse un nombre antes de ganarse una gira internacional como la tuya.

No respondí.

El recuerdo de su jefe hizo que se sacase el móvil del trabajo del bolsillo. Soltó un resoplido al ver que no tenía cobertura.

—No se va a morir porque no le contestes en el acto —le dije—. Deberías disfrutar del paisaje que te rodea. —Señalé el entorno con la mano.

Tenía la impresión de que se había acostumbrado tanto a la vida neoyorquina que lo hacía todo rápido. Se bebía el café rápido, comía rápido, andaba rápido y parecía incapaz de disfrutar de un paseo por el bosque sin mirar cada dos por tres el teléfono.

Ella me miró contrariada y reanudó la marcha.

No tardamos en llegar al punto en el que la senda daba paso a una escalinata de roca. Mientras subíamos, a nuestra derecha teníamos un muro de piedra, y a la izquierda, el río Merced. El ruido de la corriente nos llegaba como un rumor lejano.

—¿Qué tal en Manhattan? —le pregunté tras un largo silencio.

Quería saber qué había hecho, qué tal lo había pasado con sus amigas y si me había echado de menos. Y no precisamente en ese orden.

—Bien —respondió un poco seca—. ¿Qué tal tú con el libro?

—He avanzado bastante. Tengo seis capítulos nuevos.

—Genial.

«Vale. Está claro que le pasa algo».

Apenas habíamos hablado desde que había llegado. Entendía que la noche anterior estuviese cansada, pero ¿qué pasaba ahora?

—¿Te pasa algo? —le pregunté—. ¿Sigues enfadada?

Sabía que era un pelín rencorosa y por eso quería asegurarme.

—No. Solo quiero escuchar tus ideas nuevas. Hemos venido a eso, ¿no?

Esas palabras me amargaron el humor un poco.

—Sí —contesté. Me quedé unos segundos pensativo—. Se me ha ocurrido que, cuando Hunter vaya a declararse a Nora, los errantes les tenderán una emboscada. Ahí es cuando se enterará de que Hunter está con los malos.

—¿Ahí es cuando van a separarse?

—Él va a intentar que no, pero la decisión está en manos de Nora.

Durante unos minutos mantuvimos la conversación centrada en el trabajo. La tenía tan cerca que a veces nuestras manos se rozaban; sin embargo, la sentía a millas de distancia. Cuando parecía que estábamos derribando barreras, estas volvían a alzarse.

El ruido del agua empezó a oírse más alto y la cascada Vernal apareció a nuestra izquierda.

—¡Dios mío, Will, esto es increíble! —Me sonrió.

Y yo le devolví la sonrisa como un idiota. Conforme nos acercamos a la cascada, los escalones secos dieron paso a los mojados y tuvimos que andar más despacio.

Llegó un punto en que la escalera se estrechó y tuve que colocarme detrás de ella. Me obligué a mantener la vista centrada en la naturaleza y no en su culo, aunque no siempre lo conseguí.

Raquel sacó un par de fotos con el móvil mientras caminaba. Estaba a punto de advertirle que tuviese cuidado cuando se resbaló. Se habría caído hacia atrás si no la hubiese sujetado por la cintura. Cuando se estabilizó, aflojé mi agarre y ella se dio la vuelta para mirarme fijamente. Su cercanía hizo que se me encogiese el estómago. No le quité las manos de la cintura y ella tampoco me pidió que lo hiciese. El viento le movía el mechón que se le había escapado de la coleta. Como ella estaba un escalón por encima, la diferencia de altura se había reducido entre nosotros. Me fijé en las pequeñas gotas de agua que adornaban su rostro. La que tenía en el labio captó toda mi atención. Sus ojos también fueron a parar a mi boca. La atmósfera entre nosotros se intensificó. Ella tragó saliva y yo me acerqué un poco más. Súbitamente, Raquel apartó la mirada, rasgando el momento por la mitad como si fuese un folio que ya no servía.

«Pero ¿qué ha pasado ahora?».

Se soltó de mi agarre y reanudó la marcha.

Aceleré el paso para alcanzarla. Parecía dispuesta a dejarme atrás.

Enseguida nos mojamos por el agua en suspensión que cargaba el aire. En cuanto llegamos a la zona donde se paraba la gente, enfrente de la cascada, nos detuvimos.

Ella se acercó al borde de la roca y yo la seguí de cerca.

Raquel se colocó de espaldas y usó la cámara delantera de su móvil para apartarse el pelo de la cara. Luego, intentó encuadrarse en ángulos imposibles con la cascada de fondo.

—¿Quieres que te saque yo la foto? —Alcé la voz para que me escuchase por encima del estruendo del agua.

Contempló un segundo mi mano extendida y después centró la vista en mi cara.

—No hace falta. Gracias.

Retrocedió un paso y volvió a esconderse tras la máscara de la indiferencia, como si necesitase poner aún más distancia emocional entre nosotros. Llevaba días intentando esconder mis sentimientos, mis miedos y mis anhelos, y no podía más.

—¿Se puede saber qué coño te pasa? —le pregunté irritado.

Ella puso cara de confusión.

—¿Qué dices? —Se señaló la oreja—. ¡No te oigo!

El ruido del agua de la cascada era tan fuerte que apenas podíamos oírnos.

Raquel se acercó un paso a mí y yo recorté otro.

—Digo que qué coño te pasa. —Alcé la voz y separé las palabras para que me entendiese—. Llevas todo el día rarísima. Apenas me diriges la palabra ¿y ahora ni siquiera quieres que te saque una foto? ¿Qué está pasando?

—No pasa nada —aseguró negando con vehemencia—. Solo estoy intentando ser profesional.

—¿Profesional? —Se me escapó una carcajada amarga.

—Sí, hemos venido aquí a hablar de tu libro, no de qué tal lo he pasado en Manhattan.

—¡Que le den al libro!

Ella abrió exageradamente los ojos y me observó horrorizada.

—¡Mi trabajo depende de ese libro!

Tuve que pasarme la mano por la cara para quitarme el agua. La mayoría de las personas que se acercaban al precipicio se sacaban una fotografía y se retiraban a toda prisa para no mojarse. En cambio, nosotros estábamos ahí parados, taladrándonos con la mirada mientras nos empapábamos. Habíamos llegado a ese punto en el que todo da igual. Tenía la sensación de que la dinamita que llevaba pegada al pecho estaba a punto de estallar. Podía quedarme muy quieto para tratar de evitar la explosión o podía apretar el detonador y acabar con todo de una vez por todas.

—¿Qué te ha prometido David? —le pregunté entonces—. ¿Un ascenso?

El enfado que había tras mis palabras hizo que esa pregunta sonase como una acusación. Raquel crispó el rostro y apretó los puños. La tensión que acumulábamos parecía rodearnos junto con la cortina de agua que nos calaba hasta los huesos.

—¡Pues sí! —exclamó en un tono severo.

La realidad de esa respuesta cayó sobre mí como un jarro de agua helada. En ese instante comprendí que me daba igual ser el único que tuviese sentimientos. Yo solo quería ponerlos sobre la mesa y dejar de luchar contra ellos.

Una ráfaga de viento nos sacudió. Raquel se estremeció y se secó la cara con la manga de la sudadera. Luego alzó el mentón y me observó con dureza. Había visto esa expresión antes. Estaba cabreada y a punto de trastocarme el mundo.

Guardamos silencio durante unos segundos. Esa zona, que estaba sumida en la sombra por los muros de roca que nos rodeaban, pareció oscurecerse aún más cuando una nube tapó la luz del sol. El rugido de la cascada se oía más fuerte, sentía la fuerza del agua agitarme algo dentro del pecho con violencia. Casi parecía que la naturaleza estaba enfadada con nosotros por perturbar la armonía del lugar.

—¡Yo solo estoy aquí por tu libro! —añadió para que me quedase claro.

Algo en su mirada me decía que eso era mentira.

La irritación y la frustración me calentaron el estómago. El corazón se me aceleró en cuanto me decidí.

«Estoy a punto de hacerlo. Voy a inmolarme».

—¿Solo estás aquí por el libro? —pregunté incrédulo—. ¡Perfecto!

Mi paciencia se evaporó y, entonces, apreté el detonador.

31

DECLARACIÓN (n.): Estallido de sentimientos.

—¡No te preocupes! —exclamó Will—. ¡Escribiré el libro para que puedas largarte con tu ascenso y no puedas echarme nada en cara!

—Pero ¿a ti qué te pasa? —le pregunté acercándome más a él—. ¿Por qué te pones así ahora?

Will apretó los labios y tensó la mandíbula. La dureza de su mirada hizo que se me formase un nudo en el estómago.

—¿Quieres saber qué me pasa? —Hizo una pausa y me dedicó una sonrisa irónica—. ¡Lo que me pasa es que estoy harto y no puedo más! ¡Esto que hay entre tú y yo es como llevar dinamita pegada al cuerpo! ¡Puede explotar en cualquier momento y estoy cansado de aguantar la carga yo solo!

Fruncí el ceño. No entendía a qué venía ese arranque de indignación por su parte. Parecía que su enfado se había ido cociendo a lo largo de la mañana, esperando el mejor momento para romper a hervir.

Will se pasó una mano por la cara para quitarse el agua. Después de observarme unos segundos, continuó:

—Estoy cansado de intentar mantener la distancia adecuada todo el rato. —Negó con la cabeza sin dejar de mirarme—. Esta situación me está matando. Creí que te gustaría venir aquí. Te gusta hacer senderismo y la naturaleza… ¡Quería que pasásemos un día perfecto, pero esto está siendo incómodo y raro, y no se parece en nada a lo que había imaginado!

«¿No me ha traído para hablar de su novela?».

Mi pecho y mi respiración se habían ido agitando conforme él había empezado a desahogarse. Parecía que sus ojos trataban de decirme algo, pero no estaba segura y no quería que mi corazón se emocionase antes de tiempo. Por eso, le solté la pregunta que llevaba horas carcomiéndome:

—Will, ¿qué hacemos aquí?

—Joder, ¿no es evidente? —Sonaba atormentado—. Estamos aquí porque me gustas, ¿vale?

Mi corazón se detuvo en mitad de un latido.

—Y cuando te gusta una persona —prosiguió—, ¡te apetece estar cerca de ella, pasar tiempo con ella y conocerla mejor! —explicó como si fuese obvio—. ¡Quiero saber qué tal lo has pasado en Manhattan con tus amigas y si me has echado de menos! ¡Porque desde que te fuiste yo no he dejado de pensar en ti ni un segundo!

Se acercó un paso más a mí y se detuvo a veinte centímetros de distancia. Mi corazón reanudó la marcha, me latía tan alto que su voz llegaba amortiguada a mis oídos.

—¡Te has colado en mi casa, en mi cabeza y también en mi manuscrito! —Gesticuló—. ¡Joder, que le he puesto una cicatriz a Nora dónde tú tienes el lunar del cuello!

—¿Qué? —pregunté atónita.

—¡Que esa escena de sexo que tanto te ha gustado la escribí pensando en ti! —exclamó exasperado—. ¡Pensando en todo lo que quiero hacer contigo!

AY.

DIOS.

MÍO.

Un terremoto de sensaciones sacudía mi interior.

Will cerró los ojos un segundo y se frotó la frente como si intentase aplacar un dolor de cabeza inminente. Cuando volvió a mirarme, redujo un poco el volumen de su voz.

—Mira, no voy a llevarte a pescar la cena en un bote ni voy a venir con una pancarta a decirte lo que siento —aseguró—. Yo no hago esas cursiladas. Te he traído aquí porque pensaba decirte todo esto en el lago. Pero ¡me rindo! —Su expresión transmitía agotamiento—. Si tú no te sientes igual que yo, no pasa nada, pero dímelo a las claras y deja de mandarme señales confusas, porque de verdad que ya no aguanto más.

Un atisbo de sonrisa apareció en mi rostro y un millón de emociones me dominaron. No era la declaración más romántica de la historia, pero esto que había pasado era tan típico de Will que no pude evitar sonreír al final.

—¿Te hace gracia? —me preguntó incrédulo—. ¿De verdad te divierte que esté pasándolo mal?

Negué con la cabeza, luchando porque las comisuras de mis labios volviesen a su sitio.

El corazón me latía más fuerte y rápido que nunca. Me moría por cerrar la distancia que nos separaba.

—¿Me estás diciendo que quieres besarme? —pregunté para asegurarme.

—¿Que si quiero besarte? —Se le escapó una risa estrangulada—. Pero ¿tú me has visto? —Abrió los brazos desesperado—. ¡Joder, si no pienso en otra cosa desde hace semanas!

Eso era todo lo que necesitaba oír.

El cansancio que veía en sus ojos me retorcía el estómago de manera desagradable, pero mi corazón daba saltos de alegría.

Me adelanté un paso guiada por mi propio instinto.

—Yo también estoy cansada, Will —fue todo lo que dije antes de tirar de su sudadera en mi dirección.

Sin darle tiempo a contestar, me puse de puntillas y apreté los labios contra los suyos.

Le costó reaccionar unos segundos. Cuando lo hizo, soltó un suspiro de alivio que calentó hasta el último centímetro de mi cuerpo. El corazón se me subió a la garganta cuando me correspondió el beso. Sus brazos se enroscaron alrededor de mi cintura para abrazarme y pegarme más a él.

En el instante en que su lengua se coló en mi boca, se me olvidó que estaba haciendo lo que me prometí que no haría. Había arrojado el bolígrafo rojo por el acantilado y antes de que llegase a tocar el agua ya lo estaba besando sin dudar. Se me olvidó que él era Will, el escritor, y que yo era su editora. Delante solo tenía a un hombre desesperado por besarme, y yo solo era una mujer desesperada por que lo hiciera. De pronto, sentía que eso que estábamos haciendo era lo que se suponía que debíamos hacer. Sentía que era lo correcto.

Los besos de Will eran muy adictivos y sabían a cereza por culpa del regaliz que le había dado un rato antes.

Cuando volví a apoyar los talones en el suelo, él me siguió sin romper el beso. Solté su sudadera y desplacé las manos hasta su cara. Le acaricié la piel suave y resbaladiza de la mejilla con los dedos de la mano derecha y seguí bajando hasta que me encontré con su barba incipiente.

Fuera de ese beso hacía frío.

Lo sabía. Lo había sentido hasta hacía unos minutos. Pero mientras su lengua salvaje se enredaba con la mía, sentía que me sobraba la ropa. Sus labios carnosos se movían con firmeza sobre los míos liberando el deseo que había reprimido durante semanas.

Había dado varios primeros besos y había leído muchísimos más en las novelas. En todos ellos se hablaba de mariposas en el estómago, de corazones agitados y de respiraciones entrecortadas. Aun así, nada de eso me había preparado para sentir la misma adrenalina que si me hubiese lanzado por el precipicio que tenía detrás. Aunque, en cierto modo, besar a Will se sentía justamente así, como lanzarse al vacío, sin miedo y sin vacilar.

En nuestro beso no había duda ni timidez. Había cariño, pasión y la agonía de dos personas que deseaban besarse desde hacía tiempo. Sentía emoción, felicidad, ganas de reírme y gritar. Todo a la vez. Las piernas me temblaban, la piel me quemaba y el corazón me bailaba nervioso dentro del pecho.

Había imaginado varias veces cómo sería nuestro primer beso y en ninguna de esas situaciones estaba despeinada, calada hasta los huesos y con las deportivas llenas de barro. Pero esos detalles me parecían insignificantes en aquel momento, porque besándolo nada importaba. Porque besándolo me sentía libre.

En algún punto dejé de oír la cascada cayendo con fuerza. Solo oía nuestras respiraciones.

El agua seguía salpicándonos sin descanso y nos daba absolutamente igual. ¿Eso era besar a alguien de verdad? Parecía que sí. Parecía que besar a alguien con toda tu alma era concentrar tus cinco sentidos en la otra persona y bloquear el mundo que te rodeaba.

Nunca me habían besado de esa manera tan desesperada. Sus labios estaban borrando las emociones negativas que llevaban acompañándonos toda la mañana. La tensión se había desvanecido, pero la necesidad y el anhelo seguían arañándome la tripa. Algo estaba aumentando en mi interior. Me llevó unos segundos comprender que necesitaba disculparme.

—Will... —Me aparté un centímetro de sus labios.

Quería mirarlo a los ojos y descubrir si se sentía igual que yo, pero Will plantó la mano en mi nuca y me atrajo de nuevo contra él para besarme.

Me reí contra sus labios por su impaciencia, y él se bebió mi risa en un beso húmedo y apasionado. Me estremecí cuando sus dedos me acariciaron el cuello con suavidad. Él me frotó los brazos por encima de la sudadera mojada.

—No tengo frío —murmuré entre besos.

—Yo tampoco.

Desplacé las manos hasta sus hombros y él colocó las suyas en mi cintura.

—Siento haber estado distante —me disculpé mirándolo a los ojos—. Estaba dispuesta a mantener la distancia contigo. Creía que solo te importaba el libro, pero vienes y me dices todo esto y yo... —Bajé la mano derecha hasta su pecho—. Yo me siento igual que tú.

Apoyó su frente sobre la mía. Nos mantuvimos así unos segundos hasta que él se agachó un poco más y buscó mis labios con los suyos.

—Yo siento habértelo soltado así —dijo tres besos después.

El alivio que experimenté cuando volvió a besarme fue mayor que cualquier miedo o duda que hubiese podido sentir con anterioridad.

—Will... —Intenté apartarme, pero él no me lo permitió y volvió a besarme—. Hay gente esperando para la foto y estamos en medio...

—Me importa un bledo. —Sus labios rozaron los míos cuando habló—. Yo llevo esperando esto mucho más tiempo que ellos.

Esa confesión hizo que mi estómago diese otra voltereta. Si seguía así, pronto podría unirse al equipo de gimnasia rítmica.

Me habría encantado preguntarle cuánto tiempo llevaba esperando aquel momento, pero tenía los labios ocupados explorando los suyos con avidez.

En ese instante supe que podíamos quedarnos ahí, besándonos hasta que el sol se escondiese y la luna saliese a saludarnos. Sus labios sobre los míos se sentían tan bien que solo pensaba en las ganas que tenía de sentirlos en otras partes del cuerpo. El deseo que sentía por él viajaba dentro de mí, arrastrado por la corriente, como el río que corría cien metros por debajo de nosotros.

—Will... —volví a llamarlo—. ¿Y si volvemos al cuarto?

Esa vez fue él quien se retiró.

—¿No quieres subir a la otra cascada? —me preguntó sujetándome la cara entre las manos.

—Prefiero ir a la habitación contigo.

—Perfecto. —Se inclinó para besarme una vez más y entonces se acercó a mi oído para susurrar—: No era mi plan, pero me encanta tu idea.

Me temblaron las piernas. Su tono de voz iba cargado de intenciones. El anhelo que vi en su mirada cuando su cara volvió a estar a la vista me hizo suspirar.

—¿Sabes qué...? —empecé.

—¿Qué?

—Estamos empapados —me reí con anticipación.

—Sí, ¿y? ¿De qué te ríes?

Le eché los brazos al cuello y contuve la sonrisa. Will parecía relajado, cansado y feliz. Ahora que nos habíamos deshecho de la carga que habíamos soportado, parecía que solo había espacio para comportarnos tal y como queríamos.

—Supongo que esto cuenta como beso bajo la lluvia, ¿no? —pregunté divertida.

Will puso los ojos en blanco y resopló. Y yo volví a reírme y a ponerme de puntillas para besarlo.

—Me haces mucha gracia indignado —confesé antes de plantar los talones en el suelo.

—Si vas a besarme así cada vez que me queje de una moñada, me comprometo a ver todas las pelis románticas del mundo contigo.

—Vale. —Sonreí ampliamente y mi corazón saltó contento por el precipicio.

—Pero me quejaré muchísimo. Seré insoportable.

—No pasa nada —aseguré—. Ya sé que eres un bocazas.

Él entrecerró los ojos y yo agarré su mano. A diferencia de la noche anterior, esa vez entrelacé los dedos alrededor de los suyos. Al igual que nuestros labios, nuestras manos también encajaron a la perfección. Le di un beso más y tiré de él para alejarnos de la cascada.

No me pasaron desapercibidas las caras de incredulidad con las que nos miraban los testigos de nuestro espectáculo. En lugar de avergonzarme, me entró la risa floja.

Cuando llegamos a la escalinata de piedra, me volví para ver la cascada por última vez. Quería recordar ese sitio siempre.

—¡Mira, ha salido el arcoíris! —Señalé con la mano libre el punto donde se veía.

Will me soltó la mano y bajó un escalón reduciendo así la diferencia de altura entre nosotros. Aproveché que tenía las manos libres para soltarme la coleta y que el pelo se me secase con el sol. Me distrajo cuando plantó las manos en mi cintura y el calor empezó a quemarme la piel a través de la sudadera. Me di la vuelta para encararlo y apoyé las manos en sus hombros, sobre las asas de la mochila.

Él me miraba encandilado. La felicidad de su mirada hacía que estuviese guapísimo.

—Para que luego digas que las cosas de las comedias románticas no son realistas —dije con suficiencia. Le pasé la mano por el pelo mojado y él cerró los ojos un instante—. ¿A que es superbonito?

—Sí, precioso —ironizó—. Ya solo falta que los osos vomiten purpurina.

Hice una mueca y él me empujó hacia delante para darme otro beso que me dejó sin aliento.

El camino de bajada no tuvo nada que ver con el de subida. No nos paramos en todos los escalones a besarnos porque había mucha gente, pero, si no, lo habríamos hecho. Al llegar al sendero de tierra, Will aceleró el paso. Aunque parecía tan deseoso como yo por llegar a la habitación, ahí abajo sí que nos detuvimos un millón de veces para besarnos y provocarnos. Eso hizo que la vuelta nos llevase el doble de tiempo.

Pero desde que nuestra cabaña había quedado a la vista, los besos se habían vuelto más intensos. Metí la llave en la cerradura y la observé unos segundos. Las manos de Will estaban en mis caderas, y su pecho, pegado a mi espalda. Entrar ahí era la verdadera apuesta. Ese era el lugar exacto donde me jugaría el corazón. Después de eso, solo podía ganar o perder, pero no me quedaría igual.

Will apretó los labios con suavidad contra la parte posterior de mi cabeza. Ese beso me dio la seguridad que necesitaba para girar la llave.

Al abrir la puerta me di cuenta de que estaba saltando al vacío de verdad y de que no me importaba. Solo esperaba tener un paracaídas a mano o un colchón esperándome abajo. Porque lo único que tenía claro mientras atravesábamos ese umbral era que de esa caída libre mi corazón no se recuperaría pronto.

32

ANHELO (n.): Deseo intenso.

Will entró en la habitación detrás de mí. Se descolgó la mochila de los hombros y la dejó en el suelo sin dejar de mirarme a los ojos. Acto seguido, se agachó para soltarse los cordones. Tenía las botas llenas de barro. La atmósfera entre nosotros era tan intensa que se me encogió el estómago ante la perspectiva de lo que estábamos a punto de hacer. Me descalcé sin desatarme los cordones y dejé las zapatillas al lado de la puerta. Esquivé la maleta que había dejado abierta la noche anterior y me dirigí al centro de la estancia. El servicio de habitaciones ya había pasado por ahí. Las cortinas estaban abiertas permitiendo que la luz del mediodía entrase a raudales, y no había ni una arruga en la cama.

Me volví en busca de Will justo cuando él se incorporaba. Se quedó unos segundos quieto al lado de la puerta, observándome como si yo fuese uno de esos cometas que surcaban el cielo cada mil años en lugar de una chica que tenía el chándal lleno de tierra y el pelo hecho un desastre. La mirada penetrante que me regaló hizo que mi corazón se acelerase igual que cuando me había besado cerca de la catarata. ¿Cómo era posible que una persona me excitase tanto solo con una mirada? Con el primer paso que dio en mi dirección, tragué saliva. Y con el segundo tuve que cerrar el puño porque las manos empezaron a temblarme.

Las voces del grupo de personas que pasó por delante de la

cabaña me hicieron desviar la vista a la ventana que había encima de la cama. Mi habitación daba al sendero que llevaba al centro del valle.

Will retrocedió sobre sus pasos y cerró la cortina que estaba al lado de la puerta.

Al verlo me puse en movimiento. Corrí la cortina más alejada, la que estaba al lado del baño. Cuando Will cerró la que faltaba, parecía que el corazón se me iba a salir del pecho. La luz que se filtraba por debajo de las telas era suficiente como para ver sin necesidad de encender la lámpara.

En la habitación reinaba una falsa sensación de calma. Una calma que estallaría por los aires en cualquier momento y daría paso al caos. No sabía cómo se sentía él, pero yo estaba agitadísima.

Will se acercó despacio y mi estómago hizo un montón de piruetas distintas. ¿Cómo era posible que no me hubiese rozado y mi interior ya estuviese deshaciéndose como si fuese mantequilla?

Al llegar a mi altura, alzó la mano derecha y me empujó la barbilla ligeramente hacia arriba para que lo mirase. Tenía las pupilas dilatadas, pero el color verde azulado de sus ojos seguía brillando debajo del negro. Cogió aire de manera profunda y cuando lo soltó, su aliento cálido me rozó la cara. Me acarició la mejilla con cariño y me pasó el dedo pulgar por el labio inferior. La tensión era evidente en su mandíbula apretada. Estaba muy serio.

—¿Qué hago contigo? —me preguntó.

Arrugué el ceño en una pregunta muda. No estaba segura de que no fuese a fallarme la voz si contestaba.

—Yo tengo clarísimo lo que quiero hacerte. —Su mano viajó hasta mi cuello, su pulgar seguía acariciándome la mandíbula—. Pero necesito saber qué quieres tú que pase aquí dentro.

Sus palabras provocaron tal sacudida en mi cuerpo que se me encogieron hasta los dedos de los pies. Incapaz de hablar, me puse de puntillas y lo besé. Quizá así me entendiese. Enseguida introduje la lengua en su boca. Sentía mi piel enrojecer debajo de la aspereza de su barba.

—*Dime lo que quieres hacer, Raquel* —murmuró contra mis labios.

«Uf. No me hables en español justo ahora...».

—¿Que qué quiero? —Los nervios me agitaban el corazón. Yo... ¿qué quería?

Definitivamente me gustaría sentir su barba raspando otras partes de mi cuerpo.

Tenía delante el polvo que quería desde hacía semanas. Estaba deseosa e impaciente, pero la vocecita de la razón hizo acto de presencia en el último segundo para recordarme...

«Después de esto, ¿cómo vamos a comportarnos cuando volvamos al trabajo?».

—¿Vamos a estropearlo todo? —le pregunté con un hilo de voz.

—No. —Negó con la cabeza. Parecía muy seguro—. Vamos a hacer que todo sea perfecto.

Esas palabras hicieron que mi corazón se diluyese como el azúcar en el café.

Quería creerlo. De verdad que sí.

Apreté los labios contra su garganta porque estaba a la altura idónea para mí. Mis hormonas revolucionadas estaban deseando darse un homenaje, pero...

—No quiero que luego haya incomodidad entre nosotros —le dije.

—No va a haberla porque, aunque nos enfademos, siempre hablamos las cosas.

—Vale. —Asentí. Eso que había dicho Will era verdad.

La línea que nos había separado desde un principio se había borrado y ahora estábamos a punto de cruzar otra. Dentro de mi habitación podíamos ser quienes nosotros quisiéramos.

Dibujé con el dedo índice una línea horizontal invisible sobre su estómago. Quizá ese era nuestro juego, primero pintábamos una línea y luego la cruzábamos juntos.

—Quiero que me hagas todas esas cosas que te has imaginado —le dije sin dudar, contestando así a su pregunta inicial.

Will inspiró con fuerza mientras asentía y se humedeció los labios. Me sujetó la cara entre las manos y me besó con ganas. Sentir su respiración en mi piel me calentó aún más la sangre. Con delicadeza, me colocó detrás del hombro el cabello, que todavía tenía húmedo. Me acarició la cara con las yemas de los dedos y bajó hasta mi cuello dejando un reguero de besos a su paso. Cuando apretó los labios contra mi pulso, la que inspiró con fuerza fui yo.

—Dios —me susurró con voz ronca en el oído—. No sabes cuántas ganas tenía de besarte el lunar. —Enroscó los brazos alrededor de mi cintura y me apretó contra él—. Estoy obsesionado.

Esa confesión hizo que mis pezones se endureciesen aún más. El roce del sujetador me resultaba molesto. Sabía que lo único que me aliviaría sería sentir su lengua sobre mi piel.

Como si adivinase mis pensamientos, Will me lamió el cuello con osadía. Cuando alcanzó el lóbulo de mi oreja, se me escapó un gemido, la piel se me puso de gallina y tuve que aferrarme a su hombro.

—¿Esto te gusta? —me susurró al oído.

El corazón me latía con tanta violencia dentro del pecho que no estaba segura de que no fuese a desmayarme entre sus brazos. Su olor y las sensaciones que me provocaba con sus susurros estaban nublándome la mente.

Will repitió lo que acababa de hacer y se me escapó un jadeo vergonzosamente alto. Tenía la piel del cuerpo entero a su merced.

—Parece que sí. —La risita grave que soltó junto a mi oído puso mi sangre a hervir.

Repartió un millón de besos por mi cuello y, entre ellos, me dijo:

—¿Con lo parlanchina que eres y ahora te has quedado muda?

Había fantaseado con él unas cuantas veces, en especial durante los últimos días. En ninguna de mis fantasías llevaba un chándal mojado y sucio ni estábamos en una cabaña en mitad de la montaña. Pero la actitud engreída que mostraba Will cuadraba por completo con mi imaginación.

—Sí que me gusta —confirmé con otro susurro.

Will me besó la comisura de la boca.

En cuanto nuestras lenguas se encontraron, el deseo que llevaba semanas acumulándose en mi interior me manejó por completo. Sin perder un minuto, guie las manos al borde de su sudadera. Tiré de la prenda hacia arriba y se la quité sin miramientos, llevándome la camiseta por el camino. Antes de que la ropa aterrizase en el suelo, mis manos ansiosas ya recorrían su torso con necesidad, como llevaba queriendo hacer desde la primera vez que lo vi sin camiseta. Will estaba demasiado bueno como para que yo pudiese mantenerme en el plano racional.

Las cosas se descontrolaron entre nosotros, los besos se volvieron más apasionados y las respiraciones se aceleraron. Mi ropa seguía mojada, pero si el calor seguía aumentando en esa habitación, se secaría en un santiamén.

Mis dedos se enredaron con el nudo de su pantalón de chándal y los suyos con el dobladillo de mi sudadera.

—Raquel, los brazos...

Detuve el movimiento de mis manos y los levanté para que él pudiera quitarme la sudadera y, después, la camiseta.

—Joder... —Will se pasó la mano por la cara y apartó la vista un segundo. Cuando volvió a mirarme, vi perfectamente cómo la dinamita de la que había hablado explotaba dentro de sus ojos—. Estás buenísima y yo estoy al límite. En cuanto me roces, voy a perder la cabeza.

Esa vez la que sonrió de forma obscena fui yo.

La necesidad que impregnaba su voz se coló debajo de mi ropa interior y me provocó una punzada de deseo entre las piernas. Todas las zonas sensibles de mi cuerpo ardían por él. Coloqué la palma en su pecho, encima del tatuaje, y la deslicé hacia abajo. Me gustó que los músculos de su estómago se contrajesen bajo mi tacto. Sentía sus ojos fijos en mi cara. Lo miré y entendió lo que estaba preguntándole sin palabras. Asintió casi imperceptiblemente y yo metí la mano dentro de sus pantalones. Cuando le acaricié por encima de la ropa interior, soltó un siseó que hizo que todo temblase dentro de mí.

En el momento en que sus ojos se posaron en mi escote, mi deseo por él se hizo más evidente y la ropa empezó a molestarme. Me deshice de sus pantalones sin dejar de besarlo.

Will plantó una mano en mi cintura y yo sentí que me transportaba al desierto. Se sentó en el borde del colchón y tiró de mí hasta colocarme delante. Cada beso que depositó en mi tripa me hizo estremecer más que el anterior. Necesitaba algo. Ya. Hundí los dedos en su pelo y él me sujetó por la cintura, probablemente porque se dio cuenta de que me temblaban las piernas. Me bajó los pantalones sin dejar de besarme la tripa. Di un paso atrás para quitármelos y los aparté con el pie.

—Joder, me va a dar algo —oí que decía.

La manera que Will tenía de contemplarme embelesado me hacía sentir una diosa. Ahora cuando sus ojos me hablaban los entendía, porque dentro de esa habitación él era tan libre como yo. Sus dedos aferraban el borde del colchón. Lo único que llevaba puesto eran los calzoncillos negros. Estaba más sexy que nunca.

—Ven aquí —me pidió.

Me acerqué y Will tiró de mis caderas. Acabé sentada a horcajadas sobre él. Al sentir su erección contra mí, creí morir. Él debió de sentirse igual, porque su pecho subía y bajaba acelerado, como el mío. Me sujetó la cara y volvió a besarme con ansias, como si llevase años sin hacerlo en lugar de segundos. Gemí cuando me tocó las piernas con posesividad.

—No puedo ir despacio ahora —dijo contra mis labios. Subió las manos por mis costados hasta el cierre del sujetador—. Luego, si quieres…

—Sí. Luego… —lo interrumpí impaciente, restregándome contra él en busca del alivio que necesitaba.

«Luego» era la palabra en la que iba implícita la promesa de que repetiríamos lo que estábamos a punto de hacer.

—Ahora solo quiero follarte como un loco…

«¡¡¡Que alguien llame al 911!!!».

El corazón casi se me salió por la boca y el estómago también. Mi cuerpo entero se desintegró con esas palabras.

—Luego te lo haré tan despacio como quieras —prometió.

—Vale.

Era la mejor idea del mundo.

Me desabrochó el sujetador y apretó la mandíbula tanto que

juraría que oí el rechinar de sus dientes. Retiré las manos de sus hombros y las suyas regresaron a mis caderas. Al quitarme el sujetador, sentí el roce de mi propio pelo sobre la piel de mis pechos. Me aparté la melena y me la coloqué detrás de los hombros. Jamás había querido tanto que un hombre me viese desnuda como deseaba que me viera él.

—Eres perfecta.

Sus ojos estaban cargados de anhelo, igual que los míos. La atracción era irremediable entre nosotros.

Will me empujó contra él. En el preciso instante en que su lengua se encontró con mi pezón, la poca racionalidad que me quedaba fue pulverizada de manera fulminante. Me lamió el pecho entero y yo le clavé las uñas en los hombros. La fricción de su barba contra mi piel sensible me hizo gemir. Alentado por eso, me lamió el otro pecho. Un segundo gemido desgarró el silencio y él se dejó caer en el colchón, tirando de mí.

En cuanto mi pecho entró en contacto con la piel ardiente de su torso casi pude oír el fuego crepitando entre nosotros.

Me empujó de la cadera y rodamos sobre el colchón hasta que él acabó encima.

Al sentirlo duro contra mí, respondí mordiéndole el cuello. Se restregó contra mi cuerpo y los muelles del colchón chirriaron. Colé la mano entre nosotros y lo acaricié por encima de la ropa interior. El gemido grave que soltó me provocó una sensación de satisfacción increíble.

Will me besó el cuello, el esternón y el ombligo. Me bajó las bragas despacio mientras los nervios y la anticipación correteaban por mi estómago. Besó cada centímetro de mis piernas y me eché a temblar como una gelatina. El calor era sofocante. Horas antes me había escondido detrás del muro de la indiferencia y ahora estaba dejando que viera mi cara más vulnerable. Él se arrodilló, dejó las bragas sobre el colchón y alzó las cejas de manera sugerente. Bajé los ojos por su torso y me mordí el labio cuando vi el bulto de su ropa interior.

Entonces me di cuenta. Eso era real. Iba a pasar de verdad. No era solo mi imaginación.

Jugueteé nerviosa con el colgante, que era lo único que me quedaba puesto.

«Ay, Dios mío».

—¿Qué? —me preguntó, y yo arrugué el ceño—. Ay, Dios mío, ¿qué?

«¿Lo he dicho en voz alta?».

—Que vamos a hacerlo de verdad —contesté.

Sus labios se curvaron en la sonrisa más engreída y lasciva de la historia. La clase de sonrisa que te dedica una persona que sabe que va a hacerte disfrutar mucho.

—Ya lo creo que vamos a hacerlo —aseguró con descaro—. Tú vas a decirme lo que te gusta y cómo te gusta, y yo voy a darte todo lo que me pidas.

Esas palabras me derritieron el cuerpo entero. Sus ojos no abandonaron los míos mientras me incorporaba en la cama y me acercaba a él. Me coloqué de rodillas yo también. Cogí la goma de su ropa interior y se la bajé lo justo para sacársela. Cuando se la agarré, él contuvo el aliento, y cuando bajé la mano, soltó un gemido profundo.

—Parece que esto te gusta, ¿no? —le pregunté repitiendo sus palabras.

Will sonrió contra mis labios y emitió un sonido afirmativo.

—Me encanta que me toques —confirmó segundos después.

—A mí me encanta que me susurres cosas al oído y que... —Me desconcerté y no pude acabar la frase porque él acarició la parte más caliente de mi cuerpo. Cuando hundió un dedo en mi interior se me olvidó lo que iba a decir.

Durante un rato solo nos besamos y nos acariciamos. Estaba descubriendo un lado de Will que no conocía. Tenía la boca muy sucia y eso me gustaba mucho. Nuestros gemidos flotaban en el aire y aumentaban de nivel. Yo había perdido la noción del tiempo. Una de las veces que dejé de besarlo para gemir, me aparté y lo miré a los ojos. Y se dio cuenta de lo que estaba haciendo.

—¿Tienes que hacer una competición de todo? —me preguntó.

—Sí —asentí con una sonrisa.

Pese a que me acusase de aquello, lo cierto era que estábamos compitiendo por ver quién era el primero que hacía perder la cabeza al otro. Aunque a esas alturas creía que la estábamos perdiendo los dos.

Sonreí pagada de satisfacción cuando él me sujetó la muñeca para que parase.

—He ganado —dije antes de besarlo.

Will me besó los nudillos, uno a uno. La intimidad de ese gesto me cogió por sorpresa. No estaba preparada para la oleada de calor que sentí en el pecho. La atmósfera pareció espesarse aún más entre nosotros. Lo besé más despacio, sintiendo sus dedos sobre mi espalda y acariciando con cariño su mandíbula. Sin dejar de besarnos nos recostamos sobre el colchón.

Le tenía completamente desnudo sobre mí. Cada centímetro de mi cuerpo que estaba en contacto con el suyo quemaba. Moví las caderas contra las suyas. La fricción entre nosotros era insoportable.

Se la agarré y le guie hasta mi entrada. Me apreté un poco más contra él. Notarlo tan caliente fue demasiado intenso para mí.

—Espera, espera —me pidió en un ruego—. El condón.

Era la primera vez que me acostaba con un hombre y me olvidaba por completo del preservativo. Un claro indicio de que estaba desatada.

—Es verdad. —Le lamí los labios—. Date prisa, por favor —susurré.

El colchón se movió cuando se levantó. Se agachó junto a su pantalón y soltó un taco.

—¿Qué pasa? —pregunté.

—Los condones están mi cuarto… o en el puñetero coche. No lo sé.

—No hace falta que vayas a por ellos, tengo yo aquí.

Rodé sobre la cama hacia el lado izquierdo y rebusqué el neceser en la maleta. Saqué uno con impaciencia y se lo di.

Lo observé absorta mientras se lo ponía. Él volvió a tumbarse entre mis piernas.

—Will —lo llamé en un susurro—. Quiero hacértelo yo a ti.

Él asintió antes de besarme con una necesidad agónica. Intercambiamos posiciones y me coloqué encima. Lo miré a los ojos mientras se la cogía y le guiaba por segunda vez. Bajé un poco, introduciéndome un par de centímetros, y me detuve.

—¿Estás bien?

—Sí. —Me mordí el labio y bajé un poco más.

Los dos gemimos mientras mis paredes se abrían para él. Al llegar al fondo, eché la cabeza hacia atrás, buscando el equilibrio. Me quedé muy quieta durante un segundo, asimilando que estábamos completamente unidos. Las manos de Will ascendieron hasta mi cintura. Apoyé una palma en su estómago y comencé a moverme sobre él. Primero despacio y luego con decisión.

—¿Te gusta? —le pregunté sin detenerme.

—¿Que si me gusta? —Me miró como si hubiese perdido la razón—. Estoy al borde del infarto.

Había una extraña familiaridad en la manera tan perfecta en que encajaban nuestros cuerpos, como si llevásemos meses acostándonos y esa no fuese la primera vez.

Arqueé la espalda para moverme más rápido. Necesitaba que él perdiese la cabeza como la había perdido yo.

—Dios, he pensado mil veces... en lo mucho que me encantaría perderte de vista... y ahora no quiero que te quites de encima —reveló con la voz entrecortada.

—Típico de Will... —Sonreí.

—¿El qué?

—Ser tan romántico... —Era una ironía, pero sonó como una súplica.

Sus manos se cerraron en torno a mis caderas y se me escapó la primera confesión:

—Deseaba esto desde... la noche del Trivial... Me apretaste la cadera como ahora y yo solo pensaba... en esto.

—Pues yo me empalmé y luego me masturbé pensando en ello.

Parecía que cuando Will se desataba perdía el control de la lengua.

Y parecía haber una relación directa entre eso y mi excitación. Me recosté sobre su pecho y le lamí los labios sin ningún tipo de vergüenza.

Ahogué una exclamación contra su boca cuando él tomó el relevo y se movió debajo de mí apretándome las caderas con más fuerza. Nuestros gemidos resonaron por encima de los quejidos del colchón. Will y yo nos movíamos en sincronía. No pasó mucho tiempo hasta que apoyé las manos en su pecho y me impulsé para tomar las riendas otra vez. Pese a que sabía que eso se repetiría, quería que fuese memorable y que lo recordase siempre. Quería que ese encuentro conmigo fuese el mejor de su vida, por eso me moví más rápido. Me gustó notar el latido acelerado de su corazón contra mi palma. Llegó un punto en que lo único que me importaba y lo único en lo que podía concentrarme era el placer que sentía y el que quería que sintiese él. Sentí que me faltaba el aire en los pulmones, sus dedos sobre mis caderas eran firmes, y mis movimientos sobre él, impacientes. Will tenía los ojos vidriosos, la piel roja y el pecho sudado. Los jadeos roncos que se escapaban entre sus dientes apretados fueron el detonante para que me dejase ir con un grito. Él se rindió al orgasmo segundos después, moviéndose debajo de mí en busca de su propio placer.

Me desplomé sobre su pecho. Había sido increíble y estaba exhausta y sudada. Me sentía satisfecha, pero lejos de estar saciada. Compartimos un beso lento y pasional, y supe que se sentía exactamente igual que yo. Él presionó los labios contra mi frente y yo me dejé atrapar por el final de un momento perfecto.

33

LIBRO (n.): Refugio.

—¿Soy tu escritor favorito? —me preguntó sin venir a cuento.

Se me escapó una carcajada.

—Estas de coña, ¿verdad? —Apoyé la palma en su pecho para incorporarme y mirarlo desde arriba.

—No.

—Acabamos de hacerlo ¿y lo que te preocupa es saber si eres mi autor favorito en vez de si me has hecho disfrutar?

—Por favor, Raquel —resopló—. Has gritado tanto que has despertado a los osos de su hibernación.

—Eres gilipollas…

—Y tu escritor favorito también —susurró.

Will ejerció una leve presión con la mano que tenía colocada entre mis omoplatos y me empujó en su dirección para besarme despacio.

—No eres mi favorito. —Apreté los labios contra su barbilla—. Aunque te parezca increíble, hay más autores en el mundo aparte de ti.

Él arqueó una ceja incrédulo y después me sonrió mientras negaba con la cabeza.

—Yo creo que soy tu favorito, y eso me pone tremendamente cachondo.

Me reí.

—Pero ¿tú te oyes? —Sus dedos acariciaron mi espalda desconcentrándome—. ¿De verdad te pone que te digan que eres el mejor? —Will no contestó, pero la respuesta era evidente en su mirada—. No sé de qué me sorprendo. Tengo que medir mis palabras contigo, alimentar tu ego es peligrosísimo.

—Qué va...

Volví a recostarme sobre el colchón y él rodó para colocarse de cara a mí. Nos quedamos tumbados de costado, mirándonos el uno al otro.

Le pasé los dedos por el pelo y él cerró los ojos.

—Me gusta que hagas eso —confesó en un susurro.

Repetí el movimiento un par de veces más.

—¿Te lo has pasado bien? —me preguntó abriendo un ojo.

—Sí. —Su sonrisilla de suficiencia se extendió—. ¿Y tú?

Me echó un brazo por la cintura y me acercó a él.

—También, pero todavía no te he hecho todo lo que me he imaginado...

Ese comentario volvió a despertar el calor en mi interior y también me hizo recordar una cosa.

—Antes, en la catarata, has dicho que esto no se parecía en nada a lo que habías imaginado —le dije—. ¿A qué te referías?

—Pues a que no quería decirte cómo me sentía en ese momento, pensaba decírtelo en el lago Mirror, al atardecer.

«¡Ay, jo, qué romántico!».

Mi corazón aplaudió emocionado.

—¿Pensabas declararte en el lago? —pregunté encandilada por la idea—. ¡Qué mono, Will!

Él apartó la mirada incómodo.

—¿Qué pensabas decirme?

—Lo que te he dicho. —Me miró sereno—. Que me gustas y que quiero seguir conociéndote.

Sonreí y solté un suspirito amoroso.

—No te montes películas, anda —me pidió—, porque no iba a haber velas, ni música romántica de fondo, ni ninguna moñada de esas que te gustan.

—Claro. —Me aguanté la risa—. Porque tú no eres un moñas.

—Exacto.

—Pero te has declarado delante de la gente, como en una comedia romántica…

—No me compares, por favor. —Puso los ojos en blanco—. Lo último que quería era tener público, pero no me ha quedado otra opción…

—Frente a una catarata, ni más ni menos… —lo interrumpí.

—Alguien me ha puesto de los nervios y he explotado —siguió él, ignorándome.

—Ha sido romántico a tu manera y me ha gustado.

La sonrisa engreída de Will se metió bajo las sábanas con nosotros.

—Te dije que podía ser romántico y no hacer moñadas surrealistas como el Ben ese —comentó en un tonito triunfal.

—Pues si Ben te ha parecido un moñas en el primer libro, mejor no te leas los siguientes.

—Uf…, pero si ya se ha declarado con un megáfono, ¿qué más puede hacer? —preguntó horrorizado.

—Tendrás que leértelos para descubrirlo.

—Hay más fantasía en todos esos libros románticos que editas que en los míos.

—O sea que para ti es más probable que aparezca un monstruo que lanza fuego en tu jardín antes que pensar que serías capaz de regalar flores y bombones, ¿no?

—Correcto. Yo no soy de esos. Además, nunca he entendido lo de regalar flores. Si se mueren… —dijo con obviedad—. Como las rosas esas que dejaste en el salón, se les han caído todos los pétalos.

Abandoné la cama con un suspiro y automáticamente eché de menos el calor de su cuerpo. Cogí la manta del suelo y me la puse sobre los hombros.

—¿Adónde vas?

—A ducharme —le contesté de camino al baño—. Me muero de hambre y deberíamos darnos prisa si queremos llegar a ver el atardecer al lago ese, ¿no?

—¿Quieres ir al lago?

Me volví para mirarlo. Estaba atónito.

—¿No querías impresionarme? —le pregunté, y él asintió—. ¡Pues venga!

Will salió de la cama y se acercó a mí con tranquilidad. Me sujetó la cara con las manos y me besó con dulzura. Bajó las palmas hasta mis hombros y tiró de la tela. La manta se cayó al suelo, dejándome desnuda. Guio mis pasos y caminamos a tientas sin dejar de besarnos.

El baño era pequeño, y la ducha, tan minúscula que apenas entrábamos los dos. Nos duchamos entre besos y caricias, y nos quedamos bajo el agua hasta que se me arrugaron los dedos de las manos.

—¿Solo es trabajo? —oí que decía Will—. ¿El qué?

Me envolví el cuerpo en la toalla y me acerqué a su espalda. Una toalla abrazaba su cadera y con otra más pequeña se secaba la cara. El vapor cubría el espejo donde resaltaban las palabras «Solo es trabajo» que había escrito esa misma mañana.

—Pues tú —le dije capturando con el dedo una gota que resbalaba por su espalda.

Will se giró con una ceja arqueada y me miró sin comprender.

—Mis amigas y yo solemos dejarnos mensajes en el espejo del baño y los vemos cada mañana al ducharnos. Eso de ahí —señalé el espejo con el dedo— era un recordatorio de que debía mantener la distancia y no liarme contigo.

—¿Por qué? —Se había quedado muy serio.

—Porque no es profesional.

—¿Quién lo dice?

—Cualquier persona a la que le preguntes.

—Pues yo creo que hoy has hecho un trabajo genial inspirando al autor.

Le di un manotazo en el hombro y él se rio.

Acto seguido, tachó mi mensaje y escribió otro debajo. Cuando terminó podía leerse:

~~*Solo es trabajo*~~
No lo es

Tres palabras y el corazón me dio un vuelco tremendo dentro del pecho.

—Esto iba a suceder. Estaba escrito —aseguró mirándome—. Además, no iba a dejar que te volvieses a Manhattan porque sí.

Y entonces se inclinó y me dio uno de esos besos que te agitan el cuerpo entero y que cambian el curso de tu historia sin que te des cuenta.

—¿Dónde está el lago? —alcé la voz para que me oyese.

—En el valle, hay que hacer una pequeña ruta para llegar —contestó desde su habitación.

Sonaba bastante emocionado, así que no podía confesarle en ese momento que odiaba hacer senderismo. Además, hacerlo con él me divertía.

—Vale. —Escogí los pantalones rosas de yoga y solté una maldición.

—¿Qué pasa? —Will asomó la cabeza por la puerta. Se había puesto un pantalón negro de chándal y una camiseta blanca.

—Nada —dije mientras rebuscaba en la maleta—. Que la única sudadera que me he traído está mojada y sucia.

Él volvió a internarse en su cuarto sin decir nada. Reapareció segundos después con una sudadera en la mano. Me levanté y me puse las mallas bajo su atenta mirada.

—Toma. —Extendió la prenda en mi dirección.

—¿Tienes otra para ti? —pregunté al aceptarla.

Will asintió y me rodeó la cintura con el brazo.

—Estos pantalones te hacen un culo increíble —dijo tranquilamente mientras bajaba la palma por mi cuerpo—. El día que fuimos a Point Lobos lo pasé fatal porque no podía dejar de mirártelo. —Eso último lo susurró contra mi boca a la par que me apretaba el culo.

El estómago me dio una voltereta lateral. Me gustaba que me confesase esas cosas y que fuese tan directo y sincero.

—Gracias —dije antes de ponerme de puntillas y besarlo—.

El tuyo tampoco está mal —reconocí con una sonrisa—. Voy a apartarme porque, si no, no nos vamos a ir.

Di un paso atrás y me metí la sudadera por la cabeza.

Unos minutos más tarde nos detuvimos junto al letrero que marcaba el inicio de la ruta y Will señaló en el mapa el tramo que íbamos a recorrer.

—Ay, Dios, otra ruta en la que puede aparecer uno de esos bichos. —Señalé el dibujo del león de montaña del cartel.

—Raquel, no te muevas —me pidió Will alarmado—. Tienes uno justo detrás.

—¿Qué?

Alcé el rostro para mirarlo. Él tenía la vista centrada en el punto que estaba detrás de mí, por encima de mi hombro. Una sensación de horror se llevó la sangre de mi rostro.

—Haz lo que te he enseñado —me susurró—. Levanta los brazos y muévelos.

Cerré los ojos; si iba a morir, no quería verlo. Levanté los brazos asustada y los moví de un lado a otro. El corazón me palpitaba con fuerza.

Entre el rugido atronador de mi pulso, lo oí reírse.

Despegué los párpados a la velocidad del rayo. Al ver su cara relajada, entendí que todo era mentira.

—Eres imbécil...

Él seguía riéndose.

—Parecías uno de esos muñecos hinchables que ponen en los concesionarios.

—No tiene gracia —le dije—. Me he asustado.

Él imitó el movimiento que supuestamente había estado haciendo yo. Su imitación era tan ridícula que me entraron ganas de reírme. Contuve la sonrisa y, haciéndome la indignada, eché a andar hacia el camino de tierra.

—Eh, Correcciones, ven aquí.

—¡No me llames así! —Le enseñé el dedo corazón sin volverme.

Su carcajada resonó en aquel sendero vacío. Un segundo después, se estrelló contra mi espalda y me rodeó con los brazos para que no pudiera seguir alejándome. Se asomó por encima de mi hombro y me besó la mejilla izquierda. Después colocó las manos en mi cintura y me obligó a darme la vuelta. Intentó besarme, pero le aparté la cara.

—Eres la persona más asustadiza del mundo —dijo riéndose.

Traté de ponerme lo más seria posible, pero no lo conseguí.

—Como nos encontremos a uno de verdad, no te vas a reír tanto. —Le eché los brazos al cuello.

Me robó un beso y después reanudamos la marcha.

Llegamos al lago Mirror entre besos, bromas y risas. Estar así con Will y verlo tan contento era un chute de energía.

El lago era precioso. Estaba rodeado de montañas de granito que se reflejaban en el agua cristalina. La primavera podía apreciarse en el verde vibrante de los árboles y en las flores silvestres.

Will se subió a una de las rocas de la orilla. Después, me ayudó a mí. Caminamos de una a otra y luego saltamos a la arena para sentarnos.

—¿Te gusta? —me preguntó.

—Es superbonito.

Will sonrió para sí mismo y clavó la vista al frente.

El cielo estaba empezando a cambiar de tonalidad y la luz malva que impactaba sobre las rocas hacía que el lugar ofreciese la estampa idílica de una postal. Ese lago parecía el típico lugar al que alguien acudiría en busca de inspiración. Llegar a esa conclusión me llevó a hacerle una pregunta muy obvia que no sabía por qué no se la había hecho antes.

—¿Por qué eres escritor?

—Porque no podría ser otra cosa. —Will sonrió al mirarme y la calidez de mi pecho se desbordó—. Escribir es mi vía de escape de la realidad.

Apoyó una mano en la arena y se inclinó en mi dirección para besarme. Necesitaba saciar la curiosidad que sentía por él, por eso le pregunté:

—¿Siempre has querido escribir?

—No. De hecho, siempre pensé que haría alguna ingeniería.

—¿En serio? —Abrí los ojos sorprendida—. ¿Y cómo pasaste de querer ser ingeniero a escritor? No se parecen en nada.

Will flexionó las rodillas y descansó las muñecas encima. Observó el lago que se extendía delante de nosotros y, pasados unos segundos, me contestó:

—Desde pequeño se me ha dado bien escribir. En el colegio los profesores siempre me ponían muy buena nota en las redacciones y todo eso. Pero no empecé a tomármelo en serio hasta que murió mi hermana.

«¿Qué?».

Esas palabras cayeron igual de fulminantes que un rayo que parte un árbol en dos y me dejaron desorientada. La temperatura de mi pecho descendió en picado. No hubo ni un ápice de mi cuerpo que no reaccionase a esa noticia.

—Will, lo siento mucho...

Él no apartó los ojos del agua. Se tomó un instante antes de continuar:

—Katie murió de leucemia con quince años. Por entonces, yo tenía diecisiete, y Zac, catorce.

El corazón se me cayó al suelo y se rompió en miles de pedazos. A mi cerebro le costó procesar que Will había tenido una hermana y que había muerto tan joven. No podía imaginar la devastación que eso le había podido causar.

—Unos días después del funeral, mi profesora de literatura me regaló el primer libro de Harry Potter. En ese mundo mágico encontré un refugio y el escape que necesitaba para huir del dolor de una realidad insoportable. Cuando lo terminé, no tenía dinero para comprarme el siguiente. Mis padres nunca habían tenido demasiado y estaban endeudados con el seguro médico por el tratamiento de mi hermana. —Will suspiró—. No sé si te lo había contado, pero me crie en Salinas, que es uno de los pueblos más pobres del condado de Monterrey.

—No lo sabía —respondí sobrecogida.

Él asintió sin mirarme. Solo veía su perfil derecho. Tenía el semblante ensombrecido por la pena.

—Me leí los dos libros siguientes porque los saqué de la biblioteca —continuó—. Odiaba ir a por el siguiente y tener que esperar porque alguien lo hubiese cogido prestado antes que yo. Por eso, en cuanto me saqué el carnet de conducir, me busqué un trabajo en una cafetería de Carmel. Ese pueblo maravilloso se encontraba a veinte minutos de mi casa y estaba lleno de ricos que dejaban buenas propinas. Con el dinero que fui consiguiendo me compré el resto de la saga. Esos libros fueron mi casa en el peor momento de mi vida.

«Ay, Will...».

Quería hacer algo para transmitirle consuelo. Quería agarrarle la mano, abrazarlo, darle un beso y decirle que estaba ahí para él, pero tenía un nudo en la garganta que me impedía hablar.

—Poco después empecé a escribir sobre cómo me sentía —prosiguió—. Echaba de menos a mi hermana, me sentía confuso y solo... Katie quería ser astrónoma. Le encantaba apagar las luces del jardín y quedarse mirando el cielo nocturno. Y eso empecé a hacer yo cuando ella ya no estaba. Una noche, mientras observaba el firmamento, una estrella fugaz cruzó el cielo y se me ocurrió la idea para la primera novela. Empecé a crear los mapas y la ambientación del mundo. De pronto, tenía una motivación...

Guardó silencio unos segundos. No estaba llorando, pero el dolor destacaba bajo su tono neutral. Supuse que, al igual que yo, estaba aprovechando la pausa para intentar juntar los trozos de su corazón, que estaban esparcidos por el suelo, al lado de los míos.

—Con dieciocho años conseguí una beca para estudiar Escritura Creativa en la Universidad de Nueva York. —Soltó un profundo suspiro—. Me fui y empecé de cero. Allí tenía una nueva vida y no tenía por qué ser el chico triste y pobre que había perdido a su hermana. Volví a California al acabar la universidad porque quería estar cerca de mi hermano. Mary, la madre de Lucy, me contrató en su cafetería, alquilé un piso en Carmel y el resto de la historia creo que ya te la sabes. A los veintidós envié el manuscrito a la editorial. Me publicaron el libro y hasta hoy. —Cogió un palito de madera del suelo y lo lanzó al agua—. Escribí la historia para mi hermana. Era la mejor manera de honrar su memoria.

En ese instante recordé la dedicatoria de todos sus libros.

Para K.
Este y todos mis libros
serán siempre para ti

—La «K» de todas tus dedicatorias... ¿es por ella? —pregunté con un hilo de voz.

Will asintió sin mirarme y yo noté que las lágrimas acudían a mis ojos. Hice un esfuerzo titánico y luché contra ellas. Lo último que necesitaría Will sería que yo me echase a llorar por su historia.

—La protagonista está inspirada en Katie —confirmó poco después—. Rhiannon tiene algunos de sus rasgos. Hay mucha parte de mis hermanos y mía en ese libro, con cosas que a lo mejor no me pasaron a mí, pero que sí pueden extrapolarse de lo que viví. —La voz se le quebró.

Verlo emocionado me estrujó el corazón y los trozos volvieron a caerse al suelo. Supe que me estaba contando la información que era única y exclusivamente necesaria para que lo entendiera. No estaba compartiendo todo conmigo y no le presioné para que lo hiciera.

—Creo que por eso me dolieron tanto las críticas del último libro. La protagonista sobrevivía y vivía feliz para siempre, cosa que mi hermana no pudo hacer.

En ese punto las lágrimas me humedecieron las mejillas. Esa protagonista con la que tanto había empatizado era un reflejo de su hermana. Imaginé cómo debió de sentirse con su pérdida y el nudo me apretó aún más la garganta. Mientras Will me contaba su historia, las piezas del rompecabezas habían ido encajando. Una a una. Y me di cuenta de que, pese a nuestras diferencias, había una cosa que nos unía por encima de todo: el amor por los libros. Los dos habíamos acudido a ellos cuando no teníamos adónde ir, y él había creado todo un mundo para la gente que necesitase escapar de la realidad.

—Esa es la razón por la que soy escritor, y es la misma por la que Zac es médico.

Escondí la cara entre las rodillas para amortiguar el sonido de los sollozos.

—Ven aquí, tonta. —Will me frotó el brazo con suavidad—. No llores más.

Levanté la cabeza y me limpié la cara con la manga de su sudadera. Sus ojos estaban apagados y en ellos podía leerse una palabra: melancolía. Me coloqué entre sus piernas y lo abracé con fuerza. Tenía la impresión de que eso era lo que necesitaba.

—Lo siento mucho, Will. —Hablé contra su hombro, la voz me temblaba y no sabía si me había entendido.

Él me frotó la espalda. No había palabras que pudieran apaciguar su pérdida. Lo único que podía hacer era demostrarle con un abrazo que no estaba solo y que podía desahogarse conmigo si lo necesitaba.

Nos quedamos un rato así, abrazados y recomponiéndonos, hasta que el frío se hizo demasiado evidente y el sol inició la retirada.

34

CONEXIÓN (n.): Unión intensa y profunda.

—Conduzco yo —me dijo Raquel cuando salimos del restaurante después de cenar.
—Vale.
Me saqué del bolsillo la tarjeta que abría el coche y se la entregué. Ella me sonrió complacida y entrelazó sus dedos con los míos.
Era completamente de noche. Se había levantado una brisa fresca que le agitó la melena. En cuanto llegamos al coche, ella me dio un beso casto y se perdió en el interior. Se me hizo raro entrar por la puerta del copiloto. Jamás había usado ese asiento. Lo eché hacia atrás para tener espacio para estirar las piernas. Ella esperó a que me abrochase el cinturón antes de dar marcha atrás y abandonar el aparcamiento.
—¿Sabes volver o necesitas que te indique?
—No te preocupes, creo que sé llegar —me dijo.
En cuanto alcanzamos la carretera principal del parque ella puso el intermitente derecho.
—Raquel, a nuestra cabaña se va por la izquierda.
—Lo sé —contuvo la sonrisa—. Pero quiero llevarte a otro sitio antes de volver a la habitación.
—¿Adónde?
—No te lo puedo decir. Es una sorpresa.

—¿Una sorpresa? —Fruncí el ceño—. ¿En mitad de la nada?

Ella se encogió de hombros con la vista centrada en la carretera. No tenía ni idea de qué podía ser. Estábamos en mitad de Sierra Nevada, con la única compañía de la luz de los faros del coche, dejando atrás la zona transitada por la gente.

—¿Estás llevándome a un sitio apartado para desnudarte? —le pregunté.

—No.

Su risa cálida y despreocupada llenó el ambiente. Me encantaba oírla reírse de verdad.

—Hace un ratito he tenido una idea y me estoy dejando llevar por mi instinto —agregó.

Unos minutos más tarde, aparcó en Tunnel View, uno de los miradores más famosos de Yosemite.

—¿Qué hacemos aquí? —le pregunté extrañado—. Pensaba traerte mañana por la mañana. Las vistas son espectaculares, pero ahora no se ve nada.

Ella me dedicó una sonrisa enigmática y entonces me dijo:

—Estamos aquí para ver las estrellas.

Salió del coche y yo me quedé unos segundos estupefacto. A través de la ventanilla, la vi tiritar y abrazarse las costillas, y me apresuré a bajarme.

El frío ahí arriba golpeaba más fuerte que en el centro del valle y mi sudadera no era protección suficiente. Por fortuna, apenas soplaba el viento.

Raquel se había parado delante del coche y me hizo un gesto para que me acercase. No había ni un alma.

—¿De verdad me has traído a ver las estrellas? —pregunté tras cerrar la puerta del copiloto.

—Sí. Después de lo que me has contado, he pensado que te gustaría venir o que igual te inspiraba. Cuando has ido al baño, he buscado cuál era el mejor sitio para verlas y, como este mirador estaba cerca, te he traído. Si te parece una idiotez, podemos irnos.

El corazón me retumbó dentro del pecho. Hacía siglos que nadie me daba una sorpresa. Estas estaban reservadas para la gente espontánea.

—No me parece una idiotez —contesté acercándome a ella.

Su rostro estaba iluminado por la luz de la luna. ¿Cómo una persona, en tan poco tiempo, era capaz de hacerme sentir tantas cosas?

Raquel atrapó mi mano derecha.

—¿Te parece una moñada? —me preguntó vacilante.

—Un poquito. —Asentí, y ella desvió la mirada. Le di un apretón en la mano para reclamar su atención de nuevo—. Pero quiero quedarme.

—Pues entonces abrázame, que me estoy congelando.

Abrí los brazos y ella se refugió entre ellos apoyando la parte derecha del rostro en mi pecho. Estaba seguro de que estaba escuchando los latidos de mi corazón. Me latía más fuerte que nunca. Me había abierto con ella como hacía tiempo que no me abría con nadie. De pronto, tenía la necesidad de que me viese de verdad. Al completo. Quería conocerla y saber hasta el último detalle de su vida.

—¿Has visto cuántas estrellas? —Se abrazó aún más a mí—. Son preciosas.

—Como tú.

Ella se apartó para mirarme. La sonrisa insolente que tanto me gustaba estaba de vuelta en su rostro.

—¿Quién decías que era el moñas? —me preguntó.

Puse los ojos en blanco y resoplé. El comentario se me había escapado.

Raquel me sujetó la cara entre las manos y se puso de puntillas para robarme un beso. Después, se giró y me dio la espalda para observar el paisaje que teníamos delante. El cielo estaba despejado y salpicado por miles de estrellas, y la luz plateada de la luna bañaba las montañas.

Le besé la parte posterior de la cabeza y, cuando se recostó contra mi pecho, la abracé.

—¡Mira! —Señaló el cielo con el dedo—. ¡Corre, pide un deseo!

Por poco me perdí la estrella fugaz que cruzó el firmamento a toda velocidad.

—Hacía años que no veía una —dijo contenta.

Nos quedamos en silencio unos segundos observando el cielo.

—Entonces ¿la idea del libro se te ocurrió mirando las estrellas?

—Sí. De hecho, fue viendo las Perseidas. Después de ver la tercera estrella fugaz, pensé: ¿qué pasaría si una lluvia de estrellas destruyese la mitad de la Tierra y los fragmentos que cayesen fueran mágicos?

—¿Y te pusiste a escribir?

—Sí.

—¿Te das cuenta de que sin esa lluvia de estrellas que presenciaste Hunter y Nora no se habrían conocido?

Emití un sonido afirmativo y la estreché un poco más. Me hacía gracia que hablase de mis personajes como si fuesen tan reales para ella como lo eran para mí.

Había observado las estrellas cientos de noches solo, tumbado sobre el césped del jardín de casa de mis padres, sobre la arena fina de la playa de Carmel y sentado en la butaca de mimbre que tenía en el jardín. Contemplar las estrellas, a veces, era como abrir una puerta al pasado, al tiempo en que estaba mi hermana. Otras veces era como abrir una puerta a la imaginación.

Aquella era la primera vez que admiraba el cielo estrellado con otra persona. Y fue así, observando los astros que estaban a años luz de distancia, como me di cuenta de una cosa: esas estrellas que brillaban en el cielo eran las que me habían llevado hasta ella. Me había pasado la mitad de mi vida queriendo retroceder en el tiempo, pero cada paso que había dado hacia delante me había traído a ese momento. Una tercera puerta parecía estar formándose dentro de mi cabeza. Una puerta al futuro. Una puerta que quizá no tendría por qué cruzar solo.

—¡Will! —La voz de Raquel me sacó de mis pensamientos. Se separó de mi cuerpo dando un paso adelante y se volvió para mirarme—. ¡Ya lo tengo! ¡El título de tu libro! —exclamó emocionada—: *Lo nuestro está escrito en las estrellas*. ¿Qué te parece? No lleva la palabra amor, ni corazón y es romántico.

—Mmm... —Lo sopesé unos segundos—. Me parece un poco ñoño. ¿Y si lo dejamos en *Escrito en las estrellas*?

—Vale. Me gusta. —Levantó la palma en el aire. Chocamos los cinco y siguió hablando encantada—: Quizá podríamos poner en la portada una constelación en forma de corazón.

—Uf. No te pases con el azúcar.

Ella hizo un mohín y me echó los brazos al cuello.

—Bueno, entonces ¿el título te gusta?

—Sí. —Coloqué las manos en su cintura—. Has tenido una buena idea.

Creo que mi corazón empezó a deshacerse en ese instante. Verla tan emocionada me ponía contento. Tenía la misma cara de triunfo que cuando ganaba a algo. Ella creía que había ganado el título del libro. No se dio cuenta de que lo que se estaba llevando a casa era mi corazón. Y yo tampoco me di cuenta hasta tiempo más tarde.

En cuanto llegamos a mi habitación el ambiente no tardó en caldearse. En mis fantasías le había hecho muchas obscenidades. Le había hecho el amor despacio sobre la cama y me la había follado como un salvaje en el gimnasio. Casi nunca la desnudaba en mi cabeza porque hasta ese día no sabía lo preciosa que era sin ropa y no había querido imaginarme un cuerpo que no fuese el suyo.

—Dios, te he hecho tantas cosas en mi imaginación… —confesé mientras la arrastraba al interior del cuarto. Cerré la puerta y la apoyé contra la madera para besarla con ansia.

—Yo a ti también.

Me aparté de ella sujetándola por los hombros.

—¿Te has masturbado pensando en mí? —Quiso volver a besarme y yo retrocedí—. No puedes soltar eso y poner cara de inocente. Cuéntamelo. Todo.

—Tú también lo has hecho. Cuéntamelo tú.

Mi comisura derecha se estiró hacia arriba convirtiendo mi sonrisa en una indecente. Ella recortó el paso de distancia para separarse de la puerta y acercarse a mí.

Me agaché para besarle el lunar y ella echó el cuello hacia atrás para darme un mejor acceso. Raquel gimió cuando atrapé su piel entre mis dientes. Estaba descubriendo lo que le gustaba, dentro y fuera de la cama, y sentía cada pequeño descubrimiento como la mayor de las victorias. Acaricié con la nariz su piel suave.

—Hueles tan bien... —le susurré en el oído.

Coloqué las manos debajo de su culo para cogerla en brazos, tal y como había querido hacer cientos de veces, y ella me rodeó la cintura con las piernas. Gimió al notar mi erección. Como siempre que nos besábamos, en cuanto su boca entró en contacto con la mía, una oleada de alivio me recorrió el cuerpo entero. ¿Llegaría a acostumbrarme alguna vez a sus labios?

La dejé en el suelo cuando llegamos al borde de la cama. Me la acarició por encima del pantalón y yo la besé con una pasión arrolladora, enredando las manos en su melena para profundizar aún más el beso.

—Los condones —me recordó cuando me quitó la sudadera y la arrojó lejos.

—¡Qué lista eres, joder! —Deposité un beso en su frente y fui a buscarlos al baño.

Cuando regresé a la habitación, ella ya se había desnudado. Solo llevaba puestas unas bragas granates de encaje. Se me puso durísima al verla. Me pasé la mano por la cara. La había visto desnuda hacía unas horas, había tenido su cuerpo debajo y encima, pero volví a quedarme sin aliento igual que la primera vez. Era perfecta.

Solté la caja de preservativos sobre la cama. Ella dio un golpecito en el colchón para que me tumbase a su lado.

—De eso nada. —Negué con la cabeza. Le cogí los tobillos y tiré de ella. Con un movimiento brusco acabó con el culo en el borde la cama.

Se irguió para sentarse y alzó la vista para mirarme. Era muy guapa. No podía dejar de mirarla. Quería memorizarla así. Con los labios entreabiertos y la melena cubriéndole los pechos.

Se levantó y yo me recliné en busca de sus labios. No tardó en deshacerse de mi camiseta y de mis pantalones.

Gimió cuando le rocé el pezón con el pulgar. Me arrodillé

delante de ella y le besé las piernas mientras le bajaba las bragas. La piel se le puso de gallina cuando recorrí con la boca el camino de vuelta. Apreté los labios contra su ingle y se le escapó un jadeo.

No sabía quién de los dos tenía más ganas.

Se tambaleó en cuanto la acaricié con la lengua entre las piernas.

—Will... —Cerró la mano en torno a mi pelo y empujó las caderas hacia delante—. Era esto... en la editorial.

—¿Qué?

—Venías a buscarme y me hacías esto.

Su tono estaba cargado de deseo. Entendí que se refería a su fantasía.

—¿Y qué más hacía? —pregunté antes de volver a devorarla.

—Me hablabas en español... y me llamabas... señorita García. —Lo último lo soltó en mitad de un gemido.

«Vaya con doña Correcciones».

Aumenté la intensidad con la que le lamía la piel.

Sonreí para mis adentros cuando le temblaron las piernas y tuve que sujetarle las caderas. Le gustaba lo que le hacía. Bien. Eso era lo único que me importaba. Cada vez que jadeaba me vibraba el cuerpo entero. Cuando su respiración se hizo más laboriosa introduje el dedo corazón en su interior. Soltó un gemido altísimo que me puso muy cachondo. ¿Cómo era posible que estuviese cada vez más excitado?

Le mordí la cadera y la cara interna del muslo y anoté mentalmente que eso también le gustaba. Un poco después, me clavó las uñas en los hombros y se deshizo entre ruegos y jadeos.

Me incorporé con una sonrisa de suficiencia. Adoraba hacerla disfrutar. Raquel tenía las mejillas enrojecidas y una sonrisilla de satisfacción en la cara.

—Así que te pone que te llame señorita García.

—Pues sí. —Respiró hondo y se llevó la mano al pecho para calmar su respiración.

—Cuando te excitas dices cosas muy interesantes.

—Tú también.

Le rocé la mandíbula y la besé. Ella apoyó la palma en mi

pecho a la altura del corazón. Repasó mi tatuaje con el dedo índice. Ahora que ella entendía el origen, la sentía más cerca. Tenía la sensación de que me miraba como si de verdad estuviese viendo a la persona que habitaba debajo de todas mis capas. Supongo que por eso le di un beso lento cargado de afecto.

En cuanto metió la mano dentro de mis calzoncillos y sentí la calidez de su palma contra mi piel, la ternura del beso dio paso a la avidez.

—Sí, así, tócame. —Mis palabras sonaban suplicantes.

—Ahora tú, ¿cuándo fue la primera vez que te tocaste pensando en mí?

Le mordí el labio inferior cuando ella movió la mano de arriba abajo con energía.

—Cuando te fuiste con el surfista... —Jadeé—. Ese vestido... Me hice una paja histórica... Ese vestido es recurrente en mi imaginación —balbuceé.

Ella sonrió complacida sin dejar de mover la mano.

—Al día siguiente... ¿me oíste en la cocina?

Enterré una mano en su melena y gemí contra su boca. Con la que tenía libre me bajó como pudo la ropa interior. El corazón me latía en la garganta.

—¿Te refieres a cuando gritaste que estabas desesperada por echar un polvo?

Detuvo la mano.

—Yo no dije que estuviese desesperada... —Se hizo la ofendida.

—Sí. Te oí. —Coloqué la mano encima de la suya y la moví arriba y abajo—. Me empalmé y tuve que largarme.

—Me gusta. —Volvió a mover la muñeca y yo liberé su mano.

—¿Te gusta saber que estuve todo el día con dolor de huevos?

—No. —Se rio y tragó saliva—. Bueno, sí. En realidad, lo que me gusta es saber que ya habíamos estado juntos en nuestra imaginación. Tú imaginaste que yo te deseaba y yo hice lo mismo.

Asentí incapaz de contestar. Cuando me acarició el pecho con la mano libre, sentí que un millón de hormigas me recorrían la piel. Le agarré la muñeca obligándola a detenerse. Las cosas estaban escalando demasiado rápido. Cogí aire de manera profunda. Tenía la respiración acelerada. No había ni un centímetro de mi cuerpo que no estuviese embriagado por ella.

—O sea que, si voy a la editorial y te susurro «señorita García», ¿te pondrías cachonda?

—¿Si me pongo el vestido que te gusta, te pondrías cachondo?

—Yo llevo semanas cachondo. —Dibujé círculos con los pulgares sobre su cintura.

Se humedeció los labios y luego lamió los míos. Después, se sentó en el borde de la cama. El estómago me dio un vuelco cuando me la cogió y se la acercó a los labios. Me tensé de anticipación al notar su aliento. De pronto, estaba muy nervioso. Cuando sentí su lengua caliente sobre mi piel, la mente se me quedó en blanco y se me escapó el gemido más alto de la historia.

—Joder. —Cerré los ojos. No podía mirar. Si la veía chupármela me daría un infarto.

Raquel me lamió de manera deliberada, como había hecho yo con ella. Deslizó la lengua sobre mi erección. Despacio. Y yo sentí que me desintegraba como el meteorito que se había convertido en estrella fugaz al entrar en contacto con la atmósfera.

Me aventuré a mirar hacia abajo. En cuanto la vi envolviéndomela con la mano y con la boca, apreté los dientes y gemí. Me había dado un infarto cerebral. No podía reaccionar y tampoco tenía palabras. Me había muerto y estaba en el cielo. Estaba claro.

Nadie me había excitado jamás de la manera tan intensa que lo hacía ella. Por eso no tardé mucho en suplicar:

—Para, para. —Di un paso atrás—. Joder —suspiré. Tenía el pulso más acelerado que nunca—. Dame un segundo.

Ella se mordió el labio y atrapó la caja de condones. Sacó uno y me lo dio. Me miró fijamente mientras me lo ponía.

—Túmbate en el centro de la cama —le pedí.

Me coloqué encima de ella con cuidado de no aplastarla. Le besé la sien, la mandíbula y el cuello. Aplasté la mano contra su estómago y la deslicé hacia abajo. Ella separó las piernas y no dejó de besarme mientras yo me colocaba en el sitio correcto.

Su calidez me atrapó cuando la penetré. Apreté la mandíbula

y empujé despacio. Al hundirme en ella sentí que se me fundía el cerebro. Notar cómo se abría para mí era un placer indescriptible. No había palabras en el diccionario que se acercasen a explicar lo que estaba sintiendo. Cuando llegué al fondo, ella arqueó la espalda y los dos gemimos sin vergüenza.

La primera vez lo habíamos hecho como dos ansiosos. Ella había hecho y deshecho a su antojo y yo me había vuelto loco cuando me tocó moverme. Esa vez quería disfrutar de cada segundo que pasase dentro de ella. Mi turno, mis normas. Quería hacérselo despacio. Solo me importaba que se lo pasase bien. Salí unos centímetros de su interior y cuando volví a sumergirme en ella soltó un gemido ahogado que me calentó la sangre. Repetí el movimiento una vez y otra más. Quería dárselo todo y eso me asustaba un poco.

—¿*Te gusta que te folle así?* —le susurré en el oído.

—*Me gustaría más rápido.* —Levantó las caderas deseosa de una conexión más profunda.

—No puedo. —Le lamí el lóbulo—. Dije que te lo haría lento.

Ignorando mi voluntad, ella me rodeó las caderas con las piernas y, cuando volví a penetrarla, llegué más hondo.

—Raquel. Joder.

Hice un esfuerzo terrible por no perder la compostura y volver a follármela como un ansioso. Me estaba consumiendo por ella. Sus manos subieron por mi espalda al tiempo que sus labios recorrían mi garganta. El sudor no tardó en cubrirme el pecho y la línea de nacimiento del cabello. La piel me ardía tanto que estaba seguro de que echaba humo.

—Will...

Su voz era suave, urgente y me acariciaba la piel como si fuese de terciopelo.

—El día del gimnasio, cuando estabas haciendo pesas...

—¿Te pusiste cachonda? —adiviné.

—Sí.

Joder. Una sola palabra y sentí que me moría. Que ella me desease tanto como yo a ella hizo que me moviese más deprisa.

—Me habría gustado... —Me detuve para dejarla hablar—.

No pares, por favor —rogó en un susurro—. Quería que me lo hicieses ahí, sobre el banco.

—Vale. Pues en cuanto volvamos cumpliré tu deseo —prometí—. El día que te vi a cuatro patas haciendo yoga. —Volví a moverme sobre ella—. Solo pensaba en follarte muy fuerte —confesé.

Gimió.

Le chupé el pecho derecho y me llevé nuestro sudor. Ella volvió a moverse debajo de mí y yo la frené sujetándola por la cadera.

—Necesito unos segundos.

«Para no correrme ya y hacer el ridículo».

Esa mujer era un polvorín y tenía que ir más despacio. Ella me acarició la cara con suavidad y me lamió el hombro mientras su pecho se elevaba bajo el mío.

Salí despacio de su interior y volví a entrar en ella con un movimiento certero. Se le escapó un grito y yo sonreí con suficiencia. Me ponía muchísimo saber que le gustaba lo que le hacía y que fuese tan escandalosa.

—*Quiero tenerte así todos los días* —le dije.

—Will... —Se acercó a mi oído y entonces susurró las palabras que hicieron que todo se volviese frenético—: *Quiero que me folles como un loco.*

«JO-DER».

¿Cómo iba a decirle que no si me lo pedía así?

Le lamí la piel enrojecida de la cara, fruto del roce de mi barba. Mi corazón respondía a sus besos como si los necesitase para vivir.

—Quiero hacerlo despacio.

—Pues hazlo despacio a la siguiente.

«La siguiente. Puedo hacer eso», me convencí.

—Dijiste que me darías todo lo que te pidiera...

No fue la súplica de su voz lo que me hizo obedecer, fue la súplica que vi derretirse como el caramelo dentro de sus ojos. Quería hacérselo lento, pero parecía que con ella nada salía conforme tenía previsto.

—Tú ganas —le dije aumentando el ritmo de las embestidas—. Como siempre.

Mis movimientos se descontrolaron. Cuando se tensó, supe que estaba cerca. Quería oírla gritar. La penetré con movimientos más rápidos y bruscos. Dejándome llevar por la necesidad que sentía por ella.

Cuando se apretó contra mi polla casi perdí la cabeza. Mientras se dejaba ir con un grito, me sentí orgulloso. Yo había hecho eso. Animado por sus gemidos, me moví sobre ella con decisión en busca de llegar al orgasmo yo también. Hundí la cara en su hombro y le regalé un montón de palabras obscenas antes de correrme con fuerza.

Me quedé unos segundos ahí, sintiendo el calor que irradiaba su cuerpo sobre mi piel.

—Con nadie he perdido la cabeza de esta manera.

—Ha sido muy... —Se mordió el labio y suspiró—. Intenso.

Asentí dándole la razón. Estaba tan abrumado como ella.

—Tú y yo juntos somos perfectos —le dije.

Giró el cuello para darme el beso más tierno del mundo y entonces lo supe. El corazón de esa chica se iba a derretir y se iba a fundir con el mío, y, cuando eso pasase, nada podría separarnos. O eso creía yo.

35

EDITORA (n.): Persona que corrige tu manuscrito y te rompe los esquemas.

Esa mañana, cuando sonó la alarma, me acurruqué más contra esa sensación agradable que me abrazaba la espalda. No quería abrir los ojos y descubrir que mis recuerdos del día anterior eran restos de sueños.

—Apaga eso, por favor. —La voz adormilada de Raquel se impuso al sonido del despertador. Su mano, que hasta entonces descansaba sobre mi tripa, tanteó el aire en busca del móvil.

Estiré el brazo derecho y cogí el teléfono de la mesilla. Después de apagar la alarma, rodé sobre mí mismo para abrazarla. Ella se refugió en mi pecho y enredó una pierna entre las mías.

—Gracias. —Sentí sus labios calientes sobre mi tatuaje.

—Nada, cariño. —Le besé la cabeza y volví a quedarme dormido.

La segunda vez que me desperté fue cuando ella salió de mi abrazo para ir al baño. Parpadeé un par de veces para acostumbrarme a la luz. Llevaba días durmiendo fatal. En cambio, esa noche había dormido profundamente y me notaba descansado.

Desvié la mirada cuando oí la puerta del baño abrirse minutos más tarde. Raquel se había puesto mi sudadera. Tenía el pelo revuelto y cara de recién levantada. Sus piernas desnudas acapararon mi atención conforme se aproximaba.

—Buenos días —saludé con la voz pastosa por el sueño.

Ella gateó por el colchón y se sentó a horcajadas sobre mí. Mis manos fueron a parar a su cintura.

—Buenos días. —Se reclinó para darme un beso—. Estás guapísimo por las mañanas. —Y después otro más—. ¿Por qué pones esa sonrisilla de creído?

—Es la primera vez que reconoces que te parezco guapo.

—¡Venga ya! Si me pongo como una idiota cada vez que apareces sin camiseta.

—¿Ah, sí?

—No te hagas el tonto, Will. Sabes que estás buenísimo y no voy a regalarte los oídos para que se agrande tu ego.

Se me escapó una carcajada y ella se unió a las risas. Le acaricié la mejilla derecha. Su sonrisa resplandecía más de lo normal.

—Antes... ¿me has llamado «cariño»?

—¿Qué? —Resoplé al ver el brillo victorioso en su mirada—. No. Claro que no.

—Will... —Su sonrisa se ensanchó aún más.

—Por favor... ¿Cómo voy a llamarte «cariño» si no soy un moñas? Lo habrás soñado, Correcciones.

—Pues era un sueño bonito. —Usó un tono meloso que me hizo querer besarla—. ¿Has dormido bien?

Emití un sonido afirmativo para responder.

—¿Y tú?

—Yo he dormido genial —confirmó—. Necesitaba descansar porque alguien me dejó exhausta.

Sonreí como un capullo arrogante.

Se estremeció cuando metí las manos debajo de la sudadera y cerré los dedos en torno a sus caderas.

—Lo que intento decir es que me gustaría repetir ahora —me dijo en un susurro.

Ante esas palabras mi erección se despertó y la besé con pasión. Atrapé el borde de sus bragas y cuando estaba a punto de bajárselas sonó el teléfono de la habitación.

—No me jodas —farfullé al tiempo que dejé caer la cabeza sobre la almohada.

Raquel se estiró hacia la izquierda y alargó el brazo para descolgar. Yo no quité las manos de sus caderas y ella no dejó de mirarme mientras escuchaba con atención lo que le decía su interlocutor. Se disculpó antes de colgar.

—Era la chica de recepción. —Hizo un mohín—. Teníamos que haber dejado la habitación hace diez minutos.

Nunca había tenido que salir corriendo de un hotel.

Me incorporé y apreté los labios contra los suyos.

—No te preocupes, porque, en cuanto lleguemos a Carmel, no vas a salir de mi habitación hasta que vuelvas a Manhattan.

—Eso suena genial, pero mañana es lunes y tenemos que trabajar —dijo entre besos.

—¿Sabes qué deberías apuntar en tu lista? —Se apartó de mi boca para mirarme—. Que tu tarea de mañana es besarme.

Sonrió.

—¿Solo besarte?

—Sí. —Le sujeté la nuca y le metí la lengua en la boca—. Bueno, no —dije pensándolo mejor—. Acostarte conmigo también es otra de tus tareas. —La besé con ganas—. De hecho, es tu tarea prioritaria. Y apúntate que tienes que estar desnuda todo el día.

Ella soltó una risita contra mis labios.

—No puedo hacer eso. Tienes que escribir y yo tengo que editar.

—Vas a trabajar inspirando al escritor.

Y dicho esto le di un último beso y nos levantamos para recoger a toda prisa.

Raquel y yo estábamos comentado el último libro que ella había leído, *Ready Player One*, cuando la pantalla del coche anunció que Zac me estaba llamando.

—Bueno, ¿qué? —Mi hermano habló según apreté el botón del volante para responder—. ¿Has cazado al elefante rosa?

«Maldito bocazas».

—Zac, estás en el manos libres y no estoy solo —advertí.

—¿Me estáis llamando elefante? —preguntó Raquel.

«Perfecto».

Iba a contestar que no, pero mi hermano se adelantó.

—¡Pero bueno, Raquel! —exclamó Zac—. ¿Cómo estás? ¿Te ha gustado Yosemite?

—Sí. Es precioso. ¿Qué tal tú?

—Pues acabo de salir de una guardia de veinticuatro horitas, pero seguro que mejor que tú, porque yo no tengo que soportar a William. —Se rio.

—Bueno, al menos me pagan por aguantarlo —contestó ella.

Le eché un vistazo con los ojos entrecerrados y me topé con su sonrisa insolente.

En aquel instante, mientras la risa de mi hermano y la de Raquel llenaban el coche, lo supe. Ellos eran dos de mis personas favoritas. Me pregunté cómo era posible que en cuestión de semanas ella hubiese entrado en esa categoría. ¿Para eso no hacían falta años?

—Si me pagasen a mí por soportarlo, sería más rico que él —añadió mi hermano mofándose.

—Zac, como veo que solo has llamado para decir estupideces, voy a colgar —avisé.

—Espera, Will —me pidió él—. En realidad, te llamaba para saber si te has pensado ya lo del último deseo...

Suspiré incómodo.

—No. No lo he pensado aún. Te llamo mañana y lo hablamos, ¿vale?

—Vale —concedió él—. Te aviso cuando salga.

—Perfecto. Pues hablamos mañana.

—¡Que pases buen día, Zac! —exclamó Raquel.

—Gracias. Pasadlo bien —dijo él antes de despedirse.

En cuanto se cortó la llamada, la música de Imagine Dragons volvió a hacernos compañía.

—Will... ¿qué es lo del elefante rosa?

—¿Sabes esto de cuando te piden que no pienses en algo y tú piensas todavía más en ello?

—Sí.

—Vale, pues ahora no pienses en un elefante rosa —le pedí—. Piensa en lo que quieras, en cualquier cosa, menos en un elefante rosa.

—Vale.

—¿En qué estás pensando? —le pregunté pasados unos segundos.

—En un elefante rosa —musitó.

—Pues tú eres eso para mí. Eres mi elefante rosa —solté de golpe—. Cuanto más he intentado no pensar en ti, más te has colado en mi cabeza.

Los dedos de mi mano izquierda se tensaron alrededor del volante al ver que no contestaba. Los segundos que tardó en responder se me hicieron eternos.

—Will, ¿puedes parar en el arcén?

Giré el cuello para mirarla extrañado un instante.

—Eso que has dicho es muy romántico y me apetece mucho besarte —aclaró cuando volví a clavar la vista en la autopista.

Suspiré aliviado. Por un momento creí que la había asustado antes de tiempo.

—No puedo parar aquí.

—Pues, por favor, para en la próxima gasolinera que encuentres.

Asentí en silencio. Su tono ansioso hizo que me picasen los labios de anticipación. Raquel atrapó mi mano derecha, que descansaba sobre el reposabrazos, y se la colocó en la pierna.

—¿A qué se refería tu hermano con lo del último deseo?

Cogí aire y me dispuse a revelarle una parte muy personal de mí. Una parte que estaba escondida en el lugar más recóndito de mi corazón.

—Mi hermano está participando en una investigación de un tratamiento nuevo para la leucemia —le dije—. Yo soy uno de los benefactores.

—Esto no lo sabe nadie, ¿verdad?

—No. No es algo de lo que vaya alardeando. Suelo donar dinero de manera anónima a asociaciones que investigan el cáncer y también a gente con pocos recursos. Creo que nadie merece quedarse sin salud por no tener dinero para pagarse un seguro médico.

—Entiendo. Y sobre lo del último deseo...

Me daba mucha pena responder a eso.

—Hay una fundación que se dedica a cumplir los últimos deseos de los niños. Mi hermano me llamó el otro día para decirme que en su hospital hay una chica de diecisiete años cuyo deseo es conocerme a mí. Quiere leer mi último libro antes de... —Hice una pausa para recomponerme—. Quiere leer el libro antes de morir.

Me costó un triunfo pronunciar esa última palabra. Y quizá no habría podido hacerlo si ella no me hubiese estado sosteniendo la mano. Respiré hondo buscando serenarme antes de que se me empañasen los ojos.

Durante unos minutos me concentré en la conducción.

—No sé qué hacer —confesé—. No sé si me siento capaz. Va a ser muy doloroso para mí. La historia es similar a la de mi hermana. No quiero ir ahí y echarme a llorar delante de ella. No creo que eso vaya a ayudarla.

—Ya.

El silencio y la melancolía se adueñaron de la atmósfera.

—¿Quieres saber mi opinión? —me preguntó.

—Siempre quiero saber tu opinión.

—Yo creo que deberías acabar el libro e ir a leérselo. Hay gente que encuentra un hogar en tus libros cuando más lo necesita, tal cual te pasó a ti con Harry Potter. He leído reseñas de personas que han crecido con ellos, ¿sabes? Personas a las que tus historias las han salvado de la soledad y que se han sentido acompañadas en momentos difíciles por tus personajes... Lo más bonito que podrías hacer por esa chica es cumplir su deseo. Cuéntale la historia de Nora y Hunter, la harás muy feliz y seguro que le encantará tanto como a mí.

Asentí pensativo.

—Si no te sientes capaz de ir solo, puedo acompañarte —se ofreció.

Giré la palma para entrelazar los dedos con los suyos. El calor de su piel era como un bálsamo calmante.

—Lo pensaré —prometí.

Quizá ir ahí fuera una buena manera de empezar a reconciliarme con ese adolescente que no pudo hacer nada por salvar a su hermana.

No tenía ni idea de cómo me había convencido Raquel para cambiar, en el último segundo, el plan de cenar en el restaurante italiano de Carmel al que quería llevarla desde hacía semanas por un sitio de *sushi* que, según indicaba Google, solo llevaba dos semanas abierto. Bueno, siendo sincero, sí sabía cómo me había convencido. Fue cuando me dijo: «¡Mira, un sitio de *sushi*!» y después me dio un morreo con el que le habría dicho que sí a cualquier cosa.

—No sé si me apetece más *sushi* de salmón o el de pez mantequilla. —Raquel tenía un codo apoyado en la mesa y la vista centrada en la carta—. ¿Qué vas a pedir tú?

—Pollo *teriyaki*.

—¿No prefieres probar algo nuevo? —me preguntó—. Según *Yelp*, el *sushi* aquí está buenísimo.

—Ya estoy probando algo nuevo: este restaurante. Además, no me gusta el pescado crudo.

—¿Lo has probado alguna vez?

—No.

—Entonces ¿cómo sabes que no te gusta?

Entrecerré los ojos y respondí un:

—Simplemente lo sé.

—Tu aversión al riesgo es increíble —suspiró dándose por vencida—. Te iba a proponer compartir los *makis*. Así podía probar los dos, pero no pasa nada. Le pediré a la camarera el primero que se me ocurra y ya está.

En cuanto colocó la carta en el borde de la mesa, se acercó una chica a tomarnos nota.

—¿Qué os pongo?

—Mmm... Los *makis* de pez mantequilla, por favor —pidió ella.

La chica lo anotó y se giró en mi dirección.

Tenía claro que iba a pedir pollo *teriyaki*, por eso me sorprendí diciendo:

—Para mí los de salmón, por favor.

Raquel me miró sorprendida.

—Así pruebas los dos —le dije.

—¿Es todo? —preguntó la camarera.

—No —contestó Raquel—. Vamos a compartir unas *gyozas* de pollo también. —La chica lo apuntó y se marchó—. Tengo que aprovechar que has decidido ser espontáneo —me dijo a mí.

—Si no me gusta...

—Pues te pides el pollo *teriyaki*, yo me atiborro a *sushi* y todos felices. —Me regaló una sonrisa.

Antes de que trajesen la comida, me ausenté para ir al baño. Cuando regresé, los platos ya me esperaban en la mesa. Raquel tenía el móvil pegado a la oreja y se estaba riendo.

—Dame un segundo —me pidió—, tengo que contestar a mis amigas, que están nerviositas perdidas.

—¿Y eso?

—Quieren saber si me estás tratando bien. Pensaban que me habías secuestrado —añadió riéndose cuando acabó de teclear.

—¿Y han amenazado con matarme?

—Más o menos. —Soltó otra carcajada—. Pero son inofensivas. Estaban preocupadas porque no les había contestado. La verdad es que son lo más parecido que tengo a una familia aquí.

Ese comentario me llevó a preguntarle cómo había acabado en Estados Unidos. Mientras me hablaba de lo solitarios que habían sido sus comienzos, probé un *maki* de salmón y ella me miró expectante. Cuando le confirmé que me gustaba, sonrió complacida.

—En las primeras semanas me recorrí Manhattan de arriba abajo. No he viajado tanto como me gustaría, pero no puedo quejarme de la vida que llevo —acabó.

—Y esto te gusta, ¿no? Quiero decir, ¿vas a quedarte aquí para siempre?

—No lo sé. Ahora mismo solo tengo visado de trabajo para dos años más. Depende de muchas cosas...

Esa respuesta no era la que esperaba. Me removí en la silla incómodo. Tenía la sensación de que había algo que no me estaba contando.

—¿Alguna de esas cosas tiene que ver con el ascenso que te han prometido?

—Sí.

—¿Y el ascenso depende de mi libro?

—Sí.

«Sin presión…».

—¿Y de ese ascenso… depende que te renueven el visado o algo así?

—Will, no sé si debería estar contándote esto… Eres autor de la casa y no creo que sea profesional por mi parte.

—No se lo voy a contar a nadie. Y, de todos modos, esto ya es totalmente personal.

Ella se quedó unos segundos pensativa y jugó con su colgante. Al final, decidió confiar en mí.

—Días antes de que aparecieses en el programa de Fallon, mi compañera Elizabeth, que es editora, avisó de que en marzo dejaría la empresa. El camino normal para convertirse en editora es trabajar en la editorial una media de cinco años. Yo solo llevo tres, pero estoy lista para dar el salto. Por eso solicité el puesto. Después de que la liases en directo, David me prometió que, si sacaba adelante tu libro, el puesto y la *Green Card* serían míos.

—¿Eso significa que cuando entregue el manuscrito ascenderás y te darán la residencia?

—No. —Negó con la cabeza y me sonrió como si yo fuese el ser más inocente del mundo—. No vale solo con entregarlo. El libro tiene que petarlo. Imagino que cuando eso pase me ascenderá. Y el proceso de la residencia ya me lo han empezado a tramitar porque puede tardar años.

«¿Años?».

Que su futuro dependiese de cómo funcionase mi libro me generaba bastante presión. Tragué saliva y me aventuré a hacer la pregunta más difícil.

—¿Qué pasa si el libro no se convierte en número uno?

—Eso no va a pasar —aseguró convencida—. Hay mucha expectación, la gente lo está esperando con ansias y estás haciendo un buen trabajo. —Me sonrió—. Con el nuevo enfoque funcionará estupendamente. Además, escribes genial, Will, eso ya lo sabes.

En otro tipo de circunstancia, me habría encantado recibir ese piropo, pero en aquel momento, sabiendo que su futuro estaba en juego, no tenía ganas de sonreír.

—Todo irá bien. Ya lo verás —prometió.

La sonrisa tranquilizadora que me regaló me infundió el ánimo necesario para tomar una determinación. Me esforzaría por escribir el mejor libro del mundo. Lo haría por ella. Y, siendo egoísta, también por mí. Porque mi corazón estaba inquieto desde que se había enterado de que existía la posibilidad de que Raquel tuviera que irse del país. Y porque, aunque me diese un poco de miedo reconocerlo, haría lo que fuera por ella.

36

DESPEDIDA (n.): Momento emotivo que te encoge el corazón.

La última semana en Carmel pasó como un suspiro. Will y yo aprovechamos juntos cada instante que pudimos. A la rutina de trabajo que teníamos establecida se le sumaron bastantes escenas de besos, caricias y sexo fogoso. Dormí las cinco noches en su cama. Cuando sonaba la alarma, él la apagaba y se quedaba pegado a mi cuerpo, apurando hasta el último minuto. En lugar de leer mientras desayunaba, hablaba conmigo y me besaba. Siguió resoplando cada vez que agregué sirope en los cafés que me preparaba. Y alguna vez encontró la manera de transformar sus quejas en sexo, como cuando me dijo enfurruñado:

—¿Para eso te he hecho un dibujo? ¿Para que lo estropees de esta forma?

A mí me hacía mucha gracia que se lo tomase tan a pecho. Respondí a su pregunta besándolo y, antes de que me diese cuenta, mis bragas estaban en el suelo.

—La vainilla en tu boca está buenísima —me susurró al tiempo que se desabrochaba los pantalones para tener un encuentro rápido y apasionado contra la isla de la cocina.

Después de desayunar, nos costaba separarnos para trabajar. Él siguió escribiendo en su despacho, pero desde que volvimos de Yosemite esa puerta permaneció siempre abierta y mi presencia allí era más que bienvenida. Yo seguí trabajando en la biblioteca.

Me derretí por dentro al descubrir que durante mi ausencia me había comprado una silla y una mesa y las había puesto ahí.

—Quiero que te sientas como en tu casa —me dijo cuando me la enseñó—. Así estarás más cómoda.

Esas palabras transformaron mi corazón en un colibrí emocionado y deseoso por alzar el vuelo.

A mí esos días me costó concentrarme en el trabajo. Cada vez que editaba *Un capullo muy sensual*, el libro del magnate de los negocios, me imaginaba a Will en traje y me excitaba. Dado que parecía muy inspirado, me aguantaba el calentón y no interrumpía sus sesiones de escritura. Cuando eso ocurría, cerraba el manuscrito y me ponía con los otros dos que estaba editando entonces. Uno era romántico, y el otro, policiaco. El problema era que en todos me imaginaba a Will como protagonista. Y si no era yo la que dejaba volar la imaginación era él quien irrumpía en la biblioteca y me susurraba cosas como:

—Ese párrafo que te ha gustado tanto lo escribí pensando en lo que siento al desnudarte y tocar tu piel.

¿Y yo qué hice cuando se me puso la piel de gallina?

Desnudarme. Evidentemente.

Lo mismo ocurrió la tarde que entró y me dijo:

—¿Te enciendo la chimenea para que estés a gusto?

A priori era un gesto tierno, pero llevaba una camisa de cuadros verde. Claramente sabía lo que se hacía. Cuando las llamas crepitaron detrás de él, me agaché a su lado para besarlo y lo hicimos en el suelo.

Creía que con el paso de los días el deseo menguaría, incluso llegué a pensar que mis labios se cansarían de los suyos, pero eso no sucedió.

Will no salió a correr ninguna tarde, pero sí que interrumpió mis sesiones de yoga. Como la tarde que se presentó directamente sin camiseta. Según entró en el gimnasio, la atmósfera se cargó de electricidad. Se agachó a mi lado y solo me dijo:

—Bloqueo de escritor. —Antes de besarme como si lo necesitase para respirar—. Necesito hablar un rato contigo para aclarar mis ideas.

La excusa habría colado de no ser porque debajo del pantalón de chándal no llevaba calzoncillos.

—Necesitas aclarar las ideas ¿y por eso llevas los condones en el bolsillo? —pregunté con una risita.

—Leí en un libro que hay que llevar condones hasta en el infierno.

—¿Te has leído *Cazadores de sombras*?

—¡Shhh! —me dijo entre besos—. Luego lo comentamos.

Los encuentros en el gimnasio fueron los más ardientes. Sentir lo que hacíamos y verlo en el espejo era demasiado para mi corazón.

Esos últimos días Will y yo hablamos muchísimo en español. Además, desde que le había confesado que me ponía que me hablase en mi idioma, no desaprovechaba la ocasión de hacerlo:

—*Espaguetis a la carbonara, lasaña, raviolis de setas...*

—Will —lo interrumpí—. *No voy a excitarme porque recites la carta del restaurante en español* —le dije la noche que me llevó a cenar al Casanova.

—*Eso ya lo veremos. Si no lo consigo ahora, lo conseguiré luego en el Trivial.*

—*Vienen tus amigos* —le recordé—. *Si no te centras, haré equipo con Lucy y te destrozaré vivo.*

—*Vaya, qué directa. ¿Me destrozarás en la cama o en el sofá?*

—*En el Trivial.* —Volví a concentrarme en la carta—. *Y después en la cama.*

Y así, entre besos, cafés, manuscritos y conversaciones en español llegó mi último día en Carmel.

El viernes amanecí sola en la cama. Abrí la ventana y el olor del océano inundó la habitación. Esa era una de las cosas que más echaría de menos. Me puse la camiseta que le había quitado a Will la noche anterior y salí a buscarlo.

Lo encontré en la cocina. Tenía las mangas de la camisa verde recogidas hasta los codos y estaba delante del fuego.

—Buenos días —anuncié mi presencia.

Will se giró con la espátula de madera en la mano. Llevaba puesto el delantal azul de la cafetería en la que solía trabajar.

—Buenos días. —Sus labios se curvaron en una sonrisa burlona al ver mis zapatillas de estar por casa.

—¿Qué haces?

—Sirope. Dame un segundo. Tú siéntate —me pidió dándome la espalda.

Me senté en el taburete y esperé mientras él terminaba su preparación. Al ratito, me puso delante dos vasos de cartón. Uno era de Starbucks. El otro era blanco y tenía un «Raquel» escrito con su caligrafía.

—¿Qué es esto? —Fruncí el ceño.

—Esto es lo que vamos a hacer. —Will se sentó enfrente de mí—. He ido a Starbucks y te he traído un café de vainilla. —Empujó en mi dirección el vaso de la famosa cafetería—. Este otro lo he preparado yo. He seguido una receta y el sirope es casero. —Colocó delante de mí el vaso blanco—. Ahora vas a probar los dos y vas a reconocer que el mío está infinitamente mejor.

Se me escapó una carcajada.

—¿De verdad crees que puedes competir contra Starbucks?

Él guardó silencio. En su mirada se apreciaba una seguridad aplastante.

—¿Has aprendido a hacer sirope para impresionarme?

—No —negó—. Solo para que reconozcas que el mío es mejor. Para que sea una competición justa he dejado que el mío se enfríe un poco, puesto que la cata será a ciegas.

Asentí aguantándome la risa. Echaría mucho de menos sus tonterías.

—Venga, cierra los ojos y yo te paso los vasos.

Hice lo que me pedía y probé ambos cafés.

—¿Cuál te ha gustado más?

—Mmm... el primero.

La sonrisa triunfal de Will salió a darme los buenos días.

—Perfecto. Pues voy a tirar esta porquería. —Se levantó y, ante mi atónita mirada, vertió el café de Starbucks en el fregadero—. Además, el mío tiene tu nombre bien escrito.

Eso último lo dijo en un tono tan tierno y sincero que se removió hasta el último centímetro de mi ser. Sin decir nada más, bordeé la isla, le eché los brazos al cuello y lo besé con cariño hasta que, segundos después, sonó mi móvil del trabajo.

—Cómo odio ese teléfono —susurró él.

Me aparté de su cuerpo y rescaté el móvil de la isla. Normalmente las interrupciones venían a cargo de David, pero esa llamada entrante era de Suzu.

—Buenos días, amiga —respondí contenta.

—Ray, escucha, ¿estás sentada?

—No. —Caminé hacia el comedor—. ¿Qué pasa?

—Hay una oferta para hacer una adaptación audiovisual del primer libro de Anderson. Bueno, en realidad, quieren adaptar la saga completa —me explicó ella—. Creo que también están interesados en comprar los derechos de este último que está escribiendo.

—¿En serio? ¡Ay, Dios mío! ¡Qué bien! —Levanté la voz y miré a Will impresionada. Me alegraba tanto por esa noticia como si me hubiese pasado a mí.

—Y tan en serio. De hecho, voy a escribirle para ver si tiene disponibilidad para reunirnos. Al parecer no es la primera vez que le hacen una oferta, pero él siempre ha dicho que no... Mindy me ha legado la tarea de convencerlo, así que sería genial que aceptase... David todavía no lo sabe. He pensado que querrías darle tú la noticia a Will.

—¡Sí! ¡Gracias, Su! ¡Te quiero mucho!

En cuanto me despedí, dejé el teléfono sobre la mesa del comedor y corrí de vuelta a la cocina.

—¡Will! —Le eché los brazos al cuello y él me sujetó la cintura—. ¡Quieren hacer una película de tu primer libro! —Lo besé en la mejilla—. Estoy supercontenta por ti.

No me devolvió la sonrisa.

—No soy muy fan de las adaptaciones... —reconoció con cara de circunstancias.

—Piensa a cuánta gente puede llegarle tu historia con la película. Suzu me ha dicho que están interesados en adquirir los derechos de toda la saga, incluido el libro que estás escribiendo ahora —continué emocionada—. ¿No tienes ganas de ver a Nora y a

Hunter besarse en la pantalla? —No contestó—. Yo me muero de ganas.

Will suspiró.

—Lo pensaré —prometió.

—Cuando te llame David, hazte el tonto, ¿vale? No creo que le haga gracia que te hayas enterado por mí cuando eres su autor predilecto.

—Yo no quiero ser su autor favorito, quiero ser el tuyo. —Me puse de puntillas y lo besé—. Tú eres mi editora favorita de lejos.

Sonreí.

—¿Porque soy increíblemente lista y original?

—Sí. —Me estrechó con más fuerza y rozó su nariz con la mía—. Y, aparte de eso, estás mucho más buena que David.

Me reí contra su boca y justo cuando fui a besarlo sonó su móvil.

—Joder, siempre tan oportuno —murmuró por lo bajini antes de contestar—: Hola, David... Ya veo... Bueno, no estoy seguro, ya sabes lo que opino de las adaptaciones... ¿A Manhattan? Pensaba volver dentro de unos días. Ahora voy a quedarme corrigiendo el manuscrito y escribiendo los capítulos finales... Sí, ya lo tengo todo hablado con ella... —Hizo una pausa y me observó un segundo. Después de suspirar dijo—: Ese lunes me iría bien, sí... Perfecto. Allí estaré.

Cuando colgó, se guardó el móvil en el bolsillo y volvió a colocar las manos en mi cintura.

—Voy a reunirme con David y con Mindy a mi vuelta. Quieren mandarme a Los Ángeles con tu amiga Suzu para que me reúna con los productores. Según David, están comprometidos a respetar hasta el último detalle del libro y quieren hablar conmigo.

—Eso es genial, ¿no? —Di un saltito.

Will se encogió de hombros. No parecía contento. Y algo en su mirada me decía que no tenía nada que ver con el tema de la película. Claro que, en el fondo, debajo de toda mi alegría yo también estaba un poco triste. Mi vuelo salía esa misma tarde y se avecinaba una despedida. Él debió de adivinar mis pensamientos o quizá se sentía igual que yo porque me dijo:

—¿Puedes cogerte hoy el día libre?

—Imposible. Tengo una reunión a las once. —Hice un mohín—. Si me da tiempo a revisar los capítulos nuevos que me has pasado antes de eso, sí.

—Pues entonces póngase a trabajar ya, señorita García —se burló y se inclinó para darme un beso—. Avísame cuando acabes.

—Vale. —Sonreí y salí de la cocina.

Unas horas más tarde, estaba delante del espejo, ataviada con el vestido que le gustaba a Will. Me solté el moño y suspiré nerviosa. Salí de mi habitación con las pulsaciones disparadas y con su manuscrito en la mano. Quería cumplir su fantasía a modo de despedida.

Will estaba concentrado en su ordenador. Lo observé unos segundos desde el dintel de la puerta antes de llamar con los nudillos.

—Hola —saludé cuando separó la vista del portátil.

Me dio un repaso de cuerpo entero y tuve la sensación de que podía ver a través de la tela del vestido. Empujé los nervios a lo más profundo de mi estómago y entré con decisión en el despacho. Dejé caer los folios con mis correcciones sobre su escritorio.

—Ya he leído lo que me has pasado —le dije con firmeza.

Él arqueó una ceja al mirarme y contuvo la sonrisa. Después, sus ojos bajaron un poco y me quemaron la piel del escote. Bordeé la mesa y me apoyé sobre ella al llegar a su lado. Will cerró el portátil y giró la silla para encararme.

Arrojé una tira de preservativos encima de las hojas. Will los observó unos segundos. Cuando volvió a centrar la vista en mí, el aire se enrareció entre nosotros. Me senté sobre sus piernas y le eché el brazo al cuello.

—Yo no te voy a decir que esto es maravilloso, como en tu fantasía. —Su mano voló hasta mi rodilla y tuve que hacer una pausa—. Hay varias anotaciones.

Sus dedos incendiaban mi piel. Estaba deseando que subiera

la mano, pero la dejó quieta. Era como si supiese que había ido a tentarlo y quisiese tentarme él a mí. El corazón me latía apresurado y nervioso. Will carraspeó antes de preguntarme:

—¿Por qué lo imprimes siempre todo?

—Por la satisfacción de tachar a mano. —Subió la mano un poco más—. Ya te lo dije.

—O sea, que disfrutas corrigiéndome.

—Por supuesto.

Arrastró la palma por el lateral de mi muslo izquierdo hasta llegar a la cadera. Tragó saliva al darse cuenta de que…

—¿No llevas bragas?

Negué con la cabeza y contraje el estómago de anticipación.

Se humedeció los labios y soltó por la boca el aire que estaba reteniendo. Faltaban segundos para que la situación se descontrolase. Los dos lo sabíamos.

—¿Alguna vez lo has hecho sobre un escritorio?

Su tono cargado de necesidad me hizo estirar el cuello hacia delante.

—No —respondí contra sus labios—. ¿Y tú?

—Tampoco. —Me apretó la cadera y yo me estremecí—. ¿Quieres…?

—Sí —interrumpí impaciente.

—Perfecto. Levántate.

Me puse de pie y él también. Apiló sus cosas a un lado y me subió a la mesa con un movimiento brusco. Sus ojos hipnóticos tenían la palabra «deseo» escrita en ellos. No habíamos empezado y ya estaba completamente agitada. Él estiró la comisura derecha y su sonrisa se tornó perversa. Colocó las palmas sobre la madera, a ambos lados de mi cuerpo. Demasiado impaciente como para soportar su tortura, tiré de sus hombros y le metí la lengua directamente en la boca. Ese fue el preciso instante en el que todo se volvió frenético.

Will soltó los dos botones que tenía mi vestido a la altura del pecho al tiempo que yo le desabrochaba el vaquero. Sin dejar de besarme, me bajó las mangas por los hombros y yo colaboré para sacar los brazos. La tela se cayó hasta mi cintura.

—Joder. Estás muy guapa con este vestido.

Will tenía la vista clavada en mis pechos. Tampoco me había puesto sujetador. Los pezones me ardían bajo su mirada abrasadora. Me sujetó por la nuca para besarme con ímpetu y yo le bajé los pantalones y la ropa interior.

—Mentira —se corrigió—. Estás buenísima. La de veces que me he...

Cerró la boca y apretó la mandíbula cuando se la cogí. Volvió a unir sus labios a los míos con ansias. Se reclinó sobre la mesa, obligándome a recostarme sobre la madera, mientras tanteaba con la mano en busca de los preservativos.

Me besó el cuello y bajó por mi piel dejando un rastro de besos a su paso. Cuando me lamió el pecho derecho, enredé los dedos en su pelo.

—Will... —Jadeé al sentir su lengua en mi pezón—. Ya.

—¿Ya, qué? —preguntó contra mi piel.

No fui capaz de contestar.

Presionó los labios contra mi esternón y gemí cuando me lamió el otro pecho. Acto seguido, se incorporó y se puso el preservativo. Me acarició entre las piernas y me arrancó un gemido altísimo.

—Qué ruidosa eres. Me pone muchísimo saber que te hago disfrutar.

—Uf —resoplé—. Will, por favor, no puedo esperar más.

Le rodeé las caderas con las piernas y lo atraje hacia mí. No quería perder ni un segundo.

—¿Qué quieres, Correcciones? —preguntó contra mi boca—. Todavía no me lo has dicho.

—Quiero hacerlo... —Le lamí los labios sin vergüenza—. El amor, follar, lo que quieras.

Él empujó la cadera hacia delante. Los dos gemimos cuando se introdujo en mí. Quería sentir su piel y acariciarle el pecho. Pero me rendí al desabrocharle el segundo botón de la camisa; Will me lo estaba haciendo con tantas ganas que no pude concentrarme en otra cosa que no fuera aferrarme a sus hombros.

—Will... —Su nombre abandonó mis labios en forma de ruego.

Le mordí el labio inferior y cuando exhaló de manera profunda me sentí poderosa. Los últimos días había ido descubriendo las cosas que le gustaban. Will apoyó su frente contra la mía, sin dejar de moverse, y yo cerré los dedos en el cabello de su nuca. La intensidad que nos rodeaba parecía más latente que nunca y se había hecho cargo de nosotros.

—Voy a echar esto de menos... —confesé entre jadeos.

Él se detuvo en el acto.

—Joder. No puedo. —Negó con la cabeza y me sujetó la cara—. No puedo mirarte. Tú... En mi escritorio... Así. Es demasiado. No puedo ir despacio.

—Me da igual.

—A mí no. —Salió de mi interior y me sentí vacía—. Te vas en un rato. Quiero disfrutar de cada segundo contigo.

El matiz amargo de su tono me estrujó el corazón. Quizá por una vez no fuese mala idea alargar el momento. Eché la vista por encima del hombro y mis ojos fueron a parar al sofá que estaba al lado. Me levanté y tiré de su mano. Lo insté a tomar asiento en el sofá y me senté encima. Gemimos de alivio cuando volvimos a estar completamente unidos. Empecé a moverme sobre él, despacio.

—¿Así mejor? —le pregunté.

Él asintió y me apretó las caderas por debajo del vestido. Esa vez me detuve al llegar al fondo y le desabroché la camisa. Se la bajé por los hombros y le acaricié el pecho sudado.

—Joder, me vuelves loco, cariño.

Lo miré con una sonrisa triunfal. Él pareció darse cuenta de lo que me había llamado.

—Correcciones —dijo—. He dicho Correcciones.

Tiró de mis caderas hacia abajo haciendo la penetración más profunda.

No le llevé la contraria. Estaba sobrepasada por mis emociones y la piel me quemaba como nunca. Me balanceé con decisión y él soltó un gemido que reverberó dentro de mi pecho. Apoyó la cabeza en el asiento y se dejó hacer.

—Me gustas mucho. —La frase se me escapó de lo más hondo del alma.

Su sonrisa sincera me hizo volver a besarlo. Despegó la espalda del sofá y me sujetó con fuerza la cintura.

—¿Sabes qué? —me dijo—. Conmigo no te hace falta usar el boli rojo porque ya me has marcado la piel.

«Ay, Dios mío...».

Esas palabras me tocaron el corazón y se desbordó el torrente de sentimientos que albergaba por él. Lo besé con dulzura. Quería decirle un millón de cosas, pero solo me salió un:

—Will...

Esas confesiones estaban desenmascarando nuestros sentimientos. Ya no estábamos acostándonos juntos. Estábamos haciendo el amor. A partir de ahí lo único que hicimos fue movernos a la vez y acariciarnos el cuerpo de la misma manera que nos habíamos acariciado el alma con palabras. Poco a poco mis movimientos se hicieron más rápidos. Él apretó el agarre en mis caderas y se movió debajo de mí, sus jadeos me calentaban hasta el último centímetro del cuerpo. No pasó mucho tiempo hasta que nos dejamos ir entre besos y ruegos anhelantes.

Permanecimos en la misma posición mientras se nos calmaba la respiración y nuestros corazones se ralentizaban, aunque el mío no parecía dispuesto a ello.

De pronto, fui consciente de que era probable que esa fuese la última vez que estaríamos así. Después de eso yo me montaría en un avión y volvería a mi vida de editora en apuros.

Él se percató de lo que sucedía tras mis ojos. Me sorprendía su facilidad para leerme como a un libro abierto.

La vulnerabilidad que vi en su rostro y la atmósfera íntima me hacían sentir abrumada y frágil. Estar en su despacho era como estar rodeada por todo él, eso fue lo que hizo que volviese a sincerarme:

—Te voy a echar mucho de menos.

—Lo sé. —Sus dedos danzaban por mi espalda—. Van a ser dos semanas larguísimas, pero tengo que acabar el libro y en nada estaré ahí.

Lo miré extrañada. ¿Quería seguir conmigo?

—¿Tú quieres seguir adelante con esto?

—¿Que si quiero? —Abrió los ojos sorprendido—. Raquel, no creerías que iba a dejar que te fueses así porque sí, ¿verdad?

—Yo… no lo sé —contesté confundida.

—Pues ya te digo yo a ti que no. Pensaba que lo tenías claro.

—No…

—Pues claro que quiero. —Me sujetó la cara y apretó la boca contra la mía—. Joder, pero si ayer llamé a la aerolínea para hacerte una mejora de categoría y les dije que soy tu novio…

«¿Novio? ¿Qué?».

El estómago se me subió hasta el corazón y juntos hicieron una pirueta.

—¿Les dijiste que eres mi novio? —Él asintió—. ¿Por qué?

Will me miró con una cara que parecía decir: «¿Tú que crees, Correcciones?».

—Para empezar, porque era la única manera de conseguir mover tu asiento a primera clase. —Abrí la boca asombrada—. Y para seguir, porque estamos genial juntos.

—¿Has asumido que somos novios «porque estamos genial juntos»?

—¿Qué pasa? —Sus dedos se congelaron en mi espalda y se quedó rígido debajo de mí—. Tú… ¿no quieres?

No sabía que decir.

«¡Dile que sí. Dile que sí!», eso era lo que chillaba mi corazón.

—No quiero que te vayas a Manhattan y perdamos lo que hemos encontrado aquí —me dijo sereno.

—Vale. —Asentí.

—¿Puedes decir algo más que «Vale»?

—Yo también quiero seguir contigo —aseguré.

—Perfecto. Pues aclarado entonces.

La conversación no estaba ni de lejos terminada. Por eso decidí hablarle con el corazón en la mano.

—Will… No sé cómo llevar la relación. Si esto sale mal, soy yo la que lo arriesga todo. Soy yo la que puede perder el trabajo si la gente se entera de que me he enrollado contigo… Es que no es profesional…

Él me apartó el pelo de la cara y me dio un beso casto.

—¿Y si uno de los dos se cambia de editorial? —sugirió.

—Me están patrocinando la *Green Card*, no puedo cambiarme ahora, perdería todo el proceso. Tendría que empezar de cero y ganarme la confianza en un sitio nuevo.

—Pues me cambio yo.

—¿Estás loco? Eso supondría pérdidas millonarias para la editorial y yo acabaría despedida igual. David creería que te has ido por mi culpa.

—Pues monto una editorial y te contrato. Te pagaré los mejores abogados de inmigración del país y tendrás la *Green Card* rapidísimo. Fácil y...

—Sencillo —terminé por él—. Lo repites un montón, Will. Para ti todo es fácil y sencillo, pero no lo es. Si hicieses eso, la gente diría que he conseguido el puesto por acostarme contigo. Lo cual sería verdad. Y la *Green Card* no depende de los abogados. No funciona así.

—¿Y qué sugieres entonces? Yo quiero estar contigo y tú quieres estar conmigo, que le jodan a la editorial, tendrán que entenderlo.

Esas palabras eran preciosas, pero la realidad sobre el papel era muy distinta. Suspiré pensativa. Ya era tarde para recuperar el bolígrafo y remarcar la línea que dividía nuestros mundos.

—¿Y si esperamos unos meses? —propuse—. Hasta que salga el libro.

—No —sentenció tajante—. No puedo estar dos meses sin verte.

—Yo tampoco. Estaremos juntos en Manhattan, pero sin que se entere nadie de la editorial. No quiero que se cuestione mi trabajo ni que me despidan ni arriesgarlo todo por un hombre... —dije con sinceridad—. Además, casi nunca vienes por la editorial. Y cuando lo haces usas las salas de arriba. Nunca nos hemos cruzado, así que no veo cuál es el problema. Si dentro de dos meses seguimos igual de bien, hablaré con Recursos Humanos, ¿vale?

Él suspiró y asintió.

—Will, esto es importante. —Necesitaba que lo entendiera—.

Si nos pillan, me despedirán, y, si pierdo el trabajo, tendré que irme del país.

—Tú no te vas a ir. —Negó con la cabeza—. No voy a dejar que eso pase. Si nos cruzamos en la editorial, te trataré igual que al resto —prometió.

—Si esperamos a que el libro vaya bien, puedo decir que nos fijamos el uno en el otro después, que hemos coincidido en una presentación o yo qué sé... Ya veré qué me invento.

—Vale, cariño. Entendido. —Asintió—. Lo que sea con tal de que te quedes aquí. Conmigo.

Me incliné en su dirección. Nuestros besos sabían a despedida, pero también a comienzo. Su lado romántico estaba ganando cada centímetro de mi corazón. Nos abrazamos y no hicieron falta más palabras. Esa fue la primera vez que el silencio en su compañía me pareció perfecto. Así fue como la chica que editaba novelas románticas pasó a protagonizar la suya propia olvidándose de que no era un personaje ficticio y de que, si entregaba su corazón, lo perdería.

37

NOVIO (n.): Escritor al que has echado mucho de menos.

Will y yo llevábamos dos semanas sin vernos. Él había volado desde California ese mismo día y había ido directo al concierto de Imagine Dragons en la zona VIP del Madison Square Garden. El mismo al que yo había ido con las chicas en grada. Me moría por verlo, pero, como encontrarnos a la salida sería imposible por la marea de gente, habíamos quedado directamente en mi casa para cenar.

—He estado pensando en lo que os dije ayer... —Grace se sentó en el sofá con un bol de nachos—. Y he decidido que no me voy a meter a monja de clausura —comentó con dramatismo.

Grace se había enterado el día anterior de que Dylan, el piloto, estaba casado.

—¡Gracias a Dios! Tú no durarías ni cinco minutos en un convento —se burló Suzu.

—Eso es verdad... —comenté yo—. Además, te echaríamos mucho de menos.

—Me pregunto cuántos hombres más tienen que decepcionarme para que deje de creer en el amor... —Grace se metió un nacho en la boca y lo masticó despacio—. ¿Sabéis quiénes son los únicos hombres que no me decepcionan nunca?

—¿Los ficticios? —adiviné.

—Exacto.

Las tres nos reímos de eso.

—Bueno, lo que os decía... He decidido que ahora quiero vivir un *age gap*. Ya he pasado por casi todos los clichés de novela romántica. Ahora quiero enrollarme con alguien más mayor que yo, alguien que ya tenga su carrera planteada... —Mordió otro nacho—. Madurez es lo que yo necesito —dijo con la boca llena.

—Vamos, que lo de «Jamás volveré a liarme con un tío» que decías ayer lo olvidamos, ¿no? —la pinchó Suzu.

Grace suspiró pensativa.

—Es verdad. Gracias por recordármelo. Paso de los hombres —aseguró—. Yo ya no creo en el amor. Tendría que ocurrir un milagro y no creo que vaya a entrar el amor de mi vida por la puerta ahora mismo. —Señaló la entrada con la mano.

En ese momento, alguien llamó a la puerta con los nudillos.

—¡Pasa, Will! —Elevé la voz. Le había dado el código del portal y la puerta de casa estaba abierta.

La puerta se abrió dando paso a Zac.

—Vaya, a lo mejor sí que existen los milagros —susurró Grace.

—¡Zac, hola! —Lo saludé con la mano.

—¡Hola! —Él me hizo un gesto de cabeza.

Will entró detrás. El corazón se me aceleró al verlo y me levanté. En cuanto nuestros ojos se encontraron, una sonrisa sincera se adueñó de su expresión.

—¿Ese es el hermano de Anderson? —susurró Suzu.

—Joder, es tan guapo que podrían exhibirlo en el MET —contestó Grace en otro susurro.

En ese momento mis sentidos estaban centrados en mi novio, así que las ignoré y caminé hacia él. Will iba vestido de negro. Se había afeitado y estaba guapísimo. Cerró la puerta y adelantó a su hermano para encontrarse conmigo en mitad del pasillo. Cuando me abrazó, todo mi interior se agitó emocionado. Sentí sus labios contra mi cabeza. Pasados unos segundos, me puse de puntillas y lo besé. Jamás habría dicho que Will sería el típico que te morreaba con vehemencia teniendo público, pero sí que lo era. Me estrechó por la cintura profundizando nuestro beso. Habría seguido besándolo de no haber sido porque Zac intervino.

—¡Pero bueno, cuñadita! ¿A mí no me has echado de menos?

Me aparté y Zac me dio un abrazo amistoso rodeándome los hombros solo con un brazo.

—¿Quién es la belleza rubia? —me susurró al oído.

—Es Grace y está fuera de tus posibilidades —contesté en otro susurro.

—¿Tú crees? —me preguntó con una sonrisa ladeada al apartarse.

—No es que lo crea, es que lo sé —sentencié.

Tiré de la mano de Will en dirección al salón. Mis amigas, que debían de estar cuchicheando sobre nuestro reencuentro, cambiaron pésimamente de tema entre risitas:

—Como te decía —alcancé a oír a Grace—. Creo que ese libro es muy gracioso... —Carraspeé al llegar a su altura—. Ah, hola. —Ignoró mi mirada suspicaz y se levantó.

—No hace falta que os lo presente, ¿no? —les pregunté a mis amigas señalando a Will con la cabeza.

Grace no contestó. Tenía los ojos clavados en Zac, que estaba detrás de mí.

—No. —Suzu se levantó—. Yo llevo hablando con él toda la semana —recordó.

Will y Suzu habían tenido varias videoconferencias para tratar los temas de la posible adaptación de su libro y para cerrar su viaje a Los Ángeles. Se irían el lunes, después de la reunión con David. Will había accedido a reunirse con los productores, pero no se había comprometido a firmar nada. Que aceptase escucharlos ya era un paso enorme.

—A mí sí que puedes presentarme —apuntó Zac.

Procedí a hacer las presentaciones y no me pasó desapercibido que Zac sostuvo la mano de Grace durante unos segundos más de lo necesario.

—Hemos traído pastelitos. —Zac me entregó la bolsa que cargaba.

—Genial, gracias. Will, ¿vamos a dejarlos a la cocina? —le pregunté—. Así traemos vuestras bebidas.

Él asintió.

Por cómo se oscureció su mirada, supe que había entendido que eso era una excusa para tener unos minutos de intimidad.

—¿Quieres algo? —le pregunté a Zac.

—Una cerveza.

—Vale. —Antes de marcharme le dediqué una mirada de advertencia que significaba «Ni se te ocurra ligar con mi amiga».

Entramos a la cocina por el salón. Will dejó la bolsa en la encimera y sus labios cubrieron los míos. No sé cuánto rato estuvimos besándonos con necesidad, pero él solo se apartó para murmurar:

—Te he echado mucho de menos, cariño.

El corazón me dio un saltito dentro del pecho. Parecía haber una relación directa entre la palabra «cariño» y mi excitación.

—Vamos a mi cuarto... —susurré.

Su risa le dio más vida aún a mi corazón.

—No podemos. He venido a conocer a tus amigas, ¿recuerdas?

Fue Will el que me sorprendió unos días atrás diciéndome: «Si son tan importantes para ti, quiero conocerlas».

—Puedo decirles que tenemos que ir un momento a revisar el manuscrito... —Colé las manos por debajo de su jersey.

—Eso suena tan poco creíble... —Me besó el cuello—. Y tan sucio que me pongo cachondo solo de pensarlo.

Habríamos acabado en mi habitación si no hubiese llamado el repartidor al timbre.

Regresamos al salón cargando las cajas de pizza, un poco más calmados. Will se sentó a mi lado en el suelo y me puso la mano en la pierna. Zac ocupó mi sitio en el sofá y se acomodó entre mis amigas. Comentamos el concierto mientras cenábamos. Después de eso, Zac nos contó que se quedaría en la ciudad hasta el domingo por la mañana. En ese instante, Will me apretó la rodilla y el estómago me dio un vuelco. Ese apretón significaba: «El domingo no vas a salir de mi cama».

—Bueno, Will, ¿y ya has acabado el libro? —le preguntó Grace un poco más tarde.

—Me queda terminar el epílogo —le contestó él. Luego me miró a mí—. En cuanto lo tenga, te lo paso —prometió.

—Vale. —Sonreí.

Will estaba manteniendo el misterio de los últimos capítulos y yo me moría de curiosidad. Estaba contenta porque me había prometido un final feliz para los personajes.

—¿El lunes estarás tú también en la reunión? —le preguntó Will a Suzu.

—Sí —le contestó ella—. Estaremos David, Mindy y yo. Y luego a Los Ángeles vamos tú y yo solos. Puedes quedarte tranquilo porque los de la productora son majísimos. Yo los conozco por mi madre, que es directora de casting en Hollywood —le explicó a Will.

—Yo no quiero meter presión —le dijo Grace a Will—, pero, como amiga de tu novia que soy, solo diré que me caerás infinitamente mejor si accedes a hacer la película...

Will se rio sobre su botellín de cerveza.

—Y, si pones como cláusula que Chris Evans tiene que ser el malo, me aseguraré de ponerme de tu parte cada vez que te pelees con ella —terminó señalándome a mí.

—Grace, eso es chantaje... —apunté.

Aunque era una buena oportunidad para Will, no quería que se sintiese presionado con la conversación. Por eso cambié de tema:

—¿Y si os hago ya el *tour* de la casa? —sugerí antes de levantarme.

Will se puso de pie también.

—Id vosotros. —Zac se levantó del sofá—. Yo me quedo recogiendo, así despejo la mesa para el postre.

—Vale.

Salí del salón por el pasillo y conduje a Will a la zona de las habitaciones. Le enseñé el baño y después mi habitación, que estaba enfrente. En lugar de enrollarnos apasionadamente cuando cerré la puerta, Will se acercó a las estanterías y las inspeccionó con atención.

—¿Este es el libro que te firmé? —Sacó un libro de la estantería.

—Sí.

Lo abrió y torció el gesto.

—*Tenías que haberme dicho que te llamabas Raquel.*

Se inclinó sobre mi escritorio y cogió un bolígrafo. Me acerqué y lo vi tachar el «Rachel» que había garabateado años atrás. Me enternecí cuando debajo escribió un «Raquel» y, tal y como hacía yo, lo subrayó y luego dibujó un círculo alrededor de mi nombre.

—Gracias. —Me puse de puntillas y le di un beso dulce.

—¿Por qué me las das? —Dejó el libro en su sitio—. Solo he escrito tu nombre correctamente.

—Porque me parece un gesto bonito.

Él se encogió de hombros y centró su atención en mi estantería.

—Asumo que, entre todos estos libros, está tu favorito...

—Asumes bien. —Me quité la camiseta y me quedé en un sujetador morado de encaje que tapaba lo mínimo.

Él cerró los ojos un segundo y respiró hondo. Cuando volvió a mirarme, se deshizo del jersey y lo arrojó sobre la cama. Acorté la distancia que nos separaba y le quité la camiseta casi de un tirón.

—No me mires —le pedí cuando me lamió el cuello—. El lunes. En la editorial —jadeé—. Si me ves, no me mires.

—¿Por qué? —Me mordió el lóbulo.

—Porque va a ser superevidente. —Enredé las manos en su pantalón y se lo desabroché. En el preciso instante en el que estaba a punto de bajárselo, oí un chillido de Suzu.

—¡Rachel! —exclamó—. ¡La epinefrina!

Mi cerebro calenturiento tardó unos segundos en comprender lo que pasaba.

—Grace... —susurré.

Me aparté de Will y salí de mi habitación corriendo. Me choqué con Suzu, que justo abandonaba el baño, y la seguí por el pasillo a toda prisa.

—¡Zac! —chilló Suzu al llegar a la cocina—. ¡Toma!

Cuando Suzu se agachó, vi la escena que se reproducía en la cocina como si de una película de terror se tratase. Grace estaba tumbada en el suelo. Tenía la boca un poco hinchada y parecía que le costaba respirar.

—¡Haz algo, corre! —le grité histérica.

Ni siquiera fui consciente de que tenía a Will detrás, agarrándome los hombros, y de que ambos estábamos semidesnudos. El corazón me latía a toda velocidad.

Zac le clavó el inyector de epinefrina en el muslo a Grace sin perder la calma. Cuando retiró el EpiPen, le frotó la pierna.

—¿Tenéis una manta? —nos preguntó Zac.

—Sí. —Empujé a Will y salí al salón para coger una.

Regresé a la cocina, se la di a Zac y él arropó a Grace, que parecía encontrarse algo mejor.

—¿Qué ha pasado? —pregunté.

—Los pastelitos que han traído, alguno debía de llevar nueces —murmuró Suzu.

—Joder —se lamentó Will—. Lo siento mucho, Grace.

Me adelanté y me agaché al lado de mi amiga.

—¿Cómo estás? —Le aparté con cariño un mechón rubio de la cara.

—Fatal. Os he jodido el polvo... —contestó ella de manera teatral.

38

FINGIR (v.): Pretender que solo nos miramos cuando en realidad nos morimos por besarnos.

Mi parte favorita de las novelas románticas siempre ha sido el momento en el que la protagonista se da cuenta de que se ha enamorado hasta las trancas. Disfruto muchísimo leyendo ese instante que lo cambia todo. Porque... ¿cómo va a ser tu vida igual después de un descubrimiento así?

A veces, ese sentimiento es maravilloso y te lleva a tomar decisiones valientes. Otras te nubla la mente y te hace ser más impulsiva, y, sin querer, te lleva a ignorar esa vocecita que te susurra: «Esto no es una buena idea. Vete antes de que sea demasiado tarde». Pero si hay una cosa que he aprendido leyendo romances es que no podemos elegir de quién nos enamoramos, ni el momento, ni el lugar perfecto. El amor llega, te sorprende y te cambia la vida sin que puedas hacer nada por evitarlo.

Lo malo de estas escenas es que normalmente vienen acompañadas de la peor parte de todas: el conflicto inevitable que separa a los protagonistas.

Pero esas cosas en el mundo real no pasan, ¿verdad?

El lunes llegué a la editorial un poco tarde. Había cruzado la ciudad en Uber con Will en hora punta después de haber pasado la noche en su apartamento de Brooklyn. Por aquello de que nadie nos viese juntos, él se bajó un par de manzanas antes y se fue a tomar un café, y yo entré en la oficina casi corriendo. Grace me dio los buenos días con una sonrisa traviesa. Dejé mis pertenencias, ignorando su mirada burlona, y abrí el portátil.

Hacía unos minutos las chicas de diseño me habían mandado un correo con la primera propuesta para la portada del libro de Will. Abrí el archivo y me quedé maravillada. En la imagen salía la silueta de una pareja. Dos estrellas fugaces cruzaban el cielo por encima de sus cabezas. En el centro podía leerse: *Escrito en las estrellas*. Se la enseñé a Grace y las dos la admiramos.

—Me encanta —le dije a mi amiga—. Es como si esas estrellas que están a punto de chocarse fueran un presagio del amor que no van a poder evitar los protagonistas.

Grace suspiró encantada con la idea.

—Está genial porque mantiene la esencia de las anteriores —apuntó.

Asentí contenta. Esperaba que a Will también le gustase.

Al ratito recibí un mensaje de Mia Summers en el que me decía que ya había recibido sus ejemplares de *Querido corazón, ojalá no hubiese sido él*, la segunda parte de su trilogía.

—¡Mira qué mono ha quedado! —Le enseñé a Grace la foto que me había enviado Mia. Durante un rato suspiramos por el protagonista de su libro en voz alta mientras trabajábamos.

Eran las diez menos cuarto de la mañana y faltaban quince minutos para la reunión de Will y David cuando empezaron los cuchicheos. En principio, Will y yo no nos veríamos porque él iría a la planta superior. Aun así, mi estómago revoloteaba inquieto solo de saber que, de un momento a otro, él entraría en el edificio con sus andares imponentes. Dentro de los murmullos que se extendían entre mis compañeros como si los arrastrase el viento, distinguí una sola palabra: «Anderson».

Grace y yo nos miramos extrañadas. Rose, la nueva becaria del Departamento de Edición, enseguida nos dijo:

—Chicas, me está diciendo Elizabeth que William Anderson está en la cocina, ¿os lo podéis creer? —Nos miró entusiasmada—. Al parecer ha traído cafés de Starbucks para todos.

Atónita, observé cómo Rose salía disparada repartiendo el mensaje a su paso entre los pocos compañeros que quedaban en la sala. Grace encontró en mis ojos la misma sorpresa que yo en los suyos. Miró por encima del hombro para asegurarse de que no teníamos nadie cerca antes de hablar.

—¿Tu novio no odiaba Starbucks?

—Sí. —Asentí.

Una sonrisa desvergonzada se extendió por su rostro.

—¿Se la has chupado esta mañana y por eso está contento?

—¡Grace! —Le di un manotazo en el brazo y se me escapó la risa.

—Veo que no lo desmientes.

Negué con la cabeza e intenté concentrarme en el manuscrito que acababa de abrir.

—¿Vamos o qué? —me preguntó mi amiga.

—No quiero que me vean con él…

—Ray, un escritor famoso con el que has convivido durante semanas ha traído cafés para todos —susurró—. ¿No crees que es rarísimo que seamos las únicas que no vamos a por uno?

—Tienes razón. —Me levanté.

No habíamos dado ni dos pasos cuando Will apareció al final de la sala diáfana. Sujetaba un vaso en cada mano. Se acercó a nuestra mesa caminando con decisión.

—¡Ay, Dios mío! ¿Qué hace aquí? —le susurré a Grace. Me di la vuelta y me obligué a mantener los ojos pegados en mi escritorio. Le había visto mientras se arreglaba horas antes. Llevaba una americana de color carbón, una camisa blanca y unos pantalones de vestir. Estaba guapísimo y yo me lo iba a comer con los ojos sin querer.

—Señorita Harris —lo oí llamar a Grace—. Me han dicho que a usted le gusta más el *frappuchino*.

Cerré los dedos en el respaldo de la silla. Ahora entendía por qué esa mañana Will me había preguntado cómo les gustaba el café a mis amigas. Ese gesto era monísimo y yo solo quería darme la vuelta y abrazarlo, y también regañarle por ser tan evidente.

—Señorita García. —Me di la vuelta con el corazón revolucionado—. Para usted he traído un *latte* de vainilla.

—¿Esto es tratarme como a los demás? —susurré inquieta.

—Por supuesto —contestó en otro susurro—. He traído café para todos, ¿no?

Un brillo alegre se adueñó de su mirada y, durante un segundo, me salí de mi papel de editora profesional y me metí en el de chica que se moría por besar a su novio en mitad de una oficina. Me rendí y acepté el vaso.

—Gracias. ¿Me avisas antes de irte? —musité—. A lo mejor puedo escaparme y despedirme.

Él asintió y, aprovechando que estaba de espaldas a la sala y que nadie le veía la cara, me dedicó una escueta sonrisa.

—Me han enviado una primera prueba de la portada… ¿Quieres…? ¿Le gustaría verla? —me corregí.

—Claro.

—Vale. —Me recliné sobre el escritorio y volví a abrir el correo—. Mira.

Will se colocó a mi lado. Sus dedos rozaron los míos cuando usó el ratón táctil de mi ordenador para ampliar la imagen. Quería que le gustase y también quería arrastrarlo al cuartito de la fotocopiadora y besarlo.

Pasados unos segundos, él soltó un ruidito de conformidad.

—Me gusta —fue todo lo que dijo.

—Normal. Es tu portada más bonita —murmuró Grace.

Mi novio soltó una risita de esas bajas y profundas que reverberaban bajo mi piel.

—¡Hombre, William! —Oí la voz de mi jefe y me tensé—. ¿Qué haces aquí?

Abrí los ojos sorprendida. Por el rabillo del ojo vi a Will ponerse recto y girar sobre los talones. Grace y yo compartimos una mirada cómplice antes de darnos la vuelta.

—¡David, hola! —Will usó un tono amigable.

—Pensaba que habíamos quedado arriba —le dijo mi jefe.

—Sí, me he pasado por aquí para traerle un café al equipo —contestó Will.

Los ojos analíticos de David se posaron primero en Grace, que le hizo un gesto de cabeza, y luego en mí.

—Para celebrar lo de la película —se forzó a añadir Will.

—Ah, sí, sí. Hay mucho que celebrar. —Mi jefe le dio una palmada en el brazo. Parecía contento—. ¡Una película, William! Ni más ni menos.

—Vamos a la cocina a por un café para ti —le dijo Will antes de arrastrarlo fuera—. La señorita García acaba de enseñarme la portada. Es perfecta... —Su voz se perdió por el pasillo.

—Uf —suspiré aliviada y miré a Grace—. Por los pelos. ¿Tú crees que nos ha visto?

—Lo único que ha visto David es a un escritor comentando una portada con su editora —me dijo—. Así que tú tranquila. Venga, anda, vamos con los demás.

Una hora y media más tarde, mi móvil personal se iluminó con un mensaje de Will.

> Me voy al aeropuerto ya.
> Nos vemos en el ascensor?

> Vale. Voy

Supongo que el amor a veces te ciega y hace que olvides que no eres la protagonista invencible de una novela fantástica que puede salir ilesa de cualquier situación. Esperé a que David entrase en su despacho y salí escopetada rumbo a los ascensores. Will me había dicho que estaba en el derecho. Llamé al botón con el estómago convertido en un lío de nervios, adrenalina y excitación.

Las puertas metálicas se abrieron. Will estaba dentro. Solo.

Alzó una ceja al verme y contuvo una sonrisa cuando lo saludé al entrar:

—Señor Anderson.

Me coloqué a su lado. Intenté permanecer impasible mientras el corazón me latía a toda prisa. La situación era muy morbosa.

—Señorita García —contestó sin mirarme.

Tan pronto como las puertas se cerraron, nos besamos de esa manera desenfrenada en la que mi cuerpo y el suyo se solapaban a la perfección. Le eché los brazos al cuello y él me estrechó de la cintura. Nuestras lenguas se encontraron con muchas ganas. Will rompió el beso unos segundos después para decirme:

—Me merezco un premio —volvió a besarme con pasión— por no haber hecho esto en mitad de esa sala…

La campanilla del ascensor hizo que me apartase de él de un empujón. Sentí el mismo vértigo que si el ascensor hubiese caído en picado las veintitrés plantas. Las puertas se abrieron y nos topamos con Suzu y su maleta. ¿Habíamos subido a su planta y no nos habíamos enterado? Mi amiga hizo amago de entrar y se detuvo al vernos. Nos observó perpleja. No había que ser Sherlock Holmes para darse cuenta de lo que habíamos estado haciendo Will y yo.

—¡Uy, estoy tonta! —Suzu retrocedió—. Si yo quería usar las escaleras. Le veo abajo, señor Anderson.

No me pasó desapercibida la mirada de desaprobación que me dedicó a mí y que parecía decir: «Joder, tía, ya te vale».

Cuando las puertas se cerraron, tragué saliva.

—Casi nos pillan…

—Pero no lo han hecho —contestó él con la respiración entrecortada.

Se adelantó y pulsó el botón de la planta baja. Cuando el ascensor inició el descenso, se volvió hacia mí:

—No me he ido y ya quiero volver…

—Ya. —Le robé un beso—. ¿Cenamos mañana cuando vuelvas?

—Sí. —Me sujetó la cara y apretó los labios contra los míos por última vez.

Las puertas se abrieron y él me dio la espalda.

—Te llamo esta noche —me dijo por encima del hombro al bajarse.

—Vale.

«Querido corazón, quizá sí es él», fue todo lo que pensé mientras lo veía marcharse arrastrando la maleta. Cuando las puertas se cerraron, me apoyé contra una de las paredes metálicas y suspiré como una adolescente.

De lo que no me di cuenta entonces fue de que yo no vivía dentro de una novela romántica. Estaba en el mundo real, donde las cosas dolían, se torcían, se rompían y se perdían de verdad.

Al día siguiente por la tarde, cuando mi jornada laboral estaba a punto de terminar, David me llamó a su despacho. Me lanzó el primer dardo envenenado según me senté.

—Supongo que ya lo sabrás, pero tu novio ha firmado el contrato para hacer la película.

—¿Qué? —alcancé a preguntar.

—¿Te crees que no iba a darme cuenta de cuál era tu plan? —me preguntó David de malas maneras.

El corazón me atronaba contra la caja torácica. ¿Cómo se había enterado?

—¿Qué plan? —pregunté—. No sé de qué estás hablando...

David se subió las gafas y soltó una risa irónica. La emoción que sentía por reencontrarme con Will esa noche estaba dando paso a una sensación angustiosa.

—Reconozco que te he subestimado, Rachel —me dijo con desprecio—. Nunca pensé que te acostarías con un autor por conseguir un ascenso.

Abrí los ojos violentada por esa acusación. Una sensación de horror me revolvió el estómago. Era imposible que lo supiese, ¿no? Habíamos sido muy cuidadosos. Era mi palabra contra la suya y, aunque sospechaba que todo el mundo le creería a él, intenté defenderme.

—Yo no me he acostado con nadie por ascender. —Jugueteé con el colgante tratando de mantener la calma.

—Por favor, no intentes mentirme a la cara —me cortó tajante—. ¿Desde cuándo viene William por aquí repartiendo cafés y sonrisas, eh?

—No lo sé. —No sabía que decir. Todo estaba sucediendo rapidísimo—. Pero eso no tiene nada que ver conmigo.

—Mírate, tocándote el colgante igual que Nora.

—¿Qué? —Solté el corazón inmediatamente.

—Cualquiera que te conozca sabe que la protagonista de su libro está basada en ti... El colgante, la marca en el cuello...

Tuve que reprimir el impulso de soltarme la coleta para que el pelo tapase mi lunar.

Él le dio un golpecito a su portátil y continuó:

—Tengo aquí los capítulos que te envió William al principio. Una protagonista pelirroja que acaba teniendo tu color de pelo, tu estatura y hasta tu manera de ser... Y qué decir del personaje masculino...

—Eso no prueba nada —lo interrumpí—. Son solo coincidencias. Will y yo nos llevamos bien, nada más. Sus personajes no somos nosotros.

—Supongo que tampoco erais vosotros los que ayer estaban besándose en un coche en la Sexta Avenida...

La sangre me huyó del rostro y él fue consciente del pánico que se apoderó de mí.

—Sí. —Asintió—. Vi a William bajarse de un coche, en la puerta de mi casa, ni más ni menos. Imagínate qué sorpresa me llevé cuando lo vi agacharse, antes de cerrar la puerta, para besar a su editora adjunta.

El veneno que destilaba su voz había atravesado mi expresión impasible. Se acabó, no había nada que pudiera contestar a eso. Nos había pillado.

—Eres más lista de lo que creía... —reconoció con admiración.

Lo miré sin comprender y él me dedicó una mueca cruel.

—No te has liado con cualquier autor. Has ido a por el más

famoso e influyente. Sabía que eras ambiciosa, pero no imaginaba que tanto. Una cosa es pedir un ascenso mucho antes de lo que te corresponde, pero hacer que tu novio me envíe un correo, con copia a mi jefa, para recalcar el buen trabajo que has hecho es increíble. —Se centró en su portátil y me leyó de su pantalla—: «David, te adjunto el manuscrito final. Cualquier cosa, comentamos. Linda, solo quería resaltar el buen trabajo que ha hecho Raquel durante este tiempo…».

—¿Will te ha mandado el manuscrito final a ti? —pregunté interrumpiéndolo.

¿Por qué Will había hecho eso? Después de todo lo que habíamos hablado, ¿me saltaba y se iba directamente a por la opinión de David?

Mi jefe me miró con cara de asco.

—No te hagas la tonta, por Dios, si estoy seguro de que se lo has dictado tú… Te llama Raquel y todo… —Negó con la cabeza y resopló con desdén—. Acabo de reunirme con Linda. Se ha leído el manuscrito y quiere que a partir de ahora trabajes conmigo en todos los proyectos que impliquen romance. Imagino que estarás contenta, pero no te vas a salir con la tuya. Yo no llevo en la industria veinticinco años para que me pongan a trabajar con una niña como tú —terminó señalándome con el dedo.

Ahí estaban: la condescendencia y el paternalismo. Todo tenía que ver con mi edad.

—Siempre has sido tan directa diciendo las cosas que me sorprende que me hayas apuñalado por la espalda. Pero bueno, ahora que Will ha firmado la película y que ha entregado el manuscrito, ya no te necesito. Tu falta de profesionalidad no casa con los valores de esta empresa.

Una gota de sudor frío me bajó por la nuca. No sabía qué decir y tenía la sensación de que, si abría la boca, vomitaría. Me aferré a los reposabrazos de la silla porque parecía que iba a desvanecerme.

—¿Qué quiere decir eso? —me atreví a preguntar.

—Que estás despedida. O te vas por tu propio pie o toda la editorial se enterará de que eres una trepa.

«Una trepa».

Tirité de frío. Ese despacho se había convertido en el Polo Norte.

—¿Cómo? Pero... —Me temblaba la voz por culpa del nudo que me apretaba la campanilla.

—Vas a ir ahora mismo a Recursos Humanos y vas a presentar tu dimisión. Y tú verás qué tienes que hacer para que William no se entere de esto. Porque te aseguro que, si lo perdemos como autor, les contaré a todos mis contactos la... facilidad que tienes para acostarte con escritores a cambio de ascensos y no volverás a trabajar en el mundo editorial en tu vida. ¿Está claro?

Su tono autoritario había cambiado a uno amenazador que me puso los pelos de punta.

Eso tenía que ser una pesadilla. No podía estar pasando de verdad. Mis peores temores se habían cumplido. Mi sueño se desplomó como un edificio en ruinas sin que pudiera hacer nada por evitarlo. Siempre había creído que las cosas que se derrumbaban podían reconstruirse, pero en aquel instante, en el despacho helado, parecía que todo terminaba para mí.

Yo también estaba sorprendida, no creí que la maldad de mi jefe pudiera llegar tan lejos. Se había esperado a obtener lo que quería antes de quitarme todo lo que me importaba. Y, por si eso fuera poco, lo había hecho cuando sabía que todos mis apoyos estaban lejos. Grace estaba en la otra punta de la ciudad, en la presentación de una de sus autoras, y Suzu y Will acababan de montarse en un avión.

La dureza de su mirada indicaba dos cosas. David estaba convencido de que yo había usado mi cuerpo como parte de un complot hacia él. Me veía como una amenaza y nada que yo dijese lo haría cambiar de opinión. No me quedaba más remedio que hacer lo que me pedía; que manchase mi imagen de esa manera era algo que no podía permitirme. En aquel país no ibas a ningún lado sin referencias, y tener una negativa era casi peor que no tener ninguna. Si David cumplía su amenaza, tendría que marcharme de Estados Unidos y me despediría para siempre de mi sueño y de Will.

Me sentía vulnerable, juzgada y avergonzada, cuando yo no había hecho nada malo, ¿no?

La impotencia abandonó mi cuerpo en forma de lágrimas que me hicieron sentir más niña todavía.

—A mí no me sueltes lágrimas de cocodrilo, que no vas a ablandarme... —comentó irritado.

Seguidamente se levantó, cruzó la estancia y me abrió la puerta. No sé cómo mi cerebro se las ingenió para ponerme en movimiento. Cuando estaba a punto de salir de su despacho, me detuvo diciendo:

—Ah, y, Rachel, no olvides que no eres más que un capítulo de relleno en su vida. Se olvidará de ti en cuestión de dos páginas, como le pasó con su agente.

Y sin decir nada más, me cerró la puerta en la cara.

39

CORAZÓN (n.): Órgano que pierdes sin saber que lo habías apostado.

Todavía estaba en *shock*.

Me costaba creer que estaba saliendo de la editorial para no volver, con mis pertenencias dentro de una caja de cartón, como en una maldita película.

El atardecer pintaba el cielo de naranja y, pese a que no era un día muy frío, me encogí bajo la americana. Di un paso adelante y contuve las lágrimas. No podía llamar a mis amigas y en España era de madrugada. Jamás en mi vida me había sentido tan sola como en aquella avenida llena de transeúntes y de tráfico ruidoso.

Conforme me alejaba del rascacielos, la realidad de lo que había pasado fue calando hondo bajo mi piel. El estupor estaba dando paso a otros sentimientos.

Estaba triste. Acababa de dimitir forzosamente para intentar salvar mi carrera dentro del mundo literario, despidiéndome de todo aquello por lo que había trabajado duro los últimos tres años de mi vida. Acababa de perder el trabajo, el ascenso, la *Green Card* y posiblemente a mi novio también. Todo junto.

También estaba enfadada. Con mi exjefe, con Will y conmigo misma. Supongo que los tres habíamos contribuido a boicotear mi carrera.

Que Will le hubiese mandado a David el manuscrito final, con los capítulos nuevos para revisar después de decirme cosas como

«Mi única editora eres tú» o «A mí solo me importa tu opinión», me había dejado petrificada. Yo siempre había intentado mantenerme profesional y por eso nunca había criticado a David delante de Will. Los últimos comentarios que había hecho Will me hacían pensar que él había empezado a darse cuenta de cómo era David en realidad.

Recordé las palabras que pronunció meses atrás en su despacho: «No necesito la ayuda de una becaria, David».

Por la manera en que había actuado parecía que seguía viéndome así. Para el visto bueno final prefería al señor que llevaba veinticinco años dentro del sector en lugar de a la editora adjunta que era poco más que una becaria. Eso escocía. Que David me hubiese despedido de esa manera tan cruel ya era horrible, pero que Will estuviese por medio era lo que me hacía sentir humillada y avergonzada. ¿Por qué me había saltado? ¿Es que no le importaba mi opinión? No lo entendía.

Para David y para cualquier persona que se enterase, yo era la arpía que había seducido al escritor motivada por un ascenso. Y Will solo era el hombre inocente que había mandado un correo, interfiriendo en mi carrera profesional, para complacer a la chica con la que se estaba acostando.

También estaba cabreada con David. Había sido mezquino y despiadado. Podía haberme despedido sin hundirme la moral.

«No eres más que un capítulo de relleno en su vida. Se olvidará de ti en cuestión de dos páginas, como le pasó con su agente».

Yo no era una persona insegura, pero esas palabras me hicieron sentir ingenua y pequeña. Tan pequeñita que podría entrar dentro de un bote de mermelada.

Y, por último, también estaba enfadada conmigo misma por haber arriesgado mi futuro profesional por un hombre. Había pasado lo que vaticiné al principio. David se llevaría el mérito de mi trabajo, Will seguiría siendo un escritor consagrado y yo lo había perdido todo. La situación era tan cliché que me daba hasta vergüenza.

A todo eso había que sumarle otra preocupación: tenía dos meses para encontrar otro trabajo o debería irme del país. Era cierto que estaba en el mejor sitio del mundo para encontrar trabajo dentro del sector editorial, pero ¿quién en su sano juicio dejaba Evermore Publishers?

Nadie.

Todo el mundo quería trabajar en esa editorial y yo me había ido por la puerta de atrás y sin una carta de recomendación.

Estaba a punto de entrar en el portal de casa cuando todas las emociones se desbordaron y me convertí en un torrente de lágrimas.

Grace me encontró tumbada en el sofá, abrazada a un rollo de papel higiénico y con un dolor de cabeza terrible.

—¿Ray? ¿Qué pasa? —Se sentó en el suelo, justo delante de mí—. ¿Se ha muerto alguien?

Era obvio que se pondría en el peor escenario posible. Me incorporé hasta sentarme con las piernas cruzadas y me limpié las lágrimas con un trozo de papel. Grace se sentó a mi lado y me puso una mano en el hombro izquierdo.

—Si no me cuentas ya lo que ha pasado, me va a dar un infarto —aseguró.

Cogí aire y se lo solté:

—David ha descubierto que estoy con Will y me ha despedido.

Ella ahogó una exclamación y se tapó la boca.

—En realidad, me ha obligado a dimitir. Me ha acusado de acostarme con Will para ascender.

—¿Qué? —Grace me miraba estupefacta.

Asentí en silencio.

Esa acusación me hacía sentir humillada. No solo se cuestionaba mi profesionalidad, sino también mi moral. Me tomé unos segundos para calmarme y, cuando recuperé la voz, le conté el resto de las perlas que me había dedicado David en su despacho. Cuando terminé de hablar, la furia destellaba en los ojos de Grace.

—¿Que te ha cancelado la *Green Card*? —Mi amiga alzó la

voz—. ¿Y encima te ha amenazado con decir por ahí que eres una trepa si se lo cuentas a Will?

—Sí.

—Yo alucino... Creo que no deberías dejar las cosas así. Tengo asumido que David es gilipollas y ya estoy acostumbrada a cómo nos trata, pero esto ha ido muy lejos. —Negó con la cabeza, tenía los ojos desorbitados—. Tienes que ir a Recursos Humanos y contarlo, o igual podemos hablar con ellos Suzu y yo. Seguro que lo despiden y te readmiten.

—Grace, ¿a quién piensas que van a creer? —pregunté indignada—. Es su palabra contra la mía, y la realidad es que, aunque no haya sido por un ascenso, me he acostado con Will.

—Ya... A ver... Es que visto desde fuera... Es verdad que su versión es... fácil de creer —balbuceó con cara de circunstancias.

Asentí derrotada.

—Lo sé. Por eso no tiene sentido quejarse. Además, tampoco quiero que os despidan. —Me masajeé las sienes: rememorar para Grace todo lo que había pasado había aumentado aún más mi dolor de cabeza—. Y ahora tengo cosas más importantes de las que preocuparme, como que tengo solo dos meses para conseguir otro trabajo.

—Encontraremos algo. No te preocupes. —Grace me rodeó los hombros con el brazo y me atrajo contra ella—. Además, ¿qué haría yo sin ti? Me moriría de la pena si te vas.

—Yo tampoco quiero irme. —Sorbí la nariz y me dejé abrazar—. Por eso no puedo arriesgarme a que David cumpla su promesa y arruine mi reputación. Si todo Manhattan cree que lo que tengo se debe a con quién comparto sábanas en vez de a mi esfuerzo, nadie va a contratarme.

—Oye, y para lo de la *Green Card*, ¿no puedes hablar con tu primo el abogado?

—No, Grace. Marcos está especializado en violencia de género y vive en Londres. No puede hacer nada en temas de inmigración aquí.

—Joder, qué asco...

Grace y yo nos quedamos abrazadas unos minutos.

—Entonces ¿no vas a contárselo a Will?
—No. Conociéndolo, la liaría y David no se quedaría callado.
—¿Y qué vas a hacer con él?
Me encogí de hombros y me aparté de su cuerpo.
—¿Vas a dejarlo? —adivinó.
Parpadeé y un par de lágrimas silenciosas rodaron por mis mejillas.
—Creo que sí... —Hice una pausa para limpiarme el rostro—. Ahora mismo estoy enfadadísima con él. Después de todas nuestras conversaciones y de que supiese lo importante que era este libro para mí, me ha saltado y ha ido directamente a David. Como si mi opinión valiese menos que la cáscara de un plátano...
—Dios, es que no sé con quién estoy más enfadada. David ha sido un cabronazo épico, pero Will... ¿por qué coño le ha mandado el manuscrito a David en vez de a ti? —me preguntó molesta.
El cabreo de Grace sirvió para avivar el mío.
—Pues eso me gustaría saber a mí —le dije—. Se le ha llenado la boca diciendo que su editora era yo, y a la hora de la verdad acude a David.
—Ya... —Ella suspiró y me retiró un mechón de pelo de la cara con cariño—. Es que no te puedo decir nada porque yo me sentiría igual de frustrada si alguno de mis autores hiciese eso.
Saber que ella se lo tomaría igual me ayudó a sentirme comprendida.
—Todo esto hace un mes ya me habría dolido, pero al final habría sido salir malparada por culpa del ego de dos hombres y ya está. Pero que haya pasado justo ahora..., después de haberme liado con él, después de habéroslo presentado como mi novio..., lo hace todo mucho más doloroso.
Grace suspiró y yo continué:
—Will me ha hecho sentir como la becaria de la que se quejaba al principio y estas últimas semanas en su casa me he sentido todo lo contrario. Llegué a creer que me valoraba... No sé, Grace, me siento tonta y pequeña.
—No digas eso, anda.

—Encima ha puesto a Linda en copia...

—Uf, es que me imagino a David tan cabreado con eso... A ver, yo creo que Will la ha incluido en el correo para ayudarte, pero la ha cagado. Por eso y por saltarte de esa manera tan descarada.

—Yo quiero estar con alguien que me valore. Además, es que no puedo seguir con él y ocultarle lo que ha pasado.

En ese momento mi móvil, que estaba en la mesita, se iluminó con un mensaje.

—Es Will —le dije a Grace con los ojos clavados en la pantalla un instante más tarde—. Dice que ya han aterrizado y que tardarán hora y media en llegar, por el atasco. —La miré inquieta—. Habíamos quedado para cenar.

—¿Y qué vas a hacer? ¿Vas a romper con él ahora?

—Sí. —Me tragué un sollozo—. No quiero alargar lo inevitable.

—¿Estás segura? —me preguntó apenada. No insistió cuando me quedé callada—. ¿Has pensado lo que vas a decirle?

—No.

Ella se mordió el labio y suspiró.

—Yo te apoyaré en todo lo que decidas. Ya lo sabes. Pero tendrás que ser muy convincente para que él se crea lo que le digas. Porque yo, después de veros juntos el sábado, tengo claro que Will está tan coladito por ti como tú lo estás por él.

—Ya lo sé —contesté con un hilo de voz.

Una sensación de incomodidad me retorció el estómago.

—¿Sabes qué ayudaría a hacer tu actuación un poco más creíble? —Negué con la cabeza—. Que te lavases la cara y te pusieses guapa. Si Will te ve en chándal, con el moño despeinado y el rollo de papel higiénico bajo el brazo, no va a colar.

En cuanto Will me avisó de que estaban llegando, Grace bajó al portal para llevarse a Suzu por ahí. Después de meditarlo, había llegado a la conclusión de que no quería hablar con él ni en la calle, ni en un restaurante, ni en su casa. Estar en terreno conocido me daba una mayor seguridad.

Will llamó con los nudillos y yo observé mi reflejo en el espejo de la entrada. Me había maquillado para disimular que había llorado y me había puesto un conjunto beis de chaqueta y pantalón con el que me sentía a gusto.

Respiré hondo. Estaba nerviosísima. Conté mentalmente hasta tres y bajé el pomo.

Según abrí la puerta, Will dio un paso adelante y me vi catapultada contra su pecho. Él cerró los brazos a mi alrededor y me estrujó con fuerza.

—Joder, qué bien hueles —me dijo al tiempo que la puerta se cerraba detrás de él. Yo me quedé rígida. Me costó un triunfo no devolverle el abrazo—. No te pienso soltar en toda la noche, cariño.

Se me formó un nudo en la garganta al oírlo decir eso.

No quería llorar. Eso solo complicaría las cosas. Quería romper con él rápido, sin hacerle daño. Y también quería quedarme a vivir en ese abrazo y que no me soltase nunca, porque cuando lo hiciese, ya no me miraría con ternura.

Sabía lo que tenía que decir. Se lo había repetido a Grace diez mil veces y lo había ensayado delante del espejo. Era una frase de pocas palabras. Rompería con él y le daría una explicación falsa que le permitiría enfadarse conmigo lo suficiente como para seguir adelante con su vida. Al más puro estilo Edward Cullen en *Luna nueva*.

Había llegado el momento. Necesitaba recuperar el bolígrafo y remarcar de una vez la línea que nos separaba.

—Will... —Me aparté de él dando un paso atrás—. ¿Podemos hablar un segundo? —le pedí en tono neutro.

Ante ese gesto, él frunció el ceño.

—¿Pasa algo? —me preguntó con cautela.

Cogí aire de manera profunda, como hacía cuando iba al médico, y me prometí que, cuando lo soltase, se lo diría. Y eso fue lo que hice. Un corte limpio, como una guillotina.

—Quiero dejarlo —le dije inexpresiva.

—¿Qué? —Él parpadeó confuso.

—Que no quiero seguir adelante con la relación —repetí un poco más rápido.

—¿Por qué? —Me escrutó con la mirada en busca de una respuesta—. Antes hemos hablado y estabas contenta por lo de la película. ¿Qué ha pasado?

Esperaba que me hiciese esa pregunta y tenía la contestación preparada en la recámara.

—Lo que ha pasado es que he ascendido y ya no te necesito. Me lo han dicho después de hablar contigo.

—¿Que ya no me necesitas? —Will arrugó las cejas—. Raquel, ¿qué me estás queriendo decir?

Las mentiras burbujeaban en mi estómago, quemándolo como si fueran ácido.

—Lo que estoy queriendo decir es que estaba contigo para que escribieses el libro que yo quería y para que me diesen el puesto de editora —contesté lo más tranquila que pude—. Y ahora que lo he conseguido, ya no tengo ninguna razón para seguir contigo.

Will se quedó helado. Mi casa, de pronto, estaba tan fría como el despacho ártico de David.

—¿Me lo estás diciendo en serio? —preguntó.

—Sí.

Él parecía incrédulo, sorprendido y vulnerable. El silencio entre nosotros era ensordecedor, por eso oí a la perfección que inspiró con fuerza. Cerró los ojos un segundo y se pasó la mano por la cara. Cuando volvió a mirarme, la vulnerabilidad se había esfumado, dando paso a la irritación. Bien. Iba por el buen camino. Podía lidiar con un Will cabreado, pero no con un Will afligido. Tenía que hacer que se enfadase para que no llorase mi pérdida. Eso era lo único que me dejaba la conciencia un poco más tranquila.

Me interrogó con la mirada y yo traté de que mis ojos no demostrasen emoción alguna.

—No me lo creo —contestó desafiante.

—Solo necesitaba que entregases el manuscrito y que firmases el contrato con la productora.

Entrecerró los ojos llenos de sospecha un instante.

—Entonces, ¿tú... no sientes nada por mí? —me preguntó como si necesitase cerciorarse de que estaba entendiendo lo que ocurría.

—No. —Negué con la cabeza despacio—. Me lo he pasado genial, pero no siento nada romántico por ti. Lo siento.

Will retrocedió como si le hubiese abofeteado. Me obligué a aguantarle la mirada. Si la apartaba o si flaqueaba un segundo, se daría cuenta. Él se quedó un momento callado. Parecía estar en el mismo estado de *shock* que había estado yo en el despacho de David.

«Tú puedes. Tú puedes. Tú puedes», me repetí como un mantra.

Se pasó la mano por la barba de tres días y negó con la cabeza.

—¿Y todo lo que me dijiste en Yosemite de que te sentías igual que yo, qué?

Verlo así era demoledor. No quería hacerle daño, pero parecía que no iba a tener alternativa.

—Mira, Will, yo solo he hecho las cosas que tú querías para que colaborases conmigo. He ido a hacer senderismo a la montaña cuando odio el senderismo —aseguré—. Te declaraste y te seguí el juego porque estabas enfadado...

Will se tensó y endureció la mirada conforme mis palabras cumplían su cometido, y yo me forcé a añadir:

—Y cuando me pediste continuar la relación en Manhattan, hice lo mismo. Te he dicho siempre lo que querías oír.

Ahí venía el estallido que haría las cosas más fáciles.

Tres...

Dos...

Uno...

—¡¿Me has follado y has aceptado ser mi novia para conseguir un puto ascenso?! —preguntó elevando la voz.

La acusación en su mirada y en su tono dolían mucho más que todas las barbaridades que me había soltado David juntas.

—Sí. —Jamás me costó más pronunciar una palabra.

Esa palabra fue la que decapitó mi corazón fragmentándolo en dos.

Will me escudriñó durante unos segundos más y luego negó con la cabeza, como si no se pudiese creer lo que estaba sucediendo entre nosotros; me dejó claro con la mirada que nadie le había defraudado tanto como yo.

—Yo... ¡Joder! ¡No me lo puedo creer!

—¿Por qué te cuesta tanto creértelo? —le pregunté dejando salir mi frustración—. ¿No fuiste tú quien dijo que dos personas se conocían, follaban y luego si eso desarrollaban sentimientos? —No me contestó—. ¿Es que crees que yo no puedo follar contigo sin entregarte mi corazón?

Usar sus palabras contra él fue un golpe bajo.

—Creía que tú te sentías...

—Pues no —aseguré rotunda.

Fui testigo de cómo se rompía la fe que aún le quedaba en mí. Ver en su mirada lo traicionado que se sentía me dolió lo mismo que si me clavasen un puñal. La ansiedad me engulló y dejé salir con mentiras todo aquello que me estaba agitando:

—¡Aparca tu ego a un lado y asume que nos hemos acostado y ya está! —exclamé perdiendo los nervios—. Hemos sacado el libro adelante y lo hemos pasado bien, los dos hemos salido ganando con la situación. A mí solo me importa el libro —le repetí las mismas palabras que le dije al borde de la cascada—. Además, yo solo quería echar un polvo. Me oíste decírselo a mis amigas, ¿recuerdas?

Will asintió con los labios apretados. En su mirada solo encontré una palabra escrita: «Decepción».

«Ya está. Se lo ha creído».

Las manos habían empezado a temblarme y podían delatarme, así que me crucé de brazos. Cuanto más tiempo pasase Will en mi casa, más probabilidades había de que le confesase que todo era mentira. Mi cerebro escogió ese instante para recordarme las palabras de David que tanto me habían amargado:

«Te olvidará en dos páginas, como le pasó con su agente».

—Tengo un poco de prisa. He quedado —le dije con aspereza.

Él soltó aire por la nariz y puso una mueca desagradable.

—¿Has quedado para celebrar tu ascenso? —me preguntó con ironía.

Asentí. Ni siquiera encontré fuerzas para contestar.

Will dejó escapar una risa seca y sarcástica. Un sonido horrible que me perseguiría en mis pesadillas tanto como las siguientes palabras que pronunció:

—Eres lo peor que me ha pasado en la vida —declaró solemne—. Espero que no volvamos a cruzarnos nunca más. Y, si lo hacemos, ni se te ocurra mirarme a la cara.

Se dio la vuelta y giró el pomo.

—¡Que disfrutes del ascenso! —agregó con brusquedad—. Te lo has ganado.

Cuando cerró la puerta, sentí un dolor agudo partirme por la mitad. Había leído cientos de rupturas en los libros. Yo misma había pasado por varias. Pero nada de eso me había preparado para soportar el dolor que suponía romperle el corazón a una persona que te importa. No sabía que, al romper su corazón, destrozaría también el mío.

Conforme oía sus pisadas alejarse por el pasillo, me embargó una sensación de profunda tristeza. Mi corazón fragmentado se cayó por las escaleras, corriendo por alcanzarlo.

Me llevé las manos a la zona que me ardía del pecho, pero dio igual. El sollozo que llevaba un rato conteniendo salió de mi interior arrastrándose por mi garganta y provocando que se desperdigasen más lágrimas.

Caminé hasta el salón sujetándome el pecho vacío. Me asomé a la ventana mientras las lágrimas me empapaban el rostro. Lo vi cruzar la calle y marcharse a toda velocidad en dirección a la Novena Avenida. Ahora Will también pensaba lo mismo que David.

Llevaba toda la tarde sintiendo una mezcla de humillación y vergüenza que no entendía muy bien. Yo no había hecho nada de lo que avergonzarme, ¿verdad? Yo solo...

Yo solo me había enamorado como una tonta.

Ese fue mi momento.

Ese fue el preciso instante en el que me di cuenta de que lo quería. Quería a Will y por eso se había estropeado todo.

«Vas a estar bien. Vas a estar bien. Vas a estar bien».

Me senté en el sofá y lloré hasta que llegaron mis amigas.

—Nos hemos escondido detrás de un coche hasta que lo hemos visto irse —me dijo Grace sentándose a mi lado—. Hemos esperado unos minutos por si volvía.

—No va a volver —aseguré entre sollozos. Con esa certeza se me terminó de romper el alma.

Había estado enamorada otras veces. De personajes ficticios y también de personas reales. Will no era mi primer amor, pero sí era el primer hombre por el que lo había apostado todo. Era el primero al que le había entregado el corazón tan rápido. Y también era el primero al que le había roto el corazón de verdad. Me sentía una persona deleznable y egoísta.

—Le he roto el corazón. Lo he visto en su mirada. Se lo he roto. Soy una persona horrible...

—No eres horrible —dijo Suzu.

—Has hecho lo que tenías que hacer —apuntó Grace.

—Chicas, he perdido...

Había perdido por primera vez en mi vida.

—He perdido el corazón.

—Eso no es verdad —dijo Grace.

—Sí lo es.

Mi corazón estaba atado al suyo y él se había ido y se lo había llevado. Lo había arrastrado escaleras abajo sin darse cuenta. Y dolía. Mucho.

—Me ha dicho que soy lo peor que le ha pasado en la vida...

—Eso lo ha dicho sin pensar, seguro —aseguró Suzu.

Mis dos amigas estaban sentadas en el suelo, una me acariciaba la cabeza y la otra sostenía mi mano. Esa situación me hizo recordar el final desgarrador de *Querido corazón, ojalá no hubiese sido él,* en el que Jane les decía a sus amigas que sentía que su corazón se estaba muriendo.

¿Cómo era posible que Mia, sin apenas conocerme, hubiese sabido antes de tiempo cómo me sentiría?

—Por mi culpa vamos a tener que posponer la compra del sofá... —les dije.

—¿A quién le importa el sofá ahora? —cuestionó Suzu.

«A mí».

A mí me importaba. Quería el sofá nuevo y quería que Will se sentase a mi lado para oírlo criticar una película romántica. Quería que Will hubiese sido para mí.

En ese instante de pura tristeza caí en la cuenta de varias cosas:

Will se había ido odiándome.

Y jamás sería capaz de leer el final de su novela.

40

ENAMORADO (adj.): Palabra que desearía borrar del diccionario.

Engañado. Utilizado. Triste. Rabioso. Traicionado. Herido. Enamorado.

Así me sentía.

Joder. Estaba enamorado y ella acababa de dejarme.

El pecho me quemaba como si hubiese un incendio dentro. Caminé lo más deprisa que pude. Necesitaba alejarme de su casa a como diera lugar.

«He ascendido y ya no te necesito».

«Te he dicho siempre lo que querías oír».

«Aparca tu ego a un lado…».

Todas las cosas que me había dicho significaban lo mismo: «No te quiero».

Que mis sentimientos no fuesen correspondidos ya me hacía sentir mal, pero el nuevo giro de la trama había sido una puñalada dolorosa. No terminaba de procesar el hecho de que Raquel había estado conmigo solo por una promoción en el trabajo. ¿Cómo se podían tener tan pocos escrúpulos como para hacer eso y dormir tan tranquila por la noche?

Me sentía bastante gilipollas. Hacía unos días se me había ocurrido declararme a través de los capítulos finales del libro y resultaba que ella no solo no sentía nada por mí, sino que me había utilizado a su antojo y, cuando había conseguido lo que quería, me había tirado a la basura como si fuese una bolsa vacía de sus regalices.

La posibilidad que había imaginado de construir una relación con ella se había desintegrado. De nosotros solo quedaba la estela que había dejado la estrella fugaz. En menos de un parpadeo se perdería nuestro rastro en el cielo.

No me detuve hasta llegar al cruce con la Octava. Mis pensamientos eran un lío y saltaban de uno a otro sin control. No sabía adónde ir y acabé pidiendo un Uber al aeropuerto.

Una de las peores cosas que puedes hacer cuando te acaban de dejar es meterte en un avión. Especialmente si te acabas de bajar de otro.

Otra es pedirle a la azafata un whisky solo con hielo y bebértelo mientras embarcan los pasajeros de turista.

Lo único que me tranquilizaba en aquel momento era volver a Carmel. Esperaba que poner un país de por medio me ayudase a fingir que ella nunca había existido. Lo que no sabía entonces era que regresar a un lugar donde había pasado tantos buenos momentos con ella era, en realidad, lo peor que podía hacer.

Llegué a casa trece horas más tarde, después de una escala en Los Ángeles. La polución y el tráfico habían sido reemplazados por los árboles y el sonido del mar. Debería sentir familiaridad al volver a casa, pero no la sentí y sospeché que fue porque ella no estaba.

Estaba derrotado.

Sentía que llevaba demasiado tiempo viajando y no tenía una percepción clara del tiempo. El móvil indicaba que eran las diez de la mañana. Llevaba más de veinticuatro horas despierto. Me metí en la cama. Ese día eterno acababa por fin para mí. Hacía unas cuantas horas que Raquel ya había empezado un nuevo día en Manhattan sin mí. Ese pensamiento me hizo sentir fatal.

Pese a que estaba reventado, me costó muchísimo dormirme. Creía que metiéndome bajo unas sábanas conocidas volvería a sentir que todo se pondría en su sitio, pero no fue así. Echaba de menos sentirla junto a mí y la familiaridad de su cuerpo. Me había acostumbrado a dormir con ella. En ese momento, Percy saltó a la cama para saludarme. Estiré la mano para acariciarlo cuando dejó algo de un morado brillante a mi lado.

Era el coletero de Raquel.

Al cogerlo se me empañaron los ojos y me sentí estúpido por ello. No quería llorar por alguien que había prescindido de mí con tanta facilidad.

No entendía cómo podía haber pensado que tenía el corazón helado, ni tan siquiera dormido. El corazón lo tenía en llamas, ardiendo con intensidad. Ojalá lo tuviese congelado como los caminantes blancos, seguro que así no me dolería tanto.

Con ese triste deseo en la cabeza y con Percy acurrucado a mi lado me quedé dormido, pero desperté sobresaltado por una pesadilla horas más tarde. Parecía que estaba atardeciendo. Rodé sobre el colchón y atrapé el móvil de la mesilla de noche.

Eran las siete de la tarde y no tenía ni una notificación de Raquel. Dejé el teléfono en su sitio. Estaba sudando por culpa del mal sueño. Me llevé la mano al pecho y suspiré.

Mi corazón seguía carbonizándose.

Con el fin de distraerme de la sensación amarga que me deshacía el interior del pecho, cogí el portátil y me senté en el despacho.

No tenía ningún correo suyo, pero sí tenía uno de David, en el que me decía que ya se había leído el manuscrito. Según él, estaba perfecto y lo mandaba a corrección porque íbamos justos de tiempo. Si no hubiese sido por eso y porque no tenía ganas de hablar con nadie de la editorial, le habría dicho que quería cambiar el final. De pronto, no sentía correcto que Hunter tuviese un desenlace digno de cuento de hadas. La idea inicial que había tenido de matarlo en la batalla final recobró sentido, pero ya era tarde para cambiar lo que estaba escrito.

Cerré el correo y abrí mi programa de escritura. Si me centraba en una historia nueva, me distraería y dejaría de pensar en Raquel y en el daño que me había causado.

Por ella había hecho un millón de cosas que no eran típicas de mí, como retrasar la alarma, desayunar en Starbucks, probar restaurantes nuevos, cambiar los planes sobre la marcha o ver comedias románticas. Aunque lo menos típico de William Anderson que había hecho era enseñarle el despacho. Eché un vistazo a mi alrededor y me arrepentí: la recordé sentada en el borde la mesa, curioseando las estanterías, admirando los mapas y haciéndome el amor en el sofá que estaba a mi derecha.

Joder. Ahora ni siquiera ese espacio sagrado estaba libre de ella.

Un par de minutos después cerré el ordenador frustrado. No iba a poder escribir. Salí de ahí y me dirigí a la biblioteca. Atrapé mi edición del veinticinco aniversario de *Jurassic Park*, mi libro favorito, y me senté en el sillón junto a la ventana. Ya era de noche y no se veía la montaña. Abrí el libro por la primera página. En lugar de leer, clavé los ojos en la mesa que había comprado para ella y volví a dispersarme.

Los libros siempre habían sido mi lugar seguro.

Y ahora ese lugar seguro parecía que era ella. Había encontrado un hogar dentro de sus abrazos, calidez en sus besos y felicidad en el sonido de su risa.

Lo que nadie te dice cuando pierdes tu lugar seguro es que te sentirás desorientado y solo.

¿Cómo podía haber compartido detalles de su vida conmigo, enfrente de esa chimenea, y haberme dado la espalda así?

«Porque no te quiere».

Caí en la cuenta de que probablemente ese era el verdadero motivo por el que ella no había querido que nadie de la editorial se enterase de lo nuestro. Cuanto más lo pensaba, más sentido tenía. Si la gente descubría que solo había estado conmigo por ascender, podría haber dañado su imagen de cara a la galería.

Ese pensamiento era demasiado fuerte como para asimilarlo de golpe. Por eso bajé a la cocina y saqué una botella de Jack Daniel's del armario. Eso seguro que me ayudaría a olvidarla y a rebajar el escozor que palpitaba dentro de mi pecho.

Los días empezaron a confundirse unos con otros y se sucedieron en una cadena de beber, dormir y autocompadecerme.

Debería odiarla, pero no podía. Estaba demasiado enamorado.

El paso del tiempo se llevó la rabia y me dejó con la melancolía, la amargura y el arrepentimiento atormentándome.

Estaba triste.

Su recuerdo seguía presente en todas las partes de mi casa y su esencia se notaba en cada rincón. Si entraba en la cocina, recordaba la competición de perritos calientes. Si pasaba por el salón, la veía llorando en el sofá por culpa de la película romántica de turno. Si bajaba al gimnasio, la visualizaba haciendo yoga.

La echaba de menos de manera monstruosa y por cualquier tontería. Echaba de menos su risa, sus ideas, sus besos y lo bien que encajaba su cuerpo con el mío. También extrañaba su mal paladar para el café, que se dejase los cajones abiertos y su caligrafía horrorosa. Estar en casa con sus recuerdos dolía. Haber descubierto que en todos esos momentos había parte de mentira convertía cada uno de ellos en un puñal.

Contuve la tentación de llamarla un par de veces. A quien sí llamé fue a mi hermano. Una noche estaba sentado en el sofá, mirando la única foto nuestra que tenía, la que nos habíamos sacado en el puente de Bixby. Observé su cara mientras me emborrachaba, lo cual fue una decisión pésima, porque la añoré más que nunca.

Me había traicionado de la peor manera y seguía queriéndola. Querer ver a alguien que ya no forma parte de tu vida frustra. Había tenido varias novias, pero nunca me había sentido así con ninguna. Jamás me había abierto con nadie tan rápido. Estaba jodidísimo, y quizá ella estaba en una cita, disfrutando de su sábado noche.

La amargura del pecho me consumió y por eso llamé a Zac. Cuando me saltó el contestador, le dejé un mensaje.

—No tendrás un amigo cardiólogo, ¿verdad? —Arrastraba las palabras y se me enredaba la lengua al hablar—. Creo que me pasa algo en el pecho. Me duele... En realidad, creo que necesito un cirujano para que me opere el cerebro... porque me estoy volviendo loco... No quiero pensar en ella ni en si estará con otro... Yo solo quiero que deje de escocer...

Colgué porque se me empañaron los ojos.

Mi hermano apareció tres horas más tarde y me despertó dando voces.

—¿Desde cuándo estás aquí? —preguntó indignado a modo de saludo.

Parpadeé confundido. En algún punto debía haberme quedado traspuesto en el sofá.

—Desde el martes.

—Joder, Will... —Zac entró en el salón unos segundos después. Llevaba colgada del hombro la bolsa de deporte que solía cargar al hospital—. Madre mía. Estás en la mierda —observó.

Asentí. La cabeza me pesaba y estaba un poco lento. Me senté y atrapé la botella de la mesa. Después de servirme un vaso hasta la mitad, lo alcé en el aire, fingiendo un brindis imaginario, y bebí un trago de whisky.

Mi hermano suspiró y me preguntó:

—¿Has cenado?

Negué con la cabeza y él salió del salón.

Regresó poco después con dos recipientes de macarrones con queso precocinados y un vaso.

—Anda, sírveme uno a mí también. —Me tendió su vaso para que se lo rellenase. Y luego me lo intercambió por uno de los recipientes de macarrones—. Si vas a ponerte como una cuba, al menos come algo.

La situación era similar a las que se daban hacía unos cuantos años, pero los papeles estaban invertidos.

—¿Qué ha pasado?

—Raquel me ha dejado. Resulta que solo estaba conmigo por conseguir un ascenso. —Decirlo en voz alta me recordó lo viva que estaba la herida—. Y ahora que lo ha conseguido, pues… yo sobro en la ecuación.

Él abrió los ojos sorprendido.

—No puede ser.

—Pues es lo que ha pasado —confirmé—. Cortó conmigo en la puerta de su casa, justo después de que la ascendieran a editora, y se fue a celebrarlo con sus amigas.

—Joder, Will. Lo siento mucho. Yo creía que ella…

—Sí —lo corté derrotado—. Yo también lo creía, pero no.

Durante unos segundos comimos en silencio. Hasta que no me llevé el tenedor cargado de comida a la boca, no me di cuenta del hambre que tenía.

—Odia el senderismo y la llevé a Yosemite… Menuda cagada por mi parte, ¿no?

—Lo que le guste o deje de gustarle a ti te la tiene que pelar desde ya.

Cogí aire de manera profunda y, por primera vez, reconocí mis sentimientos en voz alta:

—Estoy enamorado de ella.

La compasión que vi en los ojos de Zac me cerró la garganta.

—Ya lo sé. —Me miró con cara de situación—. Sé que cuesta creerlo, pero se pasa —prometió.

En aquel momento, no me quedó más remedio que creerlo.

Una de las múltiples idioteces que hice aquellos primeros días fue abrir el grifo del agua caliente de la habitación de invitados. Me senté en el suelo mientras esperaba a que se empañase el espejo. Cuando conseguí mi objetivo, me incorporé para ver si había algún mensaje escrito. Me partió el alma ver que dos frases decoraban el cristal: «Solo es trabajo», rezaba una y «Tú puedes, Raquel», la otra.

Yo solo era trabajo.

Se me revolvieron las tripas y borré el mensaje con la palma de la mano. Horas más tarde, me arrepentí. Igual que me arrepentía de haberle dicho que era lo peor que me había pasado en la vida, porque no era verdad.

Los días se transformaron en semanas.

Seguí en mi línea. Me pasé la mayor parte del tiempo acompañado de una botella de whisky, alimentándome a base de macarrones con queso y sin ganas de hacer nada productivo.

Al principio bebía en un vaso y me molestaba en servirme un par de hielos. Cuando todos estuvieron sucios, empecé a beber a morro de la botella. No tener paciencia para lavar un vaso es un buen indicador para saber cómo de jodido estás.

Estaba deprimido.

Ni siquiera salía a comprar. Cuando mis existencias escaseaban, pedía por internet. Y cuando sentía que la casa se me caía encima, salía al jardín.

Abril acabó sin que me diese cuenta.

Me habría encantado encontrarme un correo suyo corrigiéndome alguna escena o diciéndome si le había gustado o no el final. Cualquier cosa que indicase que estaba viva me habría bastado, pero no volví a saber nada más de ella.

De quien sí tuve noticias fue de David. El día que me mandó la portada final sentí un mazazo en el pecho. Ese libro representaba todo lo que había creído tener con ella y todo lo que sentía por ella. Supongo que por eso mi reacción fue lógica: cerré el portátil y me emborraché otra vez.

Les dije a mis padres que estaba en Manhattan para no tener que verlos. Hice lo mismo con mis amigos. El único que conseguía colarse en casa era mi hermano. Su compañía y la de Percy eran las únicas que aceptaba.

Por si no había hecho el gilipollas lo suficiente, le pedí a Zac que me comprase el segundo libro de Mia Summers el día que salió a la venta. Tener en las manos un libro que había editado Raquel me hacía sentir más cerca de ella.

«Patético».

El libro estaba cargado de reflexiones sobre el amor y el desamor con las que me sentí identificado. Odié bastante a la autora cuando la pareja protagonista rompió. La noche que me lo terminé, me tumbé en el jardín a mirar las estrellas y me acordé de la noche que las vimos juntos en Yosemite. Deseé tener el giratiempo de Hermione Granger para volver atrás y revivir esos días con ella, y también para para pedirle un deseo a la estrella fugaz. Porque no lo hice y quizá, si lo hubiese hecho, ahora no estaría tan jodido.

—¿Tú crees que se estará follando a otro? —le pregunté a Zac en una de nuestras conversaciones telefónicas.

—Will, han pasado tres semanas, tienes que intentar pasar página —me pidió.

Hacía dos semanas que Zac me había prometido que el enamoramiento desaparecería con el paso del tiempo. Quizá fuese así para otras personas, pero empezaba a sospechar que no sería mi caso. Se había caído el último pétalo de la rosa encantada y estaba condenado a vivir en ese estado para siempre. No había conseguido que Raquel me quisiera, pero yo estaría toda la vida enamorado de ella.

—Hoy me ha escrito David —le dije a mi hermano—. Me ha dicho que el libro ya ha ido a imprenta.

—¡Enhorabuena!

—También me ha dicho que tengo que ir a la editorial a firmar los ejemplares que ya ha comprado la gente en preventa.

—¡Mira qué bien! —me felicitó—. Un pasito más cerca de ser un best seller otra vez.

—No le he respondido todavía —contesté con un suspiro—. No tengo ganas de ir a la editorial y cruzármela.

—Will, ni de coña. —Él endureció el tono—. Vas a ir a esa editorial y vas a firmar esos libros como que me llamo Zachary Anderson.

No le llevé la contraria.

Al día siguiente, y en un plan claramente coordinado, Lucy y Matt irrumpieron en mi salón seguidos de Zac.

—Pareces un náufrago —me dijo mi amiga.

—Me cago en todo. —Oí a Matt maldecir al tropezarse con una botella vacía—. Casi me mato.

Cuando Lucy descorrió las cortinas del salón tuve que cerrar los ojos por culpa de la claridad. Después de acostumbrarme, apuñalé a Zac con la mirada.

—¿Por qué no subes a ducharte y afeitarte? —me propuso Matt.

—¿Por qué coño no me dejáis dormir? —les pregunté molesto.

Me dolía la cabeza y lo último que me apetecía era lidiar con tres pares de ojos que me miraban con lástima.

—Porque vamos a limpiar y a preparar la comida mientras te duchas —informó Lucy.

—No puedes seguir así. La autocompasión se acaba hoy —agregó Zac.

Tres segundos después, me rendí y subí las escaleras.

Ducharme me espabiló. Ponerme ropa limpia y afeitarme me hizo sentir mejor. Llevaba días sin mirarme al espejo. Las ojeras malva destacaban por encima de cualquier cosa. Cuando salí del baño, vi que alguien había pasado por ahí y se había llevado las sábanas.

Joder. ¿Tan mal estaba como para que me lavasen las sábanas?

Abrí la ventana de mi habitación y salí a la terraza. Corría una brisa ligera. El sol de mediodía me calentó la piel. Respiré hondo y cerré los ojos. Durante un rato me quedé ahí, de pie, disfrutando del rumor familiar de las olas. Por primera vez en semanas, conseguí despejar la mente. Zac tenía razón. La autocompasión había alcanzado el límite y eso tenía que acabarse. Tenía que hacer algo por cambiar mi situación. Una de las cosas buenas de tocar fondo es que no puedes hundirte más. A partir de ahí, las cosas tendrían que ir hacia arriba. La otra es que te das cuenta de quiénes son las personas que te ayudan a salir de las profundidades.

—¡Eh, capullo! —Zac me hizo un gesto con las pinzas desde la barbacoa—. ¡Venga, baja!

Cuando nos sentamos en la mesa para comer, Lucy sacó el tema del momento.

—Zac nos ha dicho que te han escrito de la editorial para ir a firmar los libros y que no has contestado.

Suspiré y asentí.

—Pues deberías responderles —apuntó Matt—. No puedes tirar tu carrera a la basura por una tía...

Volví a asentir en silencio. Por esos dos comentarios supe que mi hermano se lo había contado todo. Estaba seguro de que a mis amigos les habría molestado no haberse enterado de la ruptura por mí, pero no dijeron nada. Lo único que me pidió Lucy fue:

—Haz el favor de contestar a tu editor y decirle que estarás allí el día que te ha citado.

—No tengo ganas de encontrármela —confesé con los ojos clavados en el plato.

—Will, la gente que ha comprado tu libro con ilusión merece que se lo firmes —me recordó mi amiga.

—Lo sé. —Suspiré—. Luego le contestaré a David.

—Genial. —Lucy me sonrió mientras atrapaba una mazorca de maíz.

—¿Has empezado alguna historia nueva? —quiso saber Matt.

—No estoy inspirado para escribir algo nuevo —contesté con la verdad.

—Pues escribe sobre tus sentimientos, como hacías en la adolescencia —me propuso Zac.

Sopesé la idea unos segundos.

Escribir sobre cómo me sentía significaba escribir sobre ella. Quizá fuese el primer paso para soltarla y no permanecer abrazado a su recuerdo.

—Lo intentaré —prometí.

Esa noche volví al despacho y derramé sobre el papel todo lo que sentía.

Las dos semanas siguientes escribí muchísimo sobre mis sentimientos. Volví a correr por Point Lobos y a hacer la compra en Whole Foods, y, poco a poco, fui recuperando mi rutina. También visité a mis padres, quedé con mis amigos y cada día me sentía un poco mejor.

Y así, sin darme cuenta, una noche llegué a la fase de aceptación. Comprendí que era poco probable que volviese a enamorarme de otra persona, pero también recordé que mi vida no era solo estar enamorado.

La vida era más cosas.

Por eso, a la mañana siguiente, mientras desayunaba, reuní el valor que necesitaba y llamé a mi hermano.

—La chica que me comentaste. La de la fundación, ¿sigue…? —No sabía cómo preguntárselo.

—Sí —confirmó Zac—. Emma sigue queriendo que vengas a leerle tu libro.

Tragué saliva y asentí.

—Vale. Pues iré —aseguré—. Tú solo dime un día y una hora, y allí estaré.

Él suspiró agradecido.

—¿Qué te parece si vienes ahora? —me preguntó.

—Me parece perfecto.

Cuando colgamos, contesté el correo de David y le dije que iría a firmar los libros el día que me había pedido. Lo siguiente que hice fue comprarme el billete a Manhattan.

Ya era hora de retomar mi vida.

41

KARMA (n.): Lo que dice Taylor Swift que es tu novio y lo que te mereces.

Me pasé los quince días siguientes visitando a Emma en el hospital de Stanford.

—Katie estaría muy orgullosa de ti —me dijo mi hermano cuando salí de la habitación de Emma, después de la que sería mi última visita—. Muchas gracias por haberte prestado a esto.

Asentí sin contestar. Tenía un nudo en la garganta. Había terminado de leerle el libro y me había costado un poco despedirme de ella. De manera inevitable, esa situación había removido todo mi pasado.

—Le ha gustado mucho el final —le dije a Zac.

—No tenía dudas —aseguró—. ¿Vamos a la cafetería? Tengo un descanso y estoy muerto de hambre.

Seguí a mi hermano por los pasillos del hospital sumido en mis pensamientos. Raquel me había animado a visitar a Emma cuando se lo conté. Ella, sin saberlo, me había ayudado a sacar la mejor versión de mí mismo.

La cafetería estaba llena. Como siempre. Después de pedir, cogimos una mesa.

—Te vas mañana a Manhattan, ¿no? —Zac le dio un mordisco a su bocadillo de pollo.

—Sí.

—¿Nervioso?

—Un poco —concedí—. Es probable que me la encuentre y no sé cómo voy a reaccionar.

—Ya te digo yo cómo vas a reaccionar. La saludas, firmas los libros y te largas. No se portó bien contigo y no se merece otra cosa.

—Ya...

—Por cierto, ahora que estás mejor... —Zac habló mientras masticaba—. Quería pedirte una cosa.

—Claro. Lo que necesites.

—Me fui de Manhattan sin un teléfono y me preguntaba si podrías conseguírmelo.

—¿Quieres que te compre un móvil? —pregunté extrañado.

—No, idiota. —Se rio—. Quiero el de la rubia. El de Grace.

—¿Quieres el teléfono de Grace? —Arrugué las cejas—. Grace, la amiga de mi ex —apunté para clarificar.

Zac asintió con una sonrisa de oreja a oreja.

—Ni hablar. —Negué con la cabeza—. Raquel me mataría si se enterase. No. Búscate a otra.

Me observó de manera calculadora unos segundos antes de decir:

—¿Y su Instagram? —insistió—. ¿Lo tienes?

Le di un trago a la Coca-Cola para no contestar a esa pregunta. Grace me siguió el día que nos conocimos, y yo la seguí a ella. Pero llevaba más de un mes sin entrar en esa red social, así que no sabía si me había bloqueado o eliminado.

—Sí que lo tienes —contestó mi hermano triunfal mientras se sacaba el móvil del bolsillo de la bata—. Estoy seguro.

—No la líes, por favor —fue lo único que le pedí.

Dos días más tarde, al pasar el control de acceso de la editorial, me inquieté un poco.

Iba a verla. Después de casi dos meses.

No estaba preparado y, aun así, tenía que hacerlo. Confiaba

en que verla una última vez me diese el cierre que necesitaba para poner punto final a nuestra historia.

Me sorprendió que viniese Grace a buscarme a recepción en lugar de David. Y también me defraudó, porque esperaba que hubiese acudido Raquel a mi encuentro. Una parte de mí se moría por verla.

—¿Qué tal está, señor Anderson? —Grace me estrechó la mano.

No había ni rastro de la Grace amigable que había conocido meses atrás. Delante tenía a una mujer que no parecía entusiasmada de verme.

—Bien, ¿y usted?

—Yo genial, como siempre.

La sonrisa que me dedicó fue tan falsa que hasta el chico que estaba detrás del mostrador nos observaba incómodo.

—Si me acompaña, por favor. —Grace señaló la puerta que teníamos delante.

La seguí hasta la planta superior. Entramos en una sala que estaba repleta de copias de mi novela.

—Pues aquí están los mil ejemplares —me informó Grace en tono neutro—. David está reunido, pero le verá luego para cerrar quién moderará la presentación del libro. Creo que lo acompañará Allison, la editora nueva.

—¿Y Raquel? —pregunté de pronto—. ¿No va a venir a la presentación? Ella editó el libro.

Grace endureció la mirada y soltó aire por la nariz.

—Eso no va a ser posible.

—Supongo que con su nuevo puesto se ocupará de cosas más importantes —dije con acidez.

Ella se envaró y su contestación no se hizo esperar.

—No veo por qué debe importarle lo que haga o deje de hacer mi amiga. Limítese a firmar los libros y ya está. —Hizo un amago de irse y se detuvo en el último momento—. Y dígale a su hermano que deje de ponerme corazoncitos en las historias de Instagram. Muchas gracias.

«¿Por qué es tan borde conmigo?».

—Grace...

—Señorita Harris para usted —me interrumpió con una mueca. Seguidamente, cerró la puerta y nos quedamos dentro, a solas.

Fui yo el primero en pasar de los formalismos.

—¿Por qué me tratas así? —le pregunté sorprendido—. Te recuerdo que fue ella la que me dejó a mí. Soy yo el que debería estar enfadado.

Grace resopló y se cruzó de brazos.

—¿Por qué le mandaste el manuscrito a David? —Sonaba irritada—. ¿Es que eres idiota o qué?

La miré sin comprender.

—No. No soy idiota —aseguré.

Ella me aguantó la mirada. Parecía molesta. Tres segundos después suspiró cansada.

—A ver, ¿tú la quieres? —me preguntó impaciente—. Porque, si la quieres, te puedo contar una cosa, pero, si no la quieres, limítate a firmar los libros y punto.

—¿Que si la quiero? —pregunté estupefacto.

—La pregunta se responde con un «sí» o con un «no».

—Pues claro que la quiero, Grace. Estoy enamorado de ella.

La tensión, que hasta entonces se cortaba con cuchillo, se disipó cuando Grace me sonrió emocionada.

—¡Bien! —dijo complacida—. Eso es lo que esperaba oír. Siéntate, anda.

Lo hice y ella acercó una silla a la mesa para colocarse a mi lado.

—Te lo voy a contar y ella me matará por hacerlo. Asegúrate de que la foto de mi esquela en el periódico sea bonita, ¿vale? —me pidió con dramatismo.

—Grace, al grano, por favor. —Estaba ansioso.

—¿Recuerdas cuando viniste con los cafés? —Yo asentí a modo de respuesta—. Pues ese día David se enteró de que estabais juntos. Os vio besaros en la calle.

—Joder.

Ella no me dio tiempo a asimilar la noticia y continuó:

—Y luego tú fuiste cero discreto apareciendo por aquí con los cafés y enviándoles el correo con el manuscrito a David y a Linda.

—¿Qué tiene eso de malo?
—Pues que te la saltaste, como si no te importase su opinión, y la hiciste sentir una mierda.

Se me retorció el estómago de manera desagradable.

—Pero yo solo lo hice...
—Y pusiste en copia a la jefa suprema —me cortó.
—Claro, porque quería asegurarme de que Linda se enteraba de quién había hecho el buen trabajo. Raquel se merecía el ascenso y al final lo consiguió, ¿no? Además, no se lo envié a ella porque con los últimos capítulos me estaba declarando. Quería que se enterase de lo que siento por ella a través del libro. —Le di un golpecito a uno de los ejemplares que descansaba en la mesa—. Era una sorpresa.
—¿De verdad? —Grace dio un saltito en su silla—. Joder, Will, ¡qué romántico!

Empezaba a entender por qué ella y Raquel eran tan amigas.

—¡Ay! Es que estoy deseando hacerme una camiseta en la que ponga: «Wichel» —Me sonrió enternecida.
—¿Qué?
—Wichel es vuestro nombre de pareja —me explicó como si fuese idiota—. Os lo puse yo.
—Suena horrible...
—Es verdad. Debería llamaros «Wiquel», porque ella nos ha pedido que la llamemos Raquel.

Saber eso me hizo sonreír. Siempre me había dado pena que no usase su nombre solo para que la gente no se confundiese.

—Vale, a ver, yo te perdono, pero no puedo hablar por ella... Deberías decirle lo del libro. Le hiciste mucho daño.
—¿Yo a ella? —pregunté ofendido.
—Le dijiste que era lo peor que te había pasado en la vida y la pobre mía estuvo días llorando.

Se me encogió el alma. Odiaba haberla hecho llorar.

—Te recuerdo que fue ella la que me utilizó a mí.
—¡Ah! ¡Que todavía no te he contado lo más importante! Por favor, no grites y no la líes —me habló como si yo fuese un perro revoltoso—. Tú intenta recordar que mi trabajo está en juego, ¿vale?

Por su cara supe que lo que iba a escuchar no me gustaría un pelo.

—Cuando estabas volviendo de Los Ángeles, David la obligó a dimitir.

—¿Qué? —Me quedé atónito.

—Al parecer, Linda se leyó el manuscrito y quería que Ray ascendiera y se encargase de la parte romántica de todas las novelas que editase David. A él eso no le hizo ni pizca de gracia y la despidió.

El corazón se me aceleró. Tenía la sensación de que lo peor estaba por venir.

—La amenazó y le dijo que, si te lo contaba, hablaría con todos sus contactos y arruinaría su reputación para que ella no volviese a trabajar en su vida.

La bilis se me subió a la garganta haciendo que la incomodidad que sentía se transformarse en mosqueo.

—Y también le dijo que tú te olvidarías de ella porque ella no es más que un capítulo de relleno en tu vida...

—¡Lo mato! —Me levanté de un salto—. ¿Está en su despacho?

—Está en el de Linda.

Rojo. Veía rojo.

Los dos últimos meses habían sido una pesadilla y resultaba que el problema había sido David. ¿Cómo no lo había visto antes?

Salí de esa sala hecho una furia y atravesé la planta con decisión. Oía los tacones apresurados de Grace detrás de mí. Jamás había estado tan cabreado como en aquel momento. Abrí la puerta del despacho de Linda de malas maneras y sin llamar. Ella y David se sobresaltaron.

—¡Eres un cabronazo!

—¿Cómo dices? —David me miró confuso.

Me adentré en la estancia y lo señalé con el dedo.

—Debería partirte la put...

—¡Will! —Grace me retuvo del brazo.

—No merece la pena —añadió Suzu, que había aparecido de la nada, probablemente alertada por el revuelo que se había montado mientras cruzaba la planta.

Ni siquiera les contesté. Estaba ocupado fulminando a David con la mirada. Las llamas de mi interior me pedían que arrasase con todo.

—¿Qué está pasando aquí? —Linda se puso de pie.

—¡Cuéntaselo! —escupí colérico—. ¡Cuéntale que despediste a Raquel y que la amenazaste con destruir su carrera!

David ni se inmutó cuando respondió:

—La señorita García tuvo una conducta muy poco profesional y dimitió ella misma.

—¡Eres un puto mentiroso! —Di un paso adelante y David se levantó.

Su cara parecía decir: «Venga, pégame. Estoy deseando demandarte».

Entrecerré los ojos y estudié su expresión calculadora. En lugar de hacer lo que me habría encantado, respiré hondo.

—Esta sabandija —señalé a David con el dedo— obligó a Raquel a dimitir por estar conmigo —le informé a Linda—. No sé cuál es la política de la editorial al respecto ni me importa, pero amenazar a una empleada con esparcir rumores sobre ella me parece una auténtica vergüenza.

—David, ¿es eso cierto? —Su jefa parecía sorprendida.

—Linda, no sé de qué está hablando —empezó David, luego se dirigió a mí—: Deberías calmarte. Yo no tengo la culpa de que Rachel te haya dejado.

—¡Se llama Raquel, gilipollas! —grité cabreado—. ¡No es un nombre tan difícil de pronunciar!

—Lo que dice Will es verdad. —Grace se adelantó y se colocó a mi lado.

—Linda, que sepas que la amenazó porque no soportaba que quisieses ponerla a trabajar con él —le dijo Suzu a la directora editorial.

—Todo eso son patrañas.

—No lo son. Llevas años tratándonos fatal a todas —apuntó Grace—, pero luego delante de Linda y de otros jefazos escondes la cabeza y eres amable.

Me pasé la mano por la cara frustrado. Todo eso era increíble.

Estaba tan furioso que quería salir de ahí antes de hacer una tontería.

—Linda, lo siento, pero como autor no me siento cómodo trabajando aquí... —le informé lo más tranquilo que pude. Ella no tenía culpa de nada. Después, me giré hacia David y utilicé un tono mortífero para decirle—: Como me entere de que le has hablado a alguien de Raquel, le contaré a todo el mundo lo que has hecho y, entonces, el que no volverá a trabajar serás tú —puntualicé—. De hecho, ahora mismo voy a ir a contarle todo esto a Recursos Humanos. Espero que tengas el despido que te mereces.

Sin decir nada más, abandoné la sala.

—Will, espera —me pidió Grace.

—Vamos contigo —dijo Suzu—. No creo que puedas denunciarlo. Tendremos que hacerlo nosotras.

Me paré en seco y me di la vuelta. Estaba muy agitado como para pensar de manera racional, supongo que por eso señalé a Suzu y le dije:

—¡Tú! ¿No querías montártelo por tu cuenta?

—Sí. —Asintió ella.

—Pues contratada. Te doblo el sueldo.

—¿En serio?

—Sí. ¿Cuándo puedes empezar?

—Ya mismo —afirmó ella con una sonrisa.

—Perfecto, pues consígueme otra editorial para publicar mis siguientes novelas, por favor.

—Eso está hecho. —Suzu se me acercó y me estrechó la mano.

—Todo esto es precioso, pero hay otra cosa que tienes que saber —intervino Grace—. Raquel tiene ya el billete de avión para marcharse.

—¿Qué? —Me embargó una sensación de horror que se impuso al enfado.

—Se le acaba el permiso de residencia y no ha encontrado otro trabajo —me explicó Grace entristecida.

«Joder. No. No. No».

Me sentí mareado al recibir esa noticia.

—Vuelve a España dentro de cinco días —apuntó Suzu.

42

AMOR (n.): Emoción que hace que tu corazón se tire por un acantilado.

«Ya te llamaremos».
Esa era la frase estrella que estaba cansada de escuchar. Llevaba casi dos meses buscando trabajo, sin éxito. Aunque no podía demostrarlo, estaba segura de que David me había estropeado varios procesos de selección cuando lo habían llamado para pedirle referencias.

Faltaban cinco días para mi vuelta a España y aún no había asimilado que estaba a punto de cerrar esa etapa. Por ese motivo, llevaba toda la mañana con el móvil en la mano. La tarde anterior había ido a una entrevista de trabajo en Wonderland Books, la editorial en la que siempre había querido trabajar. Esa era la última oportunidad que tenía para poder quedarme en Estados Unidos. Me había entrevistado la propia Nicole Watson. La entrevista me había salido genial y estaba esperanzada. Claro que yo siempre creía que las entrevistas me habían salido bien y luego nadie me llamaba.

Mi familia estaba deseando que pasasen los días para tener a «la niña» de vuelta en casa. Tenía muchas ganas de verlos y siempre los echaba de menos, pero no quería volver de manera permanente. No quería renunciar a todo aquello por lo que había luchado ni a la vida que había construido en Manhattan. Esa ciudad me había visto madurar y crecer como persona, y había sido muy feliz allí.

No quería marcharme.

Entre otras cosas porque irme significaba escribir la palabra «fin» en la historia con Will. Y en el fondo no estaba lista para enfrentar esa realidad. Los primeros días tras la ruptura fueron horribles, pero me obligué a seguir adelante porque necesitaba encontrar trabajo. Había centrado mis esfuerzos en eso y me había refugiado en el cariño de mis amigas. Y ahora que la posibilidad de quedarme en Nueva York empezaba a desdibujarse de mi futuro, el corazón me pedía llorar la pérdida del hombre que seguía queriendo. Día tras día luchaba por no derrumbarme, pero incluso en los buenos momentos con mis amigas él conseguía colarse en mi cabeza para recordarme lo mucho que lo echaba de menos y lo que dolía su ausencia. Mi fortaleza mental estaba al borde del derrumbe y el silencio pesaba más que nunca.

Estaba deseando que entrase por la puerta con un café y quedarme ensimismada mirando el trocito marrón que resaltaba en sus ojos. Pero sabía que eso no iba a suceder, que de un momento a otro me desmoronaría, y no estaba preparada para enfrentar el vacío que reinaba en mi corazón desde que él se había ido.

Suspiré y observé la pantalla del móvil.

Me moría por llamarlo, aunque fuese para escuchar uno de sus eternos resoplidos. Hasta eso echaba de menos. Quería montarme en un avión e ir a buscarlo. Me había imaginado el reencuentro cientos de veces. Había fantaseado con que le contaba la verdad y él me decía que me quería, pero también me había torturado pensando en que ni siquiera me abriría la puerta.

Aunque una parte de mí creía que había hecho lo correcto, otra seguía sintiendo náuseas al recordar la última mirada de decepción que me echó antes de marcharse. Un puñado de palabras habían bastado para que se abriese un mundo entre nosotros. Recordar todo lo que le dije era lo que me convencía de que, después de eso, él jamás vendría a buscarme. Era imposible que no hubiese seguido adelante.

No. No podía llamarlo.

Aquello era la vida real. Y en la vida real no habíamos superado el conflicto. Después de todo parecía que, a diferencia de los personajes de su libro, nosotros no estábamos destinados a estar juntos.

Entrada la tarde me sonó el móvil. Me saqué el teléfono del bolsillo a la misma velocidad que los vaqueros del Oeste se sacaban la pistola. La llamada provenía de un número desconocido.

—¿Diga?

—Hola, Raquel. —Me puse nerviosa en cuanto reconocí la voz de Nicole—. Sé que te dije que tomaríamos la decisión la semana que viene, pero no quería empezar el fin de semana sin darte la enhorabuena. El puesto de editora es tuyo.

—¿De verdad? —Me falló la voz en solo dos palabras.

—Sí. Tu candidatura es la que más nos ha gustado. Creo que encajarás genial con el equipo. Recursos Humanos te mandará el contrato el lunes y te incorporarás a finales de la semana que viene. Y por la *Green Card* no te preocupes. He hablado con nuestros abogados y empezaremos los trámites en cuanto firmes.

—¡Muchísimas gracias por la oportunidad, Nicole! —Estaba visiblemente emocionada—. Es un honor poder trabajar con alguien a quien llevo admirando tantos años.

—El placer es mío... Bueno, ahora sal a celebrarlo y disfruta del fin de semana, ¿vale?

—Vale. Igualmente.

En cuanto colgué, me dejé caer en el sofá y lloré como un bebé. El cansancio acumulado brotó al exterior en forma de lágrimas. Llevaba dos meses sintiendo que vivía a contrarreloj y ahora, cuando creía que todo se acababa para mí en ese país, se abría un camino nuevo.

En ese momento, oí la cerradura de la entrada y entraron mis amigas.

—¡Chicas! —Me levanté sollozando—. ¡Me han dado el trabajo en Wonderland!

Las dos chillaron a la vez. Nos encontramos en mitad del pasillo y nos abrazamos.

—¡Ay, por Dios, que te quedas!
—¡Y vas a cumplir tu sueño de trabajar con Nicole!
—¡No me lo creo todavía!

Nos sentamos en el sofá y les conté con pelos y señales la conversación con Nicole y las buenas vibraciones que me transmitía mi nueva jefa.

Hacía meses que no me sentía así de contenta, pero me faltaba algo. Lo del trabajo se había solucionado casi en el último momento, pero lo de Will nunca lo haría. Aunque me encantaría llamarlo y confesarle que todo había sido una mentira, no podía hacerlo. Ahora sí que no podía arriesgarme a que David llamase a Nicole y consiguiese que no me contratasen. La sensación de felicidad dio paso a una agridulce.

—Os invito a cenar para celebrarlo —les propuse a mis amigas.

—No podemos, Ray —me dijo Grace—. Tenemos la cena de verano de la editorial.

—Ah..., vale. —Me sorprendió no haberlo sabido hasta ese momento—. Mañana, entonces.

—Sí, mañana —prometió Suzu—. Bueno, ahora que ya podemos respirar tranquilas... Nosotras también tenemos que contarte una cosa.

—Hoy hemos visto a Will en la editorial —soltó Grace—. Ha venido a firmar los libros.

Al oír su nombre se me contrajo el estómago.

—Y... ¿cómo estaba? ¿Os ha preguntado por mí?

—No —contestó Grace tajante—. Ha firmado los libros y se ha ido. De hecho, ha sido muy borde conmigo. Yo creo que te guarda bastante resquemor y por consiguiente nos odia a nosotras también.

Asentí en silencio y recordé sus últimas palabras:

«Eres lo peor que me ha pasado en la vida. Espero que no volvamos a cruzarnos nunca más».

El malestar volvió a mi estómago.

—Dentro de un rato va a presentar la novela en el programa de Fallon —me informó Suzu.

—¿Ah, sí? —pregunté fingiendo indiferencia—. Bien por él... —No sabía qué más decir.

—Te he traído una copia de su libro. —Grace sacó un sobre de su *tote bag* y me lo entregó—. Como lo has editado tú, he pensado que te gustaría tenerlo.

—Gracias.

Lo cogí con un nudo en la garganta. Después del daño que le había hecho, jamás sería capaz de leer el final.

—Pues nosotras tenemos que irnos ya. —Suzu se levantó—. Ni se te ocurra ver el programa de Fallon, ¿eh?

—Eso. No lo veas, por favor —me pidió Grace—. ¡Que se joda y tenga un espectador menos!

—Tranquilas, no voy a verlo —aseguré.

Aunque me moría por ver a Will, eso sería demasiado doloroso y mi corazón no lo soportaría.

—Si necesitas algo, nos llamas.

—Nos vemos luego. —Me despedí con la mano.

Cuando cerraron la puerta, fui a mi habitación y guardé el libro en un cajón de la cómoda. No estaba preparada. Me mataría leer cómo en la ficción los personajes habían acabado juntos y nosotros en el mundo real no.

A las ocho menos cinco ya estaba en el sofá con una bandeja de *sushi* que había pedido a mi restaurante japonés favorito y con los nervios sentados a mi lado. En cuanto aparecieron los créditos iniciales del programa de Jimmy Fallon, me removí en el asiento.

—¡Nuestro invitado de hoy es uno de los escritores más importantes del país! —empezó Jimmy—. ¡Es el autor de una de las sagas top ventas internacional! ¡Su última novela sale la semana que viene y algunos dicen que es demasiado guapo para ser escritor! Por favor, saludad como se merece a... ¡William Anderson!

La cámara se desplazó a la izquierda y Will entró en el plató mientras la gente allí presente chillaba y aplaudía.

Me quedé sin aliento. Era la primera vez que lo veía desde la ruptura. Se había puesto un traje negro, llevaba la americana abierta y debajo de ella se veía una camiseta blanca. Saludó al público con una sonrisa. Parecía encantado con la atención.

Jimmy y él se estrecharon la mano y se abrazaron.

—¿Qué tal estás? —le preguntó Jimmy cuando tomaron asiento.

—Muy bien. —Will sonrió.

El corazón se me retorció. Su manera calmada de hablar seguía poniéndome los pelos de punta. Le enfocaron más de cerca y me percaté de que tenía el pelo más largo. Se lo habían peinado hacia atrás, pero un rizo rebelde adornaba su frente. Estaba guapísimo.

El presentador le hizo un par de preguntas de cortesía y ordenó algunas fichas en el escritorio antes de empezar a preguntarle por la novela.

—Jimmy, si no te importa, antes de entrar en materia me gustaría darle las gracias a Raquel García, mi editora.

El estómago se me puso del revés y me enivaré por la sorpresa.

Jimmy le hizo un gesto con la mano y Will centró los ojos en la cámara.

—Raquel, gracias por haberme hecho recordar por qué soy escritor. Había olvidado que lo que verdaderamente me motiva es crear y compartir historias, no querer ser el mejor. Me has ayudado a entender la perspectiva femenina y a reflejar lo que siento... Este libro no habría sido posible sin ti.

—Pues un aplauso para la editora de Will en nombre de todos —agregó Jimmy.

El público me aplaudió. A mí.

Pasados unos segundos, volvieron a la entrevista.

—Me han chivado que el lunes es tu cumpleaños... —comentó Jimmy, y Will asintió—. Y sé que has recibido ya un regalo por adelantado. La crítica te ha puesto por las nubes.

Jimmy levantó el último número de la revista *Publishers Weekly*. En la portada salía una foto de Will junto al titular: «William Anderson: La nueva voz de la novela romántica».

La noticia que aplaudía el público me había dejado asombrada. La última semana había evitado leer nada que tuviese que ver con el mundo literario precisamente por no encontrarme ese tipo de artículos. Las reseñas que salían en esa revista para editores solían marcar lo que sucedería con un libro.

Si la novela de Will estaba siendo aclamada por la crítica significaba que, dentro de unos días, su libro encabezaría la lista de los más vendidos de *The New York Times*. Hice una búsqueda rápida en el móvil y el corazón se me aceleró de la emoción. Las principales publicaciones literarias tenían a Will en portada.

—Te leo algunas cosas que se están diciendo de tu libro —prosiguió Jimmy—. «William Anderson: el autor best seller de fantasía entra por la puerta grande en la novela romántica».

Will sonrió y yo me emocioné.

—«*Escrito en las estrellas*, la novela romántica de Anderson, conquistará hasta al más cínico» —leyó Jimmy—. Bueno, enhorabuena, Will. Este libro promete marcar un antes y un después en tu carrera. Parece que vas a cumplir todo lo que prometiste cuando viniste hace unos meses. Aclamado por los críticos de todo el país, esto pinta que va a ser un éxito.

El presentador sacó un ejemplar y lo colocó en la mesa.

—¿Cómo ha sido el proceso de escribir tu primera novela romántica?

—Empezó siendo muy frustrante y ha terminado siendo divertido. Creo que mi humor ha ido cambiando conforme lo hacía el de los protagonistas.

—La primera vez que visitaste el programa te pregunté quiénes eran tus autores de fantasía favoritos. Ahora quería preguntarte si has tenido algún referente romántico.

—Mmm… pues creo que ahora mismo mi autora de romance favorita es Mia Summers. Me leí el mes pasado la segunda parte de su trilogía y estoy deseando que salga la última.

¿Will se había leído la segunda parte? ¿Por qué?

—Me encantan sus descripciones y las dinámicas que construye con sus personajes.

Que un autor tan importante como él dijese eso en un programa que estarían viendo millones de personas significaría mucho para las ventas de Mia.

—¿Qué planeas escribir ahora? ¿Otra novela romántica o volverás a la fantasía pura y dura?

Will se pasó la mano por la cara y mi corazón terminó de acelerarse al ver que llevaba mi coletero en la muñeca. Eso tenía que significar algo, ¿verdad?

—Pues, si te soy sincero, no tengo ni idea —contestó Will—. Es la primera vez que no tengo un plan. Escribiré lo que surja.

—Volviendo a tu libro, ¿cuál es tu parte favorita?

—El final, sin duda —respondió Will—. La escena en la que aparece el elefante rosa es mi favorita.

«¿Qué? ¿Eso era por mí?».

—¿Elefante rosa…?

No llegué a escuchar el final de la pregunta porque corrí a mi habitación. Saqué el sobre del cajón y lo abrí. El libro tenía un pósit amarillo pegado encima. Reconocí la caligrafía simétrica y redondeada de Will.

No sé si lo nuestro está escrito en las estrellas, pero sí está escrito en este libro

Tragué saliva, intentando mantener mis emociones a raya, y lo abrí. Debajo de la dedicatoria que Will siempre incluía para su hermana había otra escrita a mano:

Escribí las novelas anteriores para mi hermana y esta, sin darme cuenta, la he escrito para ti

Sin perder un segundo, pasé las páginas hasta los capítulos finales.

Me reí y lloré mientras leía. En esas páginas estaban los sentimientos de Will, sus miedos, sus anhelos y también nuestro amor. Los rasgos de los personajes, su manera de relacionarse y de decirse «Te quiero» sin decirlo nos reflejaban a nosotros. Había mil y un detalles que reconocía como nuestros.

Cuando terminé, estaba hecha un manojo de emociones, pero había una que imperaba por encima del resto: las ganas de verlo. Lo llamé por teléfono, pero no respondió.

¿Qué podía hacer?

¿Correr hasta el plató y declararme en la puerta del edificio Rockefeller como en una película romántica?

Sí.

Eso era lo que pensaba hacer.

Si corría lo bastante rápido, podría llegar en diez minutos.

Él había tenido un gesto romántico increíble. Ahora me tocaba a mí.

Quería mi final feliz y pensaba ir a por él.

Salí corriendo de mi habitación con la sensación de vértigo agitándome el estómago y con su libro apretado contra el pecho. Después de calzarme a toda prisa, abrí la puerta de un tirón y el corazón se me detuvo un instante.

—¿Will? —Abrí los ojos sorprendida de verlo ahí.

Al tenerlo delante confirmé lo que ya sabía. Lo quería. Mucho. Sus ojos no se despegaron de los míos. Había echado mucho de menos su manera intensa de mirarme. Will llevaba la misma ropa que le había visto en la televisión, la camiseta se le había salido del pantalón. Estaba despeinado y parecía acalorado.

Pasó un segundo entero y, entonces, los dos hablamos a la vez:

—¿Qué haces aquí? —pregunté yo.

—Me voy... contigo —contestó él—. Puedo escribir... desde cualquier...

El corazón empezó a retumbarme dentro del pecho con golpes sordos. Me hizo un gesto con la mano para que le diese un momento. Lo observé atónita mientras recuperaba el aliento.

—¿Has venido corriendo?

—Sí... Joder..., casi me atropellan. Dame... un segundo.

La imagen de él corriendo por el centro de la ciudad me provocó una sacudida en el pecho.

—Grace me lo ha contado todo esta mañana —dijo poco después—. Lo de David y el despido, y también me ha dicho que te vuelves a España en unos días.

—Will...

—No, escúchame, Raquel —me pidió nervioso—. Ya lo he decidido. Puedo escribir desde allí. Me da igual. Yo solo quiero estar contigo.

«Ay, Dios mío. ¿Qué?».

Eso sí que era tirarse desde un acantilado sin dudar. Me quedé conmocionada por sus palabras, por la urgencia con la que las había pronunciado, y fui incapaz de contestar.

—Te he traído esto. —Alzó una caja rectangular que llevaba una rosa atada encima con un lazo.

—Pasa. —Me hice a un lado para dejarlo entrar.

Dejé su libro en el mueble de la entrada y cogí lo que me entregaba.

—Les he dicho que no pusieran esa cursilada, pero no me han hecho caso —aseguró mientras yo quitaba el lazo rosa.

—Vale. —Abandoné la cinta en el mueble y acaricié los pétalos de la rosa. Acto seguido, levanté la tapa de la caja y mi corazón se derritió de amor—. ¿No decías que tú no eras de flores y bombones?

—No son bombones —se justificó—. Son fresas con chocolate, que no es lo mismo.

—Claro. —Lo miré conteniendo la sonrisa.

—La rosa es preservada, me han dicho que a esas no se les caen los pétalos.

El estómago me dio una voltereta ante esa confesión.

«¿Se puede ser más tierno?».

Me moría por besarlo, abrazarlo y decirle cuánto lo quería. Pero, en lugar de hacer eso, le dije:

—He leído el final.

Will tragó saliva.

—¿Te ha gustado? —me preguntó vacilante.

Respondí con otra pregunta:

—¿Estás enamorado de mí?

—Profundamente. —Asintió con la cabeza, y se me empañó la mirada—. Te quiero, Raquel.

Llevaba meses fantaseando con escuchar esas palabras.

—Yo también.

—Venga ya... —se quejó él—. Eso no vale.

Se me escapó una risita mientras me limpiaba las lágrimas.

—Yo también te quiero —confesé con el corazón en la garganta.

La tensión abandonó su cuerpo en ese instante. Soltó el aire que estaba reteniendo y me sonrió con la mirada. Sus ojos me hablaban y yo los entendía. Estaba tan contento como yo.

—Eso está mucho mejor. —Se acercó a mí despacio. Me estremecí cuando me acarició la mejilla con suavidad—. ¿Por qué lloras?

—Porque yo... siento mucho todas las mentiras que te dije. No las pensaba. —Negué con la cabeza y más lágrimas se desbordaron—. No estuve contigo por el ascenso, estuve contigo porque quise. El libro no era lo único que me importaba.

—Ya lo sé. —Me sujetó la cara con las manos y usó los pulgares para retirarme las lágrimas—. Yo siento mucho haberte dicho que eras lo peor que me ha pasado en la vida, porque no es verdad. Eres lo mejor que me ha pasado y no quiero volver a separarme de ti nunca más.

Al oír eso, me relajé y se me escapó una exhalación. El dolor que llevaba meses sintiendo en el pecho se mitigó lo suficiente como para dejar espacio a la felicidad. Deposité la caja en el mueble y, sin decir nada más, me puse de puntillas y por fin lo besé. Igual que la primera vez, él soltó un suspiro de alivio al notar mis labios. Su lengua acarició la mía despacio, haciendo que el corazón me latiese muy deprisa. Le eché los brazos al cuello y él me estrechó la cintura. Todo mi cuerpo estaba colapsando entre sus brazos. Todos mis sentidos estaban centrados en él. Cuando apoyé los talones en el suelo, Will me siguió sin despegarse.

—Tengo que contarte una cosa —le dije enseguida.

Will se quedó muy serio y me hizo un gesto con la cabeza que significaba: «Adelante».

—Nicole Watson me ha ofrecido el puesto de editora en Wonderland Books.

—¡Eso es genial! —Una sonrisa sincera se extendió por su cara—. ¿Significa eso que no te vas?

—Sí. —Sonreí.

—Joder… —Apartó la mirada y suspiró—. Ahora el que va a llorar soy yo.

Le rocé suavemente la mandíbula. Había echado mucho de menos la calidez de su piel. Y luego le empujé ligeramente del mentón para volver a besarlo.

—Te he echado tanto de menos… —susurré cuando me aparté para respirar.

—Y yo a ti. —Me besó una vez más—. Lo he pasado fatal.

En sus ojos vi un recuerdo del dolor que había experimentado, se parecía mucho al mío.

—Yo también. Ha sido horrible. Me aterraba que hubieses pasado página —confesé con un hilo de voz.

Will echó el cuello hacia atrás y frunció las cejas.

—¿Cómo voy a pasar página si tú eres el epílogo?

Las piernas me temblaron y me lo comí a besos.

—Joder, me estoy volviendo un moñas por tu culpa, Correcciones. —Se me escapó la risa contra sus labios—. Pero me da igual, tú solo vuelve a repetirme cuánto me quieres.

Lo guie hasta mi habitación, donde estuvimos horas demostrándonos bajo las sábanas cuánto nos habíamos echado de menos.

El lunes por la mañana mi teléfono se convirtió en una centralita. No paraba de recibir llamadas y mensajes. De pronto, todas las editoriales estaban interesadas en trabajar conmigo. A primera hora firmé el contrato con Wonderland Books y salí a desayunar con Will. Desde la reconciliación del viernes por la noche, no nos habíamos despegado. Después de tomarnos un café en un sitio que fue de su agrado, lo arrastré a la tienda Disney de Times Square y lo obligué a esperarme fuera. Era su cumpleaños y no había podido ir a comprarle un regalo. Cada vez que había hecho el amago de salir por la puerta de su casa, él había tirado de mí hasta la cama. Cuando localicé lo que estaba buscando, me reí para mis adentros.

Salí de la tienda con una sonrisa enorme.

—Ya tengo tu regalo. ¡Feliz cumpleaños! —Le entregué la bolsa aguantándome la risa.

Él entrecerró los ojos y la aceptó con recelo.

—¿De verdad, Raquel? —Su tono de incredulidad me hizo soltar una carcajada. Sacó la taza de la bolsa y arqueó una ceja—. ¿No te vas a cansar nunca de la broma de la Bella y la Bestia?

—No. —Negué con la cabeza y me reí—. Tiene gracia que digas eso cuando tú me has regalado una rosa eterna. —Él resopló—. Necesitabas una taza nueva por la que rompiste. ¿Qué mejor que Chip?

—No pienso usar esto.

—Ya lo veremos. —Le eché los brazos al cuello y lo besé. Y en esa plaza abarrotada de turistas, solo quedamos nosotros dos.

Por la tarde, Will y yo fuimos los primeros en llegar al Viva Verde. Habíamos quedado con mis amigas para celebrar el cambio de trabajo de Suzu, el cumpleaños de Will y la firma de mi contrato.

La siguiente en aparecer fue Suzu.

—Grace acaba de escribir por el grupo. Linda la ha convocado a última hora, pero no creo que tarde mucho en llegar —nos dijo.

Media hora después, Grace entró corriendo como si la persiguiese el diablo.

—¡Chicas, que vamos a poder comprarnos un sofá nuevo! —chilló emocionada al llegar a la mesa—. ¡Me han ascendido!

—¿Cómo? —preguntó Suzu sorprendida.

—¡Han despedido a David y Linda me ha ofrecido su puesto! —contestó ella.

—¡Ay, Dios mío, Grace! —exclamé yo—. ¡Felicidades!

Las tres nos fundimos en un abrazo en el que destacaron los gritos y el orgullo de amigas que sentíamos.

—¿Qué me he perdido? —preguntó Will al volver de la barra.

—¡Han despedido a David y me han dado su puesto! —le dijo Grace con una sonrisa.

—¡Enhorabuena, Harris! —Will le dio un escueto abrazo—. Y a David que le jodan, se lo merece.

—Por cierto, feliz cumpleaños. —Grace rebuscó en su mochila y le dio a Will un libro—. Esto ha llegado hoy y sé que tenías ganas de leerlo.

—Gracias. —Will cogió el último libro de la trilogía de Mia Summers y le dio la vuelta para leer la sinopsis.

—He traído otro para ti —me dijo a mí—. Aunque ya no trabajes en la editorial, creo que deberías ser tú quien moderase su presentación.

El libro salía a la venta tres semanas después.

—Dile a Summers que se ponga a la cola —le dijo Will a Grace—. Mi novia va a estar ocupada presentando a su escritor favorito.

Se me escapó una carcajada y sacudí la cabeza.

—Yo no he dicho que seas mi escritor favorito —le recordé.

Él puso los ojos en blanco y miró a mis amigas en busca de apoyo.

—Sí lo eres —le confirmó Grace—. Se enamoró de ti en la presentación esa de hace años.

—Tiene tu foto de autor pegada en el armario —agregó Suzu—. Además, su libro favorito es uno de los tuyos. *El misterio de los errantes*, ¿verdad, Raquel?

Will giró el cuello a la velocidad de la luz y me regaló una mirada victoriosa.

—No es verdad —aseguré.

—Se lo ha leído un millón de veces —apuntó Grace antes de arrastrar a Suzu en dirección a la barra.

—Así que tu favorito... —empezó Will con un tonito de suficiencia.

—Mi libro favorito es *Crepúsculo* —le corté.

Will enarcó una ceja y contuvo la sonrisa al inclinarse en mi dirección.

—Ya estoy cachondo —fue lo que susurró contra mis labios antes de besarme con avidez, ahogando así mi risita—. Tendremos que comentar el libro de Mia cuando me lo lea —me dijo poco después.

—¿Qué te parece si, cuando lo termines, vamos a The Strand? —le propuse—. Así podrías invitarme a ese café tan bueno que decías y podemos comentarlo mientras. Tu cita ideal era esa, ¿no?

—Me parece perfecto, cariño. —Will me dio un beso tierno con sabor a margarita de mango.

Mis amigas regresaron con unos nachos y una vela clavada en una montaña de guacamole. Ignoraron los quejidos de Will y le cantaron «Cumpleaños feliz».

En ese instante de felicidad, me di cuenta de que lo nuestro había traspasado las páginas de su libro. Ya no era una muestra de amor en una novela, era un amor real.

Will no tenía un Volvo plateado ni era inmortal. Tampoco era un ángel caído ni cazaba demonios en Manhattan. No era el lord de la Corte Noche ni un tributo del Distrito Doce, y tampoco era un empresario de buen corazón. Y, aun así, me había enamorado de él y de su mundo de fantasía de manera irrevocable. Era amable, caritativo, apasionado y también un terco insoportable; tenía muchas facetas y yo me había enamorado de todas y cada una de ellas.

Acaricié el libro de Mia y terminé de comprenderlo al leer el título.

Querido corazón, siempre será él.

Epílogo

MANUSCRITO (n.): Texto que te cambia la vida. Promesa de amor.

Tres años después...

Me desperté al sentir una leve presión en los labios y luego otra en la mejilla.

—*Buenos días, cariño* —me susurró Will al oído.

Oírlo hablar en español me hizo sonreír.

—*Cinco minutos más* —pedí con los ojos cerrados—. *Estoy de vacaciones.*

Me acarició el cuello con la nariz y yo me estremecí.

—*Y yo estoy impaciente por darte una cosa.*

Despegué los párpados. El sueño se me pasó de golpe.

Nuestro dormitorio, que no era otro que su antigua habitación, estaba completamente iluminado por la luz del sol.

Will estaba sentado en el borde izquierdo de la cama. Llevaba una camisa azul cielo y un pantalón de vestir azul marino.

—¿Cómo estás tan guapo desde tan temprano?

—Son las once de la mañana. —Se rio y me rozó la mejilla con suavidad.

—¿Por qué estás impaciente? ¿Me has traído un regalo?

Él asintió. Se llevó la mano al bolsillo de la camisa y sacó un bolígrafo rojo. Arrugué las cejas cuando me lo colocó en la mano.

—¿Me has comprado un bolígrafo?

—No es un bolígrafo. Es una pluma de Lamy, Correcciones —explicó.

—¿Eso es lo que entiendes tú por regalo de San Valentín? —pregunté atónita.

Will me dedicó una mirada enigmática y yo me incorporé. Al sentarme en la cama, la sábana resbaló hasta mi cintura. La piel de los pechos me ardió bajo su mirada intensa. Él cerró los ojos un segundo y suspiró. Tiré de su camisa y lo besé con ganas hasta que él se apartó súbitamente.

—¿Qué haces? —le pregunté.

Will inspiró hondo y no apartó los ojos de los míos.

—Joder, así es muy difícil concentrarse —murmuró más para sí mismo—. Vale, a ver, te he traído un café.

Seguí el curso de su mirada. En la mesita de noche había un café todavía humeante. Al lado, había un manuscrito impreso y encuadernado.

—La pluma que te he regalado es para que lo corrijas. —Will apoyó la palma en el manuscrito.

—Cariño, ¿se te ha vuelto a olvidar que ya no soy tu editora y que trabajo para la competencia?

—Me da igual —aseguró, y contuvo la sonrisa—, tu opinión es la que más me importa.

Sonreí enamorada.

Me moría por leer su nueva historia. Solo sabía que era un romance.

—¿Soy la primera en leerla?

Él asintió y yo volví a tirar de su camisa para besarlo.

—Cuando estés lista, te espero en el jardín —me dijo antes de levantarse.

—Will, voy a tardar un buen rato —le avisé—. Este manuscrito es tan largo como los de Tolkien.

—No te preocupes.

Y sin decir nada más, se fue.

Me levanté para lavarme la cara y terminar de espabilarme. Cuando regresé a la habitación, abrí la ventana. Fuera hacía un día precioso. El sonido y el olor del mar de Carmel me dieron los buenos días. En nuestro apartamento céntrico de Manhattan las vistas también eran magníficas, pero no se asemejaban a esto.

Volví a meterme en la cama, esa vez me senté y apoyé la espalda en el cabecero de madera. Percy, que se había tumbado en la almohada de Will, ronroneó para llamar mi atención. Después de acariciarle un rato, le di un trago al café y lo saboreé. Will le había puesto sirope de vainilla. Con el segundo sorbo me lo terminé. Dejé la taza vacía en la mesita y cogí el manuscrito. Flexioné las piernas y me lo apoyé encima de las rodillas. Pasé la página del título y mis ojos se quedaron unos segundos clavados en la dedicatoria.

Para mi mujer

Me tapé la boca con la mano y el corazón me dio un bote tremendo dentro del pecho. Tres palabras hacían falta para que mi vida diese un nuevo giro. De pronto estaba nerviosísima. Tenía ganas de llorar y de chillar, y necesitaba ver a Will urgentemente.

Salté de la cama. Estaba demasiado impaciente para buscar la ropa que él me había quitado la noche anterior. Cogí la primera prenda que me encontré en la silla; era una de sus camisetas blancas. Me la puse de cualquier manera y bajé las escaleras corriendo con el manuscrito bajo el brazo.

—¡Will! —exclamé al llegar a la puerta del jardín.

Él estaba de pie al final, de espaldas a la casa, observando el mar. Se dio la vuelta al oírme llamarlo. Depositó la taza sobre la mesa a la par que yo cruzaba el jardín dando zancadas.

—¿Qué es esto? ¿Qué significa esto? —le pregunté alzando el manuscrito en el aire—. ¿Me estás pidiendo matrimonio con el libro?

No hacía falta que respondiese porque en sus ojos leí la respuesta a esa pregunta.

—Me estás pidiendo matrimonio con el libro —susurré abrazándome al manuscrito.

—Eso ya lo has dicho… —Will reprimió la sonrisa.

—¿De verdad me lo estás pidiendo ahora? —pregunté sintiendo cómo se me calentaba la sangre por la vergüenza.

—¿Qué pasa?

—Ni siquiera llevo bragas.

—¿Ah, no? —Me regaló una sonrisita lasciva.

—Tú estás guapísimo. —Lo señalé con la mano—. Y yo con estas pintas.

Observé mis zapatillas de estar por casa, esas que él tanto odiaba, y suspiré. No me había fijado en mi pelo, pero estaba segura de que lo tenía revuelto.

—Estás preciosa, y me parece perfecto que no lleves bragas. —Bajó el tono para decir eso último.

—¿De verdad me estás pidiendo matrimonio en San Valentín? —pregunté incrédula.

—La primera vez que fui a buscarte al aeropuerto, cuando viniste a Carmel para quedarte en mi casa, era catorce de febrero —explicó—. El chico ese de los globos se refirió a ti como «mi novia», ¿recuerdas?

—Es verdad. —Sonreí—. Ya no me acordaba.

—Irrumpiste en mi vida en San Valentín, por eso me ha parecido lógico pedírtelo hoy. Como esto no es una novela romántica y yo no soy un moñas, no iba a montar el espectáculo de arrodillarme en el Empire State...

—¿Por eso estabas tan pesadito con venir el fin de semana a Carmel?

Él respondió riéndose.

—¿Y lo has puesto directamente en la dedicatoria? ¿Sin esperar a conocer mi respuesta?

Will puso cara de «Raquel, por favor, si estás loca por mí».

—Sabía que me dirías que sí —se jactó, y se sacó del bolsillo del pantalón una caja aguamarina.

«¡Ay, Dios mío, que me lo está pidiendo de verdad!».

La cajita sonó cuando la abrió. Los ojos se me empañaron cuando alargó el brazo en mi dirección. El anillo era sencillo y plateado.

—¿Te gusta? —me preguntó—. La dependienta me enseñó un

montón de anillos con diamantes enormes, pero no creí que eso fuese a gustarte...

—Es perfecto —le contesté—. Pero pídemelo ya, por favor. —Repiqueteé el suelo con el pie, ansiosa.

—¿Lo del libro no cuenta?

—Lo del libro es superromántico, pero no cuenta. No me has hecho la pregunta. —Me apreté el manuscrito contra el pecho. Ese sería mi libro favorito a partir de ese momento.

Él me quitó el manuscrito y lo dejó en la mesa. Después, me cogió la mano.

—*Raquel, ¿quieres casarte conmigo?*

Que me lo pidiese en español le hizo ganar un millón de puntos.

—¡Sí! —Le eché los brazos al cuello y lo besé—. *¡Sí! ¡Sí! ¡Y un millón de veces sí!*

Will sonrió de oreja a oreja. Parecía más feliz que nunca.

—*¿Ves como sabía que dirías que sí?* —Dio un paso atrás saliendo de mi agarre. Sacó el anillo de la caja y me lo colocó en el dedo anular.

Lo observé unos segundos. Cuando alcé la mirada para sonreírle, él atrapó mis labios entre los suyos. Una vez. Y después otra. Y otra más. Se sentó en el sofá y tiró de mí para que me sentase encima. La emoción había dado paso a la excitación.

—Me muero por casarme contigo —le susurré mientras le desabrochaba la camisa.

—Y yo contigo. —Sus manos se deslizaron por mis piernas—. Pero bajo ningún concepto me voy a casar con la canción de *Crepúsculo* de fondo. Ya te lo aviso. —Se me escapó una carcajada y él se puso serio—. Suficiente que me hayas hecho ver las películas...

—Eres idiota.

Volví a besarlo con necesidad y le pasé las manos por el pecho. Le estaba desabrochando los pantalones cuando nos interrumpió el sonido de su móvil. Will estaba recibiendo un millón de mensajes.

—¿No vas a mirar el móvil?

—No. Seguro que son Suzu y Grace, están deseando saber qué me has dicho.

—¿Lo sabían? —pregunté sorprendida.

—Todos nuestros amigos lo saben. Ha sido un milagro que no te hayas enterado. He tenido que amenazar a Grace. Le dije que, si quería publicar mi nueva novela, más le valía no decirte nada.

—Por eso no me ha escrito en todo el fin de semana. —Me reí.

Su teléfono no paraba de sonar, él se lo sacó del bolsillo y lo silenció.

—La gente tendrá que esperar —me dijo—. Aquí y ahora, solo importamos tú y yo.

Agradecimientos

No quiero ponerme dramática a estas alturas, pero empiezo a pensar que despedirte de los personajes es como decirle adiós a una parte de tu corazón. Debería ser ilegal. Me pasa un poco como a Raquel, no quiero poner la palabra «fin» a la historia de Will. ¿Qué le vamos a hacer? Soy una romántica empedernida y, además, me enamoro rápido. Supongo que por eso la primera vez que fui a Carmel le dije a Adri que algún día ambientaría una historia de amor en ese pueblo de cuento de hadas. Y aquí estoy, tres años después, escribiendo estos agradecimientos. Aún no me lo creo.

En primer lugar, me gustaría dar las gracias a todas las personas que habéis leído esta historia y confiado en ella, y a todas las que me dais amorcito por redes sociales. Mientras escribía esta novela, he pasado por una montaña rusa emocional y por situaciones dignas de comedia (no olvidemos que una secuoya milenaria cayó sobre mi casa), y leer vuestras palabras de apoyo y agradecimiento ha sido un abrigo para mi corazón.

Dentro de mis agradecimientos especiales, empiezo con mis lectores beta.

Adri, gracias por estar ahí cada día. Gracias por creer en mí, por llevarme a Carmel cuando necesitaba despejar la mente, por ayudarme a pensar como Will y oírme hablar de él durante horas, por ser mi lector más crítico y por hacerme reír incluso cuando quiero llorar.

Tamm, otra aventura juntas. Gracias por ser la definición de amiga, por estar siempre detrás de la pantalla. Por ser la primera llamada y los buenos días, por mandarme gifs de *crushes* y exigirme capítulos nuevos. Nunca olvidaré el día que me dijiste: «Oh, Dios mío, Will». Tú sabes por qué lo digo. Escribir no sería lo mismo si tú no fueses a ser mi primera lectora.

Ceci, gracias por tanta ternura, por llevarme a Starbucks y especialmente por estar cuando me asaltan las dudas. He perdido la cuenta de las veces que has podido decirme: «¿Dónde estabas hace poco más de un año, eh?». Pues estaba sentada en un banco contigo, lloriqueando porque no sabía si cumpliría mi sueño de ser escritora. Gracias, hermana.

Inma, o... ¿debería decir «parabatai»? Gracias por empujarme por el acantilado las veces que no me atrevía a saltar. Nunca olvidaré el día que me dijiste: «El entusiasmo mueve el mundo», y ahora tú tampoco, porque está escrito en este libro para siempre. Gracias por introducirme en el mundo Brandon Sanderson, *aka* «el autor más prolífico del mundo» según Will y tú, y por haberme ayudado a liar a Anna con dos enes (gracias, Swiftie) para que participase en mi proyecto de ciencias, también conocido como «hacer un grupo para veros debatir sobre fantasía».

María, gracias por haber confiado en esta historia y por haber volcado parte de tu cerebro de editora dentro del mío. Cada día teniéndote al otro lado me río más, es increíble el *brainwashing* que somos capaces de hacernos la una a la otra con una foto. Gracias por encontrar los horarios locos para reunirte conmigo. Siempre te llevaré en el corazón, Correcciones.

Maru, Alicia, Ana, Erica, mis chicas. Como diría Will, gracias por haberme sacado de las profundidades, por creer en mí, por traerme fuet y helado de caramelo salado, por aconsejarme y por ser tan comprensivas, y por estar en todos los dramas y en todas las risotas. Os quiero mucho.

Al resto de mis amigas: Silvia A., Silvia B., Macarena, las Lauras, Raquel y Leyre, gracias por vuestros audios, llamadas y por animarme siempre. Me hace muy feliz poder llamaros amigas.

Y, por supuesto, gracias a mis hermanos, sin vosotros la vida sería tremendamente aburrida.

Por último, gracias a todas las personas de la editorial que hayan formado parte de esta aventura (Marta, Mari Carmen, me han chivado que os habéis enamorado de Will). Y a Ana Hard por haber hecho la portada más bonita del mundo mundial.

Y paro ya, que me paso de palabras.

Un beso muy grande a todos, y nos leemos en la siguiente novela. ♥

Después de la bilogía Mis Razones...
¿te has quedado con ganas de saber más
de Marcos y Elena?

Aquí tienes un par de razones más para quererlos:
dos relatos exclusivos.

ADVERTENCIA: estos relatos contienen *spoilers* de la bilogía. Por favor, no los leas si no has terminado *Cien razones para odiarte* y *Mil razones para quererte*.